Best Time

白 马 时 光

# 剧闹

上

叶斐然 著

百花洲文艺出版社
BAIHUAZHOU LITERATURE AND ART PRESS

## 图书在版编目（CIP）数据

别闹 / 叶斐然著 . -- 南昌 : 百花洲文艺出版社,
2021.11
　ISBN 978-7-5500-4415-9

　Ⅰ . ①别… Ⅱ . ①叶… Ⅲ . ①长篇小说－中国－当代
Ⅳ . ① I247.5

　中国版本图书馆 CIP 数据核字（2021）第 189155 号

## 别闹
BIE NAO

叶斐然　著

| | |
|---|---|
| 出 版 人 | 章华荣 |
| 出 品 人 | 李国靖 |
| 特约监制 | 何亚娟　夏　童 |
| 责任编辑 | 黄文尹 |
| 特约策划 | 柚小皮 |
| 特约编辑 | 殷　希　陈乐意 |
| 营销编辑 | 于文燕　萧　关 |
| 封面绘图 | 卢倩欣 |
| 封面设计 | 归　鱼 |
| 版式设计 | 汪文琦 |
| 出版发行 | 百花洲文艺出版社 |
| 社　　址 | 南昌市红谷滩区世贸路 898 号博能中心 Ⅰ 期 A 座 20 楼 |
| 邮　　编 | 330038 |
| 经　　销 | 全国新华书店 |
| 印　　刷 | 三河市兴博印务有限公司 |
| 开　　本 | 880mm × 1230mm　　1/32 |
| 印　　张 | 25 |
| 字　　数 | 741 千字 |
| 版　　次 | 2021 年 11 月第 1 版 |
| 印　　次 | 2021 年 11 月第 1 次印刷 |
| 书　　号 | ISBN 978-7-5500-4415-9 |
| 定　　价 | 86.80 元（全三册） |

赣版权登字：05-2021-346

发行电话　0791-86895108　　　　　网　址　http://www.bhzwy.com
图书若有印装错误，影响阅读，可向承印厂联系调换。

目录
CONTENTS

上册

# 目录
## CONTENTS
### 上册

# 第一章　一不小心，小鹿乱撞

白端端赶到"酒点半"的时候，已经比约定的时间晚了 10 分钟，果不其然，段芸和薛雯都已经在等她了。

她快步朝两人走去，细高跟踩在地面上，身姿摇曳，颜如渥丹，清吧里几个男人禁不住偷偷朝她看去。

"端端，你总算来了！"向来性格外向、咋咋呼呼的段芸迫不及待地拉过白端端，连一向安静内向的薛雯也忍不住咧嘴笑起来。

段芸和薛雯是白端端大学里最要好的两个朋友，三个人都是法学院的，可毕业后择业方向却全然不同：白端端去了朝晖律所，成了一名律师；段芸和薛雯倒是在同一家公司——盛建科技，只不过段芸在人事部，薛雯在法务部。

三个人有段时间没见，聊了聊彼此的生活，段芸才终于想起了正事："对了端端，你怎么从 B 市回来了？你在你们朝晖 B 市的分所拓展业务不是很不错吗？按照你的创收，再过几年就算不能升高级合伙人，升个初级合伙人没问题吧？那么多案源，你回 A 市总所都带不回来，说扔就扔了？不可惜？"

　　白端端深吸了口气，压下了心里的邪火，努力平静道："想家了，还是想回 A 市。"

　　白端端毕业后，就入职了大学老师林晖创办的朝晖律所，在林晖身边待了一年，朝晖律所业务量越来越多，规模也急速扩大，并购了 B 市的另一家小所，自此，除了 A 市的总所外，B 市拥有了朝晖第一家分所。

　　可惜那小所人事派系斗争严重，林晖并购后需要重新洗牌，信不过别人，就美其名曰"开拓业务"，然后就把初生牛犊不怕虎的白端端派了过去，这一去，就是三年。

　　这三年，白端端不辱使命，该拓展的业务拓展了，分所的派系和人事情况该汇报的也都汇报了，其实当初她是不愿意离开家乡去 B 市的，如今终于艰难地在 B 市的法律圈站稳了脚跟，人脉和案源都扎根了，并不想离开，然而林晖又不容分说地把她调回了总所。

　　当初去 B 市，林晖还是当面好好做了她的思想工作的，如今回来，却连个电话也没有，只拿到了一份冷冰冰的邮件，作风官僚得很。

　　这么一想起来，白端端就总有点"鸟尽弓藏，兔死狗烹"的悲凉感，又联想到在 B 市听说的关于林晖的那点传闻，心情真是越发地不好。

　　这次段芸约的"酒点半"虽然是个清吧，三人都是第一次来，但氛围安静高雅，环境不错。只是白端端想到自己完全是心不甘情不愿回的 A 市，就无比纳闷儿，又不想影响朋友们的情绪，只好自己一口口喝酒，听着段芸和薛雯聊天。

　　倒是聊着聊着，段芸的话题终于引起了白端端的兴趣。

　　"我和你们说，这个季临真是我见过的最奇葩的男人，没有之一！"段芸一说起自己的工作，就忍不住吐槽起来，"我真是一辈子没见过这么没风度的男人！长得那么好看，白瞎了那张老天赏饭吃的五星满分高级脸！"

　　"季临是谁？"白端端放下了酒杯，"你看上的男人吗？快给我八卦八卦！段芸你太不够意思了，都不和我说！你们进展怎样了？"

　　"呸，还进展呢？"段芸一说起"季临"这个名字，简直咬牙切齿，"你可行行好，我才不想和季临有什么进展。"

　　白端端笑道："你可是对男子偶像天团的门面担当陈旭东的脸都只给评四星的，在你的标准里能评上五星的男人，那都是神仙配置了吧？你对他能没有什么想法？"

　　段芸一个劲儿地摇头："脸是真的可以，我真的吃，但是行事作风真的实力劝退，虽然脸蛋好，身材堪比巴西男模。"段芸说到这里，看了白端端一眼，艳羡道，"端端，我和你说过吧，你是女的里面唯一让我看了一眼惊艳到难以忘记的类型，就那种惊心动魄的漂亮。这个季临呢，当初第一眼，那种惊艳到我的感觉又来了，真的就是看一眼就移不开眼，长得就是这么好看。但一接触……算了算了。你问薛雯，她也认识，特别极品。"

　　白端端看向薛雯，薛雯只好抿了抿唇解释道："季临是我们盛建科技的法律顾问，和端端你一样，是专门做《劳动法》领域的，不过他和你正好反过来，他只接企业客户，专长是开人，非常有名，目前从没有他开不掉的人，而且开掉还不是关键，想在他手上争取经济补偿金，简直是天方夜谭，在企业圈里非常有名。"薛雯顿了顿，"当然，收费也相当贵。"

　　"不仅贵，真是抠到我目瞪口呆。律师按小时收费我理解，但是他完全不近人情，上次我代表公司跟他咨询了个事，结果之后收到账单一看，我的天哪，The Billable Hour（小时计费）你们知道吗？精确到秒！到秒啊！！！他的每一秒钟竟然都要按照费率来收费！我真是闻所未闻。"段芸喝了口水，"一开始我们财务也没当真，就按照精确到分结算了，结果人家的助理过来催账，说结算不对，季律师还有 21 秒没结算，必须把这 21 秒的钱给补上……"

　　这下白端端终于忍不住了："哇，我的天哪，怎么会有这种男人！既然都是法律顾问了，这种追求长期合作的关系竟然要精确到秒……"她也拼命摇头道，"你别说这脸多高级了，这个 21 秒，就算帅破天际，身材好到爆炸，脱光了躺在我床上，我也是拒绝的。男人啊，只要抠门，就得死！"

　　"对啊。"段芸终于找到了盟友般说，"真是太可怕了，当然，这还不是最绝的，一开始我承认我鬼迷心窍，被他的皮相所迷惑主动出击，以谈工作为由找他吃饭。一顿饭，我光是看着他的脸就觉得饱了，真的太帅了，专业、精干、性感的肉体和脸蛋，还有同样性感的头脑，简直都快把我迷倒了，付钱的时候我想给他留个好印象，意思一下，于是表示可以五五，你知道的，我也不是介意钱，就是留个口子，等他表示不用五五买单后，我就能顺水推舟表示欠了他一顿饭，下次换我来请，然后他看了我一眼，笑了下说不用五五……"

白端端彻底不喝酒了，她的直觉告诉她，段芸口中的男人下一步要有一个骚操作了，追问道："然后呢？"

段芸一脸纠结的表情："他说不用五五，鉴于他吃得比我略多一些，为公平起见，要求收银员把账单按照六四来分开结算，他六我四……"

"……"

"还有，之前我还不知道他的真面目时，有次我和我们盛总去罗马出差想挖一个罗马企业的高级工程师，把季临一起带着，想看一下这个工程师的竞业限制协议能不能规避，然后路过许愿池，大家都扔硬币许愿了，他不扔，我以为他是不相信许愿这档子事，于是问他为什么没扔，结果他回我的话，真是让人振聋发聩，直到现在我还记得！他说，他的一欧分刚才用完了，只剩下一欧元了。"

段芸一脸"我需要吸氧"的表情道："你们可以想象吗！他到了罗马的许愿池，竟然连花一欧元来讨个好彩头都不愿意！！"

段芸的表情仿佛心痛到恨不得当场去世："这样的顶级帅哥，竟然品性如此一言难尽……"

白端端也被震惊到了，这可真是她活了二十几年第一次见到的360度无死角极品奇葩无疑了。她心里十分怀疑段芸最近审美是不是出现异常，都说相由心生，这么抠的男人长得能有多好看？就算五官还行，气质也绝对不行。

白端端在 A 市出生，在这儿待了二十几年，一直觉得 A 市没有帅哥，她想段芸和薛雯大概只是在 A 市待久了，没见过大世面，什么样的人都能鱼目混珠了……

　　白端端酒喝得有点猛，本来按铃想要一杯果汁，结果服务员一直没来，于是她便自己去吧台点了一杯。此刻她一边手里拿着果汁往回走，一边有些晕晕乎乎地想，自己的标准可比段芸的还高很多，要让自己觉得一眼惊艳的男人，恐怕还没出……

　　白端端脑海里那个"生"字还没想完，就因为微醺而反应迟钝，在拐弯时一下子撞上了从视野盲点的另一侧走来的人，对方比白端端高了很多，身材也相当好，只是现在不是想这些的时候——

　　因为撞击，白端端的果汁被撞离了她的手，正要往下坠，而几乎是在这千钧一发之际，对面的男人伸出手，沉稳又迅速地弯腰伸手接住了那只杯子。

　　果汁在杯子里晃荡了几下，还是飞溅出一些在对面男人的西装上。

　　"对不起！"

　　道完歉，白端端才终于抬头看向了对面的男人。

　　这一刹那，她决定收回自己刚才没说完的那句话，让自己一眼惊艳的男人，不仅已经出生了，此刻还稳稳当当、风度翩翩地站在自己对面。

　　也几乎是这时，白端端内心那点回到 A 市的不值得，转而化作了值得。

　　如果是为了遇见眼前这个男人，那么别说从 B 市回来，就算从月球回来，那都是值得的。

　　白端端生得极好，因此一向对异性的长相比较免疫，从小到大，很多号称"校草"或者"帅哥"的人，她也觉得不过如此。只是此刻，她看着眼前的男人，心竟不自觉地扑通扑通跳起来。她只觉得自己的脑袋有了一瞬间的短路，并向她发出了"预警"。

　　这个男人她想要拥有！

　　离开 B 市之前，白端端百无聊赖地在火车站被一个江湖骗子搭讪算了次命，对方称白端端红鸾星动，马上将开启一段惊心动魄的爱情，白端端面上应着是是是，转头就以封建迷信把人给举报了。

　　自己一毕业就加入朝晖，后来又为了林晖去 B 市拼命，工作五年，愣是连谈恋爱的时间也没有，至今母胎单身，还红鸾星动个鬼！

　　然而这一刻，白端端真心实意忏悔了，那老头儿怎么会是江湖骗子，分明是大师啊！自己的爱情看来真的要来了！

"杯子拿好，以后走路小心。"

就在白端端思绪纷飞之际，对面的男人终于开了口，他的嗓音和他的长相一样优秀，低沉得像是大提琴，性感又有韵味，沉稳不轻佻，近距离间，白端端还能闻到对方身上淡淡的檀香，让她不仅联想到雪松、澄澈的湖，还有森林……

别说长相、身材和声音，就连身上的味道都这么迷人。

这男人也不像任何别的男人一般，对于白端端的相貌，他丝毫没有露出任何惊艳甚至别样的表情，平静镇定到毫无反应，他说完，便把果汁放回到了白端端的手里，甚至也没笑一下。

白端端以前从不相信一见钟情，然而这一刻，她信了。

而老天仿佛也听到了她的心声般，这个英俊却冷淡的男人，回过头："你给我留个号码。"

没用问句直接用陈述句，这么霸道总裁的吗？！看来是对自己的号码志在必得了！

白端端内心小鹿乱撞，面上却还佯装镇定地从吧台找来一张纸质杯垫，写下了自己的手机号码，递给了那男人："这是我的号码，我叫……"

结果她还没介绍完自己的名字，对面的男人就收好了纸质杯垫，径自打断了她："我之后会联系你的。"

他说完，竟然也没再看白端端一眼，径自走了。

看来硬着头皮佯装镇定问自己要号码已经耗尽了这个男人所有的勇气，连再望着自己的眼睛和自己多说两句话，都经受不住了，表面镇定高冷，内心害羞温顺，这种反差萌的男人，简直是宝藏好吗！

白端端望着对方挺拔高大的背影，一时之间心驰神往。

"总之，我没见过这么没风度的男人！"

想来爱之深恨之切，当初对这个"21秒"有多迷恋，迷恋破灭后段芸的情绪反弹就有多激烈，一下子彻底粉转黑了。白端端回到座位上时，段芸还在吐槽。

而白端端则有些心不在焉，她还在为刚才的惊鸿一瞥而心跳不已，等段芸的吐槽终于告一段落，白端端才咳了咳，分享了她的最新决定——

"我看上了一个男人，我决定搞到手！"

段芸和薛雯显然都被白端端这振聋发聩的声明给镇住了，两个人愣愣地看向白端端，都忘了追问，反而是白端端大大方方地分享了刚才的经历。

段芸终于反应过来了："真的有这么帅，帅到你看一眼就沦陷了？虽然季临是个极品，但我不信还有比他还帅的了，他真是我见过的顶级了！"

白端端没忍住翻了个白眼："得了吧，抠门又奇葩成那样的男人，你是带了多大的滤镜才会觉得帅啊？男人可以丑，但绝对不能抠，抠是这个宇宙最大的死罪！何况你不花，我不花，国家经济要下滑，这么抠，都不是社会消费的有效人口，应该人道主义毁灭。"

段芸还是嘴硬："可惜我手机之前格式化了，否则还有季临的照片呢，你要看到了，也肯定会觉得这男的帅到让人腿软。不信你问薛雯！"

薛雯公允道："确实是挺帅的。"

白端端却嗤之以鼻："反正再帅也帅不过我刚才遇到的男人，要不是人刚走了，我就指给你们看看，绝对不是那种吝啬鬼能比的，气质真的太好了，又沉静又内敛，而且一看就不抠，风度翩翩，完全是我喜欢的类型。"她害羞一笑，压低声音道，"主要是，我觉得人家对我应该也有意思，刚才主动问我要了号码，说会联系我！而且他都不懂搭讪的套路，连个铺垫也没有，就那么直白地问我要号码，看来之前应该从来没做过这种事……"

白端端本来还沉浸在被要号码的雀跃里，直到薛雯提醒了她："端端，你手机好像响了。"

白端端拿起来一看，确实响了，不过是条短信，林晖的。

"有个案子你接下，材料放你桌上了，对方律师叫季临，非常aggressive（富有攻击性），要当心。"

白端端放下手机笑了笑："行了，百闻不如一见，下个案子我和季临对垒，让他知道什么叫社会的毒打。"

"至于刚才那个超帅的男人，我找服务员打听过了，他经常会来这家清吧，不是一个人就是和男性朋友，应该没女友。"白端端把手里的果汁一饮而尽，做了一个瞄准的手势，"不过，他很快就要有了。"

虽然没再开口，但白端端一张脸上的表情，已经生动地演绎出了那句未尽的台词——

我白端端，就是他的女友了。

脚踩狗男人季临，手挽英俊直男，两手抓，两手都要硬，我白端端，可以！

季临其实今天并不想出门，但耐不住容盛的软磨硬泡，于是来"酒点半"喝了一杯。容盛是季临的大学同学，和他都是盛临律所的创始人。只是号称来谈工作的容盛，在假模假式谈了10分钟最近盛临的业务量之后，就进入了"红娘"模式。

"真的，季临，我这个学妹人不错，对你是一见钟情，缠着我求了一个多月了，就希望能认识你。她长得不错，身材也好，爸妈都是教授，书香门第，各方面都很优秀。"容盛一边讲，一边拿出了手机，"你看，我这儿有照片，你看看，真的不错……"

照片上的女孩确实清秀温婉，笑容甜美，只是季临丝毫不感兴趣，他冷冷道："我是不会浪费钱和时间去谈恋爱的。"

容盛哀叹了一声："这么好看的女孩，都没能让你这个铁公鸡动心愿意主动花钱见个面聊一聊？季临，虽然你长得好，但也不能这么作啊，你到底喜欢什么样的女生啊？这世界上又没有天仙下凡！"

季临懒得搭理容盛，径自起身去厕所，只是走到拐角处，便被一个女生撞了，对方大概喝了不少，一张雪白的脸上微微泛红，眼睛里也是微醺后氤氲的雾气，湿漉漉、水汪汪的，反应也慢了半拍。也因为这样，即便自己反应敏捷，对方手里的果汁还是溅到了自己身上。

真麻烦。

只是这个小插曲，放到容盛眼里显然变了味。季临一回座位，容盛就一脸"我懂了"的表情凑了过来："季临，原来你喜欢勾人的小妖精型的。"

季临懒得理他。

容盛却越说越兴奋了："现在我算是懂了为什么你对我学妹的照片无动于衷，你眼光确实又毒又准啊。刚才撞到你的那个女生的脸，简直好看到让天地无色日月无光了，那个长白直的腿也太惊艳了，身材和脸都是顶配中的顶配。天仙下凡，看来真的有。"他揶揄地看了季临一眼，"男人啊，果然是视觉动物，食色，性也……"

只可惜容盛的话还没说完，就被季临冷冷地打断了："我以前一直不知道自己喜欢什么类型。"他看了一眼那女生离开的背影，然后转回了头，"但我现在至少知道了自己不喜欢什么类型。"

季临在容盛疑惑的目光里镇定地抿了口酒："我这辈子绝对不会喜欢那种类型。"

"为什么？那姑娘多正点！"

"裙子是 CHANEL（香奈儿）今年的春夏走秀款，大概 4 万；鞋是 Manolo Blahnik（莫罗·伯拉尼克）Hangisi 系列，七八千；项链是 VCA（梵克雅宝）的，最起码 1 万；耳环是 BV（葆蝶家）的，怎么也要三四千；手镯是 Cartier（卡地亚）的，1.5 万。"季临看了一眼容盛，"我还没看到她的包。"

容盛惊呆了："季临，你是直男吗？你怎么能知道这么多品牌和款式？！"

"我妈天天就给我发清单买这些东西，我买错了她会要求我重买，所以我必须记住。"

"……"

季临虽然是个铁公鸡，但对他妈妈的要求从来是来者不拒。

"这种女的，家里有我妈一个就够受的了，我绝对不会再找这种类型的当女朋友。"季临心有余悸道，"简直就是碎钞机，太爱花钱了，败家。以后万一和我妈争风吃醋，你买一个 10 万的包，我要买一个 20 万的，没完没了了。"季临坚定道，"我就是和你在一起，也不会找这种女的。"

季临看了容盛一眼，又补充了一句："算了，和你在一起，我还不如去死。"他抿了抿唇，"总而言之，我季临就是死，也不会和这种女的谈恋爱。"

"……"

白端端把自己的豪言壮语昭告了天下，这才和段芸、薛雯一起离开了清吧。

"现在才八点，去不去逛街买东西？"

对于白端端的提议，段芸和薛雯难得相当一致地表示了不约。

"不去不去，和你一起去购物，容易受你影响，刷着刷着钱就花光了。"

薛雯一边摇头，一边低声道："我这个月还要给我弟弟寄生活费，刚交了房租，生活费都紧巴巴的，没什么钱买东西了。"

段芸也点了点头："我说端端，你花钱也太大手大脚了，你想想你自己赚的钱，都是在律所加班熬来的，也没少和极品客户打交道，都是辛苦钱，这么随随便便花出去不心疼？攒点钱以后花啊。"

"我问你，一个人最好的青春和年华是什么时候？"

薛雯想了想："就十六七岁到二十来岁这几年啊，年轻没压力，未来还有很多可能，还能犯错。"

"那不就对了？人生最好的这几年拼死拼活赚钱，却不花钱，把钱留到年老色衰身体老化以后花？谁知道我活不活得到那个年纪呢？我可不想以后回忆起自己年轻的时光，只剩下苦巴巴地省钱，还有那种望着橱窗里喜爱之物的羡慕。我现在就想要很多衣服，也只能现在这个年纪穿，等老了就算有钱，身材发福也穿不了走秀款和性感风了，只有年轻可以肆无忌惮，穿什么都好看。"

白端端撩了撩长发："何况，赚钱是为了什么？难道只是为了看着银行卡上的存款余额越变越多吗？那数字再大，也不代表你享受到了什么，我的人生难道就要被这数字捆绑住，每天过得那么苍白吗？我这么辛苦赚钱，不就是为了花吗？不就是为了买东西的时候不用看标签价格，就能随心所欲吗？物价上涨，通货膨胀，消费降级，和我有什么关系啊，我努力工作、努力赚钱就好了。"她笑了笑，"一时花钱一时爽，一直花钱一直爽。"

段芸被白端端的逻辑绕进去了，她努力组织语言道："但你也要有个抗风险能力啊，有笔存款什么的，万一出现什么变故……"

"我赚钱的技能在，我怕什么呀！律师是靠技术和经验吃饭的。"白端端却不以为意，她看了段芸一眼，"难道你想过季临那种抠搜的人生吗？难以想象这种人的人生有什么意义，未来能有哪个女人受得了这种奇葩……"

三个人这时正经过A市的酒吧一条街，"酒点半"这家清吧环境不错，就是位置略偏，必须经过这条酒吧街，才能通到外面的主路。

白端端正在努力给段芸和薛雯洗脑，她身侧的酒吧里就熙熙攘攘地走出来了几个醉酒男人。其中一个吊儿郎当、流里流气，一脸醉容，耳朵上戴了个耳钉，穿着一条背心，一只手臂上还有文身，盯着白端端看了一眼，便歪歪斜斜地朝白端端走去。

白端端还没反应过来，对方就仗酒行凶，伸手快速下流而色情地摸了下她的屁股。

这种事不是这男人第一次做，早就驾轻就熟了，只要摸完屁股跑得够快，别人根本奈何不了他，被摸了也只能自认倒霉。这猥亵犯摸完白端端，一边猥琐地笑，一边就准备往前跑逃窜了。

段芸和薛雯都露出了同情的神色，只是不是对白端端，是对那个醉酒的猥亵犯……

季临没在"酒点半"久待，他还有个邮件要回客户，和容盛走在去主路的酒吧一条街上时，容盛又眼尖地看到了被他盛赞各方面顶配的那个女的。

他用手肘撞了撞季临："快看。"

那女生此时正和另外两个女伴一起走在季临和容盛斜前方的另一侧路上，有说有笑地讨论着什么，脸蛋确实亮眼，腿也确实很长很直，身材曲线更是可圈可点。

只可惜在季临心里，这就是一台人形碎钞机，他看着她，只能联想到不断涌现出的手机消费扣款提醒……就像大冬天即便自己裹着羽绒服，看到路上穿吊带短裙的少女，心里也下意识地觉得冷一样，他看到这女的，就算毫不相关，都已经有了一种烧钱的心痛，也不知道哪个男的倒血霉会找到这种女朋友……

　　容盛望着对方的背影，却是十分惋惜："这姑娘那么漂亮，你不觉得就是花那么多钱养在家里，也值得吗？她负责貌美如花，你负责赚钱养家啊，而且把她养着当全职太太，帮你打理你的后院，相夫教子，平时看着还赏心悦目，不是也挺好？真的不考虑考虑？"

　　"你指望这种女的能相夫教子？"季临不屑地冷哼了一声，"一看就是那种连矿泉水瓶盖都要叫男人开，弱不禁风，遇到事情只会哭的类型……"

　　结果季临这话没说完，就被斜前方的动静给打断了。

　　只见那女生身侧的酒吧里走出个"咸猪手"，摸了她就准备跑。

　　季临脸上露出了毫无新意的冷漠："你看吧，这种女的马上就要开始哭和叫了。"

　　"……"

　　事实是，确实很快，街对面充满了哀号声，只不过不是那女生的。

　　事情发生得非常突然，以至于季临还有些没反应过来。

　　那女生几乎当机立断脱下高跟鞋，价值七八千的高跟鞋就这么被扔铅球一样扔了出去，一前一后狠、准、稳地砸向了逃窜者的脑袋，硬生生把对方给砸摔倒了，然后季临目瞪口呆地看着那女生就那么赤着脚快步跑上前，动作标准地给了对方一个锁喉。

　　锁喉这个招式并不难，不过是一只手穿过对方喉咙抓住自己另一只手，另一只手下压对方头部，形成锁定，一旦对方挣扎，只要压制对方的头部，就可以使对方窒息而丧失攻击能力。只是这一招必须慎用，因为一旦力气不够大，不能压制住对方，那就是吃不了兜着走，往往会被逼到绝境的对方死命攻击。

　　只是此刻，那被按倒在地的男人不仅没能挣脱，还开始哭爹喊娘地求饶，一个大男人，就这样完全被对方按在地上摩擦，那女生一只脚踩在对方的背上，一副胜利者的姿态，脸上的表情肆意而张扬，精致的美里带了点凶悍和野性。

　　容盛看了一眼季临："算了，兄弟，这个还是算了，漂亮是漂亮，感觉杀气有点重，下手有点狠，力气也有点太大了，以后要是有家暴，我看你未必打得过她。"

"……"

容盛心有余悸道："你妈那个性格又那么难搞，我看以后不仅要打你，连你妈也要一起打。你们两个一起上，也未必是她的对手。"

季临抿了抿唇，随即冷冷道："关我什么事，我又不会找她当女朋友。"

只是虽然嘴上这么说，实际上，这个插曲对季临还是产生了点影响，比如这晚他和容盛分开后，竟然收了路边推销健身卡的广告，并且认真考虑起来需不需要办张健身卡。

这个社会太可怕了，连女人都这么能打，季临觉得自己作为一个树敌无数的律所合伙人，即便身材管理一直非常优秀，还是应该练点散打或者拳击以防万一，再不济也该练练短跑长跑。

这女人也真是有毒，只是见了一面而已，都害得季临想要乱花钱了，简直是个祸害。

第二天，白端端本来想去趟朝晖把林晖派给自己的案子材料取了，谁知道刚出门，就接到了林晖的电话。

"端端，去一趟东莞，程远电子劳资纠纷，有车间工人围了厂，你去处理下。"

白端端皱了皱眉："这案子你之前不是派了杜心怡过去解决了吗？我都已经出好和解方案了，工人也都接受了，只差让她去现场签和解协议了，怎么就围厂了？"

林晖没回答白端端的问题，只是命令道："你去和工人谈判下，和解方案需要调整的话就调整，杜心怡没经验，工人闹得很凶，别让她出事了。"

言简意赅，林晖发布施令结束，就挂了电话。

白端端只觉得心中那股邪火越烧越旺，但即便再咬牙切齿，也得以大局为重，她二话没说，订了机票飞了东莞。等她终于解决了这桩劳资纠纷，再回到 A 市的时候，已经是两天后了。

她心里憋了一堆想要吐槽的话，又约了段芸和薛雯，三个人最终决定来最近超火爆的陈记饭馆吃饭。

其实还没到饭点，但陈记门口早就坐满了等位的人，白端端到得比段芸、薛雯早，也立刻取了号，然后就坐在一边等了。

离开饭的时间还有段距离，白端端开始检查手机信息，她一忙起案子来常常容易遗漏回复别人的信息。幸而这次没有，来来回回检查了几遍，都没有。

以往到这一步，白端端就该松口气了，只是今天她却有些失落，那个在清吧里惊鸿一瞥，问她要了号码的男人还没有联系她。

是最近太忙了，和自己一样出差了，还是太害羞不知道怎么开口？或者难道是把写着自己手机号码的那张杯垫弄丢了？

这些猜测不是白端端自我感觉良好，一如段芸所说，她长得非常漂亮，是那种完全不输明星的漂亮，明艳到都有攻击性，只要看上一眼，就让人印象深刻难以忘怀。从小到大，问白端端要号码的、搭讪的、表白的，甚至直接求婚的，实在是太多了。因此要了号码还号称会联系自己却了无音信的，白端端真的还是第一次遇到。

她是第一次对一个人一见钟情，有这样的好感，心里一会儿惴惴不安，一会儿又怅然若失，一个人就这么坐着，脑子里已经闪过了无数场大戏。A市这么大，自己还能遇见他吗？这第一次的心动，可别就这么无疾而终啊……

而上天像是在冥冥之中听到了她的祈祷般，就在白端端胡思乱想之际，她看到了那个男人。

即便并不是第一次见，但这一次，对方只是那样安静地走过，白端端内心就已经掀起了惊涛骇浪，心跳加速，完全无法平静，她觉得自己像 颗小行星，而那男人是天然地对自己有着致命引力的恒星。

对方穿了一件藏青色的西装，身高腿长，面容冷峻，下颌线的线条性感，轮廓分明。

这完全是长在我的审美点上！白端端内心号叫道，这样的男人，应该和我在一起！我和他一定是天生一对！这个男人，我绝对绝对要搞到手！

既然他害羞，他没联系我，那我就主动出击！他没追我，那我就追他！我白端端，势在必得！

白端端是个行动派，说干就干，她站起来，整理了下仪容，然后装作意外经过般自然地蹭到了那英俊男人的身边。对方显然也是来陈记就餐的，此刻正在取号机前取号。

白端端露出完美的微笑，轻轻拍了拍对方的肩："嘿，能和你交换个号码吗？"

她第一次主动搭讪，声音倒还算平静，只是内心却很紧张，手里那张从陈记取的等位号都被攥紧了。

先要个对方的联系方式，一来给对方暗示和鼓励，自己对对方也有好感，只要对方主动联系，自己并不会冷脸相对；二来，万一这男的还是一板一眼不敢联系自己，那自己有了他的号码，也能主动出击。

白端端想得挺完美，她说完，便看向了对方。

果不其然，自己出马，所向披靡，那男人冷峻的脸上露出了一个淡淡的笑，如大雪初霁般迷人。

"谢谢。"

谢什么啊？白端端甜蜜地想，看看这害羞的男人，自己主动了，竟然还为此感谢自己，是什么绝世大可爱啊！

他的声音也如他的长相一般具有辨识度，好听、低沉，带了点温柔的婉转。白端端感觉光是这个声音，自己就又一次爱上了这个男人。

她几乎是含羞带怯地看着对方从自己手里拿走了她的等位号，把自己刚取的号给了她。

等……等等！

"89号！89号！陈记喊你吃饭了！"

伴随着陈记的广播，那男人低头看了眼手里本属于白端端的号，然后他抬头，抿唇朝白端端又露出了一个非常英俊的笑："正好到这个号了，谢谢。"

说完，他也不等白端端的反应，便径自转身拿着号进了陈记。

"……"

白端端完全被这种发展给镇住了，对方太过自然到她甚至以为这才是正常的发展，都忘了追进去拽住对方要回自己的号。她想换的号码不是这个号啊！！！

"端端！"恰是此时，段芸和薛雯终于来了，两人气喘吁吁地跑过来，"你早来了那么久，是不是该轮到咱们的号啦？"

白端端强忍着内心想要吐血的重伤感，看了眼此刻手中被换给自己的等位号——

250号……

白端端感觉这三个数字正在彻头彻尾地嘲笑着自己，这可真是黑色幽默。

更让人哭笑不得的是，这等位号上还贴心地写着：预计还有两个小时，您就可以用餐了……

我可真是谢谢您了……

别说白端端，段芸和薛雯显然也没有耐心为了吃顿饭等上俩小时，三个人只能另选了一家人少的店凑合着进去了。

对于刚才的那一幕，即便吃了五个烤翅，白端端还是无法释怀："这么帅的男人，你说怎么就这么不解风情，异性对他说交换号码，当然指的是电话号码啊！"

段芸抿了一口果汁，眯了眯眼："我觉得未必是不解风情，也可能是个中老手欲擒故纵！"

"什么？"

"你说这男人很帅，而且风度翩翩，看起来品性也很好，那你扪心自问，这么好的稀世品种，难道就没有女人前赴后继？还能真的没经历过几段恋爱？我怀疑这是欲擒故纵，故意要你号码，给你期待，撩拨得你心里上不下下，却不联系你，等把你三魂六魄都勾走了，让你主动投怀送抱，这次你要换号码，他还把自己装成是不谙世事的傻白甜，这是高手啊！"

薛雯听得一愣一愣的："应该不至于吧……不就谈个恋爱吗，怎么搞得像用《孙子兵法》打仗似的……"

　　段芸白了她一眼："男女爱情就是战争！"

　　白端端也不太信："可他刚才看到我，我感觉情绪都没怎么波动，好像一时之间都没记起来我是谁……"

　　"所以才说这是高手啊！你看，他完全不按照套路出牌，他的这些行为，是不是恰恰把你对他的兴趣引得越来越大了？"段芸说到这里，敲了敲桌面，"装的，都是装的！"

　　薛雯显然被段芸说服了，她拉了拉白端端的衣袖："端端，这种男的听起来手腕好厉害，要不你就算了吧，你一次恋爱都没谈过，感觉不是他的对手啊。"

　　可惜这句话反而激起了白端端的好胜心："我的字典里没有'不行'这两个字。这个男的，我一定要搞到手！"

　　白端端想了想，气势如虹道："他套路，那我也套路！看谁套路得过谁，我和他杠到底！"

　　她说完，叫来了服务生："再给我加五个鸡腿！"

　　吃！吃饱了才有力气搞男人！

　　可惜白端端没想到，自己吃了这么多肉，储备这么多能量，最终竟然得用来工作。

　　饭吃到一半，林晖的电话又来了。

　　"你来所里一趟，临时有个案子，你帮忙来处理下。"

　　白端端心里憋着气，但也只能和段芸、薛雯告了别，一路风风火火冲回了律所。

　　这个点儿，律所里其他同事都回家了，只剩下林晖的办公室还亮着灯。

　　白端端回到自己的工位，打开电脑看起了邮件，不看还行，这一看，火气全部出来了。

　　自打从 B 市回 A 市以后，她压抑着的情绪在这一刻终于爆发了，白端端拿着打印出来的邮件和案卷资料，冲进了林晖的办公室。

　　"林老师，这是怎么回事？你给我解释解释？"白端端望着林晖桌上一个动物雕塑摆设，只觉得这玩意儿真是丑得出奇，心里更气了。

　　林晖揉了揉眉心，看了一眼被白端端扔在桌上的案卷资料："我不是写清楚了吗？这个案子，你负责收一下尾。"

"收尾？你管这个叫收尾？！"白端端实在忍不下去了，"杜心怡惹了麻烦，就让我给她擦屁股？上次东莞的劳资纠纷也是，前期都是我独立介入的，和解协议都搞定了，结果你说让她锻炼锻炼，把我的案子直接给截走送给她了，让她去摘取我的胜利果实？行，你和我说提携后辈，我忍了，结果她呢？这么一件只需要她按部就班让双方签个字的事，竟然都给我搞砸了，然后又是我给她擦屁股。我向你反映了很多次，我不想和她在一个团队！"

"白端端！注意你的言辞！"

林晖的面容仍旧清俊，但一张脸却全然沉了下来，他摘了眼镜："我真是太纵容你了，纵容到你都忘了谁是老板，给你的指令全都推三阻四了！"

即便自己刚从业，在办案的时候犯过特别严重的错，直接导致案子败诉，林晖也没这样教训过自己，一想到那些传闻，白端端就有种物是人非的感觉，她红了眼眶："林老师，我什么时候推三阻四了？你让我从B市回来，根本没问我的意见，我其实根本不愿意，但我回来了；你把我独立办的案子莫名其妙让她加入，我忍了；案子办完算分成的时候，就因为她最后插了那么一脚，什么事也没干，但你竟然给她分走了我一半的分成，我也忍了……但你要知道，我的忍耐也是有限度的！"

白端端这么一通发泄完，林晖的神色才终于缓了过来，然而语气却仍旧不耐烦："行了，我知道了，她没你有经验，胆子小，你多担待点，你当初是新人的时候，不也那样？"他说完，看了白端端一眼，"之后有个标的额两千万的竞业限制纠纷，到时候这个案子给你了。"

白端端泄了气，林晖就这样，总觉得给你一棒子，再安抚安抚给颗糖就完事了。但白端端要的根本不是安抚，而是一个态度，一个公正不偏倚的态度。

她在B市分所的时候，关于林晖的传闻就已经很多了，都说他招了一个履历一点不好看，根本够不上入职资格的女律师，平时亲力亲为地带着，什么好的案源都分给对方，对方能力不够，他就"劫富济贫"，把这女律师安插进所里其余成熟律师的案子里分一杯羹。

A 市总所背地里关于这个叫杜心怡的女律师简直一片怨言，几个血气方刚的初级合伙人为了这事和林晖都吵了架，然而林晖面上应着"好"，却还是我行我素，为此，团队出现了离心，没多久前，几个合伙人跳槽离开了，带走了一批中坚力量，朝晖总所受到重创。

也正是因为这样，林晖才把白端端从分所调回了总所。

原本白端端对那些真真假假的传闻并没在意，听说这个杜心怡并不漂亮，即便是总所的同事，也并不觉得林晖是因为看上她才对她青眼有加。以林晖的学识能力和长相收入，要什么样的美女没有？

直到白端端真的回 A 市，等她见到杜心怡，她就全明白了。

她长得确实不算漂亮，但和林晖死去的未婚妻叶朝霞却是太像了。

朝晖朝晖，这个律所，就是林晖在叶朝霞死后，以她和自己的名字一起取的。

一想起叶朝霞，白端端心里的火终于压下来了一点。和林晖如今也是多说无益，她也不想再生争吵，只低了头，抿着唇拿了资料，准备离开。

只是没想到，她不想吵，别人却不是那么想的。

白端端拉开门，看到的便是站在门外的杜心怡，顶着和叶朝霞相似的那张脸，眼睛里却充满了一丝恶意。她显然已经不声不响地在门外听了很久。

她就这么直勾勾又挑衅地看向白端端，露出了一个充满恶意的笑容，然后她开了口。

"林老师，对不起，都是我的错，是我太笨手笨脚了，总是没办法把案子处理完美，总是拖白律师后腿，所以白律师才不愿意带我，不愿意教我，这都是我的错，我知道你对我的照顾，我知道你关心所有我这样的新人，但以后真的不用在意我，我怕这样白律师也好，别的同事也好，会对我产生不必要的误解……"

杜心怡说完又转向白端端："对不起，白律师，我一定会跟着你好好学，你以后别凶我、嫌弃我了，你说什么我都听……"

伴随着杜心怡细软的声线，是她脸上瞬息万变的表情，她垂下睫毛，再抬头，一双眼睛里写满了哀伤和难过，眼泪吧嗒吧嗒地往下掉，虽然长得不算好看，但配上这哭泣的模样，还真有点梨花带雨的我见犹怜。

林晖果然完全抵挡不住她哭泣的这张脸，他扔下了案卷，急步走过来，开始安慰杜心怡，然后看了白端端一眼。

就这一眼，把白端端的火气又都吊了起来。

那分明是谴责的一眼。

自己什么时候对她藏着掖着不教她了？分明是她游手好闲不肯学，成天净想着歪门邪道搞办公室内斗。

还新人？在别的律所也是有四年工作经验的人了，还老黄瓜刷绿漆说自己新人！真想打死这个白莲花！

白端端回家的路上一边生气，一边觉得还是想想英俊直男缓解一下心情吧！

嗯！也是时候赶紧给自己把恋爱安排一下了！

# 第二章　狭路相逢，次次是她

　　既然去了所里，白端端走的时候顺手就把对垒季临的那个案子资料给带回家了，同时带走的，还有林晖临时扔过来的另一个劳动仲裁案。

　　和季临对垒的这案子是个大型裁员案，说是对垒，其实也还没有进行到上法庭的一步，目前还在和解谈判阶段，季临代表企业方，白端端则代表即将被裁的 300 个员工，第一次谈判的时间定在一个星期后。时间还很充足。

　　而另一个临时加塞来的劳动仲裁案件，就紧迫多了，虽然就是个员工和用工单位的离职纠纷，但仲裁开庭时间就在三天后。

　　劳动纠纷的案件和别的案件不同，劳动纠纷案一般情况下，都必须先提交劳动争议仲裁委的仲裁，不服仲裁的，才可以去法院起诉，而不能直接先去法院起诉。

　　这个案子原来是朝晖一个初级合伙人团队接的案子，只是此前团队出走，负责的律师也一并走了，这案子却留在了朝晖，因此林晖就临时让白端端作为这位员工当事人的代理人了。

　　两个案子，轻重缓急，白端端决定先把和季临对垒的案子放一放，专心钻研临时加塞的仲裁案。

　　她大致翻了翻，觉得在如今《劳动法》更倾向保护劳动者的大前提下，这个仲裁案想要胜诉并不太难。

　　第二天，她到了所里，给这位叫徐志新的当事人打电话约了个面谈的时间，并没有感到有什么压力。

　　倒是得知自己之后要接和季临对垒的案子后，接二连三有同事过来对自己表示同情和慰问。

　　"没事，端端，输也不可怕。"

　　"别在意，端端，输给季临也没什么大不了的。"

　　"……"

　　白端端简直一脸茫然："我为什么会输？"

　　张俊达拍了拍她的肩："因为季临总会赢。"

　　白端端一打听，才知道自己这些同事，几乎无一例外都在季临手上吃过败仗，张俊达更是首当其冲，最高纪录一个月里连续在季临手上败诉了八次。

　　"我原来一直觉得他就长得人模狗样，后来才发现，这小子是真的狠。"张俊达一回忆起那些败诉案件，还有些咬牙切齿，"林 PAR（会计师事务所的合伙人）也算精攻劳资纠纷领域吧，以前我以为林 PAR 的咨询时薪费率算是高的了，结果这个季临，时薪是林 PAR 的两倍，求他的人还源源不断！"

　　这倒是让白端端有些意外："是林老师的两倍？我好歹也在 A 市做过一年律师，这个什么季临，我怎么从没听过？比林老师还厉害？"

　　"人家就是你走以后才从美国回来的，原来在美国做非诉，主做并购上市重组破产的，鬼知道怎么突然回国开始做起《劳动法》领域了，一开始也没人找他，结果之前有个美国企业转移产能要离开中国去越南，得关闭整个工厂，开掉 1000 来个工人，本来法律圈都预估，这美企光是员工的经济补偿金就要赔掉 500 万，结果他接手后，最后只花了 100 万，开掉了所有员工，并且还合规合法。"

如今在《劳动法》侧重保护劳动者的大前提下，这就有点厉害了。

白端端想了想，公允道："这个季临，倒有两把刷子。"不过她还是很疑惑，"但他既然起点这么高，在美国做非诉业务，为什么突然会来做《劳动法》业务啊？"

张俊达撇了撇嘴："鬼知道他，我总觉得他像是和我们朝晖有仇似的，只要我们朝晖接的案子，他一定会去代理对方当事人，就算标的额小得几乎赚不到钱。所以你手上这个案子，得当心点，他挺野的，思路另辟蹊径极了，完全知道怎么在法律限度内用代价最小的方案开人。"

能不是吗，白端端想，毕竟这家伙这么抠、这么铁公鸡，如何用最便宜的手段开人，可不就是在工作中充分发挥了自己的特长吗？

男同事们一致谴责着季临，然而女同事这边，却是另一番风景了。

沈安宁一脸憧憬道："我怎么没机会和季临打擂台啊，就算死在他手下，我也甘心啊。"

"得了吧，你问问张俊达，季临的嘴有多毒。"

"被有这样脸蛋的人喷，我心甘情愿。"

白端端不屑地笑了笑："得了吧，能有多帅？我最近才见了一个真正的帅哥，你们等我把人带过来，好好让你们看看什么叫惊世骇俗的帅！季临这种在他面前只能算是不入流的庸脂俗粉！"

"你可别掉以轻心，人家怎么说都是个PAR！"

PAR怎么了？设立律所并没有多大门槛，只要找至少三个拥有三年以上执业经验的律师就行了，白端端向段芸打听过了，盛临就是三年前才刚冒出来的小所，三个创始合伙人都寂寂无名，而季临一开始甚至还不是合伙人，他是今年才在国内执业满三年，升了PAR。

白端端觉得，不像朝晖这样规模性的大所，想做合伙人，你得慢慢熬外加必须越过创收的门槛，想成为盛临这种新兴小律所的合伙人却是没什么难的，甚至说得残酷一点，很多小所的合伙人，收入还没有大所的资深律师高。升PAR这种事，有时候也不过就是个头衔的变化，何况满打满算，季临在国内的执业时间比自己还短。

虽然嘴上谢过了同事们的提醒，但白端端内心并不觉得季临会有多能打。

　　和仲裁案当事人徐志新约的时间在下午，上午白端端先处理了几个常年法律顾问单位的事务，中午午休有些犯困，她便到楼下准备买杯咖啡。

　　说来也是巧，她买完咖啡刚准备走，自己心心念念了很久的人，竟然让她又一次偶遇了。

　　白端端内心更为确信了，真的是上天要他们在一起，看看这缘分真的是绝了！

　　那男人今天穿了黑西装，一丝不苟，英俊贵气，他走到柜台前，正一边买咖啡，一边在打电话，白端端看向他的时候，似是讲到什么有趣的点，他笑了一下，那个瞬间，白端端只觉得自己的心再一次被击中了。要是再多偶遇这男人两次，恐怕自己的心就要千疮百孔了。

　　对方自然一直没有联系过自己，如今那男人买完咖啡，并没有注意周遭，一只手拿着手机，一只手端着咖啡，自然而然地转身准备离开。

　　之前还在段芸面前夸下海口自己要反套路的白端端，此刻却完全束手无策，不知道该怎么办了。是上前直截了当地开门见山，还是委婉暗示，或者以其人之道还治其人之身，也来一个欲擒故纵？

　　明明在办案子时挺精明的，可此刻，白端端却完全想不出办法了。

　　只是她没想到，很快，她就没必要想办法了。

　　咖啡厅进来了个年轻的妈妈，身后蹿出了两个熊孩子，就这么一路打打闹闹地跑了过来，其中一个跑过白端端，狠狠地把她撞了一下。

　　白端端本来就踩着十厘米的高跟鞋，这咖啡厅地面又刚拖过，被这熊孩子一撞，当即没掌握好平衡，脚下一滑，朝着前方摔过去。

　　她有些慌乱，直到目光撞进了一双深邃乌黑的眼睛里。

　　按照这个摔过去的角度，白端端眼见着就要摔进那个男人的怀里。

　　这个刹那，白端端突然不太害怕了，取而代之的是剧烈的心跳声。

　　这个过程其实只有短短的十几秒，然而在白端端的眼里，却像是一场慢镜头，她看着自己倒向那男人，他的脸上露出一刹那的惊异以及很快反应过来的了然，她等着对方伸出手，绅士温柔却又坚定地抱住即将摔倒的自己。

这是多么言情、多么梦幻的一个重遇方式啊！简直是教科书级别的！

只是很快，白端端就发现，事情的发展好像有点不太对。

她想象中撞进对方怀里的事根本没有发生，千钧一发之际，只见对方轻轻抬眸，就在白端端往对方身上栽去之际，对方往旁边挪了挪，一个敏锐的侧身，堪堪避过了白端端的身体。

这完美的旋转，10分；这天衣无缝的走位，10分；这令人拍案叫绝的技术，10分；这镇定自若的冷静，10分！

所有动作，都是满分！！！

白端端在和对方错身而过的瞬间，还不忘在心中公允地打分，只是很快，她就没那个心思了，望着越来越近的地面，白端端此刻心里只有一句话——

你为什么疯狂打转向，留我一个人在原地哭得够呛。

不应该是这样发展的……不应该啊！

因为对方的侧身，白端端只能朝前栽去，她穿了十厘米的高跟鞋，根本难以自救，幸而因为她的脸实在太过瞩目，几乎一进咖啡厅，就有人在留意她了，而她刚失去平衡，附近几个男人就已经准备好英雄救美了。

最终，白端端被另一个男人扶住了。

"你没事吧？"

其余几个男人也围了过来关怀："没摔着吧？"

白端端道了谢，再回头，就看到刚才见死不救的那位气定神闲地喝了一口咖啡，一边继续打着电话，一边推门走出了咖啡厅。

这么冷酷的吗？这么不开窍的吗？不知道女生摔进怀里是一段爱情成功开启的信号吗？

白端端完全没料到这种发展，只觉得彻彻底底傻了。

难道长得帅的男人都这么性情古怪？

另一边，季临走出咖啡厅就挂了电话，因为他已经看到了等在外面的容盛。

"季临，刚才里面怎么这么吵？"

季临抿了口咖啡："没事，刚才有人差点撞到我身上。"

容盛关心道："你没事吧？"

"没事。"季临冷静道，"我反应快，躲掉了。"

容盛不放心地探头看了眼咖啡厅的玻璃门内，然后愣了愣："哎，那个不就是那天清吧里的那女孩？这么巧？"他眨了眨眼，"虽然真的有点凶，但是长得确实没有任何死角，你们这么有缘，真的不考虑发展一下？"

季临敬谢不敏地回头看了一眼："平衡性太差了，连续两次了，不是撞了我就是差点撞了我，小脑发育应该不太好，影响后代基因。"

"……"

连续两次铩羽而归，白端端都开始怀疑起人生来了，好在很快和徐志新约定的面谈时间就到了。白端端喝完咖啡，就去了会议室，投入到了工作中。

虽然还因为胫骨骨折打着石膏、拄着拐杖，但徐志新很准时，他 28 岁，还很年轻，看模样倒是很稳重，难怪这个年纪就已经是金光电子的技术骨干，只是看起来人很劳累，像是很久没好好睡过了，黑眼圈很重，表情疲惫憔悴，灰蒙蒙的，消瘦，根本不像休假在家养伤的人。

"白律师，你好。"对方强撑着精神落座后，就拿出了一沓材料，"你让我带来的病假单、病历本还有相关的原件，我都带了。"

白端端翻开一看，从今年的 3 月开始，徐志新就断断续续开始请假了，开始是肠胃炎，请了两天；3 月下旬荨麻疹，请了一天；4 月上旬皮肤过敏，又请了三天；4 月下旬重感冒，请了三天；5 月的时候就是摔断了腿，一下子请了半个月，伤筋动骨一百天，之后，他就半个月半个月地续起了病假，再没去过单位，而等连续请了两个月病假后，他的新病假单刚寄去单位，单位的辞退信也给他同步发了出来，辞退的理由很明确，金光电子的人事认为徐志新是恶意骗取病假，属于严重违纪，符合合法解除劳动合同的条件。

徐志新看着正在翻看病假单据的白端端，努力辩解道："我的腿是真的伤了，白律师，你看我的病假单、诊断证明还有骨折拍的片子全部都有，也都是正规三甲医院出具的，之前连续生病也都是真的，根本就没有骗病假……"

白端端头也没抬："你不用和我解释，我是你的律师，为你争取利益，我只看证据，只要证据在法律层面完备，那么你就没有骗病假。徐先生，律师只需要在法律限度内帮客户争取被法律认可的事实和证据就行了。"

至于你到底有没有骗病假，我不在乎，也不关心。

白端端点到为止，然而那句潜台词，相信徐志新也已经接收到了。他愣了愣，随即点了点头。

"我先和你确认一点，这些给你开具诊断说明和病假的医生，我都能在这家医院对应的科室里找到是不是？"白端端看了徐志新一眼，"现在这些信息非常好核对，也是你们公司法务或者律师拿到病假单后会去核对的第一件事。"

徐志新点了点头。

白端端"嗯"了一声，然后在病假单和诊断说明里抽出了其中三张："这三张，如果作为证据提交，是有问题的。"

徐志新一看，这正是他胫骨骨折后最初开的三张病假单，他不解道："白律师，这确实是咱们市一院骨科医生开具的正规假条，不是我网上买的，也不是造假，有什么问题吗？"

白端端指了指病假单右上角的一排数字："你这三张病假单，开具的落款时间分别间隔了半个月，但病假单单号，却是完全连续的。"

白端端一说，徐志新就意识到问题了，既然间隔了半个月才续的假条，怎么可能病假单是连号……

"现在病假单的原件在你手里，那么等于你没有向公司提供过原件，所以我和你确认一点，你有提供过这三张的复印件用来请假吗？"

徐志新此刻才庆幸起自己的好运来："之前肠胃炎、荨麻疹和感冒的病假原件都给了，我自己这儿只剩下了病历本，但摔伤腿的病假单不论是原件和复印件都还没给过，当时先口头和人事部的同事请假了，说了事后把病假单再快递过去，结果那时候人事总监闫欣姐就火了，说没我这样接二连三请假的，拒收我的病假单，让我亲自带着病假单去给她说明情况……闹得也比较不愉快，我腿脚又不便，这事儿就这么一直搁置下去了，想着之后回去上班了再负荆请罪补上病假单……"

他红了脸，解释道："因为这腿伤至少得休养三个月，现在医院管得严，病假最多一次开半个月，我这个情况，就得挂着拐杖一次次去续病假，这医生人挺好的，我求了求她，她就同意给我一次性开了三张。"

如此一来，也算是塞翁失马焉知非福。因为一旦公司有了原本连号的三张病假单原件，那白端端就是吹出花来，也不能把这涉及虚开病假单的瑕疵掩盖过去。

而此刻白端端低头，才发现这三张确实都出自一位叫陈佳楠的医生之手，她把原件还给了对方："总之，你这三张连号病假单，在仲裁时极有可能被认定是伪造病假，你想要赢这个官司，那在开庭之前，补出合格的证据。"她看向徐志新笑了笑，"除此以外，别的资料都很齐全，只要仲裁庭认可证据的真实性和有效性，就没有问题，注意保管好原件。"

徐志新本来心里准备了一堆辩解，也十分害怕遭遇律师意味深长的目光，结果发现眼前这位年轻的女律师对这一切都并不在意，她非常漂亮，也非常专业，言简意赅，一个字的废话也没有，足够细心，足够谨慎，也足够职业，短短的时间，就连徐志新从没注意过的病假单连号都看出来了。

她并不平易近人，反而有种天然的距离感，她也不关心自己的生活到底遭遇了什么，她只关心法律层面的证据是否完善。

她不评判她的客户。这样真的是……太难得了。

徐志新几乎有些感动，只是，他还有担忧的事："白律师，金光电子有规定，要求五天以上的病假，就必须去公司指定的青城医院诊断，必须是这家指定医院的诊断证明和病假单，公司才认可，我的病假单虽然都是正规三甲医院出具的，但因为不是这家指定医院，人事部不认可，于是单方面认定我是骗病假，给我发了辞退信。"

"这条规定写在员工手册上了吗？你签收过吗？"

"那倒是没有。"徐志新想了想，"就是邮件发过。"说完，徐志新拿出了几张纸，"这就是当初的邮件，我打印出来了。指定的青城医院，离我们单位很近，每年员工体检，我们都是在那儿做的。医院和我们公司高层关系很好，去年有好几个同事也是生病去那儿检查，结果最后都被告知没病，有同事都烧到 40 摄氏度了，医院还是不给开假条。"徐志新磕磕巴巴道，"我这样不是指定医院的假条，会不会败诉？"

"不会。"白端端头也没抬，"不论你有没有去指定医院诊断病情，或者是复查，都不必然造成败诉。"

"第一，青城医院只是二甲医院，骨科并不是他们出名和擅长的科室，你去综合性强的三甲市一院看骨科，完全合理；第二，青城医院是民营医院，又是你们单位体检指定医院，说明平时多有业务往来，利益关系密切，你去复查，对方未必能给出公正的结果，可能存在偏向性；第三，虽然青城医院离你们单位近，但如果按照你之前提供的通信地址的话，实际离你住的地方还很远，你本来就是腿伤，跑这么远去复查，不合理，也不方便。"

她朝徐志新笑了笑："目前我们的仲裁案例大多不支持企业要求指定医院开病假的事，你可以放心。"

徐志新松了一口气，这才离开了律所。

白端端准备完徐志新的仲裁文件，才下班回了家。

说是家，其实也不过是她在律所附近的高档小区租的房子，虽然自己是 A 市人，但家里住得远，每天通勤上班太累了，平时加班又多，住在家里怕父母念叨，因此白端端一回 A 市，就索性赶紧租了个单身公寓。

每天睡到自然醒，步行上班，自由自在，还十分安静。

虽然是单身公寓，但白端端不觉得孤单，小区里有一只非常黏人又亲近自己的橘猫，每次白端端回家，这橘猫必定从树丛里钻出来，蹭着自己的腿喵喵喵讨好地叫，倒像是迎接自己回家似的。

这橘猫虽然只是个田园土猫，但看起来圆滚滚、毛茸茸的，一双大眼睛为它的可爱增色不少，会撒娇还唯独黏着自己，对别的路人倒是不闻不问，让白端端觉得自己对这橘猫来说非常重要、非常独特。

"今天我买的猫粮到货了，要跟我回家吃点吗？"白端端蹲下身，抱起了橘猫，"不说话就当你同意咯。"

橘猫在白端端的臂弯里找了个舒服的姿势，喵了两声，安分地躺在了她的怀里，就这么一路被她带到了门前。

平时白端端也常常在楼下投喂这橘猫，但它并不肯跟自己回家，如今过了一段时间，终于熟悉到愿意让自己抱了。

白端端揣着猫，心满意足地想，这下算是名正言顺可以收养它了。

"从今天开始，你就叫白咪咪了！"

很快，她打开了门，这楼盘是一梯两户，白端端这一层里，除了她这一间，对面还有另一间，然而那间虽然也住了人，但住客似乎每天比她更早出晚归，白端端都住一个星期了，愣是没见过对方真容，只知道对方工作大概挺辛苦，和自己一样，也常常叫外卖。

给橘猫喂完了猫粮，洗了个澡，安置好窝，白端端也吃完外卖瘫在沙发上，百无聊赖地摆弄手机。

还是没有新的未接来电，也没有新的陌生短信。

那个男人真的没再联系她。

白端端心里有些失落，也有些惋惜，二十多年来，还真的是第一次遇到这么让她怦然心动的男人，如果再让自己遇到他，不管对方是不解风情还是套路，自己都要主动出击了。人生在世，总是要努力一把不留遗憾才是。

只是白端端没想到，人生给予的巧合总是那么恰到好处。

白端端胡思乱想着刚打开门准备去倒垃圾，就发现电梯开了，她下意识地看过去，想见一见自己那位神秘邻居的真容。

然后白端端看到了自己刚才胡思乱想的对象。

走出电梯的，赫然是那个英俊贵气的男人。

对方穿着讲究，完全能直接去走T台，白端端看了眼自己身上不修边幅的居家服，几乎是下意识地就立刻开门闪身躲回了屋里。

妈妈啊，他竟然就是自己的邻居！上天再次给了自己提示，自己和这男人，看来真是天造地设的一对！是什么样的缘分，能够接二连三，如此高频率地偶遇？

白端端懊丧地想，段芸说女人要活得精致，就算出门倒个垃圾，也要妆容完美、光鲜亮丽，自己向来嗤之以鼻，如今想来，这话说得十分有道理，毕竟谁知道你出门倒垃圾的时候，会不会遇上爱情呢！

而直到听到对方进屋关门的声音，白端端才终于稍微平静了下来。她几乎是立刻拿起手机给段芸打了电话。

"段芸，还记得上次我说的想追的男人吗？他是我邻居！邻居！！"

段芸号称博览群书，以爱情导师自居，听完白端端的一席话，便开始给她出谋划策："你这是 easy 模式啊，近水楼台先得月，这个男人，听你的描述，应该是慢热型，这种类型，你就要潜移默化地温暖他、感化他，温水煮青蛙，把他拆吃入腹……"

白端端疑惑道："那怎么潜移默化呢？"

"对方既然见了你几次都没有特别热情，那说明对你的外貌免疫，那么，你就要向对方展示你其余的优点，你想想，你还有别的突出的优点吗？"

白端端想了想："我很能赚钱！"

"但你也很能花……你得想想别的优点？特别突出的那种！让你区别于别的女的那种！"

白端端想了想，兴奋道："我很能打！我不仅比其余女的能打，我比一般男的也能打！我从小在我妈的武馆长大，我精通散打、擒拿术、长拳、格斗，擅长跆拳道、拳击！打架，我是专业的。如果他和我在一起，他会很有安全感，我会保护他！"

"……"

但万一惹怒你了，可能也会死在你手里吧……

"端端，你得想想别的，打人如切菜这不是什么……太吸引男人的优点。"段芸说到这里，灵机一动，"说到切菜，端端，我有主意了！"

只听段芸激动地道："都说征服一个男人的心，要先征服他的胃！"

"可……可我不会做饭啊？"

段芸恨铁不成钢道："不会你学啊，你成绩这么好，学习能力这么强，做饭这种小事还学不会？网上多看几个教程，现在都有视频的，你不说这男的工作辛苦常常吃外卖吗？你这个'好邻居'要是这时候挺身而出，尝试用'我做饭做多了，给你一份尝尝'这种套路，不出一个月，你信不信这男人手到擒来！"

真的吗？？？白端端虽然被段芸鼓吹得有些跃跃欲试，但总觉得有点不对劲，现在男人这么好骗？做几顿饭就行？

对于白端端的疑惑，段芸不屑一顾："我以前就这么成功追过一个高冷帅哥，之前对我爱搭不理，后来吃了我做的饭，死缠烂打，非我不娶……"段芸顿了顿，"算了不说我，总之，我这都是实践出的真知灼见，你只要让他吃了你做的东西，对你再也难以忘怀，你就成功了！"

"……"

白端端挂了电话，内心再三挣扎，觉得段芸说得没错，自己既然不愿意错过，准备主动追求对方，那不过是做几顿饭的事而已，又没多少成本，邻里之间热情友善送个饭也很自然，就算失败了也不至于没面子，自己总要试一试！

作为一个行动派，她当下就找起教程来了，第一次做，那就选个入门级的吧。

烤鸡，就是你了！

只是白端端没想到，做个烤鸡竟然比开个庭还难，她是真的没什么厨艺天赋，趁着第二天是周六，去超市买了油盐酱醋还有食材，自己在厨房里倒腾了一个小时，弄到一片狼藉，才终于手忙脚乱地把处理好的鸡包上锡纸送进了烤箱。

自己的每一步都几乎完美拷贝了教程上的做法，白端端憧憬地等在烤箱前，而烤箱里也不负众望地渐渐散出了烤鸡的香味。

鸡汤诚不欺我，只要努力，没有什么是搞不定的。

伴随着"叮"的一声，白端端兴奋地打开了烤箱，把还冒着烟包着锡纸的烤鸡给取了出来。

大功告成！完美！

白端端其实很想拆开锡纸看看自己的杰作，但是一想这也算是要送给别人的礼物，更何况是吃的，自己私下拆开，未免不太合适，想了想，最终还是忍住了自己的手。

此刻正值中午，白端端觉得一切真是来得刚刚好，只可惜虽然买了食材，但自己忘了买漂亮的碗和盘，如今这烤鸡这么一大坨，怎么装着送到对面倒成了问题。

要不索性就这么包着锡纸放在烤盘里一起送去吧！

何况这样装，也才能显示这烤鸡并不是外面买的，而是自己亲手为对方烤的。这份深情，想必会让对方觉得这烤鸡更加美味！

说一不二，白端端当即端着烤盘敲了敲对面的门，只可惜……没人应。

"又出去了啊。"白端端有些失望，她看了看时间，下午她也得去所里处理点事，晚上还约了客户见面，估计是和这邻居碰不上面了。

思前想后，最终，她决定把烤盘就放在对方的门口，这样，一旦对方回家，就能发现家门口这份"大礼"了。

结果刚把烤鸡放到对方门口，贴上了"来自你对门邻居"的便条，林晖的"催债"电话就来了，白端端急急忙忙离开家去了律所，连一团糟的厨房都没来得及收拾。


虽然是周六，但季临上午有个视频会议，早早就离开了家，等他结束会议回来，已经是下午两点了。

然后他在家门口发现了一大坨可疑的东西，用锡纸包着，放在烤盘里，看起来像是食物，然而打开一看……

季临皱着眉，一脸冷若冰霜地给容盛打了电话："之前那个劳资纠纷案里被我开掉的高管看起来真是没死心。"

"怎么了？"

"他挺能耐，都知道我住哪儿了。"

容盛有点紧张了："怎么说，他跑你家门口骚扰你？"

"差不多。"季临抿了抿唇，根本不想再看一眼锡纸里那黑黄黑黄的一坨，他阴沉道，"他在我门口扔了一堆烤鸡形状的大便。"

容盛震惊了："这么骚？"

"嗯。"季临简直忍无可忍，他努力压制着怒意，"最过分的是他侮辱我的智商和人格，以为伪装成烤鸡的形状，包上锡纸，装在烤盘里，弄点烤鸡的味道,我就会真的以为是烤鸡吗?"

　　大概实在太匪夷所思又太愤怒,平时一贯语调冷静的季临,也忍不住抬高了声音:"是以为我蠢到会吃吗!"他怒极反笑道,"还放了个便条,说是邻居送的,当我是智障?"

　　容盛不得不好言安慰了一番,可惜季临显然没消气,挂了电话,他就下楼去了物业,楼道里有监控视频,等他拿到视频,就去报警。


　　因为之前团队出走留下了一个烂摊子,白端端不得不在所里加班到很晚才苟延残喘地回了家。

　　门铃响的时候,她正在和段芸打电话抱怨高强度的工作:"你等下,门外有人找。"

　　段芸挺警觉:"这个点了,你当心点,别乱开门。"

　　白端端"嗯"了一声便来到了门口,结果顺着猫眼看了一眼,她就紧张起来了:"段芸,外面是那个男人!"

　　"哪个?以前纠缠你那个?"

　　"不是,就我对门的邻居!"白端端激动道,"我的天哪,他竟然主动来找我了。段芸,谢谢你啊!你的办法真的管用,我还以为我要坚持为他做好几顿饭才能成功呢,没想到就今天这一顿,就效果卓绝啊!难道已经收服了他的心?"白端端语无伦次道,"他现在就在我门外,你说我待会儿要怎么办?说点什么比较合适?"

　　此时,门外传来了男人低沉冷淡的声音:"别躲了,我知道你在家,给我开门。"

　　语气这么霸道总裁的吗?

　　但是白端端不得不承认,自己还真的吃这一套。

　　她挂了段芸的电话,忐忑又紧张地走到门口,深吸了一口气,佯装镇定地开了门。

　　对面的男人穿着家居服,和之前穿西装的模样大相径庭,然而身上的气质却是统一的,即便穿着松松垮垮休闲的衣服,他还是带着强势又不容分说的气场,配上那张让人无法忘怀的脸,白端端一瞬间脑海里只冒出了不太恰当的八个字——遇神杀神，遇魔杀魔。

看起来，这个男人是那种喜欢上什么人，就一定会势如破竹追到手的类型。

白端端紧张地微微咬了咬嘴唇，等待着对方开口。

那男人却不太紧张，他看了白端端一眼，即便此刻都非常冷静，冷静到都显得冷感。

这个气氛，白端端觉得，对方大概不只是要感谢自己的烤鸡，而是要说出什么石破天惊的话来。

对方在自己的视线下，果然开了口："我想你心里明白我为什么找你。"

这……这么直白的吗？难道一上来就是直接表白？虽然有点太直接了，而且都没有追求的过程，但白端端觉得，看在一见钟情的分儿上，自己也不是不可以……

白端端的心怦怦跳着，她看向对方，然后听到对方低沉好听的声音："请你以后不要在我门口丢垃圾。"

白端端瞪大了眼睛，以为自己听错了："丢垃圾？什么垃圾？"

那男人冷冷笑了下："我调过楼道监控了。你应该庆幸我把你的行为定义成乱丢垃圾而不是投毒，否则就是法庭见了。"

白端端完全愣住了，这什么情况？投毒？乱扔垃圾？自己什么时候干这种事了？

她解释道："你是不是有什么误会？"

对面的男人把手上的袋子丢到了白端端眼前，他面无表情道："这东西，是你的吧。"

白端端一看，袋子里装着的不就是自己的烤盘吗？

"是啊。"白端端松了口气，她想起段芸的教诲，背台词一样欣然道，"这是我给你做的烤鸡，我是最近搬来的新邻居，平时自己很喜欢做饭，也很喜欢分享给朋友吃，现在搬到这里，朋友不在身边，就想把好吃的分享给新邻居……"

这番话，既自然又得体，白端端自觉没什么问题，只是不知道怎么的，对面男人随着这番话，看向自己的目光却是越来越微妙了。

"你的朋友，现在都还活着吗？"男人看向白端端，一字一顿道，"你的厨艺，真的很致命。"

"……"

"以后别做烤鸡了，你好我好鸡也好。"他说完，又立刻不放心般地加了一句，"不，你最好什么也别做了，为了大家的安全，不要进厨房。"

白端端这下终于反应过来了，只是……自己的烤鸡真有这么难吃？

她看了对方一眼，咳了咳，挽尊道："这次烤鸡我可能有点失误，要不我下次给你送鸡汤赔个罪吧？以后都是邻居，远亲不如近邻嘛。"

可惜对面的男人几乎想也没想就拒绝了白端端的好意："下个月 A 市就实行垃圾分类了，你告诉我鸡汤怎么分类？汤算湿垃圾，鸡骨头算干垃圾，鸡肉又算湿垃圾？你再送吃的来，我会问你收我的垃圾分类费。"他深邃的目光无情地扫了白端端一眼，"你的烤鸡我已经处理掉了，别再给我送东西来，我没有你朋友那么坚强。"

也不知道自己的烤鸡给对方留下了什么样的阴影，走到自己的门口，那男人还不忘回头又警告性质地看了白端端一眼："再送我就报警。"

"……"

这位英俊邻居最后留给白端端的，是用力甩上门的声音……

很显然，自己的烤鸡确实给他留下了难以磨灭的印象……

白端端愤怒地想，鸡汤文根本就是错的，明明应该是：没有什么，是努力搞不砸的！

虽然面无表情，但季临直到回到屋里，内心还尚在震动中。

太可怕了。原来那竟然不是像烤鸡的大便，而是像大便的烤鸡。

他气势汹汹地冲到物业调取监控时，本来在内心认定了犯罪嫌疑人，直到监控画面上出现了自己隔壁刚搬来的邻居，他还处在不敢置信中。

而这种不敢置信，在看清对方脸的时候，变成了极度的震惊。

又是她，怎么老是她！

连不信邪的季临都开始觉得，自己大概真是撞邪了。

容盛做饭也很难吃，然而和对面那个女的比起来，他在黑暗料理界简直连名字都不配拥有。

　　季临本来有点饿，然而想到自己刚才看到的那一坨"烤鸡"，他觉得受到的视觉和心理创伤，让他现在连一口饭也吃不下去了。

# 第三章　还没恋上，就失恋了

白端端遭遇如此意外翻车，心里七上八下的，也是食欲不佳。

明明想给对方留个好印象，没想到出师未捷身先死，不过白端端并不是容易泄气的人，这一次，她被彻底激起了好胜心。如今对面的男人，在她的心里，已经和她的案子并驾齐驱，都变成了必须攻克的堡垒。她打的案子必须赢，她追的男人也必须追到手！

好在忙碌的周一一下子分散了白端端的注意力，按照计划，她代表徐志新一起去进行了劳动仲裁，金光电子并没有请外聘律师，仅是公司法务总监陈明华带着人事总监闫欣和其余人事部的几个人出了庭。虽然他们显然也经过了精心的准备，然而很可惜，遇到的人是白端端。

"员工手册，我的当事人从未书面签署过，并不能证明他书面同意了病假必须去指定医院开具的企业规章；同时，去指定医院开具病假单的强制性规定本来就不合理……"

他们的每一个攻击点，白端端事先都已经想好对策了，对她而言，这几乎是一场有准备的仗。

徐志新也十分配合，他回去后补开出了不连号的病假单，如今这些证据摆出来，形成了十分完备的证据链，不论他从 3 月开始断断续续因各种病请假是否合常理，至少在法律上，他没有过错，不应当被认定为骗病假，因为案情并不复杂，事实又很清晰，因此仲裁结束后，和白端端相熟的仲裁员就私下告知了她结果。

虽然仲裁裁决的文书要过几天后寄达，仲裁员也强调以最终文书为准，但如白端端所料，徐志新的病假被认定为合法，因此金光电子与徐志新在劳动合同期限没有届满前单方面解除劳动合同，属于违法解除，需要给予双倍的经济补偿作为赔偿金，而经济补偿的支付标准，是每在该单位工作满一年，需支付一个月工资，徐志新在金光电子工作没满半年，所以金光电子需支付半个月的工资作为经济补偿，而因是违法解除，这个经济补偿需要双倍，最终金光电子需要向徐志新支付一个月工资作为赔偿金。

徐志新的月工资并不低，算下来，金光电子需要向他支付两万元的赔偿金。

徐志新自然对此激动万分，握着白端端的手一个劲儿地感谢："谢谢你白律师，为我争取到了赔偿金，我真的……真的特别需要这笔钱。"一个一米八的男人，说到这里，眼眶竟然也微微变红了，"家里现在特别困难，有了这笔补偿金，我能撑过这一阵儿，等腿好了，就去找新的工作。"

除了这笔补偿金，白端端知道，徐志新更看重的，是能毫无顾忌地去找新工作。每个行业都有各自的圈子，消息传播非常快，一旦徐志新被判定是骗病假，这类口碑有问题的员工，行业内几乎是没有别家愿意接盘的，一旦这个案子他败诉，失去的就不仅仅是赔偿金这么简单了。

他是真的感谢白端端，然而金光电子的法务陈明华却异常愤怒。

"《劳动法》根本不保护我们企业，完全偏颇这些心术不正的员工！"金光电子的人事总监闫欣更是无法接受，"做人事工作太难了，明明是员工恶意骗取病假，让企业白花钱养着，结果最后我们还败诉。为什么企业的负担越来越大，就因为这些员工总是钻着法律的空子薅企业的羊毛，现在医院里只要认识人，开个病假单又不难，就因为能开到病假单，我们企业就要给你买单。"

她盯向徐志新："徐志新，你自己心里清楚，你这病假单是真的还是假的，我当初真是瞎了眼招了你进来，你说你家里困难，我帮你争取了最高的薪酬还有公司补贴，平时有什么事也对你很关照，结果你才工作了半年，就开始频繁地骗病假。"

徐志新嗫嚅了下，最终没有说话，也没敢直视闫欣，顿了半晌，他才干巴巴道："姐，当初你对我的照顾，我都知道，谢谢你……"

"别叫我姐！你也没脸谢我，徐志新，你害我害得还不够？就因为我帮你争取的薪酬高，现在你要的经济补偿金也高，之前骗病假，工资也得照给，你知道现在公司领导怎么想我吗？你是拿完钱拍拍屁股离开公司了，你让我在公司怎么待？以后要是别人仿效你怎么办？我已经被公司内部处分了，我求求你，以后做个人吧，别再祸害别的公司了！"

徐志新面色苍白难看，咬了咬嘴唇，艰难道："因为我入职时间短，公司要支付的经济补偿金也不多，我……我愿意和解，我可以少要一点补偿金，只要公司别给我开骗病假被开除的辞退书就行……"

"这不是钱的问题，这是规章制度的问题，没有规矩不成方圆，一个企业要能运营下去，靠的就是这些规章约束每个员工，一旦出了你这样骗病假还能潇洒拿钱全身而退的人，这规章出现了漏洞，就只会有越来越多的人仿效。我们绝不和恶意骗病假的员工和解，我们会给所有员工看到公司的态度，对你这样的人，绝不姑息！"这次说话的是法务总监陈明华了，"我们是绝对不服裁决结果的，法院见！"

陈明华的一番话说得很重，徐志新虽然拿到了胜诉的裁决结果，然而整个人都十分沮丧和烦躁。

白端端其实可以理解他的沮丧和烦躁，她经手了这么多的劳资纠纷，除去非常少数的案子里，完全是企业一方的过错或是劳动者一方的过错，百分之八九十的案子里，企业和劳动者都不无辜。

如今金光电子的态度如此激烈，如此一口咬定徐志新是骗病假，可见徐志新也并不是全无瑕疵，他大约确实是有点身体不适，但也没不适到需要如此频繁请病假的地步，他的假条大概率里，确实有点真真假假的猫腻，只是法律认可，那企业就只能买单。

《劳动法》没法儿对劳资纠纷领域所有可能发生的事都事无巨细地给出规定，只能在大方向上，倾斜保护在劳资纠纷中通常处于弱势地位的劳动者，这样的立法准则，并没有错。

白端端想起自己的爸爸，更是觉得《劳动法》不仅没有错，甚至有时候对劳动者的保护还不够全面，如果《劳动法》能更完善，当初自己家也不会过得那么艰难，自己的爸爸或许也根本不会截肢……

也是因为自己的爸爸的事，白端端对劳动者总有一种天然的怜悯，即便像徐志新这样的劳动者，可能存在瑕疵，但白端端还是觉得，劳动者个人相比企业，是弱势的，是应该被保护的。

而站在律师的立场上，她就更应该支持自己的当事人了，律师不需要查明事实真相，她只需要为自己的当事人在合法的限度里争取利益。律师没有立场，只需专业。

如今相比徐志新的惶惶不安，白端端倒是镇定自若："就算企业不服裁决去法院，也得有理由和证据才能申请撤销仲裁裁决，按照目前的证据链，他们去法院，结果也不会有任何不同。"她看了徐志新一眼，补充了一句，"除非对方找到新的证据，能够证明你确实存在骗病假的行为。"

徐志新磕磕巴巴又想要解释："我……我真的没……"

"只要没有新证据证明你的病假是假的，在法律上，你就没有。"

徐志新点了点头，他仍旧精神不佳，非常憔悴，形容枯槁，如今得了这尚有阴霾笼罩的胜诉结果，更是愁眉不展。

他正打算再说点什么，手机就响了，白端端不知道电话里对方说了什么，只是挂了电话后，徐志新本来就有些佝偻的背，仿佛被无形的重量压得更抬不起来了。

白端端开车带他去附近地铁站的路上，徐志新坐在车里一直没有说话，白端端拐弯时下意识地看了一眼后视镜，才发现坐在车后排的徐志新，默默无声地在哭。

他发现白端端的视线，赶紧手忙脚乱地抹了抹眼泪。

白端端憋了憋，还是没忍住开口："后面有纸巾。"

徐志新哽咽道："谢谢。"

因为堵车，车前进得特别慢，车内尴尬又诡异的安静也被异常放大，就在白端端考虑要不要放个歌缓解一下的时候，徐志新终于又开了口——

"我爸快不行了。"

人高马大的男人，提起自己重病的爸爸，声音里是止不住的痛苦和难过："我是个没用的人，一辈子除了让我爸为我操劳吃苦，没让他过上一天好日子。"

大概一旦开启了倾诉的阀门，再开口就变得更容易了一般，徐志新深吸了一口气："我们家是农村的，条件一直很苦，我妈很早就没了，都是我爸把我拉扯大。我因为成绩在村里不错，一路考上了镇里的高中，我爸东拼西凑，加上奖学金，最后总算上了个大学，学了电子机械，我本来以为只要苦过这阶段，熬出头就行了。

"大学里我甚至还做了几个机械装置的小发明，当时很乐观，觉得大学毕业找上工作，就能让我爸过上好日子了。只是没想到，如今那些好的工作，根本不是有个学历就能当敲门砖进去的，我没有背景，没有人脉，大学也不是顶尖的，最后也只能去了别人不肯去的技术岗，每天都得下车间，每次下班回家前，我都要洗十几分钟手，好把手指甲里的机油污渍洗掉，不让我爸发现我一个大学毕业生，却在车间工作……"

徐志新自嘲地笑了笑："我都骗我爸我在坐办公室呢，是那种他在电视里看到的白领，进出高档写字楼的……结果还没让我爸过上好日子，他就被查出胰腺癌晚期了……"

之后的话，徐志新已经说不下去了，他整个人陷入了哽咽："白律师，我不能被认定成骗病假，否则我根本找不到新工作了，我得把这个家撑下去。"

白端端看着眼前继续堵着的车流，还有车内流泪的徐志新，内心既慌乱又有些感同身受的同情和难过。虽然没有徐志新家那么艰难，但白端端确实也体会过相似的经历……

"我再和你确认一遍，你提供的那些病假单和诊断证明，有没有问题？去医院查，能站得住脚吗？"

徐志新顿了顿："虽然断断续续一直生病，但我真的不是装的，我爸那时候诊断出癌症，我压力非常大，几乎睡不着，身体变得很差，确实不断过敏、荨麻疹和肠胃炎还有感冒，还在医院挂了水，这都是不同科室出的病假单和诊断证明……"

徐志新说到这里，也很愧疚："当时，人事部就觉得我造假病历，毕竟谁会不断地得乱七八糟的病呢。我也不想，但那段时间就跟撞邪了一样，这个病连着那个病，注意力也不集中，精神恍惚，还摔断了腿……"

"我确实对不起闫欣姐，这几年电子机械设备这块市场不太好，当初她招我进来，给了那么高的工资，也是顶住了压力，是我辜负了她的一片心意……"徐志新苦笑道，"这样频繁请假，换谁也不会相信啊。"

白端端本来对徐志新的病假也抱有怀疑的态度，然而如今听他这样一解释，唏嘘之余也忍不住有些同情了。

当人生遭受重大打击，一瞬间身体病来如山倒，却偏偏还像徐志新这样屋漏偏逢连夜雨的情形，白端端也是一步步这样咬牙过来的。

没有经历过这些痛苦的人并不知道，也大概永远无法想象真正不幸起来，一个人能有多么倒霉，倒霉到都戏剧性，都充满巧合，都不像真的。

"你不要太有压力了，案子我会全力以赴，你可以放心。"

原本白端端只是站在工作的立场上看待这个案子，如今她私心里，也很想帮徐志新。

"所以那些病假单、诊断证明，去医院核对也查不出问题，都是真实的？"

"对。"

季临皱了皱眉："既然这样，你们找我干什么？嫌钱多吗？"

闫欣有些沮丧，但陈明华却是没有就此打道回府，他看了一眼季临："季律师，虽然我们不知道这个徐志新用了什么办法做出了法律上有效的病假单和诊断证明，但我们基本可以确定，他是在骗病假。"

季临仍旧兴趣缺乏："就算骗病假，但法律上不那么认定，你们就是违法解除，不存在争议，我不接这种没有意义的案子。"

陈明华顿了顿，抛出了"撒手锏"："季律师，代理徐志新的，是朝晖律所。"

坊间传闻，季临和朝晖似乎有那么点不对付的意思，陈明华实在没法儿，还是试了一试。

果然，季临顿了顿。

陈明华趁势道："这个案子，对我们企业来说是山穷水尽了，但如果你愿意接，我知道，我们应该还有柳暗花明的机会。"他愤怒道，"我们金光电子做事一向合法合规，却没想到真遇上劳资纠纷，法律根本不保护我们。如果每个员工都像徐志新一样恶劣，那我们企业何以为继？拖垮一个企业的，不就是这种充满恶意的员工吗？"

因为"朝晖"两个字，季临重新抬起了头，看向了陈明华："既然病假单上看不出问题，那你们为什么认定他是骗取病假？"

闫欣见事情有转机，立刻解释道："徐志新前面那些两天三天一请的病假我们就不管了，但他号称自己胫骨骨折，每半个月续一次病假，这绝对是有问题的，他的腿根本没断！"

季临看向闫欣。

闫欣清了清嗓子："是这样的，徐志新号称胫骨骨折后，我作为人事部代表去探望他，但一时没联系上他，于是索性就直接到了他家门口，结果人不在，我正准备走，就看到他从老远处走回家了，那腿走得正常极了，一点不像有问题，但等他发现了我，才开始一瘸一拐走起来。"

季临终于提起了兴趣："那你留存证据了吗？"

闫欣咬了咬嘴唇："当时时间太短了，我没来得及，这之后我们也突击过几次，徐志新学乖了，再也没露出马脚，但我可以确定，他说骨折了请假，肯定是骗病假。只可惜之前他每次两天三天的请其他病假时，我们没有往坏的方面想，错失了固定证据的时间。"

陈明华叹了口气："我们也和仲裁员聊了聊，对方坦言如果去法院申请撤销裁决，我们几乎没有赢的概率，何况这案子是朝晖的律师办的，那女律师很强势，听说原来在 B 市执业的时候，几乎没有败诉。"

"那她要败诉了。"

陈明华愣了愣。

季临微微一笑："这个案子，我接了。"他说完，看了看计时器，"前期咨询另外收费，24 分 45 秒，账单会寄给你们。"

虽然季临铁公鸡的名声在外，但闫欣想起季临死贵死贵的费率，还是不怕死地试探道："季律师，我们之后可以签常年法律顾问合同，这个 45 秒的零头可以帮我们抹掉吗？有这么个零头看着怪不习惯的……"

"可以啊。"

她没想到，季临竟然一口答应。

就在闫欣准备道谢之际，她听到季临理所当然地说道："既然你这么坚持，那你们按 25 分钟的费率支付账单就可以了。"

"……"

送走了闫欣和陈明华，季临便叫了助理李敏过来："去金光电子把徐志新的同事和直接上级都约谈一遍，今天晚上八点前我要拿到徐志新这个人的所有资料，他的家庭关系、家庭住址、外界社会交往情况、性格偏好、讨厌的事，有没有养狗。"他抬头看了李敏一眼，"如果养狗了，包括他的狗的名字。"

李敏是跟了季临两年的助理，她没有律师资格证，在盛临单纯做助理的工作，不仅负责帮季临处理案件中的沟通工作，也负责他的私人行程。

季临给自己的助理开了令人心动的高薪，然而李敏之前的每一个，往往坚持不到三个月就辞职了。辞职前通常会情绪崩溃，不是对着季临兀自流泪，就是大吵大闹，有一个得了抑郁症，还有一个宣称要找人打断季临的腿。

李敏是合作最长也是季临最满意的一个，并且她从来没有提过加薪，这简直令季临更满意了。

而等李敏在 4 小时后将一份徐志新的详尽档案放在季临桌上时，季临内心对李敏的赞扬已经达到了顶峰。他快速翻看了材料，很快挖掘出了几条重要的信息——

徐志新家境并不好，很穷，家里还欠了钱，只有爸爸一个亲人，是个孝子，但他的爸爸半年前得了癌症，胰腺癌，情况不妙，另外还有一个非常有意思的点，他因为小时候被流浪狗群撕咬过，非常非常怕狗。

季临满意地放下了这份材料。

这样的工作态度和质量，才是物有所值。

只是李敏放下了材料，没有立刻走。

季临好奇地抬头看了她一眼："还有事？"

李敏抿了抿唇，像是鼓起了勇气般："季律师没有发现今天我有什么不同吗？"

季临皱了皱眉："你想辞职？"

"没有……"

"你想加薪？"

"也没有……"

季临像是松了口气："那你就没什么不同。"说完，他重新低下了头，也不再顾及李敏的情绪，显然他只关心这两个问题，对于其他毫无兴趣，并用自己的实际行动给李敏下了逐客令——如果既不想辞职也不想加薪，那你可以出去了。

季临显然根本没注意到李敏对于他这番行为的沮丧。她称得上是个漂亮的女人，办事得体，善于与人沟通，这两年来，也收到了很多猎头的高薪挖角，但她都没有走。

她是季临最贴心的助理，是除了容盛之外，与季临走得最近的人，她觉得季临有朝一日会看到自己，然而并没有。

她今天剪掉了自己的长发，换了完全不同风格的妆容，涂了非常性感的唇彩，然而季临根本没有发现，或者他根本没有兴趣发现。

他真的是一个极其英俊，也极其不近人情，极其冷漠，甚至有些混蛋的男人。在他的世界里，好像除了自己，别人都不重要。

季临正在大刀阔斧地调查徐志新，这边毫不知情的白端端却是松了一口气，解决了徐志新的仲裁案，她难得地准时下了班，好巧不巧，今天隔壁那位邻居，也在自己回家不久后，就回了家。

一般人经历过送烤鸡那等大型翻车事故，外加对方十足的不解风情，或许就偃旗息鼓了，但白端端不一样，她是越挫越勇型的，并且坚信失败乃成功之母。

只是这一次，她决定对自己要采取什么行动从长计议。

段芸也对此表示了赞同："我建议你搞一个完全稳妥的办法，比如可以找这个男的帮个什么忙，就很简单、很随手的那种就行。一来，女生求助别人，能彰显你的柔弱和需要保护；二来，这男的轻松解决你的问题后，你就可以顺势给他来一顿全方位的大夸特夸，谁不爱听夸奖啊，男人最喜欢有人崇拜自己了，你准备点夸人的词，别太夸张，自然而然就行；夸完以后，你就可以为自己之前的烤鸡道个歉，正好顺势提出为了感谢对方的帮忙，以后一起吃个饭。"

白端端虽然在工作的业务能力上一流，但在感情上，还完全是小学生级别的，段芸一番话，又一次让她恍然大悟。

高啊！果然是段芸在手，男人我有！

挂了电话，白端端看了眼桌上自己的一台老式手提电脑，当机立断就抱着它出了门。

白端端的这台手提电脑，其实她早就不用了，没想到如今倒派上了用场——她准备谎称系统突然崩了，找那位英俊的邻居重装下系统，这种忙，不就属于段芸所说的，轻松、简单还很顺手的吗？毕竟重装系统只要塞进光盘就可以搞定。如此，等对方帮自己重装完系统，自己就能按照段芸的套路一步一步……

白端端敲了门，内心忐忑地听着室内传来了对方的脚步声。

门很快打开了，对方那张英俊贵气的脸又一次出现在了白端端的面前。

不得不感叹，这种长相，真的不论看多少次，都还是会心动。

白端端露出了精心设计的微笑，表情可爱、温柔娇软地开了口："你好呀，我想问问你现在有没有时间帮我……"

这位英俊邻居几乎不等她说完就立刻开了口，声音冷感却不失禁欲系的性感低沉，白端端听到他清晰地吐出了两个字——

"没有。"

说完，不等白端端有别的反应，就准备关上门。

　　幸好白端端力气大，一把抵住了门，她如今震惊到连弱柳扶风都忘记装了："我话都还没说完啊，你至少听完我说要帮什么忙啊！不难的！"

　　可能自己这个邻居开始以为要让他帮什么很麻烦的忙呢，只要知道只是重装个系统，应该都不会拒绝吧。

　　对面的男人看了白端端一眼，模样还是很冷酷："好，那你说。"

　　白端端清了清嗓子，努力恢复了下柔弱的仪态："我就想问问你，有没有空帮我重装一下电脑系统呀？"

　　"没有。"

　　那男人说完，看了白端端一眼，一脸"你还满意你所听到的吗"的表情，冷冷道："行了，我现在听完你说的了，可以关门了吗？我很忙。"

　　"……"

　　白端端就这么目瞪口呆地看着对方无情地在自己面前再次甩上了门。

　　这个男人真是要有多冷酷就有多冷酷，要有多不近人情就有多不近人情……

　　可惜白端端却觉得他更迷人了，帅就帅了，还是高岭之花，这么冷漠，这么神秘，这么有个性，这么绝缘，这么难搭讪，这么慢热，并且完全不为自己的外表所动，这种男人，有多难追，就有多珍贵，一旦搞到手，就是死心塌地，甚至怕是想甩都甩不掉，绝对保值，值得拥有！

　　学法律的女人决不认输，我白端端追到底！

　　只可惜，很快白端端就没空想这些风花雪月了，她又被林晖砸了个案子，这案子终于不是要给杜心怡擦屁股的了，而直接是杜心怡挑剩下的。

　　这是个农民工维权讨薪的案子，农民工和建筑公司根本没有签署正式的劳动合同，辛辛苦苦在工地搬了几个月的砖，即便被拖欠了工资也老实地干活儿，结果没想到工程一结束，包工头卷款跑了，而项目单位则以没有劳动合同也不存在劳动关系为由，拒绝支付拖欠的薪水。

　　这案子其实不算难，虽然没有劳动合同，但只要能证明劳动关系确实存在，就能以违反《劳动法》不与劳动者签订书面合同为由，为农民工要来双倍工资。

　　而想要证明也不难，农民工在工地确实工作了几个月，总是会留下证据的,比如工牌、平时领盒饭时的签字、属于他的安全帽和其余生活用品,外加工友的证人证言,形成证据链非常容易,唯一不容易的是取证会比较辛苦,需要奔波在尘土飞扬的工地上,与其工友交谈取证。

白端端也知道杜心怡为什么不肯接这种案子,无外乎嫌弃这案子标的额太小,辛辛苦苦一场,也赚不了几个钱,取证又够麻烦,接触的人群也不高端,当事人文化水平比较低,想要和对方好好沟通不出岔子就比一般案子辛苦。

"白律师,谢谢你了,我出来打工三年没见到我儿子了,他一直想要个那种电动的小汽车,本来就算拿到了工钱,除去要汇过去的生活费,也估计买不起,结果现在拿到了两份工钱,我这就去给孩子买,真是太谢谢你了!"

白端端不缺案源,以她的能力,也完全不需要接这样的案子,但她从不会嫌弃。辛苦是辛苦,钱也不多,但最终看到这个农民工不仅拿到应得的工资,还因为对方违约不签书面合同而拿到双倍工资时露出的笑容,白端端觉得一切都很值得。

大部分劳动者都很善良,都只是希望通过自己的工作,换取安身立命的钱而已。

她在仲裁庭外告别了这位农民工客户,看时间还早,就想着去附近的咖啡厅喝一杯,而在咖啡厅里偶遇自己那位英俊的邻居完全是意料之外的惊喜。

这男人就坐在靠窗的座位上,面前摆着杯美式咖啡,正微微皱眉看着电脑。他今天穿着深色西装,从发梢到鞋底,都有一种一丝不苟的认真,戴着金边的平光眼镜,看起来很斯文,偏偏眼神里又带了种侵略性,强势又专注。

这大街上英俊的男人不是没有,但他的英俊很特别,眉眼生得极好,尤其是眼睛的形状,当他微微看向一个人的时候,有一种仿佛在和你调情的风情,配上他本人不近人情的冷感,剧烈的反差里反而是致命的吸引力。五官不管是分开还是组合在一起,都没有任何瑕疵,唯一要硬挑点刺,那就是他的嘴唇很薄,嘴唇薄的男人据说都很薄情,但他的唇形很好看，因此这一点，白端端觉得也可以忽略不计。

他就那么坐着，认真而专注地看着电脑，像是在工作，白端端坐在他的斜后方，透过一棵绿植，静静地看着他。

直到对方终于合上电脑，白端端也终于鼓起了勇气。她站起身，朝对方走去。

这一次，至少要知道对方的名字。

只可惜白端端刚走到对方身后，才发现对方正接起了个电话，他身后的那株绿色植物挡住了他的身形，因此刚才白端端并没有注意到。

幸而自己没开口打断对方讲电话，白端端松了口气，正准备佯装自己只是经过而从对方身边路过，然而擦肩而过的瞬间……

"白端端？"

对方那两片薄唇里竟然喊出了自己的名字，白端端愣了愣，他……原来他竟然知道自己的名字！那之前的冷淡都是装的？其实早就暗中观察打听过自己，连名字都知道了！

白端端刚想含羞带怯地应声，就听对方轻轻径自道——

"这名字听起来就不太聪明，朝晖指派的律师是她？我挺失望的，林晖现在真是越来越不行了，什么人都拿出来当炮灰了。"

电话那端的人似乎说了什么，这男人轻笑了声："听说漂亮？得了吧，大部分听说的漂亮都不漂亮，而且漂亮又怎样，漂亮我也不会手下留情，何况等她输了，就会哭得很难看了。"他想了想，还嫌不够似的加了一句，"女人哭起来都很难看，还麻烦。"

他言简意赅地总结道："我不管是什么白端端还是黑端端，遇到我，都只有输的份儿。"

"……"

"什么？'按在地上摩擦'？这话怎么听起来这么下流？我对把她按在地上没兴趣……"对面电话里的人大约是解释了这句话的真实意思，季临看起来像是恍然大悟，"哦，是这个意思啊，那我确实会把她按在地上摩擦了。"

这男人并没有觉察到背后的白端端，还在和电话那端的人说着，两个人显然已经转换了话题，提起了别的案子，只听那男人平静道："这世界上还没有我季临开不掉的高管。"

季临？

白端端没忍住："你是季临？"

此刻，她整个人震惊了，这竟然是季临？！

她内心完全无法接受，长得这么英俊，怎么会是季临？

卿本佳人，奈何做贼！

这一瞬间，白端端只觉得自己的笑容逐渐凝固，她也终于能够感同身受地理解段芸那种粉转黑后激烈的态度了，饶是谁，也没法儿接受一位近在咫尺甚至自己妄图追求的英俊邻居，突然摇身一变成了传说中远近闻名的抠搜男啊……

然而顺着抠搜男这种设定细细一想，一切似乎也都解释得通了。

什么迷人的冷酷？什么不近人情的自律？什么不解风情的迟钝？

我呸！假的，通通都是假的！

而面对白端端的这句喊声，季临终于抬头看了她一眼，然后他挂了电话。

他漂亮的眼睛看向白端端，脸上露出"怎么又是你"的诧异，微微皱起了眉："你是？"

白端端心如死水面无表情道："你好，我就是你说的那个名字听起来就不太聪明，会哭得很难看，并且会被你按在地上摩擦的白端端。"

白端端完全不想回想自己是怎么离开咖啡馆的。她只记得自己最后凶狠地瞪了季临一眼，放下了一句"你给我等着"的狠话，然后抬头挺胸，踩着自己十厘米的细高跟气势昂扬地走出了咖啡厅。

虽然面子气场上完全没有输，白端端的内心却遭到了严重的打击。

她第一次一见钟情，竟然有眼无珠看上了季临，那个传说中的抠搜男，那个三千年难得一遇的奇葩！

自己不仅爱了，甚至还妄图把对方搞上手，这简直是惨剧中的惨剧。

屋漏偏逢连夜雨，偏偏段芸正好打来电话，询问她追求英俊邻居的进展。白端端想起自己当初在段芸面前夸下海口顺带对季临的不屑一顾，根本没脸说出真相，只好含糊地表示自己最近顿悟了。

"我想通了，搞男人不如搞钱实在，有钱的快乐根本想象不到。何况你听过一句话没？'我们成功女士不谈恋爱'，只要钱到位了，就算老了，也可以泡小鲜肉，我应该趁着年轻，好好赚钱，争取早日当上富婆，人生在世，不应该为一两个男人而停留，要看遍风景！"白端端胡扯道，"何况社会主义法治建设尚在进行中，我的心里只想建设社会主义，根本无心恋爱！"

不论如何，白端端靠着自己的瞎扯，至少成功转移了段芸的注意力，对自己的英俊邻居不再关心了。

尽管如此，白端端的内心还是十分郁闷。自己还没恋上，就失恋了。

这种时候，只能打扫屋子转移注意力了，结果打扫着打扫着，白端端竟然整理出了几大袋的垃圾。最近物业为了配合新出台的《城市生活垃圾分类管理办法》，把楼层安全通道里的垃圾桶都暂时撤了，准备替换成分类垃圾桶，因此近阶段扔垃圾，就只能自己提下楼了。

如今小区的临时分类垃圾桶设在住户楼层外不远处，白端端来来回回了几趟，终于扔完了最后一袋垃圾准备往回走，结果冤家路窄，她竟然和季临又遇上了。对方提着一袋垃圾，显然是往垃圾桶走去。小区内绿化覆盖率高，从住户楼通往临时垃圾桶只有这样一条只够单行的小路，两边都是小高层。

白端端和季临就在这条单行道上狭路相逢。

白端端没有动，季临也没有动。

白端端看了一眼眼前这张曾经被自己夸赞为冷峻的高级脸，如今只觉得看哪儿哪儿不顺眼。一个男人，长这么好看还不是为了搔首弄姿？别看表面写满了不可亵玩，长成这样，能是什么正经男人？

季临瞟了一眼白端端，冷淡道："我建议你让一让。"

都说两个人之间的相处模式很多取决于最初相遇时的互动方式，这种模式极易固化，一旦一开始低人一头，未来相处里想要重新占据强势地位，可比一开始就占据高地难多了。

白端端想起咖啡厅的新仇旧恨，深吸了一口气，决定一开始就让季临认清她不是好惹的，确立自己的压倒性优势："我这个人，从不退后，从来只有别人让我的份儿，在我的字典里，没有我让别人。"她看向季临，"所以我建议你，让开。"

面对自己的挑衅，季临看起来还是很平静，他没有说话，只是抬头看了眼白端端身后的小高层，然后收回了目光，再次看向白端端。

"你还有 15 秒可以让开。"季临一边说着，甚至一边看向了腕表开始倒数起来，"15，14，13……"

白端端简直气笑了："别说 15 秒，就是 15 分钟，我也不会让的，死也不会让的，这就是我的态度，不论是路还是案子，休想让我让给你，竟然还给我设倒计时？我白端端这辈子还从没……"

只可惜白端端这番豪情壮语没能说完。

季临怜悯地看了她一眼："3，2，1。"

几乎是季临话音刚落的瞬间，从天而降的冷水，像是瞄准了白端端似的，泼溅到了她的身上，而几乎是水泼过来的刹那，季临往后退了两步，避过了这飞来横祸。

伴随着这突如其来的一大盆冷水，是白端端身后小高层有人用力拉上窗户的声音。

高空坠物违法，高空泼水缺德啊！

白端端从头到脚都滴着水，她目瞪口呆地看着眼前完美闪避的季临皱着眉龟毛地开始查看自己的裤腿是否有被溅到，确认没有后，这个男人才终于大发慈悲地看了自己一眼。

白端端几乎震惊了："你刚才就看到我身后有人开窗准备往下泼水了是不是？你为什么不提醒我？"

"我和你说过让你让开了。"季临的模样仍旧英俊不凡，只是在如今的白端端眼里，只写满了欠扁，他想了想，补充道，"我还给你倒计时了。"

"你说话不能说全点？你是人吗？！"

白端端以为面对自己的灵魂拷问，季临好歹会有些羞愧，然而这男人的脸蛋长得好，脸皮的厚度显然和脸蛋一样优异："我没有义务对你解释清楚，我也不想浪费时间和你说很多话。至于你的第二个问题……"

　　季临想了想，非常严谨用心地做了答："从生理构造来说，是人；但从大部分人给我的社会定义来说，我是魔鬼。"

　　"……"

　　"我要去倒垃圾了，现在你可以让开了。"季临抿了抿唇，又看了一眼浑身湿漉漉的白端端，他的眼神终于带了点正常人类该有的同情，"你还是快点回去洗澡吧。"

　　就在白端端以为他终于恢复人性要说出几句安慰的话语之时，只听季临云淡风轻地继续道："毕竟人家给你泼的可能是洗脚水。"

　　你这个魔鬼闭嘴吧！

　　最终，季临潇洒地越过了自己去倒垃圾了，只是倒个垃圾而已，他那个排场和模样，搞得像是要去登基似的，一下子把白端端衬托得更加凄凉了，她像个被痛打的落水狗一般灰溜溜地回了家，咬牙切齿地洗完澡，连续打了三个喷嚏，有一种不祥的预感。

　　第二天早晨，这种不祥的预感成了真，她彻底感冒了。

　　但这远不是最不幸的，她到办公室的时候，徐志新已经一脸焦虑地等在了门口："白律师，金光电子向法院申请撤销裁决了，我收到了法院的开庭通知……"

　　徐志新一脸忐忑："听说他们请的律师很厉害，我……我之前三张连号的病假单，后来为了不连号，是找医生帮忙补了新的，会不会被发现？"

　　"不会，这很难查，只要你的三张病假单现在不连号，企业很难取证证明这三张是什么时候开的，只要病假单是真实的，一般法院认定就以落款时间为准。就算申请书写时间鉴定，目前的鉴定技术只能精确到一个月内，而你这三张单里，因为连号，补了两张，那两张本来就只与现在间隔一个月内，两张上的落款时间也只差两周，完全没有问题。"白端端安抚徐志新道，"你是真的摔伤了腿，证据链又完整，不要担心。金光电子既然要起诉，那我们也奉陪到底。

　　"你把法院寄给你的材料和开庭通知都放我这里吧，我晚点再看。"

　　徐志新应了声，也终于安心了些。

　　就在白端端准备送徐志新出律所时，她接到了陌生来电。

　　早就问自己要了号码的人，如今终于联系了自己。

　　"我是季临。"对方声音冷淡，然后说出的话却让白端端愣了愣，"我想和你见面。"

　　过去的你对我爱搭不理，现在的我你高攀不起！

　　白端端矜持地笑了笑："你想道歉的诚意，我算是收到了，但见面就不用了，我现在已经不想见到你了。"

　　电话那端顿了顿，季临冷淡的声音才又一次传了过来："我想和你见面，只是为了让你的当事人和我的当事人谈谈和解方案。关于徐志新那个案子，我代表金光电子，想要和解，如果可以，各退一步，没有必要走撤销裁决的流程浪费彼此的时间。"

　　白端端一只手急忙翻开了徐志新的起诉书，果不其然，金光电子的代理人一栏，赫然写着"季临"。

　　季临季临，又是季临！

　　这男人有毒吗？怎么又是他！下一个案子对手是他，这个案子怎么也是他？！

　　"西郊区法院调解 1 号室，下午三点。"

　　季临兀自报完时间和地点，根本没给白端端反应的时间，就毫无风度地径自挂了电话。

　　只是气归气，工作还是要做的，虽然季临是个奇葩，但不得不说，他这个和解的决定真的是很上道了。

　　白端端几乎是立刻向徐志新传达了这个信息，徐志新愣了愣，也有些欣喜："稍微让我退让一点赔偿金，我也可以的，我愿意和解。"

　　如此一拍即合，看来自己今天不得不和季临见一面了。

# 第四章　这个圈套，坑有点大

下午三点白端端带着徐志新到了预定的调解室门口，却发现这调解室里有人正在使用。

倒是一身西装的季临身姿挺拔地走了过来："上一档调解还没结束，我让我的当事人在外面的咖啡厅等你们。"他看了眼腕表，"可能还会等一段时间，我建议你们一起去咖啡厅，我们可以先过一下和解方案。"

也行，白端端想，如果能在咖啡厅里就谈好和解方案，待会儿再找法官走一下流程签下调解书，这个案子也就结束了，简单高效，完美。

虽然久闻季临的大名，但今天还是白端端第一次正式和他在工作中有交集。出乎她的意料，季临一点也没有如林晖所说的充满攻击性，不知道是不是因为今天是谈和解，他显得相当温和，并不凌厉，对徐志新很友好地露出了笑容，按照白端端不多的接触，季临这种行为，甚至称得上对徐志新热情了，他主动为他端咖啡，只是大概从没做过这种事，动作笨拙，一杯咖啡刚端到徐志新桌前，便洒在了他的外套上。徐志新不得不脱了外套，咖啡馆的空调打得非常冷。

"真的很抱歉。"

虽然是道歉，但白端端觉得，季临的表情真的没有什么诚意，总感觉他是故意的。

但很快，白端端又不能确定了，因为季临为了表达歉意，脱下了自己价格不菲的西装，递给了徐志新。

"不好意思，你穿我的吧。"

这抠搜男，当初自己求他帮忙重装个系统都只给冷漠的"没有"两个字，如今对对方当事人这么温文有礼、舍己为人？还对徐志新笑了四下了！不太对吧？

白端端看了眼季临，又看了眼徐志新。电光石火间，她突然顿悟了。

徐志新虽然长得不算英俊，但棱角分明，是非常硬汉的长相，因为是车间工作的技术工种，身材也不错。

白端端瞟向季临那张犹如画报般毫无瑕疵的脸，一瞬间福至心灵了。

季临喜欢男人！

难怪是自己怎么追都追不到的男人，自己和他性别不同，怎么谈恋爱？！

白端端心里百转千回，但工作还是工作，她见徐志新穿上了季临的外套，便咳了咳，开门见山道："现在证据摆明了对我们有利，去法院申请撤销裁决对于金光电子也是浪费时间，法院的流程又长，完全是白费，要是换在平时，在我方已经拿到完全倾向我们的仲裁裁决的情况下，我是不会和你们谈和解的，但鉴于我的当事人的想法，他出于对公司的感情，愿意做出让步。那么不如我们各自退让一步，直接和解，金光电子撤销对法院的申请，对企业来说，节省精力也不虚耗，可以说是最经济、最理智的解决措施，对劳动者和企业都是双赢。"

徐志新虽然让一步少拿一点赔偿金，但是能快速和解，而不用等待漫长的法院流程，可以快速收到钱款渡过家庭难关，还能和企业和解走完退工流程，尽早找新工作。而企业，也不需要拖这久流程，一次次浪费律师费，同时因为徐志新的让步，企业也不用按照此前的仲裁裁决，赔付满额的赔偿金，还能节省财务预算，白端端觉得，确实是双赢。

她笑了笑看向季临："那么，季律师可以提出你们的和解方案了。"

　　季临看了一眼白端端，一直对她冷淡的脸上，竟然破天荒地露出了一个笑容，这是一个比此前对徐志新的笑更为炫目的笑，衬得那本就带着风情的眼形更为夺目，一瞬间，白端端竟然有点眩晕。

　　下一秒，季临就朝着徐志新扔出了一份材料："徐先生看一下吧。"

　　徐志新拿起来翻了一下，脸色就开始发白。

　　"那我们就进入正题。"季临不笑了，他的表情沉了下来，刚才的温文有礼仿佛只是个骗局，这一秒，他撕毁了自己的伪装，回归了自己的本性，像是野性难驯的狼，追逐猎物总是精准到残忍，只一口，就能咬断别人的喉管。

　　季临从徐志新提供的证据复印件里抽出了一张："我研究了徐先生提供的胫骨骨折 X 光片，发现一个非常有意思的事。"

　　虽然说着"有意思"，但他的脸上冷若冰霜毫无感情："亚洲男性的胫骨点高占身高比的平均值是 25.79%，小腿长占身高比的平均值是 21.85%，虽然以胫骨长度来推测身高的数学模型还有不同的方法，但是整体数据偏差不会太大，根据这张 X 光片推测，徐先生身高应该在 170 厘米左右。"

　　季临看向了徐志新："但我调取了金光电子中徐先生的入职体检，我们徐先生的身高竟然高达 183 厘米。我的身高是 188 厘米，徐先生穿着我的西装也并不显得很大呢，难道如今 170 厘米就可以穿出这个效果了？"

　　白端端完全被这个发展打得措手不及，她看向徐志新，这才发现他的表情慌乱中带着挣扎，并且十分难看。

　　"请你不要以毫无科学依据的数据，仅仅通过一张 X 光片就胡乱推测我当事人的身高，我们不认可你推断的合理性和客观性。"然而面临如此变故，白端端还是稳住了阵脚，毫不畏惧地看向季临，冷静道，"你可以作为抗辩提交法庭，但是法庭也不会认可这样毫无根据的主观推测，这根本不是来自权威机构的判断。我的当事人也不会对这种无稽之谈做出回复。"

　　"至于你自称的 188 厘米，季律师，我怎么知道你就一定有 188 厘米？

没准儿你穿了内增高呢？"白端端四两拨千斤道，"现代社会，男人也很苦，偶尔的虚荣和伪装我们都理解的。"

季临也看向了白端端，却完全没有被激怒，他的眼睛黑而深邃，此刻却带了点咄咄逼人的冷酷，语气冷静到不像生人："我不打没有准备的仗，我会在法庭上申请对这张 X 光片原件进行法医学鉴定，法医鉴定中心有完备的鉴定服务，也足够权威。"他轻飘飘地瞥了一眼徐志新，"让我们拭目以待徐先生到底应该有多高。"

徐志新的嘴唇颤抖、眼神闪避，已经完全说不出话来了，饶是白端端再想相信他，这时候也知道要坏事了。

徐志新没有对白端端说实话，这张 X 光片是假的，根本不是他的。

白端端对徐志新使了个安抚的眼色，镇定地看向季临："你应该知道，就算你做出了相关的鉴定，鉴定结果也是间接的孤证。"

季临终于又笑了，这笑容仍旧很好看，只是充满了冷冷的讽刺，他直直地看向白端端："白律师，你怎么知道我只有孤证？不如你打开一下我给徐先生的那份材料的第二页？"

白端端顾不上别的，她从徐志新颤抖的手里抢过材料，翻到了第二页，那上面是一段从监控视频里截取的截图，视频画面上还带着拍摄时间，分别是 5 月 12 日上午 9 点 10 分和同一天的 11 点 34 分，徐志新行色匆匆地出现在了一家全家超市门口的监控里，但分不清是哪里的全家。

5 月 12 日……白端端几乎敏锐地反应过来了，那是徐志新其中一张病假单开具的日期。

"这是我在 A 市肿瘤医院门口的全家超市调取的监控，肿瘤医院和市一院正好一个位于城东，一个位于城西，在完全不堵车的情况下，单程也需要一个半小时的车程。"他露出森森白牙，笑着看向白端端，"那我就不明白了，请问徐先生是怎么既一瘸一拐地在肿瘤医院门口出现，又同时在市一院开具了病假单呢？这两个时间之间的间隔，就算飙车，也来不及来回，是想象为他插上了翅膀吗？"

白端端几乎是立刻就回击了："这份监控的截图里只有上午的时间，我当事人的病假单上也只写了 5 月 12 日，他完全可以下午去开病假单，这一份简单的视频根本证明不了什么。"

"真是很可惜，白律师，给徐先生开具5月12日病假单的医生是陈佳楠，可是这位陈医生，5月12日，下午停诊呢。"

徐志新坐立不安地完全绷不住了，他慌乱地解释道："这张病假单是我补开的，不能证明什么。"

季临恍然大悟道："哦，原来是补开的啊，但是徐先生，补开病假单，这可就是骗病假。"他说完，温柔一笑，"谢谢你配合我补全证据，我刚才已经录音了。"

"我……我……"徐志新无助地看向白端端，他不懂法，压根儿没意识到，就算当初是真的病了去医院没开病假单，事后找医生补了，这在法律上，也是铁板钉钉的骗病假，更何况如今看那张X光片，徐志新恐怕根本就没断腿，那之前三张连号的病假单，就确认是造假了。这根本已经没法儿洗白。

白端端被他气得脑仁疼，但仍不打算就此缴械投降，她硬撑着强硬道："我和我的当事人不认可这段视频的真实性，对于所有证据，我们都要求申请鉴定。"

无论如何，申请对证据的真实性进行鉴定，都是很损的一招，在诉讼策略里，一旦申请鉴定，就要极大地拖后案件的进度，拖长流程，也极容易拖垮对手。时间是很宝贵的成本，一场原本半年可以结束的案件，硬生生靠这样的诉讼策略拖成一年，总是能给对方当事人狠狠添堵，最后就看谁先绷不住先被耗死。

白端端此举自然不是想如此两败俱伤，徐志新骗了她，他的病假是绝对有问题，就算申请鉴定能拖一时，也拖不了一辈子，他的谎话总要被戳破。白端端只希望靠着这招，能让金光电子冷静下来，与其两败俱伤，不如来谈和解，作为过错方，徐志新可以进行更大的让步。

她看了一眼坐在季临身边全场没有说话的闫欣和陈明华："两位，我当然不想把事情闹得那么僵，徐先生也是一直以来都想和解的，你看，有没有可能，我的当事人做出更大的让步，我们尽快达成和解？"

说到这里，白端端意有所指地看了一眼季临："时间拖得越久，你们的律师费用支出也越大，劳动纠纷就算我方败诉，也不支持败诉方承担对方律师费的。最后就算你们胜诉，但节省下来的劳动补偿金却还没有律师费贵，这并不经济。"

闫欣和陈明华果然有些犹豫。就在白端端觉得事情有转机之际，季临嘲讽地哼笑了一声。

他拿起了手机，声音冷淡平静，言简意赅道："李敏，带进来。"

带进来？带谁进来？白端端相当紧张，难道季临还有什么重要人证？

他的话音刚落，咖啡厅的门口就传来了铃铛声，白端端不知道季临葫芦里卖的什么药，循着声音下意识地望去，才发现是个女人，牵着一条拉布拉多犬。

白端端还在兀自疑惑，却几乎是刹那，那条本来温顺的拉布拉多一进门，就突然挣脱开狗绳，朝着自己猛扑了过来。

拉布拉多属于温顺的犬种，此刻这条狗虽然情绪有些激动，但脸上并无恶意，然而这么大一条狗朝着她冲来，饶是白端端不怕狗，也着实被吓了一跳。

她下意识地想躲，却见狗并没有朝自己扑来，它只是激动地朝着自己身边的徐志新扑了过去，狗爪子不断刨着徐志新身上那件西装，狗嘴开始撕咬西装的口袋。

白端端松了口气，刚要去扶徐志新，就见他一张脸完全变色了，他神情恐惧，仿佛完全被梦魇住了，根本忘记了周遭，当着所有人的面，直接推开狗，大力地站了起来。

狗自然没有轻易放弃，还是猛扑向徐志新，而徐志新也什么都顾不上了，他白着脸，冲着咖啡厅门外就要夺路狂奔……

季临对此前牵狗的女人使了个眼色，那女人点了点头，拿出狗饼干，终于成功地把追逐徐志新的拉布拉多给叫了回来。

徐志新见危机解除，才终于喘着粗气停了下来，他无助地看向白端端："白律师……对……对不起，我特别怕狗，不知道那狗为什么老跟着我……"

白端端板着脸走到了徐志新身边，动作甚至有些粗鲁地立刻脱下了他的外套，然后在这件季临"好心"提供的昂贵西装外套的口袋里，摸到了一大把狗粮。

徐志新还没反应过来，但白端端心里却是一片冰凉。

这是一个彻头彻尾的骗局。

这官司完了。

刚才的一切季临绝对录像了。

如今这作俑者强势而挑衅地看向白端端："这份证据，够直接够真实了吧？"他嘲讽地看了一眼徐志新，"胫骨骨折才一个多月，平时走路都拄拐杖的人，竟然能跑这么快，简直是田径选手级别的。"

他看向白端端："这种人，你和我说他的病假单是真的？你在侮辱我的智商吗？"

"就算你申请对其余证据的鉴定，刚才这精彩的一幕，有这么多人证，甚至白律师你也在场，就不需要鉴定了。"季临一字一顿道，"白律师，我是不会给你机会用拖延策略的。"

季临凑近白端端，声音十分温柔，甚至称得上缱绻："说按在地上摩擦，就真的要按在地上摩擦的。你们朝晖的律师，真的不行。"

只是完全与他的声音相反，季临的神情冷酷到残忍。

他十分享受把对手完全击溃的片刻。

这一刻，白端端终于知道了张俊达的话是什么意思。他确实是一个很狠的人，他预测了对手所有可能的动作，并且提前做好了扑杀的准备，一旦行动，为对手布下的就是天罗地网，逃无可逃。

也是这一刻，白端端才知道后悔，林晖说得没有错，这个男人真的很危险，真的要当心，为了赢，他会用一切你根本想不到的策略，只是现在已经晚了。

只是即便这一刻，白端端也并没有认输："人体和生命都有很多连科学也无法解释的自然奇迹，人在遭遇危险时，本身就能激发出很多潜力，比如就有新闻里，妈妈在发现小孩被碾在车轮下后，徒手直接抬起了一吨重的车。我的当事人非常非常怕狗，在极端恐惧下，没有顾上腿部的疼痛，夺路而逃，这根本无法直接证明他就没受伤，反倒是季律师你的操作，对我当事人的后续恢复和心理健康都有负面影响，我们保留追究法律的权利。

"如果你坚持要撤销仲裁裁决，不进行和解，那我也会坚持对所有证据申请鉴定，包括刚才这段录制的视频，我也会不断在质证中质疑真实性、关联性以及合法性。同时，我也会提及管辖权异议。"

白端端说完，眼神坚毅地看向了陈明华和闫欣，这种时候，她更不能慌乱，而是要强势地传递给企业一个态度——她作为徐志新的代理方，绝不躺倒认输，而是要利用和穷尽一切用于拖延的诉讼策略，拖到最后一分钟，直到拖到企业无法忍受。

不管徐志新是否欺骗她，是否在主观上有瑕疵，但既然她是他的律师，那不论当事人的对错，她也要战斗到最后一刻。

能不能赢有时候和占理不占理没有关系，季临很贵，这就是企业的劣势，企业是否值得为了徐志新这样的事花费大量的精力和财力，这也是他们不得不考量的因素。

看着陈明华和闫欣纠结的表情，白端端心里有了点把握。

只可惜，她没有料到，徐志新先一步心理防线崩溃了——

"对不起，是我造了假。"

徐志新捂住了脸，痛苦道："确实是我的错。"

他看向白端端："白律师，没必要再挣扎了，假的东西真不了，这东西就算申请鉴定，也兜不住的。"

徐志新已经承认了造假，外加证据看起来也确实是假的，白端端如果再各种否认，倒是妨碍司法的行为了。

季临冷笑了一声，他挑衅地看了一眼白端端，然后笑笑，这才掏出了一份文件递了过来："那么现在我想，我们可以谈谈和解方案了。"

白端端揉了揉太阳穴边跳动的青筋，翻了翻这份和解协议："承认自己骗病假被开除，因此完全放弃任何赔偿金，并且立刻做好离职交接。"

这哪里是什么和解协议，这是金光电子彻彻底底的胜利。

只是如今就算徐志新胫骨骨折是假，骗病假是真，作为他的律师，仍要为他的利益奋战到最后一刻："我们要求离职手续做主动离职处理，不接受承认骗病假被开除。"

　　她征求过徐志新的意见后，再次进行谈判："我们放弃所有赔偿金，并且不再走刚才的策略拖延审理时间，唯一的要求就是按主动离职处理，满足这一点，我们可以立刻请法官制作调解书，从此再无瓜葛。"

　　赔偿金是泡汤了，那至少把离职缘由做得漂亮一点，不要影响下一份工作。主动离职和被开除可是两码事。

　　只是白端端说完，季临就轻笑出了声："不可能。"

　　事已至此，白端端也彻彻底底想明白了："根本就没有什么和解，一开始就是个圈套，你根本没和主审法官联系过说要调解对吗？也根本没约好调解室，调解室里的人根本就不是上一档调解延后了，而是人家本来就约的这个时间？"

　　电话里说要谈和解，这样极大地麻痹了徐志新的心理防线，他因为骗病假心中有愧，听说公司愿意和解，自然是愿意的，而来之后却不仅没能和解，还被劈头盖脸甩了自己病假造假的证据，根本没有任何心理准备，心理落差之大，才更容易在季临的连环炮里情绪崩溃，直接放弃在这个案子里做最后的挣扎。

　　虽然徐志新的病假单是有问题，但如果刚才他能稳住，即便很微弱，白端端未必没有赢的可能。和解谈判很多时候是心理拉锯战，在陈明华和闫欣刚才转瞬即逝的表情里，白端端觉得自己是找准了点的。

　　即便是假证据，只要徐志新一口咬定是真的，死活不认可季临方的证据，申请对他们那些证据进行鉴定，那么这些证据的真实性就存疑，只要在鉴定结果出来之前，这就不是假证据。而白端端只要在努力争取的这段时间里说服企业进行调解，就能反败为胜。

　　只可惜季临一系列不按常理出牌的打法彻底把徐志新给打垮了。

　　刚才一点一滴的细枝末节也在白端端脑海里面拼凑成完整的画面，她看向了季临，一想起就这样输了，白端端恼怒道："所以你刚才也根本就是故意把咖啡泼到徐志新身上，然后把自己衣服给他的，其实调查清楚他怕狗以后，早在衣服口袋里装了狗粮，季临，你这个人真的非常阴险！"

面对白端端的指控，季临却完全波澜不惊，他只抬了抬眼："虽然你的名字听起来不太聪明，但你本人比我想象的好那么一点，还没有到不可救药的地步。"

碍于场合，白端端只能仍旧保持职场人的镇定，然而她的心里已经完全撕心裂肺地咆哮起来了——

来人啊，快把这个贱人给我狠狠地打三十大板！打得屁股开花皮开肉绽！

只是现实里，季临还是四平八稳地站在白端端面前，他轻哂道："阴险？不过是取证手段，兵不厌诈，你可真是天真。"

手段狠辣，但是没错。就连录音，即便没经过当事人同意，但只要不是胁迫、拘禁他人，或者直接安装窃听等非法方式取得的，即便是在谈话过程中的偷录，也是合法有效的证据。

白端端忍住跳起来打死他的冲动："没有任何和解的余地吗？"

季临挑眉看了白端端一眼："我为了这个案子，研究了四十几篇法医学关于人体胫骨和身高的论文；在调查知道徐志新的父亲确诊为胰腺癌后，让助理把本市所有肿瘤医院的胰腺癌专家都走访了一遍；好不容易通过各种沟通才说服了附近几个便利店的店主，让我们交叉排查了三家重点肿瘤医院附近的监控；所里三个律师一共看了 467 个小时时长的监控；还把另一位合伙人的狗特意饿了一天。"

他直视白端端道："我花了这么大的精力，你觉得你的当事人能在骗了企业病假、浪费了企业时间、律师费，以及造成了人事总监、法务总监这么多麻烦以后，还轻巧地全身而退，不痛不痒不用受到任何惩罚？"

徐志新脸色苍白："季律师，我不要赔偿金，我什么都不要，求求你们，我认错了，我是造假了，但别给我发开除的辞退信，其余什么要求我都配合……"

"不要说得不拿赔偿金是你自己的让步一样。"季临一点不为所动，"你本来就是骗病假严重违纪，金光电子对你的辞退完全合法，是你过失在前，赔偿金不是你主动放弃的，是你本来就不该有。难道面对你这么大的恶意，企业什么都不做，还给你好声好气地办理和平离职？"

季临的一席话挑起了闫欣一直以来为此背负的怒火和憋屈，她的脸上也露出了义愤填膺的表情："是这样，徐志新的行为太恶劣了，在他这样恶意骗了病假还妄图钻法律空子骗取我们赔偿金以后，我们之间已经没有好聚好散的可能了！"

陈明华态度就更强硬了："徐志新要是今天不同意这个和解书，那我们就法院流程走到底。"季临的专业能力摆在面前，陈明华信任他，索性也和徐志新打起了心理战，"我们是需要花费时间和金钱的成本，但徐志新也同样要浪费钱和时间，你想和我们耗着，那就耗到底，更何况现在的证据链下，就算耗到底，最终也是我们胜诉。"

"我们企业的态度就是这样，绝对不会变，剩下的就交给季律师处理了。"

闫欣和陈明华说完，也不再看徐志新，径自转身走了。到了这个地步，后续已经不需要他们出面，直接交给季临就行了。

徐志新根本没有料到这样的发展，情绪彻底崩溃了，他二话没说，当场跪在了季临面前。

"季律师，求求你，求求你能不能和公司说说，让公司不要给我开骗病假被辞退的退工单。"一个一米八几的大男人，就这样佝偻着背，卑微地跪在季临面前，整张脸上都是眼泪。

徐志新看向白端端："白律师，我不是故意骗病假的，之前的过敏、肠胃炎、感冒，就像我之前和你说的那样，这都是真的。我爸病了，我压力太大了，连带着不停生病。我唯一骗的病假，是胫骨骨折。"

他不断流着泪："我真的没有办法了，我爸胰腺癌，家里没别的亲人，没有人照顾他，他没剩下多少时间了，我只想最后的日子能让他过得舒心点。正好这时候，我老家一个表哥摔骨折了，想来 A 市看病，他和我长得像，只是比我矮，又是个农民没有医保卡，正犯愁看病的事，我……我就一时鬼迷心窍，想到了要是让他用我的医保卡挂号看病开出病假单，而我假装摔断腿，就能请几个月长假了……"

所以 X 光片是真的，甚至用的也是徐志新的名义，只是实际被拍片的人却不是他。

白端端知道徐志新家里的情况，此刻听了原委，又是同情又是生气："你为什么不请个护工？这样你爸也有专门的人照看，你上班拿工资也还能有个补贴？"

"白律师，不是我不想，护工我也请了，一开始我也是这样想的，白天让护工帮着照料我爸，晚上回家我自己来，一开始还好，结果后来我就发现我爸挺抵触护工，问他原因，他说自己一个人就行，我开始没多想，觉得就是他想省钱不想请，就告诉他，如果不请护工，那我就只好自己辞职照顾他，他之后也就没再说了。可后来时间长了，我觉得不对，留了个心眼，在家里装了个监控。"

徐志新回忆起这一段，脸上满是痛苦和自责："你知道我看到了什么？！那个女人，花了我的钱，却在虐待我爸！我爸没有胃口吃不下饭，她就把滚烫的粥，直接骂骂咧咧地倒进了他的脖子里！我爸口渴想喝水，那女人却死活不给他倒，就因为怕他喝水后要小便。我爸卧床不能起来了，大小便也不能自理，她怕麻烦还要收拾！还有各种难听的打骂，骂他怎么还不赶紧死！"

徐志新的声音颤抖："我这才知道，我爸每天都在遭什么样的罪，这根本不是请了个护工，是请了个恶魔，但我爸怕影响我工作，就没有和我说真相。

"白律师，你说，我是什么样的儿子啊？我让我爸一辈子没过上好日子不说，到了人生最后的关头，不仅要忍受病痛的折磨，竟然连口水都喝不上！"徐志新哭到撕心裂肺，"我是什么样的儿子啊！我是什么样的人啊！"

白端端心里有些难过和释然，她一直觉得徐志新并不是恶意骗病假的人，如今听了，才知道原委。

"所以你对护工完全失去信心了，再也不放心把爸爸交给别人照顾，就想着自己照顾？但因为治病钱的缺口也大，你也不能辞职，还需要这份工作和工资，所以就想出了骗病假这个馊招？"

徐志新发泄完，终于慢慢平静下来，他流着泪点了点头，他看向不发一言面色晦暗不明的季临："季律师，我真的不是故意骗病假的，我爸没几个月了，我就想在最后的日子里，好好陪着他、照顾他，我一开始也是想走合理的请假流程的，但我的年假已经在我爸手术住院时用完了，再请事假，公司就不高兴了，死活不同意……所以我走投无路才出了这个昏招，本来打算陪完我爸最后一程之后就继续回去上班，为公司做牛做马都行，怎么加班都行，好好弥补这次的事。"

公司不同意这么长时间的事假也可以理解，徐志新在这家公司工作还没满半年，前面还有一堆这样那样的病假，虽是真的，但也足够让公司不满了。如今又是要请几个月的事假，就算说明情况愿意连基本工资都不要，那公司也还要缴纳他的社保，也是不小的成本，何况徐志新又不能完全不要收入，也无法负担自行缴纳社保……公司当然不愿意批准这样的事假了，没准儿当时就存了用不同意事假的方式来逼迫徐志新自动离职的意图。

"这事是我错了，但我真的不是恶意去骗公司的，求求你，能不能帮我和公司争取下，把离职原因处理成我主动辞职，而不是因为骗病假严重违纪被辞退，否则以后在这行里，我根本就找不到别的工作了。"

这一番话掏心掏肺，白端端觉得，季临大概也是有所触动的，事情或许还不至于到这一步。

而整个过程里，季临就这么居高临下地站着，看着跪在地上等着他审判的男人，终于开了口。

"世界以痛吻我，我却报之以歌？你们是不是心灵鸡汤看多了，以为这种话在现实生活里行得通？成年人做任何决定都要承担后果，你错了，你违法了，你骗了公司，那你就只配落得这样的结果。"

只可惜季临对徐志新的眼泪、遭遇以及他的下跪，完全无动于衷："我是律师，不是居委会调解员，我不在乎你悲惨不悲惨，我也从不相信劳资纠纷里有什么双赢。

"你更应该庆幸的是，我只做劳资纠纷，只追究你在《劳动合同法》领域的违法行为，否则你出借医保卡的行为还违反了《社会保险法》，还涉嫌别的违法。"

徐志新跪行着爬到了季临身边："季律师，求求你网开一面，我爸真的快不行了！"

即便徐志新有错，但这场景也足够让人动容，只可惜季临脸上没有露出一丝一毫的同情。他的脸色相当难看，像是回忆到什么过往一样，甚至带了点惨白，然而眼神里却只有嫌恶，还有一丝稍纵即逝的恨意。他看着地上的徐志新，像是想要说点什么，但最终还是克制下来，恢复到了称得上是无情的工作状态。

他冷笑着看向白端端："我不想评价他的私人生活，但如果我不戳破这位先生的谎言，那你们是不是觉得，就可以通过所谓的各让一步达到'双赢'？只是这对企业是'双赢'吗？明知道员工骗病假，却还不得不委曲求全退让，好汤好水伺候着白眼狼，指望他少要点赔偿，对企业而言，这就是'强奸'。因为无法自证自己是对的，对方是有过错的，因此只能默默咽下这口气。

"我为什么讨厌这些爱钻法律空子的员工，就是这一点。"季临脸上露出深深的厌恶，"正因为有太多这样的员工，很多明明很有前景的企业就这么被拖死了。

"我不会放过骗病假的员工，而那个帮忙造假补开病假单的骨科医生，我也不会放过，我会就她的行为向她的医院进行举报。"季临脸上写满了嫌恶，"就因为有这么多不带脑子破坏规则造假的人，每次取证才都这么麻烦。

"和解协议我放桌上了，想好了联系我。"季临显然已经不想再多讲，他冷冷地瞥了一眼还跪在地上的徐志新，脸上是不近人情的冷酷。

然后他看了白端端一眼："记得付咖啡的钱。"

不是，这话题跳跃得有点野了吧？什么跟什么？

白端端当场就愣住了："啊？"

季临却一脸理所当然："另外，我之后会给你寄账单。"

"什么？"

季临抬了抬下巴："那件衣服，记得帮我扔了，已经被狗咬过了，口袋也被刨坏了。你负责赔偿。"

白端端惊呆了："你这衣服是你自己带来的，狗弄坏的，关我什么事？"

季临笑笑："是因为你的当事人欺骗隐瞒，逼得我不得不用这种方案，才导致了我衣服的损毁，而且我可是借给他穿的，我问他追偿没问题，他赔钱了，可以去找狗的主人要啊。"

讲道理，是这样没错，但就算这损毁了，也是因为徐志新的缘故，和自己有什么关系呢？要不是徐志新如今还瘫倒在地上默默流泪，白端端早就脏话脱口而出了，如今顾及着徐志新的情绪，她只能用愤怒的目光不服地瞪视季临。

只是自己没开口，季临倒是读懂了自己的眼神，他一点也没有不好意思："是，事实上，我应该向你的当事人追责，但你当事人这个家庭情况，我就算追责，也是执行无能，所以我选择向有偿债能力的你追责，你是他的代理律师，对这件事承担连带责任也不冤，我就盯着你，你赔钱，赔完钱你去问你的当事人再要，那就不关我的事了。"

季临轻哂道："我看你不是一脸慈悲为怀很同情他吗？同情这种东西没有任何力量，你不如帮他做点实事把钱给赔了。"

其实这件西装确实和白端端没关系，她完全不需要赔，然而如今徐志新这个状态……第一，他根本没钱可赔；第二，就算赔了以后，他爸这个情况，他也根本没精力去向狗主人追偿，这是一笔有去无回的钱，可能会成为压垮这个男人的最后一根稻草……

白端端咬了咬牙，现在自己无论如何做不到去向这个既有可怜之处又有可恨之处的男人施压。季临可真是绝了，他就算准了这点才故意这样做，要么白端端在金钱面前当场自己打脸，给徐志新雪上加霜明算账，要么就只能……像现在这样默默吃进这笔账。

"所以，记得赔钱。"

"给你抹个零头，狗粮的钱就算了。"季临笑笑，"不用太感谢我。"

原来口袋里的一把狗粮都明码标价了？

他说完，又看了白端端一眼，丝毫没有再管徐志新的死活，然后就这么径自走了。

白端端只觉得自己浑身的洪荒之力都要冲破桎梏了。

快来人啊，不要打三十大板了，给我把这贱人直接拖出午门斩首！！

# 第五章　电梯被困，结上新仇

只是季临走了，白端端却是为难上了。

这个劳资纠纷进行到这一步，再上庭应诉已经没有意义，白端端很明白，一旦企业不愿意得饶人处且饶人，那季临给的就是唯一的出路。

自己虽然同情徐志新，也知道他的苦衷，但他确实做错了。

极度的绝望下，徐志新却把白端端当成了唯一的浮木，他跪着挪到了白端端面前，当即就给白端端磕起头来："白律师，求你了，求求你救救我。是我鬼迷心窍，是我骗了公司，骗了你，我知道现在再怎么道歉都没用了，但白律师，帮帮忙吧！"

白端端爱莫能助："你刚才也听到对方律师怎么说了，金光电子的态度很坚决，想让他们不给你出辞退单，恐怕……"

"不，不是的，我已经不奢望公司能原谅我了，我只是想让你帮我求求季律师，不要去举报陈佳楠医生。"徐志新满脸痛苦不安，"她是为了我才铤而走险的，她是不想我这么为难，才为了我……"

白端端愣了愣："你和陈佳楠医生是？"

徐志新缓慢地点了点头："她是我的女朋友。"说到这里，他抹了眼泪，苦笑了一下，"不敢公开的女朋友，在她的朋友圈里，她都是单身的。"

"她不愿意公开？"白端端有点意外，"都愿意为你冒这么大的职业风险造假病假单，还不愿意公开？"

"不是的，她……我和她是大学同学，大二开始恋爱，但我家里太穷了，工作也没多体面，第一次见家长，怕她爸妈不认可我，所以就谎报了自己的情况。果然，一开始她爸妈对我特别好，像对自己儿子似的，可结果有次不小心被他们知道了我家里的真实情况，他们的态度就变了，坚决逼她分手，甚至以死相逼，她没办法，才只能表面上和我分手，但她从没有放弃过我。"

徐志新哽咽道："我什么都没有，什么都没法儿给她，但她就死心塌地地认准我。还不断劝说我，我们两个因为地下恋情，别人都不知道我们的关系，就算她给我开假的病假条单，也查不到我们有联系，她是为了我，才做了这种事，她真的是个特别善良的女孩，我不能再害她失去工作或者被处罚了，白律师，求求你，帮帮她，不要让她受到伤害……"

"如果我没猜错，你让你的表哥用你的医保卡看病拍片，除了你们两个长得像足以蒙混过关，陈佳楠也帮了忙吧？"

面对白端端的疑问，徐志新没说话，但他的姿态和眼神默认了一切。

白端端叹了口气："你从一开始就不应该骗我的。"

徐志新红了眼睛："白律师，因为这里除了涉及我自己，还涉及佳楠，又是被转手给你的案子，我根本没和你前期沟通过，也不知道你是个什么样的人，我……我不敢贸然把这些真相告诉你。"

徐志新的语气带了悲凉的自暴自弃："何况我知道你们律师对证据的伪造也有法律责任，你要不知道是假的还行，你要知道是假的还使用这证据，就是妨碍司法了，一旦被牵连，可能还要被吊销执照吧？我这个案子标的额这么小，怎么可能会有律师冒那么大风险帮着我一起用假证据呢？告诉了你，你一旦知道我骨折的证据是假的，你还会帮我代理吗？"

"会，我会帮你代理。"白端端丝毫没有犹豫，"但绝对不使用造假的证据。"

"可没有造假的证据，我怎么可能赢？"徐志新红着眼眶苦笑，"我是以骨折向公司请假的，但补不出真实合法的假条和诊断病历来，这不还是骗病假，最后落得和现在一样的地步吗？也就是想到最坏的结果也就这样，大不了被戳穿，还不如大着胆子试一试运气……"

白端端打断了他："不用造假的证据，确实只能输，但绝对不是现在这样最坏的结果。

"劳动纠纷本身就以谈判和解为主，大部分公司其实在开人时也不想做到赶尽杀绝。因为，第一，你曾是他们的员工，你曾掌握了他们的商业运营甚至一些机密，至少对人事架构、车间产品、生产线是了解熟悉的，如果你想要报复，不论是投诚他们的竞争对手，还是直接靠着对公司的熟悉溜进办公区对高层实行暴力伤害，对他们来说，总是个潜在风险，把你逼到绝境，他们也会有以上顾虑；第二，你在金光电子还有一些前同事，和你曾经关系还不错，公司用这么撕破脸皮的方式把你开掉，即便你有错，你的前同事里或许也会有人觉得公司太过冷酷，这会让这些员工对公司产生离心，对公司管理没有好处。"

白端端冷静地看着徐志新："所以，如果你早就和我坦白了一切，我们不用伪造的证据，金光电子知道你骗病假，但我们利用这一点，外加一些诉讼策略进行谈判，真诚坦白地聊一聊，根本可以在劳动仲裁前就和解完毕，也不至于让金光电子震怒到去请季临的地步。"

"可……可公司一旦知道我确实是骗病假，根本不可能和我走和解的！"徐志新坚持道，"最后不还是这个结果吗？"

白端端看向了徐志新："你一开始试图请事假的时候，只说了自己父亲时日不多，没说出为什么不肯请护工要自己上的缘由吧？"

徐志新有些意外，不知道白端端是如何得知的，只是老实地点了点头。

白端端叹了口气："你为什么不说？你一开始就说出这一切，是有可能直接按照正当流程请到事假的。"

"不可能！"徐志新想也没想就反驳了，他脸上有一些难堪和尴尬，

"我之前断断续续请那些真实的病假时，人事部就对我态度很差、很讽刺了，请事假时我一开口说我爸得了胰腺癌，那边有个人就笑了，直接说我，'为了请假，连亲爸都被安排赐死了'……"徐志新低下头，"我永远记得那人脸上的不屑和鄙夷，我不想再受这种侮辱了，与其苦苦解释，不如走捷径……"

从一开始接触，白端端其实就隐隐觉察到了，徐志新有着一种过分的自尊，他不想在自己父亲面前暴露自己在车间工作的难处，也不愿和白端端讲述自己的困苦，他活得非常克制，努力不让女友父母看到他家境的贫寒。

只是，过刚易折，他过分的自尊让他没有办法袒露自己的软弱和无能，于是只能自己背负过重的压力。

"徐志新，向人示弱并不是一件多么不可饶恕的事，很多时候，示弱才是信任的开始，坦诚自己的困难也没有那么难。这世界上很多事，都是真心换真心的。"

白端端有些唏嘘："你要是最初请假就把你为什么不请护工要自己照顾你父亲的原因说出来，事情或许都不会发展到这一步。至少，就算那时没说，如果闫欣要辞退你，在仲裁之前你能诚实地承认自己确实骗了病假，讲出缘由，直接认错，就算没有赔偿金，金光电子也会更愿意给你一个自动离职的退工单，而不是像现在这样，不仅没有拿到钱，就连自己在行业圈子里的信誉和名声，都赔光了。

"包括你和你女朋友父母的见面，你有没有想过，他们对你态度的转变，并不是嫌弃你家境不好，而是觉得你不坦诚，才对你无法信任？"

徐志新张了张嘴，最终什么也没有说出来，陷入了沉默。

"而如果你能坦诚地告诉我所有事，我肯定会拼尽全力，为你争取最好的方案，至少不至于如今这样，还必须背负一张因骗病假而被开除的退工单，而你女朋友，也不会被举报影响前途。"

徐志新嗫嚅了下："对不起，白律师，后面发生这么多事，确实是没想到。这都是因为我的错。"说到这里，这男人眼里又隐隐有了泪意，如今这样的结局，对他而言，确实是很艰难的。

其实别说徐志新，就连白端端自己也没想到，像徐志新这样标的额的劳动纠纷，根本收费不高，因此律师大部分也都是例行般尽到自己应尽的责任就行，绝对不会像季临这样穷尽所有方法死磕到底，死磕到甚至有些偏执。

他在这个案子上花费的时间和精力成本，实在远远超过这个案子能给他带来的经济效益。这在正常的律师服务里，根本是不可能的。

要不是这个案子的对手律师是季临，白端端甚至可以预见，在自己不知道徐志新造假病假的情况下，按照自己的思路方案与金光电子对垒，徐志新完全会赢得漂漂亮亮全身而退。

只可惜徐志新遇到的是季临。

"白律师，现在我也算罪有应得，但佳楠那边，你能不能帮我求求季律师和公司，求求他们高抬贵手？"

面对徐志新的苦苦哀求，白端端最终还是心软了，她点了点头："我试一试。"

虽然答应了，但白端端根本找不到去"试一试"的机会，她回到所里，给季临打了个电话，想好了准备先展现一下自己的友好，再推心置腹地讨论徐志新女朋友的事，然而她刚说明来意，季临就无情地给了她两个字。

"没空。"

"……"

他顿了顿，没等白端端反应，又给了她另外两个字："挂了。"

白端端赶忙抢先道："等等！我就和你说几句话。"

季临的声音有点冷："如果你按照我的收费标准付费的话，可以。"

白端端笑了声："季临，有没有人和你说，你真的不适合开玩笑，也太冷了吧。"

"我没开玩笑，我的时薪是8000人民币，精确到秒，你确定要说的话，我开始计时了。"

虽然知道季临的收费贵，但这么直接地听到他的费率，白端端还是忍不住叫了出来："你怎么不去抢啊！8000！太贵了吧！给我打个折……"

白端端最后一个"吧"字还没说出口，手机听筒里就传来了电话被挂断的嘟嘟声……

"喂？喂？季临？！"

自己不就抱怨了一声贵吗！竟然直接就把电话挂了！！买卖不成仁义在啊！！！

真的，白端端非常诚恳地想，季临这个人是怎么安全活到这么大没人打死的？

不过虽然工作途中逮不着人，他下班后，却被白端端逮着了。

说起来也不叫逮，白端端等着电梯上升的时候，季临从外面踏了进来，要放在平时，白端端肯定猛按关门键，只是今天，一想到自己还有使命没完成，白端端愣是把门开着等着季临慢条斯理地进了电梯。

两个人住的楼层高，这电梯又运行得慢，还正好只有白端端和季临两个……

白端端决定抓住机会："季律师，徐志新那个案子，我想……"

"不，你不想。"

"……"

还能不能好好聊天了？

白端端忍了忍眉心跳动的怒意，尽量平静道："徐志新决定接受你们的条件进行调解处理，但是有一点，对于陈佳楠医生，是否可以网开一面？你可以去调查下，她平时工作非常认真负责，在网上的好评度也非常高，即便门诊下班后，还常常帮着病人加号，自己累点没关系，只要病人能尽早得到医治就行，她真的是一个好医生……"

白端端简短地把陈佳楠和徐志新的苦处都讲了，希望能勾起季临的同情，只可惜不等她讲完，季临带着冷意的眼神就打断了白端端："我说了你不会想和我聊这个话题的。"

季临的声音十分冷酷："我说过，我最讨厌的就是这样的人，破坏规矩，还自以为是地以为自己是个好人。这些人如果不得到教训，从骨子里就不会觉得自己有错，甚至觉得冒着危险牺牲了自己，是帮助了别人，还觉得自己十分伟大，一旦逃脱过这一次，又绝对会继续第二次。不守规矩一旦得到了甜头，就只有零次和无数次。"他看了白端端一眼，"这和出轨是一样的道理。"

白端端不得不承认，季临一开口，自己就真的不想和他聊天了……因为她发现季临真的完全不在乎别人，他说话的时候，也完全不在意听的人怎么想，他会非常直接甚至让人难堪地指出问题，根本不懂虚与委蛇和委婉友善。

简单来说，与这样的人交谈沟通，大概会被气出内伤。

"有没有人和你说过，你说话真的不太动听？"白端端憋了憋，没忍住，"我帮我的当事人传递他的意思和你沟通，尽到我的责任，你觉得不行，完全可以用'不好意思，我的当事人还是坚持要投诉'这种说辞委婉地拒绝我就行了，你何必说那么难听，把我也连带着一起骂？"

季临愣了愣，正当白端端以为他终于意识到自己的问题时，只听他语气匪夷所思而真诚地问道——

"为什么要委婉？"

"……"

白端端简直没脾气了："我好歹和你从业一个领域，以后都是业内抬头不见低头见的，更何况还是邻居，你不能维系好人脉？都说现代社会，多个朋友多条路啊，你没准儿以后……"

"不是。"季临困惑地打断了白端端，他仔细地打量了白端端一眼，"你觉得你是我的人脉？是什么给你的勇气？"

"……"

"你觉得你能成为我的路？"季临一字一顿道，"你觉得我以后有事会需要……求助你？"

"……"

季临笑了笑，丝毫不在意白端端快要扭曲的表情，他淡然地道："很遗憾，你还达不到作为我人脉去维系的标准。"

白端端不太服，就算这一次自己确实甘拜下风，但至少再努力努力也……

"我这个人很直接，不喜欢虚伪那一套，也不会对你说什么'加油，再努力一把，你就能达到我想维系的人脉标准了'。"

"……"

季临却嫌这一番话还不够欠打似的，勉为其难地伸出手比画了一下，他画出了和自己身高等高的距离："你和我人脉的标准，还差那么大。你应该没希望了。"

他笑笑，又补了一刀："所以我为什么要委婉？"

这一瞬间，白端端内心的火焰简直被引爆了，打人犯法是不对的，但季临这种行为不是寻衅滋事，至少也违反《治安管理处罚条例》吧？先撩者贱，白端端觉得，如果自己现在打他，真的不应该算犯法。

白端端也承认，季临的话是有道理，然而她想起自己的爸爸，还是忍不住去同情作为弱势的员工，徐志新是迫于无奈鬼迷心窍，但最终也会受到应有的惩罚。而陈佳楠，白端端去翻了陈佳楠的履历，非常优秀，她学了七年医，而季临的投诉，将是她职业生涯里的灭顶之灾……

只可惜季临根本不为所动，不论白端端怎么请求，他连理都不再理她。

最终，白端端泄了气，她看了季临一眼："我听我同事说了，你这个人从不主张企业和解，你都是主战派，你的方案每次都是让企业硬杠到底，一旦员工做错了，你就绝对不留任何余地给他们，就算是'和解'，也是你单方面的胜利。我确实不该天真地跑来和你谈什么让你网开一面，'人情味'这仨字在你字典里就没有。

"企业其实请你花的律师费分出一小部分，就可以轻松搞定这件事了。"白端端忍不住想到自己的爸爸，心下酸涩，"徐志新是不对，但他也不是没想过通过正常流程请假，企业要是当时多一点人情味，不是出言讽刺他，能更心平气和一点，好好了解他的情况，知道徐志新家里的困境，多给一些帮助，他或许也根本不会铤而走险做这种事……"

白端端这番话已经可称之为单方面的抱怨了，她没指望季临再理睬自己，然而没想到，季临却开了口。

"你觉得人情味很伟大吗？企业运营管理靠人情味吗？你这么信奉人情味，那你还做什么律师？"他的声音一改刚才的冷淡，变成了全然的讽刺和鄙夷，"你一直觉得这件事不是最好的结果是吗？你觉得花钱找像我这样的律师死杠，花钱花时间，根本不经济，你总是用经不经济来作为评判标准，我相信你在给你的客户出法律建议的时候，也是这样考量的，这个方案性价比高不高？"

白端端皱了皱眉，她也有些生气了："难道我们做律师的不就应该给出合理又性价比高的方案吗？难道明和解更快更省钱，却劝着客户去不断花钱花时间诉讼吗？这不是诉讼骗子吗？我知道对律师来说，劝着客户去诉讼比和解能拿到更多的代理费，但我做不出这种事，我不会去骗客户的代理费。"

"你根本不懂诉讼的意义所在。"季临冷笑了一声，"诉讼的意义是原则，是底线。难道因为麻烦、性价比低，就要平衡开人的代价和性价比，轻松放过那些恶意的员工吗？你以为企业就喜欢解雇人吗？解雇任何人，就算解雇蠢货，也意味着给自己的生意带来混乱和破坏，执行解雇员工的决定也很艰难，怀恨在心的被解雇员工可能报复企业，而这个员工仍在职的朋友，也可能同样会对企业产生不认同感。解雇员工也会造成人员职位空缺，那企业必须重新走流程招聘、录用、磨合新的员工，这要花费大量的精力，并且完全没法儿保证新招来的员工就一定好用，所以很多企业被逼无奈，为了你所追究的性价比，最终只能凑合着用那些并不怎样的员工，也懒得去开除。但这是对的吗？"

季临看向白端端："你从事《劳动法》领域，但令我惊讶的是，你根本不懂企业运营，根本不懂商业模式，也不知道企业主心里在想什么。"

白端端下意识地辩解道："我不喜欢代理企业，我从来只代理员工，因为员工更为弱势，我只想帮更弱势的群体争取法律权益！"

"就算代理员工，你也至少需要设身处地地认识到你当事人的对手。商业很复杂，运营一个企业，依赖于所有人员的齐心协力，哪个环节出了错，企业都会遭影响，你觉得经营一个企业很简单是吗？你觉得企业主因为更有钱就一定强势，员工就一定弱势？你完全不去考虑，企业主为了经营好一家企业要怎样殚精竭虑，他们要承担多少压力，他们为了工作牺牲了多少，他们要参加多少酒局有多少身不由己……就因为有钱，他就应该承担更多？

"企业主是比员工富有，社会地位更高，拥有更多资源，但他们的这一切，也都是合法努力经营得到的，在这个案子里，错的人是徐志新，凭什么企业主要去买单、要去和解、要为他做考虑？谁穷谁有理、谁弱谁有理？"

季临的眉心微微皱着："我最讨厌的就是你这样口口声声号称员工更为弱势需要维权保护的人了。但事实是，很多时候，都是徐志新这样的员工，不断地在摧毁一个企业。"

白端端抿了抿唇："我知道你想说，如果徐志新这样的员工不受到惩罚，就会有越来越多的人仿效。一旦金光电子和徐志新和解，那就会成为越来越多员工钻漏洞的模板，但我觉得这是不现实的，因为其实大部分员工都想好好工作，没有那么多人天性就坏，更没有那么多人会遭遇徐志新这样的不幸。徐志新是有错，但是你对他的指责未免太严重了，他这样的员工怎么可能就毁掉一个企业？"

"'好的规则可以让想犯错的人不敢犯错，规则上的缺陷也可以让一个好人沦为坏人'，如果金光电子容忍了徐志新的行为，进行了软弱的和解，是，确实可能仿效的人并不会那么多，但其余正常辛勤劳动遵守公司病假管理规定的员工，是不是感情受到了伤害？是不是会觉得不公平？以后一切解雇行为，是否都会变得不顺利？徐志新那么过分，都能和解拿到补偿金，那我为什么不能？这样的群体意识一旦开始，就很难控制了。"

季临冷冷地扫了一眼白端端："你根本没有一点公司管理的思维意识，竟然能做劳资纠纷律师？"

一席话，完全把白端端说得哑口无言无力反击，因为自己经历的缘故，白端端总是倾向站在员工的一边，也更容易同情员工，此前从没有像季临这样站在企业主的角度考虑过。如今她被季临劈头盖脸嘲讽了这么一通，虽然感情上无法接受，内心深处却有些触动。

她觉得非常难堪，不仅因为季临的直接，还因为她突然意识到，虽然自己一直以来告诫自己做律师没有立场，只有中立和客观，但不知不觉中，思维还是倾向走进了基于自己经历的定式里。

虽然态度恶劣，但季临说的，是对的。

白端端自成为律师以来，就从没有接过代理企业主的案子，林晖不止几次和自己明示暗示过，还需要多做些企业客户的案件。林晖当然是从创收的角度考虑的，企业主总是比劳动者个人大方，也更好沟通，且一旦合作愉快，还存在很多未来潜在案源。以前的白端端总是嗤之以鼻，但是如今被季临当面这么羞辱了一通，白端端却有生以来第一次认真考虑了起来。

只接某一类人群的特定案件，视野总会受限，是不是真的应该摒弃自己的偏见，代理企业试试看？

季临说完那番话，显然再也不想开口了，他站在电梯的另一角，看着电梯不断上跳的数字。

就在楼层快要到达之时，突然哐当一声，电梯陡然停了，在这么关键的时刻，这电梯竟然出故障了……

虽然按了电梯里的工程维修电话，然而却没有人接，白端端想用手机拨110，发现这破电梯不仅屏蔽了信号，连紧急呼叫竟然也没打通，季临显然也是一样，只是相比白端端的焦躁，他却淡然极了。

他轻飘飘地瞟了白端端一眼，虽然什么也没说，但颇有一种"要和你多待在这电梯里，我都没说什么，你急什么"的姿态。

白端端又试着打了几次电话，都没成功，她忍不住瞪了一眼气定神闲的季临："你不过来帮忙吗？你怎么一点不急？"

季临显然仍旧不想屈尊哪怕动一根手指："我为什么要急？重要的人物失联后，总是很快就会被发现的。"他看了眼腕表，"还有20分钟，我的客户之前预约了这段时间给我打电话咨询，联系不上会找我助理的。"季临波澜不惊道，"助理会来找我的。"

20分钟？！

白端端的心态彻底崩了。

她小时候经历过一次电梯事故，长大后虽然正常坐电梯没问题，但是一旦在密闭的环境里待时间长了，就会开始惶恐焦虑，严重起来更会呼吸困难，甚至昏迷。

如今竟然要在这个电梯里待 20 分钟，还是和季临，白端端只觉得自己真的可以直播当场去世了。

然而还是要自救，这种时候唯一有用的办法就是不断转移自己的注意力了。

"季临，大家都是邻居，还是同行，我们聊聊天吧。"

"没钱，免谈。"

行！不就是钱嘛！我买，我买还不行吗！

白端端咬了咬牙："一个小时 8000 是吗？好，那我花 2667，买你 20 分钟！"白端端说完，拿出了手机，"我通过你手机号找下你微信，然后加一下你好友，只要你通过了，我立刻给你转，我有的是钱！"

季临看白痴一样地看了白端端一眼："这里屏蔽信号了，你怎么加上好友？"

也不知道是极度走运还是极度不幸，命运开玩笑似的，刚才还没信号的手机，在白端端搜好友的时候，竟然恢复了微弱的信号。白端端没顾上加好友，赶紧拨了 110，110 接了警，告知会通知相关部门，尽快解决问题。没多久 110 给白端端回了个电话，说大概还要 20 分钟工程部的师傅会赶来。

结果打不打电话都一样，还是都要和季临在这儿干等 20 分钟。

白端端看着紧闭的电梯门，心里已经开始有些害怕和烦躁了，她索性抢过季临的手机，赶紧帮他通过了好友申请，然后手起刀落赶紧转账，并且帮季临收了款。

白端端恶声恶气道："行了，你收了我的钱，就要干活儿了。来，我们聊聊天。"

只是聊什么呢？自己和季临能聊什么呢？好像真的没什么可聊的啊……

"要不，我给你出题，你来答吧。"

白端端灵机一动，开始准备给季临挖坑，她到底还是心疼自己的两千多块钱，还贼心不死想着把钱从季临身上捞回来。

"我给你出的题，全部在我们从业领域的《劳动法》范围内，都是实操性的，你必须在一分钟内给出答案，做出简单分析，要是你答错了，那你每题就要给我返还300块。"

白端端不等季临拒绝，就补充道："你想，我花费两千多买你20分钟，是因为相信你的专业性才接受了这个高价，你要是连这几个题都答不对，你这个就是货不对版，以次充好，别说赔钱，我就是要你退款都合理对不对？何况我出了钱，我想怎么支配你的20分钟都应该有话语权。"

季临冷笑了一声："我拒绝。"

"别，我还没说完。"白端端清了清嗓子，抛出了自己的诱饵，"如果你答对了，每对一道题，我就多给你300块！"

季临镇定冷淡地看了白端端一眼："那你要给破产，等着哭吧。"

叫我哭？白端端想，到时候哭得像个两百斤的狗子的，恐怕是你。

白端端已经算好了，20分钟，足够她问十个问题了，自己可攒了一大堆实操里角度刁钻的案例，别说自己的两千多块钱，恐怕还能从季临身上倒抠出一笔钱来。

"员工在上班时间请假回员工宿舍休息，在宿舍死亡，是否算工伤？"

这个题目提炼自一个最高法院的《劳动法》库案例，经历了一审二审，争论也相当大，光是律师就分成了不同的派别……

"（2018）最高法行申10600号。"

"啊？"

"你说的这个案子原型的判决号。"季临笑了下，"属于工伤，因为员工宿舍应当认定为工作岗位的合理延伸，死亡员工在上班期间因突发疾病向公司请假回宿舍休息，并且死亡时间在48小时内，完全符合工伤认定标准。"

"……"

竟然连案号都能背出来，这是魔教中人吧……

"一家用人规模达到100人以上的单位，其中一位员工因为赌博被行政拘留，单位规章制度中明确列明因自身原因遭行政拘留是严重违纪，属于可以合法解除劳动合同的情形，单位向劳动者书面发出解除通知后……"

"属于违法解除。"

"我还没问完啊？"

季临看了白端端一眼，面无表情道："虽然员工确实因为行政拘留严重违纪，但因为单位没有事先通知工会走流程，直接向员工发解除通知，照样是违法解除。"他瞟了白端端一眼，"这里的考点是工会。企业用工人数 25 人以上就必须成立工会，辞退员工就必须经过工会流程。"

季临笑了笑："你还有什么疑问吗？"

"……"

"600，记得转我。"

"……"

白端端不甘不愿地掏出手机准备转账，结果季临又打断了她："算了。"

白端端松了口气，季临看起来还没有真的道德沦丧人性缺失，自己都付了他 2667 了，又是邻居，这 600 块终于是愿意就这么算了……

结果季临认真道："等最后一起结算吧，免得之后还要每次几百几百地转，我还要一次次收款，麻烦。"

敢情您不是觉得 600 块钱算了啊……还别每次几百几百转呢，对自己答对后面的题目就这么有自信?

白端端摩拳擦掌，想了半天，又开始出题，这次她铆足了劲，出的题一个比一个角度刁钻，案情也一个比一个复杂，然而季临像是本习题册答案，几乎是白端端话音刚落，他就能检索出完全精确到完美的答案。

白端端问了十个问题，他答对了十个。

季临语气平静道："好了，3000 块，现在可以一次性转我了。"

白端端完全被激发了战斗欲，她不信邪道："等等，再答几题！"

季临欠扁地笑了下："不好意思，20 分钟满了，你不要再和我说话了。"

虽然说着"不好意思"，但他一张脸上，可真是一点"不好意思"的模样都没有，敷衍到甚至连装都不愿意装一下。

他说完话，一点继续搭理白端端的意思也没有了。

"再答一题！"

白端端觉得自己此刻完全理解了赌徒的心态,明明已经输光了自己的筹码,然而投入了太多,导致总还有一种孤注一掷想要靠下一把翻身的心态……

这十个案例里的一些细节点,很多白端端曾经也犯过错,如今拿来考季临,他却一个也没错,这简直是啪啪啪打脸自己了。

白端端咬了咬牙:"5分钟!我给你666!再答一题!"

……

"再5分钟,我转你钱!"

"不行,再来5分钟!"

……

只是很可惜,5分钟复5分钟,白端端又出了好多题,但每一个都阵亡在了季临的脚下。

幸好在110的帮助下,通知了工程部维修电梯,外加季临的助理也终于通过大楼监控找到季临,白端端才终于免于破产。

只是这一趟电梯故障,她一共亏了8997元……白端端心里绝望地想,不知道这个损失能不能找物业公司赔……

平白被困电梯还一分钟没浪费按时薪收费的季临却是精神抖擞,他一点都不客气地收了款,然后连句谢谢也没有,就走出了电梯,看也没再看白端端一眼,径自回家了。

白端端震惊了:"我花了快9000元,你这售后就这样?好歹不应该说点什么抚慰下我受伤的心灵和钱包?至少让我觉得这钱花得没那么心痛吧?"

季临转身,看了白端端一眼,毫无负担地从善如流道:"哦,那谢谢惠顾,下次再来。"

你可闭嘴吧!我不想下次再来了!

白端端终于知道,季临这种人,还是别指望他能说出什么好话来了,他闭嘴不理睬别人,就已经是为别人着想了。

回到家以后,白端端想了想,还是气不过,她打开微信,开始给季临发信息。

　　"你真的不觉得我们既是同行，又是竞争对手，还是邻居，现在又变成了微信好友，这是一种缘分？至少你应该表现友好一点？"

　　季临果然没回。

　　行行行，和你说话要付费，我 get 了！白端端想，不就是给钱吗？我给！她当即动手给季临发了一个微信小红包。在红包的备注里，白端端想了想，写了一句"你我本无缘，全靠我花钱"。

　　果然，发完红包，季临的状态就变成了"正在输入中"。

　　这男人可真的是完全被金钱蒙蔽了双眼，大概只要给钱，没什么不会做的，这节操也……

　　只可惜白端端的吐槽还没结束，季临的回复就来了——

　　出乎白端端的意料，他不仅没收自己的红包，甚至还转了账过来。

　　随之过来的是一句话——

　　"钱退了，和你没缘。"

　　白端端点开转账一看，自己此前在电梯里总共付给季临 8997 块，而现在一向以铁公鸡闻名业内的季临，竟然给自己转了 9000 块！

　　还多了 3 块？！

　　白端端当即就疑惑上了，季临是算错账了，还是觉得没必要和自己斤斤计较，凑个整数比较好看？

　　当然，很快，白端端的疑惑就解除了。因为季临又发了一句话——

　　"多给你 3 块，以后别和我说话。"

　　"……"

　　自己就这么有毒？让这么抠门的季临都愿意多花 3 块钱让自己别再找他？这么不想和自己扯上关系？而且最重要的是，自己竟然值 3 块钱"巨款"？！！

　　好的，这个仇，我们是真的结上了。

# 第六章　魔鬼邻居，奈何有毒

虽然不太爽，但好歹钱都要回来了，甚至还多了3块，四舍五入等于自己白占用了季临20分钟，不仅一毛钱没花，甚至还赚了3块钱。这么一想，好像被困电梯还挺值的。

白端端连续加班了好几天，如今困得厉害，打了几个哈欠，就早早地钻进被窝儿里准备睡了。

然而老天像是偏要和她作对一样，刚迷迷糊糊快要入睡，楼上突然传来了震耳欲聋的DJ声。

这个点了，竟然有人在家里开Party！

白端端用枕头堵住耳朵，开始想忍着，结果对方丝毫没有停下来的趋势，甚至声音越闹越大了。

是可忍孰不可忍！难道不知道律师的头发特别宝贵，律师的睡眠更是尤其重要吗？！

白端端换了衣服，气冲冲地就准备往楼上去，结果等她来到了始作俑者的楼上住户门口，才发现已经有人先来一步。

季临脸色发黑神色难看，他显然也正在和噪声制造者交涉，然而并没有什么效果，因为屋主压根儿不理睬，屋子里还是不断传来动感舞曲。

季临看见白端端，难得主动开了口，他眉心皱着："不用沟通了，我已经报警了。"

白端端打了个哈欠："不行，这个点报警，出警就要等好久，我还得白白睡不着好久。"她看了季临一眼，揶揄道，"季律师，你代理当事人时候的气势哪儿去了？律师不应该主动出击抗争吗？"

白端端说完，就不信邪地准备上前交涉，结果还没走几步，就被季临拦住了。

"你以为我没交涉过？谈判只对理智的人有用，对这一屋子醉鬼根本无效。"他看了白端端一眼，"我劝你不用白费时间了，我上场都没用，你，更不行。"

"不试试怎么知道呢！"

白端端笑了笑，颇为自信地上前敲了敲门，没过一会儿，门开了，随即而来的是室内嘈杂的电音，有个染着绿色头发醉醺醺的花臂非主流小年轻开了门，还没等白端端开口，就喷了她一口烟，大嗓门儿一号。

"别敲了！敲魂啊！你有本事你去找警察！"

对方喊完，不等白端端反应，就"啪"的一声甩上了门。

"……"

白端端碰了一鼻子灰，季临则仍旧冷冷淡淡作壁上观："我说了是这个结果，这些人不清醒，没法儿沟通。"

"那也不能坐以待毙啊！"白端端一计不成，又生一计，"你家里有水果吗？大一点的那种？"

季临皱了皱眉："什么？"

"我有办法了，绝对能搞定，马上就能让他们安静，但我需要一些水果，越大越好那种，看起来很有气势的那种水果，比如大西瓜之类的，我家没有，你家有吗？有的话先借我用用，我回头还你！"

季临满脸狐疑，白端端只能下了猛剂："你想不想马上就能享受安静的睡眠？"

最终，在白端端的游说下，季临虽然不情不愿，但还是从家里搬来了两个纸箱。

"你要的水果，都在箱子里了。"季临此刻一脸了然的鄙夷，"你刚才不还说，律师要有抗争精神？结果最后的解决办法就是找我要了水果准备上前割地赔款求和？"季临冷笑了声，"你觉得那些醉鬼，会懂事到你上供了水果给他们，就停止吵闹？你真的是律师吗？真的是太天真了。"

白端端懒得反驳，她径自打开第一个箱子，取出了一个巨大的西瓜，然后再次走到门口敲起了门。

来开门的又是刚才那个非主流，他满眼写满了不耐烦："烦不烦啊你……"

话还没说完，白端端不容分说推开他，强硬地走进屋内，径自关掉了音响设备，然后她抿着唇，把那个巨大的西瓜摆到了桌上。

季临好整以暇地站在门口，等着白端端再次铩羽而归。

好好的一个律师，怎么搞得姿态低下和番邦小国进贡似的，简直没眼看。

然而就在季临腹诽之际……

白端端完全没有按照他内心设想的剧本来，她二话没说，走到西瓜前，当着所有人的面，一拳把西瓜拍烂了。

这西瓜非常非常大，想要一拳砸开就不太容易，而更难的是像白端端这样一拳把西瓜拍得稀巴烂，最玄乎的是，西瓜被这么拍烂，竟然还没飞溅，西瓜遗骸还七零八落稳稳地遗留在桌上。

简直是高手一出手，就知有没有……是个人都能看出来白端端有点玄乎。

而在对面各色的目光里，白端端镇定自若地收回了手："谁再开音响，这西瓜就是你们音响的下场。"她说完，看了眼季临："反正他有钱，砸烂了他赔。"

"……"

白端端徒手砸了一个西瓜，不管对方是狐疑还是惊愕好奇，总算暂时成功镇住了一屋子的非主流，她越战越勇，总觉得光是砸一个西瓜恐怕还不能彰显自己的实力，于是看了季临一眼——

"季律师，有没有人告诉过你，关键时刻，讲道理是没用的，沟通不能解决一切问题，重要的是铁腕，是展现自己的实力。好了，现在把另一个纸箱里的水果也拿出来，我今天就让你们看看什么叫作力量！"

白端端盘算得挺好，等自己再砸个什么水果，应该威慑力就更充足了。她还是个讲道理的人，要是能不动手，还是不动手了，万一这些水果没用，那只能再展现真正的武力值威慑对方了。

结果季临没有动。

白端端不耐烦地对他使眼色："快去拿啊！"

季临平静地看了她一眼："你确定吗？我觉得之后的东西你可能砸不烂。"

白端端轻蔑地笑了："你真是根本不知道我的力量，这世界上我砸不烂的水果还没有出生，快去拿来吧。"

然后白端端眼睁睁地看着季临从另一只纸箱里捧出了一个榴梿王级别的榴梿……

"……"

季临一只手按着鼻子，一只手把这巨大的榴梿放到了白端端的手里："给我展现一下你的力量，砸烂它吧。"

"……"

自己好不容易营造起来的王者气氛，就这么被季临给破坏了。

白端端差点气炸："你到底是站在我一边的还是站在他们一边的？你是不是故意来拆台的？让你拿个水果你就拿个榴梿给我？你有毒吧？"

季临却毫无羞愧之色，他坦然道："是你让我拿看起来强一点气势足一点的水果的，这榴梿很强。"

白端端差点当场昏厥："季临，我看榴梿不需要我展现自己的力量，我看你比较需要。"

"话不能说太满，就像再有把握，律师永远不能承诺自己客户这案子稳赢一样，我以为白律师知道这一点呢。"季临瞥了一眼白端端，"何况，你要是砸烂了人家别的东西，我不负责赔偿，和我无关。"说完，他看了一眼非主流，"我不认识这个女人，冤有头债有主，你们家里被西瓜弄脏的清理费也直接问她要，我也会向她索赔我的西瓜。"

有你这样的队友吗？！

白端端简直气坏了，行啊季临，好端端应该同仇敌忾的局面，你竟然要和我搞内讧！道高一尺，魔高一丈！

白端端敛了表情，换上了委屈的神色，她冲上去挽住了季临："老公，对不起，我错了还不行吗？至于还和我赌气说要算西瓜的钱吗？"

"……"

白端端娇滴滴道："人家知道自己之前把你打得太狠了，都把你腿打断了，但你也不能怪我啊。你知道我这个人力气大脾气又暴，情绪一上头就控制不住自己，但是我对你已经是真爱了。你也知道的，我前男友都被我打进重症监护室了……"

季临黑着脸皱着眉："你放开，白端端你发什么疯？谁是你老公？"

白端端对季临飞了个吻："老公，你别这样，我偶尔也允许你作一作的，但是你也要有个限度，我的忍耐也是有底线的，你再这样，我可不保证回去以后会不会又控制不住自己对你做点什么呢。"

白端端意有所指地笑笑："本来不过就是邻居半夜噪声的事，结果派你出马沟通交涉，你竟然半天也搞不定，我真是很失望。你不知道能动手的地方，绝对别动口吗？但这邻居是不太懂事，所以回家我也不打你了，你就跪这个榴梿吧。"

季临自然要挣扎，只是白端端力大无穷，又像个黏人的牛皮糖一样，无论季临怎么甩都甩不掉。

也就在这个当口，此前一直态度不耐的非主流邻居端详着白端端，突然惊呼了一声："是你！"

？？？

他一言难尽道："竟然是你这个暴力的可怕女人！"

非主流一脸惊讶："上次在酒吧门口，就是你这个女人用高跟鞋把我老铁砸趴下的，还把他按在地上，原来你竟然住在我楼下！"

白端端愣了愣，这才恍然大悟："你是那猥亵犯的朋友？"

当初自己在酒吧街上锁喉摁倒那个猥亵犯的时候，他身后确实有几个也同样醉醺醺的非主流同伴，没想到好巧不巧，这邻居正是其中之一。

"他不是！他只是喝多了！"

这非主流辩解完，似乎一回想到当初的情景，就想起自己强壮的老铁被白端端支配的恐惧，他看了一眼白端端，然后又深深地看了一眼季临，竟然冲过来郑重地拍了拍季临的肩膀。

"哥，你受苦了。"

"……"

非主流一脸同情和痛心疾首："你跟这么凶的女人过，也是太惨了。"他语气沉重道，"我那老铁只是被锁喉而已，结果脖子都被这女的勒出了好深的痕迹。"他欲言又止地看了眼季临，"不过哥，别担心，你这腿，恢复得挺好的，看不出被打断过，你不要自卑！"

"……"

他显然相信了白端端刚才胡乱的说辞，满脸抱歉："对不起了，哥，我要早知道你来和我沟通是迫于这个凶女人的淫威，我早就给你关音响了。"他一脸"我懂"的表情，"哥，我没想到，你一表人才，竟然过得这么不容易！现在都有《反家庭暴力法》了，她这样打你，是犯法的，哥，要我给你做证报警不？"

季临的脸彻底黑了，他试图辩解："我和她……"

"是爱情。"白端端截住了季临的话题，她意味深长地看了眼非主流，"弟，你不懂。"

"……"

"以后别作妖，安安静静的，半夜别闹，否则我下一个打的不是你老铁，就是你了。"

"……"

"榴梿留下送你了，算作赔西瓜的清理费。"

白端端撩了撩长发，挑衅地看了一眼季临，矫揉造作道："怎么样，还是要我亲自上阵才搞得定？"白端端故意加重咬字双关道，"老公，你不行啊。"

季临想发作，但白端端抢先一步把他拽进了电梯。

"瞪什么瞪，走了。"电梯门关上，白端端才放开了季临，"季律师，你可别现在发作啊，好不容易才把人家压制住，男人呢，要能屈能伸，可别功亏一篑啊。"

"白端端！"

白端端笑笑："别客气，不用谢！"

季临显然快要气到崩溃了，他努力深吸一口气，才压制住了怒意："白端端，你胡说八道我不和你算账了，我的西瓜和榴梿，你给我个解释。"

"讲道理，我这次交涉成功，也是惠及我和你两个人吧，那西瓜和榴梿作为成本付出，我们也应该彼此共同承担吧。"白端端眯着眼睛笑了笑，"我这个人很有诚意的，这样吧，我给你做一个星期早饭你看怎么样？"

"吃你一个星期的早饭？"季临的镇定自若终于彻底崩盘了，他抬高了声音，"我是嫌自己活得太长吗？"

"早饭不行的话，那要不晚饭？"

季临怒极反笑："西瓜和榴梿都不用赔了，你，不要给我送什么有毒食品，以后见面，离我越远越好。你不仅做的饭有毒，你整个人都有毒。"

行呗，谁怕谁啊。

白端端一点没多想，打了个哈欠，这才志得意满地回房睡觉了。

白端端睡了个好觉，第二天精神饱满地去了所里。

徐志新的案子结果虽然不尽如人意，但自己在徐志新隐瞒真相的情况下，也已经做了最大的努力和争取，要是金光电子换了别的律师，恐怕这个案子都是自己稳赢，最终败给季临的骚操作，虽完全始料未及有些不甘，但白端端输得心服口服。

而这个临时的救急案子之后，自己还有一个企业大规模裁员案将和季临继续对垒。季临代理的是一家纸品制造类公司，名字叫西蒙纸业，今年以来因为 A 市用工成本的上升，外加环保法规越发严格，以及纸品成本的提高、电力资源紧张造成的不定期限电，导致企业最终在全球布局中决定部分生产线撤出中国市场，将企业的三条生产线搬迁至墨西哥，而这三条生产线的搬迁，则将直接导致 300 个工人的下岗。

白端端将代理 300 个员工，每个员工因为入职时间不同，签订的合同版本也有差别，因此一旦企业辞退员工，所涉及的赔偿方案、经济补偿金都是千差万别的，需要一一有针对性地做出方案，其实是个工作量非常大的案子。

一上午，白端端就和员工代表通了几个电话，沟通了谈判的方案策略，同时，准备开始一一核对每个员工的赔偿方案。

只是她正按着计算器核算，却听到大办公区里一阵骚动。没过一会儿，竟然陆陆续续进来了七八个人，不是扛着摄像机，就是拿着打光的工具，显然是一个录制团队。

"各位律师老师，下面就请配合我们每人拍一段视频，可以谈谈你们平时的工作，最好有话题度一些，比如遇到过什么奇葩客户和奇葩案例的，我们之后会剪辑播出，宣传效果会非常好……"

白端端被打断了思路，皱了皱眉，戳了戳旁边的张俊达问："怎么回事？"

张俊达压低了声音："林 PAR 接了个《律政职场梦》的综艺，以后录制团队会在我们这里驻扎几个月，专门拍摄我们的工作现状。"

白端端一脸的无法理解："我们的职场状态有什么好拍的？大部分时候就是伏案工作，外加电话和客户沟通，又很专业，说实话拍出来谁看啊？这玩意儿有收视率？"

"不是，这有剧本。"张俊达对白端端使了个眼色，"那时候你还没从 B 市回来，所以不知道，我们每个人都有剧本的，该在镜头前说什么话，做什么事，都给你指定好大方向了，包括还雇了人演客户和我们撕逼吵架，那剧本写得还挺跌宕起伏的，我看按照这个录制播出了，收视率不会差，林 PAR 说能给我们律所带一波热度和名气，之后好像还接洽了个拍律政剧的剧组，说让他们来我们这儿取景呢，都是一线大咖，肯定要爆……"

张俊达还在科普，然而白端端压根儿听不下去了。

其实从一年前开始，她对林晖的一些决策，就相当地不认同。律所是非常严肃的工作场所，尤其因为涉及大量当事人的隐私信息，保密性很强，根本不适合这样大张旗鼓地拍摄。

好在因为白端端刚回 A 市总部，这个剧本里显然没有她的戏份，她只好选择眼不见为净，戴上耳机开始处理工作。隔了一会儿，录制团队收集好了今天的素材，就离开了朝晖。

只是刚安静了没多久，办公室又开始吵吵嚷嚷的，白端端饶是想集中精力工作，也被一阵高过一阵的尖锐哭叫声给打断了。

"你们这样，根本不是律师，完全是诈骗！是欺骗！"声音的主人是个四十多岁的中年女人，穿着质地廉价的外套，她满脸苍白，两个眼睛红肿着，挂满了泪痕，手里拿着一堆文件，情绪激动而绝望。

而她的对面，站着穿着精致的杜心怡，相比对方的崩溃，她可淡然极了，只嫌恶地往后退了退："大婶，你是有病吧？判决又不是我给你下的？是法院下的，你要闹，去找法官闹，和我有什么关系？"

林晖不在所里，她连伪装都懒得伪装。

白端端拉了张俊达，轻声道："怎么回事？这女的是杜心怡的客户？没拿到理想的判决？"

"不是。"张俊达悄声道，"她是杜心怡客户要开除的员工，杜心怡代理的是企业，那女的是被开的员工。"

白端端本来还不明所以，但很快，她就知道怎么回事了。

那中年女人声音几乎撕心裂肺："我只是一个没什么文化的女人，当然斗不过你这样有知识的人，但你们律师比我们有文化，就是这么欺负人的吗？明明当初是你说的，企业没办法必须要裁员，所以和我好声好气商量说给我经济补偿金，金额也不错，答应我下礼拜就签协商一致解除劳动合同的文件，结果原来这都是个陷阱！

"你还说考虑到是公司裁员，所以这个月工资照给，社保、公积金也照给我交，但这个月里我可以先去投简历，也可以随时去面试，不用给公司报备，这样方便我找到新工作，也算是公司对我的补偿和心意，结果我这个月有三天去别的公司面试，最后却被你污蔑说这三天是无故旷工，是我严重违纪，所以公司可以不用给我其余经济补偿金，单方面要解除合同……"

面对对方的指控，杜心怡却并不以为意，她冷笑了一声，模样嚣张："哦？我说过吗？大婶，你不知道说话要讲证据的？你说我说过，我就说过啊？你有本事，你拿出证据啊，没有证据，别在这里胡说八道。"

这中年女人愤怒而怨恨："你这个女人，真的是好歹毒，这根本就是骗局！你都是当面和我讲的，我这种普通小老百姓，怎么会想到和你说话都要录音？我以为公司是真的人性化，没想到根本是你设了局！"

"法律清清楚楚地做了规定，你旷工就是旷工，公司这个月还在付你工资，那你这个月里就还是公司的员工，你不来上班，当然要履行公司的请假流程，是谁给你的勇气让你自说自话就不来的？"杜心怡撩了撩长发，"你自己不学法，旷工违约，公司开除你，法院的判决有错吗？"

"法院的判决是没错，但你这样骗人，你良心不会难安吗？"这中年女人此刻已经完全顾不上仪态了，她的眼泪不停掉，"你这个恶毒的女人，你不怕报应和……"

只可惜她的控诉没有机会再讲完，很快，物业的安保人员来了，当即就把这个中年女人连拖带拽给带走了，大办公区重新恢复了平静。

然而白端端的内心却不太平静，杜心怡这种操作，在劳资纠纷中并不算少见，兵不厌诈，企业为了降低成本裁员，可谓是什么事都做得出来，律师为企业提供这种裁员方案，也很正常。但白端端一直不屑用这种恃强凌弱、利用对方完全不懂法律陷阱的方式赢得案件。

太像欺诈了，太胜之不武了，也太没有契约精神了。

张俊达见那中年女人被拖走，也有些唏嘘："听说这女人挺可怜的，生的孩子是个重度脑瘫。孩子爸一见孩子这个情况，劝这女人把孩子给扔了，以后再生一个。这女的不肯，这男的就跑了，再没回来过，留下这女的一个人拉扯这孩子长大，全家的开销全靠她一个人微薄的收入。现在又被这样以旷工为由辞退，连经济补偿金也拿不到，四十多岁，也没什么特别技能，恐怕下个工作也难找，真是被逼到绝境了……哎，先不说了，杜心怡往这边来了。"

几乎是张俊达话音刚落，白端端一抬头，就见到杜心怡朝自己走了过来，她朝白端端笑了笑，语气挺嘲讽，表情很挑衅，但声音却故作单纯不解道："白律师，听说你之前处理的一个特别简单的案子，怎么输了呀？你不是号称经验比我多、能力比我强，都不肯带我吗？可现在我的案子赢了，你的案子怎么输得这么惨呀？"

杜心怡看了白端端一眼，佯装可爱般嘟了嘟嘴："以后可不要再倚老卖老了哦，资格老还打不赢官司，真的好丢脸的呢。"

她说完才笑笑，离开了白端端的办公桌。

没一会儿，张俊达的微信就来了——

"端端，别理她，她每次在林PAR面前就装小白兔，又单纯又不谙世事的，但林PAR一旦不在，她在所里就横着走，完全懒得掩饰自己的本性，各种颐指气使，真以为自己是朝晖半个老板娘啊？"

白端端憋着一口气，回了张俊达一个"嗯"字。

白端端对办公室政治斗争没有任何兴趣，以往朝晖所里的气氛也不差，只是如今，即便自己想要置身事外，恐怕也是无法独善其身。她能明显地觉察到朝晖里有两列站队，一列就是以杜心怡为首的会来事儿派，大部分以近几年新进的员工为主，这个派别里的人，业务能力并不突出，但拉帮结派、踩低捧高、打击异己的手法倒是娴熟极了，嘴巴甜脑子活，虽然工作不行，但是特别擅长汇报和抢功劳，每天钻营的都是怎么和林晖这些合伙人混好关系，心思完全不在提高自己的水平上；另外一列则都是相对实干的律师，业务能力能打，但不擅长自我营销和人际斗争。

因为林晖对杜心怡的纵容，因此杜心怡那种毫不遮掩的两面派和对其余员工的颐指气使打击报复，虽然大家颇有怨言，但也并不敢正面和杜心怡冲突。

宁可得罪君子，也不得罪小人。

更何况，她是林晖面前的红人，林晖对她几乎是无原则地庇护。

只是白端端学不会这样的虚与委蛇，一小时后，林晖回了所里，白端端放下手里的文件，板着脸进了他的办公室。

林晖看起来风尘仆仆的，见了白端端，点了点头："端端，你来得正好，我正有事找你。"他一边倒水，一边说，"上次徐志新那个案子，你输给季临了是吧？这案子算了，本来就是临时转手给你的，标的额又小，但是之后你自己选案子，绝对不要选这种明显会输的案子，我们朝晖现在接案子，都讲胜诉率了，你这样，很容易坏自己口碑。另外，下一个裁员案好好打，对方律师又是季临，案子涉及 300 个员工，是个大案，你一个人对季临可能有点吃力，我让杜心怡一起协助你，她其实业务水平也不错，刚替我们客户赢了一个案子，花最小的成本把一个老员工给开了……"

杜心怡，又是杜心怡！不提还好，这一提，白端端心里的火苗简直是噼里啪啦开始燃烧。

林晖却对白端端的情绪一无所知，他还在继续道："劳保局、司法局那边也和我打过电话表示过了，因为涉及 300 个员工的劳资问题，社会影响会比较大，千万要和谐地处理，不论是和季临谈和解还是最终走仲裁诉讼，都要安抚好我们这边 300 个当事人的情绪，别闹出社会新闻了，影响不好。"

林晖讲到这里，颇有深意地看了一眼白端端："端端，你有时候太直接、太不在乎人情世故了，这样很容易得罪人，这点上这次好好和杜心怡学学。"

"和她学？学什么？学用不入流的手法欺骗对方当事人，以达到给自己当事人省钱的效果？"白端端终于忍不住，她的声音嘲讽，"林老师，你知道杜心怡是用什么办法赢了案子吗？她去骗对方当事人，利用信息的不对等，你觉得这种手段应该值得提倡？"

白端端一边说，一边瞪着林晖桌上那难看的动物雕塑。

林晖抬了抬眼皮："白猫黑猫，能抓到耗子就是好猫，杜心怡的方式不违法，完全是利用了《劳动法》里的规定，因为她最终的操作，这位企业客户非常满意，已经决定和我们签下长期顾问协议。"

林晖的声音波澜不惊，却也意味深长："端端，这不是早几年了，现在法律市场越来越饱和，竞争也越来越激烈，你不能为客户做到杜心怡那样，自然别的律师能做，那凭什么这个客户会留下选择你？别人有这样的操作，那以前你能胜诉的案子，现在不代表就能继续胜诉了。"

你不要太天真了。

林晖虽然没有说出口，但这句潜台词，已经传递给了白端端。

"这次正好你找我，那我也和你直说了，之前你在 B 市，我不太管你，有很多案子，明明标的额非常大，但由于是企业客户，你不肯接，白白拱手把这样好的案源送给了 B 市其余律所，我没说你；还有一些案子，明明是性价比非常低，代理个别员工劳资纠纷的案子，你却偏偏要接，来来回回算上差旅费，大概刚能和代理费打个平手，几乎都可以算作是法律援助了，对所里的创收根本无益，我也没说你；而且明明有些案子通过杜心怡这样的操作，可以稳赢，你坚持不肯，我也对你睁一只眼闭一只眼了，但现在你回了总所，就在我眼皮底下干活儿，有些规矩，你就要捡起来。"

林晖的语气很冷，眼神也很冷。

白端端咬了咬嘴唇，林晖对自己的不满意，其实白端端半年前就感觉出来了。朝晖的创收越来越好，可林晖和自己之间的关系却越来越剑拔弩张了。

朝晖创立的时候，是白端端陪着林晖一起走过来的。整整半年，白端端没有要过一分工资，完全是靠着对林晖的感恩和对职业的热诚坚持下来的。那时候想要拿下一个案子不容易，没钱、没人脉、没资源、没经验，什么也没有，当时的白端端以为自己和林晖之间对法律的理念和坚持是相同的，直到如今，她才发现，并不是。

"林老师，既然你提了这个话题，那我也不和你含蓄了，先不提杜心怡的办案手法我认不认可，我就问，我们律师的工作重心，应该是服务客户还是营销？"

白端端抿着唇，索性豁了出去："林老师，我知道自从半年前，你想在 B 市分所推广营销路线，却被我死挺阻挠抵制以后，你就对我很有意见，但你不觉得，现在总所搞这一套，完全把律所工作娱乐圈化，甚至弄出什么剧本来编排故事，根本不是对法律负责任的态度？同事们好好的工作要被录制进度打断，而录制过程中，谁能保证没把客户的敏感信息不小心给暴露了？"

果不其然，林晖沉下了脸："白端端，你只是朝晖的一个提成律师，我才是律所的运营者，营销是提高律所知名度的必经之路，朝晖开始参与这些营销运作后，业务量提高了一倍不止，朝晖想要继续往前走，这是必要的。你不是合伙人，营销不营销不需要你批准，没什么事就出去吧。"

而就在白端端准备转身离开之际，林晖的声音又一次响了起来："还有，以后不要再叫我林老师了，我已经离开大学很多年了，你也已经不是我的学生了。

"我知道创建朝晖时你吃了很多苦，牺牲了很多，但人不能躺在自己功劳簿上，仗着过去的成绩，就觉得自己有资格对朝晖的现在指手画脚，你和我说过，你的容忍是有限度的，我的也是。"

白端端愣了愣，不可置信地看向林晖，对方却并没有抬头，连一个眼神也没再给她。

白端端死死咬住嘴唇，放下了开门的手。

她这样直接冲进林晖的办公室叫板确实逾矩，然而过去的那么多年里，自己每一次不都是这样的吗？甚至因为自己的异议和坚持，林晖才多次没有刚愎自用走了岔路。当初让朝晖扬名的好几个大案最终的办案思路，甚至也是因为自己的直言不讳，才让林晖避免了阴沟里翻船。

一直以来，白端端以为林晖接纳了这样的自己，也认可这样的自己，然而事到如今，她才知道，林晖并没有。

白端端深吸了一口气："我知道了。"她顿了顿，才道，"林PAR。"

白端端回到自己办公桌位，心里还是既难受又冰冷。

不要再叫他林老师了，已经不是他的学生了，潜台词是什么？

不过是让白端端认清自己，她如今和其余所有律师一样，只是林晖的员工，别觉得因为有大学里这层关系以及有过创建朝晖时的共患难，就觉得自己有什么不同。

但其实林晖不用讲那么直白的，他明明可以点到为止的，后面的话他根本没必要说的，白端端并不傻。

只是令人讽刺的，林晖以为白端端是仗着过去的付出才每每指手画脚，他根本不知道，她每次和他沟通时，心里想的根本不是自己为朝晖为林晖做过什么，反而是林晖对她的恩情。

因为顾念着这份恩情，她才不想看朝晖越走越偏，就算从商业角度来说，业务和创收越发优异，但白端端总觉得，做律师，为了赢，也是要守住底线的，很多操作手法确实不违法，但未免太下作，并不值得提倡。

算了，改变不了林晖，那至少自己不要为此改变就行了。

白端端敛了敛情绪，重新振作起来，她坐下来，又开始埋头做那300个员工的辞退赔偿方案。

下一个案子又杠上季临，这次怎么说都不能输了。

白端端想让林晖知道，自己和杜心怡不同，自己能赢，并且不需要靠那种不入流的手法。

涉及300个员工的劳资纠纷，不论从标的额上，还是从社会影响上来说，都是大案，一旦办好了，在业内基本会被当成标杆来研读，对于资深律师来说，是锦上添花的履历，对年轻律师来说，则是一飞冲天出头的好机会。

林晖指明了让杜心怡一起参与这个案件，想要提携杜心怡的心已经十分明显了。

杜心怡也不是傻的，那些标的额小不来钱又不够重量级的案子，她几乎没有任何兴趣，平时就算林晖把她安插进其余团队里，她也都是靠别的律师来达到"躺赢"的目的——具体案子操办就不负责了，但最后的分成却是要参与的。

如今白端端手头这个案子，她就上赶着要横插一脚了。

照理说这案子有人能帮忙是好事，但白端端对于杜心怡的参与，却是头疼不已。

白端端原来分了50个员工给杜心怡，让她帮忙一起核算辞退的经济补偿金，然而杜心怡拿来的计算结果，白端端复核了一遍，错了将近三分之一。

　　最终，白端端只能认命地把 300 个员工的方案都亲手做了。

　　"还有两天，就要和季临进行第一次谈判了，他代理企业方，一定会想方设法找出我们员工这里的瑕疵点，以此来压价。"白端端拿出做好的方案，"我已经把每个员工所有可能存在的被攻击的点，都列了出来，也都做出了应对方案，不论企业最终是愿意和解，还是一定要走仲裁诉讼，我们都能确保员工得到足额的经济补偿金。300 个员工，为了每个员工我们都要全力以赴。"

　　虽然对杜心怡看不顺眼，但白端端一贯信奉公私分明，只要杜心怡愿意学，她不会藏着掖着不肯教。

　　"这份整体方案你可以看一下，熟悉一下，虽然这次员工整体维权选出了员工代表，但后续企业对每个员工的方案未必都能接受，可能会有修改压价，这时候就需要个性化沟通，我们必须一个个员工去确认他们对企业和解方案的接受程度，所以我和你各自需要负责一部分员工的沟通工作，要对每个员工的情况都有个了解。"

　　杜心怡接了白端端做的和解方案，点了点头："今天我们要见的就是员工代表？"

　　"对，宋连军，在西蒙纸业里工作 12 年了，人缘非常好，是其余员工一致同意推举出来作为代表沟通裁员事项的。"

　　杜心怡若有所思地转了转眼珠，"哦"了一声。

　　而她的话音刚落，宋连军就到了。

　　"不好意思，白律师、杜律师，路上有点堵车，耽误了一会儿。"

　　他看起来就是一个颇为温厚的中年人，穿着朴素，戴了一副眼镜。这次与企业谈判前的沟通，白端端选在了律所楼下的西餐厅里，环境不错。

　　宋连军是个十分好沟通的人，不出半小时，白端端就把目前的情况、注意事项还有后续西蒙纸业可能做出的反馈都一一和他讲清楚了。

　　遇到这样明事理的当事人，白端端算是松了一口气，她看了下时间："菜怎么还没上？你们稍等下，我去吧台那儿看看。"

　　等白端端一走，刚才苦于讲解专业方案而无法插嘴的杜心怡终于开始刷起了存在感，她摆出了一副精英律师的腔调，笑道："总之，所有的情况，我都做了预案，都会有所准备。刚才让白律师给你讲解得也很清楚了。"

宋连军愣了愣，他是个聪明人，刚才一直是白端端在讲解方案，还以为这案子是她管事的，如今听了杜心怡这句话，才后知后觉恍然大悟，原来这刚才一直没说话的杜姓律师，才是主事的。

他有些后悔自己刚才对杜心怡有些忽视，连忙亡羊补牢地掏出了自己早就准备好的购物储值卡："杜律师，这个案子，还麻烦你多费心了，这是我们的一点心意，之后还要辛苦你们了。"

宋连军准备的是两张各有 2000 元额度的购物储值卡，他其实在前期和白端端沟通时，就试图塞给她，只是被她不留余地地拒绝了而已，如今发现杜心怡才是管事的人，这购物卡自然要物尽其用。

中国人的传统思维，即便是签了代理协议一分价钱一份服务的事，总还是觉得再给主办律师送个礼套个近乎，对方就能给自己办得更用心一点。而让宋连军安心的是，白律师没收，但这管事的杜律师倒是笑笑收下了。

宋连军乘胜追击道："杜律师，既然咱们的方案准备得这么翔实，那这个案子咱们该是稳赢了对吗？"

杜心怡收下购物卡，心情大好，连带着对宋连军的态度也热情上了："你放心吧，现在《劳动法》都倾向保护咱们劳动者，西蒙纸业要转移走那么几条生产线，这 300 个员工肯定要辞退，现在还有不花钱就想清退员工的吗？何况这案子社会关注度大，西蒙纸业又是个外企，咱们中国人自己地盘上仲裁和诉讼，还能坑自己人吗？"

杜心怡打包票道："总之你放心，从法律上说，西蒙纸业要辞退人，就必须要给出合理的经济补偿金，我们的方案很全面，他们顶多就个别员工可能存在的一些瑕疵行为来做个讨价还价罢了，但基本盘，我们是稳了。"

宋连军听了这番话，总算是吃了颗定心丸。

# 第七章　吃霸王餐，被喊老公

白端端对自己走后发生的一切一无所知，她跑到了吧台处，试图催单："老板……"

结果一抬头，白端端惊了，对方也惊了。

这不是自己楼上那个非主流邻居是谁？

今天的非主流邻居穿得倒是人模狗样，看起来还挺像个西餐厅小老板，他瞪着眼睛，白端端刚举起自己桌的点菜单，他就下意识地开始躲："光天化日，你别打人啊，我要报警的啊！"

白端端无语地翻了个白眼："我们 34 桌的菜，下单快半小时了，能不能麻烦你快点上？"

"行行行，马上给你们上！"

白端端催完单，这才转身准备回包厢，然而大概不是冤家不聚头，她刚走了几步，就和迎面朝她走来的季临撞了个正着。

他竟然也在这家店里。

季临见了白端端，倒是一改平时的冷漠，竟是露出了个笑容，他挑了挑眉："既然这么巧，那就谢谢你请我吃饭了。"

"谁请你吃饭？想得真美！"

白端端虎着脸瞪了季临一眼，才径自转身回了包厢。这都什么厚脸皮啊？还说自己要请他吃饭，这是做梦还没醒吧？

只是不知道为什么，白端端自从见了季临后，左眼皮就开始跳，总觉得有种不祥的预感。

反倒是她走开这一会儿，宋连军和杜心怡倒是不知怎么熟悉起来了，你一言我一句的。相比自己，宋连军甚至看起来和杜心怡更热络更信任她了，这让白端端不得不感慨，或许林晖说得也没错，在人际交往这块，杜心怡确实比自己强得多。

然而从季临那里带来的不良预感，在白端端结束饭局走到吧台准备结账时，终于达到了顶点。

"一共是 889 元。"

"什么？"白端端皱起了眉，这家店人均 150 元左右，她刚才点的菜明明三个人总共也就 500 元左右，怎么会到 889 元？

她当即挑起了眉："你算错账了吧？"

非主流邻居显然对白端端的武力值心有余悸，然而还是据理力争勇敢道："没算错，你和你老公的单，一共就是 889 元，你自己看。"他说完，就把另一张单据放到了白端端手里。

白端端怒了："老公？我哪儿来的老公？你信口雌黄！"

"就那个，就那个啊，就长得挺帅，但你还常常家暴他的那个……"非主流邻居小心翼翼道，"人刚走呢，过来结账和我说，让我找他老婆拿钱就行，说平时钱都是你管的。"

非主流邻居说完，忍不住嘀咕道："不仅要挨打，还要被收走财政大权，这老哥都过的什么日子啊，没想到他光鲜亮丽的外表下，竟然是如此支离破碎的生活……"

你大爷的季临！难怪谢谢自己请他吃饭！！

非主流邻居吃完季临的这一剂毒鸡汤，又盯向了白端端："你别说他不是你老公啊，那天可是你在我们门口直接承认的，别现在为了赖账就否认啊！"

白端端简直气炸了，真是嘴炮一时爽，付钱火葬场，都怪自己当初嘴贱，结果现在就被季临给讹上了！

杜心怡倒是若有所思地笑了笑："我们白律师哪里有老公呀？明明是单身，你别胡说八道呀，小心告你诽谤。"

非主流邻居急了，指着门外道："真的，你看，就那个！刚走！"

杜心怡顺着他的目光看去，便看到了一个挺拔高大的男人背影，穿着价格不菲的西装，身材极好，像个顶配的衣架子，她的心里动了动，而对方在街角拐弯的时候，杜心怡终于看到了对方的侧脸。

那是一张极其英俊而冷冽的脸。

她认得这张脸，是季临。

杜心怡看向正在怄气付钱的白端端："白律师，原来你和季律师这么熟？"

"不熟。这男人有病！"

白端端泄愤般说完，付了钱，才终于打开了微信。

她点进季临的头像，删删改改，写了一大段谴责他不要脸的话，最终点击了发送，花了自己的钱吃了霸王餐，被骂一顿是应该的吧！白端端得意地想，饶是季临心态再好，看到自己的花式骂人，大概也要气到吐血。

只是……

只是很快，微信就给出了反馈——

"季临开启了朋友验证，你还不是他（她）朋友，请先发送朋友验证请求，对方验证通过后，才能聊天。"

"……"

白端端觉得，自己的心态完全崩了。

季临竟然把自己给删了！删了！

不顺心的事大概都喜欢扎堆发生，白端端回了家，准备了猫粮，喊了几声"咪咪"，结果猫没出来，她在家里找了一圈，还是没发现猫，倒是发现了卫生间里忘记关的窗户。

"看来又跑出去了。"

白端端有点头大，橘猫咪咪可以说是只非常甜的猫，听话温顺爱撒娇，唯一美中不足的，大概就是它毕竟是流浪猫出身，在野外也生活过一阵，导致它内心深处多少有点野性难驯。只要家里有任何可乘之机，它就会跑出去潇洒一圈，然后过几天再回来。

白端端早上出门时间很赶，就忘记了那么一扇小窗，猫就又跑了。

第一次溜走的时候，白端端茶饭不思了一阵，找遍了整个小区，只可惜都未果，倒是几天后下班，这橘猫重新蹲在了自己的房门口，喵喵叫着等着自己。

再之后，白端端也渐渐习惯了橘猫这种定期外出放风的习性，反正每次都会回来就是了，并且非常神奇的一点，不管这橘猫在外流落多久，再回来的时候都是毛色滑亮，神采奕奕，甚至一般都还会胖一圈，可见野外生存能力很是强悍了。

只是一旦养了猫成了铲屎官，这心态就容易患得患失，即便以往橘猫都安全归来，但白端端总像是个儿子在外游历忍不住担心的老母亲一般焦灼。

她本来一边嘀咕着这次咪咪什么时候会回来，一边下楼取快递，结果她刚想着猫，小区丰巢柜边上的绿化丛里就出现了熟悉的身影。

那胖乎乎的一团，不正是自己逃窜在外的橘猫咪咪吗？

真是踏破铁鞋无觅处，得来全不费工夫，白端端几乎是迫不及待地就跑过去，一把把猫给抱了起来，心里充满了再次失而复得的喜悦。

"今晚给你加个罐头！"

只是她刚准备抱猫走，衣服一角却被人给拉住了。

白端端回头，才看到季临正面色不善地站在她身后，见她回头，他才嫌弃地收回了手，像是和白端端扯上关系拉了她的衣角一下已经是自己屈尊的极限。

白端端皱了皱眉："你什么事？"

季临抿着唇，他看了眼她怀里的猫，然后看向她："这话应该我问你。你怎么回事？案子赢不过我，就来偷我的猫报复？光天化日之下就这么私自占有他人财物？"

　　"什么你的猫？"白端端蒙了，"这猫明明就是我的，季临，你这是老眼昏花认错了吧？虽然不少橘猫都长得差不多，但你真的应该去看看眼科。你这碰瓷也太没诚意了。"

　　季临却一点退让的迹象都没有："这是我的猫。"

　　白端端也恼了："这是我的猫，是只公猫，还小，肚子上有一块像爱心一样的小黄斑。"白端端一边说，一边伸出手揉了揉猫的耳朵，"它原来就是小区里的流浪猫，但唯独和我亲近，对其他陌生人很警觉，根本不让别人碰的，每次我这样揉它，它都很享受……"

　　季临冷笑了一声："真巧，我的猫也是只公猫，还小，肚子上有一块像爱心一样的小黄斑。"

　　白端端嗤笑了声："你照着我刚才说的特征再重复一遍，这猫就成你的了？季临，你这么有本事，怎么不去抢银行啊！人民币都长得一个样，可不都是你的了？"

　　季临冷冷地看了白端端一眼："你说的那些特征只要是个人，看一眼都能观察出来，但我的猫除了这些明显的特征，左边耳朵上还有一颗很难被发现的小痣，胡须左边有 12 根，右边有 14 根，爪子今天刚踩翻了我的一盒颜料就跑出门了，所以右后脚上还有一点蓝色没洗干净。"

　　说得煞有介事，这瓷碰得倒还挺认真，白端端心里一边嘀咕一边下意识地看了眼咪咪的左耳，还有一颗痣呢？怎么可能……还一边有几根胡须？更是无稽之谈，谁会这么无聊到去数猫的胡须啊！吃饱了撑的！季临这谎撒得也太没水平了！

　　只是……等等……

　　白端端翻了翻橘猫的左耳，有些不淡定了，这耳尖上真的有一颗痣，非常隐蔽，然而确确实实有。

　　她心里有种不妙的预感，数了数左边的胡须，真的是 12 根；再数了数右边的，是 14 根没错了……

　　季临这人竟然真的会去数猫胡须……这是什么样的精神病啊！

　　白端端佯装着镇定，又翻开了橘猫的右后脚……

　　真的有一小块蓝色的颜料……

　　季临冷笑了一声，他伸出手，像白端端刚才那样，摸向了橘猫，揉了揉它的耳朵，季临虽然表情很冷酷，但揉猫的动作却很小心温和，这橘猫瞬间叛变，从白端端怀里"嗖"地一下蹿进了季临怀里，然后就这么毫无节操和志向地窝在季临的臂弯里，舒服得连眼睛都眯了起来……

　　季临微抬了抬眼皮，讽刺道："唯独和你亲近？"

　　"……"

　　白端端脸上有些绷不住，她看向橘猫："咪咪，你快回来，回家给你吃罐头！"

　　只可惜这橘猫是打定主意认贼作父了，对白端端的罐头诱惑，竟然也充耳不闻，就那么安心地窝在季临怀里……

　　季临冷笑一声："这分明是我在小区领养的流浪猫，不知道怎么就成了你的，白端端，你知道你现在的行为像什么吗？像妄图用食物引诱拐卖儿童的人贩子，想把我儿子给拐走。"

　　白端端急了："你儿子？这分明是我儿子！平时它都跟我住，家里还有它的猫窝窝、爬架玩具还有进口猫粮，怎么成了你儿子了？"

　　"那你要去我家里确认下它的猫别墅、猫食盆还有猫饮水机吗？"季临抿着唇，"它明明每周都和我住着，虽然平时性子有点野，一周里总喜欢出去逛两天再回家……"

　　"你别扯淡了，它平时都很乖地住在我家里，除了偶尔叛逆喜欢离家出走两三天……"

　　等等……离家出走两三天？一周里总喜欢出去逛两天再回家？

　　白端端心里突然有一个大胆的猜想……

　　她看向一脸淡定窝在季临身上的橘猫，心里只不断闪过一句话——

　　"爱是一道光，绿到你发慌。"

　　白端端痛心疾首道："想不到你是个吃里爬外东家食西家宿的渣猫啊！"

　　自己原本一直好奇这橘猫每周出去"流浪"，怎么每次回来气色反而更好、体重还增加了，如今终于是破了案。

　　敢情人家不是流浪去了，而是去别人家做儿子去了！

自己每次在家里焦急忐忑地等，生怕这猫在外面吃不饱穿不暖受欺负，没想到它竟然就在别人家吃香的喝辣的。光是这样渣也就算了，这猫竟然十分艺高人胆大，不仅渣，还渣到了自己和季临身上，这两家之间就对着门，这猫竟然都讨得两个铲屎官鞍前马后，自己左右逢源游刃有余。

什么是人才？这就叫人才啊！

事到如今，季临显然也想通了这猫的操作，他皱着眉一脸不可置信地看向怀里的猫，显然也没料到，自己叱咤律政界，从没有人能在自己手上占到便宜，结果竟然沦落到被一只猫给诈骗和劈腿了……

白端端只觉得自己像个被渣男欺骗了感情却还爱着对方任由对方予取予求的包子，好好的一个暴躁端端，如今只能卑微求爱。她向橘猫伸出手，连哄带骗道："咪咪，这次的事我原谅你，但你必须跟我回家，你跟我回家，和季临一刀两断，我们就翻篇了，过去的事既往不咎，我们放眼未来，我以后每周给你加一次罐头。

"但你再不过来，回去以后什么也别想有了。"

橘猫大概终于意识到这气氛有些不对，它从季临身上跳了下来，赶紧踱到白端端的脚边，撒娇地喵了几声，然后极尽谄媚地开始蹭白端端的腿。

结果橘猫和白端端的感情修复得刚刚渐入佳境，季临无情的声音就响了起来："板栗，你最好马上回来，否则你的小鱼干就没有了。"

"……"

这脚踩两条船的橘猫显然毫无节操，仿佛听得懂人话似的，季临一提小鱼干，它立刻抛弃了白端端，开始喵喵叫着蹭起季临的西装裤来。

季临笨笨，神色颇像个上位得逞的小三："猫是最聪明的，它知道最后要跟谁走。何况'咪咪'？现在谁还起这么不走心没辨识度的名字？太土。"

白端端咬牙切齿地瞪了季临一眼。

讨厌归讨厌，但问题总要解决。

这样下去也不是个办法，这猫显然哪个金主也不愿意放弃，一会儿蹭蹭这个，一会儿又蹭蹭那个，满眼写满了"两个我都爱"。

"既然出现这种事，我们都有权主张对这猫的抚养权……"

"嗯。"季临点了点头，认同道，"抚养权归我，你有一周一次的探视权，外加支付抚养费的义务。"

"归你？别做梦了季临，你见过哪个离婚案里，女方没有过错，又有正当工作，经济能力 OK，孩子被判给男方的？尤其猫还小，你工作比我还忙，抚养权归你，不利于猫的健康成长，你都没时间陪它，它可是个黏人的高需求宝宝，跟你在一起，它会自闭的。更何况孩子这么小，都需要母爱！"

"自闭？这猫每次来我家里住过以后体重都会涨很多，说明心情愉悦才会心宽体胖。你还自诩母爱？你这么有母爱你都不知道它有几根胡须？"

哪个正常人会去数胡须啊季临！

白端端不甘示弱道："猫过胖其实一点都不健康，会早死，也会和肥胖的人一样得高血压、心脏病，橘猫本来就容易胖，每次去你那儿回来都胖了，我还想找你算账呢？你以为它想吃就给它吃，这就是爱？现在抚养小孩最害怕的就是你这种不懂科学的教育和抚育理念却又沾沾自喜的人了。"

白端端义正词严地指向猫，振聋发聩道："你这是对它的纵容，根本不是优秀的教育和抚养理念，要交给你抚养，咪咪年纪轻轻可能就得高血压、高血脂。"

季临皱了皱眉："我知道了，我会给它控制饮食的。"

"那也不行，我合理怀疑你平时给它吃的就是垃圾食品，才会发福这么厉害。"白端端看了季临一眼，"你看看你平时收费都精确到秒，想要花你的钱，得很难吧，你肯定不会像我这样给它买进口猫粮！"

"再苦不能苦孩子。"季临抿了抿唇，"我买的全是进口的猫粮，连猫爬架、猫别墅都是实木配环保漆，平时一周我肯定会亲手做一次猫饭给它，反倒是你，你能给它亲自做猫饭吗？总不能全部用罐头和猫粮代替吧？一顿新鲜的猫饭也没有。这和有些不负责任的家长自己不会做饭成天让孩子吃外卖有什么差别？"

"我也能学啊，不就是做猫饭吗？！"

季临冷笑出声："你进厨房那不是做饭，是下毒，跟着我，顶多是肥胖，跟着你，就是死亡。"

"……"

"总之，想让猫归你，做梦。"

"……"

两个人就这样你一言我一语互不相让地争起猫来，满口不是抚养权、未来的幸福、教育理念，就是生活习惯和健康的作息之流，不明白的路人，还以为这是一对闹离婚的小夫妻在争夺孩子的抚养权……

两人互不相让唇枪舌剑了半天，白端端终于累了疲了："这样吧，大家各退一步，共同抚养，一三五是我，二四六是你，周日的话随猫，它想上哪儿上哪儿，反正我们两家就面对面，再不行周日你半天我半天，钱的话各自负担，要有什么共同支出就 AA……"

季临虽然满脸不甘愿，但最终也还是同意了白端端的提案，只是这家伙最后还是不忘补了句。

"我是看在猫的分儿上，不忍心看它难以抉择，不是退让。"

"行行行，你都是为了孩子好，不忍心逼着它一定要选出跟谁，我理解，但今天是周三，不好意思，猫归我。"白端端生怕季临反悔，赶紧抱起了猫就朝着楼里电梯走去。

季临紧跟其后，没多久，也钻了进来。

两个人就和一对貌合神离却还为了孩子勉强在一起相敬如宾的塑料夫妻一般，一言不发地静静乘坐电梯上到所在的楼层。

白端端以为这件事总算是告一段落，结果进家门之前——

"白端端。"

白端端转身，死死抱着猫，严阵以待道："干什么？你不是想毁约吧？我们已经达成一致了，你别出尔反尔啊！"

"不是，我觉得还有一件事，我们要明确下。"

"什么？"

季临看向白端端和她怀里的猫："它的名字。"

"归我的时候我叫它咪咪，归你的时候你爱叫它板栗还是坚果我都管不着。"

"不行。"季临却很坚持，"这样对猫的心理健康不好，容易让它无所适从和分裂，咪咪太大众了，十只猫里九只叫咪咪，我的猫我不允许叫这种烂大街的名字。"

白端端心里默念，只要我的白眼翻得够快，季临就气不死我。

白端端，镇定！保持镇定！涵养！维持涵养！

"咪咪怎么不好了？猫就该有猫的名字，它就叫白咪咪！"

"它叫季板栗。"

"白咪咪！"

"季板栗。"季临丝毫不退让，"何况它是个橘猫，白咪咪容易让它对自己的身份定位产生自我怀疑，还以为自己是白猫。"

"季临，有没有人和你说过，你真的很作啊？"

"有，后来他们都哭了。"季临看了白端端一眼，"和我打官司，都输了。"他想了想，补充道，"很惨，像你上次一样。"

"……"

季临，嘴巴不会用的话真的可以捐给有需要的人。

白端端简直忍无可忍："行，不姓白可以，跟你姓总行了吧！但是名字不变，以后它就叫季咪咪！"

她说完，也不等季临的反应，赶紧抱着猫进了家门。

季临这个男人真是太作和太麻烦了！这次只是争夺一只猫的抚养权而已，想象不到谁要是瞎了眼和季临结婚后闹离婚，为孩子的抚养权要打成什么样。

真是可怕。

虽然对同一只猫有了共同抚养权，但白端端和季临的关系显然并没有显著改善。白端端上个案件遭遇滑铁卢，因此对这个案子更加用心，所有能准备的材料全部事无巨细过了一遍，也尽可能多约谈了员工。

毫无疑问，几乎每个员工关注的问题都是——

"白律师，这案子我们能稳赢吧？"

"我不能做这种保证。"

每每听到白端端的话，这些员工的反应几乎也是一致地发难："可听说你们准备老充分了，已经把公司要辞退我们在经济补偿金上所有可能的讨价还价情况都给摸清了，而且这本来就是公司的错，怎么还不能保证能赢呢？"

"这是《律师执业管理办法》的规定，我们律师承办业务，不能用明示或者暗示的方式对案件的结果向你们做出保证，毕竟所有法律纠纷都是存在一定法律风险的。"

良药苦口，忠言逆耳，白端端的话音刚落，员工们脸上的表情都不太好看，等和白端端谈完，对方走出会议室，见到等候在外的宋连军，便忍不住抱怨上了。

"宋哥，这个案子会不会出事啊？哎，你知道的，我老婆二胎刚生没多久，没人带娃，已经辞职在家了，现在全家就指望我了，可我也四十了，这个年纪又没啥大技术，工作难找，在西蒙纸业也干了十九年了，正常公司要是辞退我，应该给我赔十九个月的月薪吧？现在就指望着这个钱能缓冲个一年半载，然后这中间努力再找个工作了。"

宋连军拍了拍对方的肩："你放心吧，这个白律师不如杜律师专业，杜律师说了，咱们稳赢。你听杜律师的就行。"

对方一听这话，果然高兴了："我就说啊，这白律师脸太嫩了，长得又……不像个做律师的，杜律师说咱们稳赢，那就好，那就好。"

白端端对这个门外发生的小插曲一无所知，她送走了那几个员工和宋连军，来回又核对了下 300 个员工的文件资料，结果前台就电话告知她有访客。

等到了会议室一看，才发现是徐志新。

距离他的案件结束也过了一段时间，他的脸色还是不好，但眼睛里却不似当初那么暗淡无神了。

见到白端端第一句话，就是感谢。

"谢谢你，白律师。我没有和你说真话，你却还是愿意把律师费退给我，甚至借了钱给我……"刚一开口，徐志新的眼眶就红了，"谢谢你，让我知道自己就算错了，也还来得及悬崖勒马，这个社会不是冷冰冰的，还有温暖和善意，还有你这样的好人愿意接纳我……"

徐志新这个案子，最终季临自然没让他拿到一分钱经济赔偿，并且仍旧坚持给了他骗病假被辞退的退工单，也向医院举报了他女朋友陈佳楠开假病假单的事，而祸不单行，他的父亲也在不久后重病去世了。

徐志新那段时间简直到了人生低谷，甚至想到了寻死，最终是白端端找到了他，主动退还了律师费，并且借了一笔钱给他操办了丧事渡过了难关。

对于他的感谢，白端端却很淡然："我退还给你的律师费也是有限，这个案子标的额本来不大，我们提成律师需要和所里分成，交给所里的那部分钱我不能动，也只是退还了我的分成部分而已。"

在所有已知的情况下，对案件白端端做到了全力以赴，也问心无愧，退还自己的这部分费用，单纯地是出于一种曾经也这样艰难过的同理心。她当初渴求得到帮助，如今力所能及，便想帮助困境中的别人。

徐志新眼眶含泪："你借给我的钱，等我一段时间，一定还给你！"

"这个不急。"白端端笑笑，其实借出去钱，她并没有指望能回来，她只是岔开了话题，"你之后想干什么？"

提起这个话题，徐志新的眼神亮了起来："白律师你还记得我和你说过，我大学也有过几个电子机械方面的专利研究吗？如今山穷水尽，我因为骗病假有错在先，在行业里也找不到什么下家，索性一不做二不休决定创业了。"

虽然仍旧瘦削，但徐志新已经一改此前的绝望和茫然："以前也不是没想过创业，但没那个胆子，觉得朝九晚五就很安稳，何况创业失败了怎么办？瞻前顾后的，现在被逼上梁山，反而只能背水一战了。"他不好意思地看了白端端一眼，"也或许真是否极泰来，我带着我的创业计划去找了好几个业内的投资人，竟然还真的有人感兴趣。

"佳楠因为我的影响，被医院处分了，不过工作至少没有受到大的影响，她喜欢做医生，对病人都很耐心，我相信只要再过几年，她这么兢兢业业，总是会有人看到的。

　　"还有上次你说的话，给了我很多启发，我去见了佳楠的爸妈，和他们承认了自己的错误，也坦诚地交代了自己目前的所有情况和打算。"说到这里，徐志新眼眶有些泛红，"佳楠被处分这件事，是我的责任，不管怎样，我都应该负荆请罪上门说明，我在见他们前也做好了最差的打算，知道他们肯定会反对我和佳楠，甚至当场不会给我好脸色看，但想着，自己做错的事，再难堪也要承担……

　　"结果没想到，他们虽然对我还是态度冷淡，但根本没有骂我，还说了给我两年时间，如果两年里创业能做出什么名头，再登门见他们。"徐志新的声音动容，"虽然还是对我不满意，也没认同我，但也并没有再禁止我和佳楠来往了，甚至他们还来了我爸的葬礼。"

　　徐志新顿了顿："白律师，你说得对，有时候坦白自己的狼狈难堪和弱点也没有想的那么可怕，做错了一步，也不至于未来就不能补救。我之前被猪油蒙了心，但现在，谢谢你的善意……"

　　白端端点了点头。

　　虽然案子没个好结果，但或许对徐志新而言，这样人生的重击，也未必全然是坏事，有些人像是坚强的蒲草，逆境中仍然能迎风生长。做错了，跌倒了，爬起来，重新按照正确的路坚定地走下去，就好了。

　　未来时间还那么长。

　　总是有奇迹和无数可能的。

　　谁知道自己无意中伸出的手，是不是会改变一个人的命运呢。

　　很快，白端端终于迎来了和西蒙纸业的第一次谈判。

　　会谈的地点定在了西蒙纸业的办公楼会议室里，白端端、杜心怡和作为员工代表的宋连军一同出席，而对方则指派了季临和一个人事总监陪同。

　　对于这一次谈判，白端端自诩准备翔实，心里胸有成竹。

　　季临呢，一如既往地还是那副欠扁的模样，即便和白端端平时抬头不见低头见，为了个猫又勉为其难重新加了白端端的微信，但显然两个人彼此都不想理睬彼此，只想赶紧按部就班地走完谈判流程。

　　"这是我们列出的方案。"白端端笑了笑，把资料移到了季临面前，"我根据每个员工合同版本、工作年限、薪资情况，做出了裁员补偿方案，请你们过目。"

　　她盯向季临："用人单位生产经营状况发生严重困难，必须裁减人员的，需要按被裁减人员在本单位工作的年限支付经济补偿金。在本单位工作的时间每满一年，发给相当于一个月工资的经济补偿金。"白端端说到这里，顿了顿，"这都是《劳动合同法》明文规定的条款，西蒙纸业目前因为国内的经营状况不佳，成本过高、订单过少，导致需要关闭转移产线，那么我们也按照法律的规定来谈谈涉及的 300 个员工被裁的事项。"

　　季临只扫了眼那本厚厚的方案，然后便轻巧地移开了视线，波澜不惊道："白律师，我想你搞错了，西蒙纸业本次确实因为经营状况的改变需要进行裁员，但裁员只涉及 189 个员工。"

　　杜心怡立刻见机抢了话头，她皱了皱眉，不客气地对季临道："季律师，你数学是语文老师教的吗？员工名单清清楚楚列明了涉及的员工有 300 个，难道剩下的 111 个员工，你们想赖账？"

　　杜心怡平时在专业内容的谈判上没什么墨水，此刻也就只能抢着说些无用的废话来彰显自己的强势和存在感了。

　　然而她气势汹汹，言语间充满对季临的讽刺，一脸自信，白端端却没办法像她这么乐观。

　　季临虽然难缠，但非常专业，处理案子的方式几乎可以用简单粗暴来形容，他不喜欢迂回，憎恶浪费时间，他说只辞退 189 个员工，那就真的只会辞退这些数量的员工。

　　可剩下的 111 个员工呢？所有这 300 个员工，签订的都是正规书面的劳动合同，西蒙纸业不可能可以赖账的，除非……

　　白端端的心里咯噔一下，她有了一种非常不好的预感。

　　季临笑了笑，然后不容分说地把白端端辛苦做的 300 名员工的个性化赔偿方案都推回了白端端面前，接着，他从包里拿出了另一本资料。

　　"这是我们做的针对 189 名员工的辞退经济补偿方案。"季临看了白端端一眼，"赔偿方案我们完全按照《劳动合同法》严格执行，在西蒙纸业工作了多少年，就赔偿几个月的工资，当然，你不放心的话可以再核对一下。"

白端端拿起季临的方案粗粗看了一眼，确实，每个员工都按照严格的法律规定来计算了经济补偿金，甚至为了让人一目了然，都附上了计算公式，只是果然如白端端所料，这所有189名员工，在西蒙纸业工作的年限都在5年以下，大部分都是1年到3年。

宋连军有些茫然："那剩下的111名员工呢？我作为员工代表，就要对大家伙都负责，大家因为相信我才推选了我来沟通，189个兄弟能有合法的辞退安置，那剩下的111个人呢？"

季临挑眉笑了笑："哦，剩下的111名员工，我们不辞退啊。"

"不辞退？"宋连军愣了愣，才有些狂喜，"真的吗？"他一边说着一边翻了翻季临的辞退补偿方案名单，越翻越是欣喜，他对300名员工自然比白端端更熟，一眼便看出在辞退名单里的多数是近几年的新员工，而老员工都不在，包括他自己。

宋连军忍不住抬头看向杜心怡，激动道："杜律师，太好了！不用辞退我们这些老员工就太好了！"

他说完，就朝季临和人事总监点头致意，更想要站起身，去握人事总监的手："许总，谢谢你，谢谢公司这么替我们这些老员工着想，我们都是拖家带口上有老下有小的人，不像刚入社会的年轻人那样没有负担，就算辞职给我们经济补偿，其实我们也不想的，我们这个年纪，再找工作很难，如今纸业行情又不好，就算再找到新工作，待遇可能还不如咱们西蒙纸业，公司能这么有人情味地留下我们，我们……我们真的很感激！"

宋连军这话是发自肺腑的真心话，他一边说，一边有些唏嘘，连眼眶也有些红了。

他们这个年纪的中年男人，体力拼不过刚入职的应届生，又只是纸厂流水线上的工人，十几年的工作也不过是熟能生巧，说核心竞争力和自身的无可替代性，根本是不存在的。人到中年，也没了初生牛犊的拼劲和闯劲，只想求个安稳，能不被辞退，那是再好不过。

宋连军谢过人事总监，又转身看向了杜心怡："杜律师，谢谢你了！"

杜心怡虽然对这个转折还有些没反应过来，但眼见着事情得到如此解决，也很是满意，她笑着撩了撩头发，对宋连军道："不客气，这是我应该做的。"

杜心怡和宋连军这边一派祥和，白端端却觉得风雨欲来。

而刚才被宋连军热烈感谢过的人事总监，脸上也并没有露出被感谢后应有的表情，相反，他的眼神躲闪，神色十分尴尬。

"老宋，你听我说，这事不是这样……"他磕磕巴巴地开了口，"公司是真的有困难，确实有一部分生产线转移，所以年轻员工就直接走正常辞退流程了，你们老员工，我们也知道，很多都是一起跟着西蒙纸业打江山的，我们也不想辞退，但是现在一来我们业务量很少，二来最近也是纸业的淡季，所以这个……这个公司决定你们这些继续履行劳动合同的员工，从明天开始放假。"

白端端心里咯噔一下。

果然来了。

她抬头看了一眼季临，果然，他朝自己露出了围猎收网般的笑。

冷酷，还带了点淡淡的嘲讽和漫不经心，手起刀落，淡然从容。

宋连军也蒙了："许总，放假？放假是怎么回事？那放假了，工资发放还正常吗？要停产多久呢？我们啥时候能回归岗位上班？"

人事总监看了一眼季临，硬着头皮道："这个，老宋你放心吧，我们公司做事都是合规的，放假是因为公司的原因造成的，工资当然照发，社保也照缴，要停产到什么时候，这个……我也说不好，只是……"他仿佛讲不下去了，求助般看了一眼季临。

"只是工资按照 A 市最低标准来发放。"季临毫无感情道，"也就是一个月只有 2480 元。"

宋连军愣了愣，终于反应过来，他不可置信地看向人事总监："许总？怎么可以这样？怎么能只支付基本工资，公司这样是违法的！"

"何况我们这些老员工的家庭情况你是知道的，哪个家里负担都不小，一个月只有 2480 元的工资，我们一家几口岂不是要喝西北风？"宋连军急得眼睛都红了，"你这样，还不如直接把我们一起开除了！我在西蒙纸业工作 19 年了，还得按照正常工资给我 19 个月的钱呢，我正常工资加上杂七杂八的奖金每个月到手还有 1 万来块啊！你们辞退我，我还能拿 20 万左右呢！"

宋连军说完，就看向了杜心怡，他表情焦躁："杜律师，你们得给我做主啊！"

"怎么违法？"季临的声音却仍旧冷淡镇定，毫无波澜，"《工资支付暂行规定》第十二条白纸黑字明文规定了'非因劳动者原因造成单位停工、停产在一个工资支付周期内的，用人单位应按劳动合同规定的标准支付劳动者工资；超过一个工资支付周期的，若劳动者提供了正常劳动，则支付给劳动者的劳动报酬不得低于当地的最低工资标准；若劳动者没有提供正常劳动，应按国家有关规定办理'。"

季临看向一头雾水的宋连军，笑笑："我贴心地给你解释一下，意思就是，因为企业的原因停工的，第一个月内，按照你原有的正常工资给你支付，也就是 7000 多；但从第二个月起，就算停工期间里，你偶尔也提供了劳动，也只需要支付 2480 元的最低平均工资就可以；而你如果没有提供任何劳动，甚至可以给出比平均工资更低的额度，你听懂了吗？"

宋连军还没反应过来，但白端端早就明白了。

季临这招真的贱，他把工作年限短的员工全部选择开除，因为工作年限短，就算正常辞退，一次性也只需要支付 1 ~ 5 个月的工资，比起延续合同所要支付的社保成本以及工资成本，这是性价比非常高的方案。

而对宋连军这样工作时间足够长的员工，他则直接让企业不解除劳动合同，表面看起来像是企业对中老年员工的关怀，但往深处一想，这招的打法就非常精准了。

这些工作年限长的员工，一旦走正常流程解除合同，就要赔十几个月的工资，老员工一般工资又比较高，这样 111 个老员工可真是一笔不菲的支出，但一旦把他们继续留下来，然后选择停产彻底放假，却只需支付 A 市最低工资标准即可……

# 第八章　入你怀抱，听听心跳

宋连军此时也终于反应过来，他几乎忍不住冲到了季临面前："你们怎么能这样？怎么可以这样！"他目眦欲裂地看向人事总监，"许总，这么多年风风雨雨，西蒙纸业哪次不是靠着我们这些不离不弃的老员工一起扛下来的？现在你就这样对我们？！"

"老宋，别这样，我也是照章办事而已……"

宋连军的情绪完全失控了，他拉扯完人事总监的衣领，就冲到了杜心怡面前："杜律师，你不是和我说这个案子稳赢吗？现在呢？现在是什么情况！"

杜心怡被吓了一跳，习惯性地往后退了一步，她嫌恶地避开了宋连军，努力平静道："这方案不是挺好吗？你不是和我抱怨说你这个年纪找工作难吗？现在公司停产不用你上班，还养着你们，那不是挺好？你这不就是等于躺在家里数钱吗？"

杜心怡真的对劳动者的实际人生毫无概念。

白端端看了她一眼："这种时候，你就别说风凉话了。这些上了年纪的老员工，拿一个月 2480 元的钱，能养家吗？他们想的是躺着赚这么一点钱吗？他们想要的不是钱，是工作机会，是获取正常工资的机会。"

宋连军几乎瘫倒，嘴唇颤抖道："我刚买了房，还有每个月 4000 元的房贷，这每个月 2500 元还不到的工资，我连房贷都还不起……"

白端端揉了揉眉心，看向季临："你这个办法真是太鸡贼了。"

季临毫无羞愧之色，他耸了耸肩："所以我是违法了吗？"

自然是不违法的，季临这个操作，可以说完全在法律的限定内，完成了一场对宋连军这样老员工的围剿，停工停产，听起来挺好，躺在家里也能每个月拿钱，生活乐开怀，然而西蒙纸业这些老员工，每个都是拖家带口的，还都是家里的主要劳动力，多多少少和宋连军一样有房贷，要养娃，生活压力不小，根本没法儿躺着享受这 2480 块钱的馅饼。

季临这一招，显然不可能让西蒙纸业停工一两个月就恢复生产的，如今纸业行情正受挫，原料成本提高，环保要求增大，每生产一批产品，不仅因为纸业排放大量污水，需要做昂贵的净化处理，还常常要缴纳超标的罚款，几乎是开工了不仅不能赚，反而倒亏钱。

大部分企业停工、停产还存在厂房租金这样昂贵巨大的窟窿，权衡之下还不如直接辞退劳动者给予经济补偿金来得性价比高，但西蒙纸业不存在这个后顾之忧，因为西蒙纸业早年就落地 A 市，早早就布局买地建造了厂房，当时地价还便宜，前面几年纸业行情好的时候也早把这些成本款项给赚回来了，因此如今停工一段时间对西蒙纸业来说并不会有太大影响。

然而宋连军这些老员工是受不住几个月这样停工停产只拿最低工资的，最终的结果，他们势必耗不起，最终只能主动和西蒙纸业解除劳动合同，而员工自己辞职，就没有经济补偿金和赔偿金这一说了。

111 个老员工，白端端之前做方案时大致清楚，这些资深老员工月薪平均在税后 1 万左右，工作年限也平均在 10 年以上，季临这个方案，可以直接为西蒙纸业节省下最起码 1110 万！

事关自身利益，宋连军当然已经对其中的门道明白过来："杜律师，你得帮帮我，想想办法，这事肯定不能这样！"

杜心怡此刻慌了神，她只能色厉内荏道："季临，你这是以停工停产为借口逼迫员工主动辞职放弃经济补偿金。这样的停工停产是不合理的，只是违法辞退的遮羞布！何况你们不是要直接搬迁三条生产线去墨西哥吗？生产线都搬走了，哪里来的停工停产，停工停产的定义不应该是最后能复工的吗？"

季临瞥了杜心怡一眼，然后看向白端端："你配的新助理？过了司法考试吗？"

杜心怡哪里见过这种讽刺，脸涨得通红："你！"

大敌当前，白端端没空管杜心怡那些上不了台面的小操作，季临却是有点看不下去。

"没人教你主管律师讲话，助理不要插嘴吗？"季临冷漠地撇了撇嘴，"西蒙纸业高层确实考虑过三条产线整体搬迁，但中国总部的总经理一直在努力周旋，希望还是尽可能将三条产线保留在中国，渡过这段困难的时期，最终重新开工。西蒙纸业从没在任何邮件或者官网上公开过到底对这三条产线如何处理。现在，停工停产渡过难关，这是西蒙纸业的最终决定。

"至于你说的用停工停产掩盖违法辞退，这也不存在，我们有非常明确的证据，包括订单的减少、原材料的涨价、成本的上升，都能明确证明企业经营已经存在重大困难，不得不进行停工停产，这次189人的裁员方案，我们已经通知了工会，并且经得了同意，同时，后续我会再和这189名员工沟通，我们会非常合规地支付经济补偿金，所以相信189名员工里没有人会反对。至于停工停产，程序流程上完全没有问题，已经到劳动监察部门备案。"

因为宋连军的目光，杜心怡骑虎难下，她只能继续强词夺理道："可你这明明就是为了不给这些老员工经济补偿金，才停工停产的，这停工停产根本不合理！"

"我真想不到你竟然是个律师。"季临面无表情地看了杜心怡一眼，"合理不合理，这不是你说了算。第一，你没证据证明西蒙纸业的停工停产有造假；第二，法院目前唯一支持认定企业用停工停产掩盖违法辞退的判例，仅仅只有企业先对员工进行了违法辞退，员工劳动仲裁并要求恢复劳动关系后，企业为了再次达到违法辞退员工的目的，从而以停工停产实际上要求对方'待岗'。"

季临眨了眨眼："西蒙纸业一开始就直接提出了停工停产，根本不存在因为开不掉员工才用停工停产掩盖这回事。"

逻辑严密，毫无漏洞。

杜心怡噎了噎："可我看到了《都市新闻报》有记者都写了西蒙纸业要产线搬迁的消息了，你不要抵赖！"

季临颇有些挑衅地看了白端端一眼："你这个助理，我都看不下去了。丢人。"

白端端闭了闭眼，然后侧头制止了杜心怡，她冷冷地看向杜心怡："你不知道商业决断不到最后一秒都不可信？现在当然是他们说什么就是什么了。"

杜心怡咬了咬嘴唇，不死心道："那份报纸我还留着……"

"这些新闻，报纸力求没有法律风险和责任，除非是面对面的采访稿，否则就算有内部人士匿名投稿，最终成稿里也只会用'据悉'，要我现在给你时间去确认吗杜心怡？何况就算报纸上说的是确定，报纸又不是西蒙纸业官方渠道，根本没有意义。"

无论生产线在将来是被转移到墨西哥还是印度，只要西蒙纸业停工停产耗得够久，耗到只剩下个别死磕的员工，将裁员成本降低到最低，最后再装模作样地重新动一下工，那么法律上，他这种操作就是完全合法合理的。之后重新复工后过段时间再转移生产线，那完全能用多变的商业环境和市场导致高层做了新的决断来解释。

虽然现在的就业市场对宋连军这样四十多岁的中年员工并不友好，但只要去找，总是能找到下家的，只是工资水平和待遇绝对会有巨大落差，不过就算工资水平一落千丈，也总是比2480块高的，换一份新工作，才能勉强支撑家用。

停工停产把宋连军这样的员工逼得不得不快速去找下一份工作，甚至不惜自降身价，只求快点能找到养家糊口的新工作，而一旦找到下家，势必立刻主动提出与西蒙纸业的解约。要是有哪个员工偷偷背着西蒙纸业签署两份劳动合同，那也简单，按照季临的能力，绝对能以对方同时任职两家公司违约而名正言顺地开除对方。

不费吹灰之力，轻松节省成本。

简直是个完美的裁员方案。

唯一还能一搏的，就只剩一个了——

白端端看向了季临："既然西蒙纸业是有工会的，那么停工停产的决定，工会同意了吗？"

但凡工会成员里，有一个在这 111 个涉及停工停产的人员名单里，就不可能轻松地同意这个方案吧！

结果季临仿佛就在等白端端问这个问题，他愉快地笑了笑："当然。工会会同意的。"

他看了眼宋连军："他没有加入工会，他另外那 110 个同事也一个都没有加入工会，为了企业的整体利益，我当然会说服工会，毕竟这确实是真实的停工停产。"

111 个人，竟然其中一个在工会里的都没有！

白端端皱着眉看向了宋连军，宋连军这才后知后觉地解释道："我们都以为工会没什么用……平时总要占用周末的时间组织这个活动那个活动，我们都是有家有口的老员工，对这种周末的活动也没兴趣，而且加入工会还要交工会费，偶尔还要开会，一堆事，我们都觉得没什么意思，所以没加入过……"

这可真是典型的你拒绝了责任，因此失去了权利。没有主人翁地位，就掌握不了自己的命运。

在劳资纠纷降临到自己身上之前，是不会有人觉得工会有用的，很多劳动者也根本意识不到加入工会后，工会拥有的话语权将是他们和企业谈判时的筹码。

只是工会并不仅仅维护职工的合法权益，还需要维护企业的生产经营，在这两者之间找平衡。虽然停工停产影响到了这 111 个人，但西蒙纸业是家大公司，有更多的生产线还在继续经营，另外 189 个人也得到了妥善的辞退安置。

111 个员工，没有一个加入工会，那工会在听取企业重大决策时，自然未必有人能如此感同身受地替他们争取权益，这样一来，在整体利益面前，工会会选择支持停工停产也并不难理解。季临如今有如此的自信，大约对取得工会的同意，已有十成的把握。

就算是对手，白端端也忍不住想给季临鼓掌，她不得不承认，自己相比季临，真的还嫩了点。以前在 B 市能赢那么多场，真的是因为 B 市作为二线城市，法律市场和竞争力都没有作为省会的 A 市来得强劲，她没有遇到过好的对手，误以为每次能赢是因为自己水平够高，殊不知自己只是个做着小学生数学题的中学生，一进大学里，才看到了差距。

此前白端端心里一直对从 B 市回 A 市不认同，但直到此刻，她才意识到，回来是对的。她得看到差距，才能追赶学习。

这个案子，她完全局限在自己的思维里，想着这 300 人的裁员，如何为员工争取利益最大化，却没想到季临用停工停产把自己打得措手不及，并且毫无反抗之力。

季临深谙《劳动法》，知晓如何规避风险，也知晓如何让企业利益最大化。

剔除自己一贯对季临的偏见，他真的非常非常专业。

难怪张俊达说一旦案子对手是他，就让人闻风丧胆。他有一种不赢就誓不罢休的执着和冷酷，专业、冷静到令人可怕。

如果白端端遇到的对手不是他，恐怕这个案子不会有反转的余地，她可以通过自己前期翔实的准备轻易地获取胜利，而如今季临这一顿操作，不论白端端多有能耐、多坚韧不屈，《劳动合同法》的规定就是规定，她没有办法帮助宋连军他们翻盘。

企业与员工，企业终究是处于强势的地位，任何一个轻巧的决定，都会造成员工人生天差地别的变化。季临这样的操作，让自己一下子优势全无。

企业辞退员工需要取得员工的同意，否则就要支付经济补偿金，但企业停工停产，却并不需要经过员工同意，因为这是企业无法控制的经营异常行为，几乎可以算是不可抗力，因此只需取得工会同意，通知员工，并用证据证明企业确实不得不停工停产，并非造假，最后向劳动监察单位备案，事后按照最低工资标准支付工资即可。

事情到这个地步，除非能找到季临在操作流程中的瑕疵，然而该做的他都做了，在此后的流程里，也根本不会有任何可以被自己抓住用来翻盘的漏洞。

这个案子已经没有任何还手之力。

季临的操作，把企业在劳动市场上的优势地位发挥得淋漓尽致，劳动者仍旧翻身无能，白端端只觉得内心憋得慌。

太差劲了，自己真的太差劲了，口口声声说想要保护好劳动者，然而遇上季临却真的被按在地上碾压。

如今她唯一能做的，就是提醒宋连军一行人关于停工停产期间的注意事项："因为西蒙纸业发给你们的是全额的最低工资标准，所以一旦公司临时有事让你们去，你们也仍是有义务去的，千万不能一声不吭为了表示抗议就不去，这样公司完全可以按照旷工处理，最后连这个最低工资标准也不需要支付就单方面辞退你。

"总而言之，只要你还没辞职，还拿着公司提供的最低平均工资，那你就要记住，你还是西蒙纸业的员工，员工手册上的严重违纪行为，你一条也不能犯，《劳动法》规定的违约行为，你也一条都不能有。"

宋连军却是一脸空洞的茫然，白端端关照了他不少，但他的表情仍有些置若罔闻，几乎像是下意识地在点头。

而直到白端端讲完，他的目光才渐渐聚焦，然后他看向了杜心怡，嘴里喃喃着一句话："杜律师，你得负责……你得负责……你和我说这案子我们一定能赢，一定能拿到补偿金的，你答应我的！"

白端端皱了皱眉，这才有时间去管杜心怡，她看向对方："你允诺了什么？允诺了稳赢？"

杜心怡眼神躲闪："没什么啊，我就安慰了他几句罢了，就说不要担心啊。"

这个模样，绝对是允诺了对方这个案子的结果，本来白端端应该趁机训斥杜心怡的，但这一刻，自责、羞愧完全袭击了白端端，她已经难过得一句话也不想说了。

自己太弱了，此前的自信在季临面前，真的只能称得上是自我感觉良好。

只是工作是不会给人时间去独自舔舐伤口的，很快，季临那边又叫住了白端端，要求当场核对其余189人的经济补偿金方案，白端端没法儿，只能揉了揉眉心，和季临一起回了会议室。

会议室外，就只剩下宋连军和杜心怡了。

宋连军从巨大的变动和震惊里终于回过了神，然后他看向杜心怡："杜律师，你答应过的，现在为什么这个案子你都说不上话？你不应该替我们去据理力争吗？"

杜心怡退后了一步，然后露出了为难的表情，开始一脸真诚地推卸责任："你也听到了，刚才对方律师直接叫我'助理'，和你实话说了吧，本来这案子是我主办，白律师协办的，可她就喜欢抢案源，一定要自己来主办，很多你们的资料她都藏着掖着，她和我们合伙人关系又好，最后就这么把我变成了协办，你们这案子要是我办，那肯定能赢，不是这个结果……"

本来接这个案子的时候，是看中涉案标的额足够大，光是提成，就能拿不少，何况跟着白端端，自己也不用做什么，轻松得很，外加这案子杜心怡一直认为铁板钉钉能赢，才愣是央求着林晖让自己硬插了一脚，只是如今……

只是如今，这个案子却成了杜心怡的麻烦，她后悔地想，早知道会出这种岔子，自己就不沾了，如今这189个辞退的都是新员工，总共涉及的经济补偿金也没多少，自己最后也分不到几个钱，眼前这个宋连军显然又很棘手……

杜心怡此前不仅打包票承诺了案子的结果，还收了宋连军一共4000元的购物卡，全私吞了，甚至都已经用完了，这种事万一宋连军鱼死网破捅出来，就很麻烦了……

这种时候，杜心怡根本无心去管宋连军的困境，只想着如何把自己择干净，她看了一眼宋连军，装出一副语重心长的惋惜模样："其实我一直很想要帮你的，但因为不是主办律师，很多策略方案我也很难插手，你们的情况我很理解，尤其你之前还特意给我送购物卡，心意我都领了，后来白律师成了主办律师，我还特意把你的心意都转达给她了，这购物卡我自己都没留着，就是希望她能更尽心尽力地办你这个案子。"

宋连军一边听，脸上慢慢带了点肃杀的怒意："可这个白律师……"

作为员工方律师，白端端没有办法规制季临的行为，他出招，她接招，而面对停工停产这种鸡贼的方式，在现有法律的范围内，不论是白端端还是别人，都没有办法扭转局势。

杜心怡却并不提及这一点，而是努力推卸着自己胡乱承诺的责任，她状若小心翼翼地轻声嘀咕道："有一件事我偷偷告诉你啊，其实我们白律师私下好像和季律师是那个……"

宋连军皱起了眉头："哪个？"

杜心怡压低声音道："就是情侣啊，我上一次和白律师一起吃饭遇到季律师，听季律师喊我们白律师老婆呢，我还以为白律师是单身，结果都瞒着我们地下恋爱呢。"

杜心怡的话里三分真混着七分假，白端端和季临那模样，显然不可能是情侣，但大约是私下还有什么过节儿，总是有私下交集是跑不掉的。

"当然，这事我也说不好，没准儿就是开玩笑，但我也不是唯一一个听到的，就那天和你一起约了在餐厅吃饭还记得吗？买单的时候有人称是我们白律师的老公，让她一起把他的账结了，当时我看到那个男人的背影和侧脸了，就是季律师呢。"

杜心怡这么一说，宋连军反应了过来，虽然她没有明确地说什么，但光这些隐晦的线索，已经足够宋连军自行想象了。

"那这个案子，白律师对季律师，是不是有猫腻？"宋连军皱着眉，"会不会他们早就有勾结，白律师故意输给季律师的？她早就通敌了？不然杜律师你早就说这案子毫无悬念能赢了，怎么突然就变成这样了？这让我怎么回家和老婆交代，怎么和其余110个兄弟交代？"

杜心怡见稳住了宋连军，松了口气，说实话，刚才宋连军的样子，着实有点让她害怕，要是知道她都做了点什么，这宋连军恐怕当场都要打她了，杜心怡此刻只想暂时把人糊弄过去，只想着回头和他一分开，立刻把宋连军的联系方式全部拉黑，然后躲起来不见对方，至于黑锅，先甩给白端端，反正自己说的这些话，也没证据可以证明，最后对方撑死闹腾几下，也就自认倒霉不了了之了。

只是杜心怡从没真正站在劳动者的境地里为他们考虑过，她根本意识不到，案子的结果对宋连军的生活会产生怎样重大的改变，他根本也不可能就这么自认倒霉不了了之，如今的宋连军，无论如何不能接受，心里只剩下愤怒和焦虑。

等白端端和季临确认好方案细节，交给宋连军的时候，宋连军心里乱成了一团，他细细观察白端端和季临，越看越觉得这两个人像是早就暗通款曲。

他几乎是沉重地带着西蒙纸业的方案去找了其余110个老兄弟商量，结果自然可想而知。

大家都炸了。

"老宋，你不是说我们绝对都能拿到十几万赔偿？！怎么现在钱彻底没了？"

"为什么189个年轻人可以有补偿金，我们就没有？"

"老宋，我们是信得过你，才把事情全权委托给你，结果你怎么就谈出了这个结果？"

质疑和怀疑的种子一旦种下，不满的情绪就会开始泛滥。

很快，又有别人加入了指责："是的，老宋，你怕不是因为二胎刚生，精力都顾不过来，没对咱们这事上心吧？"

"就是，我看你根本没盯紧那些律师！根本没做好我们的代表！"

"要是当初不推你做员工代表就好了，还不如我上呢！"

"老宋，你说句实话，你到底是不是和我们一样的方案，还是私下收了公司的钱，然后来当和事佬劝我们接受这个方案的？"

"八成是吧，否则怎么一下子从绝对能赔十几二十万，突然成了每个月只给全市最低平均工资的？"

……

宋连军看着大家七嘴八舌的窃窃私语和对他的质疑，只觉得心里的压抑快到了爆发的边缘。

他自掏腰包花了 4000 元买了购物卡送给律师，也一直好声好气地沟通着，为了大家的利益，跑前跑后，没问大家要过一分钱，甚至没要求得到过一句感谢，现在就因为没得到理想的结果，反而变成了千夫所指的罪人……

宋连军看着七嘴八舌的同事们，内心火急火燎的，他想起白端端精致的脸，内心升腾起咬牙切齿的恨意。

都是那个女律师！都是她的错！

而这种濒临爆发的怒意和愤恨在回到家以后达到了极限。

宋连军几乎刚走进家门，他老婆就哭哭啼啼迎了上来。

"老公，小女儿今天突然脸色发紫、嘴唇发青，我就送去医院了，现在检查出来是先天性心脏病，得要一笔钱手术，你那个赔偿金，谈得怎么样了？那 20 万块，什么时候能拿到手？咱们得赶紧给孩子排手术了！"

一波未平一波又起，宋连军的理智终于崩塌。

他二话没说，换了件黑色衣服，拿起大儿子的鸭舌帽，到厨房抄起刀，就往外走。

宋连军眼睛血红一片，他绝对饶不了那个收了自己好处费却不办实事吃里爬外的女律师！

白端端回到所里，只觉得有些头疼，宋连军的案子遭遇因季临的骚操作导致完全被压制，白端端心烦意乱，见正好已经到了下班时间，放下文件，就拎起包回了家。

白端端打了车，司机师傅是个热爱聊天的中年男人，自白端端上车起就"姑娘你是本地人吗？""有对象没？""在哪儿工作啊？"问个不停，白端端心里有些难受，只敷衍了几句，就闭目养神起来。

那司机安静了一阵儿，结果没多久，又喊起来："姑娘，这后面怎么像是有车在盯梢啊？"

能有什么人会跟盯她的梢？

　　白端端只当是他没话找话的借口，也没理睬，只点了点头就示意司机继续开。

　　这个点正是小区住户们陆续返家的高峰期，电梯需要等，白端端迷迷糊糊地站在楼道间，看着又陆续有不少人拥了进来，也没注意，只瞥见一个有些眼熟的身影。这么闷热的电梯里，对方还戴着一个完全压住脸颊的鸭舌帽，可帽子样式挺年轻，这人穿的却是个黑乎乎像个麻袋般的旧款式外套。

　　只不过白端端没多想，因为很快，她就看到了走进楼道的季临。

　　明明是闷热快要下雷雨的傍晚，下班回家的上班族们脸上精神面貌都不佳，疲惫和懒怠从他们扯松了的领带、解开的领口扣子、被风吹乱的发型，还有没有焦距的双眼中流露出来，然而季临却不一样，他仍旧完美，仍旧对自己苛刻到一丝不苟，背脊挺拔，容貌英俊，像一只根本不愿与遍地山鸡打交道的凤凰。

　　骄傲，但足够漂亮。

　　白端端看着季临的侧脸，心里又翻腾上了，一会儿是专业上比不过他的酸涩和嫉妒，一会儿是对自己的失望和自责，一会儿又是些别的乱七八糟的思绪……

　　虽然连续两个案子都被对方压制，但白端端并不是那种会就此消沉的人，她看着眼前的男人，心里反而燃起了熊熊的火焰——一定要追赶他、赢他！让他对自己刮目相看！

　　而同时，白端端也不得不承认，难怪自己当初鬼迷心窍突然就迷上了这个男人，季临确实好看，幸好当初他对自己相当冷淡，要是当初他就热情如火地投怀送抱，自己恐怕早就把持不住铸成人生大错了……

　　思及此，白端端觉得自己真是大难不死捡了条狗命，她忍不住看了一眼季临的胸口。这男人是天生的衣架子，虽然知道他是季临，但试想被这样的男人拥抱一下，会不会心跳加快？

　　大概是不会。

　　她现在看这个男人，只想赢。

　　大约是自己的目光太过直接，季临皱着眉冷着脸看向了自己，那意思再明显不过。

行吧行吧，白端端自觉乖巧地往后退了两步，离季临稍远一点，只是下一秒，季临突然顿了顿，然后飞快地拉开人群走向自己，拉住白端端的手，一把把她拽向了自己，白端端几乎措手不及，就被他从侧面用力抱住，整个人都被他揽进了怀里……

这是什么神转折？

也是此刻，白端端终于知道自己刚才那个问题的答案设想错了——

即便知道了对方就是远近闻名的季临，但被这个男人拥抱着，竟然还会心跳加快。

这一切不过发生在一分钟之内，但却仿佛一帧帧的慢镜头，白端端被季临抱在怀里，她微微抬头，就能看到季临近在咫尺的脸，他的眉紧紧皱着，一双漂亮的眼睛看向了白端端，这么近的距离里，白端端甚至能清楚地看到他瞳孔里的倒影——只有自己。

白端端先用眼神警告自己离他远点，自己真退后了，却又忍不住想，季临终于意识到原来早在不知不觉中，就被自己吸引了，还是季临突然就人格分裂了？

电光石火之间，季临一瞬不瞬地看向白端端，终于微微轻启两片薄唇，屈尊开了口——

"白端端，你真是该死的……"

完了完了，白端端想，难道他下一句要说的就是经典台词之"你真是该死的甜美"？

那自己要怎么拒绝他？

结果这个美梦白端端还没做完，季临的声音就传了过来。

"你真是该死的蠢。不知道后面有人突然冲过来要躲？"

"？？？"

哦。白端端想，真是我多虑了，打扰了。

"快报警、报警！"

"这个人手上有刀！"

"快点，他想跑了！大家赶紧制止他！"

……

也几乎是下一秒，周遭人群就爆发出了嘈杂和尖叫，白端端有些茫然，不知道发生了什么事。

季临有一双有力的臂膀和坚实的后背，白端端的脸几乎都被埋在他怀里，她看不清外面发生了什么，只听到围围几个等电梯的邻居像是都反应了过来，有人喊着"抓住了！抓住了！"。场面一度十分混乱，然而白端端仿佛被放置在一个更安全的超脱于这场混乱的地方，她只能闻到隐隐从抱住她的这个男人身上传来的淡淡的香水味，那是纯净又含蓄的香氛，让白端端想起海洋。

有点好闻。

因为抱着的姿势，此刻季临的手正触碰到白端端的脖颈皮肤，那是一双体温偏低的手，微微的冷度传过来，让白端端只觉得自己与之接触的那块皮肤，对比之下仿佛更为灼热了。从刚才拉过白端端到现在，季临的动作虽然足够强势，但并不具有攻击性，甚至反而让人生出点温柔的感觉。

当然很快，白端端就意识到，这只是自己的错觉——

因为这只手的主人很快就推开了白端端，并且又变回了他惯常的可恶模样。

季临面无表情道："你能从我身上起来了吗？"

"……"

他诚恳地加了一句："有点重。"

白端端脸上一阵红一阵白，赶紧麻利地从季临的怀里蹦了出来。

"你们这对狗男女果然早就勾结在一起了，白端端你这个贱人，天打雷劈不得好死！我给了你这么多钱，你却和这个男人搞到了一起！"而几乎是同时，不远处被两个人架着扭住的男人开始咬牙切齿地破口大骂，他仍旧戴着遮住脸的鸭舌帽，黑衣服让他整个人看起来更压抑了。

季临看了白端端一眼："他刚才想拿刀捅你。"

这场面，简直像是感情纠纷导致的情杀现场了，电梯口的人群也窃窃私语起来，不时用意味深长的复杂目光看两眼白端端和季临。

这一下子就被邻居们误会成三角恋了！

只是现在不是解释这个的时候，白端端看向了刚才试图行凶的鸭舌帽男人，终于知道自己为什么觉得他的身形有点眼熟了，她抿着唇上前一把摘掉了对方的鸭舌帽："宋连军，你到底怎么回事？"

宋连军刚才那一刀也是情绪极端下的冲动犯罪，如今被人扭住了手腕，收缴了刀，一下子泄了气，他红着眼圈怒骂道："白端端，你自己心里清楚，你都和这个季律师干了什么好事，本来明明能谈赢的补偿金方案，却突然变成了停工停产。你不要脸，还收了我的购物卡，拿了钱却不好好办事！"

白端端皱了皱眉："你都在胡说什么？不能接受西蒙纸业的处理方案？那你拿刀捅我干什么？作为你们的代理律师，难道我不想赢吗？难道不是你们拿到经济补偿金，我的代理费才更高吗？还有，我什么时候收了你的购物卡？你几次要给我，我不都是拒绝了吗？"

宋连军一点不为所动，反而愤怒地和白端端当面对质起来。

"杜心怡律师早就告诉我了，购物卡她都转交给作为主办律师的你了，至于你和这个男律师，不早就老公老婆喊得欢了吗？何况这次还被我撞上都同居了，你还有什么好狡辩的！"宋连军一边说，一边朝着白端端吐了一口痰，"呸，不要脸的下贱玩意儿，就算你没拿到代理费，你男人赢了，他拿得多，你俩左口袋出右口袋进，不还是一样吗？"

宋连军目眦欲裂，声嘶力竭道："你们这些垃圾，从来没有设身处地站在我们这些老员工的角度上想过，从没考虑过我们的难处！"

"我从没收过任何客户的礼品卡或现金，我也不接受你通过别人的只言片语转述就给我定罪。这个案子自始至终，主办律师都是我，我也从不允诺客户能赢……"

白端端还想继续组织语言解释，却没想到，一贯冷漠的季临却突然出声打断了自己——

"没有设身处地考虑过你们的难处？"他表情嘲讽，声音冷峻，"你是有多大脸？觉得自己是宇宙中心、是世界正义？总是要求企业设身处地考虑你们，那你们设身处地考虑过企业没有？全世界都要考虑你们员工的难处，活该就没人去体会企业的艰难？"

　　季临居高临下地看了一眼宋连军，神情冷酷到近乎残忍："对，你们是西蒙纸业十几年的老员工，但合着就该企业对你们抱有感情，就应该企业对你们感恩？对，确实是你们每一个员工的工作支撑起了企业的运作，但企业也给你们提供了十几年的工作岗位，也付了工资，这本来就是商业行为，你情我愿互相成就的事，结果最后就该企业付了钱还对你们感激？那你们对企业感激过吗？你们感激过企业在十几年前录用了你们吗？

　　"难道西蒙纸业想要业绩不好、削减产量甚至停工停产吗？没有哪个企业希望自己的运营出现问题，也没有哪个企业希望自己不得不考虑如何去大量裁员。西蒙纸业做出这样的决定，也是因为公司运营情况真的不好，已经到了生死存亡的关键时刻，不壁虎断尾一样自伤一百去大刀阔斧裁员和控制成本，整个企业都要倒了。"

　　宋连军嘶吼道："可你们停工停产，就算法律上是合法的，对我们而言也根本不道德。西蒙纸业这么大的一个企业，这种行为根本谈不上社会责任感！"

　　"对，用停工停产这种方式确实在道德上有瑕疵，但企业不节省这个1000万的补偿金成本，西蒙纸业面临的是彻底倒闭、关停！企业好好运营，抵挡住行业冲击，不要垮，提供最大限度的工作岗位给劳动者，才是社会责任感的体现。"

　　宋连军显然根本听不进去，他哽了哽，完全避开了季临的话题，只一味自顾自地反驳道："你们这样搞，根本就是践踏劳动者的尊严、损害劳动者的利益！"他说到这里，也不管不顾了，索性连威胁也上了，"我们111个人，人数也不少，这么多人没法儿养家糊口，往大了说，你们就是破坏社会稳定，就是帮着这些外资企业来坑我们老百姓的钱，就是卖国贼！就是汉奸！"

　　"把你们111个人的经济补偿金都给了，然后西蒙纸业彻底倒闭，这就是维护了社会稳定？这就是尊重了劳动者的利益？"季临冷笑道，"除了这次涉及的300个人外，西蒙纸业还有另外五条生产线目前还能勉强运作，也就是目前有将近 500 个员工还能得到正常的工作和工资。如果牺牲 111 个人，能护住另外 500 个员工的工作机会，能求取企业在这波市场震荡里最终存活，这就是一个好的企业该做的决策。"

季临冷冷地看了宋连军一眼："停工停产的一切操作合规合法，就算站在你们 111 个员工的立场，西蒙纸业停工停产以求取保全企业的做法是不道德的，但站在其余 500 个员工的立场，西蒙纸业这个做法就是道德的，因为企业能果断地把负债的生产线停工停产，挽救了整个公司不至于倒闭，还能缓口气，最终齐心协力渡过难关。你只从自己的立场出发，觉得自己就是道德，但世界上每个人立场不同，利益也不同，根本就不存在绝对的道德。道德不能给每个人让他们满意的方案，所以这个社会才需要法律。

"更何况，只要企业没有死，只要企业缓过劲来，停工停产结束，你们这些十几年的老员工，早就熟悉了企业的业务和生产线操作，也是第一批马上会再次聘用的人，也是受益者。"

季临的声音冷静而淡然，说出的话确实直指内心的辛辣："我是个律师，替西蒙纸业代理，在法律允许的范围内做出这个方案，这就是我应该做的，难道为外资企业服务，就是卖国？你这么有骨气，怎么不去民营企业上班，要颠颠地在西蒙纸业这种外资企业？

"不过是因为外资企业福利待遇好，加班少。"季临嘲讽道，"说得道貌岸然，觉得自己很伟大？装什么呢？也不嫌丢人。"

"……"

宋连军几乎被季临喷到完全无力招架了。别说宋连军，连站在一边的白端端，也觉得背脊发凉肃然起敬。

不论喷人的逻辑、讽刺的毒辣、言语的嘲讽、眼神的鄙夷、表情的冷酷，10 分、10 分、10 分，全都是 10 分！

# 第九章　抠门绝顶，见识一下

　　白端端自诩平时自己也嘴上不饶人，但如今在季临的战斗力面前，她竟然生出点想要掏出笔记本记笔记学习的冲动……

　　没想到季临隐藏实力这么深，之前的案子里对自己也不知道才拿出了几分功力，简直深不可测……

　　这场对喷，或者更准确地来说，这场由季临主导的单方面屠杀实在太有看点，周围人群里也不知道哪个二百五带头鼓了掌，陆陆续续竟然真的有不少人跟风鼓起掌来。

　　宋连军本以为自己站在道德制高点，就算法律上没有胜算，在道德上是完胜，所有人都会站在自己这一边，结果如今被季临这么从头到尾冷嘲热讽了一番，竟然辩驳不出什么来。

　　到最后，他只能讷讷地挣扎道："但我们这个年纪的员工，太难了，上有老下有小，家里困难，公司这么对我们，逼我们去找下家，现在这个行情，我们为了养家糊口，只能找一些低端劳动力的工作，工资也要跳水……"

　　季临这次直接都快翻白眼了："行了，开始卖惨了。"他的眼神冰冷，毫无感情波动地看向了宋连军，"那你怎么不想想，你自己为什么会这么惨？西蒙纸业作为外企，福利待遇很好吧？一直在业内被称为纸业里的养老院，为什么？因为舒服。这么十几年里，西蒙纸业平时的定期行业沙龙和培训都不少，但你扪心自问自己参加了几次？你自己躺着，把自己变得毫无核心竞争力，不具有不可替代性，现在却抱怨企业和社会的残酷了？你让企业要对你负责，可你自己对自己负责吗？你知道你家里困难，你怎么不努力提升自己？"

宋连军根本说不出反驳，他和其余老员工一样，确实从没在意过这些额外的培训，但这个时候，他还是不服输："你是律师，你嘴皮子利索，我讲不过你，但不是你说企业这样是有社会责任感就有了。我们111个人，也算是一大批人了，行，法律不保护我们，那我们就去闹！我们找电视媒体来采访，我们去围厂！我们去西蒙纸业门口拉横幅喊口号！"

这确实是最后一招，一旦把事闹大，闹成社会新闻，用舆论来压迫，逼迫政府来协调，最后企业没准儿会退让。

可惜季临对宋连军的威胁，根本不带怕的。他仍旧镇定自如，只是眼神里的冷意却更盛了："那我这么说吧，作为外资企业，西蒙纸业平时的考勤都没有那么严苛，尤其对老员工的业绩考核，也大部分时候睁一只眼闭一只眼。你自己认真核对下这111个员工名单，看看哪个人这十几年里不是懈怠着把这份工作当作养老在干的？迟到早退的统计名单里有你们多少人的信息？企业经营状况良好的时候养着你们也就算了，企业都快死了，谁还养得起你们？"

宋连军顿了顿，随即强词夺理道："我都在西蒙纸业工作快20年了，谁家里没点事迟到早退啊！这不能说明什么，我们还是会去集体维权！"

季临看向宋连军："西蒙纸业员工手册里写了，累计一年内迟到早退超过10次的，就算严重违纪，企业可以开除。我调出了你们这111个员工近3年里的考勤记录，包括工厂大门入口的监控录像，你们猜猜你们这111个人里有多少人超过10次了？

"我作为律师，会把所有可行方案都告知我的客户，所以此前我就把这个情况和西蒙纸业的高层全部沟通过，按照这个证据，完全可以直接开除你们这些严重迟到早退的人，比停工停产支付最低工资标准养着你们还更干脆、更省钱，但是企业不愿意这样做，企业并不愿意用这种虽然最经济但最极端的方式去处理，而是选择了相对温和的停工停产。这个方案确实也给了企业缓冲期去缓解资金缺口带来的困难，但同样也给予了你们缓冲期，还能稍有余裕地去找下一份工作。"季临冷冷道，"总比直接开除好是不是？

"如果你想要走你的集体维权施压路，那不好意思，企业的情分也仁至义尽，我会把你们都直接开除。你不信可以试试。"

宋连军这下是彻底没有话可以讲了，他一张脸上，一阵青一阵白，这种场景，连带着一贯站在员工立场上思考问题的白端端，都感到了彻头彻尾的尴尬。

很多事，真的换位思考的话，立场完全不同。

员工对，企业也没错。

"最后，我和你的律师根本没有什么，住在一个小区只是邻居。我季临想要赢得谈判，根本不需要别人给我放水和通风报信。"季临冷笑了一声，"不论怎样，我总能赢。"

这男人可真是嚣张啊，可这一刻白端端也不得不承认，他确实有嚣张的资本。

宋连军不仅行凶失败，还经受了季临这样一场狂风暴雨的毒打，一下子失了精神，而也是这时，警察终于赶到，此刻从两个扭住宋连军的小伙子手里就要带走他。

事情至此，也算告一段落，白端端望着宋连军的背影百感交集，刚想转身感谢季临，却听到他冷淡的声音又一次响了起来。

他对着白端端看了两眼，非常认真又极其淡漠地感慨道："我和你是男女朋友？也不知道他是怎么想的。"

这句话之后，季临虽然再没说别的，但他语气里的匪夷所思和眼神里的情绪已经很好地说明了一切——

这个男人竟然嫌弃自己……

他虽然没开口，但心里那句"我季临找女朋友，绝对不会找这样的"

已经几乎通过他毫不遮掩的表情喷涌而出了。

白端端心里真的很气，她总觉得自己的台词被季临给抢走了。

这男人，嫌弃她什么呢？她是吃他家大米了还是怎么的了？

宋连军被带走后，人群也散了，因为案情并不复杂，警方告知可以第二天再去做笔录，白端端和季临晚上都还有事，便都决定第二天再各自抽空去。

这事尘埃落定，白端端才终于渐渐平息了情绪，虽然季临对她言语间充满了嫌弃，但毕竟救了她，白端端还是决定好好道个谢。

只是她还没开口，季临倒是先叫住了她："你受惊吓了吗？"

白端端大为感动，她刚点了点头表示没事，却见季临笑了笑，接着道——

"既然你心理承受能力不错，那我就直说了。"季临笑了笑，然后伸出了自己的手臂，"虽然我没有受伤，但是刚才为了帮你挡刀，西装被他划破了，这套是杰尼亚的西装套装，因为是见义勇为导致的财产损失，侵害人宋连军肯定是无力承担了，这笔损失可以问你追偿。"

"……"

杰尼亚的西装套装都是什么价格，白端端心里还是有数的……并不便宜，以至于白端端震惊过度直接哽住了喉咙。

她噎了半天，才看向季临："你上上段说了什么？"

季临皱了皱眉："没听到吗？既然你心理承受能力不错……"

"不是，再上一段。"

季临有些莫名其妙地看了白端端一眼，但还是忠实地复述了自己上上段说过的话："你受惊吓了吗？"

白端端拼命点头："受了。我现在心灵很脆弱，所以你后面那两段话都不要再和我说了，我也会当没听到的。我受惊了，受了很大的惊，我有事，很有事，我先走了。"

结果白端端刚走两步，身后的衣角就被季临拉住了——

他看了白端端一眼："还有个好消息，听完再走。"

好消息？白端端期待地看向季临，然后只听对方轻轻抿了抿唇，毫无感情道："我这套不是高定的,只是杰尼亚的普通套装,只要两万一。"他对白端端笑笑,"我今天幸好只穿了普通套装,你运气不错。"

只要两万一?你确定这叫好消息?还运气不错??

季临不是很抠吗?这符合他的人设吗?一个律师费连秒都不放过的铁公鸡,一个去罗马许愿池连一欧元也不愿意为自己讨个好彩头的人,动辄就穿着"只要"两万左右的西装?

"季临,你不觉得你的西装贵得有点离谱了吗?"

季临理所当然地看了白端端一眼:"贵吗?一两万的西装,真的很便宜,我的高定都10万以上。何况你受什么惊,你的包、鞋子都那么贵,花钱这么大手大脚,两万的西装而已,有什么好受惊的?"

"……"白端端委婉地道,"不是,你不觉得按照你的消费习惯而言,两万的西装有点浪费?而且你不觉得你竟然指责我花钱这件事就足够讽刺?"

季临抿了抿唇:"没有,我和你不一样,我这样,恰恰相反,是省钱。"

"……"

"一分价钱一分货,如果买一套一两千的西装,穿几次很快就坏了,或者款式太土,很快就不得不买新的。所以与其买十件低档的西装,不如买一件高品质的。"

"那你和我有什么不同?我买爱马仕包的时候也是这么劝说自己的,与其买十个轻奢包,不如买一个顶奢包,既经典又足够有档次,凭什么我就是花钱败家,你就是省钱?"

"10万一套西装只花费我年收入的0.2%,你10万一个包,花费你年收入的什么比例?提醒你一句,我这里说的年收入,是税后。"季临淡淡一笑,又给白端端补了一刀,"虽然我的收入也只是勉强够生活,但应该比你高不少。"

季临这贱人一年收入竟然税后到手有半个亿?!这样还刚勉强够生活?来人啊,快把这娇贵货给我拖出去当场打死!

白端端觉得自己差点一口气没缓过来,气得当场就差点撒手人寰。

作为一名年轻律师,白端端平时一直对自己税前将近百万的年收入非常自豪和骄傲，可如今按照季临这个标准一算，自己完全是赤贫人口，只配给季临提鞋！

当然，气归气，白端端对赔偿西装还是接受的，毕竟季临是为了救自己，万幸他本人没事，要不然还指不定要自己赔偿误工费呢。季临的误工费，自己赔得起吗？

只是白端端一想到两万一，还是忍不住肉痛，她嘟囔道："你还不如别救我呢，刚才我确实胡思乱想没在意他躲在我身后，但以我的身手，就算他拿着刀冲到了我面前，我应该也有办法转危为安，撑死被他划个口子，总之不会有什么性命之忧。"

"钱重要还是命重要？"

白端端痛心疾首："钱就是我的命！"

"……"

白端端总觉得自己和季临的台词，好像是搞反了。

不过既然要赔西装钱，白端端倒是想起了之前在徐志新案里被要求赔偿的西装："上次那件西装，多少钱？"

虽然季临上次碰瓷未免有点太明显，但白端端也不希望徐志新好不容易缓口气，又背上这么一笔债务，自己既然都借钱给徐志新了，也不差这一点西装钱了，只可惜追债者季临却一脸茫然，他看了白端端一眼，皱了皱眉："什么？"

这反应，搞得白端端都有点后悔提醒他了："就被狗弄坏的那件啊。"

算了，做人还是堂堂正正的好，白端端深吸了一口气，继续道："那件多少钱，我一起赔给你算了。"

那件西装白端端看过，明显不是便宜货，此刻，她已经做好了准备接受季临报出一串匪夷所思的数字了。

然而出乎她的意料，季临只抿了抿唇，淡然道："哦，那个不用赔。"

"什么？"

"那衣服不是你弄坏的，追本溯源，是狗弄坏的，狗主人是盛临的另一个合伙人，和你没有关系。"季临讲完，颇为嫌弃地看了一眼白端端，"我以为你当时是临场没反应过来，没想到事情过去这么久，该冷静的都冷静了，你脑子也没转过弯来，我就算去起诉，这衣服也轮不到你赔。你不是律师吗？不知道据理力争？"

"……"

竟然又嫌弃上她了……

白端端揉了揉眉心："我也知道和我没有关系，但当初强词夺理盛气凌人的可就是你啊！我咬牙认了还不是怕你去搞人家徐志新吗？！"

白端端看得很清楚，季临当初对徐志新的厌恶，除了作为对方律师的立场外，还有很多是发自内心的。

季临瞥开了视线，冷淡道："那我不至于，案子结束就结束了，我很忙。"

这倨傲的姿态倒并不像是骗人，然而正因为这样，白端端倒是有点摸不着头脑了："既然这样，那你当初咄咄逼人一定要我赔这个外套是什么意思？"

季临冷哼一声，抬头看了白端端一眼："你不是满口仁义道德善良慈悲吗？我就想看看这种情况下你会不会真的帮对方担责。"他淡淡道，"像你这样指责我的律师我见得多了，站在道德制高点教训起别人来头头是道，说做人要有同情心，轮到自己要掏钱彰显同情心的时候，跑得比谁都快，没有一个愿意……"

白端端眼睛亮晶晶地打断了季临："不，有一个的。"她笑嘻嘻地看向季临，"有一个愿意的。"她指了指自己，"那就是宇宙无敌善良的美少女我，你想不到吧？"

季临像是被白端端给噎住了，憋了半天，终于又看了白端端一眼，吐出仍旧恶劣的几个字："你这样的白痴确实只有一个。"

然而白端端不太介意季临这个态度，她发现季临这个人真的就是说话特别难听，压根儿不考虑别人的感受，而且仿佛为了让别人不舒服似的，话怎么刺耳怎么说，就跟长了刺似的，有事没事就要先扎别人一下，让别人离他远一点，仿佛这样会比较安全。

明明并没有真的要她赔钱，却因为内心那点幼稚恶劣的心态，甚至不在意把自己塑造成既没品又刻薄。

世间众人再洒脱，也大多在意形象，季临这样的，也算是个奇男子了。

只是这奇男子一点也没有觉察到白端端内心对他升起的微弱的好感，并依靠自己的努力再次把气氛降压到了冰点，成功让白端端再次血压上升。

他压根儿没在意白端端脸上愿意握手言和建立邦交的暗示，径自拿出手机，非常自然道："刚才被划破那套西装，具体购买单据凭证还有我对你的应收账款账单我都给你发过去了，你有疑问可以提。"

白端端只觉得太阳穴发胀，她点开微信一看，当即就炸了——

"哎？不对啊季临，你也太不地道了吧，这次你被弄坏的只是一件西装上衣，你现在要我赔的可是全套的钱！你这不是讹我吧？"

"你也知道是套装？上衣坏了，那我的裤子搭配什么穿？"

白端端据理力争道："你难道没有同色系的上衣吗？你这套西装都是黑色的，黑色裤子很容易就找到黑色上衣了啊！你现在就是赖上我了，让我先赔你套装钱，赔完你不仅多了一套西装，原先的那条裤子还都能继续穿呢！"

季临沉吟了片刻，才低声道："你说得很有道理。"

白端端见自己的话起了作用，终于松了口气，这下要赔的钱可以减半了吧……结果她的神经还没彻底放松，就听到对方理所当然道——

"为了表示公允，你赔钱以后，我会把我的那条裤子都给你，以证明我没有既要了你的套装赔偿款，还继续使用这条裤子。"他对白端端微微一笑，"我不穿不配套的衣服。"

"……"

季临，你怕不是有病吧！

白端端强忍着快要心梗的情绪，努力又核对了一眼账单，皇天不负有心人，还真让她发现了一笔对不上的钱款："你这个最后的 30 块，是怎么回事？为什么我除了你这套西装的钱，还要莫名其妙地给多你 30 块？"

"哦，7 月 8 日晚上 8 点 12 分，你在'酒点半'泼脏我的上衣，这是干洗费。"

"……"

电光石火之间，白端端觉得一切都真相大白了，自己此刻真是被安排得明明白白了。

那时候季临问自己要号码大概是……

"你当时问我要了号码……"

仿佛见到白端端记忆清晰，季临的表情愉悦起来："是，我问你要了号码，好给你寄干洗费账单。但之后案子太忙了，一下子耽搁了，尤其不知道你是邻居之前，考虑到向你寄账单，先要浪费时间和你确认地址，再浪费快递费寄送账单，算上我的时间费率和快递费，和30块干洗费相比，这是亏本买卖，所以我一度想算了。"

白端端已经被季临打击得完全失去应战的求生欲了，她自暴自弃道："其实快递费可以省下，你可以用到付啊。季临，你竟然没想到这一招，我对你有点失望啊。"

季临笑了笑："我思维这么缜密，怎么可能没想到，但是到付有被你拒收的风险，到时候退回寄件人，麻烦，我还是跑不了要付快递费。"

"……"

你抠门得这么三百六十度无死角你还挺骄傲是不是？

季临却丝毫不为所动，他笑笑，愉悦道："但现在既然是邻居，不再需要快递成本，现在又有一笔几万块的积欠款项，反正都要浪费时间催债，不如把30块一起催了。"

"……"

季临，你这半个亿的年收入，都是靠抠得来的吧……

这一刻，白端端决定了，这个男人，即便帅得让人失去理智，还是得死。

这钱是不能不赔的，白端端痛心疾首的同时，又被季临的年收入打击得七零八落，行尸走肉般地跟季临一起上了电梯，然后走出电梯就要往家里去。

结果自己刚拉开门，季临却又叫住了她——

"等等。"

白端端回头，只见季临一改之前的冷漠，脸上露出了勉强称得上慈祥的笑容。

难道是良心发现要给自己打个折吗……

下一秒，季临教会了白端端什么叫作痴心妄想。

他抿了抿唇："今天周四，猫应该归我了。"

"……"

"还有，钱记得快还，我会按照银行同期利率算利息的，如果逾期一个月还没还，还要另外协商滞纳金。"

我可去你的吧季临！

季临却还嫌不够似的，贴心地补充道："我们都是律师，你也不希望最后还要因为经济民事纠纷被起诉吧？"

我还！我还还不行吗！你快闭嘴吧，再说下去我就要被你气到归西了！

白端端气吁吁地把猫交给了季临，她本身信奉及时行乐，存款就不多，此前又借了笔钱给徐志新，如今一看银行卡，只够还季临半套西装，于是先还了这部分的钱，这才终于回到家瘫到了大床上。

她想起自己刚付完钱的银行余额，越想越气，而究其缘由，这一次全得怪宋连军，而宋连军为什么如此误会憎恶自己，那归根结底，还是拜杜心怡所赐。

如今这场风波有惊无险，只是白端端却内心起伏不定，宋连军的话虽然情绪激动，但她已经能够拼凑还原出事情的细节。

如今弄出这一摊子烂账，而因为宋连军行凶这件事，白端端明天还得抽空去做个笔录。

杜心怡，又是杜心怡。

想起这些烂事的始作俑者，白端端狠狠地捏紧了拳头。

向对方允诺办案结果、收受对方礼品、谈判落败后为了推卸责任又误导对方把黑锅全部扣给自己……她可真是行得很。

这种事还能忍，自己就不叫白端端了。

直到入睡前，白端端还愤怒暴躁地想着明天要怎么去律所收拾杜心怡，结果第二天，还没等自己动手，杜心怡倒是给了她一份大礼——

"白端端，这个案子你怎么办的？当事人员工代表实名去律协举报你私下索取和收受财物，并且还和对方代理律师勾结？"

宋连军大概在杜心怡的误导下对自己实在是恨意深刻，在行凶之前，已经向律协举报了自己。

一大早，白端端刚到所里，就被林晖叫进了办公室，他拿着一份文件，劈头盖脸就是一顿训话："能耐了你？你要嫌给你的分成少，你和我说，去私底下问客户要钱？行，退一万步，你就算去要了，那你也要要得让人家心甘情愿！至少让人家不会举报你！"

林晖显然气坏了："我们朝晖成立到今天这么久，什么时候伸手问客户要过钱？"他一边说，一边掏出钱包就开始往外拿钱，"你缺多少？我给你。500够不够？1000？你就缺那么点钱？！是买奢侈品买得连基本原则都不要了？你是我亲手带出来的，现在出这种事，是不是我自己也该反省反省？"

白端端本来就憋着火，想和林晖好好告杜心怡一状的，结果迎接自己的却是林晖毫无信任劈头盖脸的怒骂。

自然，她是可以解释的，然而白端端瞪着林晖桌上那只丑陋的动物雕塑，只觉得心寒。

白端端是个争强好胜的人，她的字典里鲜少有"算了"这两个字，然而如今，她却只想算了。

算了吧，林晖第一时间完全没有做任何调查，甚至没能听取她的声音，没有和她哪怕花费10分钟沟通一下，就已经先入为主认定她确实做了那样的事了。

信任的基础一旦龟裂，那解释只剩下苍白。

然而白端端的默不作声，却被林晖理解成了默认，他愤怒地把一沓人民币扔到了白端端身上："这次事情算了，律协那边我去运作，已经差不多搞定了，但我不希望这种事出现第二次……"

"运作？我没有错？为什么要去运作？你就让律协过来调查，查个一清二楚，水落石出，看看我们朝晖到底是谁私下收取客户钱物才好呢！你不是喜欢营销吗？这不亏，足够让朝晖在整个A市法律圈里都'扬名立万'！"

林晖怒不可遏："白端端，我说了多少次，让你收收你的脾气，你不能多学学杜心怡？行，现在还不认错是不是？还觉得这么理直气壮？觉得4000块钱的购物卡是小事情？！"

行，事到临头，在他眼里，杜心怡就天然是正确的，错的是她，收钱的也一定是她。

"你刚说什么？分成不够可以和你提？"白端端终于忍无可忍，她抬起头，盯向林晖，"我没和你提过？但你做的是什么？你做的是无视，不仅没给我提过分成，你还把我的分成分给了什么事也没做过、就窝在我的案子里捣乱的杜心怡！"

"你怎么就这么对杜心怡有敌意？杜心怡的爸爸在她小时候就去世了，但她这些人情世故也都懂，你爸还健在，只是断了一只手，这些都不教你？就由着你这烂脾气胡来？"

白端端是个暴脾气，但这些年来，对林晖也鲜少有真正意义上的顶嘴，这里面不过是每次都感念着林晖当年对她家的恩情，想着林晖以前那些完全不顾自我的付出，如今他如此提起她的爸爸，用这种语气，白端端完全忍不住了。

时间能改变太多东西了，林晖终于彻彻底底变成了另一个人，白端端完全陌生的人，当初那个那么骄傲，却为了帮助她愿意向客户跪下的林老师已经没有了。

时间带走了一切。白端端闭上了眼，终于不再去想那些过往的恩情以忍让。

她目眦欲裂，浑身气到发抖："林晖，你给我闭嘴！

"不劳你费心，我爸把我教得很好，我白端端行得正坐得直，我是爱花钱，但我花的每一分钱，都问心无愧，都是自己赚的。你以为我看得上几千块的购物卡？那还不够我买一双鞋子！你倒是应该问问杜心怡，她最近用这购物卡购物，有没有胖了几斤？"

事到如今，白端端也放开了："林晖，你是该反省反省，反省是不是给杜心怡躺赢偷别人分成的案子是不是太少了，导致她不满足把手伸向了客户的口袋！

"从头到尾，这件事你除了骂我，你有去调查过吗？你是个律师，举报投诉的内容就一定是真相？别人的片面之词就一定是对的？宋连军这个案子只有我和杜心怡经手了，在我和她之间，你几乎想也不想就选择了相信她。"

林晖这时才有些反应过来，意识到自己的莽撞，然而上位者的威严和面子促使他没法儿立刻道歉，他只是继续抬高了声音："白端端，你怎么和我说话的？不能好好解释？是不是不想干了？"

"对。

"林晖，你的恩我报完了。

"从你完全不顾及我的感受，把我从 B 市调回来开始，我就在忍了。你顾念杜心怡长着朝霞姐姐的脸对她照顾，我也忍了，但她就算有以假乱真的长相，连给朝霞姐姐提鞋也不配！"

林晖震怒："白端端！你敢！"

白端端这次终于笑了出来，她看向林晖，满脸挑衅："对，我敢，老子现在不干了，去你的。"

林晖厉声喊道："你给我站住！"

白端端本想直接转身就走，听了林晖这声气急败坏的喊叫，还真的站住了，她回头，笑了笑："我突然想起来，我还有一件事也忍了很久了，走之前一定要做了才能心里舒坦。"

她就这样挺直脊背，走到了林晖的桌前，然后在林晖还没反应过来前，举起了他桌上的动物雕塑，直接砸了个稀巴烂。

白端端笑笑："太丑了，早就想砸了，真的受够了。"

林晖完全没料到这种发展，不可置信地瞪向了白端端："这是我在日本买的，要 8500！"

"我不是还有这个月工资没发吗？从里面扣吧。"白端端回头，"记得要现在扣，过了这个月，你想扣就找不到我的人了。

"还有，林老师，我以前一直憋着没说，你的审美真的挺差的，以后别花这个冤枉钱买这种丑得出奇的雕塑了，放在办公桌上怪没档次的。"白端端声音淡淡的，她最后看了林晖一眼，"这是我最后一次这样叫你了，林老师，后会有期。"

白端端说完，撩了撩头发，昂起头，踩着十一厘米的高跟鞋，稳步走出了林晖的办公室。

虽然内心并不如表面那般淡然镇定，但这种时候，更是要抬头。

白端端刚才和林晖在办公室里争吵外加砸了他的一个雕塑，这动静实在太大，她一走出他办公室，其他同事也只知道两人闹得不太愉快，都聪明地选择没有过问，只当一切都没发生，低头工作。

白端端抿着唇，径自走到座位上，拿出纸箱，就开始收拾东西，她不是拖泥带水的人，说走就走，连一分钟也不想多待。

杜心怡也坐在座位上，这写字楼办公室的隔音并不怎么样，她的座位离林晖的办公室近，大概都听了个清楚。

如今林晖在所里，杜心怡自然要维持人设的，她没如平日般横行霸道径自对白端端冷嘲热讽，她只是抬头看着白端端笑了笑，那笑容却带了得胜者般的得意和小人得志，充满了挑衅和恶意。

白端端没理睬杜心怡，她的东西不多，很快就收拾完了。

杜心怡大概觉得白端端是被林晖的态度打击到了，即便如今林晖还在办公室里，她就已经按捺不住了，起身走到白端端身前，语气装得纯真无知："哎呀，白律师，你怎么收拾东西啊？是要走吗？怎么不让大家弄个欢送晚会啊？现在这么走，怎么就觉得是兵败遁走，走得怪灰溜溜的呢……"

杜心怡笑笑，还想继续奚落，只是白端端没给她机会。

白端端放下自己的箱子，冷静地走到了杜心怡的面前，然后在杜心怡还没反应过来之前，抬手狠狠给了她两个耳光，把她的整张脸都打得歪到了一边。

白端端本来就力气大，此刻又用了狠劲，这清脆响亮的两个耳光下去，杜心怡整张脸都以肉眼可见的速度红肿了起来，连嘴角都磕出了点血丝。

白端端放下手，也露出单纯天真的表情，声线甜甜地对杜心怡笑了笑："我白端端呢，能动手的事，从不动口，你想犯贱找抽，我还能不满足你吗，心怡？"

她转身替杜心怡抽了一张餐巾纸："哎呀，好可怜哦，嘴角都出血了，脸都快肿得和猪头一样了，快擦擦吧。你可要保护好脸哦，因为就是你这张脸才让林 PAR 刮目相看呢。只是我看你不太禁抽呢，不过你这个表情，是嫌还不够？不够我这儿还有，应有尽有，耳光套餐对你用不限量哦。"

杜心怡捂着脸，完全不敢置信："你……你打人！我要告你！"

白端端淡然地笑笑："你放心，我力度控制得很好呢，这个伤，撑死只能算是《治安管理处罚条例》的范畴，我都被人举报到律协了，我还怕这些？何况你有证据证明我打了你吗？我们朝晖办公区没有摄像头，在座的各位同事请问谁看到我刚才打杜心怡了吗？"

没有人抬头，这种纷争的时候，旁观者默不作声本就是最好的策略，更何况杜心怡平日在朝晖作威作福，压根儿不得人心，就算是吹捧她的那几个，也都是碍于形势，其实心里对她也是看不顺眼，嫉妒羡慕兼有，如今见白端端结结实实给了杜心怡两个大耳光，恐怕心里是幸灾乐祸，才不会这时候来当出头鸟。

白端端环顾了一周办公区："你看，没人看到，人证物证都没有，杜心怡，一定是你平时走路眼睛长在头顶上不小心摔的呢。"白端端一边说着，一边还嫌杜心怡气不死一般拍了拍她的肩膀，"以后走路可要当心。"

白端端说完，俯下身，凑近了杜心怡，压低了声音，轻柔地拍了拍她一张红肿的脸，声音却淡漠冰冷："下次遇到我，记得低着头夹紧尾巴，否则见你一次打一次。"

她说完，才丢下完全被压制到屁也不敢放一个的杜心怡，转身抱起自己的纸箱，昂首挺胸走出了朝晖。

或许自己因为林晖的恩情，把自己困在过去太久了，她应该挣脱枷锁，不再忍让，只做自己。在朝晖，看着它创立，陪着它成长壮大，虽然平时总是和林晖红着脸拍桌子争论案子的办理思路，但白端端忍受的那些大的委屈和艰辛，她从没有开口喊过，尽管她不是个喜欢忍让的人。

她没想过和林晖的结局是这样的，她也从没想过自己会这样离开朝晖。

然而或许，这种阵痛，也是新生。

# 第十章　一场艳遇，被他破坏

白端端离开朝晖后，就做了笔录，只可惜宋连军即便到了这个时候，还是死活不相信白端端无辜，仍坚定地认为白端端收了自己的购物卡还勾结了对方律师。认为一切都是白端端的错。

白端端见解释无门，也不再强迫，幸而林晖确实去运作了，并且白端端确实没做过这事，律协的举报最终也因为证据不足而没有被受理。唯一有些遗憾的是因为宋连军的认死理，白端端也拿不到杜心怡收取购物卡的证据，无法去律协把她给举报了。

她唯一想不通的是，事到如今，宋连军还是死活不肯相信自己，而选择了相信杜心怡。

倒是同样来做笔录的季临一针见血地指出了问题——

"他就是需要一个责怪和宣泄的对象。这些事情下来，他内心未必不知道真相到底是怎么样的，但他不愿意去相信，因为一旦按照事情的真相来，那完全是他自己错误地轻信了杜心怡，给其余110个同事错误的信号，导致最终西蒙纸业的停工停产方案一下来，他们心理落差太大，完全不能接受，当然，他自己也同样。

"与其说他不愿意相信你，不如说是他不愿意相信自己做错了。"季临看了白端端一眼，"毕竟把责任都推给你，会让他心里好受不少，何况他这次错信杜心怡，冲动之下对你故意伤害未遂，也面临处罚，导致他自己的家庭雪上加霜，这本来完全是他自己的责任，毕竟杜心怡可没让他这么干。但他内心无法接受这种认知，总要找个人推卸责任，自然是一口咬定错的就是你，让自己有一个可以恨的对象。"

季临笑笑："人很少能承认自己命运的悲剧原来是由于自己，总是怪别人来得容易些。"

有时候不得不承认，季临说的话常常很毒辣，但还真是十分有道理。

只是高调炒了老板虽然解气，白端端心情着实阳光灿烂了几天，但很快，她也有点紧迫感。

因为平时现金流总是很宽裕，白端端完全没有危机意识，又热爱买买买，于是干了这么几年下来，几乎没有存款。以前她总自视甚高，觉得自己的专业技能在，能赚，这么花钱就没毛病。只是如今才发现，虽然一直花钱一直爽，但一旦遇到变故，真的就一点抵御风险的存款也没有了……

何况现在自己可不仅仅是没有存款的问题了，是还积欠着季临1万块钱外债。虽然季临没说话，几次交接猫的时候也没来催债，但他那冷幽幽的眼神，总让白端端有一种错觉，对方正背着自己拿着计算器飞快地算着利息，准备给自己来一个利滚利呢……

这样下去不是个办法。

白端端又确实不是个能闲得下来的人，没过两天，她就决定再次征战职场，不就是投简历吗？自己也是个有经验的律师呢，还能找不到下家吗？

只是，理想是丰满的，现实是骨感的。白端端投了几家大型律所，结果等了一阵，竟然连个面试的邀请也没有，又投了几家中型梯队律所，也如石沉大海……

"我的简历没问题啊？经手的案子很多也可圈可点，最近法律市场这么惨淡？"

白端端百思不得其解，最后索性拿起电话给几家律所的人事打了电话。

"白律师，我们只是家中型小所，目前可能也满足不了你的业务量需求。"

"我们招聘是分批的，刚做完校招，现在不缺人呢。"

"白律师，你的履历太好了，但我们恐怕给不到你想要的工资水平。"

……

一个个的，都是找尽了理由婉拒。

直到最后一个正论律所，那人事倒是比较实在，偷偷和白端端讲了真正的缘由。

"不是我不想招你啊白律师，你这个简历真的相当不错，但我们这几个律所，都接到了朝晖的邮件，说你之前在朝晖打了同事，砸了老板的办公室，还因为私下收客户的钱被举报到律协了，另外你还勾结了对方律师一起黑了自己当事人的钱，客户甚至还拿了刀想要捅你……虽然听说律协那边最终没有处分，这事没什么后续，但你知道的，这种事可大可小，尤其说想捅你的这个当事人案件还在调查中，那我作为人事，肯定是要为我们所降低风险的……"

白端端抿了抿唇："是谁？"

这人事不太放心地看了看四周和桌面："你没录音吧？"

"没。"

确实没，白端端还不至于出来面试还带个录音笔。

人事见确实没有录音笔，便也大胆了："这种事我不想给自己惹上麻烦被牵扯进你们朝晖的内斗里，但给我们 HR 发邮件的邮箱后缀确实是朝晖的工作邮箱没错。"

白端端皱了皱眉，心里已经有了怀疑对象："前缀是 dxy？"

人事点了点头："不过邮件原件我肯定不会提供给你的，否则你要拿着邮件去找她打官司告诽谤什么的，我就挺尴尬的，大家都在一个圈子里，希望你理解……"

白端端自然理解，谁也不想牵扯进这种别所的内斗里来，何况这人事和自己非亲非故，愿意告诉自己原委已经十分难得，不能指望人家还站出来为自己做证。毕竟多一事不如少一事。

只是杜心怡！又是她！光是想起这个名字，白端端就简直气到肝疼。

得罪人不可怕，得罪小人才可怕，她大概是和自己死磕上了，知道自己从朝晖离职后也会去别家律所找工作，于是先发制人先添油加醋在法律圈里败坏自己的名声。

白端端把段芸和薛雯叫了出来大吐苦水："虽说三人成虎，谣言总是比真相传播更快，但很多事，调查一下就能知道原委了，他们这些人事就不能去好好打听打听吗？"

段芸作为人事，非常中肯地给了建议："相信我，人事很忙的，谁愿意浪费那个时间为了招聘一个员工去做那么多调查啊？"

"那还是我不够强，我要是强到季临那样，年收入随便就是几千万，你们人事就会好好调查不这么妄下定论了吧？"

"不，我们也不会调查。"段芸敲了敲桌面，"你要是季临，我们根本调查也不会调查，就会迫不及待地让你进公司。你都这么能挣钱呢，谁还关心你私德啊！"段芸笑着给白端端抛了个媚眼，"我们人事呢，就是这么有节操。"

"……"

薛雯拉了拉白端端的衣袖："端端，你要不先忍下这口气，去找林老师谈谈，和解下，让他出面给你解释清楚杜心怡的污蔑……"

"我不！人争一口气，杜心怡就是因为他包庇才这么无法无天的，我白端端就是死也不会向这两个邪恶势力低头的。除非林晖先向我道歉，否则我们这关系就这样一刀两断了！"

也是巧，白端端刚壮志豪情地说完，她就收到了邮件提醒，低头一看，就喜上眉梢："来了来了，终于有个面试了！"

"哪家？"

"诚惠律所。"

薛雯愣了愣："这是家小所了。"

白端端倒是挺乐观："小所也没事，人家能认可我，这说明人家有眼光。小所也能做大做强！"

只是没两天，白端端就知道了人家这个眼光独到在哪里……

面试这天，白端端特意穿了自己最好看的套装，拎了最贵的包，化了一个特别精致的妆去参加面试，她甚至还准备了些面试常见问题，对方约自己在一家咖啡厅里面试，形式倒是挺宽松的。

只是刚进门的时候，白端端就差点撞上一个人，抬头一看，才发现是季临，他避开了白端端，淡淡地看了她一眼，然后去拿了咖啡，就回了座位，绿植掩映，正好他的对面是死角，也看不出是不是约的人。

要是平时，白端端大概会偷偷多观察两眼，但此刻她没什么心情，她约的人也到了。

对方是个三十多岁的男人，负责诚惠的人事招聘，叫赵亮，西装革履，大背头，长得不丑，但看起来很商务，总觉得有点油腻，他见了白端端，眼睛亮了亮："白律师，你比简历上的照片还漂亮啊。"

白端端皱了皱眉，没理睬他的搭讪，只含蓄地笑了笑。

"来，我们点个甜点，要个奶茶，还是热可可？"

虽然对方很热情，但白端端其实并不喜欢这种模式，她更喜欢单刀直入的面试。

"我看白律师高中是在 A 市实验中学念的，那是 A 市本地人？住哪一片呢？"

……

白端端耐着性子回答了几个问题，终于有些忍不住了："关于工作，您有什么想要问我的吗？还是入职需要先做一份书面考试？之后还有 PAR 面吗？流程上是有几道？"

赵亮笑了笑："白律师，诚惠是个小所，创始合伙人是我表哥，入职不入职我就能拍板。"他含蓄地看了白端端一眼，"其实在收到你的简历之前，我们就收到了朝晖一位律师发来的邮件，关于你，确实有些不太好的传闻……"

杜心怡这女人怕不是疯魔了吧……不仅大中型律所都发了一遍，连诚惠这种小所都没放过，是想在 A 市法律圈把自己赶尽杀绝？

白端端捏紧了拳头，然而面上只能继续保持镇定和淡然。

赵亮咳了咳，又开了口："我知道以你的资历，愿意来我们这样的小所面试，恐怕也是因为别的律所没能给你面试的机会，你别无选择了。"

先抑后扬，这种招数白端端见得多了，不过是先压你的价，说出你的缺陷和不足，然后在薪资上狠狠地砍你一刀，但白端端对自己的业务能力有信心，只要是提成律师，基础工资再低也无所谓，自己能赚到钱。

"但是，我呢，还是愿意录用你的。"

果然，白端端心里笑了一声，来压价了，她看了一眼赵亮："您说吧，您开什么条件？"

只是她这次显然笑得太早了，也太天真了，只见对面赵亮舔了舔嘴唇，然后凑近自己，压低声音道——

"和我睡一觉。"

这要求太过匪夷所思和异想天开，白端端一时之间甚至除了震惊都没来得及生气，赵亮却把她的反应默认为继续的信号。

他志在必得般地笑了笑："其实没什么，你放心，我不会纠缠你，我这人讲诚意，反倒是和我好过的女的，都念念不……"

他最后那个自我吹嘘的"忘"字还没有机会说完，白端端直接就抄起桌上的热咖啡，结结实实给他泼了个满头满脸。

赵亮被烫得叫了一声，龇牙咧嘴地从座位上蹦了起来，他一边抹脸，一边恼羞成怒地朝白端端扬起了手走来："白端端你敢打我？信不信我赵亮让你在法律圈彻底混不下去？给脸不要脸，你以为你现在这个名声哪个律所敢要你？我好心给你个 offer，好声好气和你说话，你还真把自己当回事了？敢打我？你知道我爸是谁吗？"

赵亮人模狗样沽名钓誉，显然仗着家里确实有点背景，即便提出如此厚颜无耻的要求，也从没有遭受过这么直接的反抗，如今一下子暴跳如雷，现在这模样，大概是直接就想给白端端一个耳光。

白端端心里冷笑着准备好好给赵亮一点颜色看看，然而赵亮那只快要落向自己的手，在即将接近自己的时候却被另一只手给拦住了。

是一只白皙修长、手型完美到连指甲盖都找不到瑕疵的男人的手。

白端端诧异地抬头，然后看到了完全意想不到的一张脸——季临的脸。

他非常英俊，架住赵亮的动作看起来也异常轻巧，而赵亮被他推开时下意识地趔趄着往后退了两步。

"季临？"赵亮愣了愣，皱起了眉头，他看了白端端一眼，又转了转眼珠看了季临一眼，然后脸上露出了恶意又黏腻的笑容，"我说呢，原来有些传闻不是空穴来风，你们俩确实有一腿，真是意外啊。"

赵亮像是终于找到了白端端的把柄，他轻蔑地看了一眼白端端："怎么？林晖满足不了你了？就你这种臭脾气，林晖还好声好气忍着养着你，结果你却先吃里爬外和季临睡到了一起，最后被林晖扫地出门？妙啊，我倒是要看看你们这对狗男女能有什么好下场。"

赵亮见在季临这里讨不到便宜，说完，整了整衣襟，便恢复了道貌岸然的面孔，仿佛说出"跟我睡一觉"的人根本不是他一样，径自转身走了。

白端端没解气，她当即脑海里已经预备了十几个散打招式准备款待赵亮，只是刚走了一步，就被人拉住了。

季临拽住了她的手。

白端端刚经历了赵亮的"睡一觉"事件，此刻有些风声鹤唳的敏感，见季临拽了自己，当即就下意识地皱起了眉："你抓着我干什么？快放开我。"

可惜季临没放，他只是淡淡地看了白端端一眼："放开你让你好去打他？然后让他直接请他的合伙人表哥代理他的人身伤害案，接着起诉你？让你和宋连军凑一窝去？白端端，你冷静点。"

"……"

明明这种情况，季临的声音却还是平稳得像是没有感情，然而不得不承认，他这种冷淡的声线，还真的让白端端很快冷静了下来。

是了，为了赵亮这种垃圾不值得。

白端端理智下来，看着眼前的季临，心下有些动容，她真心实意道："没想到你还挺热心的，如今这社会，认识的男女之间发生争执，作为第三人愿意来干预的已经不多了。谢谢。"

"不用。"季临放开了白端端的手，然后朝她笑了笑，他这样的脸配上这样的笑意，饶是白端端对他几乎免疫，还是猝不及防被闪了一下。

有点耀眼。

"谢就不要了，快把欠我的钱还了。"季临看了一眼白端端，"用还钱的行动来感谢我，并且答应我，在和我之间的债权关系消失之前，不要打人。"

白端端完全迷惑了："我还钱和打不打人有什么关系？"

"因为你一旦打人，就有极大可能被提起民事赔偿诉讼，对方受伤了，你就要赔钱，那么你会产生新的债务，而我的债务也不一定能优先受偿。"季临说到这里，看了白端端一眼，"你现在连诚惠的面试都肯来了，看来是真的找不到工作，又没有存款，手头紧张，那要是再增加一笔债务，我能不能收回欠款，真的很危险。"

"……"

季临说完，笑了笑，看向了一边白端端的咖啡杯："还有半杯，不要浪费。"

"嗯？"

都这时候了，还让我喝完这半杯泼剩下的咖啡？

结果季临没在意白端端的表情，又看了一眼赵亮的背影："他快走远了。"

他抿了抿唇，看向白端端，平静道："不要打人，文明一点。"

电光石火间，白端端终于福至心灵地想通了。

打人不可以，但是泼他可以啊！确实，自己这还剩下的半杯咖啡不能浪费啊！

说干就干，白端端当即拿起杯子，就全给赵亮背后招呼了上去。

赵亮自然怒不可遏，然而确实理亏在前，如今白端端身边又站着季临，他只好忍了气，又狠狠地看了季临和白端端一眼，才自认倒霉地走了。

白端端看了眼赵亮的背影，然后转头看向季临："我刚才是气忘了，他这么污蔑我和你，你不声明一下？"

季临淡淡道："他会听吗？"

"但总比什么也不说好吧。"

这看起来像是季临和自己都默认了似的，白端端几乎可以预见，赵亮这小人回去以后，关于自己和季临的版本又要多出好几个来。

季临却不为所动，他丝毫没觉得困扰："我时薪这么贵，他配听我的声明浪费我的时间？骂我的人这么多，难道我要一个一个解释，求求你们喜欢我，love&peace？"

"……"

季临用看弱智的眼神瞥了白端端一眼，便径自转身回了自己的座位，他好像确实约了人，因此确认好白端端放下屠刀文明守法，确保了自己的债权关系没有受到影响后，他也就回去招呼自己的客人了。

只是赵亮走了，虽然也泼了咖啡出了气，但是白端端还是一点高兴不起来，这传言真是越来越夸张，这版本里不仅自己和季临不清不楚，连和林晖的关系也变成不干不净了。

撇开名声不说，自己这找工作的路，感觉可真是不太顺心。

白端端瞥了一眼手机上的日历，再过三天，就到了要交房租的日子了，冰箱里好像也没吃的了，屋漏偏逢连夜雨，最近微波炉还坏了，而更让自己坐立难安的是，柜姐刚给自己打了电话，自己之前一直盯着的BVLGARI（宝格丽）最新限量款的水蛇皮双圈手镯终于有货了！只有一个！欲购从速！

钱钱钱！哪里都要用钱！

然而白端端看了眼自己的银行存款……这烈日当头的天气里，她只觉得薪尽自然凉……

朝晖打给白端端的最后一笔工资倒是到账了，林晖果然一分不少地扣掉了自己打坏雕塑的钱，白端端此刻看着这笔少得可怜的工资，只觉得当初在办公室里砸林晖雕塑时的豪情壮志完全没了，她甚至毫无骨气地想，如果自己现在把那个雕塑拼回去，不知道林晖能不能把8500退给她……

她平生第一次有些迷茫，一边踢着路上的石子，一边慢悠悠地走回了家。

而另一边，等季临终于重新回了座位，对面的容盛都快等得不耐烦了："你不就去加杯红茶吗？怎么去了这么久？"

季临冷静道："排队的人多。"

"行吧行吧，来，接着刚才的话题说，前几天去看你妈，结果她又催我给你介绍对象了，我手头正好有几个女孩不错，要不要介绍……"

"容盛，你认识白端端吗？"

"知道啊，你不也应该认识吗？就上次我记得有个案子，朝晖指派的就是她啊。"

季临"嗯"了一声："我指的，她和林晖之间？"

一提林晖，容盛就反应过来了，他想了想："白端端是从朝晖分所调回来的，以前是林晖在大学任教时的学生，一路跟着他创办了朝晖，算是他的嫡派。我至今没见过真人，不过据说人长得特别漂亮，林晖对她也特别纵容。以前还有人见过她朝林晖扔文件吵架的，结果就这样，都没被开，第二天照样去上班，有好的案子林晖照样给她。你说林晖有这种好脾气？所以一直有传闻说她和林晖是恋人关系。"

季临愣了愣："她是林晖女朋友？"

"不，是前女友。"容盛露出了八卦的笑容，"我刚看了ＬＡＷＸＯＸＯ（某网站论坛）上一个热帖，上面说，林晖现在找了个新欢，结果白端端这个旧爱和新欢争风吃醋各种宫斗大戏，可惜最后不敌新欢，只能怒而离职朝晖了，就是离职前在办公室把林晖给打了，说林晖腿都断了，然后这新欢也不是个省油的灯，几乎给法律圈子里每个律所都发了白端端的讨伐邮件，公布了她被客户举报被律协调查的'罪行'，要求圈里联合抵制呢。"

容盛说到这里，有些不甘心道："不过你说这是不是有点过分啊，为什么别的律所都收到了，连高修这种微型所都收到了，我们盛临竟然没收到？"他一边嘀咕，一边放下翻帖子，然后欣喜道，"还好，ＬＡＷＸＯＸＯ这里有人贴了邮件内容的提炼总结，不过怕侵权也怕惹事，名字全部用了拼音，我赶紧来看看……"

容盛一边看一边念道："哦，原来白端端业务能力也不行，私下收了客户的钱，承诺一定能赢，结果不仅没认真准备，还和对方代理人律师搞上了，这个对方律师名字叫Jilin。"容盛抬头笑道，"季临，你看，这名字竟然和你同音啊，让我想想，我们法律圈里还有谁叫 Jilin。"

"……"

"别想了。"季临抿了抿唇，"是我。"

"什么？"

"说的就是我。"季临冷冷道，"所以没有发给作为当事人之一的我所在的盛临。"

容盛惊呆了："季临，这个白端端真的这么漂亮？你不是说了你对把人家按在地上……没兴趣吗？怎么……竟然？难怪不要我给你介绍女生！"

季临头痛地揉了揉眉心："没有，我和白端端什么也没有。"

可惜容盛显然沉浸在自己的认知里了，他控诉道："不可能！我不相信，你刚才还主动问我她和林晖之间的情况。我不相信，你肯定爱上她了！"

容盛的声音有点大，他戏精上头，那夸张的语调一下子就吸引了咖啡厅里其他人的侧目，季临身上也就聚集了好几道意味深长的复杂探究目光。

然而季临早就习惯这种阵仗了，他皱了皱眉："行了，我爱的是你。"他冷冷瞥了一眼容盛，"这个答案你满意了吗？"

"……"容盛噎了噎，"我觉得以你平时的关注度来说，你说你爱的是林晖还更可信一点，连他前女友你都要打听。"

"爱他？"季临冷声道，"我恨不得他死。"

"行行行，我的错，不说林晖这个人倒胃口了，季临，我就问问你，白端端品行真的有那么差？LAWXOXO 里的帖子爆料里，她这些骚操作，可真的是很野了。"

"LAWXOXO 里还说她和我有一腿，你信吗？"

"所以说她人品这么差，是假的？"

"人品不差，品位差。"

容盛愣了愣："什么？"

季临冷冷道："能是林晖的前女友，这个品位要有多差？"

"那她真的有那么漂亮吗？我看 LAWXOXO 里好多吹她神颜的，说好看到什么程度呢，就是这种女生只要在路上遇到困难被刁难，再冷漠的男人都会忍不住出手想帮忙的……哎！季临，等等，你别走啊！你听我说完啊！你刚不是还说爱我！"

白端端浑浑噩噩回了家，以前有工作要加班的时候，每天期待着什么时候能变成社会闲散成员，如今真的闲到无所事事，结果反而一点劲也提不起来。

真是应了那句话，有钱的时候没时间，有时间的时候没钱。

白端端睡了会儿，把房租交了，一看外面已经黄昏了，只觉得沮丧。

律协调查结果自然最终也能还自己清白，只是历来传谣容易辟谣难。

杜心怡也是毫无底线的过分，她发给各大律所的邮件确实是诽谤和侵害名誉，然而这邮件白端端也只听各大律所的人事提及，自己从没收到过邮件，如果真要起诉，要求其余律所人事帮忙配合提供原邮件，自然没有哪家愿意蹚这摊浑水。

如今的白端端，只觉得被自己的贫困和失业打击到了。她在屋子里苦闷地坐了半天，想起最近的种种，只觉得自己真是太倒霉了点。

算了算了，这种时候，不如喝酒。

喝完了，把这些烦闷丢在今晚，明天就是新的一天，然后再继续战斗，杜心怡和找工作这件事，还是要从长计议的。

白端端说一不二，当即拾掇了自己，就出了门，在他们小区斜对面，就有一家非常热闹的酒吧。

季临本来不想多管闲事，然而他在咖啡厅告别了容盛往家走，却又一次在路上遇到了白端端。她换掉了身上的职业套装，穿着艳丽的长裙，这颜色一般人穿了会土，但在她身上反而显得相得益彰，不俗艳，反而带了点大雅，皮肤雪白，唇色饱满得像是刚从水里捞出来的新鲜樱桃，光是看着就仿佛能感知到那酸酸甜甜的味道。只是虽然脸蛋漂亮打扮时髦，然而一张脸上写满了浑浑噩噩的不得志和丧气。

她就这样径自走进了那间酒吧，简直像是一只鲜嫩的兔子进了妖怪洞。

季临没去过那间酒吧，但听容盛说过，这家酒吧不同于之前的清吧，更夜场，风评和口碑其实不好，是有名的一夜情场所，而因为龙蛇混杂，这里还出过把独行的女生灌醉后"捡尸"的事。

白端端和自己毫无关联，本来季临不应该浪费时间去管她，但等他反应过来，自己已经站在群魔乱舞的酒吧正中心了。

然后他看到了白端端，带着那样一张脸，不注意到似乎都不行。

她此刻正随便坐在一个角落里喝闷酒，然而很可惜，虽然她的初衷大约是不想别人打扰，只是因为长相的原因，外加独自一人，她的对面已经站着一个流里流气的男人。白端端沉迷喝酒，看起来神色微醺，并不清明，然而那男人却是目露精光志在必得，他本来还忌惮着离白端端有一段距离，如今看白端端这状态，当即便试探着往前挪了挪，手也伸出来，摸向了白端端的手。

"把你的手拿开。"

季临看不下去了，他沉着声，走到了白端端身后。他此刻穿着与酒吧气氛格格不入的西装，身材高大挺拔，脸色冷峻，显然并不好惹，那男人骂骂咧咧了两句，自认倒霉，只好走了。

季临抿了抿唇，看向白端端，等待着她的道谢。只是……

出乎季临的意料，白端端不仅没有向自己道谢，反而十分惋惜地看着那男人的背影哀叫了一声——

"人怎么就这么走了啊！"

"……"

季临抿了抿唇，冷冷道："看来是我多管闲事坏你好事了。"

白端端看向季临，点了点头："确实。完完全全坏了我的好事。"

她如此大大咧咧地承认，季临倒被她的直接给镇住了。现在的女生难道都这样了？原来内心期待着不三不四的男人过来搭讪还动手动脚？觉得这就是艳遇和爱情？

白端端不为所动，还在继续惋惜："这可都是我计划好的，就等着他刚才过来摸我了。"

"……"简直不可理喻。

白端端却不依不饶了，她拉住了季临："不行，季临，你得赔我，不然刚才我就能发泄了。"

　　季临简直震惊了:"这种事还要赔?你还要我代替那个男人让你发泄你的……兽欲?你一个女的,张口就来发泄?这是不是太不文雅了?"他瞪向白端端,"至于我,对你没兴趣。"

　　这下换白端端茫然了:"你对我有没有兴趣和这事有什么关系吗?何况'发泄'这个词怎么了?我用得没错啊,不挺文雅的吗?"白端端说到这里,唉声叹气道,"季临,要不是你出现,刚才那男人,我就可以打了!"

　　"……"

　　"而且虽然打人这种发泄方式确实不文明,但你用兽欲也有点过了吧?是他品行不端在前的啊,我这不就等着他自己色欲熏心想要上前动手动脚,然后来一个正当防卫把他打一顿吗?"白端端眨了眨眼,"我在这里坐了这么久,还假装喝多喝醉了,'钓鱼'浪费了这么长时间,才好不容易有这么一个胆大包天的坐过来讨打,结果你一出现就把人家给吓跑了!"

　　季临看起来像是愣住了,他顿了顿,才道:"你刚才说的发泄是要打他?"

　　"是啊!"白端端苦闷地又喝了一口酒,"你体谅一下一个欠着外债又失业失意的女青年好不好?我心里好不爽,好想找个人打一顿啊!"

　　"……"

　　"哎!气死我了!好不容易听说这酒吧里流氓多,想过来碰碰运气,合法地打个人发泄发泄,结果到手的鸭子就这么没了!"

　　季临看着眼前唉声叹气的白端端,只觉得自己眉头边的青筋都忍不住跳动起来。这个女的,真的有毒吧……自己竟然担心她出事,她能出事吗?她只能让别人出事。

　　"找不到工作,你也不至于这样。"季临努力压制自己内心的情绪,"不要打人,要文明。你一个律师,非喜欢用暴力解决问题吗?也不是小孩了,做不到控制自己的情绪吗?"

　　白端端看了季临一眼:"哎?季临,先不说我,你怎么会到酒吧里来?

你难道漫漫长夜无心睡眠，想要那个啥？"

这女人脑子都在想什么？什么那个啥！

季临皱起了眉，一本正经地胡说八道："哦，我们盛临另一个合伙人容盛昨晚在这里落下了打火机，因为我住得近，让我过来取一下。"

"不是吧？你们另一个合伙人就喜欢来这种地方泡吧？这酒吧说实话档次不怎么样，来这里的都不是什么正经男人……"

"嗯，容盛确实不是什么正经男人。"

"哦……"白端端点了点头。

季临看她没事，也懒得再管，径自转身就准备走："我走了，你记得早点还钱。"

一说起还钱这个事，倒是提醒了白端端。自己如今内外交困，上哪儿找个工作去？自然，暂时离开 A 市回 B 市去找个律所待着绝对没问题，但白端端是个不服输的人，如今她还硬是要留在 A 市了，让林晖和杜心怡看看，自己到底是什么样的人，自己并不会就此退缩的。

其实像这样的事，如果能够静静等待事情尘埃落定，一切真相大白，A 市法律圈内自然会重新接纳自己，只是这到底需要时间，白端端囊中羞涩，根本没那个时间等。

本来白端端一直愁苦要留在 A 市，那上哪儿找家能马上接纳自己的律所重新开始，然而如今看着眼前的季临，她突然就顿悟了。

这不是踏破铁鞋无觅处，得来全不费工夫吗？

眼前不就是自己的下家吗？

# 第十一章　月薪四万，给钱就干

白端端几乎没犹豫，拎起包就飞快地追上了季临，她咳了咳："那个，季 PAR 啊，你们盛临最近缺不缺人呀？我……"

只可惜白端端还没说完，季临就完全不给面子地打断了她："不缺人，不招人，我们只是个小所，不需要那么多人。"

"怎么会不缺人呢？盛临虽然规模小，但那是精品小所，何况盛临在季 PAR 你的带领下，我们盛临的业务肯定会蒸蒸日上，越来越好啊！那以后业务扩大了，现有的人手肯定是不够的，肯定还会差几个直接就能上手干的成熟律师吧？你觉得我……"

季临显然不吃这一套，他冷哼了一声打断了白端端的吹捧："你不是平时都直呼其名叫我'季临'？现在怎么就改口了？还有什么叫'我们盛临'，盛临和你有什么关系？"

"我……"

"别说季 PAR，你喊我爸爸也没用，我不招人，我们目前的业务量这些在职律师扛着正好。"

"那你可以多招我一个，帮其他律师分摊点工作压力啊？你别这么绝情啊，我们都是邻居，你也给我个机会跟着你学习学习啊！"

季临笑笑："你第一天认识我吗？"

"嗯？"

"只发一份工资就能让员工完成的事，绝对不花两份工资，不，绝对不多花一分钱。"季临看向白端端，"很可惜，我们律所目前没有人想离职，所以也没有空给你填。"他顿了顿，"当然你想要来学习是可以的。"

白端端大喜，原来吹捧没用，还是得自己放低姿态才行，她刚想说谢谢老板，结果季临就继续道："但我不会给你付钱。"

"……"

季临笑笑，理所当然道："给你个机会学习，不让你倒贴我钱都不错了，你还指望问我要钱？凭你连输给我两个案子的实力？"

白端端垂死挣扎道："都说上帝给人关上了一扇门，就会打开一扇窗，那你看，我工资降低点，平时加班费我也不要了，分成比例也可以降一降，你给我开个窗？"

"很遗憾，你的上帝不仅给你关上了门，窗也锁上了。"

"……"

季临说完，径自转身走出了酒吧，白端端在他背后腹诽着，但也跟着季临出了酒吧，两人住在同一层，这回去的路上便免不了同行。

白端端还是不死心，并且灵机一动，又找出了新的理由："季临，你得对我负责！"

大概她这番话太过振聋发聩，季临脚下的步子忍不住顿了顿："白端端，你这个碰瓷有点过分了吧？"

"我哪里是碰瓷啊！你想想，我为什么会被客户误会成和你这个对方律师私下勾结？最后不仅差点被愤怒的客户给捅了，还被举报到律协，最终惹出了这一堆事，落了别人的口舌，被杜心怡逮着机会给圈内律所都发了邮件造谣，这还不是因为你！"白端端恨不得当场表演一个声泪俱下，她控诉道，"季临，要不是你之前号称我是你老婆，被杜心怡抓住了把柄，我能被污蔑成和你有一腿吗？"

白端端还真的越说越来气："你这么一句老婆，现在把我事业都毁了，而且我名声也被你毁了，现在圈子里肯定都觉得我和你不清不楚了，我以后就是想谈个恋爱，连个对象也找不到！"

"需要我提醒你吗？老公老婆这个梗，是你先提的。"季临不为所动道，"至于在圈内找不到对象，你不能去圈外找吗？"

"……"

你未免也太冷酷无情了吧！

"哎，你等等……"

两个人此刻正走到小区门口，白端端正想继续追上前试图对季临晓之以理动之以情，结果发现竟然已经有人提前一步截住了季临。

"季先生，终于等到您了！"

来人是个四十来岁的中年男人，穿了商务西装，戴了副黑框眼镜，脸上看起来有些尴尬和焦虑。

能叫季临季先生而不是季律师，可见对方应该不是季临的客户。

季临见了他，皱起了眉："怎么回事？"

"之前给您母亲孟女士服务的家政小陈，近期家里有点事，所以不做了……"

"那你不能让你们公司替换一个？一个家政服务公司，连这点事还要上门来叨扰客户？"

那中年男人抹了抹汗，一脸紧张地解释道："是这样的，我们公司目前其余家政都在上单，暂时可能没有能来接替小陈的……"

这下季临终于停下了往公寓楼走的步伐，他转过身，看向对方："你们不是号称业内最强的家政服务公司吗？宣传广告上写着旗下拥有2000多名家政工作人员，确保每位签约客户都能得到全方位的优质服务体验，结果现在你和我说，小陈走了连替上的人都没有？你们真有2000多名员工？需不需要我把你们公司告上法庭，然后去申请拉一下你们的社保缴费名单，看一下员工数量，是不是涉及虚假广告宣传或者是没按规定给员工缴社保？

"另外，我一次性签约了两年的家政服务，为了省事，也已经一次性支付了全部的费用，需要我提醒你违约金吗？"

"钱我们可以全退，违约金我们也会支付的！这个您可以放心，但真的是没有其余新的家政可以替上了……"

季临抿了抿唇："没有新的家政，那实在不行，用老的也行，之前被我妈开掉的那几个，勉为其难也可以叫回来过渡一下，等你们有其余新的家政人员空闲出来的时候，再替换走就行了。"季临看了对方一眼，"否则你们就等着收我的律师函和起诉书吧。"

这中年男人显然有苦难言，他磕磕巴巴了半天，才终于蹩出去了："季先生，我和您说实话吧，其实不是我们没员工了，是您母亲那个脾气，没人受得了！我们还有 300 多个家政在等单呢，但谁也不肯接你们家的单！"

而一旦大着胆子开了口，这男人也索性不管不顾了，他看向季临，连敬语也不用了："我也明人不说暗话，你妈是从半年前和我们公司签约的，你自己数数她已经换了多少家政了？56 个！整整 56 个！每个不是被她骂走的，就是被她气走的，甚至其中 14 个家政，在回到公司总部以后，得了抑郁症！都有三甲医院诊断病历的，我们公司只能让她们病休了好好养着，没办法，谁叫这是工伤啊！还有 27 个家政，都是工作年限在 5 年以上有经验的阿姨了，放别人那都是五星好评的金牌家政，结果上你妈那儿一历练，人家直接辞职不干了……我们公司培养她们也花了不少钱啊，结果就这么不干了，说在你们家遭受到了无法挽回的创伤！"

这中年男人显然为这事也憋着气："我半年前因为签下你这个大单，还被公司大会表扬了，结果呢，没想到现在我因为这一单，都快变成千古罪人了，全公司上下都骂我瞎了眼怎么签了这么一个单来，你妈真是个活脱脱的家政职业杀手！"

白端端一边走着假装发短信，一边竖起耳朵跟在季临身后偷偷听着。

这个家政公司的员工显然是真的情绪崩溃了，如今竟然就这么当着季临的面不管不顾地大吐苦水和怨恨起来。

季临的声音低沉而冰冷："你不要和我说这些，我妈的脾气是有点差，但我开给家政的工资是月薪 3 万，重赏之下必有勇夫，你去问，你们公司员工谁肯做的，我再给加到 4 万。"

我去！白端端震惊了，做个家政竟然都能月薪 4 万了？！

只可惜白端端十分心动，被提供这个报价的中年男人却像个没有感情的杀手，他不仅不心动，甚至一下子情绪激动起来："我们公司的家政都说了，宁可大家众筹给你妈一个月 3 万，让她赶紧走，也不愿意去你家赚这个钱！季先生啊，现在家政也都很有骨气的啊！不要觉得给钱就能解决一切。我们当中很多人，也视金钱为粪土的！你们这些有钱人不要觉得用钱就能来侮辱我们的人格和灵魂！"

这个中年男人大概是在这份工作上郁郁不得志久了，像每一个朝九晚五的"社畜"一样，弦绷得够紧，只要一个微小的刺激，那些勉强维持的假象便会破裂，平时要多唯唯诺诺友好温暾，爆发起来就有多狂风暴雨尽情宣泄。

他不仅对季临的 4 万块 offer 无动于衷，甚至完完全全不管不顾了："这份工作我也受够了，不是听公司的家政阿姨们抱怨，就是被你们这些雇主刁难，就是个两头受气的'夹心层'！钱呢也没几个，我也不想干了，留在大城市里没意思，明天我就辞职回老家了，也不在乎你们怎么想了。"

他指着季临的鼻子："我这辈子见了不少奇葩客户，但是我不得不说，你妈真是我见过最极品、最奇葩、最独一无二的一个！反正我不干了，你上我们集团投诉我也没事，我实话告诉你，你妈都已经上了我们整个 A 市家政行业的黑名单了，你不信就去试试看别家愿不愿意接你妈的单！"

他也不顾季临完全黑了的脸，只觉得自己完完全全畅快了，把这些负能量一股脑儿地倒出来，才终于松了口气，然后撇下季临，扬眉吐气地走了。

而对方一走，白端端倒是激动了，自己的机会来了！

"他们 4 万不干，我干！"

白端端几乎是一个风骚走位快步移到了已经快被气到升天的季临身

边，然后开始了毛遂自荐："季临，你们律所暂时不招人没事，那你妈妈身边的家政工作，我也愿意应聘！"

4万一个月，就做一个月！度过没钱的燃眉之急，一边骑驴找马继续投简历，简直完美了！

"我这个人呢，吃苦耐劳，而且我原来的工作经历，让我能明白如何做好一个乙方，毕竟你知道的，我们做律师的，不就是服务和伺候客户这些甲方爸爸的吗？所以归根结底，这也是服务业，我本科一毕业就进入律所了，所以已经积攒了丰富的服务业从业经验，抗压耐虐，心理素质强大，也深知给钱就是爸爸的道理，所以我绝对会摆正心态，你给我4万，我就向你妈妈提供4万的服务！"

季临都快被白端端气笑了："你这是来跟风讽刺我？"

"没没没！"白端端连连摆手，"我是真的诚心想要这份工作的，你要是看到我的银行卡余额，你就知道我这份心有多诚了，我……"

只可惜她还没说完，就被季临打断了，他冷冷地看了白端端一眼："你想给我妈做家政？你是不是前两个案子都栽在我手里了，不死心想要报复我，所以来应聘做我妈的家政用你惊人的厨艺毒死她？"

"……"

"我相信你因为贫穷而真挚寻求工作的心，但是你的做饭技术真的劝退，别说4万月薪，给你400我都嫌多。"

"我……"

"别我了，绝对没门儿，我还想让我妈多活两年。"

"……"

季临说完，转身走进了电梯，白端端刚想跟着走进去，就被季临的眼神拦在了电梯门外。

"你，下一班。"

"电梯里就你一个人，我上来了能超重？"

"不会超重，避嫌。你找不到对象，我还想找。"

白端端不服道："我不！我坚决不向邪恶势力低头！这电梯是你私有的吗？凭什么你能上我不能！"白端端一边据理力争，一边闪身也钻进了电梯里。

她本来准备好了一堆慷慨陈词，结果刚准备继续，季临看了她一眼，然后径自走出了电梯："你说得有道理，那你先上，我等下一班，我向邪恶的势力低头，这总行了吧。"

"……"

真是有其子必有其母！季临这种人，他母亲能是什么好东西！难怪能叱咤家政圈，让所有家政工作人员闻风丧胆！

季临回了家，先是投诉了那家政公司的总部，让助理律师草拟了律师函，然后就是打电话给 A 市其余几家口碑不错的家政公司，向客服提供了自己的信息、联系方式和所需服务。

"季先生您好，您的信息和要求我们已经记录，此后公司会根据您的需求选派三到四位适合的家政工作人员，将对方的信息致电后提供给您，一旦您选择确认好服务的家政人员，我们便可以进行电子签约流程。祝您生活愉快！"

挂了电话，季临才冷哼了一声，什么被 A 市的家政行业拉黑，果然是无稽之谈，不过是对方狗急跳墙用来威胁自己的话罢了。

只可惜季临的气还没消，手机就响了，季临一看来电显示，是自己母亲的私人医生。

对方一上来就是告状："季先生，孟女士最近的血糖项指标又不对了，她到底有没有按照我开的食物清单在控制糖分的摄入量？很多升糖快的东西她根本不能吃的，另外，每次用餐前有没有打胰岛素和配合进行一些运动啊？现在根据她的指标，血糖情况很严重，控制得非常不好，再这样下去她的身体是要垮的……"

季临知道自己妈什么德行，挂了电话，刚头疼不已地揉了揉眉心，结果手机又接二连三地响了——

"您好，请问是季先生吗？我是洋洋家政的客服，不好意思，向您反馈下，目前我们公司正好没有档期合适的家政阿姨，非常抱歉。"

"季先生您好，我是爱家保姆在线的客服，很抱歉地通知您，目前您这单生意我们没有相关符合要求的家政人员可以推荐……"

"您好，我们辰皇国际家政服务公司，很遗憾地告知您，因无法向您提供所需的家政服务，您的订单我们将做退单处理。"

……

季临刚才一共咨询了几家家政公司，如今就一共收到了几家家政公司的不接单反馈……看来他母亲还真的是上了全城家政公司的黑名单了……

只是放着她一个人胡闹也不是个办法，打扫卫生这些倒是其次，季临给自己母亲请家政，最主要的还是找个人看着自己母亲每天按时吃药，并且一日三餐能有健康的作息。

季临的母亲有甲减（甲状腺功能减退症），需要每天服用药物，另外还有严重的糖尿病，需要打胰岛素，可惜孟女士心大，总爱高糖、高热量、高脂饮食也就算了，还总是忘记随身携带胰岛素，更常常忘记注射，而自从她半年前忘记打胰岛素血糖飙升到 40 直接昏迷，身边没人送急救差点危及生命以后，季临就打定主意一定要找个家政看住她，每天汇报行程，按时吃药打胰岛素，外加督促锻炼。一来自己连夜加班时也放心；二来找个人看着，千万不能让她又一个人跑出去。这位让全城家政服务业闻风丧胆的孟女士倒并不是患有阿尔兹海默症会走失，只是她一旦出门，季临的钱就会走失，还是大幅走失。

家政自然还可以再接着找，但在找到正规家政之前，还是要找个至少背景没问题信得过的人把自己母亲给牢牢看住……

白端端是正在盯着银行卡余额发愁时听到门铃响的。

她踩着拖鞋去开了门，门外站着的竟然是没多久之前刚号称要自己离他远点以避嫌的季临。

"你想干家政是吗？"

白端端愣了愣，随即点头道："我干我干，都是服务业，都是为人民服务！"

4 万一个月呢！如今自己内外交困，也别嫌弃工种不对口了，至少先把积欠季临的外债，还有下个月的房租、生活费给赚了再说……白端端小算盘打得挺好，骑驴找马，先干着这个家政的，只要自己一旦找到新工作，就能拍拍屁股走人了，简直完美！

"好，月薪两万，从明天起，我会给你地址、联系方式，你……"

"等等！"白端端愣了愣，"你这不是说好一个月4万？怎么对半砍了？"

季临冷笑了一声："你告诉我你哪里值一个月4万？凭你那吃了能死人的做饭技巧？"季临环顾了一眼白端端东西堆得到处都是的客厅，"还是凭借你这个让人无法形容的收纳整理能力？"

"……"话虽然这么说，但……

"你不能临时压价，你这是杀熟吧？看我好欺负是吗？不行，季临，你这个价格我做不了，你另请高明吧！3万，不能再低了！"

抬价的奥义，先拒绝，再暗示，白端端看了一眼季临："我毕竟也算个有一定工作经验的律师了，虽然说家政和律师都是服务行业，但这个服务的内容，其实也是大不相同的，一个提供体力劳动，一个提供脑力劳动，我其实还是有点过不去心里这道坎的，你知道，文化人都有点清高的，你说但凡是个资深律师，谁愿意去做家政呢？这传出去了多没面子？我这还不是看在你的分儿上。"

白端端咳了咳，开始打感情牌："我想，我们也是邻居了，远亲不如近邻，你也不容易，我能帮就帮个忙呗，外加你这人业务能力确实不错，让我十分佩服仰慕，所以愿意给你妈妈当家政，完全是看在你的面子上，我才努力战胜了自己的心理防线……你看这个月薪，是不是也意思一下？"

"你难道不是看在钱的面子上？"季临笑笑，"白端端，需要我提醒你吗？你还积欠我1万多块钱，你不接受这个工作，请问你如何在短期内还钱？"

这么一说更不想干了，月薪两万，还欠季临1万多，再缴个税，那岂不是累死累活干完一个月，也没剩下多少钱吗，甚至没准儿还是倒贴的……

太亏了！

　　白端端当即萎蔫了："算了，我不干了，我当老赖好了，你去告我把我列进失信人员名单好了，反正我穷得叮当响，这房子也是租的，你申请强制执行吧。"

　　"你干，你欠我的钱一笔勾销，再给你月薪两万，税后。"

　　"真的？！"白端端感觉自己一个咸鱼打挺又重新活了，"一言为定！我干！"

　　为钱下海，我可以！

　　白端端想了想，补充道："但是你得给我签个保密协议，我给你妈当家政这件事，绝对不能透露出去。反正不能传进法律圈子里，我毕竟以后还是要继续回法律圈混的，说出去也太没面子了，这从业经历也丰富过度了吧。"

　　"可以。"季临淡淡道，"你可以放心，我也并不想让别人知道你给我妈当家政，免得别人对我和你之间的关系产生不合时宜的联想。"

　　"……"

　　"地址、我妈的情况和联系方式我稍后会发你，具体你只需要每天陪我妈聊天，最重要的是定时让她吃药，向我汇报她的行程情况，让她每天保持心情愉悦就可以。"

　　白端端连连点头："行行行，没问题，我这个人特别擅长讲笑话，也特别讨中老年人喜欢，我有预感你妈一定喜欢我。"有了这个转机，她心情大好，"我这个人很敬业的，干一行爱一行，待会儿我就下单厨艺教学书，力争早日让……"

　　"不，你禁止做饭。"季临抿了抿唇，坚定道，"绝对不允许你进我们家的厨房。"

　　"那吃饭怎么办？"

　　"叫外卖，钱我另算。"季临看了白端端一眼，"只允许你打扫卫生。"

　　真是天开眼，竟然还有请家政不允许家政做饭的，行吧，白端端想，我也算凭本事让自己减少了工作量了……

　　"那……那你看我现在生活有点困难，这个月薪能不能提前预支下？"

白端端只是试探性地一问，没想到季临还真的答应了："可以，但是附条件。"他顿了顿，"一旦你没坚持满一个月就被我妈辞退，你不仅要退还我所有的费用，你之前西装的欠款，也要重新偿还，还需要支付我因此造成的损失，比如重新再找家政造成的费用。"

"可以可以！"

白端端心理上并不觉得这家政工作能有多难，不过就是看个中年老阿姨，自己以前做律师经历过的极品客户可多了去了，季临的妈还能强过那些奇葩？不可能啊！

"我知道你不可能长期做这个工作，其间你肯定会去找其他律所做下家，现在这个也不过是你临时性过渡的，这我理解，但是不论你什么时候找到工作，你在我这里都要做满一个月，如果这些条件你都可以答应，那我可以给你预付。"季临抿了抿唇，"当然，工作都是双向选择，你毕竟不是专业的家政，一个月后，我也会……"

"我懂我懂！其实我们对彼此的选择都是临时性的，你也会在这个月里物色真正适合的家政专业人员，我呢，这个月也会努力去找下家，总之，一个月后，就算我没找到新工作，我也不纠缠你，我们一拍两散。这绝对没问题！"

"嗯。"

两个人如今看着彼此，在对方的眼里都看出了满意。

而更满意的是，等两个人签订了草拟的合同，季临那笔两万的预付就直接打了过来。白端端看着银行卡上又变多的数字，当即兴奋地在床上打了个滚儿。

她也算是死性不改，好了伤疤忘了疼，一有了钱，一颗心就又开始蠢蠢欲动了，而这种蠢蠢欲动，在柜姐给自己打电话时达到了顶峰。

"白小姐，你上次让我帮你留意的那个限量款手镯，我可能留不住了，现在有另一位客户也想要，马上就要来我们这里买了……"

白端端没废话，当即直接把手镯需要的钱一分没少地转给了这位和自己相熟的柜姐："你先帮我拿下，我马上来！"

如今有了季临支援自己的两万块巨款，白端端觉得不买到这难得才到货的手镯，就实在对不起自己屈尊接了个家政工作了。

不管如何，今天算是找到新工作了不是，总值得好好庆祝一下给自己买个礼物吧？

白端端没愣着，赶紧拿起包朝专柜去了。

只是没想到，一到专柜，自己相熟的柜姐就一脸难办地迎了上来："白小姐，刚才来了个客户，说什么都要抢您那只手镯，我都说了您都已经提前预付过钱了，结果她和她那个 SA（Sales Assistant 的简称，销售助理）就死活直接动手抢了。"她一边说一边十分义愤填膺，"那 SA 是今年新来的，一点不讲规矩，就想着抢走我的业绩……这次是我对不起您，我把您的预付款退给您，没想到遇到这么不讲理的同事和顾客……"

白端端皱了皱眉："手镯在哪儿？"

"被那客户直接蛮横不讲理戴在手上准备走了！"

白端端跟着柜姐走进专柜一看，果然见到了正戴着自己那心心念念手镯的女人，出乎意料，那不是个和自己年纪相仿的年轻女孩，反倒是个都能做自己妈年纪的中年女人。白端端看了一眼对方浑身的"装备"，脑海里只冒出两个字——富婆！

对方身上的套装、脖颈间的项链，还有耳环、胸针、鞋子、包，甚至手上的戒指，白端端迅速在心里估算了一下价格，然后也不得不刮目相看，而同时，她也不得不承认，对方不仅有钱，品位也相当可以，身上那些名牌的搭配，既气派又贵气。

虽然对方年纪比自己长不少，但这一刻，源自女人本来的战斗欲被彻底激发了。白端端心里只有一个想法——

这是个劲敌啊！

而劲敌本人此刻正戴着手镯在自我欣赏，一脸雍容华贵的笑意："小谢，你看这手镯多衬我皮肤，下次这个同系列有别的款到货了记得第一时间告诉我……"

柜姐站在白端端身边，一脸怨恨道："这客人特别不讲理，根本不肯退回手镯，只逼我给您退款。"

"没事。"白端端笑笑，撩了撩头发，然后换上了一脸盎然的笑意，朝着对方走上前去："阿姨，您这项链好漂亮啊！"

对方抬头看了眼白端端，并没有什么搭话的兴致："哦，是吗？"

"是呀！这可是 VCA（梵克雅宝）2018 年圣诞限量的金贝母镶钻款呀！可难买了！"白端端一边说一边双眼崇拜道，"还有阿姨您这个戒指，是 VCA 的 Frivole 系列款的指间戒吧，配上这个同系列的手链，简直太好看了！显得手好白哦。哎，阿姨，您的手也好漂亮呀，一看就是贵妇手，您看，我这个手都没您的细和嫩……"

"我的天！阿姨，您这个包！就是那个限量版的 Birkin（爱马仕手袋品牌）啊！是我超想买但怎么都买不到的棕色拼 9D ！"白端端目露艳羡道，"阿姨您真厉害，这个包真的很难买到的！"

这句话果然极大地取悦了对方，只见那中年贵妇微微一笑："哦，这个啊，我和爱马仕几个专柜的 SA 关系都特别好，毕竟是老客户了……"

白端端几乎一字不差地说出了对方身上所有行头的品牌、价位甚至是哪一年春夏或是秋冬的款，眼毒到精准，她非常有针对性地吹捧了一番，果然很快就拉近了距离，那中年贵妇脸上的表情，从冷傲终于带了点"你还算有眼光"的认可，甚至开始和白端端就最近几个品牌的走秀款讨论起来。

这个时机刚刚好，白端端想，可以收网了！

"哇！阿姨，您这个手镯也太好看了吧！戴着真的太衬您了，太雍容华贵了，我也挺想买一个同色系的，这个能给我戴着看看吗？我也不知道我戴这款适合不适合呢！"

"行吧，就给你试试吧。"对方被吹捧得眉飞色舞，终于勉为其难地摘下了那手镯，"不过你快点吧，我还要赶去 LV（路易威登）拿我预定的包。"

"好的好的，谢谢阿姨！"

白端端一脸乖巧懂事地接过了手镯往自己手上一戴。

然后她就变脸了。

"这位女士，忘了和您说，这手镯本来就是我的，我提早就付款了，只是没时间过来取货，现在呢，它就物归原主了。"

对面的中年贵妇果然急了："你把我手镯还我，我付钱了，而且这东西都已经戴在我手上了，就是我的了，你这是强抢！"

"阿姨，平时多学学法啊。"白端端笑笑，"物品的所有权转移不是以交付为界限的，手镯的所有权在我支付全额价款的时候就已经是我的了，而我比您先付款，也就是订立买卖合同早于您，这手镯当然是我的。至于您说的我从您手里强抢，有证据吗？"

"这店里肯定有监控！"

"就算有监控，这些奢侈品店里的监控只有画面，没有音频的，从画面上看，我也完全可以说，这东西是我买了，您看着好看，拿起来试戴一下，现在物归原主还给我啊。"白端端莞尔一笑，"您看，刚才您摘下来给我戴，我们之间可没有任何肢体冲突，我也没有任何抢夺的动作呢，完全是友好地完成了交接，让手镯回到了她主人的手上而已呀。"

"你……"

白端端笑笑："至于您的钱，就让您的柜姐退还给您吧，我呢，也很忙的，我要戴着我的新手镯走了。"

大概太过得意，白端端走之前还没忘记补刀："哦，对了，忘记和您说了，您的中队长棕色拼 9D，我一点也不羡慕，因为这样的 Birkin 限量版，我有 4 个。

"阿姨，拜拜了哦，后会无期。"

白端端笑着说完，才摆了摆手，不去看自己背后那中年贵妇脸上姹紫嫣红快要气到升天的表情。

拿回了自己心心念念的手镯，白端端终于志得意满地回了家，她翻开季临给自己提供的资料，准备在明天第一天上岗前，先对自己的未来雇主了解一下。

只可惜季临显然没给自己提供多少可以研读的资料，他发来的信息里，除了自己母亲的住址和联系方式外，简介就只有寥寥几句——

他的母亲孟女士全名孟欣，今年 54 岁，狮子座，性格火暴，说一不二，有点清高，热衷保养和奢侈品。

不过身体健康状况方面，季临倒是提供了详尽的医院相关诊断报告。

孟欣有甲减，需要每天服用优甲乐补充甲状腺素，否则就会容易疲劳，另外有糖尿病，不能吃升糖太快的食物，需要每天餐后适度运动，并且需要餐前打胰岛素，也不能太过疲劳。这些医疗信息后面，季临还附上了私人医生的联系方式以及糖尿病和甲减病人的日常护理指南。

白端端翻来覆去把这些都看了一遍，熟记在心。

考虑到季临的母亲毕竟是以一己之力被全 A 市家政服务行业拉黑的女人，第二天，白端端特意挑选了自己那些名牌衣服里看起来最邻家女孩、低调又朴素的一件，甚至破天荒穿了平跟鞋，化了个非常素雅的淡妆。

乖巧、朴素，看起来听话、老实、没有攻击性，这大概比较讨中年老阿姨的喜欢。

为了契合这个形象，白端端可谓做出了牺牲，自己那些漂亮的戒指、耳钉、项链都不能戴了，唯独昨天得来不易刚到手的那个手镯，白端端没舍得摘，还是戴上了，幸而颜色并不显眼，想来应该也不会被特别注意到。

一大早，季临就来敲白端端的门，然后冷着张脸开车带着她往自己母亲住的别墅驶去。

季临的母亲住在 A 市的东边，那片区域是 A 市最早的富人别墅区，然而随着时间变迁，如今那儿的别墅都已经变得老旧，不论是房型、外立面设计还是小区内部的设施，都早就打不过近几年在西城区新建的豪华住宅。

以季临的年收入来说，他根本不缺钱，最初白端端看到这一住宅地址的时候，其实是有点意外的，按照他的身价而言，他母亲明明可以住更好、更奢侈的别墅的，而不是这个离季临所住的公寓相距有一段距离的老旧别墅区。

"今天是第一次，所以我带你和我妈互相认识一下，从明天起，你自己负责来回交通，但早上八点必须到，晚上八点以后才可以走。"

因为早高峰堵车，本就不近的路程被拖得更为漫长，只可惜季临没什么聊天的热情，只冷冷地丢下这句话，就不理睬白端端了。

然而白端端心情很好，她昨天陆陆续续又投了好几家律所，今早有其中两家已经给了反馈，邀请白端端进行面试，好事成双，她又抢到了自己想要的手镯，拿到了季临这笔过渡资金，日子很是逍遥，连带着心情也好起来。

"对了，你妈妈的资料你都给我了，那你爸的呢？我要注意什么吗？他有什么需要我照顾的吗？既然都收了你的钱，那在重点关注你妈妈的同时，我也会力所能及地照顾你爸的。"

只可惜季临大概真是不想理睬自己，白端端问完，季临只抿唇沉默，并无应答的意图，就在白端端觉得自讨没趣准备闭目养神之际，季临的声音才终于响了起来。

"他不用你照顾。"

"嗯？"

季临声音低沉道："他已经去世了。"

如今医疗技术发达，只要家境尚可平时注意养生，五十多岁完全都还能算壮年，白端端根本没有想过季临的父亲已经去世了，她当即便是尴尬和歉疚："对不起……"

"你不用道歉，他在我13岁的时候就去世了，我也不至于到现在都无法接受现实。"季临自嘲地笑了下，"已经快二十年了。"

他瞥了白端端一眼："正好有一点强调一下，在我妈面前别提我爸。"

白端端无意窥探他人的隐私，只点了点头。

而像是为了缓解她的尴尬似的，也是这时，季临的手机响了起来。

他戴上蓝牙耳机，接了起来："妈？"

也不知道电话对面季临的妈妈和他说了什么，季临的眉头很快皱了起来："你消消气，慢点说，你说你买的东西被人抢了？对方钻法律空子？什么情况？"

大概季临妈妈情绪实在很激动，她的声音变大了起来，大到连白端端都能听得一清二楚。

只听她在电话那端愤怒地咆哮道："是个二十来岁的女的，浑身名牌！她浑身行头加起来比我还贵！她的鞋子也是明星和LV的联名款，限量发售；她的限量版Birkin比我还多！我快要气死了！问题她还比你妈我年轻！长得……长得妖里妖气，那个身材前凸后翘，正常人类根本很难有这种黄金比例，这个小贱人绝对整容了！"

"……"

白端端心里咯噔一下，只觉得有一种十分不妙的预感。

季临皱了皱眉，瞥了一眼副驾上的白端端，并没有发现她的异常，只抿了抿唇："妈，注意用词，文雅；还有，声音小点。"

可惜孟女士显然还在气头上，她不仅没放低声音，反而更嘹亮了："临临，这种可以告吗？你妈咽不下这口气，这还有没有王法了，这都踩在我头上拉屎了！我不能就这么算了！"

临临……

白端端没忍住，看了一眼身边的季临，这么一个高大的成年男人叫这种名字，总觉得有种货不对版的违和感……

季临却显然对这个小名早就免疫了，他只是头痛地揉了揉眉心："妈，你上次想要的 BV（葆蝶家）的最新款太阳镜到货了；你想要的 VCA 诗意系列腕表，我帮你买。你还有什么问题吗？"

VCA 诗意系列？那个系列的手表几乎起步价格都在 100 万左右……白端端震惊地看着季临，感觉自己简直像是在做梦。

这真的是季临没错？一个在许愿池都不愿意花一欧元许愿的男人，给自己妈妈买起奢侈品来竟然连眼皮也不眨一下，仿佛他刚才谈论的不是 VCA 的手表，而是菜市场上几块钱一把的大葱……

电话那端的孟欣女士自然十分满意，她的声音也不自觉变柔和了："没问题了临临，你说得对，我不应该和那种整容的小年轻一般见识，更不应该骂她，这不符合妈妈贵妇的身份，应该更加文雅和有风度。"

"嗯。"季临看了眼手表，"我还有五分半钟到家，带你见下新的家政。"

之后季临妈妈再说了什么，白端端已经无心消化了，她脑海里只来回旋转着四个字——

天要亡我。

## 第十二章　新手家政，请多指教

"季临，那个……我突然觉得，最后还是过不了心里那关，我……要不我不做了吧，毕竟做家政我没有经验，你看我这个烧饭技术也能看出来，我这个人家务事真的不行，你先忙，我先走了！"

可惜白端端刚想下车溜掉，季临就把她拽了回来："需要我提醒你昨天签的合同上白纸黑字的违约条款部分内容吗？"

"……"

五分半钟后，白端端内心复杂地跟在季临身后，走进了他母亲的别墅里。

知名家政杀手孟欣女士欣然开了门，然后一眼看到了站在季临身后努力降低存在感的白端端。她先是愣了愣，随后便皱起眉，狐疑地看向了白端端。

白端端把两边头发都往脸中间拨了拨，努力低着头，恨不得挖个地洞钻进去，难怪说钱难赚屎难吃，天上哪里能掉馅饼？

一如白端端那不妙的预感，这位孟欣女士，赫然就是跟自己在专柜抢手镯的中年贵妇本人。

都说人和人之间相遇的概率其实并不大，白端端现在只能在内心咒骂着这该死的缘分。

季临见她杵在门口不动，微微皱了皱眉："进来。和你的未来雇主做个自我介绍。"说完，他看向了自己母亲，"妈，这就是给你新招的家政，这一个月会负责照顾你。"

季临说完，回头看了一眼白端端，然后脸上露出了真实的震惊，连声音也忍不住微微抬高了："白端端，你这个头发怎么回事？刚才根本没有风，你头发怎么全部盖到脸上了？你演贞子？"

白端端内心滴着血，也知道如今的处境，伸头是一刀，缩头也是一刀，她颇有点悲壮地分开了面前的头发，故作镇定地胡扯道："虽然没风，但你刚才步子太大了，带起的风。"

"……"

只可惜一切都是徒劳，孟欣女士盯着自己的目光已经从狐疑震惊变成了了然和意味深长，她显然认出了白端端，如今姿态居高临下般看向了她，语气嘲讽得意道："现在这个社会真是越来越让人看不懂了，有些人表面光鲜亮丽号称有 4 个 Brikin 的限量包，其实竟然是做保姆的。"

"……"

白端端的右手悄悄地摸向自己的左手，试图不显眼地藏起那只导致交恶的手镯，只可惜季临的中年贵妇老娘显然慧眼如炬。

"哎，有些小年轻啊，真是虚荣。"她看向白端端左手上的手镯，笑了笑，"也不知道为了这个限量版的手镯，背地里扫了多少次厕所，洗了多少个碗，挨了多少声骂，何必呢？人啊，就不应该追求不属于自己阶层的东西，要适度消费。你说难道抢走一个限量版手镯，就能改变她保姆的身份和地位吗？"

白端端想，难怪其余家政服务人员宁可倒贴几万也不肯接这位贵妇的生意，只是见面这么几句话，白端端都想打她了。自己就算是真的家政保姆，难道还不配追梦了啊？辛勤劳动得来的钱，又不是偷来抢来的，还不是爱买啥买啥？

季临对这个发展显然有些莫名其妙，他抿着唇看了一眼白端端，那表情仿佛在说"给我个解释"。

白端端知道躲不过，只能硬着头皮看向季临道："前情提要一下，我呢，就是你妈嘴里那个抢了她手镯妖里妖气肯定整容的小贱人。"

"……"

白端端咳了咳："不过这是你妈的版本，我的版本就是，钱是我先付的，买卖合同是我先订立生效的，你妈却强行先占有，我呢，只是把本来所有权已经属于我的东西通过和平手段要回来而已。另外，严正声明啊，我没整容，你妈再这样我可以告她诽谤的啊。"

"……"

"我刚录音了的。"

"……"

"还有啊阿姨，我真的有 4 个 Birkin 限量版，你嫉妒我、污蔑我也没有用啊，我的包就是比你多。"

孟欣女士捂住胸口，显然气得不行："你这人怎么这么没脸没皮？你都做家政了，还抢那手镯干什么？暴殄天物！买 Birkin 也没用，人的身份地位不是靠一个包就能提升的！何况谁知道你的是真货假货？"

"反正我们还有一个月时间相处呢，我以后每天背一个给你看看？我可以勉为其难地让你摸一下，让你好好感受一下真货是什么品质。"白端端矜持地笑笑，"哦，还有，除了 Birkin 外，我还有好多香奈儿的限量款，LV 的我也有哦，可惜只有一个月时间，我那么多包，就算每天换一个，一个月都不够我轮换着背一遍呢。"

"既然你这么有钱，有这么多包，怎么沦落到来做家政呢？要缺钱了随便出几个包不就行了吗？"

"好问题。"白端端笑笑，"但我的包都太贵了，就算挂在咸鱼上，二手价也没几个人买得起，大部分人更是怀疑是不是真品，还有一堆讨价还价的，总之，不可能迅速出手解决我的燃眉之急，更何况，好不容易买到的限量款，我还不太舍得卖掉呢。还不如来给阿姨您做一个月家政解决资金链问题呢，这样下次我还能和阿姨继续抢包买呢。"

季临的妈妈脸上露出了快气死的表情，她当即看向季临："临临，这个家政我不要，现在你就把她给我开了！你看看，这是什么态度？"

季临显然没有料到这个发展，皱着眉，头痛地看向这两个女人。

白端端看向季临，咳了咳："那个，季临啊，需要我提醒你昨晚我们白纸黑字合同的违约条款部分内容吗？我提前解约，要赔违约金，你提前解约，也要赔的，不仅我们的债务一笔勾销，还要全额支付我两万块的月薪的……"

与其被季临的妈气死，还不如主动出击，先下手为强，把他妈先给气死。

只要是季临方面主动解约的，那自己不仅不用赔钱，不用伺候这位中年贵妇，还可以拿到一笔钱，何乐不为呢？

季临的妈妈孟女士显然从白端端的脸上读出了她的心思，她看了眼自己儿子，转了转眼珠，然后径自改了口："算了，临临，现在有些年轻人就是比较躁，需要敲打敲打，如今找工作这么不容易，妈妈还是愿意给小白一次机会的。"

得了，白端端一见孟女士脸上"你等着"的笑容，就知道对方没安好心，白端端没那么天真觉得这是对方大发慈悲原谅自己了，一个月呢，她毕竟是雇主，瞧她这模样，是可着劲儿准备折腾自己了。

呵，谁怕谁啊。

白端端想，不要怂，就是干！上啊！向穷奢极欲的贵妇开炮！

季临脸上表情虽然有些一言难尽，但最终，也没有再说什么，他接了个电话，便匆匆嘱咐了几句白端端，然后离开赶回律所了。

于是这偌大的别墅里，就只剩下白端端和季临的妈妈孟女士对决了。

孟欣又细细打量了几眼白端端，这才发现她虽然今天穿的并不如抢自己手镯那天那么高调，然而浑身上下没有一件不是名牌，并且搭配得堪称完美，连自己都挑不出刺来，脸蛋也确实漂亮，并且不是网红那种流水线的长相，是那种看一眼就很难忘记的水准，自己之前诟病她整容，也不过是气愤之下的发泄而已。

孟欣盯着白端端看了又看，心里有些犯嘀咕，这白端端漂亮得也有点太邪门了，花钱还如此大手大脚，想来肯定不是个正经的家政，刚才又号称只给自己做一个月家政解决资金链问题，这种理由听起来都站不住脚，那么……自己儿子找到她，肯定有点猫腻，难道……

难道是自己儿子看上她了？所以找了借口签了个什么协议，还搞了个违约条款，使得她不得不提前和自己接触，让自己先过目把把关？

这么一想，孟女士觉得突然破案了。沿着这个思路想，似乎很多问题迎刃而解。

只是一旦用看未来儿媳妇的标准再审视白端端，孟欣就觉得看哪儿哪儿更不顺眼了。

抢了自己的手镯，完全不把自己放在眼里，仗着年轻漂亮，就想和自己叫板？以为可以嫁进季家？没门儿！

小贱人，看我好好收拾你。

孟欣女士一边想，一边立刻行动了起来，她清了清嗓子："小白啊，现在就剩下我和你了，我儿子呢，白天都很忙的，也都不会在家，所以你不要想着有事就找他，以后你要好好听我的话，知道吗？既然今天第一天上班，你去把马桶刷一下吧。"

"……"

白端端知道刁难跑不掉，该来的还是来了，她也没反抗，拿人钱财替人消灾，自己手软拿了季临的钱，这些分内的活儿，该干还是干。

她抿了抿唇，应了声"好"，随即就真的去厕所刷马桶了。

反倒是孟欣女士有点不能接受，这白端端就这点战斗力？外强中干？不应该和自己来一场血雨腥风的大战吗？结果就这么顺从地去刷马桶了？

"你去把院子里的杂草拔一下。"

"趁着天气好，书房里的书拿出来晒一下，再摆回去。"

"给我倒杯水，要 45 摄氏度的。"

……

只可惜孟欣女士不管怎么差遣，白端端竟然都闷声不响给干了，导致家政杀手孟女士一时之间竟然无法发泄。

白端端干完了活儿，看了看时间，发现快到中午了："孟阿姨，快中午了，我给你叫个外卖吧，因为考虑到你有糖尿病，我会根据季临的要求给你叫减糖健康餐，现在这家店有菌菇套餐和秋葵套餐，你想要哪种？"

孟欣眼睛一亮，机会终于来了！

她咳了咳："小白啊，你知道吗？我这种糖尿病病人要低糖少油的，可不能吃外面的地沟油啊，何况外卖怎么有自己做出来的东西好吃呢？家里冰箱什么菜都有，别叫外卖了，你给我直接做一桌不就行了？"

还想十指不沾阳春水不给自己做饭，想着省事叫外卖？做梦！

白端端却第一次拒绝了孟欣的要求，她盯着对方笑了笑："孟阿姨，我不能给你做饭，这是你儿子要求的，不需要我做饭，也绝对不允许我做饭哦。"

孟欣听了这话，果然来气了，她表情难看道："我不管你和我儿子是什么关系，但在我这儿，我就是老大，你找谁救命也没用，你既然是给我做家政的，那做饭本来就是你的工作范畴，我让你做，你就给我做。怎么，娇贵得不能进厨房啊？那你做什么家政呢？"

"孟阿姨，你要是坚持让我做饭，那我当然也可以做的。"白端端心里笑眯眯地开始挖坑，干了一上午体力活儿，就等着这会儿了，她佯装拉季临出来压对方道，"但是呢，季临说厨房里油烟味太重了，怕我做饭会咳嗽，不健康，就觉得没必要啊，直接叫外卖就行了，为了怕我去烧饭，他还强行和我签订了条款，我要是胆敢私下给你做饭，我可是要被扣钱的。"

叱咤风云多年的孟欣女士一听这还得了，自己儿子和这个小狐狸精还八字没一撇呢，就已经回护上了？都舍不得人家下厨房了？这怎么行！

自己得给她好好治治。

"小白啊，我想你肯定也不想吃外卖吧？毕竟自己有那个做饭的手艺，怎么吃得惯外面那些不干不净的东西？"孟欣佯装通情达理道，"没事，你做吧，小白大胆飞，阿姨永相随，有什么我都给你担着。要扣钱，阿姨给你出！而且啊，你给我做饭，我不仅帮你出这个罚款，我还每顿奖励你！我儿子扣你多少，我给你贴多少，再奖励你多少！"

白端端配合露出一脸想要继续找借口逃避做饭的挣扎和不甘愿："可是……"

孟欣见状，果真加大了火力："不就是做个饭吗？你还有什么担心的？我绝对让你没有后顾之忧，你以后每天给我做饭就行了，现代人啊，就是吃太多外卖了，不健康！"

既然是你提的，那我可就不客气了！

白端端敛了敛表情："这样啊，那阿姨，我们首先要签个书面协议吧，毕竟口说无凭，我要做了饭，你也不承认你现在这些允诺了，我岂不是辛辛苦苦到头来还是会被季临扣钱？"

"行，这没问题！"

"第二个呢，我们白纸黑字里也要写清楚，我做的东西，阿姨可一定要吃完。"白端端低下头，"我这个人有个怪癖，自己辛辛苦苦做的饭，要是别人不吃，我就会特别痛苦，当然阿姨你放心，我不会做很多的，就是一个成年人的量而已，但你可一定要吃啊，不能倒掉浪费。"

孟欣听完大喜，还以为这小狐狸精要漫天要价，结果就这个？她当即同意了："这当然，你尽管做，我尽管吃！这都可以写进合同！"

白端端说一不二，当下草拟了合同自己签了字按了手印，孟欣只想给她添堵找麻烦，想也不想立刻也签字按了手印，连条款后面的违约责任都没看。

做完这一切，孟欣脸上果然露出了得逞的快感和满足，她哼着歌，一边打开了电视机。而白端端则听话地进了厨房。

孟欣得意扬扬地想，想和老娘斗，做梦！我孟欣让你做饭，你就得做饭！

白端端在厨房里切菜、起油锅，还有抽油烟机的呼呼声有点吵，油烟味也确实飘散到了客厅里来，但孟女士心里却觉得美滋滋的，白端端越是忙碌，她就越是开心，白端端越是不愿意干，她就越要让她干。自己就是要让她知道，在这个家里，找自己儿子季临也没用，自己才是宇宙中心，才是食物链的顶端，讨好谁不如讨好自己来得实在。

孟欣女士对自己这番所作所为非常满意，她觉得这一趟该是好好敲打敲打这个白端端了。

　　只是，等白端端在厨房认认真真忙活了半个小时，把三菜一汤端出来，孟欣就再也笑不出来了……

　　"你这做的……都是什么？"

　　那三个菜，全都黑乎乎的，只有一个依稀可辨，大概是一条鱼烧焦后残存的一大半的尸体，还有两盘则完全不知道是什么，看起来像是下水道里挖出来晒干的什么食物残渣……而唯一那盆并不黑的西红柿蛋汤也一言难尽，蛋花连着蛋壳就那么漂在一起……

　　白端端笑着解掉了围裙："哦，这些分别是红烧鲫鱼、丝瓜炒毛豆、蒜蓉菠菜还有番茄蛋汤。"

　　"……"

　　"阿姨，这可都是我精心为你准备的哦，你快尝尝。"

　　孟欣觉得，这都不能叫黑暗料理了，这是死亡料理。

　　她看了白端端一眼："你是故意的吧？"

　　"没有，真的没有。"白端端一脸坦诚，"这就是我的稳定发挥，季临知道的，所以他才死活不允许我进厨房，这不是怕你吃完就食物中毒吗？

　　"我一开始其实也确实不想露一手，但耐不住阿姨这么热情啊，不仅不让季临扣我钱，还要倒贴我奖励，甚至为了鼓励我未来再接再厉，都愿意吃完我做的饭，我能不感动到下厨吗？"

　　孟欣噎了噎："小白，你这个……你的厨艺，还是未来继续努力吧，今天我看我们还是叫外卖吧？"

　　"这怎么行！阿姨，你可说了只要我做饭，你都吃完的！这我们白纸黑字刚才还签了合同的啊！"

　　"……"孟欣只觉得自己胸口一阵绞痛，"就算签了合同，也能解约的。"

　　"阿姨，我不同意解约，你这是单方面违约。"白端端笑笑，"这样吧，你就按照违约赔我违约金就行了。"

　　孟欣憋着气："你想得美！"

"那阿姨，这桌菜，请笑纳。"

"可你这桌菜，吃了会死人吧！"

白端端笑笑，淡然道："没事，死不了，阿姨，真要不行了，我给你叫120救护车呢，送你去医院赶紧洗胃。不过应该到不了那阶段，我看顶多疼上几天罢了，没什么，人类远比自己想象的坚强，阿姨，相信自己，你可以的！以后每天多吃吃，就会习惯了。"

孟欣看着桌上那可怕的死亡料理，终于屈服了："行吧，你要多少？以后你都不许给我做饭了！"

"不多不多，只要两万。"

"两万？你怎么不去抢！"

白端端掏出了刚签的合同："看看这儿，违约责任清清楚楚写了赔偿的金额，两万呢，都可以买个包了！没准儿下次又正好抢走了阿姨你的心头好呢。"

"……"别说抢走自己想要的包了，就是想想之前被白端端抢走的那只手镯，孟欣女士已经真实心疼了！

"不给我两万也可以，只要阿姨你打上胰岛素，吃完等下订来的外卖，然后跟我一起散步运动半小时就可以了。"

孟欣其实非常排斥打胰岛素，更不爱运动，之前的家政在这点上根本没法儿让她屈服，只是如今……

如今看着这些难以下咽的菜，想想未来有可能被白端端抢走的包，孟欣萎蔫了，她内心含着泪，终于同意了这屈辱的条件……

白端端这个小贱人，还真有两把刷子，孟欣女士只觉得战斗的号角打响了！

白端端从没想到，自己有朝一日竟然可以靠着死亡厨艺C位出道，成功收服季临的老娘。虽然过程有点出乎意料，但至少目的是达到了。

打了胰岛素吃完外卖又被逼散了步，孟欣女士的气焰一下子偃旗息鼓了一半，这一个下午也都安安分分，只让白端端做了点整理的活儿，再没想办法折腾她。

然而自己的直接雇主没折腾自己，这一下班刚回到自己小公寓门口，雇主的儿子就板着一张面无表情的脸来了。

"有时间吗？聊一下你今天的工作表现。"

"……"我真是欠了你们母子的！

算了！白端端想，看在钱的分儿上，聊聊就聊聊吧。

两人在楼下找了一圈，发现这个点了，好几个咖啡厅里都还是人满为患，最终为了寻求安静，不得不又去了那位非主流邻居的西餐厅，也算邻里之间关照他的生意。

只可惜非主流店主今天似乎不在，白端端也乐得清闲，径自走了进去，和季临在靠窗的座位坐了下来。

"说吧，聊什么？"白端端几乎对季临此后想要说的话早有预感，"你妈是不是死命投诉我了？"

"嗯。"季临抿了抿唇，他看了眼白端端，"你是迄今为止，上岗第一天收到她投诉最多也最狠的人。"

行吧，意料之中。

"说你脾气差，手脚慢，归纳整理也不擅长，打扫卫生也没到一尘不染的地步，连饭也不会烧，老顶嘴，不温顺，人挺野，打扮不像个家政，不符合自己的身份定位……"

白端端就这么坐着，听着季临拿着手机照着孟女士的投诉念了 10 分钟，竟然还没数落完自己的罪证……

"明显工作量不饱和，不知道讨雇主欢心，违背雇主意志不顾身体状况逼迫雇主运动。"季临顿了顿，"一共投诉了以上 34 条内容。"

所以季临现在来和自己谈，是准备开除自己，还是要批评自己让自己改正？

就在白端端等着季临发难之时，季临说出的内容却完全不是自己所想。

他冷静道："你做得很好，你通过了试用期，可以继续上岗了。"

"你认真的？？？"

白端端觉得自己白期待了，她本来还等着季临能大手一挥直接把自己开除，让自己拿着违约金告老还乡……

"嗯。"

按照季临的经验，以往一开始没收到投诉的家政，不出两天，就受不了孟欣女士选择主动离职了，而收到的投诉越多，一般这些家政能坚持的时间越长，像白端端这样第一天就收到罄竹难书般投诉的，实乃第一例，有望超过此前最高坚持 13 天的那位家政人员的纪录。

虽然这么说不合适，但恶人还需恶人磨，这句话还是有一定道理的。季临一直知道自己的妈不是个省油的灯，因此要能管住她，牵制住她的，恐怕也不能是"善茬儿"。

想到这里，季临看了一眼面前的白端端。

可惜了，她还是太年轻了点，要是再长个几年，没准儿才能和自己母亲勉力一战。按照如今的战斗力，也不知道能不能扛得住半个月……

"既然你现在正式上岗了，那还有一些注意事项我觉得你需要知道。"

"嗯？"

"我妈痴迷打麻将，每周的三四五，她的麻将搭子都会组局，她每一场都不会缺。但我希望你能阻止她，因为她去的那些麻将馆，环境很不好，到处是抽烟的，糖尿病病人最好戒烟限酒，每周三天去这些地方吸一整天二手烟，非常不健康，并且打麻将全程坐着，根本没有运动，她一旦沉迷打麻将也会完全忘记打胰岛素这件事。"

季临抿了抿唇："明天就是周三了。如果你能让我妈不去麻将馆的话，我再给你 500 块额外奖金。"

金钱的力量是无穷的！白端端拍了拍胸口："放心吧，我绝对不让她出门！"

只可惜白端端这话说得实在是太早了，因为第二天八点她一到孟欣女士的别墅，就发现人不见了，自己竟然压根儿没机会不让她出门，对方就已经先跑了。

"能八点就起床去打麻将，也不知道是一种什么样的精神……"

白端端找了一圈未果，只能拨打了季临的电话："季临，你妈已经不见了。"

电话那端的季临却一点意外也没有地报了一串地址："这三个地方，你去找找，肯定在其中一间麻将馆。要是人没带回家的话，今天的奖金没有了。"

那怎么行？！

白端端几乎是一路风风火火就按照地址找去了，也是她运气好，在第一家就找到了正在麻将桌前杀得风起云涌的孟欣女士。

"孟阿姨，季临让我带你回家。"

孟欣女士杀得正欢，哪里管白端端，她刚赢了两局，满面春风就掏出了一张 100 元："行了，小费拿去，买点冷饮吃吃，别打扰我，这手气正好着呢。"

才 100 就想收买我？呵，以为我是这种人？你儿子可给我 500 呢！

白端端冷笑了一声，没有走，继续站在孟欣的背后看起来。

又等了两局，一个麻将搭子大概是有事，打了个电话，不顾孟欣一行人的挽留，还是告辞了。

这一下子就是三缺一，孟欣显然麻将瘾没过够，立刻就掏出电话准备呼朋引伴继续凑局。

"孟阿姨，别打电话找人了，要不我陪你们来两局？"

孟欣放下了手机："你会打麻将？"

"略通一二吧，打得不算太好。"白端端矜持地笑笑，"你都给我 100 小费了，我能不陪着打两场吗？"

孟欣转了转眼珠："也行，反正我不在家，你也没事干，不如这一天都陪着我打吧。"她说罢，倍儿有面子地看了眼桌上另外两个老姐妹，"给你们介绍下啊，这是我儿子特意给我找的家政，保姆，你们知道吗，就跟班那种，我去哪儿她就跟在哪儿，还能陪我打麻将！"

孟欣女士显然有些虚荣，她一边吹牛一边还假惺惺地关照道："就是麻将打得可能不太好，我们几个手下留情啊！"

她说完，又看了眼白端端，目露算计："不过呢，麻将其实也算一门竞技活动吧，这个竞技呢，就有输有赢，也需要有点赌注才更刺激对不对？大家玩的除了麻将，还有心跳。"

"麻将作为娱乐可以，赌博违法啊孟阿姨。"

"小白你想哪里去了？我怎么会赌钱？我们就用别的做赌注啊，比如要是下一局麻将谁要是赢了，谁就能对输的人提要求，就小娱小乐性质，放心。"

还放心呢，白端端想，你那黏在我手镯上的目光，都快把我皮肤烧穿了，谁不知道你那点司马昭之心啊？

"行。"

然而白端端都不带迟疑地就同意了，她不是没见到孟欣和在座两位老姐妹眉来眼去，准备互相喂牌吃挤对自己的暗示，只是有些事……

实力说了算。

白端端的妈妈痴迷麻将，她可以说从小是在麻将桌边长大的，耳濡目染，4岁摸牌，15岁已经打遍小区无敌手了，随着年岁渐长，白端端的牌技也渐长，最重要的是，她这个牌运，实在是好得要命，像是要逆天似的。这些年不玩了，主要是因为——

无敌是多么地寂寞。

"十三幺，和了！"

"小四喜，和了！"

"小三元！"

"混幺九！"

"清一色，不好意思，孟阿姨，又和了！"

……

白端端白皙纤长的手指摸着麻将牌，手起刀落，一点也没客气，她桌角边上的麻将筹码已经堆得像一座小山。

白端端和完手上这一把，终于停了下来看向孟欣："哎呀，孟阿姨，你这脸色怎么不太好？怎么白得都快没血色了啊？要不要我给你倒杯热水啊？"

她这一停，桌上另外两个老阿姨立刻找借口就溜了。

"孟欣啊，我儿子叫我去接孙子了，我，我不打了，先走了啊！"

"小孟啊，我突然想起来我出门时家里炖着肉，好像只开了小火没关，我得赶紧回去看看，免得烧起来搞出火灾，下次再约吧！"

孟欣女士脸色铁青，就这么看着白端端硬生生逼走了自己的两个老牌友。只可惜她不信邪，总觉得这是概率极小的手气问题。

她咬牙切齿地看向白端端，努力挤出个笑来："小白你这个新手运倒是挺好的，不过吧，打麻将时候新手运太好，可是会耗尽你之后运气的，你小心之后都输呢。"

孟欣一边说，一边又招呼了另外两个牌友来。

只可惜……

"哎呀，孟阿姨，我和了！"

"和了！"

"怎么又和了？！"

……

连续十几局，白端端又一次以压倒性的优势挤对走了另外两个牌友。

打麻将的快乐自然不是要求永远能赢，麻将麻将，它的魅力就在于千变万化的牌局，你无法预知你这一局是输是赢，只是这前提是——有输也得有赢啊。可因为白端端的存在，孟欣愣是没体会到赢的感觉……

白端端太邪门了，打起麻将来遇神杀神遇魔杀魔所向披靡似的，孟欣觉得不能再这样下去了，她站起了身，决定不和白端端一桌了……

"孟阿姨，你去哪儿呢？"白端端抬了抬眼，眼睛看向正起身的孟欣。

孟欣佯装镇定地笑了笑："小白啊，我上别桌打打，也会会其他老朋友。"

"好啊。"白端端笑了笑，当即也站了起来，"孟阿姨今天都不用我在家里打扫卫生，我作为一个家政，也不能白拿钱，孟阿姨既然希望我陪着打麻将，那我当然要一路跟随奉陪到底啊。"

"……"

孟欣显然想甩开自己，然而白端端偏不让她如意，她去哪一桌，白端端就去哪一桌，长此以往，只要孟欣在哪桌，哪桌就开始哀声连天，因为只要白端端一跟去，那桌自此赢的就一直是白端端了，她那架势，显然坐庄能坐到底。

很快……

"孟欣啊，对不住了……你还是去别桌吧……"

"小孟，这个……我们桌也不缺人，你去另外老胡那桌看看吧？"

"不行不行，孟欣，我们这儿虽然现在缺人，但已经约了别人了，你……你去别的桌吧！"

"……"

孟欣会活跃气氛，又会来事儿，本来在牌友里一直是人气颇高的，如今却沦落到没一个人愿意和她打。

"白端端，你这又是搞什么鬼？！"

白端端故意欠扁道："哎呀，孟阿姨，是不是我赢了你太多局，你不高兴了啊？我没想到孟阿姨征战麻将桌这么多年，原来这么输不起……"

孟欣脸上没光，只能强词夺理道："谁输不起？我就想打个牌。你倒好，搅和得现在都没人愿意和我打了！"她嘴硬道，"我不在乎输赢，我只想要有人陪我打！"

面对孟欣的跳脚，白端端只是笑，然后她拿出钱包，抽出六张100块："谁赔我和孟阿姨一起打牌，一人300，一个上午。还缺两个。"

"……"

重赏之下必有勇夫，没多久，这两个牌搭子就凑好了。

白端端坐下来，看向孟欣："孟阿姨，来啊，别站着，快坐下一起打。为了让孟阿姨能打上牌，我这可都自掏腰包了，行了，我们开打吧。"

一如既往地，白端端还是血洗了桌上的另外三个人，孟欣不仅没赢，还输得十分难看，这下她不仅一点打牌的快乐都没有感受到，只觉得受到了无尽的羞辱和折磨……

这是孟欣平生第一次，完全体会不到麻将的魅力，只觉得眼前每一张牌，都是和自己作对似的仇敌……

就这样被白端端按着单方面"暴打"了十几局，孟欣再也坐不住了，她扔下牌："不打了！"

只可惜刚准备站起来，白端端就一手拉住了她："孟阿姨，你不能走啊，你不是不在乎输赢的吗？只要能打上牌就行了，现在你也确实打上牌了啊。"

"我……我就有点累，不想打了，我们回家吧，我儿子不是让你来叫我回家的吗？走吧，你可以回去和他交差了！"

想走？想得美。

白端端却拉住孟欣不放，她站起来，走到孟欣身后，不容分说就一把把她按回了座位上："孟阿姨，今天可是你自己说的，要我陪你打一天麻将，那我们就一分钟都不能少，一天就是一天。"白端端抬手看了眼腕表，"现在连一个上午还没过，继续打。"

孟欣有苦难言，没想到有朝一日，自己不仅不渴求打麻将，甚至还充满厌恶和怨恨地被别人强逼着打了一上午麻将……输得她都快吐了……简直想泪洒黄浦江。

"小白啊，我们别打了吧。"

"不行，说好陪你打一天，继续。"

"小白，真的，求你了，别打了，我……我有点不舒服。"

"那阿姨你先休息会儿，等你舒服了马上再接着打。"

最终，孟欣的心理防线彻底败退了："小白啊，我真的不想打了，我再也不想打麻将了，我们回去吧，行吗？我现在看到麻将牌都有心理阴影了……"

等的就是这一刻！

此刻白端端赢得春风满面，她见把孟欣女士也折腾差不多了，也该收手了。

"行吧，那孟阿姨，今天就算了，但你看现在离上午结束还有一个小时呢，我这钱，这两位牌友肯定不退我的，这浪费了挺可惜的，要不我们打完到中午吧！"

孟欣输得都开始怀疑人生了，如今显然一分钟也不想再待了："别别别……这个钱算了，我补贴给你！毕竟是你一片心意为了我，才找了陪打的！"她一边说，一边生怕白端端反悔似的，三下五除二就从包里掏出了600，赶紧死命地塞给了白端端，"走吧，小白，回家！"

# 第十三章　这个上司，不太开窍

　　孟欣跟着白端端不情不愿地回了家，浑身不舒服，一如白端端所料，没多久，她果然又开始作妖了。

　　她先是不管不顾吃了一大串葡萄，拒绝打胰岛素，然后丝毫没有起身走动消耗血糖的意思，而是径自坐了下来，打开电视机开始看起电视剧。一边看，一边还继续开了几袋薯片。

　　白端端揉了揉眉心："孟阿姨，你吃太多甜食了，必须起来动一动。"

　　孟欣自然不理睬她，只是把薯片咬得咔嚓咔嚓的。

　　虽然孟欣如此不配合，还把白眼翻到了天花板上，然而白端端却很气定神闲，她笑眯眯地给出了最后通牒："孟阿姨，你必须打胰岛素，然后跟我一起散步半小时，如果你再抗拒合作，不要怪我手下不留情了。"

　　孟欣回了家，又有恃无恐上了，自己不肯打胰岛素，不肯配合散步，还能怎么样？现在是法治社会，白端端还能按着头逼她做不愿意的事吗？

　　白端端大概是终于面对现实了，这一次，她没再坚持，只是安静地坐在一边。

　　因为她突然这么不声不响了，孟欣很快就忘了身边的白端端，而是

别闹　－202－

被电视里高潮迭起的剧情给吸引住了，孟欣看的是一个悬疑推理类的偶像剧，如今镜头里正演到最关键的反转处，眼看着每一个出场的人物都很有嫌疑，女主角的弟弟表面看起来天真单纯小狼狗，但其实是个白切黑；女主角的舅舅则阴险狠辣，是个十足的反派；男主角也挺可疑，有双重人格不说，其中一重人格还很暗黑；男主角的室友也看着怪怪的，每天晚上都会消失不知所终……

孟欣的整颗心都揪了起来，这类悬疑类的剧，看的就是这么个过程，自己猜测凶手跟着剧情一起破案才有意思……

"哦，这剧原著小说我看过，这个案子，凶手是室友，他有梦游症，一次梦游后不小心走进了女厕所，女受害人把他当成了色狼，喊叫着要报警，他惊醒后怕名誉受损，就死命拉扯女受害人，结果遭到对方激烈反抗，他最后失手把人给勒死了。"

"……"

"下个案子，凶手是看着无害的小女孩，因为她长期得不到父母关爱，对其他家庭幸福的同龄孩子非常嫉妒，所以在郊游时把她的好朋友推下山了。"

"……"

"下下个案子，凶手是……"

是可忍孰不可忍！看个悬疑破案的电视剧，都被人剧透完了，还看个屁！

"停！"孟欣女士忍不住了，她愤怒地瞪向了白端端，"你能不能别剧透？！保持安静有那么难吗？"

白端端摊了摊手："不好意思啊孟阿姨，我看你还没打胰岛素还没运动，我就忍不住焦虑，一焦虑我就话多，一话多我就控制不住我自己，就要忍不住说出些不该说的东西来，我们刚说到哪儿了？哦，下下个案子里那个凶手其实是……"

"行行行！我打了胰岛素你是不是就不说了？我打还不行吗？！"孟欣女士简直气到升天。

不得已，孟欣只能按照白端端的要求打了胰岛素，然后散步。

白端端这才清了清嗓子，开始了自己的重头戏："孟阿姨，既然这一个月我会贴心负责照顾你，保证你的作息健康、血糖正常、运动合理、饮食低糖少油，那我想，也是时候告知一下你我的原则了。"她莞尔一笑，"这样我们才能合作愉快。"

白端端看向孟欣，笑了笑："其实很简单，就两条。第一条，你儿子在时，都听你儿子的；第二条，你儿子不在时，都听我的。"

孟欣自然不服："听我儿子的也就算了，你就一家政，我还听你的？你搞错没？我这次忍你是给你面子，你别以为我会一直屈服！"

"季临和我说了，你喜欢打麻将，也喜欢看侦探悬疑小说，更喜欢看这类电视剧。这些爱好适当的话也是怡情，没什么问题，但孟阿姨你的问题是，每次一沉迷其中，你就能坐上整整一天，不仅不运动、不按时打胰岛素，还要吃甜食。"

白端端撩了撩头发："所以，我刚才已经下单了市面上所有的悬疑探案类小说，国内外知名的不知名的，全部都不会放过，然后我会把故事看完，如果你不配合我进行运动健康作息，而是沉迷看这些小说，那我不能保证我的剧透什么时候就会来。"她说到这里，又加了一句，"以及，这些买书的钱都会找你儿子报销。"白端端微微一笑，"其实说实话，我也挺喜欢看这类小说和电视剧的，但现在纸张涨价，书都挺贵的，我都舍不得买，可谢谢孟阿姨给我机会公费娱乐了。当然，难得有这样的机会，我可能会买最贵的精装版收藏呢，毕竟季临说了，只要是和照顾阿姨相关的，不管多少钱，都给我报销哦。"

"……"

像是生怕气不死孟欣一般，白端端想了想，又状若感慨地补充道："想想季临也挺不容易的，阿姨你知道吧？其实他这个工作，挺辛苦的，不仅要出卖肉体，还要出卖灵魂，这每一分每一角，真的都是辛辛苦苦的皮肉钱啊！"

孟欣女士出离震惊了："你胡说什么！我儿子怎么是皮肉钱，我儿子是律师，知名的！"

"我知道啊。可律师就是服务业啊，客户就是甲方爸爸，爸爸提出要求，再不合理，为了赚那个钱，律师也只能硬着头皮装孙子上啊。像季临，每周工作时间都超过 45 个小时，身体差点的，35 岁已经受不住了。我刚看新闻，最近法律圈又死了两个合伙人呢，怪可怜的，你儿子赚的这些钱，怎么不是用身体在搏？不是出卖肉体？至于出卖灵魂也没错啊，有些客户可能他很不喜欢，可为了钱，还是要给这些人提供专业服务，明明讨厌得恨不得打对方一顿，却只能含着笑说'多谢惠顾'，这赚的怎么不是笑脸相迎的皮肉钱了？"

"……"

"而且孟阿姨你知道吗？季临的客户大部分是企业主，不是中年富婆就是中年富商，哦不，还有老年的。他这个长相又招蜂引蝶的，如今你也知道，职场性骚扰其实还挺多的，男人也逃不掉，甚至正因为是男人，很多时候还碍于面子没法儿说出口，其实过得很苦。有个男销售，接受匿名采访说，屁股一天里最多被十几个客户给摸了，唉，也不知道季临的屁股还好不好……不过要是摸完屁股能给业务也行，怕就怕摸了也白摸，钱还没赚到……"

"……"

"一想到季临在外面拼死拼活含泪赚钱，结果最后都用来给我报销精装书了，唉……他的人生，真的好难。"白端端抽出桌上一张餐巾纸，佯装真情实感地快要擦起眼泪来。

孟欣女士气到无语，然而经过白端端这么一通胡扯，她顿时觉得儿子的钱，赚得相当沉重了，季临在外边，难道真的遭受这样非人的折磨？

"好了好了，那我不看小说、不看电视剧了，这总行了吧！你也别去找我儿子买什么精装版了，想用我儿子的钱娱乐，你做梦！"孟女士怒道，"但是你别以为我不看小说、不看电视剧、不打麻将，我就会配合你，听你的话，我要让你知道，这个家里只有一条原则，那就是，一切都得听我的！"

结果没想到白端端仍旧云淡风轻："行啊，那每次你不配合我，我就只能微信狂戳季临了。一天给他发 500 条信息，告诉他孟阿姨你的状态，实时汇报你的情况，以免将来季临说我工作没做到位。"

"……"

"你知道的,季临做律师其实很辛苦,每天要是还被500条微信骚扰,怕他心态真的要绷不住,何况这么多微信攻击,万一他情急之下在微信信息的海洋里漏看了客户的重要信息,导致输了案子,不仅坏口碑,可还得赔钱呢。"

白端端看向孟欣,自觉传达的意思很明确了——你若折我翅膀,我定毁你儿子天堂。

你弄我,我就搞你儿子。

叱咤风云多年的孟欣女士,第一次败下阵来,她彻底颓了。

难怪现在的小年轻嘴边总挂着不婚不育保平安,可不是吗?自己要是没有儿子这个软肋,能在这儿受白端端这小贱人的威胁吗,还不是和她拼个你死我活!

"那就这么说定了,孟阿姨,那么以后,你吃什么我说了算,吃完得听我的打胰岛素,打完胰岛素还得散步和锻炼,餐后两小时我还会不定期检查你的血糖数据,要是数据OK,那你可以加餐一些水果。其余零食一概取缔,健身和运动可以积累工分,你想要多吃零食就要用工分来换。小说电视剧都可以看,但是看了一定时间后,必须起身活动活动,麻将也能适度打,但一周只有一次,并且必须是整周都有遵守上述规则的前提下……"

白端端一下子把自己的规矩全报了一遍,然后她看向孟欣:"孟阿姨,你看我们休战了吗?能达成和平协定吗?未来这一个月能和平共处互相关照了吗?"

这是什么和平协定!孟欣内心痛苦地想,这就是屈辱条约!

然而看着眼前这个长得妖里妖气、面无表情、心狠手辣的女人,孟欣还是败下阵来,白端端确实是个狠人,她给孟欣一种"我说得出就做得出"的危险感,想来想去,孟欣女士还是不愿用自己儿子冒险,最终含泪点头接受了白端端的约法三章。

唯一值得庆幸的是,孟欣女士终于搞清楚了,这个白端端不是自己儿子的意向对象,不过是个混不下去的律师,是自己儿子大发慈悲给了对方这样一个高薪的工作机会，约法三章就约法三章吧，孟欣女士自我安慰道，自己服从的不是白端端，是自己儿子！毕竟让自己健康饮食、作息规律、控制血糖是儿子的意思，说到底，还不是自己儿子给了白端端钱让她监督自己的吗？

季临中午临时来别墅取点东西，他从地下车库停好车，在车库旁边的地下室里拿好储物柜里的材料，本准备转身走人，却听到楼上客厅里传来了人声。

季临本没指望有人在家，白端端早上给他打电话，他就知道自己母亲已经跑去打麻将了，按照以往的惯例，不到下午的饭点，孟女士是不会回家的，别说白端端，就是自己亲自出马，恐怕也不能让他妈回头是岸。

然而他轻轻地从地下室通往一楼的楼梯上探起头，却看到自己妈不仅在家，还坐在客厅的桌前吃健康少糖午餐，虽然一脸生无可恋，但确确实实十分安分守己，而她的对面，白端端正跷着二郎腿，一脸从容地吃着她完全与孟欣女士午饭种类不同的外卖。

自己母亲一边嚼着水煮西蓝花，一边期期艾艾地看两眼白端端碗里色香味俱全的豪华盖浇饭，眼睛里是不加掩饰的怨恨和不甘，然而她竟然一声不吭，继续低头吃着一看就不好吃的水煮菜……

两个人相安无事，这画面堪称和谐，然而季临却只觉得心里发毛。

不应该啊……

季临觉得，自己回家，看到母亲不在家，或者看到母亲和白端端在互相扯着头发互殴，打到家里一片狼藉，这都算正常，如今这样，才叫不正常。

更不正常的是，因为这两个人并没有发现季临的归来，因此还在正常对话。

自己母亲的声音听起来不仅毫无气焰，甚至还带了点小心翼翼的唯唯诺诺："小白啊，你也看到了，我都按你要求吃这个难吃的水煮菜了，主食也严控了，待会儿饭后我能多吃颗糖吗？"

白端端倒是中气十足："行啊，阿姨，但我们说好了，一天一颗糖，你要今天加量，那行，你明天的份就没了，每天嗑糖每天爽，你是想每天都感受到吃糖的快乐呢？还是今天多快乐一点，明天生活在没糖吃的痛苦里？你自己考虑吧。"

"哎……这样啊……那算了，我还是今天吃一颗，明天再吃一颗吧……"

季临捏了自己一把，差点以为这一切都是错觉。

自己平日里就差横着走，把不管脾气多好的家政都气跑的孟欣女士，竟然在白端端面前如此低声下气？这两个人的身份地位真的没有颠倒错乱吗？

如今白端端像个新世纪的财阀地主一样，对自己贫下中农的母亲疯狂剥削，不仅拒绝了对方多吃一颗糖的申请，甚至还发出了丧心病狂魔鬼般的笑声。

"哈哈哈哈哈哈……孟阿姨，这样才对嘛！你这样表现好的话，我会奖励你这周可以出去打一次麻将的，我会跟着你提醒你时间。"

而此刻，季临那痴迷麻将的母亲，却在白端端提起"麻将"两个字的时候露出了痛不欲生的表情，她一脸的生无可恋："小白啊，你能消停点吗？别再提麻将了，我今天都有心理阴影了……"

季临只觉得一切非常玄幻。这句台词，好像平时都是别人求他妈的，历来都是别人跪求孟欣女士消停点行行好，没想到有朝一日自己竟能从自己妈嘴里听到这句话……

白端端却仍旧没有意识到季临的到来，她用一根手指敲了敲桌面："孟阿姨，你刚偷偷把几个西蓝花藏进饭里我都看到了啊，西蓝花对身体挺好的，你这样，我明天只能给你把今天份的西蓝花加上了。"

孟欣女士敢怒不敢言，只好把那几个藏进糙米饭里的西蓝花给挑出来继续吃了。

"别这么痛苦了孟阿姨，你吃得多健康，你要这周都坚持这样，我可以把我的几个稀有皮、稀有色 Birkin 借给你背。"

孟欣这下眼睛彻底亮了："你的稀有皮是哪种？是鸵鸟皮还是鳄鱼皮？稀有色呢是哪个？白端端，这可是你说的啊，你给我列个字据！借的话能借给我几天？我下周末有个同学会，我那个死对头女同桌老是和我争风头，我最近都没新包……"

　　一直以来，季临对白端端并没有什么信心，以她的战斗力，他觉得撑死抵挡住自己母亲半个月的火力，或许中途她还会哭着跪着来求自己高抬贵手放过她，或者哀求自己插手管管自己那难伺候的母亲，然而如今，季临突然觉得他压根儿不用插手，从某种意义上来说，她们俩竟然是天造地设的一对。一瞬间，季临竟然有一种什么锅配什么盖的顿悟……

　　没打扰白端端和自己妈，季临没有从楼梯走上客厅，而是转身从地下车库的出口径自开车离开了。

　　"不就回家取个材料吗？你这是遇上什么好事了？看起来心情挺好的。"

　　季临刚回到车里，坐在副驾座位上的容盛就探过头来，季临此刻自然还是神情冷峻满脸难以接近的，然而容盛却敏锐地觉察出对方的心情不错，或者更准确点，应该是非常不错。

　　季临抿了抿唇，一如既往地惜字如金："没有。"

　　容盛也没深究，他探头探脑地看了一眼季临家的老别墅："你妈在吗？"

　　"在。"

　　容盛一听孟欣女士在家，吓得立刻把头缩了下去，一边催促道："快开车快开车，赶紧走！"

　　直到季临启动了汽车上路，容盛还一脸的心有余悸："吓死我了，可别被你妈看到我，否则又要逮着我问了。"

　　容盛一提起季临的母亲，就忍不住抱怨："我说季临啊，你妈真的太牛了，前一阵不是天天逼我给你找对象相亲吗？你不肯，我也没办法啊，就照实和你妈说了，结果她也没就此罢休，还是逼着我找，不仅如此，还要求我给你搜罗的这些潜在对象，让我先把人家照片和信息都给她过目，她先给你初筛，然后满意的，由她直接来说服你去见面。"

　　季临抿着唇，安静开车，也没搭理容盛。

　　然而容盛越说越激动："结果我给你妈选妃似的选了三十几个女孩，家世、身高、脸蛋、学历没哪儿有短板的，然而你妈嘴上说着要给我的好临临把关找个好女孩红袖添香长久陪伴，实际呢？实际这么三十几个女孩，竟然没有一个入得了你妈老人家的眼！"

容盛一边说，一边掏出了手机："你看看这个，这姑娘漂亮吧？气质好吧？结果你妈说她用尺子测了下这女孩五官，不是黄金比例，不够对称，觉得配不上你。

"这个呢，这个人家跳民族舞的，身材好得不得了，长得也清秀佳人吧，可以称得上素颜女神了，结果你妈嫌弃她长得太清秀了，说这样太清汤寡水了，不够艳丽，缺了一分姿色，短时间看看还行，长久看着容易审美疲劳，又 pass 了。

"这个又嫌人家长得太艳丽，俗气，没气质。

"还有这个，她嫌弃说屁股看着不够大，感觉不能生儿子……"

容盛一边说一边都义愤填膺上了："季临啊，虽然你妈对我挺好的，但我说句实话，皇帝选秀女也没你妈挑剔和麻烦，而且你妈也太吹毛求疵了，难道仙女下凡才配和你谈恋爱？"

容盛拍了拍季临的肩膀，语重心长道："我看你妈这个思想，很危险啊，怕觉得你们家有皇位等着继承呢。"他忍不住嘀咕起来，"以后你得找个脾气多好的、多逆来顺、受多能忍的，才能做老婆啊？我看你这辈子是找不到对象了，你妈这种级别的婆婆，要是上那种选秀节目，就是全民狂骂的待遇……"

就在容盛以为季临不会理睬自己的时刻，季临突然开了口——

"也不一定。"

"嗯？你妈这种等级还不一定被全民狂骂？直男癌本位；儿媳妇一定要生儿子；信奉儿子的老婆就是要伺候她儿子的；男人不进厨房，都得女人干活儿；未来儿媳妇不能靠儿子养着，要自己也经济独立，但是同时要承担带孩子的活儿……这世界上有女的能满足你妈的条件吗？"

"也不一定要找脾气好的。"

容盛愣了愣："啊？"

季临若有所思地抿了抿唇，平静道："我突然觉得，找个脾气差的，可能更适合我妈。"

　　"你搞错没有？你找个脾气差的？脾气差的一点就炸，和你妈在一起，你这是准备以后每天空手接原子弹啊？以后婆媳矛盾世界大战，季临你下半辈子还有日子可以过？我看你也别结婚了，一个人孤独终老吧。"

　　可惜季临却很从容不迫，他淡然道："和我妈脾气一样差的就算了，找个脾气差过我妈的，能治得住我妈，我觉得可行。"他看了一眼容盛，"我觉得我还不到需要一个人孤独终老的地步。"

　　容盛简直惊呆了："这世界上还有脾气能差过你妈能治得住你妈的？"

　　季临没来由地想到了白端端盯着他的母亲，用手指敲击桌面的模样，他顿了顿，然后笃定地点了点头："有的。"

　　大千世界无奇不有。

　　容盛瞟了季临两眼，然后顿悟道："你是不是已经有喜欢的人了？看上谁了？"

　　"没有。"季临想起白端端那花钱如流水的模样，皱起了眉，"我绝对不会找那样的。"他想了想，补充道，"我要找一个脾气能治得了妈，但勤俭持家的女人，不用那么漂亮。"

　　容盛抓住了季临话里的蛛丝马迹："所以现在治得了你妈的女人，很漂亮？多漂亮？比上次我们在清吧外面看到的那个高级脸美女还好看吗？那个女生真的是我近期看到的脸蛋顶尖的了，身材又好……哎，可惜了，上次应该上去问个联系方式！

　　"季临，你快回答我，以那个女生为参照物，现在治得了你妈的女人，能打几分？"

　　季临没回答容盛，他抿了抿唇，停了车，无情道："到了，下去。"

　　"……"

　　看见自己的妈竟然真的能被逼着"改过自新，重新做人"，季临算是松了一口气，连带着进办公室的时候，心情都仍保持着愉悦，只是很快，他就愉悦不出来了，因为李敏很快敲门走了进来，并把辞呈放在了他的桌上。

　　李敏像是终于鼓足了勇气，她冷静道："季律师，我想辞职。"

　　季临的脸沉了下来，他看向李敏，沉声道："我可以给你加薪，你想要多少？"

虽然辞职时得到老板的挽留，这足以说明自己的工作能力和价值，然而李敏却一点也高兴不起来，因为季临总是这样，直到如今自己正式提出辞职，他还是这样冷冰冰的，不近人情，他唯一想到的就是钱，就是薪资，他甚至都没问一句自己为什么辞职，在盛临工作有没有什么困难，是不是不开心，生活上有没有遇到什么过不去的坎……

一想到这里，李敏就忍不住难过，她深吸了一口气："季律师，你知道我今年多少岁了吗？"

季临皱了皱，有些莫名其妙，然而他顿了顿，还是回答道："28吧。"

李敏抿着唇，没有说话。

"29？"

李敏脸上露出了受伤的表情。

季临想了想，最终试探道："27？"他看向李敏，不解道，"但是，你的年纪和辞职有关系吗？"

李敏只觉得心里发凉，她凄惨地笑了笑："两年多了，季律师，我和你共事已经两年多了。但是你看，你连我多少岁都不知道。"

季临仍旧完全没 get 到点，他不怕死地继续插刀道："我想不知道你的年龄这件事并不影响你在盛临工作。何况，我没有义务知道你的这些信息，知不知道也没什么影响。"

"对，是不影响工作，但是我不想那样了。"都到了今天这一步，李敏索性也豁出去了，"季律师，你的工作能力很强，工作待遇也很好，但你太泾渭分明了，分明到你从没主动关心过我的私生活，我换了发型，换了穿衣风格，换了包，甚至换了办公桌，你都从没发现过……"

李敏越说越委屈："季律师，和你在一起工作太累了，你好像根本没有心，我知道工作努力认真是应该的，但不论我做得多好，你从不会表扬我，好像你眼里永远只有工作，永远不会看到我，我虽然是你的助理，但在你眼里，可能就是个没有感情需求的人工智能，只是个工具……"

"甚至我上次哭着和你请假，你也没问过我怎么回事，季律师，你太冷漠了，除了钱和工作，好像别的什么事情都不配占用你的时间，共事两年多，你可能除了知道我的名字我的性别，对于我别的信息，都一概不知了……"

说白了，上司并没有关注下属的职责，然而共事两年，对下属的情况一概不知，确实有些太过泾渭分明，而李敏如今情绪如此反弹，更重要的是因为她心里存着对季临那点不为人知的心思。

她曾经觉得，只要自己坚持，再冷的冰也会有融化的一天；她曾经觉得，季临这样的人只是不开窍，一旦开窍了，那作为陪在他身边最贴近的人，她会是第一个被看到的，再不济，近水楼台先得月……

只可惜这一切都是她觉得。季临仿佛最固执的顽石，永远自我，完全不为他人所改变。

李敏刚过完了自己的 27 周岁生日，她看不到希望，等不下去了，也终于死心不想再等了。季临很优秀，很英俊，然而她无法再和他共事下去了，辞职是给自己的解脱，她年纪不小了，想要一段稳定的恋情，然后是稳定的婚姻。

只可惜都事到如今了，季临竟然还是那个死样子，他抬了抬眼皮，脸上显然写满了对李敏此刻情绪崩溃的不理解，只是镇定地纠正道："不，除了你是女的你叫李敏，我还知道你别的信息……"

即便到这个时刻，季临都没有任何想要安慰自己的举动，但他这句开头，却还是让李敏忍不住心里剧烈跳动起来，尽管是个工作狂，或许自己早在这两年里潜移默化走进了他的人生，不知不觉中在他心上留下了痕迹，他不自觉间其实已经知道了很多自己的事，也默默关注着自己，只是连他自己都没意识到，直到此刻自己爆发，他才终于审视直面了自己的内心？

就在李敏忐忑复杂的紧张之际，季临微微展颜一笑："我还知道，你开的车是黑的，是一辆……福特。"

"……"

李敏觉得，自己的心这下彻底死了。

对季临抱有期待这件事或许就是犯罪，她终于彻底忍不住情绪，哭着喊道："我开的是一辆红色的马自达啊！"

这么喊完，她就再也忍不住，头也不回就跑出了季临的办公室。

"……"

季临望着她的身影，有些头痛，虽然不知道李敏到底怎么了，但眼看着这个辞职是挽回不了了，自己唯一用着顺手的助理，就这么没了。

季临觉得自己果然是高兴得太早了，能量守恒，母亲那边顺利了，工作这边就出问题了，李敏的工作能力确实很不错，这下走了，自己上哪儿找个能飞快上手还能力强悍的助理啊？

不得已，季临又开始招起助理来，可惜面试的人良莠不齐，竟是一个像样的都没有。

季临无论如何也没想到，这段时间里唯独给自己安慰的，竟然是自己母亲每天微信对白端端的激情怒骂。

"这个白端端不是人！她竟然把我的零食柜子上锁了！

"临临，妈妈受不了，我们开除这个白端端行吗？她说我糖尿病不能吃西瓜，结果还要刺激我，自己买了个西瓜坐在我对面吃！是人吗？！

"我每天要走满一万步她才让我吃巧克力！我说我这么走膝盖会受不了的，毕竟是老年人了，结果她带我去游泳馆，让我在水里走满一万步！她说水里有浮力就不用担心膝盖受伤了……她是不是有病啊？！"

……

"临临，妈妈低估了白端端，她真的办了酒店的健身卡，每天逼我在游泳池里走十几圈，自己还在岸上做啦啦队！给我拉羞耻的横幅，什么'庆祝孟欣女士水中竞走'这种，害得我现在去游泳池都抬不起头来……

"白端端老在家里乱翻乱动，我好不容易藏起来的北海道白色恋人（巧克力名）又被白端端翻出来找到了……

"白端端为什么Birkin比我还多？为什么每个专柜她都是VIP？为什么她有这么多包？！

"白端端买到了我没买到的慈善限量款项链！！！她必须死！！！"

……

虽然孟欣女士每天怒骂白端端一百条，然而她骂得越狠，非常神奇的，她的精神状态就越好。

自从白端端入驻以后，季临母亲的血糖水平一路控制良好，甲功七项也全部恢复了正常水平，人变瘦了，皮肤变好了，骂起人来都更有劲了。

连带着季临每天看到自己母亲对白端端的指控，都忍不住心情愉悦，唯独让他不那么愉快的，就是助理还是没找到。因为没了助理，自己一堆案卷都没人整理，平时也没人再规划时间安排，负责额外的客户接待，以及一些繁杂的协调工作，这让季临有些焦头烂额。

白端端那边倒是春风得意。如今她凭借自己的本事，和孟欣女士终于和平相处，而另一边，她也终于收到了 offer。

在被那么多大中型所拒了以后，有一家小型律所终于力排众议录取了白端端，虽然所不大，但给白端端的待遇和分成都可谓相当有诚意，小所人际关系还简单点，白端端还算满意，只准备等和季临的一个月协议到期后，就麻利地去小所上班了。

晚上，她监视着孟欣女士吃完晚饭，打了睡前长效胰岛素，还做了饭后散步，才离开别墅，回了自己的小公寓。她在家里待了一个小时，隔壁终于传来了门锁开门的动静——季临回来了。

白端端几乎是飞一般冲了出去活捉了季临："500 块！"

季临皱了皱眉："什么？"

"你妈今天没出去打麻将，我的 500 块奖金拿来。截至今天已经连续 6 天没去打麻将了，一共 3000 块！"

白端端生怕他不给，又加了一句："你自己说的啊，你妈一天不出去打麻将，你就奖励我 500 块的。"

季临看了她一眼："你这才上岗几天？还想日结？都已经拿了预付了，这些额外的奖金只能统一月结。何况第一天的时候，我妈出去打麻将了，只是中午左右才回家，不算一天，没有 500 块，只有 250 块。"

白端端简直叹为观止，季临这男人，讨价还价的姿势永远这么娴熟……

只是没想到，嗜钱如命的铁公鸡季临想了想，竟然改了口："算了，那天也算你 500 块吧。"

这是对自己有所求吧？

　　果不其然，季临看了一眼白端端，状若不经意道："现在市场不景气，律师行业也有缩紧，找工作不是这么容易，我看你在我家勉强做得还可以，也不是不可以和你提前续约，下个月你也可以继续……"

　　"那不用了。"白端端笑笑，"虽然法律行业缩紧，但优秀的人才总是不缺工作的。一个月后呢，我就要奔赴自己的远大前程，继续好好做律师了，你也知道，一个成功律师，是看不上这些小钱的。"

　　季临愣了愣："你找到下家了？"

　　白端端看了季临一眼："你这话怎么说的不希望我找到下家似的？当初你不是都说了，一个月后我不能再纠缠你吗？现在这是舍不得我？觉得我工作能力实在太强，所以想和我提前续约了？"她得意道，"那你求我啊！"

　　"神经，你想多了。"季临言简意赅地说完，就径自冷酷地推门进了他自己屋里。

　　行吧，看来真是自己想多了。不过白端端刚找到了新工作，心情好，不计较，她哼着歌就也回了房。

　　只是5分钟后，门口就响起了敲门声。

　　白端端打开门，门外站着的赫然是刚冷酷驳斥自己的季临。

　　他的面容英俊冷然，脸上没有多余的表情，看起来恍然像是个来讨债的。

　　白端端刚要回忆自己是哪儿又得罪了他，抑或是他母亲又告了自己什么状，季临就先一步开了口，他的声音低沉，犹如大提琴的音色质感，他说——

　　"我求你。"

　　哈哈哈哈哈……白端端差点没忍住发出丧心病狂的笑声。

　　她盯向季临："你说什么？再说一遍！"

　　季临面无表情："我求你。"

　　"大声一点！"

　　"白端端，我求你。"

　　"求我干什么？"

"求你继续做我母亲的家政工作。"季临面色难看，然而为了母亲，显然还是忍了，"最近家政市场也有点动荡，我一时还没找到合适的人选，你能不能再接替一阵这个工作，我可以……"

"不行。"

季临顿了顿，脸色难看道："我已经求你了。"

"是啊，我说的是，你可以求我，但我没说你求了，我一定会答应啊。"白端端撩了撩头发，"季临，你知道你现在像什么？大家之前怎么约定的？一个月之后各奔东西互不纠缠，结果现在你反悔了，要赖上我，这不合适吧？"

"你想要多少钱？我给你加薪。"

白端端清了清嗓子："我怎么说也是个有一定资历的律师了，我做家政只是一时过渡，在律师工作和家政工作中，就算家政工作薪水给得高，我还是会选择做律师，职业选择不仅仅是钱的问题，还有社会地位和自我实现的问题对吧。"

季临抿了抿唇："你找的下家是哪一家？"

"金创律所。"

"那是一间特别小的所，而且只有小，并不是精品小所。去那种律所没意思。对你的履历一点帮助也没有，那边能承接的业务也很有限，对于你提升自己的能力也无益。"

"那也比做家政有意思。"白端端眨了眨眼，"我喜欢挑战，你妈对我已经没有挑战了，我需要其余的刺激和挑战。"

"……"

"你回吧，我要关门了。"

季临显然没打算就此罢休，他抵住了门，有些咬牙切齿，似乎还在妄图说服白端端，并且努力纠正着她的错误三观："白端端，很多事，都讲的是坚持。你这个人，难道事情一旦没挑战和刺激了，就没新鲜感了吗？"

白端端点了点头："是啊，你知道，很多事，保质期很短的。"

季临显然气急："我建议你改变一下自己的想法，很多事，做顺手了，虽然感觉没挑战了，但性价比也不差，而且你怎么知道我妈之后就没有让你觉得挑战的地方了？何况你这种观念，以后怎么谈恋爱？"

"新鲜期一过，换一个吧？中国有 3000 万剩男呢。"

"……"

白端端毫无心理负担地说完自己的"渣女宣言"，就继续准备逐客关门。

可惜这一次，季临又一次没能让她如愿，他单手挡着门："帮我继续看着我妈。"

白端端一点兴趣也没有，继续用力关门。

"我让你进盛临。"

# 第十四章　讨价还价，弄巧成拙

白端端的动作停下了。

季临抿了抿唇，他看向白端端，像是做出了最后的让步："我的助理辞职了，我可以勉强破格录取你当我的助理律师，但你也要帮我继续管着我妈，早、中、晚盯着她该吃药吃药，该打胰岛素打胰岛素，平时周末督促她去运动。"

"不行。"如今形势变化，终于轮到白端端坐庄了，她一口回绝道，"你这个态度不够诚恳，现在请你搞清楚，是你希望我能加入盛临，而不是我一定要加入，工作这个事是双向选择的，我现在又不是只有你一家的 offer，我为什么不能选择另一家更有诚意的呢？何况还是助理。我怎么可能给你当助理？"

季临抿了抿唇："那你想我怎么表现诚意？"

白端端笑眯眯地看向季临："求我。"

季临脸色难看道："然后像刚才那样求过你以后，你继续拒绝我吗？"

"那很多事，你去做的时候未必有结果，但你还会选择去做，为什么？因为你想努力，即便失败你还想努力，因为你很迫切地想拼尽一切去做成这件事，所以让我看看你到底多想我加入盛临啊，到底有多少诚意啊。"白端端看向季临道，"来求我吧。"她补充道，"用心点。"

"……"

人在屋檐下，不得不低头。只是这次终于轮到了季临，他沉默了片刻，表情显然有些咬牙切齿，但最终还是从牙缝里挤出了几个字："白端端，我作为盛临的创始合伙人，诚恳邀请你加入我们律所，作为律师。"

"我对你的邀请非常动心，不过呢，季PAR，不知道你还记不记得，你好像是怎么都不想和我扯上关系的啊，本来圈内就有关于我和你的传闻，现在要是我进了盛临，岂不是就更解释不清了？"

季临面无表情道："不用，你来盛临就好了，我不在乎这些乱七八糟的传闻。"

"可这样，你就不怕风评，影响到你未来找对象吗？要不我还是避嫌去金创吧？"

"不影响我未来找对象。"

"嗯？"

季临恶狠狠地瞪了白端端一眼："反正我也找不到。"他咬牙切齿道，"这个答案你满意了吗？"

满意满意，这还差不多！

盛临和金创，是个人也知道选盛临，白端端飘飘然体验过了揶揄季临的感受后，也不敢太飘，稍稍收敛了下情绪。

"那这样，独立律师，月薪底薪两万，分成二八，我八律所二。"白端端看向季临，"我不做助理律师，不做授薪律师，只做独立律师，不接受过高的律所提成分成。"

既然季临这么有诚意，那就直接进入谈价阶段吧！

果然，听完白端端的要求，季临整张脸都黑了，只是再咬牙切齿，也只能答应："好。"

白端端却笑笑："我还没说完，我要两份工资，除了律师这一份，你妈那边的钱，你也得给我。"

"……"可真是狮子大开口！

"你有本事兼顾两个工作吗？"

"有。"白端端挺自信，"我说得出就做得到，律所工作我会全力以赴，你妈那边我也能游刃有余，要是做不到我把钱全部还给你，还倒赔你。"

但季临还是震惊了："就算两份工作，开这样的条件，你怎么不去抢？"

这女人真的有毒吧？不仅花她自己的钱如流水，花别人的钱也同样如流水！

白端端微微一笑："那不谈了，你走吧。"

"……"

可惜季临不得不承认，自己并没有选择的余地，自己的母亲太难搞了，正宗的家政行业大概被她祸害得不轻，如今都没有任何公司愿意接她的单，而就算有人接单了，季临也清楚，对方大概坚持不了一周就会离职。

眼下来看，能治得住自己母亲的，大概就白端端了。

为了母亲的健康，那不如相信她试一试……

"好。"最终，季临只能咬牙切齿地接受了这个屈辱条约，"成交。"

"我可以让你做独立律师，也可以走分成，但二八不行，三七，你说的拿两份工资也行，但另外你必须兼职一下我的助理工作，我不想再花钱请一个助理，你已经把我助理的工资份额都用完了。"

行吧，你我本无缘，全靠你花钱。

白端端得逞般狡黠地笑起来，她伸出手："季PAR，那以后请多关照啊。"

季临显然因为这钱花得心痛，压根儿没有一点热情欢迎新同事的心情，他冷冷地瞥了白端端一眼，也懒得和她握手，只看向她："你最好物有所值。"

"你放心吧，一分价钱一分货，你不会亏的！谁用谁知道！你看看你妈！"

"……"

因为和季临达成了新一轮战略合作，白端端心情大好，每天都春风拂面，连带着对孟欣女士的管控都稍稍放松了那么一点。可惜孟欣女士并不是一个你态度友好，她就能投桃报李的人。正相反却是一个欺软怕硬、你弱她就强的人才。这两天见白端端竟然对自己放松了警惕,她那颗不羁的心,又开始躁动起来。

离一个月的时间也不剩多少了,白端端需要开始准备入职盛临了,因此今天上午,她得去律协一趟,申请律师转所执业。

"孟阿姨,我有点事去市里一趟,大概中午或者下午才能回来,中午的健康餐外卖已经给你叫了,胰岛素你要记得打,回来我会检查你血糖数据的。"

孟欣配合地一个劲儿点头,一脸大义凛然:"去吧小白,中午回不来也没事,我今天给你准假一天,你放心,我也不和我儿子说,不扣你工资。"

见白端端还在沉吟,孟欣又补充道:"放心吧,小白,我哪儿也不去,就在家等着你,也不会乱吃东西,更不会出去打麻将的,你也知道,我早就对麻将没有爱了……"

然而正因为孟欣太配合了,白端端反而觉得她十分刻意。最终,白端端留了个心眼,出门后,没有马上走,而是藏在了别墅不远处的树丛里……

果其然,她前脚刚走了没10分钟,后脚孟欣女士就盛装打扮出了门,她叫了一辆出租车,稳稳当当就坐了上去,一边还打着电话:"行行行,三缺一啊你们?等着我啊,今天要打个畅快!"

白端端心里冷笑一声,说什么自己对麻将已经没有爱了,这简直就像是渣男宣言对外面的花花草草早已免疫一样不可信,律师转所执业申请,反正明天也能办,最近自己真是对季临他妈太客气了,可得给她收一收骨头了。

作为律师的职业病,致使白端端不会沉不住气现在就跳出去把孟女士一把带走,毕竟如今就算抓住她了,她也完全可以抵赖说自己只是想出门买个东西,并不是去打麻将,这种事,一定要人赃并获抓住铁证才行。

事不宜迟,白端端也没再多想,她赶紧也打了车,紧跟其后追着孟欣女士就出去了。

上了车,白端端没闲着,就给孟欣打了个电话:"孟阿姨,你在哪儿啊？在家里吗？我怎么打家里座机刚才没人接啊？"

孟欣演技倒是不错，她语气惊讶道："刚才座机有响吗？我完全没听到啊？不过前几天临临也和我说打座机都找不到人，明明我在家的呢，可能这座机年久失修换掉了，等你下午回家我们找个师傅来看看？"

"所以你在家？"

"对啊！我在家呢！"孟欣女士镇定自若地笑道，"你不用担心我，你忙你的吧！"

好的吧，白端端想，有你这一句话就行了。

很快，前面孟女士的车停下了，白端端知道，从这儿下车，往不远处小巷子里走个百十来米，就是那家棋牌室了。

白端端像个来抓丈夫出轨现行的糟糠原配一样，也赶紧下了车，准备跟着孟欣一起走向棋牌室。

也不知道孟欣是不是心里有鬼，她下了车以后，大概颇感不安，东张西望了一阵，也就是这么一阵探头探脑，竟然让她眼尖地看到了同样下了出租车的白端端。

这下可好！孟欣女士慌了神，她第一反应是想跑，然而忘记自己穿着高跟鞋，这一下没看路，当场就踩空了路口边沿，崴了脚。

她当场痛呼出声："哎呀，哎哎哎，疼死我了！"这时候也没有逃跑的意义了，她朝着白端端直呼救命，"小白啊，过来扶我一把啊，我这腿扭伤了，感觉走不了了啊。"

白端端这时也顾不上"抓奸"了，她赶紧跑过去，扶起了孟欣："孟阿姨，你没事吧？"

路口边沿并不高，虽然踩空了，实际应该不会造成太严重的影响，果不其然，孟欣女士回过神来就摆了摆手："没事……"

然而刚说了这两个字，她突然画风一变地改了口："没事……是不可能的。"

孟欣咳了咳："我感觉我这腿扭伤挺严重的，一时半会儿可能不太能走路了，得坐轮椅了，哎，小白，所以接下来每天的饭后锻炼，我没法做了。"

哦……原来存的是这个心。

白端端盯着一脸佯装疼痛难忍，无法再直立行走的孟欣女士，心里直冷笑，孟阿姨啊孟阿姨，你想得倒是挺美的，被自己抓了个偷溜出来打麻将的现行，竟然还想着反将一军找个借口逃脱每日运动？

做梦！

"孟阿姨你受伤了，腿都不能走了，当然不能再运动了。"白端端看向孟欣，温柔地笑了笑，"但在这之前，孟阿姨不解释一下自己怎么会受伤吗？"

白端端意有所指地瞥了一眼棋牌室："没几分钟前我和你通电话时，孟阿姨不是还在家里吗？现在可不是晚上啊，孟阿姨这就梦游上了？而且速度惊人啊，几分钟竟然就完成了别人半小时的车程？而且这里怎么感觉这么熟悉呢？不就是我和孟阿姨上次来过的麻将馆吗？但孟阿姨今天早上还信誓旦旦和我说，对麻将已经心如止水没有爱了？"

"……"

白端端笑笑："而且孟阿姨，这周你因为水果摄入超出了私人医生给你定的标准，所以这周不存在完成指标的奖励，也就是说，就算你想打麻将，也不可以。"

孟欣磕磕巴巴试图垂死挣扎："我就是过来看看好朋友，我不是来打麻将的，我就是好久不见他们，想过来唠唠嗑，你不是叫我平时可以多走动走动吗？我这不是从善如流吗？"

可惜非常打脸的是，孟欣这番狡辩刚说完，棋牌室就探出了她的老姐妹，对方见了孟欣，欣喜道："小孟啊，你终于来啦？我们三缺一等你好久了，现在想见你也太难了，你说这次甩掉你那个讨人嫌的跟屁虫家政了对吧？今天中午特意订了你想吃的芝士蛋糕，还有巧克力抹茶冰激凌和黄油小饼干……"

作为讨人嫌的跟屁虫家政，白端端面无表情地看了孟欣一眼。

"……"

"芝士蛋糕？巧克力抹茶冰激凌？黄油小饼干？"

"……"

"孟阿姨，你看你是自己上车跟我回去呢，还是我绑你上车跟我回去？"

"……"

"哦，对了，我们也不能先回家，孟阿姨你这脚伤得这么厉害，都没法儿走路了，我们先去医院挂号拍个片，该打石膏打石膏，该住院住院，该做手术做手术。"

孟欣一听要去医院，马上摆手道："不打紧不打紧，小白啊，我这老骨头了，就扭伤个脚，没法走路回家推个轮椅就行了，买点膏药贴贴就行了，不去医院，完全不用去医院，去医院一趟劳民伤财，你不也更麻烦吗？"

可惜白端端是铁了心，她笑笑："不麻烦，阿姨，你的健康是我第一要考虑的事。"

"哎，不用了吧……小白，真不用了啊……"

可惜孟欣的抗议无效，白端端还是铁面无私地把她塞出租车，一路带去了医院，然后挂号、看医生、拍片。

"你这脚踝和腿都没事啊。"骨科的男医生推了推眼镜，看向孟欣，一脸不解，"你看，这儿也没肿，片子里显示骨头肯定也没问题，怎么可能站不起来了？"

孟欣生怕白端端得知自己确实没事后，继续硬逼着她锻炼，只能哎呀哎呀假叫了起来，面对医生的诊断，她一口咬定坚持道："医生，这片子可能没拍出来，我这骨头肯定出事了，虽然可能没骨折，但可能关节错位之类的了，你看，我是真的疼死了，真的站不起来……"

骨科医生当即反驳："不可能，这里面既没有骨折也没有错位的现象，这位病人你这……"

"没事，医生。"白端端拉住了左右为难的医生，"这位女士可能确实就是片子上看不出的轻微关节错位。"

"小姑娘，不可能，片子我看了很多年了，不可……"

白端端没等医生讲完，径自打断了他："医生，我就问问，如果关节错位，应该怎么处理？"

医生愣了愣，但还是回答了："那需要复位后打石膏。"

"好。"白端端笑笑，"那麻烦你给这位女士复位后打个石膏。"

孟欣愣了愣，疯狂反对道："不不不，不需要！"

开玩笑，打了石膏自己还怎么走路！

医生也很为难："她都没错位……"

白端端笑了笑："行，孟阿姨，你听到了吧？那回家今天可以休息，但明天开始每日运动还是跑不掉。"

孟欣一听每日运动，终于咬了咬牙狠下心来："我错位了，医生！你给我复位后打石膏！我打！"

"……"

骨科医生行医十几年，还是第一次见到这种病人，明明好好的，却硬是声称自己关节错位需要复位后打石膏，他没办法，最终不得已，还是按照病患的坚持，在对方写了免责书以后给她开始打石膏……

孟女士倔是真倔，并且绝不认输，为了争一口气，为了不锻炼，为了不被戳穿打脸，死要面子活受罪，事到临头还不肯服软承认自己腿脚灵便。

白端端其实有意给她台阶下了，然而她竟然选择不要，最终从容赴死般去打了石膏……

只是孟女士刚进去打石膏，白端端这边季临的电话就响了。

"你的律师转所执业申请办好了吗？"

白端端冷淡回道："没呢，今天估计办不成了。"

季临的声音沉了下来，有些不悦："这有什么难办的？你下午请半天假，我批了，去办好。"

"不行，你妈在医院呢。"

季临果然提高了声音："出什么事了？为什么在医院？"

"就她偷跑出去打麻将脚受伤了，现在在打石膏呢。"

白端端这么回答完，季临的质问果然就来了，他的声音肃穆："白端端，我给你一个月两万块，不是让你随心所欲的，你至少应该负起看护责任。出现这种严重的事故，完全是因为你看护不力不负责，你需要对一切后果承担……"

他的"责任"俩字还没说完，白端端就打着哈欠打断了他："你放心吧，你妈这腿，我保证，下午就好了，如果下午没好，那晚上肯定好了。"

季临只冷冷道："我妈腿怎么回事？需要打石膏是断了，怎么可能好那么快？"

白端端只是胸有成竹地笑笑："具体的回头再和你解释，反正你等着吧，我为你创造一个医学的奇迹。哦，你妈打完石膏出来了，先不聊了啊，再见再见！"

白端端这边挂了电话，另一边，虽然心不甘情不愿，孟欣女士还是只能打着石膏乖乖地跟着白端端回家了。虽然白端端再三确认她是否真的要打石膏，她最终还是决定打！毕竟打了以后能逃避每天的运动，相比石膏带来的不便，孟女士更厌恶运动。

只是很可惜，她没想到虽然眼下因为石膏，运动是免除了，但健康餐却免除不了。如今她在白端端的死亡视线下，艰难地吃完了难吃的健康餐，白端端更是直接用 iPad 搜索了芝士蛋糕、巧克力抹茶冰激凌和黄油小饼干诱惑到让人垂涎欲滴的照片，就那么摆在孟欣的面前，美其名曰给孟欣提提胃口。

"既然阿姨想吃这些，但碍于血糖问题没法吃，那我们就解解眼馋吧，要不你就着这个图片吃吃健康餐？想象一下这些甜品的味道？"

孟欣本来吃健康餐就心里苦，如今看着自己本来唾手可得的甜食，只觉得不仅没甜起来，反而越来越苦了。

不过为了应景，一回家，孟欣就演上了，支使着白端端给自己弄来了轮椅，有模有样地坐上了。而因为她号称腿扭伤了无法行动，白端端今天的律师转所执业申请自然是办不成了，得留下来照顾她。

孟欣计划得挺好，虽然自己能跑能跳，一个健康人打了石膏坐在轮椅里未免有些拘束和不自在，但反正晚上等白端端走了，自己就不用演了，找个社区小医院把石膏拆了，第二天再重新绑点绷带装样子就行了；而白天，这不正好折腾折腾白端端，让她给自己推轮椅吗？

孟欣的如意算盘白端端自然也都了然。这不刚吃完饭，孟欣女士就指使自己一会儿把轮椅推这儿，一会儿推那儿，一会儿要去院子，一会儿又要回厨房，可算是把整个别墅一层都绕了个遍，即便如此，孟欣女士显然还嫌不够……

"小白啊，我应该多户外活动活动，我看中老年人啊，要多呼吸外面的新鲜空气，更要多晒太阳，因为晒太阳人体才能合成维生素 D，维生素 D 你知道吧？对人体骨骼很重要的，帮助吸收钙的！来，今天正好晴天，快推我去别墅外面那个小公园转转！"

孟欣提及的这个小公园其实距离别墅区并不近，甚至可以说有些远，这小公园是靠着几个高层小区建的，相比别墅区里大片的绿地面积和花园景观，逼仄的高层区住户们平日并没有什么地方散心遛狗，因此市政府才规划出了这么个紧靠高层区的小花园。

明知道孟欣这是变着法子在折腾自己，但白端端还是一言没发，君子报仇，十年不晚呢。

孟欣却不知道白端端心中所想，可着劲儿地折腾她——

"小白啊，往东！对，往东！"

"哎不不，往西吧，我又想去西边了！"

"算了算了，回头回头，往南，西边的寓意不好，像是归西似的，你往南吧！"

"停停停！南也不好，我太南了，谐音我太难了，彩头不好，往北吧！"

……

白端端就被这么指挥着忙忙碌碌了一个下午，明明有电动轮椅，但孟欣偏是搞了个手推的，把白端端累得肩颈都发酸。

此刻太阳已经落山，早早用完晚餐的老阿姨们鱼贯而出，小公园开始热闹起来了。

孟欣这么折腾了一下午，也无聊了："小白啊，回去吧。"她大发慈悲道，"你推了我一下午也累了，之后的时间你就自己休息休息放松吧。"

想回去？哼！

白端端抿紧嘴唇，二话没说，当即就推着轮椅朝反方向走去。

"啊？你去哪儿啊小白，方向反了！"

　　"当然是反的了孟阿姨，我这是去广场舞集合点呢！"

　　孟欣皱了眉："去那里干什么？"

　　"不是你让我休息休息放松放松吗？我的休息方式就是跳广场舞啊，难得到了这个小公园，我听说这儿的广场舞可很牛的，还得过市里的夕阳红广场舞大赛冠军呢！"

　　孟欣有些不好的预感，她看向白端端："你要跳就跳吧，但你先把我送回去。"

　　"那怎么行孟阿姨，你都这样了，我不放心你一个人在家，哪能让你先回去？何况呢，你看太阳也没完全落山，还有些余晖，你这不是要合成维生素 D 吗？赶紧让你有机会多合成点，之后一个礼拜都下雨，我得让你把这礼拜的量趁今天都合成了。"

　　白端端说完，就推着孟欣往公园深处走，这个点，广场舞的老阿姨们已经整装待发了，虽然离着还有一段距离，但那风格突出的广场舞舞曲已经由远及近地传了过来——

　　*心爱的人儿你可在等，*

　　*我的胸膛燃烧着，那熊熊的爱火。*

　　*心在跳，爱在烧，*

　　*我的激情自由在奔跑……*

　　孟欣听着这土味音乐，脸上露出了扭曲崩溃的表情："白端端！快推我回去！"

　　可惜白端端不为所动："孟阿姨啊，我今天下午推了这么久轮椅，腰酸背疼的，得舒展下筋骨，好好跳一下广场舞才能恢复，你就在一边看着我跳吧，记得为我加油助威呐喊啊！"

　　白端端说完，就把孟欣的轮椅往边上一靠，然后大大方方地就朝一堆老阿姨里走去。

　　她们这个组合搭配实在太过惹眼，一个漂亮年轻的女孩，一个坐轮椅的中年贵妇，几乎刚走到广场舞场地附近，几个老阿姨就忍不住看过来，而白端端没想到，这一看，就看出了点故事来……

　　"哎哟，这可不是我们孟欣吗？你不是号称自己贵妇绝对不和我们这种中年老女人混在一起吗？怎么现在竟然到我们这里来了？哟，你这腿怎么回事啊？断了啊？"

"看着可不是断了吗？这贵妇原来也会断腿啊，也不知道还能不能好？这以前看不起我们跳广场舞，嫌弃我们吵，霸道地把我们从别墅区外面那块空地给赶到了这里，结果现在啊，哎，这是想不到，我们再底层，至少腿脚灵便还能跳舞，不至于坐轮椅啊……"

这几个老阿姨俨然广场舞领舞的，也是风云人物，一看面相就不是省油的灯，白端端没想到孟欣和她们竟然还有前仇旧恨，这几个老阿姨你一言我一语，就把孟欣给挤对上了。

孟欣气得脸都紫了，她一边回击，一边大声指使白端端："小白，推我走！不和这些农村妇女和拆迁户在一起！我们别墅区的价格就是被这些小高层给带下来的，好好的富人区，弄个小高层，住点穷鬼，这社区整体素质还怎么提高？品质一下就不行了，何况想健身不能去健身房吗？跳这么土的广场舞……"

只可惜白端端没理睬她的命令："孟阿姨，你这思想改一改吧，穷人富人很多时候是出身所致，穷人里也有肯奋斗勤劳的人，富人里也有垃圾纨绔，不是有钱就是正义就是好，很多富人更是穷人奋斗来的。"她语重心长地拍了拍孟欣的肩，"行吧，你就看我跳吧。"

孟欣气炸了，然而碍于自己"腿不能行"的人设，她又不能转身直接走掉，只能忍着气看着一堆花枝招展的老妖精外加白端端一个小妖精，在自己面前随着土味歌曲载歌载舞。

白端端大概还嫌气不死孟女生，一边跳，一边还要暗示她一下："孟阿姨，你快看看，我这个腰扭得好不好？"

"孟阿姨，看我这个舞步走位，优秀不优秀？"

"看我左边一个瞬移，右边一个跳跃。"

……

孟欣觉得，自己真的要被白端端气死了，她终于忍不下去，也装不下去了，径自从轮椅上站了起来，然后不管不顾自己脚上的石膏就气呼呼地往回走。

　　白端端这下不跳了，她差点笑出声，却还故意推上轮椅一边追，一边在后边喊着——

　　"天哪，孟阿姨，你站起来了！你创造了医学奇迹！你做到了！"

　　"……"

　　"不过你的腿既然好了，走得还这么灵便，我都快追不上了，那之后每天的运动，还是得继续的哦！"

　　"……"

　　"孟阿姨你等等啊，我带你去拆石膏！"

　　孟欣真想捂住耳朵，这个白端端到底是什么魔鬼，自己儿子是从哪里请来的这么一个货色？她上辈子是自己天敌吗？！

　　"我的妈啊，季临，你上哪儿搞来的人？这简直应该在淘宝上架，真是个宝贝。"

　　容盛站在广场舞人群的不远处，他是 20 多分钟前来的，今晚本来想找季临喝一杯，结果季临说母亲摔断了腿，急着赶回去看情况，容盛想着也去探望一下，便一起跟来了，两个人询问了别墅区的保安，才知道孟欣女士来这小公园了，然后他就站在季临身边，近距离全程目睹了刚才发生的一切。

　　"我没想到你妈这个段位的人，这辈子竟然还能被人治得这么死死的。"容盛几乎笑到前仰后翻，"这女的真是个人才，前途不可限量。"

　　相比容盛的忍俊不禁，季临就镇定多了，即便全程看完了白端端和他妈的互动，虽然内心确实相当震撼，但此刻他仍旧维持着面无表情。

　　容盛却是忍不住："不过季临，这女孩不就是我们之前去清吧喝酒遇到的那个金刚芭比吗？脸蛋身材一流，但是武力值也一流的那个？你不是说对人家没兴趣吗？怎么现在不仅和人家联系上了，还把人家招到家里来了？怎么？起贼心了？"

　　容盛揶揄地看了一眼季临，意味深长道："难怪之前说，以后要找个脾气差的降得住你妈的呢，原来还真是遇到能降住你妈的了。"他拍了拍季临的肩，"这个不错，不仅手段上治得住你妈，就算她俩打起来，也肯定是她单方面暴打你妈。我以为你妈本来是恶婆婆预定，结果如今眼看着预定不起来了。"

可惜季临的声音仍旧波澜不惊的冷淡："没有，我招她来当护工只是意外。对她绝对没有那方面想法，这女人花钱太厉害了，又这么凶，还很野。"

容盛连连点头："路子野是真的野，不过漂亮也是真的漂亮，我竟然没想到还有人跳广场舞也能跳得这么飘逸这么仙……"

季临斜睨了容盛一眼："你这么喜欢，需要我给你引荐吗？"

"不需要不需要。"容盛连连摆手，"美则美矣，但我不想受虐，拉不住！"

季临抿了抿唇，没再搭理容盛，他看向了此刻已经跟着自己母亲跑远的白端端，此刻，他终于理解了白端端之前那句给自己展示医学奇迹的话，这可真的……是一个奇迹。

容盛见季临母亲没事，又接了个酒友的电话，也没再逗留，就和季临告辞走了。而季临便沿着原路返回别墅，路上接了个客户的电话耽搁了片刻，结果到家的时候，白端端已经走了，客厅里只剩下孟欣女士在愤恨地长吁短叹。

孟欣的石膏如今是已经全部被白端端拆掉了，打石膏自然不舒服又拘束，只可惜忍了这么久，甚至不惜坐了轮椅，结果最后竟然还是功亏一篑，孟欣女士一边哀叹，一边忍不住怒骂白端端，如今见了季临，第一反应就是告状——

"儿子啊，你请的这个家政，我真的是每天光看到就脑子发胀，你看看，饭也不会做，打扫和收纳也不多擅长，她有什么资格做家政拿这么高的薪水啊？你不是专门搞《劳动法》的吗？这么垃圾的雇员，你得给她扣工资！临临，是时候拿起法律武器保护自己的权益了！"

"……"

面对自己母亲的激愤，季临一时之间竟然不知道说什么好，他顿了顿，才道："她下周起就不做全职家政了。"

白端端下周起正式入职盛临，不会再全职负责自己母亲的日常生活了，季临说这话不算撒谎，也算是稳住自己母亲，给她安抚下情绪。

果不其然，孟欣女士听到这个消息，情绪非常激动："下周起不干了？这算她违约吗？违约是不是得给我们赔钱啊！"

季临抿了抿唇："没有，已经届满一个月了，下周起一个月的临时合同就到期了。"

"都一个月了？"孟欣不可置信地看了看手机上的日历，然后便是抬头表达了自己此刻跌宕起伏的情绪——

"不行，我不同意她辞职！"

季临愣了愣，他母亲得知白端端要走，这时候不应该是狂喜吗？

孟欣女士清了清嗓子："临临，你想想办法，得把白端端留下继续做！"

季临皱了皱眉："你不是天天投诉她，让我想办法不用赔钱就把她扫地出门吗？"

"话不能这么说，妈妈现在突然改变了主意，让她直接这么走也太便宜她了，我还要留着继续收拾她！"

"……"

孟欣女士自听说白端端要走后，就十分着急，此刻更是完全不掩饰了："快，白端端刚走了一刻钟，她要走到主路那边才能打到车的，儿子，你快出去追上她，让她续约！钱不够，我给你贴！不就少买两个包吗？妈妈有钱！"

"……"

季临本来还想在家里休息一下，结果就被自己母亲连轰带赶地给推出了门。他发动了汽车，并没有对追上白端端抱有多大的希望，别墅区的物业提供叫车服务，这个点，早不是下班高峰，出租车十分好叫，白端端大概早就上车走人了。

然而没想到，他还真的逮到白端端了。

她并没有走，而是站在季临一个邻居别墅门外一棵枝叶繁茂的树下，抬着头探头探脑、鬼鬼祟祟地不知道在干什么。

"你在干什么？"

白端端被突如其来的声音吓了一跳，一回头，才发现竟然是季临，他坐在他那辆昂贵的车里，摇下车窗，英俊的侧脸在昏黄的灯光下显得多了一丝生动。

"嘘！"白端端做了个噤声的动作，她压低声音道，"你先把车熄火、把车灯关了。"

季临皱了皱眉，虽然不清楚她神神道道地在干什么，但还是依言熄了火，他打开车门，下车查看情况。

白端端见季临下了车，赶紧一把拉过他，指了指自己的上方，凑近他耳边轻声道："看到了没？"

她的气息就这样猝不及防地萦绕在了季临耳边，温热的气流，带了一点柑橘类的淡香水，季临下意识地便后退了一步，这样的距离太近了。

季临几乎有些心不在焉地抬头顺着白端端指出的方向看了去："哦，今晚月亮挺圆的。"

"……"

白端端瞪向了季临："你以为我站在这里是来赏月的？"

"难道不是？"

"当然不是！"

季临顿了顿，然后皱了皱眉，一脸的了然："原来你是在这里抬头治疗颈椎病。"

白端端简直无语了，她百分之百可以确认，季临绝对是他妈孟欣女士亲生的，这泥石流的思路和操作真是完全如出一辙。

她一把拉过季临："你站在我这个角度，往上看！"

季临循着白端端仰望的角度看去，这才终于看清了，白端端在看的是这棵树上一只小小的猫咪，这猫咪也不知道怎么爬到了那么高的枝丫处，如今竟然瑟瑟发抖不敢下来了。

"来，咪咪，往下跳，没事，这里没狗啦，刚才那只追你的大狗已经被我赶走了！"

只可惜不管白端端如何循循善诱，猫还是迟疑着不下树。

"就你们小区里的流浪猫，刚才被不知道谁家没牵狗绳的狗追着咬，一下子逃窜上树了，现在死活不肯下来。"白端端抬头又看了看，"算了，我上去带它下来。"

她说完，就直接脱掉了外套，挽起了手臂，然后在季临还没反应过来之前，就先跳上身前的小围栏，然后借力开始往树上爬了。好在一切很顺利，白端端终于探出手接过了小猫咪，只可惜她刚重新踩到围栏上，正准备往下跳，突然，这户别墅院子里的灯就亮了。

"谁？哪个贼？！"这中气十足的一声大喊后便由远及近，很快就到了围栏下，"连老娘都敢偷！看我不收拾你！"

这话音刚落，不等白端端做出解释，一股强水流便朝她喷来，这家女主人人狠话不多，竟然直接用洗车的高压水枪接上水管就这么招呼过来了，白端端压根儿没有心理准备，在这强烈的水压下，直接失去了平衡，从围栏上摔了下来。

这围栏说高不高，说矮也不矮，白端端护着手里的猫，在失重感里只来得及闭上了眼睛，准备迎接即将到来的碰撞和疼痛。

然而出乎她的意料，这些都没有来，她最终撞进的是一个人温热的怀抱，最开始的时候对方接下自己有些趔趄，只是很快，他就稳住了脚步，然后一双有力的手揽住了自己的腰，几秒之后，自己的双脚终于也稳稳当当落了地，那种眩晕的失重感彻底结束了。

一切不过短短几秒，然而惊心动魄到像是跌宕起伏的一生。

# 第十五章　入职当天，澄清绯闻

　　白端端抬头，猝不及防就看到了季临的眼睛。

　　他真的有一双非常非常漂亮的眼睛，英俊的男人并不少见，然而五官和表象的英俊却并不会让人长久地动心，美人画皮难画骨，白端端一直觉得，男人真正的性感在于眼睛，长得好看打扮得体并不难，难的在于眼睛里的东西，那种刻入自己灵魂的气质。有些男明星虽然长得很不错，然而一看就不太聪明，因为他们的眼睛里没有灵气。然而季临不一样，季临的眼睛像是浩瀚星空里最幽深的星河，带着他自己都没有意识到的亮光，让人看一眼就忍不住想要继续探究和沉醉。

　　不得不承认，这个抠门儿的铁公鸡，眼睛真的太会长了。

　　被这种眼睛看着，就算自己，也难免有点心跳加快。

　　只可惜季临很懂得一秒破坏气氛，下一秒，白端端就听见他低沉的声音镇定道——

　　"白端端，这件西装是定制的。"

　　"……"

　　白端端看了一眼被自己浑身的水弄湿弄皱的西装，只想无语泪流，她哽咽地看向季临："多少钱？"

"你半年白干吧。"季临顿了顿，"不过不问你收干洗费。我今晚心情好。"

"季临，听我的，以后买几件便宜的衣服，可以吗？"

"不可以，现在，上车。"

白端端不肯："算了吧，我要是上车了，还要弄脏你的车，又要赔钱……"

"今晚我给你豁免了，马上上车。"

白端端有些不解："为什么？"

季临揉了揉眉心："因为很快邻居就要拿着菜刀过来了……"

几乎是为了验证季临的话一般，他还没说完，那中气十足的女主人声音便近在眼前了："小偷你别跑，看我不砍死你！"

"……"

白端端二话没说，从善如流地就钻进了季临的车里，季临一脚油门，两个人带着猫，终于成功逃离。

白端端其实本来想要解释这个误会，然而透过后视镜里看着举着两把菜刀还妄图追赶这辆车的那位女邻居，白端端觉得还是算了……

季临妈这个小区里住的，可真都是藏龙卧虎非等闲之辈……

"这位阿姨脾气不太好，精神也不太稳定，以前家里遭了贼，丈夫出门追赶结果被贼用刀捅了，捅伤了大动脉，没救回来。你这件事，她不会听得进解释，所以直接走人比较好。"

原来是这样，白端端内心相当抱歉，不过看着怀里乖巧依偎着自己的小猫咪，她也好受了点。

"这猫是个小姑娘，还很小，我准备带回家给季咪咪做伴了。"她看向小猫，"以后你就叫白咪咪了，你哥哥叫季咪咪！以后你们要好好相处啊！"

"既然你也有猫了，那就把板栗给我就好了。一人一只，以后省得麻烦。"

呵，季临啊季临，原来你竟然还打着这个主意？

白端端笑笑："板栗是谁？我不认识什么板栗。"

"……"季临抿了抿唇，咬牙切齿道，"季……季咪咪。"

"哦。"白端端拖长了调子，"你说季咪咪啊，那不行。"

季临皱起了眉："为什么？你现在都有新欢了，把季……咪咪给我不行吗？我就它一只猫，与其在你那里雨露均沾，不如来我这里享受独宠。"

"问题就在这里，季咪咪作为独生子女，待遇有点太好了，之前脚踏两条船我们甚至都原谅它了，是时候引入竞争机制，让它知道它不是独享宠爱的了。"

白端端语重心长道："季临，性格的培育和教育是很重要的，很多独生子女就因为得到了太大的独宠，太过自私和我行我素，这样对长久发展不好。何况有些性格是天生的，我看季咪咪天生是个渣猫，天生喜欢劈腿，不劈腿我，你以为它就会安心和你一生一世一双人啊？还不是找别人？那你还不如让它劈腿我呢，何况三角关系是最稳定的关系，我们又是邻居，这样不挺好吗？"

季临都快被白端端的歪理给气笑了："那我还要谢谢你帮我一起稳固这段三角关系？"

"不是吗？"白端端大言不惭道，"何况你没空的时候，是谁买进口猫粮伺候它的？还不是我吗？滴水之恩当涌泉相报，我看你涌泉也别涌了，就……就我这次弄湿你衣服和车这个钱，我们就算了吧！你刚也说给我豁免了？是确定算了对吧？"

"钱可以免。"季临冷冷道，"但我妈那边……"

"你妈妈这个腿，我要解释下啊！"白端端急急忙忙打断了季临，"她纯粹是自己装断腿，不是真的断了腿。"

"……"

虽然知道了真相，但是季临对白端端的用词……简直不想多谈，他清了清嗓子，转移了话题："我妈那边，之后你入职盛临后，准备怎么继续监督她？你想好了吗？想要拿两份工资，自然也要干两份活儿，我请你是监督她健康饮食和运动的，你做不到的话，也不能拿全额工资。"

"这你就放心吧，我正要和你说呢，你得给我报销买个摄像头。"

季临皱了皱眉："要摄像头干什么？"

"监控你妈啊！"白端端自然道，"我给你妈已经开了个直播账号，我一旦去上班，就让她每天直播一日三餐，还有餐前打胰岛素以及餐后运动，开个房间呗，她不想公开的话设置个房间密码，只要能供我查看就行了，她要想公开，那也挺好，没准儿你妈还能开展一段新事业，要是能有直播打赏，还能补贴家用呢。"

"……"

"感谢现代科技啊，拯救人类！"白端端感慨道，"这两天我就准备试用起来了，真的很期待你妈知道我这个妙法之后的脸色啊哈哈哈哈，就算我不在现场了，还能远程监控，真的很棒啊哈哈哈……"

"……"

白端端此刻浑身被水枪冲得湿淋淋的，就那么怀抱着猫坐在车里，还完全不顾形象地大笑，看起来像是一个心情愉悦的水鬼，外加她那张脸，确实如自己母亲所言，有些妖里妖气。

季临忍了忍，还是没忍住，靠边停了车，脱了外套，朝白端端头上扔了过去："穿上。"

白端端却连连摆手拒绝："不不不，这定制的呢，太贵了，我赔不起，你还是放我一条生路吧！"

季临简直拿她一点办法没有，他头痛地揉了揉眉心："不收你钱，穿上。"

他看了白端端一眼："你感冒了要请假，会很麻烦。"

"哦，那你可以扣我工资啊，也没什么麻烦的，我感冒在家而且也能监控你妈啊……"

"白端端，你是不是嫌钱太多了？"

"好好好，我不说了。"白端端瞪了季临一眼，然后披上他的外套，抱着猫不说话了。

不管怎么说，白端端虽然被淋了一身水，但给季咪咪带回来个妹妹，另外季临不仅没再质问自己他母亲腿的事，甚至真的没让自己赔偿弄湿的衣服和车，白端端心情大好，觉得自己终于转运了。

她先洗了个澡，然后给刚带回来的白咪咪也洗了一下，还做了体内外驱虫，今天正好轮到她"监护"季咪咪，等白端端给这位新来的"猫妹妹"吹完毛，季咪咪已经开始慢悠悠地蹭到白咪咪的身边，开始嗅对方，表达友好。白端端对这一幕相当满意，多么兄妹情深的和谐画面！

她给两只猫加了餐，美美地睡上了一觉。

之后果然一切都变得非常顺利，白端端办完了律师转所执业申请，和孟欣女士说好新的约法三章，装好摄像头，给对方开好直播间，又督促着她好好运动健康饮食了几天之后，家政的一个月之约终于到期，白端端要正式入职盛临了。

为了这第一次亮相，白端端特意精心打扮了一番，果不其然，她出现在盛临的第一天，就引起了不小的轰动。

"我去，我是不是走错办公室了？刚才在季 PAR 办公室里看到超漂亮一女的，明星脸！那个身材，那个腿，简直了！"

"我们客户吗？我们竟然有这么漂亮的客户？这种客户我愿意免费服务……"

"不是不是，我问了行政，说这是我们新入职的同事！季 PAR 新招的！"

这话下去，几个单身男同事都振奋了："我们季 PAR 竟然做了这么一件大好事！本来李敏走了我还挺难过的，毕竟我们所单身美女的比例就不高，李敏多养眼啊，现在一看这个新来的同事，我完全不难过了。对不起李敏了，我叛变了。"

"杨帆，你刚说什么？我们所单身美女比例不高？那我呢？我不是单身美女？我不算？"

"得了吧王芳芳，你是女的吗？你这算女的吗？你饭量比我都大！有你这样的女人吗？你说你是单身美男我还信一点！"

"我今天就叫你看不到明天的太阳！"

……

几个同事叽叽喳喳吵吵闹闹，终于引来了容盛的注意，他刚到所里，见大家都凑在一起讨论，便也凑了进去："什么事这么热闹？"

"容 PAR 你来啦，我们来了个新的女同事，超美！超仙！"杨帆一边说，一边朝季临的房间努了努嘴，"季 PAR 招的，在他办公室报到呢。"

"是校招的还是社会招聘来的？叫什么？"

王芳芳语气酸溜溜的："还不知道呢，一来，季 PAR 连行政也不让碰，就亲自把人叫进办公室了，说是要给新入职的同事讲一讲咱们所的注意事项。"

话到这里，杨帆也感慨上了："想想我们其余同事，谁来的时候有被季 PAR 亲自关照过入所注意事项啊，真的是不同长相不同命啊。"

容盛一下子兴趣大涨，拍了拍杨帆的肩膀："我去看看。"然后径自走向了季临的办公室。

季临这小子也真是的，嘴上说着自己不看脸，结果就连自己母亲的家政，都给请了个那么漂亮的，如今律所招人，竟然又找了个漂亮的，现在还把人拘在办公室里，肯定是想近水楼台先得月，假借自己合伙人的地位，佯装给人家讲讲注意事项，然后顺势关怀备至一下，这不一下把美女的心给捕获笼络了吗？

套路。

容盛走到季临的办公室门口，果不其然，门内已经传来了季临的声音，他还确确实实在讲注意事项，只不过——

"我和你讲清楚，第一，你不可以打人，绝对不可以把人打进医院，也不可以殴打上司，不能殴打同事，有什么不满的直接说，能动口不要动手。"

容盛："？？？"

季临这注意事项和自己想的好像有点不太一样啊……

季临的声音挺冷峻，接着响起的便是个脆脆的女声，对方辩解道——

"我没乱打过人，我真没把我以前老板的腿打断，这都是谣言，真的！殴打同事那个事我可以解释，换你在我那个情况下，也会打人的……"

容盛："……"

季临冷哼了一声："第二，也不可以打客户。"

……

容盛觉得自己听不下去了，他震惊地推开了办公室的门，想一睹这位新同事的真容，然后他看到了……

看到了一张确实漂亮到无懈可击但也足够熟悉的脸。

"是你？！"

对面的女生皱了皱眉回头看了他一眼，然后转头看向季临："这位是？"

白端端自然是不认识容盛的，但这并不妨碍容盛认识她。

"你不就是季临家里那个把他妈治得死死的家政吗？"容盛完全震惊了，他看向季临，一脸的难以忍受，"不是吧季临，我们律所，好歹是讲专业服务的，你不能因为人家收服你妈有功，就直接塞进我们律所吧？就算李敏这个岗位不需要过司法考试，你也不能随便塞个……塞个家政进来吧？家政做得好，也未必能做好律所助理的活儿啊，季临，这件事你太胡来了。"

容盛说完，一点不给面子地指了指白端端："这个人，我不同意入职，长得再好看也不行！"容盛的声音万分痛心疾首，"你不能因为她这个长相，就犯了全天下男人都会犯的错啊！"

"……"

"你要喜欢漂亮的，大不了去把那个白端端给收了，她不是刚从朝晖出来还没找到接盘的吗，我听说也特别漂亮，你去找她来入职，我同意，这个家政不行，我们是律所，入职是有门槛的！"

"……"

白端端简直震惊了，这到底是和家政有多大仇啊？而且他怎么会知道自己在季临家做家政？

如此修罗场，只有季临还相当镇定自若，他看了一眼白端端："哦，这是容盛，盛临的合伙人之一，他有次和我一起回家见过你一眼。他嘴很严。"

容盛？！

白端端恍然大悟："哦！你就是那个喜欢泡不正经的夜店，还落下打火机的那个！"她说完，又打量了容盛几眼，心下对他的印象更是深刻了两分，"你这看起来确实不太像个正经男人。"

容盛："啊？我什么时候落下打火机了？不是，我什么时候去不正经的夜店了？我怎么就是不正经的男人了？"

季临咳了咳，打断了容盛的疑问，并且巧妙地转移了话题："总之，你们现在认识了。"

"那以后都是同事了，还请容 PAR 多多关照。"白端端笑了笑，也没再纠缠，然后朝容盛伸出手，"忘了自我介绍，我就是从朝晖出来的白端端，现在我已经找到接盘的律所啦，就是你们盛临呀。"

"……"

容盛这一秒，已经不知道如何形容自己三观的崩塌和情绪的激烈起伏了。

他的脑海里只回放着三个经典问题——我是谁？我在哪儿？我在干什么？

她刚说什么？说她叫白端端？那个白端端？还说我不是正经男人？又叫我多多关照？！

容盛完全呆了。

清吧里那个惊鸿一瞥的金刚芭比，竟然就是白端端？！

容盛看看白端端，又看看季临，笑容逐渐凝固，表情越发尴尬，他伸出手，试图挽回这段开头不怎么美好的同事关系："白律师你好你好，欢迎你加入我们盛临啊！以后大家携手并进，一起发财一起发财！哈哈……你比传闻中还漂亮啊！真是百闻不如一见！哈哈哈……"

白端端表情微妙地笑了笑，然后伸出手和容盛握了握，只是她用了十足的力，握着的时候，容盛的表情就实力演绎了什么叫痛到虚脱痛到神情恍惚了……

等白端端彻底放开容盛，他只觉得自己的手可能已经因为血液循环不畅要去截肢了……

白端端和容盛打完招呼，撩了撩头发，就潇洒地走出了季临办公室，只留下容盛站在原地目瞪口呆，他愣了片刻，才举起被握成重伤的手，试图向季临控诉："你招来的都是什么人？她真的没把林晖的腿打断吗？还有，季临，我这算工伤吗？"

容盛的内心还充满了疑惑，他往季临的办公桌上一坐："你得给我解释，你和这个白端端到底什么关系？不仅把人招进来了，还把人放你妈跟前去了，再接着是不是要放你自己家里去？你是不是对人家有什么见不得人的心思？"

季临此刻已经坐回了座位，他只冷冷地瞥了容盛一眼："你想过明年的清明节吗？再不消停点，我看她很容易就让你如愿。"

"……"

越是忙碌和压力大的地方，八卦就传得越快，白端端刚在行政部办理好入职手续，没过两分钟，全盛临上下都已经知道这位漂亮仙气的新同事，正是此前大名鼎鼎的白端端了。

于是，此前的舆论风向，又完全变了——

"她真的打了林晖啊？不可能吧，之前那个帖子肯定是谣言，她这么漂亮，看起来也很柔弱，不可能做这种事吧！"

"是的，她刚才还对我笑了，说话也很温柔，整个人感觉阳光明媚的，之前肯定是有人中伤她。"

……

只是传闻这种事，传着传着总会变样，到下午的时候，关于白端端的版本俨然变成了这样——

"听说是之前朝晖那边有人陷害她，她也没打林晖，那个恶意的邮件也完全是被背黑锅了。"杨帆神秘道，"我有个同学在朝晖，这些可都是一手的料，白律师其实业务能力挺好，完全是被牵连的。如今能来我们律所，其实还是因为季 PAR 在一次对垒中见到她的脸后惊为天人，趁着人家落魄，没有别家律所敢要，赶紧把人家签了过来。"

前半句还有点意思，后半句就完全犹如脱缰的野马一般脱离现实了，然而杨帆这边讲着，另一边王芳芳和其他同事却听得津津有味，并且不时地点头表示认可。

"这个听起来感觉接近真实版本了，因为完全是我们季 PAR 会干的事。这时候白律师因为口碑被牵连，很多好的律所进不去，就业选择面变窄，在谈判时也没有优势，想进我们盛临，肯定会被以这一点来压价，最后工资也要不上去，趁白律师行情不好低价买入，这简直太符合季 PAR 的风格了！"

"……"

这几个同事正在茶水间附近八卦，季临去会议室的途中听到这么一段，简直无法形容自己心中的不平——事实恰恰相反，自己不仅没有在低位买进，反而是高位被白端端套牢了，花了大价钱、大代价才把这尊大佛给请了来，并且眼看着请神容易送神难，白端端这是砸自己手里送不出去了。

然而这还不是最离谱的八卦，王芳芳神神道道的声音又传了过来——

"我和你们说，就在白律师出了季 PAR 办公室以后，我打印文件正好路过，听到办公室里季 PAR 和容 PAR 好像有争执，具体什么没听清，就听到容 PAR 在指责季 PAR，说他不能这样，把白律师既放在家里，又放在办公室里？"

杨帆惊呆了："你……你听到的真是这样？"

"可能听错了，但我感觉……好像白律师和季 PAR 之间真的气氛怪怪的，像是挺熟悉的，那种很微妙的熟悉，我有一个大胆的猜想……"王芳芳努力压低声音道，"会不会，季 PAR 其实有对白律师进行潜规则啊，虽然季 PAR 以前从没有对异性表现出过兴趣，但难保这一次没有铁树开花呢？"

还铁树开花？季临简直气笑了，王芳芳的猜想确实是太大胆了，大胆到她今年的休假是别想了，除此之外，杨帆、张静，还有刘美玲，一个也别想跑。

只是事关自己的名声，季临觉得必须澄清一下。

白端端被季临再次叫到办公室时完全摸不着头脑："怎么了？"她转了转眼珠，随即兴奋道，"难道是入职后就要给我分配案源了？"

"白端端，你挺敢想的。"

"……"

季临呵呵冷笑地把刚才茶水间自己蒙受不白之冤的场景明明白白叙述了一遍，然后看向白端端："你给我去澄清，然后赔礼道歉。"

白端端试探道："怎么个赔礼道歉法？"

季临言简意赅："扣工资。"

"……"

白端端不服了："我给你澄清，外加消除影响不就行了，扣工资就算了吧，这事也不是我传出去的。"

"历来谣言一张嘴，辟谣跑断腿，都传闻我潜规则你了，你能辟谣到消除影响？"

"能！"白端端却很自信，"你等着吧。"

几乎是十几分钟后，白端端就重新进了办公室，她得意扬扬道："搞定了，绝对消除影响了！每个同事都知道自己之前说潜规则完全是传谣了！"她显然情绪很不错，忍不住分享道，"季临，虽然是第一天上班，但我已经完全喜欢上盛临了，同事们对我都很好！"

季临皱了皱眉看向白端端。

"大家每个人都给我发了100块的红包！"白端端愉悦道，"我一下子就拿了两千多块钱，没想到你们盛临同事氛围这么融洽！"

白端端说完，也没多逗留，和季临打了招呼，就转身出门了。

只是她走了，季临的心情却不大平静。没想到盛临的律师们这么堕落，就因为白端端这张脸，竟然给她发红包，盛临什么时候有过这种迎新传统了？真是律师界的耻辱。

不过虽然白端端号称已经消除影响，但季临其实并不多相信，只是一刻钟后，当他结束了和一个客户的电话，走出办公室，看到的竟是一片哀鸿——

杨帆、王芳芳、朱瑞、张静、刘美玲……大办公区的一个个都还在揉着手腕叫痛。

"太可怕了！"杨帆是个身材魁梧定期健身的人，膀子上的肱二头肌也非常壮实，结果此刻一脸心酸，他真诚地向王芳芳道歉道，"小芳啊，我以后再也不说你不像女人了，你不过就是吃得多些，但平时偶尔捶我一拳，也不过是小意思，哪里像白律师，和我掰手腕，差点把我手都掰断了，她这种绝对的武力，真的是女人吗？"

其余几个男同事立刻附和道："怎么不是啊，唉，老丢脸了，竟然掰手腕输给了小白律师，太没面子了。"

"她力气也太大了吧！这都快半小时了，我手腕还是好痛啊。"

"我现在觉得林晖可能真的被她打断腿了。"

"怎么不是？季 PAR 绝对没可能潜规则她，她这个武力值，谁能潜规则她啊？还不被她一顿暴打？ICU 预定吗？"

"白律师也太可怕了吧，完全是隐藏实力满级号屠我们新手村，说什么工作之余让我们来放松下，打赌掰手腕，输的给赢的 100 块，一开始叫我来，我还有点怜香惜玉的心，想力气小点，反正稳赢，不用对新同事太狠了。之后赢了，也不真的问她要这个 100 块了，毕竟新同事，结果……"

"结果她一连赢了二十几个人，10 分钟内稳赚两千多块。还建了个群，弄了个群收款！"

"太狠了，真的太狠了。"

"……"

季临完全震惊了，白端端到底是什么样的毒瘤？！

因为白端端是作为独立的分成律师加入的盛临，因此不存在合伙人分配案源这种事，想有业务，都要自己去发展开拓。一般专攻劳资纠纷方面的律师，但凡像白端端这样已经有一定年限工作经验的，其实手上多少有些老客户资源，然而白端端的情况却比较特殊，此前几年，她都在 B 市执业，如今刚回 A 市没多久，根基并不稳，同时，她选择客户的偏向性终于彰显出弊端来——她  直以来代理的都是劳动者一方，而代理这一方，做得再好，想要回头客也是比较难的，个人客户不可能有长期延续性的业务。

如果白端端多注意一下客户结构的调整，在个人客户的同时能够维系几家企业客户，如今她就不会面临现下的困局——企业客户只要有招聘、辞退，总是不断会有劳资纠纷出现，就算这家企业在 B 市，但企业间对劳资纠纷律师也会互相推荐，B 市的企业客户一旦在 A 市有合作的公司，白端端就有机会被推荐给这家合作公司，这样也不会差案源，总之好过如今这样只能暂时坐着冷板凳。

白端端百无聊赖地刷着微博，随手点开热搜，意外被一个话题吸引了进去——女员工入职一个月过试用期后宣布怀孕开始休假。

女员工和企业在怀孕以及产假上的冲突，白端端在劳资纠纷里见多了，然而这老话题竟然有这么多讨论度，其中涉及的还是 A 市的一家本地企业——贵丰通信，白端端有些好奇，点开了引发话题的那段采访视频。

镜头前的是位中年女性，人有些微胖，戴副眼镜，长着一张非常大众没有什么辨识度的脸，像极了每一个普通的朝九晚五上班族，她的语气也颇为让人有亲近感，打出的字幕显示她是贵丰通信的人事部总经理李女士。

"小戴是我们通过猎头招聘进来的，因为她的岗位挺重要，我们面试了很多人，花了很大的精力筛选简历，请猎头帮忙物色，最终才确定下来让小戴入职，她的履历其实不算所有应聘者里最优秀的，但她很年轻，干劲足，而且在招聘时特意说明了自己未婚未育，没有男友，是单身，近两年里也没有谈恋爱结婚的打算，我们公司这两年因为开拓新业务，这个岗位的工作压力会比较大，希望招来的员工工作上有连续性，所以这点是她的加分点，我们最终录用了她。"

采访的记者适时地出来引导话题道："结果入职后一个月，这位号称自己没有男友，近两年也不会考虑结婚生子的小戴突然就宣布怀孕了，然后开始了休假？"

镜头里李女士点了点头，一脸的无奈："是这样，因为我们用人比较急，小戴那边只提供了非常简单的入职体检证明，没有 X 光胸片这类，另外她说体检时正好在生理期因此尿检等过段时间再做，我们也没有在意，一直拖着催了几次，每次都推托说没空去做，我们也没多想。结果没想到等她试用期过了，突然拿来了医院的检查单，对我们说自己怀孕了，要保胎休假。"

"也就是一过试用期，正式转正后，她就意外怀孕了？"

李女士苦笑了两声："怎么是意外怀孕呢，医院那检查单上清清楚楚写了，都已经怀孕三个月了，她在最初参加面试的时候应该就已经知道自己怀孕。这样一想，她为什么不做 X 光，为什么一直不去尿检，就知道答案了。"李女士推了推眼镜，解释道，"我们公司尿检里有一项项目，要求检查是否怀孕的。"

记者恍然大悟道："所以这位女员工的入职，一开始就是一场骗局？"

"可以这么说，她一开始就知道自己怀孕了，但我们公司也不是疗养院啊。"李女士苦恼道，"我们人事工作，就是因为这样才非常难做，她这个岗位的工资不低，病假期间我们也需要按照法律规定支付工资，法律规定了，不管怎样，都不能低于她工资的 70%，除了工资外，还有社保、公积金的成本，我们也都要照常缴纳，外加之前正式入职后，猎头那边的尾款我们也刚刚打过去……"

作为人事总经理的李女士叹了口气，坦言道："最难的是，她如今这么请假，没准儿生之前都不准备来了，按照《劳动法》，我们又不能开除怀孕期间的女员工，那她这岗位上的活儿又很重要，我们就不得不再走招聘流程，再招一个员工进来干她的这份活儿，这既浪费时间又有很高的成本，而她生完以后还要休产假。"

她摇了摇头："总感觉我们人事部也好，公司也好，都像是被她蓄意诈骗了。她明明知道自己怀孕了，却隐瞒真相，好像就是专门挑个地方一边怀孕休假、生孩子休产假，一边还能领钱拿生育津贴，社保还不用断档，我们企业要为她怀孕付出巨大成本，然而她一入职就休假了，几乎可以预见一年半载不会给公司创造任何劳动价值……"

李女士的讲述完毕，记者便对着镜头开始了总结陈词："如今劳动市场里，员工有员工的苦，企业也有企业的难处，除了鼎丰通信外，我们还采访了 A 市其余几家企业的人事经理，看看他们对这件事怎么看？"

之后镜头画面一转，为被采访人的脸部打出了马赛克，字幕为某企业人事经理张先生："我们以前也遇到过李女士公司遇到的事，如今是一朝被蛇咬十年怕井绳，我们现在招聘时，只要这个岗位有男性应聘者，在和女性应聘者水平相同，甚至水平稍差于女性应聘者的情况下，我们都会把最终 offer 发给男应聘者，实在是怕了小戴这种女员工，我听说还有那种一胎生完刚回来工作没半年，又马上二胎的……"

接着发言的是某企业总经理陈先生："我们公司没遇到过这种事，因为我们的入职流程非常严谨，一定要提供没有怀孕的体检报告才可以入职，说实话，贵丰通信还是太人文关怀了一点，我听说那个叫小戴的员工怀孕休假后，人事部还去探望过她，结果她也没有一点感恩之心，照样赖在家里仗着怀孕不上班白拿工资。"

……

最后，记者又接过了话头："职场里，女性员工怀孕休产假也常常被提及遭受歧视和压迫，但是各位观众朋友们是不是也要想一想，女性在职场如今受到的歧视，大部分企业不想招聘女性员工，根源上是不是也有像小戴这样的员工造成的反面影响呢？女性想要改变自己在职场的地位，还需要长足的努力，更需要每一位女性切实地严于律己，团结起来，一起改善女性怀孕后在职场里的刻板印象。"

这是 A 市一档职场百态的访谈节目，此前办了一年，但收视率平平，也就在 A 市当地有所流传，只是没想到，如今凭借着这么一个话题，竟然一下子吸引了全国人民的眼球。

白端端关掉了这段视频，点开那个相关话题，才发现相关讨论也非常激烈。光是这条采访视频，就被转发了三万多次。

这位化名小戴的员工几乎是一面倒地遭到了网友的讨伐，白端端随手点开几个转评人的头像，就发现，除了男网友，骂得最狠的，反而是女网友。

"一粒老鼠屎坏了一锅粥！就因为有这种不要脸的女人，才害得我们女性找工作越来越难！"

"有些怀孕的女人张口闭口《劳动法》的女性保护，还有权利、违法、劳动仲裁什么的，但问题是，企业又不是做慈善的，要是极端一点，招进来50个人，50个人都这样怀孕了就休假，企业是不是直接倒闭比较好？你想找的是企业吗？我看你想找的是银行！视频里的这种女人简直是蛀虫！呕吐！"

"现在好多姐妹遭到职场歧视，还不就是拜这些没脸没皮的人所赐？"

……

自然，这其中也有不同的声音——

"虽然小戴做的方式不对，有隐瞒，但真怀孕了，确实有保胎需求的话，就是可以请病假啊，只要流程完备，符合医疗期的规定，这就是法律规定的啊！"

"还是生育成本和压力太大了，可能当事人也是迫于无奈才转嫁到企业身上，找个企业当接盘的，但这个问题，其实社会应该重视起来，尤其如今生育率这么低，是不是对孕妇的社会福利保障方面做得还不够好？"

只可惜这样的声音很快就被淹没在了谩骂和攻击里——

"你要生孩子要保胎，行啊，但你就别赖在单位里，老板和其他同事又不是你孩子的爸？该找谁找谁去！自己瞎眼找了个没能力让你在家全职怀孕带娃的男人，就要企业承担责任？我生孩子的时候还不是工作到生的前一天？就你身娇体弱公主病，一怀孕就得休假？没有公主命，却有公主病。"

"得了，一看就是蓄谋已久的，这种骗子还真有保胎需求啊？不过就是好吃懒做想白拿钱呗。"

"就是，还迫于无奈才转嫁到企业身上？说的和真的似的，归根结底不就一个字吗？穷！穷疯心了！怀孕期间还要赖点工资补贴家用，但我就问问，你这么穷，你生什么孩子？连企业那点孕期工资都贪，你还养什么孩子，知道孩子现在多花钱吗？"

……

这个话题大概是触到了职场女性的痛点，不仅引发了女性的广泛关注和讨论，男性也没落下，如此社会性的问题，热度也是空前地高，也有好事人发起了投票。但这个案例里，舆论几乎都偏向了企业，对这个化名小戴的员工也是各种攻击谴责。

白端端又翻了翻，发现甚至有人根据采访里的细节和线索，人肉出了现实里的这位女员工——

"戴琴，25岁，刚入职贵丰通信一个半月，最近都在休假保胎，来，照片在这里，大家来品品。"

之后的舆论风向就更完全开始走偏了，本来好好地讨论女性怀孕和职场之类劳资纠纷问题，这人肉照片一出，便成了攻击戴琴长相了。

"相由心生，人丑多作怪！"

"不要脸，这么难看，隔夜饭都出来了，还是自绝于人民吧！"

"识相点就自己主动辞职吧，别恶心你公司了，让你公司一条生路吧。"

"这女的眼睛这么小，五官长得你们不觉得就很克夫吗？"

……

白端端抿了抿唇，看着这些恶意满满的评论，没来由地就有些无奈。非常奇怪的一件事，一旦涉及戴琴这样的事，男性攻击倒是其次，一般最激烈的谩骂总来自同性别的女性。

只是白端端没想到，自己刚放下手机，手机就响了。

她看了眼来电，是薛雯。白端端有些愕然，自己的两位朋友，段芸热情活泼，薛雯则安静内敛，她是个能不麻烦别人就不麻烦别人的人，要不是有急事，恐怕都不会给自己电话。

"端端，有个事我想拜托你。"果不其然，薛雯的声音有些急促，"我表妹遇上点劳动纠纷，想请个律师，你这边方便接她的案子吗？但就是可能情况对她不太有利，官司比较难打，而且标的额也不是很大，律师费可能没有多少……"

白端端正愁没有案源，当即就应了好："可以，我不就喜欢有挑战性的案子吗？"

"对方律所是朝晖，代理律师是林晖和杜心怡，你……可以吗？"

白端端愣了下，随即笑了起来："怎么不可以？狭路相逢勇者胜，你这可真是太及时了，这么好的手刃仇人的机会我怎么会错过？"

话虽这么说，但办案的时候切忌感情用事，不论是愤怒还是同情，这些感情在职场上通通都是累赘，薛雯明白这个道理，才害怕这案子对白端端不利，更何况……

"当初林老师对你的帮忙，你一直记了这么久，你真的能狠下手来和他打擂台吗？"

"你放心，公私分明，而且我报恩够久了，也不欠他什么了。"白端端抿了抿唇，"让你表妹直接来我新律所详谈吧，新城大厦 10 楼1007，盛临律所。"

饶是薛雯并不热衷八卦，这时也愣了愣："你去了盛临？季临的律所？"

她和段芸一直知道白端端此前从朝晖出来后求职受阻，前些天刚得知她终于找到了新的下家，真心替她高兴之下也没详细问入职了哪家律所，想着隔些日子一起庆祝下，没想到白端端竟然去了盛临。

"嗯。"白端端也很难一下子说清这其中的原委，只能道，"下次见面细说。"

# 第十六章　两极态度，令人生疑

　　挂了电话，白端端整理了一下办公桌面，开始进裁判文书网准备找几个最新的判例学习研究一下，然而刚打开页面，就接到了季临的内线电话。

　　"你过来。"

　　行吧，给钱的是老板，这言简意赅的命令，白端端不得不从。

　　"你是不是应该汇报下工作进展了。"

　　"上班第一天就要汇报了？"

　　季临冷哼了声："不然你以为我付你这么高的工资是干什么用的？"

　　白端端愣了愣，心下了然，没想到季临作为老板，竟然还挺拼的，对新入职员工也很关心啊，这刚来就让自己述职汇报业务情况了，还挺敬业的，有这样的老板，白端端反而很安心，最怕遇到成天不想着业务，只想着私事的合伙人了。

　　白端端心中庆幸，幸好刚才薛雯给自己牵线了一个业务，清了清嗓子道："我刚接洽了一个劳资纠纷，因为是熟人介绍,应该能拿下案源……"

　　刚来第一天就能有案源，应该是能过关了吧，只可惜季临还是难以取悦地抿着唇，白端端想了想，决定向新老板表个态喊个口号："我之后一定会继续努力拓展其他案源和创收……"

但自己的话还没说完，就被季临皱着眉打断了，这男人穿着华贵，表情森然，两片薄唇轻启，模样冷峻——

"我是让你汇报一下你的家政工作。"

"……"

季临一脸理所当然地道："你的入职手续全部办完了，手上现在也没活儿，是不是应该给我展示下如何兼顾两份高薪工作了？你怎么确保我母亲每天都有健康饮食和运动？"

白端端默默地掏出手机，点开了季临母亲的直播间，递给了季临："你看吧，这是你妈刚才吃午饭时的直播回放，还有这个，是饭后散步的回放，都清楚记录着你妈健康作息的一天。"

季临看了一眼，脸色稍微好看了些，但很快，这位甲方爸爸又提出了新的问题："可这样除了能监测她的一日三餐外，并不能确保她每顿饭后不偷吃甜食和水果。"季临抿了抿唇，看向白端端，"你这样，我是要扣工资的。"

扣什么也不能被扣钱啊！

白端端胸有成竹地笑笑，然后点开了监控摄像头的APP："对，所以我引入了不定期抽查的制度，除了直播回放能确定你妈一日三餐健康之外，还会用监控不定期查看你妈的情况，你看……"

白端端说到这里，低头看了眼屏幕，结果这不看还好，一看，白端端的表情就不好看了，孟欣女士大概还是抱着侥幸心理，以为不可能这么巧正好被抽查到，就像是即便知道教导主任在巡视，也要忍不住作弊的学生一般，她此刻正鬼鬼祟祟地从沙发的坐垫底下掏出一个零食罐子，然后一脸陶醉地拿出了一根巧克力棒，满脸梦幻地剥开了外包装，正准备开开心心地往嘴里塞……

白端端一分钟都没浪费，当即按下了语音键，只听伴随着她的声音，监控画面里，也出现了她经过喇叭扩音的警告："孟阿姨，我看见了！你违反了我们签订的《和平共处五十八项原则》里的第八项规定，私自藏匿甜食。同时还违反了其中的第二十七项规定,妄图私自摄入过多糖分,现在请你立即放下手中的赃物,然后去跑步机上报到!"

"……"

监控图像里,孟欣女士显然没想到监控还能在自己准备偷吃零食时有警告功能,她一听到满屋子响起的白端端的声音,吓得把巧克力棒都扔了,她望向探头:"小白啊,我……我就是一时鬼迷心窍,而且我没真的准备吃,我就拿出来闻闻……闻闻还不行吗?"

"你还想要借我那个Kelly(爱马仕品牌系列)吗?就你最喜欢的那个颜色?"

孟欣女士对包完全没有抵抗力,一听白端端用Kelly包来威胁,没办法,她只能垂头丧气地收好零食,然后朝跑步机走去了。

白端端这才关了监控APP,朝季临笑了笑:"我给这个监控还装了个喊话功能,还能实现对话,你看,所以一分价钱一分货,你当初报销时嫌它贵,这不,人家贵有贵的道理!

"另外,对于你妈这种顽固分子,除了引入抽查惩罚措施外,为了不影响她自我改造的积极性,我也引入了奖励措施,一旦连续被抽查七天都没有违规,那么我会根据她的表现设定不同规格的奖励,比如借给你妈我的包,带你妈参观我的收藏,多加一些低糖水果,外出打麻将……"

"……"

季临噎了噎,但还是表情冷峻地指出了漏洞:"但你这样的抽查,治标不治本,你以后律所的工作忙起来,顶多也只能午休、下午茶歇或者下班时查看,她很快就会摸清你的查岗时间规律,在这个时间里按兵不动就行了,并不能完全杜绝。"他看了一眼白端端,"你这样,机制并不完美无缺,我还是要扣工资。"

敢情汇报工作是假,借机找碴儿扣工资才是真,但白端端能让季临得逞吗?必须不能啊!

于是白端端笑着又挥了挥手机:"你放心吧,针对你说的这个漏洞,我也做了补丁措施,我买的血糖仪,数据能够直接通过云端传送到我手机上,你妈每天餐后两小时我都要求她按时扎针检查血糖,数据一旦超过我设置的安全值，这 APP 就会给我报警，那等于你妈肯定瞒吃东西了，迎接她的就是惩罚。"

"……"

白端端说到这里，想起什么似的，从口袋里掏出了一张发票："对了，这发票，正好你报销一下。"

季临拿起来一看，这发票后面附了一张图书购买清单，然而购买的书目却莫名其妙地诡异——

除了《如何火眼金睛识破下属的偷懒》《从源头上杜绝懒下属》《老板精如猫，下属乖如鼠》《智取的艺术》《管理经验谈》《个人监督机制的良性循环》也就算了，为什么还有《监狱管理与犯人改造》《刑事犯罪惩罚定罪量刑的法理学概念》《漫谈减刑的奖惩观本质》？最过分的是，季临在书单的尾巴上竟然还看到了《出轨与捉奸》《如何判断男人说谎了》《说谎的细节》……

"你给我解释下。"季临沉声道，"这都是什么书单？你要查岗男人，也要我买单报销？"

"你怎么这么说呢！"白端端朝季临挤眉弄眼道，"我这还不是为了你妈！你看看，这些如何杜绝下属背着老板偷懒，企业管理员工的经验谈，还不是为了防止你妈背着我偷懒不运动吗？虽然情况不一样，但这精神内核不是相通的吗？"

季临都快气笑了："那这个监狱和减刑呢？真的不是你对《刑法》感兴趣假借我的手来报销？"

"不不不，我这都是为了你妈！你看看，我这个抽查以后奖惩的制度，就是从这里得到的灵感。你这钱，一切都是花得值得的！"

"那《出轨与捉奸》《如何判断男人说谎了》呢？"季临呵呵冷笑道，"这和我妈有什么关系？"

"有！这关系可大了！"白端端振聋发聩道，"虽然你妈是女人，但男人和女人，在人性上是共通的啊！男人出轨了要撒谎，和你妈偷吃了甜食要撒谎，这个人性的弱点以及表情和情绪的表现形式，还不是一样的吗？何况男人出轨叫偷吃，你妈这不也是偷吃吗？都是偷吃，我看一下预防和甄别措施，有什么问题？"

"……"

白端端笑嘻嘻地说："所以，老板，报销，给钱。"

"……"

白端端神清气爽地从季临那里一分没少地拿到了报销，颇有一种虎口夺食的快乐。她心情愉悦地准备回座位继续研读最新判例，虽说今天薛雯给自己介绍了表妹的案子，也说了会当面拜访讲清楚案情，但多数人咨询法律问题虽约了当面拜访，都会碍于对律师的不信任，以及更习惯于熟人电话咨询，羞于当面阐述自己遭遇的法律纷争，因此大部分所谓的上门拜访，有将近七成都会不了了之。虽说是薛雯介绍，但白端端也并不觉得对方今天就会来。来见律师嘛，多数还是要做做心理建设的。

因此在前台给自己打电话号称有人找时，白端端着实愣了一下，薛雯的表妹这么雷厉风行？

她揣着疑惑走到前台大厅，便见一个女人坐在会客沙发上，对方侧着脸，只能看到一头长发，对方四肢纤细，明明是个纤瘦的身材，却穿着非常宽大如睡袍一般的长裙。

"你是薛……"

对方听见白端端的声音，立刻站了起来，白端端这才看清了对方的脸，她咽下了自己没说完的另外半句话："戴琴？"

站在自己面前的，赫然不就是之前热搜话题里被人肉出照片的当事人戴琴吗？而也是这时，白端端才终于看清，对方站起身后，因为没有弯腰的视觉遮盖，她那宽松长裙下微微凸起的肚子，在纤细的四肢衬托下，已然十分明显。她是一个孕妇。

戴琴见白端端竟能准确喊出自己的名字，脸上有些意外，她愣了愣，拢了拢长发，才声音低低道："你好，白律师，我是薛雯的表妹戴琴，想向你咨询一下公司辞退的法律事宜。"

没想到，原来热搜离自己竟然这么近。白端端敛了下情绪，先把戴琴请进了会议室，给她泡上了白开水，拿了个靠枕。

"既然是薛雯的表妹，那我也就叫你戴琴吧，你怀孕了，茶水不能喝，就先喝杯白开水吧。有什么不舒服的，你直接和我说就行了。"

自己只是这样随手的关怀，然而戴琴却握着那杯白开水，红了眼眶。她低下头，脸上是显而易见的赧然："我不知道你是从雯雯姐那边还是从网上知道我名字的，但……但既然来咨询你，我也不瞒你，我现在遇到的这件事，网上已经发酵了，我的名字也好照片也好，甚至家庭住址和手机，都被曝光了，现在手机都不敢开机，因为一开机全是全国各地骂我的短信和骚扰电话。"

白端端也没瞒着，她含蓄道："你的情况，我在网上略微有点了解。"

戴琴握着水杯的手指用力到骨节都有些泛白："其实网上那些，都是公司的片面之词，我的保胎病假，并不是为了诈骗公司的工资，是真的见红了，有先兆流产的风险，孕吐又厉害，我才请了假，我喜欢这份工作，也想要这份工作，如果不是身体真的不允许，我绝对不会请假的。"

戴琴咬了咬嘴唇："但是我们人事总监那有引导性的访谈，完全避重就轻，只摘取了片面的信息，把我塑造成了彻头彻尾想找个单位骗取孕假不劳而获的人。白律师，这种能告他们诽谤侵犯名誉权吗？"

白端端盯着戴琴："那隐瞒怀孕入职呢？入职前你知道自己怀孕了吗？"

戴琴眼神躲闪，顿了片刻，她才点了点头："知道。"

白端端叹了口气，戴琴的回答验证了她的猜测："你隐瞒怀孕入职是真，正式转正后请假保胎也是真，你们人事经理说的这些细节，全是事实，这不能算侵犯名誉权。"

戴琴急了："但我隐瞒怀孕入职，并不是为了进了公司以后就休病假骗工资和社保，我隐瞒怀孕，单纯是因为如果我老实地说了我的情况，根本就没有公司愿意录用我！别说贵丰通信，任何一家公司，就连最小型的民企，也不会录取我。一旦女人怀孕了，就根本不可能找到工作啊！

"白律师，你也是女人，你知道女性在职场上有多难，单身的吧，单位提防你进去后就结婚、怀孕、休婚假、休产假；已婚未育的就更别说了；而就算生了一胎的，单位还怕你去生二胎；生完二胎的，年纪也不小了，家里又要照顾孩子，总之有上升空间的核心岗位绝对不会留给你了……

对于我这样的，同样的岗位，你如果说自己有怀孕的打算，那就等于是自杀式放弃这个工作机会。虽然社会现在口口声声说保护妇女就业的权利，更要保护孕妇产检、病休以及之后产假的福利，可现实呢？现实就是，这负担企业根本都不想承担！只想在源头上规避使用女性员工！”

戴琴像是忍了很久，情绪终于在此刻决堤："白律师，虽然我隐瞒了怀孕的情况入职，但我的初衷真的不是进去后就休病假诈骗公司。入职以后我也没有因为怀孕就放松过，一开始接手的事儿多，我几乎每天加班到晚上十点才走，早上也是七点就到公司，中午也从没休息过，几乎全身心扑在工作上。孕吐厉害，食堂的饭菜不合口味，我也都坚持了。入职一个月，我瘦了7斤，但我无怨无悔，因为隐瞒怀孕入职这件事自己心里有愧，所以很多事我都抢着做，我真的不是为了熬过试用期才这样的，我只是没想到时间那么凑巧，一过试用期转正，我的身体突然就吃不消了……"

白端端一边耐心听着，一边插了一句："你们上下班有打卡吗？你说的这些七点上班，晚上十点下班，都有记录吗？"

戴琴愣了愣，回答道："有，我们有打卡记录的，公司办公区入口的地方还有监控，全有记录的。"

"嗯。"

戴琴眼里氤氲着泪意，她摸了摸自己的肚子，这才继续道："我身边几个好朋友，之前怀孕的时候身体很好，都是工作到生之前才休假，我就觉得自己还年轻，平时体质也很好，以前的工作连轴转起来最长20个小时没睡过，也都坚持下来了。我这个人虽然不算顶聪明，但肯吃苦，加班出差从没喊过累。不就是怀孕吗，我很自信也能一路坚持工作到生之前休假，工作和孩子两把抓的，只是没想到，转正后有一天我突然肚子痛得不行，更是见了红，去医院一查，才说各项指标不好，营养不良还贫血，需要卧床静养，而且我宫颈天生比别人短，子宫位置又太偏下，胎头位置距离宫颈口距离太短，要是过分劳累和走动，有直接流产的可能……但这个孩子，我无论如何要保住。"

戴琴这个年纪的女孩，对自己未出生的孩子竟然有这样大的母性，白端端也有些惊讶，而像是为了解答她心中的疑惑一般，戴琴眼圈微红，这一次，她的声音也带上了浓浓的悲恸："白律师，我虽然在入职前就知道自己怀孕了，但是并不是李经理说的那样，为了隐瞒到底所以才不领证结婚，靠着未婚的名义来讹诈公司的，我……我是没有办法领证。"

白端端有些惊讶："怎么会没有办法？是男方的父母不同意？"

戴琴苦涩地摇了摇头，她含着泪看了一眼自己的肚子："这孩子，是个遗腹子，他的爸爸，已经去世了……"

白端端一开始看见戴琴的事，先入为主地只觉得是小年轻情侣同居以后不注意避孕，所以搞出了个未婚先孕，她想来想去，愣是没想过会是这种情况："节哀……"

戴琴是终于忍不住，扑簌簌落下大颗大颗的眼泪来："孩子的爸爸是个消防员，本来我们已经打算领证结婚了，双方父母也都见过了，已经准备订酒店筹备婚礼了，但没想到，有天夜里他去出任务，是郊区那边一家化工企业火灾爆炸，结果最后就……"

戴琴哭得实在太过悲痛，这样痛失挚爱，白端端料想自己无论如何没法儿感同身受，也没再说那些轻飘飘的安慰，只是沉默安静地听着戴琴的叙述。

"他才 26 岁，什么都没来得及做，还没来得及给我一场婚礼，也没来得及想好未来孩子的名字，更没来得及看着孩子出生一路陪伴孩子成长。他死的那天，离他 27 岁生日只剩 4 天……"

戴琴提起孩子的爸爸，此刻已无法控制情绪，哭到哽咽："我本来偷偷背着他在给他织毛衣，还给孩子织了件同款的，想等他 27 岁生日那天，把这两件毛衣当作礼物和惊喜送给他，我们也决定好在他生日这天去领证的，结果没想到……"

如此一说，白端端也终于了然："所以这是你为什么在得知孩子情况不好后，就算冒着被所有人误解的压力，顶着别人鄙夷的目光，也要以保胎为重的原因吧。"

因为深爱着孩子的父亲，所以死活也要为他留下血脉。

戴琴抹了抹眼泪，坚定道："是的，这是他唯一在这个世界留下的。

虽然我们没有领证，也没来得及办婚礼，但在我心里，他已经是我的丈夫了，为了他，为了我自己，也为了他年迈的父母，我拼死都要保住这个孩子，就算背负多少骂名，我也甘心。

"我本来在上家公司工作其实也挺顺利的，但那家公司办公地址都快到 A 市和 B 市交界的地方了，我之前单身的时候觉得每天奔波没什么问题，但之前已经计划和男友领证结婚了，想着总不能这么异地下去，何况我们首付买了的房子也离那公司太远了，所以商量下来，我就决定跳槽换家公司。因为我上家公司平时很难请假，所以确实也没办法一边上着班，一边就找下家频繁面试，我当时就想，以我的学历和工作履历，不至于找不到下一份工作，所以索性就决定先辞职，之后笃笃定定再投简历找一个。"

戴琴哽咽道："和上家公司办理离职的时候，我并不知道自己怀孕了，也是辞职后半个月，才知道怀孕了。当时发现后，我也和男朋友商量了，这样去找工作直接入职过个六七个月就要去休产假，其实不太好，给公司印象也不好，对我未来发展没什么帮助，所以就打算索性在怀孕期间也不工作了，等生完再去找工作。我男朋友工资虽然不高，但是我也不是物质需求多高的人，这么度过怀孕期间虽然手头有点紧巴巴的，但也不至于过不下去。"

"只是后来……"

白端端了然了："只是后来没想到他出事了是吗？"

戴琴流着泪点了点头："是的，事情太突然了，虽然是工伤有抚恤金，但我们没有领证，不是合法夫妻，这笔抚恤金不是给我的，是由他的父母领取的。

"两位老人一位在家务农，一位在工地打工，只有我男朋友这么一个儿子，倒是很通情达理，想把钱给我用，只是没想到屋漏偏逢连夜雨，我男朋友的爸爸因为悲恸过度，精神恍惚，在工地工作时不小心从脚手架上摔了下来，被钢筋贯穿了身体，需要一笔钱去做手术。虽然老两口对我说，把钱留给孩子，别管他们了，可我怎么能忍心，那是我男朋友的爸爸啊，我怎么可以见死不救，怎么可以自私地拿着这笔钱？何况医生也说了，只要手术，基本可以脱离生命危险，就是恢复情况不好说……"

说到这里，白端端都懂了："所以你才隐瞒怀孕的情况，拼命想要找到个工作？"

戴琴红着眼眶点了点头："是的，虽然我男朋友单位也给了我们不少额外的补贴甚至捐款，但还是远远不够，尤其那房子只付了首付，每个月还要还贷款，加上他爸的手术费，除非我去工作，每个月能有一笔稳定的收入……否则这个家是撑不下去了……"

爱是软肋，也是铠甲。

白端端没想到这个简单的劳资纠纷案的背后，还有这样曲折的缘由。

她等戴琴的情绪稍稍稳定后，才沉声道："起诉你们公司和人事部经理诽谤或者名誉侵权那没有办法，但是我听说你的公司已经聘请了律师处理你这件事吧？他们那个采访视频也是找人拍摄而且应该都有台本，摘取了最容易引导舆论的一些细节点的。企业辞退怀孕员工是违法解除劳动合同，你有权要求公司继续履行的，他们开不掉你，公司现在这些小动作，是逼你自己知难而退离职吧？"白端端盯向戴琴，"所以你需要我来帮你和公司谈判吗？"

戴琴点了点头："是这样，公司聘了专门的律师，准备和我谈判，让我知难而退，现在要开除我，说我入职是通过隐瞒怀孕的欺诈手段达到的，要主张劳动合同无效，我……我不知道该怎么办。"

戴琴说到这里，红着眼圈看了一眼白端端："白律师，我爸妈和他爸妈都是农村的，我们没什么家底，现在他不在了，家里四个老人还有孩子的重担都压在我身上，我真的很需要这份工作，如果现在怀孕期间被公司扫地出门，我绝对找不到第二份工作了，虽说这样对公司确实不公平，我也知道别人骂我、看不起我，但……"

白端端却制止了她的话："你没有必要愧疚，《劳动法》明确规定了女员工怀孕是受到法律保护的，你所做的只是依照法律来保护自己应有的利益。"

"我知道很多人骂得对，我确实给职场女性抹黑了。"

"没你想的那么严重，职场性别歧视难道是因为你才有的吗？职场对入职后马上怀孕的女员工不友好，难道对入职后两三年再怀孕的就友好到哪里去了吗？"白端端拍了拍戴琴的手，"你放心吧，法律上我会帮你争取你应有的权利。"

白端端工作的几年里，戴琴不是她接的第一起因怀孕闹辞退纠纷的。然而，她这样入职后马上宣布怀孕请假的，在她经手的那么多类似案件里，实属第一例，其余所有的同类案件，大部分女员工都在单位干了两年以上，结果一旦怀孕，还是被公司以各种理由辞退或是以别的手段逼迫对方自动离职。

女性不论在什么时候怀孕，在职场上，在老板眼里，都不会受欢迎。

很多人，包括那些在网上怒骂戴琴的女孩子，其实都搞错了这里面的因果逻辑关系。职场对育龄女性的不友好，并不是因为有戴琴这样的人，而是企业追求盈利的本质以及资本的特性，这几乎是无可避免的。

因为凭良心说，除非女员工们为了明志，直接去做绝育手术，导致客观上绝对不存在未来怀孕的可能，否则企业在招聘时，就仍然会倾向录取男性。毕竟不论在公司工作几年，只要你会怀孕，那么你就会对企业的运营造成比男性更大的成本。

这些企业主在看到女性应聘者的时候，脑海里不需要戴琴这样极端的案例，就已经能预见这位女员工一旦招聘进来后接连带来的各种成本了。

"你的情况虽然可以理解，但站在企业的角度，确实有道德瑕疵，只是难道企业招聘的那么多的男员工里，就没有相似情况的吗？难道就没有在面试时表现得非常精英，结果招进企业转正后，就开始吊儿郎当用尽一切办法薅企业羊毛的吗？"

白端端看向戴琴，声音坚定而温和："我之前同事还经手过一个案子，就是个男员工，本身有艾滋病，但隐瞒了，公司的入职体检也没有艾滋病检测这一项，结果之后因为艾滋病病发请假才被公司知道，可公司照样不能解除劳动合同，否则就是违法的，只能这么小心翼翼地养着他。所以你这样性质的行为，在男员工里也不是没有，但是你看，企业会为了这几个极端的案例，就导致不愿意再招聘男性员工吗？会导致男性员工就职困难吗？

"你看，男人出现这种事，男性之间的阵营并不会因此被分裂，不会有一堆男人追着骂，这么一个人，抹黑了我们男性群体，才导致了我们男性入职困难。因为男性求职根本不会为此而困难，因为得艾滋病的男人毕竟少，但怀孕的女人呢？几乎每个女人都有可能会怀孕啊。

"而现在你一个女人出现这种事，结果职场女性找工作难的锅都直接扣到你头上了。可你只是个小小的个人，你怎么可能以一己之力改变社会和职场的倾向？

"女性天然的生理特性导致了女性怀孕时在职场上的弱势，但这源头根本不在于极少数极个别的女人。法律既然规定了对孕妇的劳动合同保护，那这项法律赋予你的权利，你就应该享有。

"总之，你这个案子，我接定了。"白端端露齿一笑，"谁叫我特别不喜欢你公司请的那两个律师呢。"

戴琴作为一个胎儿情况并不稳定的孕妇，出来一趟也不容易，她对自己表姐薛雯信任有加，也没含糊，当场就和白端端签订了律师聘用协议。因为目前她还在贵丰通信上班，白端端知道是林晖、杜心怡代理企业后，生怕对方又弄出什么下作的操作，赶紧事无巨细地关照了戴琴，公司一旦有任何风吹草动，让她都要第一时间通知自己，除非自己在场，否则不要签收任何文件。

这么关照了一通，白端端见戴琴身体确实不适，于是坚持把人送到了楼下，看着戴琴进了出租车里，才打了个哈欠，看了看时间，这个点又到了下午白端端最困的时候，她没忍住，转身进了写字楼下的咖啡店里，准备要一杯咖啡提神醒脑。

这咖啡馆其实挺小众，卖的是猫屎咖啡，虽然白端端并不觉得猫屎咖啡和狗屎咖啡有什么区别，但总之，就是贼贵，一杯咖啡两百块，只是没办法，市场竞争不充分，这写字楼下就这么一家咖啡馆，白端端今天又不太想喝速溶咖啡，因此决定进来点一杯。

好巧不巧，白端端推门进去刚点完咖啡坐下，就撞见了季临。他大约是约了客户在这里谈完事，正坐在对面，见了白端端，脸色不善地看了她一眼。

白端端倒是笑嘻嘻地走过去和他坐了一桌："季临，这么巧啊！"

季临哂笑道："是挺巧，刚赚了我的钱，转身就过来消费了，两百块一杯的咖啡，看起来我这个钱，确实让你觉得挺好赚的，花起来也不心疼。"

"……"

季临指的自然是此前刚预付过的家政服务费，然而白端端今天刚签了个案子，不自觉地腰杆也挺直了，她义正词严道："季临，你别血口喷人啊，我这个钱可是自己赚的，还记得我之前和你说的那个熟人介绍的案源不？人家已经过来和我签约了，我上班第一天就有了第一单业务了。"

季临晃了晃手里的咖啡杯，意兴阑珊道："哦，是什么方向的业务？"

"代理一个孕妇，在贵丰通信上班，公司找了点碴儿，想要孕期以签订劳动合同时存在欺诈宣布合同无效把她开掉……"

季临显然没耐心听白端端说完，只是径直打断询问道："上班多久了？"

白端端愣了愣，意识过来："我客户吗？上班一个多月，刚转正。"

"高管？"

白端端摇了摇头："不是。"

季临冷冷地瞥了一眼她手里两百块的猫屎咖啡："那这种案子有什么接的必要？接一个这样的案子够你喝几杯这样的咖啡？"

白端端愣了愣："什么？"

"只工作了一个月，又不是高管，说明薪金再高也不会多高，就算你帮人家谈判争取到解约赔偿金，能有多少？这案子标的额有多少？你的律师费能有多少？我忘了和你说我们盛临的接案原则，这样不创收只消耗精力的案子，我们通通不接。因为从时间成本上，实在没有性价比可言。我们盛临历来几乎不接员工的个人代理，除非是收入非常高的高管，我们历来做的是企业的生意，既有延续性，付款又爽快，标的额也大。"

　　"你不觉得只接企业客户，太单调了吗？何况我是独立律师，我想接什么案子，自负盈亏就可以了！"

　　季临抿了一口咖啡："你自负盈亏 OK，但是如果赔上盛临的名声，那就不可以。你刚提了贵丰通信，最近贵丰通信刚因为一个怀孕员工的事上了热搜，所以你接的是这个员工？"

　　白端端点了点头，不屑道："可这案子和盛临的名声有什么关系？这案子是关注度大，但你说得我一定会输一样，这我可就不同意了。"

　　"我知道你能赢，《劳动法》本来就偏袒怀孕的女员工，但你赢了案子，能赢了舆论？现在全网都不支持这种好逸恶劳、把企业当成接盘侠的女员工，接这种案子，有什么意义？盛临作为代理方只会连带着被一起唾骂。"季临冷笑道，"何况我最讨厌的就是这种员工了。

　　"自私自利，靠着坑骗公司，转正以后就想躺着拿钱，把公司当成个生孩子的会所，仗着自己是个女的，怀孕了，就该全世界捧着她、供养她？一个靠怀孕欺骗了公司的人，没有资格获得我律所的法律服务。"

　　季临看了一眼白端端，表情不善道："你觉得你作为一个女律师，和男性站在同一个职场上，努力工作拼尽全力，就为了最后去维护一个完全不想依靠自己努力靠着自己大肚子就躺赢的人？"

　　白端端皱了皱眉，表情严肃而认真，她看向季临，一字一顿道："我作为一个女律师，认真工作拼尽全力，和男性站在职场上同台竞争，就是为了在这种时候，在你们这些男性都带着傲慢的偏见去审视弱势的怀孕女员工，不能分出一点冷静去审视这视频是否片面、是否具有引导性和煽动性时，能够站出来去维护她，能够有勇气与舆论作对逆流而上，能够作为独立律师做出自己的选择，遵从自己的内心，做自己想做的事，而不用迫于你作为老板的威压。季临，这就是我在职场奋斗和工作的意义。"

　　季临一直知道白端端脸长得漂亮，然而他第一次意识到，她的眼睛比容貌更加夺目，那种圆圆的黑亮的眼珠，就这么认真地盯着你，执着而坚定，即便是驳斥自己，白端端的语气也并不激烈，相反，她很冷静，然而却自有一种气势，让她在人群里完全耀眼，让人移不开目光，也不想移开目光。

"这个案子另有内情,不是像表面这样简单。"白端端一点没惧怕季临的视线,她迎着他的目光,平静道,"这个视频里,完全只有企业主的片面之词,完全是有引导性的拍摄,是一场对这个女员工的舆论围剿,企业觉得戴琴做得不对,那找戴琴约谈希望她主动离职,或是直接走法律流程都可以,但这样用舆论引导给戴琴施压,利用如今网络的发达,在采访中给出了那么多关于戴琴的私人信息,使得好事网友把她真人人肉出来一片谩骂。

"那从这个角度上来说,怎么不是企业作为强势方对弱势个体的欺压呢?劳动者个人总是没有企业拥有那么强的话语权和对媒体的操控力啊。然而你却根本就不想去深想。办案子要理智、客观、中立,但季临,你为什么总是对员工有着这样天然的歧视和偏见?"

白端端勇敢而直接地看向了自己的新晋老板:"季临,你好像从我和你在案子上有接触开始,就对员工带了一种天然的厌恶?为什么?"

季临对员工的厌恶其实掩藏得很好,他为人冷淡,又本来就一副眼高于顶的模样,要是初接触,大约只以为他这种对员工天然的抗拒是来自无差别的高傲,然而接触多了,白端端才敏感地发现,季临是天然地对这些有争议的员工,非常非常憎恶,他憎恶那些有瑕疵的员工,憎恶骗病假的徐志新,憎恶入职转正就怀孕的戴琴,也不喜欢没有瑕疵的员工,比如宋连军。他办劳资纠纷的时候,总给白端端一种感觉,他天然地和那些维权的员工划清了界限,很神奇地,他明明是律师,也做好了律师应尽的职责,并且做得好到完全挑不出一点毛病,然而不自觉地,季临似乎总下意识地代入了企业主的一方,对员工带着隐隐的敌意,还有一种淡淡的怨恨和怒意……

这是为什么?

季临愣了愣,他以为自己藏得很好,却没想到被白端端直截了当地指了出来。

很显然,他一点不想继续这个话题,只是别过了头:"你说的员工可能确实有什么不得已的内情,但是她入职转正后就怀孕休假拖累企业是不争的事实，你想要代理，我也不管你了，但我这辈子是绝对不会代理这样的客户的。"

白端端却是笑："话不能说这么绝啊季临，人生这么长，职业道路又这么多样，万一以后你真代理这类案子呢？"

季临把咖啡一饮而尽，他掩去了刚才对白端端那种过度的关注，敛住了情绪，回归到了一贯的冷淡和不好接近："我要有朝一日脑子进水去代理这种案子，我就包了你未来所有的咖啡钱，还把我名字倒过来写。"

这不过是季临随口说的话，然而白端端却认认真真地咬文嚼字起来："包我咖啡钱就算了，我也不是每天都喝咖啡的，反正我们是邻居，你要是有朝一日去代理这种案子，不如给我做一个月早饭吧！"

季临根本没把这些话当真，因为确信自己决计不会吃饱了撑的浪费时间去做这种案子，也懒得和白端端计较，只点了点头："随你，毕竟我不能干预你做梦的权利。"他哼笑了一声，"白端端，你还挺有志向的，知道我一分钟的费率多少钱吗？竟然心里还想着让我给你做一个月早饭？"

"……"想想还犯法啊，思想又不入罪。

Best Time

白 马 时 光

# 剧闹

中

叶斐然 著

百花洲文艺出版社
BAIHUAZHOU LITERATURE AND ART PRESS

目 录
CONTENTS
中册

# 目 录
CONTENTS

中册

# 第十七章　一顿早餐，原形毕露

　　季临显然不想再理睬白端端，他也没再看她，径自起身走了。白端端喝完咖啡，也没再逗留，跟在季临身后，亦步亦趋地往所里赶。

　　白端端刚跟着季临踏进电梯手机就响了，是薛雯。

　　她果然是来询问关于戴琴的事："琴琴应该已经去过了吧，你和她聊过没？"

　　"聊过了，聘用合同都签好了，注意事项也都关照过了，我让她有事立刻联系我。我手头现在没别的案子，一心一意你办这个了，你妹妹就是我妹妹，放心吧。"

　　薛雯叹了口气，轻声道："你应该知道了，琴琴不容易，刚才我要去开会没来得及和你细说，但她的情况就是那样了。端端，这次就麻烦你了，只是这案子会不会很棘手？毕竟对方是林老师坐镇？我如果有什么能帮到你的你一定要说。"

　　薛雯就是这样，明明白端端都和戴琴签了合同，全身心投入为作为客户的戴琴服务，完全是应该的，但薛雯总是觉得麻烦了白端端，生怕白端端会不高兴，再自然不过的事，她总是想着道歉。白端端知道这是因为她从小的成长环境导致她有点讨好型人格，只无奈地摇了摇头。

"要你帮什么啊，我这么厉害还能搞不定？林晖怎么了，青出于蓝而胜于蓝没听过吗？我肯定能赢他，你等着吧！"

"可林老师自从朝晖这两年闯出名声，业务量稳步上升以后，就几乎不会亲自出马接案子了吧？尤其琴琴这种案子，标的额又不大，他为什么出山了？"

白端端冷笑了声，没忍住嘲讽了几句："他现在被杜心怡迷了三魂七魄，为了给杜心怡一次好的出道亮相机会，这不是舍己为人出山接案子了嘛。何况他如今不差钱，不会去看案子标的额和律师费，完全是看重这案子的社会影响力。如今这舆论引导，大概就是他的手笔，站在看起来正义的一面，一旦赢了这个案子，不仅对杜心怡，对他自己、对朝晖也是一次高曝光的免费广告，一次好口碑的营销，何乐而不为。"

"不过他们遇到我，都得死。"白端端的声音既自信又张扬，没来由地让薛雯觉得很安心，两个人又聊了几句，才挂断了电话。

只是白端端没想到，自己挂了电话，一直不想理睬自己的季临倒是开了口。

他微微皱着眉，盯向了白端端："你接的这个案子，对方的代理律师是林晖？"

"嗯。"白端端心无旁骛地点了点头，"难得啊，连他都出来营业了。"

季临问完，只抿紧了嘴唇，也没再说话了。

白端端也没当回事，很快电梯到了盛临所在的楼层，白端端走出电梯，季临却慢条斯理地走在她的身后。

白端端正准备拐进盛临，季临却突然出了声。

"你来盛临后的第一个案子，虽然标的额不行，但案子关注度大，你的客户又站在舆论的反面，万一办不好，很容易影响盛临的口碑，你一个人办不来的话，我可以……"

白端端看向季临，心里有些感激，没想到季临还是面冷心热啊，刚才喷了自己那么一通，原来对下属的工作也还是支持的，竟然还怕自己搞不定，想派个人和自己一起办。

是时候表明自己态度了。白端端豪情壮志道："不，我一个人就可以！"

结果也不知道为什么，季临听到白端端这个回答，脸上竟然一点欣慰也没有，一张脸拉得老长，不悦地看了白端端一眼，转身回了办公室。

简直莫名其妙。

之后的发展就更奇怪了。

白端端回到自己办公桌前没过多久，季临的内线电话就来了，他的声音仍旧很冷。然而不知道是不是白端端的错觉，那声音里带了一些不易觉察的不自然，他咳了咳："你这个案子，真的没有遇到什么困难吗？"

白端端满头问号："没有啊。"

这才过了多久，戴琴甚至还没把其余材料信息发给自己呢，能有什么困难？

季临"哦"了一声，挂断了电话。

这男人中邪了？

只是白端端没想到，季临这个邪，中得还不轻，又过了半小时，他的电话又来了——

"现在发现什么困难了吗？"他佯装自然道，"这种案子，你想要向我求助咨询，也可以理解。"

"……"

白端端饶是再迟钝，也觉察出不对了："季临，你到底想说什么？"

季临那端是片刻的沉默，随后他的声音才再次响起："你这个案子，不能你一个人办。"

敢情是来抢自己案源了？

白端端此前在朝晖就没少被林晖以这种方式硌硬，自己的案源里莫名其妙就被塞进了个杜心怡。这会儿来了盛临，季临也有关系户要安插？

她一下子就炸了，也不通电话了，直接冲进了季临的办公室，决定再次重申自己的立场："不行，这案子本来标的额就不大，律师费有限，还是我自己的案源，你休想安插什么人进。这案子就我一个人办，哪个同事想抢都不行！"

结果季临只抿了抿唇，声音平静："我没想过安插其他同事，你放心。"

白端端松了口气，难道是自己错怪了季临？他这么频繁地电话，不过是出于对新同事的关怀？然而她还没来得及愧疚，就听季临继续道——

"因为我准备给你这个案子直接安插个老板。"

老板？哪个老板？白端端一脸茫然地看向季临，企图在他那张英俊但面无表情的脸上找到答案。而季临此刻也终于略微屈尊般给出了一点表情的暗示，虽然他一句话没说，但现下的氛围已经说明了一切，他看着白端端，脸上生动地诠释着一句话——

这个老板，就是我。

白端端震惊了："你想染指我这个案子？季临，你好意思吗？你一个合伙人，竟然连一个新员工的案子也不放过！你不是说了这案子你这辈子都看不上的吗？我记错了？这话你一个小时前才说？！你不知道君子一言驷马难追吗？男人，最重要的就是说话算数啊！"

面对自己的质问，季临竟然岿然不动，他波澜不惊道："哦，我最近特别健忘，有些事情不太记得了。"

白端端彻底震惊了，厚脸皮你也有个底线好不好！

"没关系，你不记得了，我作为下属好好地替你记着，一个小时前，你说你要是脑子进水有朝一日去接这种案子……"

"我给你做一个月早饭。"

白端端愣了愣，惊得下半句都忘记说了："你说什么？"

季临皱着眉别开了头："给你做一个月早饭，我答应了。这个也拿去。"他说完，骨节修长而白皙的手向自己递来一张纸。

白端端内心疑惑地接过来一看——

白纸黑字，是倒过来的两个龙飞凤舞的大字——他真的把名字倒过来写了，别说，写得还不错……

"……"

季临这次终于回过了头，扫了白端端一眼，神态自然道："答应你的都做到了，所以，这个案子我要一起参与。"

白端端看着眼前的季临，还觉得自己在做梦，自己老板脑子真的进水了吗？

他一分钟折合多少人民币，还按秒收费，来做这种案子？为了做这种案子还要给自己做一个月早饭？

虽然想不通其中的逻辑，但唯有一点白端端十分肯定，那就是季临是真的非常想做这个案子，都不惜自己给自己打脸，既然这样——

"那不行，光是一个月早饭还不够。"形势反转，白端端决定坐地起价，"还要约法三章，你能参加这案子，但是不能参与分成……"

"可以。"

"我还没说完。"白端端望着季临笑了笑，"不仅不能分成，你之后还得投桃报李，还我一个案源，至少让我参与你的一个案子，标的额不低于 5000 万，并且我要参与分成。"

这狮子大开口，季临脸都黑了："白端端，你这是敲诈勒索。条款根本有违合同的契约精神，毫无平等公正可言，你这么一个小案子，要换我一个 5000 万标的额的案子，我不能拿分成，你却能拿分成？"

果不其然，自己一提条件，季临就退缩了，白端端刚想内心嘲讽季临，却听季临冷哼着继续道——

"好，我同意。"

"……"

这是什么转折，宛若把出轨的渣女控诉一遍后突然选择原谅她？

因为季临答应得完全不假思索，以至于白端端都觉得自己这条件提的亏了，她想了想，没忍住："两个月早饭！"

"……"

"要不要索性半年？"

白端端一时兴奋过度，完全忽略了季临那咬牙切齿的表情，她激动道："可以吗？谢谢老板！那我一次预定半年的，感恩！"

季临简直要被气升天了："白端端，损你，你还当补药吃？给你做一个月早饭，你知道我已经在你身上损失了多少时间、多少金钱了吗？还想两个月？还想吃我早饭半年？你是我老婆吗？还是你想当我老婆？"

白端端这下连连摆手："不想不想，不敢当不敢当。一个月就够了，谢谢老板，谢谢老板！"

"给你点颜色你还开上染坊了！"

"这你也不能怪我。"白端端真诚道，"谈判的奥义，就在于千万不要轻易接受，就算对方已经给出了自己的心理预期，总还是要砍砍价、磨一磨，让这合作显得来之不易才更珍贵。你刚才一口就答应我一个月早饭外加5000万案子分成，我这不是一时心理没调适过来嘛，总觉得你答应这么轻巧，还有余地不是……"

季临简直气得快翻白眼了："我又不是菜市场买菜，时间就是金钱，律师的时间是最宝贵的成本，我有空和你讨价还价，不能去多接点活儿？"

是啊老板，白端端腹诽道，那你和我吵什么啊，时间就是金钱，沉默是金，你可少说两句吧……

不过这种以小搏大的好事，白端端是绝对同意的，她生怕季临反悔，又确定了一遍，还让季临写了个书面的字据，这才见好就收赶紧出了他的办公室。

戴琴回去后很快通过邮件给白端端发来了自己的劳动合同扫描件，包括此前的入职体检等相关信息，还有签到打卡的证明，甚至还包含了自己未婚夫的死亡证明、抚恤金情况，以及未婚夫爸爸的住院手术单据，总之事无巨细，她都分门别类整理好发了过来，看得出是个做事细致认真的人。白端端也立刻都转发抄送给季临。就戴琴被公司法务以入职欺诈为由，要求宣布劳动合同无效这件事，白端端计划下周和季临去贵丰通信谈判。

安排完这一切，白端端才伸了个懒腰。今天周五了，她盘算着回家路上去超市买几个罐头，和季咪咪、白咪咪一起欢度周五，周六再按照约定把季咪咪送到季临那边。

然而怀着愉悦的心情回家的白端端，在打开门的一刹那完全惊呆了。

季咪咪不在平时爱玩的猫爬架上，而白咪咪也不在睡觉，它们两个……

白端端简直差点晕厥，就在她的眼皮子底下，季咪咪像个恶霸似的把身形瘦小的白咪咪堵在墙角，然后整只猫不断尝试着骑跨到白咪咪身上，白咪咪显然想逃，然而奈何体力上不是身强力壮的季咪咪的对手，眼看着一场犯罪就要在光天化日之下发生……

好一个欺男霸女的流氓猫！

白端端简直气到升天，她一把冲上前挥开了季咪咪，解救出惨遭霸占的白咪咪，结果季咪咪这家伙恬不知耻，还不满地冲着自己喵喵叫。

厚颜无耻季咪咪，竟然趁着自己不在，把贼手伸向了白咪咪，兄妹乱伦这种大逆不道的事都妄图做出来！

白端端努力冷静地打电话："季临，你过来一趟，有重大情况需要开个紧急会议。"

今天季临下班比自己早，此刻应该已经回家了，果不其然，接了电话的季临，虽然有些不情愿，但还是在片刻后就上门了。

"你以为我是外卖骑手吗？还随叫随到。"他已经换上了居家的服饰，英俊的脸上毫不掩盖地写满了不满，"你最好有正经的理由让我过来。"他看了白端端一眼，"要开什么紧急会议，关于戴琴的案子吗？"

白端端抱着白咪咪，神色凝重，发言却是振聋发聩："季临，这事比案子还严重，是你儿子出了重大教育问题。"她看了一眼季咪咪，"你儿子都涉嫌刑事犯罪了……"

季临皱了皱眉："什么？"

"强奸未遂。"白端端深吸了一口气，"它竟然对它妹妹下手了！季咪咪大概是进入发情期了，已经在欲望的支配下丧失了理智。因为猫是我们一起共同抚养的，现在我找你过来紧急开个会，商量一下对策，避免发生这种猫性沦丧的惨案发生。"

"……"

可惜季临显然不是严父，他看了一眼地上可怜巴巴被训斥过的季咪咪，竟然还包庇上了："这不能怪猫。"他抿了抿唇，"它本来年纪小，性成熟以后逃不过生物学的支配就会产生发情期，发生这种事，应该也是你的责任和失职，你应该敏感地发现它的问题，把另一只猫和它进行有效的隔离。另外，可以给它一个猫玩具，让它发泄自己的精力。"他言简意赅地下了定论，"发情期这种事，你要进行疏导。"

"……"

　　白端端本以为季临会和自己同仇敌忾，没想到反而受了劈头盖脸一顿数落。这场景，怎么和批评自己对孩子性教育没做好似的？季咪咪这德行还是自己的错了？

　　"发情期能怎么疏导？是等季咪咪发情的时候，把它关禁闭一样单独隔离起来，给它念《清心咒》、放《佛经》？"白端端简直快气笑了，"季临，你是不食人间烟火吗？猫发情的时候，你再疏导它也不能平静下来，而是到处乱尿，并且尿味比较浓，让人无法忍受。"

　　季临抿了抿唇，看了白端端一眼："那你想怎么办？"

　　"是时候给它做绝育了。"

　　季临听到"绝育"两个字，果然皱了皱眉："你说要把它阉了？"

　　白端端郑重地点了点头："对，考虑到季咪咪算是由我们共同抚养，所以我来征求你的意见，绝育你没空的话，我可以带它去，但为公平起见，医药费我们一人一半。发情期间没法做绝育手术，如果没问题，我想等它过了这一次发情期就带去做手术，毕竟长痛不如短痛。"

　　季临显然有些犹豫，他顿了顿才问道："这种公猫的绝育手术，一般怎么做？危险吗？"

　　"不危险不危险。这就是个简单的外科手术，就是麻醉后把睾丸给切了就行了。"白端端大概生怕季临不能理解这其中的奥义，说完还表情凶狠手起刀落做了个切的姿势，然后潇洒道，"就这样，咔嚓，蛋蛋没有了。"

　　"……"

　　虽然只是言简意赅的一句话，却听得季临没来由地觉得下身一冷，白端端这女人，自己不是男人，怎么就把切掉睾丸说得这么云淡风轻！这对男人，不，对男猫来说，未免太残忍、太血腥了！

　　可惜白端端压根儿没理解季临作为男性的这种微妙同理心，她为了验证自己的话，还给季临找了段给公猫绝育的视频，贴心道："喏，你看看这个，很简单，这手术耗时很短，很轻松就能做完了，宠物医院都能做。你放心吧，全程麻醉，一秒无痛，随治随走！"

　　"……"

只是她越是这么说，季临就越是没法信服，因为白端端脸上的表情，看起来完全像是野鸡医院推销无痛人流业务的医托模样……

而此刻，白端端塞进季临手里的手机已经开始播放视频了，配合着画面，视频里开始念起了旁白——

"首先，按照猫咪的体重注射相应分量的麻醉剂，待5分钟后麻醉剂生效，再注射防止伤口感染的抗生素，之后，将患猫四肢在手术台上进行固定，用消毒过的刀片刮掉阴囊及周围的毛，如果遇到不好刮的，直接拔了也行……"

这听起来就很没有尊严并且很痛……

"用手术刀在阴囊壁上划开一定尺寸的小口，将睾丸挤出来，用止血钳夹住连接睾丸的血管和精索后，剪下两个睾丸……"

"……"

白端端找的是一个兽医专业教学视频，因此视频里事无巨细地展现了手术过程，只是季临看完，觉得整个人都不好了……

白端端却还没心没肺地把头凑过来："你看，这个是不是挺简单的。其实要是男人也能这么简单地绝育就好了，我一直觉得对强奸犯就应该采用这种绝育阉割方式，其实很方便，把蛋蛋这么割掉就行了，也不影响尿尿，还绝对防止再犯。我看着这手术也挺简单的，要是国家能执行这条惩戒措施，人手不够了，我不介意去当操刀的志愿者，我切西瓜的体感游戏得分一直超高的，虽然切的东西不一样，但反正都是切啊，我也算有丰富的经验吧。"

季临忍无可忍了，他横眉怒视白端端："你有毒吧？"

"不行，我不同意阉掉季咪咪，太血腥了。"季临坚决道，"何况它已经发过情了，已经懂得了这种欲望的感受，不是懵懂的小猫了。你这时候给它切了，它以后都会活在怀念和悔恨里，会憎恨决定给它做绝育的人。"

"对对，你说得太对了！"白端端的眼睛都亮了，"我看了帖子，说猫是非常记仇的，一旦我们直接把它送去宠物医院看着医生给它绝育，它会觉得我们联合了医生一起伤害它，做完手术后会离家出走或者伤人……"

　　季临松了一口气，抿了抿唇，他刚想总结陈词表示绝育这条路走不通，结果就听到白端端兴奋地继续道——

　　"所以对策就是我们得演戏！我们要假装猫是被医生抢走的，要表现出痛哭流涕、无能为力、捶胸顿足，猫就会感同身受，知道我们是一个阵营的，只会憎恨医生，你和你儿子之间的亲子关系就还是好的。"

　　"……"

　　季临这一刻确认了，白端端这女人，真的是有毒。

　　"其实另一种意义上来说，阉了它也是为了它好。"结果季临那边内心惊涛骇浪，这边白端端还怜爱地看了一眼季咪咪，喟叹道，"古代吧，太监都活得比皇帝长，事实证明，清心寡欲确实养生啊。"

　　敢情被你阉了还得给你写感谢信？

　　白端端显然心意已决，然而季临仍是据理力争："你这么做，让它一点男性的尊严也没有，做完以后再也不是一个完整的公猫了，万一猫想不开去寻短见……"

　　面对季临如此质问，白端端反而奇怪地看了季临一眼："那你以后在高强度、高压力的法律工作折磨下，要是早早就秃了，头顶寸草不生了，你也不是完整的男人了，你就要去死啊？"

　　季临简直快被气死了，他咬牙切齿地一字一顿道："我、不、会、秃！"

　　"会的，男律师啊早晚都会秃，时间快慢而已，按照一般定律，只要变强，就会变秃。按照你这个能力，季临，可能没几年了，不过你也别太担心，你这么有钱，如今植发技术很先进了，不行还可以文发际线。"

　　这一刻，季临终于深切地理解自己母亲面对白端端时，那种深重的无力感从何而来了，自己真的不是上辈子得罪了她吗？既生自己，何生白端端？

　　仿佛为了打自己脸一样，就在此时，季咪咪就开始乱尿，那尿味果然"上头"，比平时的味道浓烈好几倍，并且每一处尿一点，不停地在各个地方尿。而且这猫相当努力，就算白咪咪被白端端抱在了怀里，它还一蹦一跳妄图进行自己那未遂的犯罪事业……

"你看吧。"白端端了然道,"事实胜于雄辩,就这样吧,还是得阉!不过毕竟发情期不能做手术,等过了这一阵。"她说完,看着地上的猫做出了一个叉腰狂笑的动作,"再让你做两天男人。两天以后就是太监!"

面对此情此景,季临也无话可说,抿着唇转身就走,结果白端端还在背后嚷嚷着——

"对啦,季临,明天早上我早饭想吃鸡蛋荞麦面,记得给我做哦!"

"……"

季临一边走,一边在心里质问自己,到底为什么花钱请了这么个人?是嫌命长,还是嫌生活不够坎坷、命运不够离奇?为什么要给她做早饭?为什么她还能理所当然地点菜?

历来难得能睡到自然醒的周末,白端端都十分珍惜,只是这天她是被手机铃声吵醒的。

白端端睡眼惺忪,摸索着接了手机,还没完全清醒,对面就传来了季临冷冷的声音——

"给你10分钟,10分钟之内不过来,早饭供应就结束了。"

白端端还没睡醒,只觉得头昏眼花,还带有些起床气。然而吵都被吵醒了,怎么也要去季临家吃一顿补偿一下,她憋着劲,飞快地洗漱,换掉了睡衣,也没化妆就跑到了季临门口。

白端端一边打着哈欠,一边在心里暗暗发誓,从明天起,还是放过季临放过自己吧,不就是一顿早饭,比得上自己多睡10分钟吗?外面到处都是早餐店,还有外卖,品种丰富,价廉物美,大不了和季临好好谈谈,让他给自己直接报销一个月早餐得了。

很快,季临开了门,虽是周末,他大约是要去加班,已经穿上了西装,他几乎是一见白端端,就看了一眼手表。

"10分钟以内,我刚看过了,我来你门口敲门的时候正好九分半钟!你不能停止早餐供应!"

季临冷冷地瞥了一眼白端端:"早饭可以供应,但在15分钟后结束,你必须在15分钟内吃完,我还有事要出门。"

这男人的脸确实长得无懈可击,如今西装笔挺地站在自己面前,眼睛幽深，气质斐然。然而那冷漠的模样，仿佛白端端是个打扫卫生的家政，这位英俊又难伺候的雇主正在告知自己，15分钟内必须收拾干净然后滚蛋。

这样的早饭，简直是自虐！不就是碗面吗，季临这个态度也太差了！

白端端当即就没忍住，她咳了咳，装腔作势道："季临，你知道什么叫优雅用餐吗？我这个人用餐一贯非常有格调，尤其是这种周末的早晨，平时在家里我都一边放着轻音乐一边吃。人啊，吃饭一定不能狼吞虎咽，否则太没有美感了，何况细嚼慢咽也更健康，利于消化，你这种15分钟内能吃完早餐的人，根本不懂什么叫作生活的趣味和仪式感……"

"另外，既然你这么忙，我觉得让你给我做早饭确实也过意不去，要不我们商量下，以后这一个月，早饭我还是自己解决吧，但你给我把早饭钱报销了。"

季临几乎想也没想就直接同意了："可以。"他瞥了白端端一眼，"面在厨房，自己去端，今天我做早饭了，一个月的报销费用扣掉今天。"

可以可以！白端端内心腹诽道，还真以为我多想吃你的破面呢，不就一个鸡蛋荞麦面吗，你还能做出花？

只是白端端到了厨房后，很快就说不出话来了……

她万万没想到，季临的荞麦面，还真的做出花来了……

放在自己眼前的，是一碗荞麦炒面，那热腾腾的面条上，错落有致地摆着碧绿的小油菜、胡萝卜丝、分量足够的鲜虾、一个橙黄橙黄的煎蛋，还有一把切细了撒在面上的海苔丝，白色的芝麻点缀其间，荞麦面的顶端还点缀着一个看起来小巧可爱的月牙形柠檬，白端端光是看着，就仿佛已经感受到了淋上柠檬汁后清爽的口感，柠檬的旁边，则是新鲜的海盐和黑胡椒粉，似乎只要拌上一拌，美味就在嘴边……

明明这男人平时都不下厨，完全靠外卖活着，没想到竟然是个轻易不出手的实力派。

几乎是第一口，白端端就觉得沦陷了。

太好吃了！她从没有吃过这么好吃的荞麦面。

白端端一边吃，一边都快感动得热泪盈眶了。她第一次发现，自己对季临的一见钟情，或许并不算是个错误，做饭这么好吃又长得这么好看的男人，脾气差一点怎么了？抠一点怎么了？就为着这手艺，他也值得被拥有！

一口气吃完，白端端只觉得意犹未尽，要不是季临还在，她真想把碗都舔干净。她目光灼灼地望向了季临："好吃，真的好好吃啊季临！"

只可惜季临并没有对白端端的赞美产生任何反应，白端端抬头，才发现他正冷冷地倚靠在客厅边，看着自己。他看了眼手表，然后表情嘲讽地拍了拍手："精彩的表演。"季临冷笑，"用餐讲究优雅细嚼慢咽的你，刚才用了8分46秒就吃完了一整碗荞麦面，你不是号称绝对没可能15分钟内吃完？"

"……"

这个，一时不察，只顾着吃，忘记注意优雅，自己营造的人设彻底崩了……

"不过既然吃完了，那就赶紧走吧。明天开始你自己怎么吃和我没关系，报销月结，不要每天来烦我。"

这怎么行！这么好吃的饭，绝对不能放过！

"不不不！季临，我想通了，我不能报销，我决定还是继续吃你做的早餐。"白端端义正词严道，"我想了想，我们的相遇其实不太美好，之前又是对手，彼此有很多误解……"

"我觉得我们之间没有误解。"

"……"

白端端噎了噎："好好好，没误解，那现在我们都是一个公司的了，应该有团队精神，更应该多培养感情，这个早饭，其实就是一种方式，是我们促进互相了解的纽带……"

"不用，我不想和你有什么纽带。"

"……"

白端端咬了咬嘴唇，决定直截了当："我可以洗碗！"

季临一点没心动："我有洗碗机。"

"我可以给你打扫卫生！"

"我会请钟点工。"

"那我……我这个月加班都不问你要加班费！"白端端见季临没有马上拒绝，立刻再接再厉道，"而且你妈那边这个月我给你打八折！"

结果季临还是不置可否。

白端端想了想刚才那美味的荞麦面，索性豁出去了："我监督你妈半年！七折，不能再低了！阉掉季咪咪不要你AA了，我全包！以后你有什么事我随叫随到！你下次那个超过5000万标的额的案子，我可以降低分成比例……季临，救救孩子……"

为了一口吃的，白端端完全没有骨气了，她决定疯狂溜须拍马："季临，只要你行行好给我做饭，我愿意做牛做马报答你……早晨叫醒别人的是梦想，但叫醒我的只能是你的早饭！我愿意为了你的早饭早起，你想几点开饭就几点开饭，你想什么时候停止供应就停止供应，我没有别的要求，只要分我一口吃的，我愿意出卖我的灵魂！"

"……"

白端端可怜巴巴道："老板，求求你！"

做饭意味着要先买菜，然后要洗菜切菜，再下油锅，就算有洗碗机，但厨房总要收拾……总之，做这件事不仅浪费时间，还毫无经济效益，按照季临把一切事情折合成人民币来衡量的原则，这根本不应当在自己的考虑范畴内。有这时间，就算回两封邮件也比做饭强。

然而第二天早晨……

季临皱眉看着在自己餐桌上毫无形象大快朵颐的白端端，也不知道自己中了什么邪。他昨天明明不顾她的哀求和溜须拍马明确拒绝了，然而一大早，白端端就给自己发微信了——

"老板，我在你门口，如果……我是说如果你做了早饭，还有吃剩下的话，能不能分我一点？随便什么都行……"

这句话发完，白端端还发了个狗叼着碗眼巴巴等着开饭的图片。

有点可怜兮兮的。

季临拿开手机，决定无视。然而很快，白端端的新信息又接二连三地来了——

"早上楼道里好冷啊，老板，我要是感冒了，这能算工伤吗？"

"老板，你儿子在我手上，它说它想你了，也想你的猫饭。当然，如果你能顺带招待一下它可怜的养母一顿人饭，它会为自己养父养母的融洽而由衷地感到幸福快乐。和谐的家庭关系是每个孩子成长和性格塑造的关键因素。科学证明，家庭关系和谐的孩子，更容易自信和获得成功……"

……

"好饿啊，季临，我好饿，救救你的邻居吧……"

"可怜端端，在线卑微，门口讨饭。"

……

季临简直忍无可忍，最终他不堪其扰，还是开了门。结果白端端穿着件粉色的睡衣，手里抱着两只猫，还真的要饭似的拿了个饭碗，正可怜巴巴地站在门口，活像是饥荒时期带着孩子逃难的灾民。见了季临，两眼都在放光。

季临也不知道这一切都是怎么发生的，最终的结果就是，这个难缠又致命的邻居登堂入室，然后拿着自带的饭碗，乖巧地坐到了饭桌上。季临在厨房做早饭的时候，她就一直眼巴巴垂涎欲滴地看着。就是此刻，季临沉默地站在墙边思考自己到底脑子出了什么问题，看着对方一脸满足幸福地吃早饭。

今天季临本来并不准备做早饭，因此食材有限，只是简单做了蛋炒饭和几个配菜。明明只是这样日常的早餐，白端端却吃得连眼睛都弯了起来。

"季临，你这个蛋炒饭好好吃啊！颗粒饱满，又香，主要是既不硬又不黏，你火候掌握得简直太完美了！"

"嗯，这个炒青菜也好吃，没吃过这么好吃的青菜！"

"火腿丁好香啊……"

清晨的第一缕阳光透过窗户照在白端端白皙红润的侧脸上，让她看起来像是沐浴在暖洋洋的光里。她的侧脸漂亮得不像话，睫毛长得有些过分，伴随着白端端夸赞的表情，像是小扇子一样不断扇动着，而她的腮帮子因为狼吞虎咽，像是左右各储存了两个大坚果的仓鼠，如今这只仓鼠就这么一边消灭着桌上的食物，一边不遗余力地拍着食物主人的马屁。

这毫不矜持、毫无形象的吃法，简直生动到……都有些可爱了。

她有非常明艳的五官，以及带着笑意的眼睛。

这一刻，季临大约开始理解为什么总有那么多人看吃播。因为有些人就是有一种魔力，光是看着她吃东西就觉得非常愉悦，吃一碗蛋炒饭，好像就是莫大的幸福，明明自己没在吃，却被对方的情绪感染，觉得人生都很明媚美好，生活的幸福并不是赚多少钱或者获得怎样的地位，而是能这样高高兴兴地饱餐一顿。

季临见过不少漂亮的女性，然而她们的漂亮和白端端不一样，她比她们更漂亮，并且完全不同。

可以说，白端端这样的人，季临几乎没有遇到过，她漂亮，也不世故，脸皮却奇厚无比。对于自己坚信正确的事，有着一种偏执的执着，像是一株蒲草，看起来完全不坚韧，面对狂风暴雨，却永远带着一股韧劲。

与她的美貌相反，白端端一点也不矜持，直接又大胆，泼辣又果敢，对于自己想做的事，有着一种竭尽全力定要达到的强烈意志。然而一旦发现行不通，又能屈能伸，顺竿爬起来的速度比谁都快，灵活变通、审时度势、阳奉阴违、狗腿谄媚，样样都行，可以认错，但绝不认输。

她是一个特别又多面的人，并且非常漂亮，和她做的饭一样，有点致命。

季临并不是个不善于拒绝人的人，正相反，可以说他十分擅长拒绝他人，然而他突然意识到，自己好像从来没能真正完全拒绝过白端端。

不管自己多么冷淡，她总有办法让自己生出点不想理睬之外的情绪。

"季临，你为什么不吃啊？快来吃早饭，你做的这个真的太好吃了！"

但是这个人，是林晖的前女友。

即便季临心里不断告诫自己应当和白端端保持距离，但他又一次没能拒绝她。

季临板着脸，最终还是坐在了白端端的对面，然后在她叽叽喳喳的彩虹屁里吃完了早饭。阳光很温和，两只猫就在脚下蹭来蹭去，恍惚间，季临都怀疑自己脑子是不是被门夹了，一瞬间脑海里竟然闪过了"岁月静好"这个矫情到可怕的词汇。

白端端此刻终于吃饱了早饭，她掏出了外带盒，眨了眨眼睛看向季临："没吃完的我可以打包回去作午饭吗？"

"……"

白端端的眼睛湿漉漉的，像是可怜巴巴被遗弃的小狗。季临明知道这一切都是套路，都是假的，然而面对这双眼睛，面对这样的目光，他有些手足无措。

最终，季临几乎都有些无奈了："算了，我中午也做饭，你自己过来吃。"

白端端脸上果然露出了感激又真诚的笑。

虽然此刻她看起来像是一只纯真到对森林的危险一无所知的小鹿，但是季临心里很清楚，这并不是一只单纯小鹿，分明是披着小鹿皮的母老虎。季临不知道自己为什么要莫名其妙地开始饲养这只隔壁的母老虎，他只是喜欢猫，根本不喜欢老虎，他甚至不是个有善心的人……

鬼使神差地，季临突然没来由地想到了明知道事后会遭遇什么，为了交配却宁可被母螳螂吃掉的公螳螂……

毛骨悚然，雄性反例，警钟长鸣。

# 第十八章 债务缠身，被迫撒谎

只可惜季临这警钟没鸣多久就被白端端打断了。她吃饱了饭，达到了中午能继续蹭饭的目的，然后在季临都未发觉之时，已然走到了他的身后。

"季临，你脸上粘了猫毛！"白端端一边吃饭后水果，一边对着季临的左脸指了指，圆圆的眼睛认真地盯着自己。

季临几乎是下意识地便去摸自己的左脸，做饭之前他确实抱过猫。

"不对，不是那里，上面点，再上一点。"

"哎哎哎，太上了，再下面点，往下。"

"不是，再往左边移一点，一点点就行。不不，再往右。哎，再往上……"

只可惜即便白端端不断给着指示，季临却无论如何都找不对猫毛的位置，永远精准错过……

最终，白端端叹了口气。就在季临以为她要放弃，准备自己去照镜子拿走脸上的猫毛时，白端端径自朝着自己走了过来，一步又一步，直到彻底越过了季临的安全距离，她站在离自己咫尺之遥的季临面前。这样的距离让季临全身都拉起了警戒线，几乎是下意识地往后退，想要拉开和白端端之间的距离，白端端却一路亦步亦趋地朝着自己走来……

"别动。"

白端端漂亮的圆眼睛此刻就盯着季临，她的呼吸近在咫尺，季临觉得她长而弯曲的睫毛再眨动下去就会触碰到自己的脸，她漂亮的脸庞和嘴唇只要一个意外就会撞向自己。

这一刻，季临忘记了该作出什么反应，只瞪着眼睛看着白端端就这样靠近自己，然后踮起脚。之后，季临的世界就只剩下了一种感受，那是白端端的手触碰自己左脸的触觉，温热的、细腻的、轻柔的，像是一片羽毛轻轻拂过。

这个瞬间，季临几乎无法呼吸，这是一种非常难以形容的感受，他明明知道猫正绕着自己的腿在蹭，也知道烧开的水在壶里叫，他的手机似乎也有短信通知，然而这些事情仿佛离他很远。季临像是突然处在另一个空间维度，这些事物都是虚幻，唯独只有一件事物是真实的——白端端。

她离自己真的太近了，近到季临只觉得像是突然被拽进了一个玫瑰色的梦里，她有玫瑰色的脸颊和嘴唇，还有萦绕在自己四周的玫瑰味沐浴乳香味，配上她圆而黑亮的眼珠，像是一株盛放的艳丽玫瑰，整座花园里最美、最肆无忌惮的那一株，偏偏也是刺最多的那一株。

"好啦，拿掉啦。"

几秒钟后，白端端笑着远离了季临，她的手里拿着一小撮猫毛。也是此刻，季临才觉得自己的世界终于回归了正常——空气变得重新流动了，声音变得听得见了，感官也重新回到身体了……

只是始作俑者白端端毫无知觉地扔了猫毛，看向了季临，只看了一眼，她就发出了一声惊呼："季临，你的脸怎么了？怎么这么红？你是不是有什么过敏？需要我送你去医院吗？"

季临简直有些咬牙切齿，白端端的表情太坦荡了，她完全没有意识到自己造成了什么。而季临也很清楚，她确实是无意的，这并非任何有意的撩拨或者精心准备的陷阱。正因为知晓这一点，季临反而觉得白端端更可恶了。

这个女人，真的有毒，非常有毒。

只是白端端完全不知道季临心中所想，她甚至有些为自己刚才的行为沾沾自喜，帮季临拿走猫毛看起来非常热情友善，表现得完全像一个内心充满感激的蹭饭邻居。简直完美！

她吃饱了饭，刚准备感谢季临后回家，结果听到门外传来敲门声。

"季临，快开门啊！"

听这声音，是容盛没错了。既然他们俩有事相约，那自己是时候退场了。

白端端看了季临一眼："那我……"

结果白端端"走了"两个字还没说出来，季临就有些近乎粗鲁地把她拽了回来。他看了白端端一眼，然后冷静道："你躲到我房间里去，容盛撑死只会进书房和我讨论案子，绝对不会进我的卧室。"

"啊？"

就在白端端疑惑之时，门外的敲门声更密集了，并且画风突变——

"季临啊，你别躲在里面不出声，我知道你在家，开门啊开门啊，快来给我开门啊！"

容盛大概是等得无聊了，大有季临再不开门，他就准备当场进行说唱，即兴再来一段 B-Box（节奏口技）的架势。

季临皱着眉，对白端端下了最后通牒："没时间了，赶紧躲到房间里去。"

"哦哦……"

季临压低声音，一脸郑重道："好好躲着，别出来。卧室是套房，有厕所。"

"好的！"

也不知道是被容盛这种夸张的声音、动作所影响，还是被"没时间"了的紧迫感所感染，白端端一时之间也连带着有些逻辑混乱了。而眼前季临的表情实在太过镇定和冷静，无端地给人一种信服感，让白端端下意识便觉得他的方案是对的，眼下这种情况，自己确实应该赶紧躲到他房里。

等白端端真的躲进了季临的卧室，听着门外季临开门迎接了容盛，她才有些后知后觉地缓过来——

自己为什么要躲？

现在的剧情怎么看怎么像是容盛在捉奸。

白端端看着季临这完全性冷淡风的房间，思维如脱缰的野马开始奔腾起来……

卧室内的白端端正在深刻地思考人生，卧室外的容盛也准备思考一下人生。

他目瞪口呆地看着季临饭桌上还剩下来的菜，简直震惊到要怀疑人生："季临，你发烧烧坏脑子了还是我产生幻觉了？你竟然自己烧饭了？"容盛惊叹道，"你不是说做饭完全浪费时间，一点没有性价比，按照你的费率，你做一顿饭，将近要倒亏两万块钱，所以宁可一辈子吃外卖也不可能做饭吗？"

"哦，就是想起来，男人也要对自己好一点。"季临抿了抿唇，看了容盛一眼，语气坦然自若道，"我重新思考了下，律师是门经验活儿，不存在越上年纪就越不值钱这种事，甚至随着经验的积累，费率只会越来越高。从这个角度来说，我活得足够长，才更有性价比。"

他转了转眼珠，非常自然地引出了结论："老是吃外卖，都是地沟油，对胃不好，容易早死，不经济。偶尔自己做饭，也不是不可以。"

容盛信服地点了点头，他似乎完全接受了季临的理由，只是垂涎欲滴地看了眼桌上的菜："你的厨艺，我是佩服的。既然你决定要对自己好点，那不如连带一起对我也好点，反正你都要做饭，那中午我能留下来一起吃吗？"

只可惜迎接他的是季临的无情拒绝："不可以。"

"为什么？！"

"因为我是律师，不是厨师，我不给别人做饭。"季临冷酷地看了容盛一眼，"还有，你今天过来什么事？"他看了眼手表，"我一刻钟后有个电话会议。"

这是含蓄的逐客令，容盛一点也不在意，一提起自己今天过来什么事，他就抱怨上了："哎，别提了，我刚被我爸妈押着去相了亲，太惨了！才第一面，那女的就和我说以后想去大溪地度蜜月，去巴厘岛办婚礼，钻戒要蒂芙尼的，必须一克拉以上，婚后不准备上班就决定在家相夫教子，计划生两个孩子，孩子学区房准备买哪儿都想好了，对我还热情得不得了，像是要把我生吞活剥了……吓得我屁滚尿流，赶紧想了个理由走了。"

容盛今天是真的苦恼，然而他也发现，今天的季临对自己的倾诉显然有些心不在焉，但容盛自己足够苦闷，又以为季临大约是工作缠身，也没在意，他一个劲儿地诉说着自己的悲惨遭遇——

"偏偏那个女的爸和我爸是拜把子的好兄弟，我还不能像别的相亲对象一样直接拒绝。现在我的策略就是冷处理，绝对不主动约对方，对方约我也不出去，等过个一两周，她要还不死心，我再号称自己突然一见钟情坠入爱河，火速有了女友，然后带着女友和我爸妈去吃个饭……"

容盛说到这里，心不在焉的季临终于抬头给了他一个眼神："你一两周里上哪儿火速找个女友？"

"好问题！"荣盛眨了眨眼，"我决定找个假的，多拍几张照片，朋友圈发点仅对方可见的晒恩爱合影，必要时候带去出席下我家里的聚会，给钱，完事！"

"你就算找个假的，要让你爸妈信服，第一，需要有正当职业，并且社会地位还不能太低；第二，这个职业和你要有交集，能合理解释你们的相遇；第三，长得要漂亮，身材要好，否则无法解释一见钟情；第四，最重要的，气质要好，漂亮的女人很多，漂亮还气质好的女人却很少。要是你爸妈想要见面，这个人还需要有谈吐，情商高，能应对你爸的各种诘问……"

季临刚要冷哼"你上哪儿找"，荣盛就打断了他——

"我已经想到一个人了，都符合！"

季临对此一点兴趣也没有，他皱起了眉，不着痕迹地看了眼自己紧闭的卧室门，然后又看了看手表，开始暗示道："容盛，我的电话会议马上就要开始了。"

只可惜容盛不为所动，他两眼放光径自接下自己刚才的话题——

"白端端，她全部符合！"

季临愣了愣，随即镇定道："那也得她愿意为了几个钱，不惜自己的名声给你随随便便当假女友。"

"绝对愿意。"容盛说到这里，更高兴了，"我打听过了，她来咱们所里以后，已经给所里三位单身男同事假扮过女友了。明码标价，童叟无欺。1 小时 500 块，友情价可以打八折！上次杨帆被一个拜金的相亲女给甩了，说他这辈子找不到自己这样档次的女友，是癞蛤蟆想吃天鹅肉，结果杨帆就请了白端端，碾压全场！那相亲女气得鼻子都歪了。还有于超，被自己亲戚背地里说找不到对象，结果上次亲戚聚会带上白端端，自此没有闲言碎语了，据说他那个不要脸的大表哥竟然趁他不在的时候，想撩拨勾搭白端端撬墙脚呢……"

"……"

不知怎么的，容盛总觉得季临的脸色似乎越变越差了，他看了容盛一眼："我觉得你这个方案不太好。"

"为什么？"

"因为白端端是法律圈的，以后她一定也会内部解决，找个法律圈的对象。那 LAWXOXO 上不明真相的那些白痴，又会传出白端端把你踹了找了谁谁谁，虽然不是真的，但这样传出去，你以后在法律圈子里很没面子，大家都是低头不见抬头见，显得你好像比别的男人不行一样。"说到这里，季临看了容盛一眼，"你知道的，这对男人来说，挺伤自尊的。"

容盛一时之间完全被季临的逻辑给带跑了，他压根儿没想起来质问季临为什么白端端一定会找法律圈子里的内部解决，只觉得季临说得太有道理了。谁说季临对自己冷漠呢？他爱的人果然只有自己，瞧瞧，从不放客户鸽子的他，明明已经到了电话会议的时间，却因为自己的苦恼完全没再赶自己走，甚至贴心地帮自己分析起利弊来。

什么是友情？这就是友情啊！

容盛当即握住了季临的手："谢谢兄弟，到底还是你想得深远！但你说不找白端端，那我找谁呢？我实在是想不到有什么人选了，想来想去还是得找她。"

季临面无表情道："不用她，我还有一个人选。"

"谁？"

"我。"季临镇定自若道，"你把我带去，和你爸妈说，你最近挺苦恼的，对女的突然就没感觉了，看来看去反而觉得还是我最不错，也不知道自己怎么回事，有些迷茫。"

"……"

"这样你爸就懂了。你放心，家丑不可外扬，他不仅不会说出去，还会帮你体面地找个理由拒绝那个拜把子兄弟的女儿。另外，也杜绝了他继续给你折腾别的相亲局的可能性，怕把你刺激到彻底跑向另一阵营了，会给足你一个人的空间，让你好好想清楚，回归正途。最后，因为有这样的铺垫，你以后带任何背景的女友回家你爸都不会反对了，只要是女的、活的，他就能笑得合不拢嘴。"

听起来怪怪的，但是竟然有一丝道理？

季临再加了一针猛剂："我平时很忙，但这种事，我也不和你收费了，当你是兄弟，才给你出建议。"

如此舍己为人，自己还有什么好犹豫的！容盛当即深情地看向了季临，决定好好珍惜这段友情。

"好了，现在我的电话会议真的得开始了，你快走吧。"

"知道了，谢谢兄弟！"

季临刚处理完容盛，好巧不巧，手机还真的响了，是个客户，他对容盛示意了一下，便转身去书房接电话了。

容盛原本站在门口准备穿鞋走人，突然想起来自己上次借了本书给季临，今天下午闲来无事想要回来看看。按照他对季临的认识，季临的书一般都放在卧室床头。容盛喊了季临一声，对方显然没听到。他想了想，和季临也都这么熟了，平时自己还偶尔跑季临卧室去午睡，一本书的事，就自己进去拿一下吧。

容盛就这样径自打开了季临的卧室门，然后……

他和房间内的白端端面面相觑。

是下意识地，容盛立即道歉道："对不起，对不起，走错了！"然后径自退出了房间，赶紧把门关上了。

一秒钟后，他终于意识了过来——

"季临！你必须给我解释一下，白端端怎么在你房里？"

这下全明白了！什么狗屁的友情！去他的兄弟情！

白端端本来百无聊赖地在季临的卧室里坐着，没料到容盛竟然突然推开门，并且真如自己想象的那样一脸悲痛欲绝地控诉自己。

白端端下意识地解释："不不不，你别误会，我和季临之间是清白的！"

可惜容盛显然已经悲恸到入戏过度了："什么也别说了，我不信！我也不听！"

在场面继续失控之前，季临终于打完电话回到了修罗场。

容盛当即便瞪向了季临，他指了指白端端："她怎么回事？怎么在你房里？季临，你还有什么好说的？"

白端端试图解释："这真的是误会了，我真的可以解释，我就是……"

"她就是我请来给家里做家政的。"

白端端噎了噎，然后就见季临一脸镇定冷静地说起谎来——

"她之前给我妈做家政，做得相当可以，所以我请她闲暇时间帮我这边的家政工作也担负起来。她在我房里，是在准备给我整理打扫房间。"

因为季临表现得实在太过坦荡，容盛也愣了愣，他狐疑地看了季临一眼："可你家里一直很干净整洁，没什么可打扫的，你为什么还特意花钱找她来做家政？何况我也一直想问，她都在我们所里入职了，为什么还要兼职家政工作啊？"

"哦。打扫是次要的，我找她当家政，主要是做饭。我说过，老是吃外卖都是地沟油，对身体不好。"季临坦然地看了容盛一眼，"至于她为什么兼职做家政，因为她欠了外债。"

说到这里，季临瞥了白端端一眼："否则我们白律师为什么会为了区区几百块钱，毫无底线地假扮别人女友呢。主要还是债务压身，让她一时之间丧失了理智。如今我给她提供了稳定的高薪兼职工作，相信她以后不会再做这种事了。"

"不是……我没……"

自己什么时候说过不挣这个钱了？嫌什么多也不会嫌钱多啊，区区几百怎么了？钱这玩意儿，还不是积少成多？平时闲着没事，既帮助同事，又能赚一笔外快，何乐而不为？

只可惜季临没给白端端说完话的机会，他警告性地看了她一眼，然后径自对这个话题进行了终结："容盛，所以你还有什么疑问吗？"

容盛愣了愣，季临的模样太坦荡了，仿佛自己不相信他才是十恶不赦的事，他看了看季临，又看了看白端端，最后看了看桌上一桌丰盛的剩菜，终于信了："所以这桌菜其实都是白端端做的？"

"嗯。"

"看不出啊，白律师厨艺倒是挺好的……不过季临，既然你这么正当地请人家过来兼职家政，为什么一开始没告诉我这是白律师做的？还误导我这桌菜是你自己做的。"

季临咳了咳："我怕说了是白律师做的，你会误会，正好当时白律师在房里打扫，想着你不知道这事也好，省得还浪费时间解释。"

容盛嘀咕道："我就说，你什么时候会亲自下厨？这都金盆洗手多少年了，你未来老婆估计都没机会吃你做的饭……"

说完，他拿起一块海鲜饼丢进嘴里，眼睛都亮了："你别说，这个口味，你刚才要让我吃一口，我就绝对不会误会了。白律师这个手艺啊，别说你想花钱请她做饭了，我也想啊！"他说完，转头就看向白端端，"白律师，还有档期吗？能给我再兼职做个饭吗？"

白端端干笑着摇了摇头："不行了，没更多时间了。"

开玩笑，让我做饭？我怕你吃了会死！

可惜容盛压根儿不清楚里面的门道，他热情道："白律师，我可以给你季临这边两倍的工资，你要不来我这里吧！"

这当着面撬别人墙脚可还行？

白端端看了眼脸色不善的季临，当即刚正不阿地拒绝："容PAR，这不是钱的问题，这是职业道德底线的问题。我既然答应接了季PAR的单，那就要有契约精神，你给我再多的钱，我也不会在季PAR这里违约的。档期是真的没有了，以后有机会再请你吃我做的饭吧。"

只是嘴上一本正经，白端端的内心就惋惜不已了。

容盛啊容盛，要不是我真的不会做饭，你多给我 100 块我就毁了季临的约给你做啊！

好在虽然容盛颇为遗憾，但最终也接受了这个结果。

"行了，现在你可以走了，我得工作了。"季临抿了抿唇，给容盛下了逐客令。

"行吧，那我先走了。"

白端端紧跟其后："季 PAR，那我也走了啊。"

可惜季临没让自己如愿，白端端刚走到玄关处，季临的声音就冷冷地传了过来："你，给我留下继续打扫，我书房书柜有点灰，你去处理下。"

"……"

容盛走了，白端端也不装了，她当即向季临表达了自己刚才的疑惑："季临，你刚才为什么不直接说实话？"

"你知道容盛的想象力有多丰富吗？"季临冷哼了一声，"说你是邻居来蹭饭也就算了，怎么解释你在我房间里？"

"那个……需要我提醒你一下吗？"白端端小心翼翼地措辞道，"所以你为什么让我躲进你房里呢？如果不躲进去，光明正大一起开门迎接容 PAR，不就根本没有说谎的必要了吗？一个谎言，可真的要用一千个谎言来圆啊。"

"你话这么多，是不是今天中饭不想吃了？"

一提到中饭，白端端立刻闭嘴，她狗腿地跑到饭桌前，帮着把吃剩下的碗筷都收拾冲洗了放进了洗碗机。

"那我会中午再来？开饭了就叫我。"白端端讨好地看了眼季临，"一定要叫我啊。"

她说完，才一步三回头恋恋不舍地准备离开，结果季临又把她给叫住了。

"等等。"这男人看了白端端一眼，英俊的脸上表情淡漠，一字一顿清晰道——

"以后禁止在所里进行内部交易。"

"啊？什么内部交易？我没有啊。"

"赚同事钱，这就是我定义的内部交易，以后不允许你和同事掰手腕赢钱，也不允许你给同事假扮女友赚钱。总之，只能赚外部客户的钱，不能赚内部同事的钱。赚内部同事的钱，就是从左口袋到右口袋，不产生任何经济效益。"

"……"

对你是没有任何经济效益，但对我有，毕竟钱都从同事们的左口袋都到了我自己的右口袋啊！

被季临当场断了财路，白端端当即奋起抗争："那我给你妈当家政是不是也不能做了啊？这不也是你定义的内部交易吗？季律师，我们不能双标，规矩就要一视同仁，你这样，那你妈那边，我也只能含泪请辞了……"

"赚我的钱，可以。"季临厚颜无耻镇定道，"我定义的内部交易，是不能赚同事的钱。需要我提醒你吗？"他阴险地看了白端端一眼，"我是老板。"

"……"

人在屋檐下，不得不低头，自己虽然平时和季临没大没小，但是关键时刻，这老板到底是老板，谁叫人家口袋里有钱呢。

只是白端端还是心里不太舒爽，忍不住嘀咕道："禁止内部交易，那是不是还禁止恋爱内部解决啊？"

对于自己这个吐槽，白端端本没有期待季临会理睬，然而没想到，他竟然理睬了。

"哦，那个不。"虽然面无表情，语气冷若冰霜，大概是嫌弃这种问题，声音还略微有些不自然，但季临真的回答了。他没有看白端端，眼光看向了窗边的一株盆栽，回答的模样甚至称得上一本正经。

不论如何，最终，白端端度过了堪称完美的一天。很快，季临就如劳模般地准备回所里加班了，白端端想了想，还是决定做咸鱼，顶着对方强烈暗示自己应该也去加班的视线，厚着脸皮舒舒服服地回家睡了个午觉。

　　季临这一加班，也不知道晚上回不回来，就算再回来，一天之内连蹭三顿饭，也实在有点太逮着他这只羊薅羊毛了。因此一觉醒来，白端端虽然不情不愿，还是决定出门吃饭。

　　她慢吞吞地在一家面馆吃完了拉面，一看时间，已经七点半了。想着家里垃圾袋不够用了，拉拉杂杂也该添置些新的日用品，索性转弯拐进了附近的一家大型超市。

　　白端端推着购物车买了一筐，然后排到了付款长长的队伍里。她百无聊赖地发着呆等了一刻钟，实在无聊，索性掏出手机准备看新闻，结果这不掏不知道，好死不死，手机竟然莫名其妙地黑屏了，怎么都开不了机。

　　如今都是移动支付，带了手机根本不会再带碍事的钱包，结果关键时刻，自己这破手机竟然出故障了。白端端望着自己挑了好久挑出来的一车日用品和零食，再想想已经在队伍里排了15分钟，付出了巨大的成本，只觉得不论是把这一车东西还回去下次再来，还是先把一车东西交给工作人员，自己回家取钱然后重新排队，这两种方案都无法接受……只是问人借钱吧，白端端看了看四周，自己如今手机开机失败，靠什么取信于人借到钱……

　　大概真的天无绝人之路，白端端这么顾盼间，还真柳暗花明了。

　　从超市入口处走进来的，不是季临是谁！

　　隔着超市门口熙熙攘攘的人群和距离，季临英俊的脸显得冷漠，身高腿长，却并不瘦弱纤细，西装裤下那笔直修长的腿，在他微微迈开步子的走动间显露无遗，那修身的裤型甚至能看到他小腿的肌肉线条，以及完全能撑起裤型的臀型。白端端依稀记得在哪本时尚杂志上看过，男人的臀型一共有五种：平塌到撑不起裤子的，太过肥厚的，太过挺翘的，健美到看起来就硬邦邦的，以及这种穿西装裤最为性感又适宜的。穿衣显瘦，脱衣有肉，拥有这样臀型的男人，肌肉的比例恰到好处，减一分过少，添一分过多。而臀部之于男性，犹如胸部之于女性，多少带着暧昧的荷尔蒙气息……

　　白端端以前对这些杂志嗤之以鼻，还臀部、臀型，不就一个屁股吗？

说那么文雅干什么？难道换个词就高级了吗？一个屁股还能好看出花来吗？男人重要的是脸！屁股好看能有什么迷人的，她觉得简直莫名其妙，男人屁股有什么性感的？

然而如今看着微微皱着眉一边接电话，一边走进超市的季临，白端端觉得……人吧，有些话还是别说太满。公允地说，季临这个屁股，确实挺不错的……昂贵定制西装裤包裹着紧绷的臀部线条，下面连接着有力结实的大腿肌肉，然后是笔直修长的小腿……光看季临走路，还挺有美感的。"行走的荷尔蒙"这个词，他倒是当之无愧。

这男人身材和脸蛋都长得有点太好了。外加饭还烧得那么好吃，虽然抠了点、难相处了点，但已经有这么多优点了，外加赚的还多……白端端一时之间望着季临的身影，感觉又有些上头。你说要是季临来追求自己，那自己也不是不能勉强和他试试的……

不过很快，白端端就不想和他试试了。

她和队伍里前后的两个老阿姨打了招呼，然后放下购物车，跑到了季临面前。如今这境况，就和他乡遇故知似的，白端端决定暂且放一放心里那还略有些复杂暧昧的心情以及遐想，先好好和季临借个钱把自己的账给结了——

"季临，能不能借我 300 块？我没带钱包，手机又坏了。"

白端端明明声音挺响亮的，结果季临却皱起了漂亮的眉，然后看向了她："什么？"

白端端不得不耐心地再略微提高了一点声音："借我 300 块，回头还你！最好是现金，没现金的话你就帮我用手机直接付一下吧！"

"我有现金。"

白端端松了口气："那太好了！谢谢，谢谢！真是救了我……"

白端端最后那个"命"字还没说完，就听对面季临冷淡道："但我不借钱。"

为什么？我又哪里得罪你了！白端端简直想咆哮，难道就因为自己多看了两眼他的屁股被发现了吗？

白端端有些心虚道："季临，帮帮忙，我保证我再也不赚同事的钱了，还不行吗……滴水之恩当涌泉相报，我会记得你的好！"

"不是，我不借钱给别人，这是原则。"季临抿了抿唇，"因为一旦一个人开始向你借钱，你就要做好对方不会还的心理准备。"

"……"

白端端觉得自己真是飘了，他如此精打细算以抠为荣、按秒收费的男人，怎么可能愿意借钱……自己真是飘得忘乎所以。

被借钱的季临脸色还是很臭："而且有没有人告诉过你，你一个女的，不能伸手向男人要钱，尤其是借钱，借几百都不行，有些男人借给你钱那是另有所图，想着以后对你占点便宜，你觉得自己就值几百吗？"

"……"

季临，你这个说辞，真的有点像我爸了，竟然还上纲上线了。

看来在他这儿是别想借钱了。

白端端认命地正准备转身回家拿钱，季临又叫住了她："你等等。"

就在白端端以为季临刚才没训完，还要逮着自己继续批判时，只见季临冷若冰霜地拿出了钱包，抽出四张红色的纸币，动作行云流水。

白端端几乎有些愣愣地看着季临这一套动作。

季临这是要借自己钱？但刚才他不是还……

相比白端端的震惊，季临却很镇定："行了，借你了，别为了几百还去欠别人人情，做人要有格局一点。"他咳了咳，偏过了头，"你放心，这世界上也只有我不会像别的男人一样对你有所企图了。"

白端端这愣愣的行为让季临皱了皱眉，他瞥了白端端一眼："还不够？"

"够了够了！"白端端赶紧接过了钞票，还退了一张给季临，"我只要 300 块就够啦。"

"400 块你拿着。"季临看了白端端一眼，"你不是说滴水之恩当涌泉相报吗？我给你滴了这么多，你记得多涌点回报我。平时没事不要在家里睡觉，可以去所里加班，多加班有利于身心健康。不要给我开空头支票，要用实际行动回报我，让我这 400 块物超所值。"

"……"

白端端恍惚间觉得季临借给自己的不是 400 块，而是 400 万。

果然，所有命运的馈赠都已在暗中标好了价格。

只是刚才不就是这男人亲口说的他对自己没有企图，如今让自己去多多加班难道还不是企图？

"要不你还是别借我了吧，我这报不起，加班还是算了。"

"白端端，我劝你珍惜我愿意借钱，并且还不打算拉黑你的机会。"

"……"

"至于你会不会报答我，我这样格局的人自然不会强制你。"季临低头看了看手机，"我走了。"他朝白端端不耐烦地摆了摆手，"拿着我的 400 块离我远点，别烦我了。"

他冷艳高贵地说完，在白端端的目瞪口呆中就这样迈开腿走了。望着季临走远的背影，白端端也不得不承认，这男人吧，如果不开口，真的想拥有，这身段简直是 T 台上下来的；但是一旦开口，片甲不留。

不管怎样，既然他肯借钱，白端端索性安心了，用就用呗，说的也是，难道季临还能按着头让自己加班吗？

白端端，定心点，你是最棒的！

# 第十九章 帮你解围，记得谢我

　　这么一想，白端端心情好了起来，她重新排进了队伍，继续耐心地等待结账。然而今天大约撞上超市搞促销，这队伍排得简直没完没了，眼见季临都从超市转了一圈，推着车出来了，白端端前面还有一小队人。

　　不过鉴于季临大发慈悲借了自己钱，白端端还是决定投桃报李。她刚想朝季临挥手，让他把车里本就不多的东西和自己的放在一起结，省去排队烦恼，只见原本目不斜视正朝结账队伍走来的季临突然停下了，他顿了顿，眼神微微看向自己的左侧，然后抿了抿唇，径自朝左侧的货柜走了去。

　　白端端循着他走的路线一看，季临这要去的赫然是玩偶区啊！

　　季临显然并没有意识到白端端的目光，他就这么板着一张冷冰冰的脸，走到了和自己气质完全不符的等身毛绒玩具旁，微微抬头看向货柜顶端，作为陈列商品展示着的那只巨大毛绒熊。那毛绒熊的边上，是一行振聋发聩的促销标语——

　　跳楼甩卖，错过这一波，再等二十年！

　　"……"

　　季临就这么站在巨形毛绒熊下，被周边五颜六色柔软蓬松的毛绒玩具包围着，他冷淡的气质和绒毛玩具自带温暖的气息完全不相称。然而，这冷漠男人站在其间，竟然奇妙又反差，反而衬得他越发英俊和冷冽。

　　有点独特。

　　这么一本正经、面色冷淡地看毛绒玩具，冷漠之中有点可爱，可爱里又带了点冷漠。

　　而最让白端端愕然的是，季临竟然在认真看过促销方案后，伸出手直接把促销货架顶端那一只超大型毛绒熊抱进了怀里。

　　他竟然要买它。

　　只可惜季临的购买行为进行得不是很顺利。

　　"奶奶，我要那个熊，我要那个熊，就要那个！"

　　季临刚抱着熊走了几步，他身后就传来了一个连哭带叫的声音，一个小男孩死命晃着奶奶的手，脸上露出了绝不善罢甘休的表情。小孩几步追上季临，一只手拽住了他怀里毛绒熊的一条腿。

　　"奶奶，我就要这个！这只熊我要放在床上一起睡觉！"

　　"奶奶，你看还打折，现在就剩这一只了，我就要我就要我要！"

　　伴随着孩子撒泼似的声音，孩子的奶奶也赶紧追了上来，老太看了眼季临，也没阻止自己孙子拽着别人手里的熊的行为，径自道："小伙子，你这熊让给我孙子吧。"

　　她一脸宠溺地说："不然这孩子绝对要闹，不肯跟我回去。你要不行行好，就把熊让给娃娃吧，我刚也问过售货员了，这熊过几天超市还要进货的，你到时候再来买个新的。"

　　一般人遇到这种事，或许碍于面子又怕拒绝了被指责欺负老人小孩，因此多数也就让了，只可惜季临哪是一般人，他冷淡地看了一眼老太和熊孩子："你小孩要闹关我什么事？他不肯和你回去又关我什么事？"

　　这态度，是坚决不让了。

　　熊孩子得到信号，立刻就扑倒在地，然后开始大声号叫着撒泼打滚："不行不行，我就要这只熊！就要这只！"

　　这孩子显然演技娴熟一秒入戏，没一会儿，满脸眼泪鼻涕。孩子奶奶脸上露出了万般不舍的心疼："宝宝啊，快起来，地上凉，奶奶帮你要还不行吗？这个叔叔长得这么好看，肯定是个好心人，一定会让给你的……"

这言辞里的夸奖，显然是准备给季临戴上高帽子，然后让他骑虎难下，只可惜……

季临抱着熊，冷冷地笑了一声："哦，不好意思，我只是个长得好看的坏人。"

"……"

季临毫无心理负："这熊，我先看到的，归我，不让。"

小孩一听这话，当场就情绪崩溃了，在地上号啕不止："奶奶，今天买不到这个熊我就不起来，呜呜呜呜……"

孩子的奶奶一脸心疼，她立刻把负责这片销售的售货员给找来："快，小姑娘，你劝劝这小伙子，这熊你们马上就调货了，明天就有了，让这小伙子明天来拿行不行啊？"

售货员自然也不希望事情失控，熊孩子太难沟通，她便寄希望于季临："这熊我们已经去调货了，但没那么快，大概还需要等三天，先生您要是不急的话……"

售货员小姑娘长得唇红齿白，语气也柔柔的，季临毕竟长得一表人才，对方这双眼睛望向季临便像是一汪秋水，两人的目光在交汇。

这个发展，一般按照小说来讲，应该是平日里行事冷硬的季临，在售货员小姑娘的眼神里顿时变得温柔，并让出了熊，小姑娘觉得男人既大度又配合自己工作，一见倾心。此后新的玩偶到货，售货员小姑娘主动联系季临来提货，一来二去，两个人便自此走到了一起……

可惜小说只是小说，再梦幻的剧情，再戏剧的设定，只要遇上季临，都只能戛然而止。

售货员小姑娘的话还没说完，季临就开了口，他冷冷道："你们现在超市的周年庆，还剩下两天就结束了吧？"

售货员愣了愣，显然没跟上这么跳跃的节奏，只点了点头。

"哦，也就是说，这熊我现在买，可以享受周年庆的促销折扣，可以八折入手。但我让出来，三天后另一只熊到货，促销活动已经结束，我就要原价买了。"他对售货员露出了一个迷人的冷笑，言简意赅道，"没门。"

"……"

白端端差点笑出来，想要让季临多付钱，怕是想多了。

只可惜熊孩子的奶奶既想要占便宜，让自己孙子拿到熊，又不愿意多出钱帮季临贴出之后需要多付的费用，索性开始道德绑架了："小伙子，这熊一共也才一百多，有折扣也才能节省二十几块钱。我是老太婆了，还要拉扯这个孩子，家里也不是多有钱，但对你来说，二十几块钱也就一杯你们常喝的那什么咖啡的钱。你看看你，浑身上下穿的一看都是牌子货，这二十几块钱对你肯定是小意思了！"

季临微微一笑："阿姨，你知道我是怎么穿上这些牌子货的吗？"

"啊？"

"就是靠着二十块也不放过的勤俭持家。"

"……"

"总之，熊是我的，你孙子哭死也和我没关系。"

熊孩子想来自己这撒泼打滚的招数曾经战无不胜，没想到如今在季临这里却折戟沉沙，当场便变本加厉发作起来，他的哭叫声越发响亮，大喊道："这个叔叔欺负人啊欺负人！抢我的熊，这只熊是我的！他那么大的人了，连只熊也要和我抢，连个小孩也不放过，也要欺负！"

熊孩子一边号哭，一边冲上前，拽着熊的一条腿就想硬抢。按照这熊孩子的经验，一般到这个地步，对方都会很难堪，做不出当场和小孩抢东西的事，一来二去，这熊就能被自己抢走了。

只可惜季临从不按理出牌。

不出白端端的预料，季临当即反手就把熊给拽了回来，他并没有用多大力，成年男人相对于熊孩子的体力优势摆在那里，他只要不松手，那熊孩子就是使出了吃奶的劲也不能把毛绒熊给抢走。

这下熊孩子傻眼了，他又不信邪地拽了拽熊，结果季临又一次把熊拽了回去。他就这么一本正经、面无表情地和一个孩子，就一只熊进行拉锯战，死活不放手，满脸写着绝不放手的坚决和冷酷。

熊孩子完全崩溃了，抢夺失败，直接倒在地上开始新一轮更高分贝的哭叫。

熊孩子的奶奶心疼得不行，她皱了皱眉，看向季临的眼神里充满了责备："行了行了，不就是二十块钱吗，我老太婆给你贴，总行了吧！这熊你就让给小娃娃！"

只可惜季临只是冷笑："我没说过你给我贴钱就把熊让出来，这熊是我的，绝对不让，你给我两百万，我也不让。先来后到，我先拿的东西，凭什么让给你？"

这下，觉得已经做出重大牺牲的熊孩子的奶奶也情绪失控了，她忍不住提高了声音，仿佛季临让出熊来是理所应当的，不肯把熊让给他们是十恶不赦："我没见过你这样的人，你都多大年纪的人了，竟然跟个小娃娃抢一只毛绒熊！毛绒熊这种东西，不就是专门设计了给宝宝的吗？！"

结果只听季临镇定冷静道："男人内心都住着一个长不大的小孩，谁还不是个宝宝？"

"……"

这番动静颇大，周围早已围了不少人，白端端此刻队伍前后的老阿姨也开始议论起来——

"虽然这孩子是太闹了，但一个大男人，怎么就这么和一个孩子抢啊。"

"就是啊，不就一个毛绒熊吗？这男人真是……"

"一开始就算有道理，后面不依不饶，连个孩子也不肯让，这什么男人？自己以后也要结婚有小孩的，怎么一点不知道谦让老幼。"

"是啊是啊。"

排在白端端身后的老阿姨批判了季临一番，然后看了白端端一眼，话题一转："小姑娘，那男的是你男朋友吗？刚才看到你和他说话了。"

"啊？是你男朋友啊？那小姑娘，你可真是要去劝劝，这也太难看了，连个小孩都不肯让，阿姨劝你要擦亮眼睛啊，这种男人不能要，你看看，一点不肯谦让的，以后结婚了怎么会让着你啊，你考虑考虑清楚……"

"太没风度了！"

……

白端端面对老阿姨们的目光，几乎是下意识地就一个否认三连："不知道，不认识，没见过，刚才只是问个路。"

如果剔除年龄的因素，把熊孩子和季临当成两个独立的个体看待，明明占理的是季临，然而大众总是容易同情弱者，总觉得一个成年男性，理应礼让老幼，而在超市排队的又多是和那熊孩子奶奶同样年龄的老阿姨，一下子便把季临指责上了。

白端端虽然从道理上觉得季临也没做错什么，但设身处地想想，如果自己是季临的女友甚至只是朋友，这种情景，似乎也确实有点感同身受的尴尬。不过一只毛绒熊而已，虽然对方是个一点不讨人喜欢的熊孩子，但作为一个成年人，如果换成白端端，大概也会息事宁人让给对方。

只可惜季临丝毫不顾周围人的侧目和讨论，径自在熊孩子的号啕大哭和熊孩子奶奶的骂骂咧咧声里，准备走进结账队伍排队。

熊孩子都是家教使然，有熊孩子，必有熊家长，这奶奶战斗力也丝毫不弱。她孙子在地上打滚号叫，她索性也倚老卖老，为了胡搅蛮缠，径自拉住了季临的衣袖："大家来看一看评评理啊！这男人连小孩的东西都抢，把我家孩子气成这样了，要是气出病来了可怎么办啊！小伙子啊，你以后也要结婚成家有孩子的，你怎么就不能设身处地将心比心哪！"

超市里的老大爷老大妈都是看热闹不嫌事大的，如今这情况，愣是围了一圈人指指点点，很多人是刚聚拢来的，甚至不知道这件事的前因后果，但季临这个模样的男人，过分英俊又过分冷漠感，反倒是那老阿姨穿着朴素让人有亲切感，群众又凭着对老幼的怜悯，一时间便是一边倒了。

还没等季临反驳，那老人便一边吆喝一边攻击起来："不过也是，你可能根本没机会成家有孩子。你这种人连个小孩都不肯让，连个老太婆也要欺负，一点素质没有，长得人模狗样又怎么的？估计都没有女的肯跟你！别说小孩了，你这样的连个老婆也找不到的！"

季临脸色冷漠且难看，但显然他非常执着地守护着自己怀里的毛绒熊，面对指责和污蔑，抿着唇并不退缩。

这种事和自己完全没有关系，白端端也并不喜欢变成人群焦点被人侧目。然而等她意识到的时候，她已经站了出来，走到了季临身边。

有些事，骨子里忍受不了。

"阿姨，请你不要乱污蔑我男朋友，不分青红皂白抢人家的东西还要给我男朋友泼脏水，什么叫欺负你和你孙子？我看到的分明是你和你孙子撒泼打滚耍无赖要抢走我男朋友先拿的毛绒熊。"

白端端踩着十厘米的高跟鞋，身材高挑皮肤白皙，长得又足够艳丽明媚，如今她站出来，站在自己身边，喊自己男朋友，即便知道是假的，季临还是没忍住看向了她。不得不承认，自己这一次也无法免俗，而是如同任何一个在场的男性一样，仿佛受到了蛊惑，只想看着眼前的白端端，只想听她讲话，而不管她讲了什么，自己都会信。

白端端这个人，大概是自己人生里最大的邪门了。

而被认定成邪门的本尊，此刻却完全不知道自己的老板在想什么。白端端只觉得，如今真正站出来了，周围这些探究的目光也并不是那么让人不能接受，唯一让自己忐忑的，反而是身边季临微微皱眉看向自己的目光。

那目光并不是容易解读的感激，而是一种更为复杂的意味不明，像是一潭深水，望不见底，只让人觉得沉溺。

这时候可不是解读季临目光的好时机，白端端敛了敛情绪，大大方方挽住了季临，顶着对方那微妙复杂的视线，亲昵地依偎到了他的肩头："我和我男朋友在一起十年了，他是什么样的人我清楚得很。他平时尊老爱幼坐地铁都让座，表面看着挺难处，挺冷淡的，其实人很温柔。但他只礼遇有素质的人，有自己的原则，遇到泼皮可不会以礼相待。"

白端端冷笑着看了一眼眼前的老阿姨和熊孩子："刚才我忍着没过来，但你们一开始那一幕我都录像了，到底是谁对谁错，阿姨你要不认同，我们上网发一发，瞧瞧网友们都怎么讲。阿姨你是年纪大了不怕大家批评，但你孙子还在上学吧？就算我给你孙子打个马赛克，但现在这网络传播速度，一发出去，很快大概连你孙子学校的同学、老师都知道了，就看看这学校老师是不是还要表扬你孙子为校争光呢？"

"……"

一般人到这地步，也看得出眼前的年轻男女不是软柿子，该见好就收也就见好就收了。然而今天季临遇到的这位熊奶奶，显然不是一般人，她脸上露出"我和你们杠上了"的表情，索性一不做二不休地决定撒泼到底。

她竟然捂着头假模假式"哎哟哎哟"喊了两声，然后就捂着胸口开始大喊喘不过气来，接着准备往地上栽去……

这看样子是讲道理不成，决定以身碰瓷，誓死要给季临找点不痛快了啊！

季临显然也想到了这一点，脸色相当难看，对方万一真的讹病，确实相当麻烦。

几乎是同时，他就看到刚还挽着自己的白端端，突然一只手开始按着小腹低低叫起来："亲爱的，我肚子好疼……"

白端端漂亮的眉毛紧紧皱着，脸色相当难看，明艳的五官里都带了藏不住的痛苦。她弯下腰，死死咬住嘴唇："季临，我好难受，肚子疼得不行了……我感觉好像是……"

这一次，季临终于放下了刚才死活都不松手的熊，几乎没有多想，就一把抱起了白端端，他皱着眉，低声道："我带你去医院，你再坚持一下。"

而几乎是同时，季临终于听清了白端端的后半句话——

"我感觉好像是要先兆流产了……"

……

季临面无表情地抱着白端端，看着她继续扭着一张漂亮的脸，信口雌黄道："季临，你说会不会是我们的宝宝保不住了。都怪我不好，刚才就该听你的，不论发生什么事都不要过来，结果还是忍不了这一老一小欺负你，本来医生就说我们宝宝不太稳定，现在这样真是被这老阿姨气得动了胎气了，会不会害得宝宝就……"

"……"

　　白端端这一番话下去，刚才还胡搅蛮缠铁了心要倚老卖老拉扯季临的熊奶奶，是立刻放开了季临，甚至害怕被白端端碰瓷，一下子退出了好几步远，她一把拽起了自己的熊孙子，立刻开始划清界限："大家都看清楚了啊，我刚刚根本没碰过她，她这孩子出事和我没关系啊！我还有事，带我孙子先走了……"

　　这一下，周边看戏的舆论也立刻倾斜了，不少人开始对这熊奶奶指指点点起来。

　　很多老阿姨也更是没有原则地倒戈了："这人家一个孕妇，就不能让让人家……"

　　"就是啊，怀孕多不容易，人家这还要保胎呢。"

　　……

　　能打败熊孩子和熊奶奶的，恐怕只有熊孕妇了！

　　熊奶奶被数落得面上无光，她澄清完白端端的胎气不稳和自己无关，便拽着熊孩子要走。可惜这熊孩子对熊倒是不死心，见刚才季临为了抱起白端端已经把熊松开放到了地上，临走前便贼心不死准备趁机带走熊……

　　"季临，那我们赶紧去医院吧。"白端端露出虚弱的表情，偷偷对季临使了个眼色，然后柔柔地笑了笑，加了一句，"记得把熊带上。"

　　开玩笑，白端端想，想从我手里带走熊，做你的春秋大梦！

　　因为白端端的坚持，最终，只结账这只熊，季临走了自助电子结账通道，很快就带着熊出来了。当然，更准确地说，应该是季临抱着白端端，白端端抱着熊……

　　两个人就保持着这样的姿势走出了超市。

　　刚才白端端一心在撑熊奶奶和熊孩子，如今只剩下自己和季临，这才觉察出姿势的暧昧，自己竟是这么被季临抱了一路，在最初想到这个方案时，她压根儿没想过季临会就这么立刻放下熊抱起自己……

　　白端端被这么抱着，只觉得整个人都开始变得不自然起来："季临，现在可以放我下来了，我们离开超市也有段距离了，我可以自己走了。"

　　白端端说完，就挣扎了一下。

抱着自己走了一路，季临倒是脸不红气不喘，表情一如既往地冷淡，完全看不出他的内心情绪，他只是看向白端端——

"哦，我们的孩子现在稳定了？"

季临的表情很镇定，语气很冷静但白端端总觉得，他把"我们"两个字倒是咬得有些重了，带了点质问的意味。

白端端干笑了两声："这个……当时情况紧急，我就随便瞎说说。"她飞速转移话题道，"不过季临，这次记得感谢我，为了帮你解围，我那车精挑细选的零食都没买……"白端端一边说，一边把刚才季临给自己的400块掏了出来，"喏，还给你。没用上这恩情，所以加班也免谈了啊，你可别找我加班。"

季临抿着唇，面容冷峻、身材挺拔，他其实并没有什么特殊的表情，然而白端端被他这样看着，只觉得心跳如鼓，下意识便慌乱起来，赶紧找了个借口落荒而逃，先一步出了超市。

刚出超市，白端端发现自己之前莫名其妙黑屏的手机又神奇地恢复了，电话响了。她接起来，才发现是戴琴，对方告知自己明天下午贵丰通信的律师通知她要沟通合同无效辞退事宜，白端端安慰了几句，然后看了下自己的日程表，把明天下午空了出来。

做完这一切，白端端一抬头，才发现季临也出来了。他面无表情地抱着一只快等身高的熊，不畏他人目光，径自推门走进了超市旁的蛋糕店。

没过一会儿，白端端见他一脸冷酷地抱着熊走了出来，手里多了一个蛋糕店的提袋。

季临不是不喜欢吃甜食吗？怎么买了这么大一个蛋糕？

白端端刚才接电话嫌弃外面太晒，跑到了一片隐蔽的灌木丛树荫下，如今季临正掳着蛋糕和毛绒熊朝这边走来，按照他的路线方向，季临很快就能看到自己了。而白端端也不知道怎么了，只觉得心里还是怦怦直跳。明明刚接到了戴琴的电话，正好应该趁机和季临沟通下，然而她突然觉得慌乱，仿佛像个临时怯场的人，心里一团乱麻，只剩下逃跑一个念头。就这么鬼使神差，她整个人往灌木丛里一躲，让绿叶完全遮盖住了自己的身躯。

　　季临果然没看见自己，但他径自在白端端藏身前的树荫下停了下来，他看了看手表，没多久，不远处就有个穿着脏兮兮的小男孩笑着朝他跑了过来。

　　"季临哥哥！"这小孩的声音带着惊喜，"你真的把熊买到啦！"

　　"嗯。"

　　透过树叶的缝隙，白端端看到季临神色淡漠地把怀里的毛绒熊递给了面前的小男孩。

　　这孩子看起来和超市里打滚的熊孩子差不多大，然而肤色黝黑，显然常年在外干活儿，衣着也有些破，一只手里还提着一大包垃圾。白端端仔细一看，才发现那一袋都是塑料瓶子和纸板箱之类。这孩子在捡垃圾。

　　他看到毛绒熊，一双眼睛里都是亮光，表情却很腼腆："不了，季临哥哥，我现在身上脏，你能帮我把熊套个干净的大塑料袋吗？"

　　季临的表情并没有太多变化，语气却是耐心的："嗯。"

　　小孩很高兴："谢谢你季临哥哥，上次我说自己生日想要这个熊，没想到你真的记住还给我买了。我上次还去超市看了，说这是最后一只了！"

　　"蛋糕给你，生日快乐。"

　　小孩却连连摆手，满脸了不好意思："不行不行，我收你太多礼了季临哥哥，有这个熊当生日礼物我就很开心了。蛋糕你拿回去自己吃吧，以后也别特意给我买，多浪费钱。"

　　"不浪费。"季临表情平静，言简意赅，镇定自若地撒着谎，"不是我买的，是刚才我买熊送的蛋糕券，免费拿的。既然熊是给你的礼物，这个买熊拿到的赠品当然也一起给你。"

　　小孩一听说这蛋糕没花钱，终于放心下来，甜甜地仰头笑着谢过季临，这才安心地收下礼物。

　　他虽然收下了礼物，但还有些腼腆："季临哥哥，我生日你送礼物，平时还给我买很多书和吃的，还给我交学费，花了好多钱，会不会自己不够用啊……"小孩郑重道，"你可以少给我花一点钱，我现在平时没事也帮着我爸妈一起收垃圾，能攒一些零花钱，你不用给我那么多，你多留点自己用，我……"

躲在树丛里的白端端着实惊讶，季临平时确实十分抠，能不花钱绝对不花钱，她以为他会是全方位无死角的抠门，没想到他竟然一直在资助眼前的小孩。

他和小孩说话的语气依旧没有婉转到哪里，仍是言简意赅、惜字如金。季临讲原则，有板有眼，一丝不苟，冷淡到近乎冷漠，即便面对的是个小孩子，他也学不会用小孩的方式和对方沟通，还是四平八稳的成年人的语气和用词，并没有显得多柔软。然而，白端端却觉得，季临是个温柔的人。他并不会说什么温情的话，也不会有过分主动热情，但他此刻看向小孩的神色，却莫名地让白端端心悸——冷漠男人的温情，真的非常动人。

这一刹那，白端端有些控制不住，刚才那奇怪的心跳又来了，她不得不按住胸口，才能保持平静地继续躲在树丛里。

小孩话还没说完，季临就打断了对方——

"不会。你放心用吧。"他的声音干脆简练，就在白端端准备继续感动时，只听他继续道——"反正这些钱都是我从别人身上抠下来的。"

"……"

在白端端的无语中，季临继续淡然道："而且我有很多员工，你放心，我没钱了会压榨他们。"

"……"

季临的温情？不存在的。

送完了毛绒熊和蛋糕，平时信奉时间就是金钱，连秒都要收费的季临并没有走。他安静地站在小孩身边，听着对方絮絮叨叨讲着学校里发生的很多小事：小孩的同桌女生喜欢上了一个男孩，结果告白被拒绝了；物理老师新换了一个特别丑的发型；语文老师和体育老师好上了；学校植物园里养着的两只兔子生了一窝小兔子；自己种的风信子开花了……

这都是些微不足道的小事，甚至大部分父母都没有耐心听自己的孩子讲完，季临却安安静静地听着，他的脸上并没有什么特殊的表情，没有微笑也没有暗示对方继续，然而即便如此，躲在树丛后的白端端觉得，他真的认真在听，并没有敷衍。

季临身上有一种非常矛盾的气质，既冷淡，又有些微妙的温和，因此即便充满了距离感，仍旧忍不住让人想要靠近，想要看看这个男人冷酷的外表下，是怎样的心。

虽然躲在树丛里既闷热又难熬，听着树丛外小孩叽叽喳喳的声音和季临偶尔的低沉应答，白端端竟然觉得内心很温柔。

从树叶的缝隙里，能清楚地看到季临英俊的侧脸，虽然一直知道这男人长相的冲击力，不知道是不是错觉，此刻的白端端总觉得季临好像又变得更好看了一些。他站在阳光里，白皙而健康的皮肤上被镀上了一层暖融融的光，挺拔高大，一瞬间竟让人生出"宛若神祇"的恍惚感。

白端端一边忍受着那莫名其妙的内心激动感，一边忍受着腿上蚊子的攻击，终于，季临和小孩的谈话似乎告一段落。

小孩挥手和季临甜甜地告别："季临哥哥再见！"

季临这下终于离开了，就在白端端松了口气，准备等小孩也走了以后从树丛里出来时，这小孩却朝自己待的地方看了一眼，只听他收起了刚才面对季临的甜美腔，面无表情道——

"姐姐，你躲在里面不热吗？"

"……"

白端端一脸尴尬地从树丛里出来，她摘掉了头上的树叶，哈哈笑了两声："还好还好，这里绿色植物密集，我感觉空气比较清新。"

小孩幽幽地看了白端端两眼："姐姐，空气真的很清新吗？可是在这附近打麻将的男人常常会偷偷躲在这片树丛里尿尿。"

"……"

不得不说，这小孩有毒……一瞬间白端端整个人都不好了，好在她东嗅嗅西闻闻，没闻到自己身上有什么可疑的味道，这才再次看了小孩一眼，索性坦荡道："我只是躲在这里偷听你们说话而已。"

小孩愣了愣："你为什么要偷听我们说话？"他眨了眨眼睛，"你和季临哥哥有仇吗？"

白端端摇了摇头："不是。"

"那你是季临哥哥的追求者，想跟踪他亲近他？"

"也不是。"

小孩不依不饶道："那你为什么偷听我们说话？总要有个原因吧。"

白端端此刻终于拍完了身上的树叶，她抬起头，对小孩露齿一笑："因为我没素质啊。"

"……"

白端端这句话说得理直气壮，把眼前的小孩给惊呆了。

白端端正准备再糊弄小孩两句溜之大吉，却听到身后传来了一个低沉熟悉的男声——

"白端端。"

白端端回头，才发现季临不知道何时去而复返，他像是又去购物了，手里拎着两大袋东西。如今这英俊男人正皱着眉，一字一顿道："教坏小孩，扣你 500 元工资。"

"不是，季临，你不能……"

"我能。"可惜季临似乎早就知道白端端想要抗争的内容，他看了白端端一眼，面无表情道，"你想说私生活不能作为扣工资的衡量标准，想控诉我违反《劳动法》乱扣工资是吗？"他用一种"让你死个明明白白"的表情笑了下，"盛临的员工手册在入职的时候你就签收了，手册里第 145 条规定了，败坏盛临名声的行为，视为违纪，可以酌情扣除 500 ~ 1000 元的工资。"

说起这员工手册白端端就炸了："你这员工手册写了 400 条！那么厚一本，比我上学时候的民法教材还厚，谁会认真看，而且，季临你有毒吧？谁会规定得那么细致啊！这个要扣钱那个要扣钱！"

技不如人，签收员工手册时又没多注意，白端端只能放弃了挣扎，她看了一眼小孩："小朋友，你看到了吗？你的季临哥哥说得可没错，你下次不用替他心疼钱，他的钱就是从我这样可怜巴巴的员工身上这么克扣下来的。"

"……"

"另外，小朋友，偷听别人说话这种事是不对的。今天我就是用实际行动告诉你，偷听，不但被抓包很尴尬，还会被扣工资，怎么样？有没有感觉今天上了人生最重要的一课？"

季临噎了噎，他看了白端端一眼，抿了抿唇，语气里难掩地带了点自己都没意识到的无奈："算了，钱不扣了，下次别偷听。"他看向一旁的小孩，"李蒙，你去忙吧，待会儿你爸爸该找你了。"

小孩眼睛亮亮地点了点头："嗯。那季临哥哥再见，谢谢你的礼物！"他说完，又看了一眼白端端："没素质的姐姐也再见，下次不要偷听了！"

"……"

白端端哀怨地目送小孩离开，把视线转回到季临身上，她眨了眨眼睛："工资真的不扣了？"

"嗯。"

"真的？"

季临不耐地瞥了白端端一眼："听你这意思，很想被扣？"

"如果你扣了我的钱用来接济小孩，那我愿意被扣。"

季临冷哼了一声："你真以为从你们身上抠出来的那点钱能干多少事？我又不差那500块。"他看了白端端一眼，"何况我从你身上抠出500块，按照你的性格，回头就要从我身上抠回来1000块。"

"……"

白端端本来还想夸一下季临人美心善，结果别说是夸，连聊天也聊不下去了。季临倒是不在意，两人都往家里走，因此就这样沉默安静地同行了一路。

直到白端端走到门口准备开门，季临才终于出声叫住了她。

白端端有些茫然："嗯？"

"这个，给你。"季临抿了抿唇，把两袋东西递给了她，正是季临提了一路的两个购物袋。

白端端迟疑地接过来，打开一看，才发现这购物袋里竟然满满地装着两大袋零食，只是匆匆一扫这些零食的品牌，白端端就能确定，这些东西都很贵。

"你不是精挑细选了一车零食最后没买上吗？"季临皱了皱眉，侧开了头，"我不知道你挑了什么零食，反正我按照标价把价格高的零食都买了。"

季临的语气听起来有点恶劣，再仔细分辨，那恶劣似乎有些虚张声势的意味，内里的不自然才是真实的。

白端端望着两大袋进口零食，心里涌动着不真实感："所以你特意回去是专门给我挑了两袋零食？"

这下季临的语气更恶劣了，那眉宇间的不自然也更浓重了。他完完全全避开了白端端的目光，干巴巴道："我不喜欢欠人情。"

季临说完，也不再看白端端，径自开门进了自己的屋子，整套动作行云流水，只留给白端端一个冷淡的背影。

他这模样十足地冷漠，然而白端端看着手里这两大袋进口零食，忍不住有些失笑，刹那，她竟然觉得季临有一点可爱。

没来由地，白端端想到山竹。季临这个男人，有时候简直就像是山竹一样，外表看起来既冷酷又坚硬，完全不像个好吃的水果，剥开那层壳，里面却是单纯的白和柔软多汁的酸甜。

自己其实根本不会真的计较没买到的那车零食，季临竟然特意折返回去买了。因为不懂零食，他只能简单粗暴地按照标价来买，白端端只粗略估算了下，这男人大概花了自己原本那车零食两三倍的钱，这两大袋子零食都是给自己的，他却一路自己拎着，直到房门口才丢给自己。

这是一个很小的细节，白端端却敏锐地捕捉到了，季临这个男人，有时候真的……让白端端不知道该怎么形容，他很抠门，他又很大方；他很冷淡，他又很不冷淡……这个矛盾的男人，在恶劣的性格之外，内心竟然有着非常温柔体贴的一面。

白端端坐在自家的沙发上，拆开季临给自己买的那些零食，确实都是鼎鼎有名还死贵的牌子，她此刻却一点都不想吃了。

这一刻，她突然只想吃山竹。

# 第二十章　一念情起，是个错觉

周末的时间总是过得飞快，一转眼，又到了周一。白端端此前别别扭扭地把贵丰通信要和戴琴进行谈判的时间告知了季临，因此周一下午，白端端便和季临到了贵丰通信的总部。

戴琴早早地等在公司门口，相比她的焦虑和忐忑，白端端冷静多了。她对这类谈判胸有成竹，事实上她认为这类谈判甚至不需要季临出面，她在告知季临周一下午谈判的时间时，也确实认为季临对这些小打小闹的谈判没有兴趣。然而出乎她的意料，季临只抿了抿唇，就调整了自己周一下午的工作安排，要一起来。

这个案子不论从标的额、律师费、性价比等各方面来说，实在不值得季临这样咖位的律师大动干戈，然而季临为了能参与这个案子，不仅答应了自己狮子大开口的条件，代理了自己内心根本不认同的员工方，如今还事必躬亲。

"我总觉得他像是和我们朝晖有仇似的，只要我们朝晖接的案子，他一定会去代理对方当事人，就算标的额小得几乎赚不到钱。"

看着身边神色冷峻的男人，此前张俊达说的那番话犹在耳边。

难道季临真的和朝晖有仇吗？是业务竞争上的仇，还是别的什么私仇？他当初为什么态度一百八十度转变，不惜自己打脸也要对这个案子插一脚？

他拼了命一样想要加入这个案子，绝对有妖。

但是究竟是什么原因？

很快，白端端就没了胡思乱想的时间。有一队人从贵丰通信的办公区走了过来，白端端眼尖，一眼认出为首的正是此前视频里接受采访的人事部主管。她胸口别着名牌，全名叫李婉君，而她的身边站着的，赫然是杜心怡。只是她身边并没有林晖，看来最终林晖只是挂名，还并不至于真的为了杜心怡能屈尊来做这种小案子。

这一次，杜心怡穿着高级套装，妆容精致，包也从轻奢换成了一线大牌。想来自己走后，鸟枪换炮，在朝晖作威作福过得十分潇洒自在。

呵。

杜心怡显然也看到了白端端，她愣了愣，大概想起自己挨过的耳光，脸上闪过阴毒，咬牙切齿、语带讽刺道："竟然是白律师，我还以为你被我们朝晖开除以后都找不到下家呢。"

她一边说，一边意味深长地看了季临一眼："哎哟，原来还是去了盛临啊。我就说什么来着，你们怕是之前早就看对眼了，不过季律师可真是好胃口，什么人都能收，你知道我们白律师当初为什么被开除吗？"

她这番话，显然让贵丰通信的几个人忍不住好奇多看了白端端两眼，而因为白端端的那张脸，这几个人看向白端端神色里也都带着玩味，就差没把自己的心里话挂在脸上了——戴琴一个小员工，又没什么钱，能请得到什么好律师，不过就是些三教九流，哪里像公司这样财大气粗能请到朝晖这样的律所。

而别说贵丰通信的人，戴琴显然也受了点影响，脸上流露出了动摇。杜心怡业务能力不行，这给人下马威倒是很在行。

杜心怡说到这里，显然还不解气，仗着此刻她人多势众，硬是要再奚落白端端一番："白律师不是也工作好几年了吗？怎么如今这样的谈判都不能独立进行，还要拉着季律师一起？像我们林律师，很放心我一个人过来。"

听到林晖不会现身，只派杜心怡一人前来应战，季临脸色沉了沉，他的脸上并没有明显的表情变化，但白端端觉得他情绪并不好。白端端不明所以，想着大概是季临觉得这样的案子对方只派出一个小律师，而他却和自己一同前来，有些太过重视到过分隆重了。

不过这么一番话不仅攻击了白端端，连带着季临也攻击上了，就在白端端忍着怒气之时，季临先行开了口。

他此时已经敛去了刚才的情绪变化，声音冷淡，连眼皮也没抬，全程像看跳梁小丑一般："你废话这么多，是过来表演市井吵架的，还是来给客户提供专业法律服务的？"

季临的语气冷静而轻蔑："不论你现在怎么污蔑白端端，她也不会和你当场吵架反驳，因为她公私分明，对客户负责。现在是工作时间，不是私仇时间，即便不谈业务能力，就这一点职业素养，你也比不上她。"

"至于你说的为什么我和白律师一起过来，那是因为我们盛临和朝晖不一样，不像朝晖，林晖尽情用自己的名声出去揽案子，挂羊头卖狗肉，自己不做，分包给下面没什么资历的小律师甚至新手。我们盛临，只要我的名字出现在代理律师里，不论是什么样的案子，我都会全程参与。"季临这下终于抬头看了杜心怡一眼，"而且你很快就会后悔，没让你的带教律师林晖一起来。"

季临的眼神既镇定又冷漠，完全没有任何情绪波动，这一番话却是极具气势和威压，如此一对比，高下立见。而季临那漠然的眼光里，杜心怡仿佛连给他提鞋都不配，寥寥几句话，完全解除了白端端的尴尬。毕竟如果白端端直接自己反驳杜心怡，确实显得自己不专业，像两个市井女人吵架，太没有格局了，但不反驳，又实在憋不下这口气。

杜心怡一个拳头打过去，结果不仅没打伤白端端，反而全力反弹给了自己。她内心怨恨，然而再纠缠下去，这样只会显得自己更加不专业。只能打掉牙齿和血吞，竭力虚张声势对贵丰通信的人事主管解释道："林律师此前和我早就梳理过这案子，应对措施也是他全程把关的，你们放心吧。"

贵丰通信的李婉君显然不想掺和律师之间内部的事，只点了点头，又看了季临一眼，带着所有人一起去了谈判的会议室。

杜心怡在会议室外丢了面子，一进入会议室，便迫不及待地为了表现自己的专业直奔主题。她扔出此前准备好的材料："这是戴琴小姐入职时候填写的个人情况登记表，在是否怀孕这一栏里，清楚地勾选了'否'。"

杜心怡的手移到了登记表的末尾，笑了笑："而这里，'本人保证并承诺以上信息真实，如有虚假，本人愿意承担一切后果和责任'这句话，可是戴小姐亲自誊抄了一遍后签名的。事实证明，戴小姐在入职的登记表上提供了虚假信息，根据她事后请病假用的怀孕 B 超单，她在填写这张登记表时就怀孕了，并且已经怀孕两个月。"

面对这份登记表，戴琴脸色惨白，只嗫嚅道："我……"

白端端几乎立刻打断了戴琴："很多女性因为粗心或者别的原因，在怀孕很久后都不知道自己怀孕了。从后续戴琴请假的 B 超单倒推时间的方式，确实能证明戴琴在入职时已经怀孕，但不能证明她已知自己怀孕和存在主观上的欺骗。这一切都是你们的主观臆想和揣测，对我的当事人名誉也造成了相当大的影响，但根本不能证明她写登记表时提供了错误信息，如果以此为借口主张合同无效，就是违法解除。"

戴琴的脸色既羞愧又难堪，要不是白端端拦着，她大概就要当场认错求情了。虽然事实上入职时戴琴确实隐瞒了，但谈判策略上，大方承认从来是傻子才会做的事。

谁主张谁举证，既然杜心怡代表公司要证明戴琴欺诈，那至少要证明她的主观故意，这可不是个容易的活儿。在得知贵丰通信要以隐瞒信息入职主张合同欺诈无效时，白端端就已经想到了这个对策。

面对白端端的应对，杜心怡这次倒是不紧不慢。她像是等着白端端如此反应一般，用一种怜悯又轻蔑的眼神看了眼白端端，然后拿出了录音笔："你的当事人不知道自己怀孕了？呵，白律师，不如听听这些？"

杜心怡按了开关，录音笔里一段杂音后，就是戴琴微微啜泣的声音——

"婉君姐，我真的不是故意请病假的，我真的是孩子的情况不好才不得不这么请假。"

接着响起的，是一个略带沉稳的女声，带了点安抚的意味，声音听起来充满同情："我知道，小戴，你要不是情况不好，肯定是不想请假的。姐也是过来人，也知道刚怀孕前三个月孩子情况不稳定，又容易孕吐，其实最好是在家里全程休息安胎……"

这显然就是人事部总监李婉君了，她在录音里絮絮叨叨地说着一些安胎的注意事项，又是个年长的女性，配合着她那张大众的友善脸，即便如今白端端听着这录音，也忍不住生出点亲近感。只是，能坐上一个大公司人事总监位置的，哪里可能是什么老好人。

果不其然，在软化了戴琴的心防后，李婉君终于开始迂回前进了："你这姑娘也真是的，当初都怀孕了，怎么还想着来我们这儿上班啊。你这岗位压力本来就特别大，这多不利于养胎，我看你当初就应该选个轻松的岗位去面试，跑我们这儿来，这不是害了自己吗？"

这是一个人事最得心应手的谈话陷阱，然而戴琴显然根本没意识到李婉君话里的圈套，她老实地顺着对方的意思承认了自己入职时已怀孕的实情："因为我确实很喜欢这个工作，也很想拼一拼。虽然怀孕了，毕竟还年轻，也想在职场上有前景，想趁着还没生孩子，先拿到这个岗位。"

戴琴的语气真诚，掏心掏肺，压根儿没想到这一切都是人事要用最低代价开掉员工时的套路操作："婉君姐，你相信我，我真的不是那种想着怀孕生孩子了，就每天安逸活着的人，我真的想有一份事业。现在孩子情况不好，等之后恢复了，我就来上班，生完孩子我也一定全力配合公司，需要加班……"

话到这里，不需多言，杜心怡一脸胜利者的表情，按停了录音笔："白律师和戴小姐还有什么想说的吗？另外说一句，这段谈话就发生在这个会议室里，如果白律师对真实性有异议，全程也有视频录像。"

一旦员工和公司产生劳资纠纷，进入人事谈判的环节，其实就应当非常小心了，很多引导性的问题要当心。可惜戴琴到底太年轻，又太过信任李婉君。

　　知道自己曾经的过分天真坏了事，戴琴一脸懊悔其实从那段在微博引起巨大讨论的视频出来时，她就意识到自己错信了李婉君，然而一切都已经发生了……

　　她看向了李婉君，声音哽咽："婉君姐，我是真的拿你当自己大姐，才都说出来的，要是换别人，我都不会说真话，我是真的觉得你会理解我……"

　　可惜戴琴的话并没有引起李婉君的同情，如今坐在谈判桌上，这个看起来像个老好人的中年女性才显现出自己锋利的一面。她那张一贯友善的脸上终于露出了真实的表情，那是对戴琴的全然不认同："戴琴，你就是欺骗了公司，而且做得太过分了，就算隐瞒怀孕入职，你只要之后就兢业业好好干，我们人事也不会采取这样极端的对策。但你一过试用期直接请假，实在是让人没法忍，因为你没有做你分内的事，所以我不得不做我分内该做的事。"

　　李婉君显然不仅站在工作的立场不认同戴琴，站在自己的私人立场，也对她十分不屑："我就是在贵丰怀孕生完孩子的，但我工作到我生孩子的前一天，我难道没有经历过孕吐或者容易流产的前三个月吗？

　　"我吐到了第六个月，但还是坚持上班，甚至加班和出差。当时公司在业务拓展期，需要去海外高校招人，当时我才怀孕第三个月，就直接连倒时差的时间也没有，辗转在欧美几大名校里张罗，有一次甚至也有先兆流产的征兆了，但我不是还是挺下来了？一天假也没有请。"

　　她这番话，完全站在了道德的制高点，戴琴被数落得面红耳赤，当场眼眶里就蓄积起了眼泪。

　　两相对比起来，同样是怀孕女性，她似乎比起李婉君，差劲太多了。

　　杜心怡也趁机扔出了最后通牒："所以，根据《劳动法》，以欺诈的手段或者乘人之危，使对方在违背真实意思的情况下订立或者变更劳动合同的，劳动合同无效。戴小姐，你和贵丰通信因为合同无效，劳动关系自然也就无效了。"

　　这听起来证据链完备，合情合理，杜心怡和李婉君相视一笑，脸上已经有了彼此满意的笑意。而坐在白端端身边一直安静听着的季临终于望向她，他的神色淡漠，漂亮的睫毛轻轻眨动："我想今天不需要我说什么了。"

杜心怡听完，有些志得意满，季临和白端端也不过如此，如今证据齐全，两个人还不是自己的手下败将。别说白端端，就连季临，面对自己的方案，竟然也只能哑口无言，缴械投降，连之后反驳的话都不知道从何说起。

只是她刚想出言讽刺几句，就听季临淡淡地对白端端继续道——

"下面的事，你一个人解决就行了，这个难度的谈判根本没我什么事。"

季临丝毫没有掩盖自己的情绪，"这也太无聊了"几乎就像个横幅一样挂在他的脸上，他又看了眼白端端："你搞得定吧？"

季临这样认真看人的时候，眼睛真的非常好看。而这男人此刻这种在专业上的优越感和睥睨感，也完全不会让人觉得不舒服，因为白端端知道，季临确实配得上这份优越感和睥睨感。

白端端忍不住笑起来，她对季临点了点头："嗯，不需要你出马，我就够了，就是得浪费你点时间坐着听完。"

说完，这才转头看向杜心怡。在得知贵丰通信想要依靠证明戴琴隐瞒欺诈而主张合同无效时，白端端就已经做好了万全的准备。一个律师在坐到谈判桌前时，应当已经对所有可能的方案都作了预判。此前白端端面对季临时的失利和轻敌，已经给了她足够的教训和成长，因此，即便如今杜心怡能证明戴琴确实存在隐瞒怀孕的事实，白端端也并不手忙脚乱。

白端端迎着杜心怡挑衅的目光，拿出了早就准备好的资料："这是戴琴的劳动合同，上面的岗位描述是营销策划部员工，要求戴琴负责的是公司广告文案撰写等营销活动。而这一张，则是我从贵公司最初在招聘网站发布的该岗位的招聘信息里截图公证过的资料，上面对戴琴这个岗位的工作内容描述得更加详细和清楚。"

"第一，负责公司网站的对外宣传更新工作；第二，掌握公司新品及相关项目的全部信息并制定针对性文案推广；第三，查阅相关产品、项目资料并整理入册；第四，起草营销策划活动的可行性报告并组织相关项目活动；第五，与项目部门讨论沟通并完成相应的策划营销文书写作；第六，组织策划专题推广。"

白端端看了一眼杜心怡，继续念："至于任职资格，写得也非常清楚。要求管理学本科或中文系本科以上学历，对市场有敏锐的洞察力，有良好的文笔及创意构思能力，有优异的沟通能力，有责任心……"

杜心怡皱了皱眉，一脸不耐烦地打断了白端端："你念这些东西干什么？这是专业的谈判，不要以为把这些乱七八糟的信息带进来就能混淆视线。"

这次，白端端不再笑了，她的声音也冷了下来："这就是专业的谈判。你看清楚了吗？不论是招聘公告，还是劳动合同里，都能看出来，贵丰通信想要招聘的这个岗位，是一个文字类、策划类和创意类的岗位，而戴琴拥有211学校中文系本科学历，上一份工作也是营销策划岗，离职时绩效评价都是优异，在上家公司制定的几个策划案在市场上都广受好评，这足以证明她完全能胜任贵丰通信的这个岗位。她向贵丰通信投递的简历上也如实记录了一切，丝毫没有造假，根本不存在因为隐瞒才被录取的事。"

杜心怡用看白痴的目光看向白端端："白端端，你是不是傻了？我从没有说过戴琴隐瞒造假学历和履历。刚才我已经说得明明白白了，戴琴是隐瞒造假了自己已经怀孕的事实！"

她果然一点也没觉察到问题。

白端端望向杜心怡的目光甚至有些怜悯："对，如果是基于戴琴的欺诈，贵丰通信才给了她这个工作岗位，那么劳动合同自然是无效的。"她挑眉看了一眼杜心怡，"对这一点，《劳动法》里也清清楚楚写了，'用人单位有权了解劳动者与劳动合同直接相关的基本情况，劳动者应当如实说明'。"

杜心怡不知道白端端葫芦里要卖什么药，她警惕道："你说这干什么？这条不就更验证了你的当事人没有如实说明自己的情况，合同是无效的吗？"

白端端却是冷笑："你听明白了吗？是'有权了解与劳动合同直接相关的情况'。"

杜心怡仍没搞清楚状况，作为资深人事总监的李婉君却已经反应了过来，她如临大敌般地看向了眼前这位因过于漂亮年轻，此前自己并没有当回事的女律师。

白端端见铺垫得差不多，这才亮出了自己的兵器，手起刀落给了杜心怡一个痛快："贵丰通信招聘的这个文字策划类的岗位，不像常年需要出外勤的岗位，员工是否怀孕并不会影响任职资格，怀孕的女性只要满足学历条件，有相关工作经历，完全可以胜任这份工作，只有这些，才是与劳动合同直接相关的情况，怀孕与否却根本不是，这只是非常私人的信息，即便员工进行了隐瞒，也并不影响劳动合同的有效性。"

白端端看向了杜心怡，露出了一个嘲讽的笑："怀孕与否，和能拿到这份工作与否没有直接关系，所以，怀孕根本不是这份劳动合同订立中公司需要知道的直接相关情况，是不是呢？"

"怎么没关系？！"杜心怡急了，"就算戴琴各方面履历学历都没问题，哪个公司会吃饱了撑的找一个刚怀孕的女员工养着？要是知道她怀孕了，公司怎么可能会录用她？当初这个岗位，可是有二十多人进行竞争，很多男性求职者也都符合条件！"

白端端只是笑，她心中笃定了胜算，没再理睬杜心怡，是看向了李婉君："那么李经理，你来告诉我，是不是要是知道戴琴怀孕了，你们就绝对不会录用她了？"

相比杜心怡在这场谈判里的气势汹汹、咄咄逼人，白端端仍旧娓娓道来，条理清晰，语调不紧不慢，带有一种从容的优雅，甚至给人一种温柔的错觉。这温柔的表象下，却是隐隐的强势和不容置喙。

总有很多人把谈判误解成吵架式的辩论，季临知道，真正成熟的律师，从来不屑于像杜心怡这样孔雀开屏式炫技，更多的是静水流深般步步为营。

李婉君不是杜心怡，她作为资深的人事总监，看了眼白端端从进入会议室就大大方方摆在桌上的录音笔，知道这个问题她根本没有办法说出真实的答案。

是，杜心怡说得对，谁都知道，不论戴琴多优秀，只要当初知道她怀孕了，没有公司会要她，但她也知道，这时候却绝对不能承认这一点。

李婉君只能强颜欢笑着否认："不是，是否怀孕不影响我们的录用。"

白端端也看着李婉君笑："真是很高兴听到李经理的这个答案，如果贵公司因为戴琴怀孕就决定不录用她，那可是违反《妇女权益保障法》，涉嫌性别歧视，可以去相关劳动部门投诉，再去网上曝光，为广大女性讨个公道。"

挖的就是这个坑。白端端似笑非笑地看了杜心怡一眼。

"那么，既然戴琴是否怀孕并不影响录用，录用完全是基于学历、工作经历等进行评判，正如我说的，怀孕并不是戴琴这份劳动合同中公司必须要知晓的相关情况。所以，即便戴琴隐瞒了怀孕，也并不是因为欺诈才得到这个工作，毕竟李经理也讲了，怀不怀孕不重要啊，重要的是个人能力。"白端端露出了一个灿烂的微笑，"所以劳动合同怎么能是无效的呢？"

杜心怡这下也彻底反应了过来，她终于失去了刚才好整以暇的挑衅神色，脸上闪过惊慌。她掏出手机，显然是准备去找林晖这个外援求救。

这种时候，白端端自然是要痛打落水狗的。她笑眯眯地："远水救不了近火啊杜律师。"

此前虽然季临和白端端已有过两次交手，但白端端当事人的错误隐瞒、杜心怡这位猪队友的拖累以及在自己的压制下，她并没能发挥出真正的实力，季临从没想过平时插科打诨、花钱如流水的白端端，在谈判桌上是这样的……耀眼。

会议室的窗外照进了一缕阳光，就这样不偏不倚地打在了白端端的侧脸上，让她本就映丽的容貌更显绚丽，简直漂亮得不像话。而她那双闪亮的眼睛所有的灵魂，自信、从容、淡定、强大。

季临过去从没有在谈判里走神过，此刻看着白端端这张近在咫尺的脸，却破天荒有些心不在焉。他想，林晖会喜欢她，绝对不只是因为她的容貌，更是因为她在职业领域让人移不开眼的专业表现。

季临的心里闪现各种各样乱七八糟的想法，再看向对面杜心怡，季临就充满了疑惑，以他从容盛那边听到的八卦来说，林晖竟是劈腿了眼前这个女的才和白端端分手的。都说男人的审美应该在一定阶段里是平稳的，林晖是瞎吗？他和白端端分手，和杜心怡在一起，简直就像是把花瓶里原来保加利亚进口的玫瑰扔了，换上了一把青大葱。

白端端并不知道自己身边沉静不语的季临心中所想，她只知道，如此一来，贵丰通信无法主张合同无效，戴琴的劳动合同自然要继续履行，她的病假都是合法真实的，公司最终无法在怀孕期间开除她。

这个结果令戴琴激动到小声啜泣，杜心怡则面色铁青，李婉君脸色也很难看，她刚才不得不眼睁睁地跳进白端端的陷阱，心生愤懑，如今看了戴琴一眼，更是越看越不顺眼。

"就算怀孕期间无法开除，戴琴，你这样继续赖在公司觉得有意思吗？你觉得你还能融入我们这个集体吗？你不是号称自己身体弱，一怀孕就要保胎休养吗？那你这心理素质倒是挺强的，都这样了还能泰然处之，我李婉君真是甘拜下风。"

李婉君看似具有亲近感的那张脸上，此刻充满恶意和鄙夷："你也别说什么现在我是女人为难女人，故意刻薄你，正因为我也是女人，我也生过孩子，我才知道坚持下来没你说的那么难，不请假你就会流产？戴琴，我为了事业，怀孕的时候已经 36 岁了，是妥妥的高龄产妇，之前还自然流产过两个孩子，难道我的体质不比你差吗？你们这些年轻女孩就这样，根本吃不了苦，一怀孕就开始这不能做那不能提，丁点儿小事就要请假。"

戴琴被李婉君说得抬不起头，某个瞬间，她甚至也觉得李婉君说得对，没准情况并没有医生说得那么差，小孩的生命力都是很强的，既然现在公司也不能开除她……她嗫嚅了片刻，做了个决定，带着哭腔地道歉："是我对不起公司，我……下周来上班，婉君姐，我也愿意坚持……"

她大略还想说不少表决心的傻话，白端端直接出声制止了她——

"该休息就休息，戴琴，遵医嘱。你没有必要为了讨好别人就放弃自己的法定权利，牺牲自己的身体，让自己的孩子冒这么大的风险。"

果不其然，李婉君嗤笑了一声："现在的年轻女孩就这样，根本没办法吃苦……"

"这不是吃苦不吃苦的问题。"白端端看向了李婉君，她盯着对方，眼神坚定，语气强硬，"人和人本来就不同，体质更是不同，有些人得了癌症，保守治疗还能健康存活十年以上。那么李经理，我就冒犯地做一个不恰当的假设，我就问问你，如果你不幸得了癌症，是不是一定要揪着这样一个特例做参考，放弃开刀，进行保守治疗？就因为别人做到了保守治疗健康存活，是不是你一定也能做到？"

李婉君噎了噎，似乎想要反驳，然而白端端一鼓作气，根本没给她发言的机会。

"在教育问题上，大家都知道要因材施教，这几乎是所有人的共识。但为什么到了对待怀孕女性身上，却看不到个体之间的差异？每个孕妇都是独特的个体，有些人会孕吐，有些人不会；有些人会妊娠糖尿病，有些人不会；有些会难产，有些不会……你在恶劣的条件下坚持孕期上班，这非常坚强，也非常让人敬仰和佩服。但如果正因为你做到了，就妄图把这个标准普世化，还要推广开来让所有人都沿用，那在我看来，这就是女人为难女人。因为你是你，戴琴是戴琴。"

李婉君脸上的神色已经十分不好看，白端端望着对方，丝毫没有退缩："你也清楚，即便是现在回顾自己过去孕期坚持上班的时刻，也知道是很辛苦的，当然非常幸运的是，你的孩子安全出世，但你能百分之百保证戴琴也有这个好运吗？戴琴的孩子要是这样没了，你能负全责吗？

"你是女超人，但不是职场所有人都是，所以你也获得了相应的回报，你做到了贵丰通信的人事总监，而戴琴这样的人做不到。"白端端轻声笑了笑，"每个人追求不同，你觉得为了工作，值得让自己未出世的孩子冒险，但戴琴不这么认为，她在法律的规定下想要拥有病假的权利，想要拥有孕期女员工的待遇，这有什么问题？你知道你现在像什么吗？像那种以前忍受过恶婆婆虐待终于媳妇熬成婆后，看到自己儿媳妇，就想让她过得和自己当初一样艰辛的女人。"

这一刻的白端端，像是一把开了封的利刃，她锋利、果决并且冷酷，丝毫不温婉，也丝毫不迂回，夺目到让季临完全移不开目光，她就这样直截了当地说出了戴琴不敢说的话，之后她没有再看李婉君，而是径自拉起了戴琴："谈判我相信已经到此为止，戴琴在胎儿安定的情况下就会回来继续上班，但是该病休的时候，她还是会病休。"

出于尊重戴琴的意愿，白端端并没有说出她孩子父亲的真相。离开会议室后，白端端轻轻拍了拍戴琴的肩："你知道这孩子对你的意义，忠于自己的内心就行了。你放心继续留在贵丰通信，他们是没办法开除你的，只是看李婉君现在的态度，恐怕你留下来之后的日子也不好过。"

白端端本来并不想这时候就给戴琴打击，这不是她作为律师的义务，她已经完美完成了代理任务，多一事不如少一事。但她想了想，还是没有忍住："你想留在这个公司里，想得到李婉君或者其余同事的认可，想在这个公司里立足、升职、有前景，恐怕要付出比别人多好几倍的努力，也要经历比别人艰难千万倍的挫折，为了你自己也好，为了你没出世的孩子也罢，你都得坚强点。"

李婉君是人事经理，想给戴琴穿小鞋恶心她是很容易的事，何况戴琴初入贵丰通信，还没来得及交上朋友，就有了这么一出，被其余同事孤立和误解，大概也是可以预见的事。而白端端接触下来，戴琴并不是多强硬的人，她未必能撑得过之后的时间，极有可能在各方压力下最终选择主动黯然离职……

这是戴琴的人生，白端端无法插足，她今天帮她撑了李婉君，但不能帮她一辈子，很多事，终究是要自己去承受。

此时既然已经结束谈判，白端端便准备打道回府。戴琴怀着孕，在征得季临同意后，白端端便提出顺带她一程，把她先送回家，戴琴自然是非常感激："谢谢两位，我之前请假走得匆忙，工位还有点文件想一起拿回家看看，你们能稍微等我一下吗？"

戴琴指了指不远处的办公区："就在那儿，很快的，等我5分钟。"

戴琴走后，只剩下白端端和季临两人，这时，沉默的季临终于开了口——

"其实你没有必要说那些。"

"嗯？"

季临抿了抿唇："你没有必要劝说戴琴，也没有必要一定要说服李婉君。律师可以改变谈判结果，但改变不了他人。说这些话，其实是浪费时间。"

白端端的专业知识扎实，谈判姿态强势，沟通技巧娴熟，年轻但又有经验，反应灵敏，思维缜密。站在老板的角度，季临也不得不承认，她确实一分钱一分货，甚至物超所值，但也因为这对同行角度的欣赏，季临忍不住想要开口提点。

白端端堪称完美，但是作为一个律师，还是过于理想化了。如果想要成为顶尖的律师，她得学会摒弃自己过分热血的天真，并且把时间利用在有产出有效率的事情上，而不是妄图说服别人。

"成年人是没法改变自己价值观的，年纪越大、资历越深，对于事情的看法就越是固化和偏执，也更难以改变、难以接受新的事物和观念。你以后就会发现，有这些时间，不如钻研案例。工作不会让你失望，但妄图改变别人和改变社会却会。"

季临并不是喜欢说教的人，他甚至觉得自己此刻给予白端端这样的建议都是莫名其妙。第一次，季临有些不自然起来。只是他更没想到，白端端回应自己的，不是恍然大悟的认同，反而是强烈的不认同。

"我不觉得这是浪费时间。"

眼前有着艳丽脸庞的女孩抬起了头，眼神直直地望进季临的眼眸，她的样子既认真又坚定："我努力工作，在职场上厮杀，就是为了去改变别人，去改变社会。为什么男性在职场上不断挤压女性的空间，而女性对女性还要这么苛刻，这是对的吗？这不是。

"职场对女性来说从来不容易，我一直觉得，既工作，又担负着生育的女性是伟大的。但是现实生活中，却有千千万万像戴琴这样的女孩，因为怀孕而背负巨大的愧疚感。如果她是微博里被污蔑的那样，只想找个公司养着孕期的自己，那她完全不需要自责，因为这样的人足够自私也足够愚蠢，反而不会活得有任何负担。但戴琴不是，她既想要这个孩子，也想要好好工作，她是个想要积极向上也有自己追求的女性。然而你看看，社会和舆论是怎么评价她的？李婉君是怎么鄙夷她的？难道就因为她做不到像李婉君这样完全牺牲自己，她就应该遭受这些吗？

"她确实软弱，也因为她的软弱，她甚至没有话语权，甚至没法为自己辩白。"白端端的眼睛明亮而镇定，她的语气并不激烈，却带了一种让人无法忽视的力量，"也是因为这样，我才需要加倍地努力，替她们开口，替她们发声。"

白端端望着季临的眼睛："季临，你是个男人，你没法理解她，但是我可以。如果没有职场对女性这严酷的生存法则，她需要隐瞒怀孕吗？因为外部环境的压迫，她选择了隐瞒，她是被迫的，但是没有任何人同情她，觉得她怀孕就应该好好地在家里待着，别到企业来祸害人，别给社会造成负担，别来麻烦别人。可问题是，戴琴上有老下马上有小，她是个普通人，是要吃饭的，她不无私，没有品德高尚到没有瑕疵，并不完美，也不可能完全替公司和老板着想，但这个世界上，谁没有私心？谁心里没点小九九？在这个事情里，企业仍然是强势方，戴琴仍旧是弱势方，她应当受到保护。

"我知道想要改变他人真的很天真，近乎愚蠢，但我还是会不断尝试。我不认为和李婉君的那番话是浪费时间，但凡我的话能让她有一丝反思，可能接下来贵丰通信里怀孕女员工的工作环境就能更好一些。我也不认为和戴琴的那番话是浪费时间。因为万一，我是说万一，她能够听进去，在未来的排挤里坚持下去，勇敢起来，是不是职场上又会多一个有温度的女策划人？

"现在微博上对戴琴的舆论也相当不友好，一旦有人替戴琴说话，就有成千上万的人冷冷地喊着'如果性别转换一下，一个男人做出她这种事，刚入职过了试用期就各种病假，你们还能宽容吗'。"

白端端抿了抿唇："我真的特别讨厌这种披着男女平等外衣的话。'性别转一下'，这是我最厌恶听到的话，很多说这话的竟然都是女孩子，她们都不想一下，有时候这种话，完全是女性自己给自己套上枷锁啊。

"因为很多事情本来就没有什么'性别转换'，你根本没法让男人生孩子和哺乳，这世界对男女本来就不平等，怎么配谈'性别转换'？男人女人各自有各自的特点，要求男女完全在各方面都对等，才是最大的可笑。可千千万万的小女孩觉得自己每次这样讲，都是新世纪女性的楷模，都是理中客。"

白端端抬头看向季临："讨厌这样的观点，我想要改变这样的观念，我想要更多的话语权，我想要这个社会变得更好、更温和。而我也坚信，我拥有改变别人的力量，所以我要多说很多在你看来可能是废话的话去浪费时间，就算最后的结果是失望和无能为力也没关系。"

说到这里，白端端突然笑了起来，她的眼珠黑亮而有神，她对着季临眨动了下眼睛，睫毛轻轻扇过，朱唇轻启："你看，季临，以前的你，会和别人说自己过来人的经历，劝解别人不要浪费时间吗？我已经在改变你了，是不是？"

刹那，季临觉得自己恍惚间有一种被击中的感觉。

白端端像是真正致命的毒药，还是基因针对型的，像是完全踩着季临的死穴在长。她不像大部分女孩那样温柔乖巧，即便语气温和，一双眼睛里也带着隐隐的攻击性，漂亮、锋利、危险，像是一把淬了毒的冷兵器。这或许让一般男人生畏，但季临心底里简直翻滚沸腾，陌生的情绪在自己的胸膛里横冲直撞。

# 第二十一章 突然护她，实属意外

　　白端端和季临站在贵丰通信办公区前一道巨大屏风前有了这番交谈，她压根儿没想到，在自己看不见的屏风背后，戴琴就那样默默地站着。她紧紧咬着嘴唇，努力抑制自己的声音。因为发现文件略多，恐怕需要再多些时间整理，她折回身想和白端端、季临打个招呼，没想到却听到了这样一番话。

　　无疑，自己确实是软弱的，出了这样的事，要不是表姐薛雯给自己介绍了白端端，她恐怕还在哭哭啼啼，忍耐舆论的谩骂，并毫无反抗能力地接受贵丰通信开除自己的决定。

　　事发至今，戴琴心里一直是悲恸的，她沉浸在过去，想着如果孩子爸爸没出事就好了……她也从不敢去深想自己的未来，逃避而消极，因为外界的攻击和公司里李婉君等人的鄙夷目光，就连戴琴自己，也对自己的评价降到了最低，产生了自我怀疑。她只觉得羞愧、难堪，甚至觉得自己真的是个没用的人，隐瞒怀孕简直是大逆不道，活该被人肉、被骚扰、谩骂。

　　而直到现在，直到听到白端端一席话，她心里压抑的痛苦和委屈才终于找到了倾泻的出口。

隐瞒这件事确实是她不对，但她就活该只配得到这样的对待吗？她就只能忍受别人的冷嘲热讽吗？他们不是自己，也根本不了解自己的人生。她既想要留下这个宝贵的遗腹子，也还年轻到有着在职场上拼杀的热血。她不应该放弃自己，不应该轻贱自己。

"因为万一，我是说万一，她能够听进去，在未来的排挤里坚持下去，勇敢起来，是不是职场上又会多一个有温度的女策划人？"

屏风那头，白端端的话像是一个火苗，点燃了戴琴麻木的心。

是的，勇敢。

她摸了摸自己隆起的小腹，单亲带娃，还要兼顾职场，未来的人生绝对只会越来越难，如果自己连此刻都不能勇敢，未来的路，又如何能走？

这个瞬间，戴琴只觉得，自己胸中涌起的是动容和感激。

屏风后，季临和白端端又聊起了别的话题，戴琴压下心里的情绪，决定不要打扰白端端和季临，而是改发了条短信告知稍晚几分钟，这才转身又回了自己工位。

"真是不要脸，明明她一入职，人事部就给她科普过公司的怀孕排班制度了，大家都按照年龄、在单位工作的时间长短，还有一些别的情况综合打分后进行排班，先让年龄大、工龄长、对公司贡献大的女同事怀孕，之后再慢慢轮，这样既能避免一窝蜂都怀孕了，工作上来不及交接，又比较公平，还清楚明了。结果她倒好，肚里揣着一个来报到了，完全无视制度！"

"而且就因为她，害得本来排到能怀孕生孩子的林夕姐，只能干巴巴地延后等着。林夕姐也不小了，之前体检医生也说建议她早点要孩子，不要再拖下去了，好不容易等到轮上自己了，结果被戴琴这种垃圾给抢了。"

"就是啊，她那是想好好在公司里干的态度吗？玉琪，你想想你当初工作三年后刚结婚，意外怀孕了，结果还不是遵守公司的怀孕排班制度……"

"怎么不是，看看玉琪再看看她，竟然还厚颜无耻准备之后继续来上班，太恶心了！"

……

戴琴知道同部门的几个女同事对自己颇有微词，然而去而复返直接撞上她们在背地里讲自己坏话又是另外一回事了。

戴琴很清楚，这并不是第一次，贵丰通信有一个所谓的怀孕排班制度，要求所有已婚待育的女同事都进行这个系统排列，不论一胎还是二胎，都需要排到了才能生。虽然破坏规矩没排到就怀也并不能扣工资，然而会引起其余所有遵守制度的女同事的攻击。

要是以往，戴琴大概只能内心苦涩地把这些攻击嚼碎咽下，然而这一刻，她内心有一个声音在告诉她，不能这样下去了。

她想要勇敢，想要像白端端一样坚强、果决、永不退缩。

这一次，戴琴没有假装自己根本没来过，相反，她走出了掩映住她身体的绿植，站到了那些女同事的面前。

"我绝对不会打胎，因为我的孩子比这些神经病一样的怀孕排班制度都重要。你们为自己遵守这种制度而骄傲吗？你们为守规矩而开心吗？你们甚至为屈从这种制度去打胎谋杀自己的孩子而感到理所当然吗？"

所有人的目光都落在了自己身上，戴琴的内心有一些紧张，她还是坚持着说完了想说的话。

"你们不觉得可笑吗？什么时候公司和领导还能对你们的私生活，甚至可以说是夫妻生活指手画脚了？我以为作为女人，我们最起码拥有生育自由，结果我第一次知道，什么时候怀孕、什么时候生孩子，还要得到公司和领导的批准。"

面对戴琴的突然改变，其中有个年龄稍长的女同事反驳了起来："这根本没强制要公司和领导批准的，公司也没把这和业绩考核等挂钩……"

"对，公司没有因为是否遵守这个制度而扣工资奖金，也不会因为插队而真的做出任何处分，更不会强行逼迫你堕胎，听起来完全没有强制性，也不违法，但公司就是用大家惯性的遵守，潜移默化地维护着这个制度，但你们想过吗，这个制度本身就不合理啊！

"我隐瞒怀孕入职确实有错，我承认，也承担因此造成的负面影响，包括你们的不认同，但我……"戴琴稳了稳心神，一字一顿坚定地说，"我不会遵守这个可笑的怀孕排班表，我也不觉得你们应该遵守。你们有这精力抱团背后攻击我，维护这个愚蠢的制度，不如团结起来找工会帮忙取缔这个恶毒的制度。"

戴琴说完，收走了自己桌上剩余的文件，没有再理睬那些脸色各异的女同事，转身径自走出了办公区。

这样一番话，已经用尽了她所有的勇气和力量，直到离开，她才觉得整个人都在紧张得发抖，脚步也因为脱力而显得虚浮，手紧紧握成了拳，才给了自己刚才说下去的能量。

只是第一次，她发现心情竟然可以这样畅快。

一直以来，为了在公司站稳脚跟，戴琴都十分小心地讨好着周围的同事，如今看来，她永远不可能被所有人喜欢。难道公司的敌意、同事的排挤和误解是她安静忍耐就可以扭转吗？根本不是的。

未来还有很长，戴琴坚信，自己会坚持下去，会让所有人看到她的努力，会让所有人真正认识她，会用行动扭转所有的偏见。要是扭转不了，那也没关系，自己并不仰赖别人的喜欢活着，只要问心无愧就行了。

没有人的人生容易，自己选择的路，跪着也要走下去。

白端端并不知晓戴琴那边发生的小插曲，她只觉得戴琴收拾完东西再出现的时候，虽然脸色看起来还是苍白憔悴，但眼睛却变得不一样了。怎么形容呢，仿佛看起来被注入了活力，明明还是那个戴琴，却又好像已经不是那个戴琴了。

白端端没有多想，把戴琴送回了家，这才又蹭着季临的车回律所。刚才谈判也好，谈判后也好，白端端都说了太多话，现在只觉得一句话也不想再说，另一边，季临显然也没有搭话的兴致。他的外表相当镇定，内心却相反，季临觉得有点心烦意乱，白端端刚才的模样在他的脑海里挥之不去，她的话也像烙印一样印在他的心里。

自己为她改变了？这不可能。季临想也没想就在内心否认了白端端的这个说法。自己会为她改变？呵，自己是绝对不会浪费时间去说这些废话，刚才不过是一时鬼迷心窍。白端端不过是个有毒的下属，自己绝对没有对她特殊化，也绝对不会对她特殊化……

季临的心里波涛汹涌，看向白端端的眼神阴晴不定，而车上的始作俑者却毫不自知。

上车后，白端端便和薛雯汇报了这次的"战绩"，然后两个人聊了聊别的。季临突然急刹车的时候，白端端正和薛雯聊到最新的影视八卦。

"哎！"

这刹车实在太急太突兀，白端端一时不查，不仅手机飞了出去，额头也差点磕到，她抬起头，这才发现季临车前不知道什么时候冒出个人来。

要是单纯突然冒出来的行人倒也罢了，至少结果是有惊无险地避开了，然而对面那人看向季临怨毒的目光，还有他手里提着的棒球棍，都让他的出现显得不像巧合。仿佛为了验证这人的出现是有预谋的，很快，路的尽头出现十来个都戴着鸭舌帽和口罩的男人，一下子把季临的车给包围了起来。

通往盛临所在的写字楼需要穿过一条单行的小路，如今季临的车便是行驶到这条路上，一旦被这些男人包抄，根本没有其余路可走，这么十来个壮年男人，季临总不能直接开车碾过去。

白端端看了一眼季临："是打劫的还是寻仇的？"

季临微微皱着眉："寻仇。"他言简意赅地解释道，"是我半年前接的一个案子的对方当事人。这人骗取加班工资，被我开了，也没讹到经济补偿金。因为坏了口碑，在业内大概是找不到工作，往律所给我寄了几次恐吓信和骨灰盒了。至于其他人，大概是他找来的乌合之众。"

季临说完，立刻报了警，只是这里位置有些偏僻，等警察来恐怕也有段时间，而车外的十几个男人已经开始朝白端端和季临聚集了……

为首的那个被开员工，终于凶恶地喊了起来："季临，你出来！和我单挑！你要打赢我了，我胡老三愿赌服输，以后再也不纠缠你，但你要输了，你给我跪下磕头！"

这男人大约还喝了酒，此刻一脸醉态，声音也带了酒精上头的亢奋，骂骂咧咧道："就因为你，害得我丢了工作，还没拿到赔偿！结果老婆也跑了，现在只能做点临工，老子就是争一口气。你给我跪下，从我裤裆下钻一遍，再把欠我的补偿款赔给我，我就放过你！否则你这个缩头乌龟再不出来，我就砸你的车！"

那男人红了眼："你下来，放心，我胡老三知道江湖规矩，带这么多兄弟来只是为了堵住你。你下来，我和你单挑，他们绝不插手，但是如果你想跑，那别怪我和兄弟不留情！"

这种时候，看起来势必得有个人下车交涉。

白端端扭头看向了季临，没想到，季临抿了抿唇，也正看向白端端。

外面的男人踉踉跄跄地离车更近了，看样子这醉汉不理智之下真的要砸车了……

季临抬了抬下巴，惜字如金道："行了，你出去吧。"

"我出去？"白端端愣了愣，才反应过来，她感动道，"不要了吧季临，他是冲着你来的，冤有头债有主，要找的是你，我万一下去了，他觉得我和你关系匪浅，也未必就放过我啊！"

"你坐在我的副驾上，他都失业大半年了，穷疯了，还喝得脑子不清醒，当然也不会放过你。"

白端端疑惑了："那你叫我下去是？"

"你下去交涉。"

"……"

季临拍了拍白端端的肩膀，侧脸道："表现和证明你自己的时刻到了。"

"你让我用法律专业知识和他们沟通吗？"白端端茫然道，"可我《刑法》和《治安管理处罚法》学得不好啊，而且要论专业能力，也是你比较强啊？"

季临沉吟道："我说的是你另一种专业能力。"他看了眼白端端，"你不是很能打吗？上次见你打个醉汉不费吹灰之力，所以这种时候，不应该用你的专业能力保护你的上司吗？"

季临理所当然道："他说了要单挑，你作为我的员工，我派你去和他单挑。"他说完，毫不真诚地对白端端道，"上吧，白端端，我相信你，加油。"

"……"

白端端简直震惊到快失语了，她瞪着季临："你认真的？"她看了眼车外的醉汉，"这种程度对我确实没什么难度。但是季临，需要我提醒你吗？我好歹是个女的。"

这男人懂什么叫绅士风度，什么叫男人应当承担的责任吗？何况这根本就是他自己惹出来的事，这种关键时刻竟然叫自己上？白端端简直惊呆了，无法想象，没多久前，自己竟然还觉得季临温柔？宛若神祇？让人悸动？自己是被他下了毒才戴了那么厚的滤镜吧？白端端觉得自己真的该去看一看眼科了。

她怒盯着季临，声音都快气哑了："这种时候了，季临，你好意思让女的挡在前面？你还是男人吗？！"

她以为自己这番怒斥即便不能唤醒眼前男人的良知，最起码能让他感到羞愧，然而季临却微笑着对答如流——

"每个成功女人身后都需要有个默默的男人，你可以把我理解成站在你身后的男人。"

"……"

见过脸皮厚的，没见过脸皮这么厚的……

白端端气得不行，然而车外那群男人还包围着车，那醉汉还在叫嚣，这么下去不是办法，最省时间的办法确实是自己下车把这个醉汉解决。

只是这过程中，季临这狗男人竟然这么镇定！

然而白端端或许根本想不到，此刻坐在驾驶位上外表镇定的季临，内心其实根本没那么镇定，他的心里烦躁异常。

季临是故意让白端端下车的。

他觉得自己最近对白端端的关注有点多得不正常了，他不应该这么关注她，也不应该总是帮她解围撑腰，这种感觉很陌生，季临从没经历过。以往他有一套完全成熟的待人接物准则，能让他和他的钱都过得很好，最近在白端端的身上，他却发现自己的原则在一点一点地改变。

虽然说不清也不愿想是什么原因，但这不是个好征兆。

这太花钱了，也太不经济了。

自己得对白端端更冷酷一点，与她保持更远一点距离。

这次让白端端下车，几乎是季临故意为之，他想，这样她总能反感自己，离自己远点了。而自己还能这么冷酷地对待她，足以证明自己压根儿对她没什么特别之处，根本不存在她说的什么狗屁改变。

照理来说，季临此刻应该释然，但他除了烦躁还是烦躁。冥冥之中有一种预感，他觉得不妙。

而这种预感在看到白端端瞪了自己两眼，一只手伸向车门时候，终于成了真。

白端端伸手想要拉开车门，就在这一刻，驾驶位上一直镇定沉默的季临突然猛地侧过身，动作有些粗鲁地拽回了白端端的手。

白端端皱了皱眉，看向季临，想问他又怎么了，季临却连正眼都没看她。他微微转开了头，目光则落在了白端端身畔。

都让自己去打架了，还不正眼看自己，这也太没礼貌了吧！

然而季临此刻不仅很没礼貌，连声音也有些烦躁："行了，你别去了，好好坐在车上。"

他甩下这句话，看起来有些气呼呼的，转身打开自己那侧的车门，下车了。临下车前终于看了白端端一眼，狠狠瞪了她一下。

明明惹事的是那个挡着车的醉汉好不好？季临这含冤带气的眼神是怎么回事？怎么活像是自己招他惹他了？而且不是要做自己背后的男人吗？怎么这时候又自己下车了？

白端端莫名地看着季临径自下了车，并且锁上了车门。

这下白端端出不去了，她不明所以猛地拍了拍车窗，季临看了她一眼，转开了头，面色漠然地看向了堵着车的那个男人，眼神沉静地开始解自己的袖口。

季临这架势，是要自己上了？

如今，白端端像个突然被保护在了温室里的食人花，只能隔着车窗玻璃看着外面。但食人花本人倒是担心起季临来，季临虽然身高腿长，但平时西装革履，一派衣冠禽兽的模样，唇枪舌剑是没问题，但看着不像能打的啊……

白端端开始拼命地拍玻璃："算了，季临，你快开开车门锁，还是放着我来吧！"

结果她不拍还好，一拍完，季临又警告性地看了她一眼。

这男人就这么被十来个面色不善的壮年混混围着，表情却连一丝慌乱也没有，游刃有余。

白端端心里只有一个想法——季临啊季临，莫装 ×，装 × 被雷劈啊！就算单挑，季临看起来也不是那种野路子醉汉的对手啊！

大概自己的目光太灼热，季临在和对方说了几句话之后，终于转过头又看了白端端一眼，然后面色冷峻地脱下了自己的外套，在白端端的目瞪口呆里把西装外套盖在了车的挡风玻璃上。

这下映入白端端眼帘的，只剩下季临西装的黑色了。因为季临和那醉汉就站在车的正前方，白端端又被锁在车里，视线一旦被西装阻隔，根本没办法看清外面到底发生了什么。

而短暂的一分钟后，白端端终于听到了外面的声音。

"季临，吃我一棍子！"

伴随着那醉汉的怒吼，接着的是——

砰……

以自己丰富的经验，这声音非常好辨别——这是人体被击中后倒地的声音。

是季临被击中了吗？

白端端的心一瞬间揪了起来，她被锁在车里，坐立不安。明明刚才内心还在腹诽季临这狗男人竟然让自己上去打架，现在反而恨不得在外面的人是自己。

而这巨大的声响后，就在白端端以为还得有一场殊死搏斗，再不济也有一场垂死挣扎之际，一切声音都没有了……

虽然知道季临大概打架很菜，但这……这也太菜了吧！

好歹和对方缠斗许久再倒下吧！结果一招致命，直接就倒下了？只是季临都倒下了，听着连声音都没有，怕不是晕了过去，自己现在还被他锁在车里，待会儿岂不是要报警砸了车窗才能出去？还要把季临扛上车送去医院，他看起来也不轻，自己扛得动吗？砸坏车窗他又要和自己索赔了吧？最重要的是——

车外的季临到底怎么样了。

白端端平时处理起案子来是个条理分明、处事果断的人，这一刻，她脑海里却乱成一团。

就在她完全没有头绪之际，伴随着车门开锁的声音，白端端惊慌中抬头，撞进了一双冷静的眼睛。

是季临！

"你还好吗？"

季临冷淡的声音几乎与白端端的声音同时响起："走了。"

白端端愣了愣，小心翼翼地观察了下季临的脸和露在衣服外面的皮肤，竟然都没有找到被殴打的痕迹……

季临重新转身，拿走了刚才用来遮挡风玻璃的西装外套。至此，白端端的视线才终于看清——

那醉汉不见了……

白端端立刻跨出车门，见到了躺在地上捂着头细细呻吟、醉醺醺的男人……

敢情并不是昏迷了，而是对方这呻吟声太微弱了，季临的车隔音效果又好，自己在车里愣是什么也没听到。

望着地上的人，再看看站在一边的季临，白端端疑惑了。

"这？你把他……"

季临一脸不耐地看了眼地上，皱了皱眉："没把他怎么样，我就打了一拳，不是口气大得很要和我单挑吗？这么凶狠地提着棍子扑上来，结果我都没用十成的力，怎么一拳就倒下了？是不是找我单挑是假，专门引诱我动手碰瓷讹我钱是真？"说完，他看了眼自己的右手，"我手都打红了，有点不习惯没戴拳击手套。"

"……"

最终，季临的一拳让对方的酒彻底醒了，季临的专业谈判能力则让对方放弃了继续纠缠的心思，灰溜溜地被其余几个所谓的兄弟搀扶着走了。做完这一切，季临也取消了报警……

直到处理完整件事，白端端坐在副驾上，看着自己身边平稳开车的季临，还有些不真实。

"你一拳就把人放倒了？"

季临皱了皱眉："你都问了我五遍。你是复读机吗？另外，我纠正你一点，别把我说得像是违法乱纪打架一样，我是正当防卫。"

"不是……就是……"白端端斟酌措辞道，"你看着不太像那种擅长用武力解决问题的，而且你会拳击？"

"嗯，以前确实不擅长。"季临目不斜视地盯着前方，声音倒是有了点微微的不自然，"之前报了拳击课。"

白端端肃然起敬，自己要不是从小耳濡目染，恐怕不会学散打、格斗和擒拿。像季临这样白天这么忙，业余还坚持练拳击，并且身手还不错，真是让人惊叹。

"我能问问，你是出于什么原因学拳击的吗？"

这是挺普通的问题，季临看起来却有点不自在，他有些恼怒道："你是做调查吗？问题这么多。我为什么学拳击还要和你报备吗？"

行吧行吧，自己不问了还不行。现代社会，大家都理解的，心理已经很变态了，身体还是要保持健康，还是要多锻炼强身健体啊！

不过还有一个问题，白端端还是十分疑惑："最后再问一个！你刚才为什么把我锁在车里啊？还把西装盖在挡风玻璃上，我还以为你是怕我看到你被人痛揍没面子，所以不让我看呢，但你这不是身手不错吗？为什么不让我围观一下你的英姿？还是……"白端端眨了眨眼睛，"你是想……保护我内心不受到创伤？比如觉得让我这样的少女看到血腥暴力斗殴场面不好。"

这下季临终于侧头看了白端端一眼，他的表情很镇定，语气听起来也很自然，只是微微咳了咳，立即否认道："我保护你？你想的真的太多了，我不过是站在同为男性的角度，看不下去，可怜一下你未来的老公罢了。"

"啊？"

"希望你少看一些暴力打架场面，少模仿，少对你未来老公家暴，少进行家庭互殴活动，以免影响未来小孩的身心健康。"

"……"白端端简直气到"质壁分离"，"我会和我未来老公动手吗？根本不可能！以我的武力值，对他能绝对镇压，但凡是个正常人，清楚我和他之间的实力悬殊，根本没胆量和我互殴，也根本不会找死惹我生气，我坚信我们之间的感情会特别稳固和谐！"

"……"

"何况你刚才可不是这么说的，你还让我直接下去参与血腥斗殴呢。"说到这里，白端端又好奇了起来，"所以是什么让你改变了主意？"

季临看着可不像是能立刻良心发现的人啊……

季临这次看起来整个人更不自在了，看起来甚至有些被逼到绝境的暴躁。但最终，他还是回答了这个问题："我突然想抓住这个机会实践一下我的拳法，有问题吗？而且白端端，你刚才不就说是最后一个问题吗？怎么又有问题了？"

这时恰好遇到红灯，季临显然不想再理睬白端端，他抿着唇低头拿出手机飞速地点了什么，几乎同时，白端端的微信收到了提醒。

是一条转账信息。

季临给她发了两百块的红包。

很快，红灯变绿灯，季临放下手机，专心开车，面色如常，一点看不出刚才给白端端转了钱。

白端端望着微信，久久不能平静，铁公鸡季临竟然会给自己发红包。她一时之间有些感动："这个红包，是为了抚恤我无辜被卷入今天的事件，给我的精神损失费和误工费吗？"

季临平静道："是封口费。"

封口费也行吧，总之也类似是因为无辜卷入这件事得到的额外收入。

白端端当下保证："你放心吧，这件事我谁也不会说，就算……"

季临看了她一眼："我说的不是这种封口费。"

"啊？"

"给你两百，剩下的 5 分钟路程里，不要再和我说话。"

"……"

收人钱财替人消灾，白端端收了红包，也贴心地保持了安静，两个人一路驶回了律所，各自回到办公桌前。白端端又处理了几个法律咨询小邮件，这才收拾东西下班。

因为替戴琴解决了这么个麻烦，薛雯晚上请白端端吃了个饭，等白端端和她告别回家，已经晚上八点半了。白端端想了想，还是决定回家前拐进超市买点日用品，继上次被熊孩子打断采购计划后，虽然得到了季临的两大袋零食，但日用品还没采购上呢。

白端端左挑右挑，又采购了一车，正当她想去结账的时候，才想起来忘记了买垃圾袋，于是折返回了放垃圾袋的货架边上。

超市最热门的货柜一定是食品区，垃圾袋这边的货架附近空荡荡的几乎没有几个人影，白端端一眼就找到了自己想买的东西，正准备扔进购物车里，结果就听到了对面货柜处传来的声音——

"听说那个白端端离开朝晖后去了盛临。"

"季临的那个所？"

"是啊，这女的有两把刷子，泡的可都是合伙人。上一个是林晖，这个是季临，也是怪了，这些男人怎么搞的，不都是圈内知名的大律师，就这么把持不住？"

"那是你没见过白端端，你要看到她长什么样，你就不会这么说了。"

"可白端端和林晖有过一腿啊，季临长得比林晖帅多了，又年轻，未来前途不可限量，怎么连林晖不要的女人都要接盘啊？"

回答的是一个尖酸的声音："长成那个样子，男人谁还在意是一手还是二手啊？不过季临这样的男人，不可能对白端端认真，也不过就是玩玩，以后早晚和林晖一样，把她甩了。毕竟谁结婚会找白端端这样的，长得妖里妖气，浑身名牌，花钱如流水，一看就不是个宜室宜家的。"

对方谈及季临，倒是画风一改，语气也柔和了下来："而且我觉得季临大概也没真心看上她，不过就是个皮囊。外加这女人搞男人有一手，季临暂时被麻痹了吧，以后看清了真面目可能还要把她赶出盛临的……不过我上次在法院见过季临一次，他真的长得好帅啊，这种男的千万不能被白端端骗了啊！唉，不过一想起来以后万一有机会入职盛临了，要天天对着白端端，我还挺郁闷的。"

呵，难怪对自己敌意这么大，原来是个季临的颜粉。

"你急什么啊小娴，你不是刚通过了盛临的第一轮笔试吗？没问题，下周再面试走下流程，就能直接进盛临了，到时候大不了你戳破白端端的面具呗！何况季临估计没多久也厌烦她了，再美也会审美疲劳的嘛。她看着没大腿抱，没准你去了没多久她就离职去别的所了，你也用不着成天看到她了。"

……

这三个聚在一起聊天的都是女的，正好在白端端所在货架的另一侧。因为这里人少，完全没觉得会被人听到，正叽叽喳喳八卦得愉快。

白端端在心里忍不住叹了口气，有些时候，女性在职场上，不仅要面对男性的压迫，更多的还要面对来自同性的恶意。

她摩拳擦掌，觉得是时候给这三个人来一场职场教育了——

无论何时，作为律师，都不要在公众场合论人是非，尤其是不真实的是非。从刚才听到讲的是自己后，白端端犯了职业病，打开了手机的录音……

这不就是一个诽谤现场吗？

她还没来得及推着购物车绕过货架走到对方面前，就听到了横空插进那三个女声的另一个声音。

是季临的声音。

"没有人教过你们不要在公众场合诽谤污蔑别人吗？"他的声音冷漠异常，一开口就丝毫不差地说出了白端端心中所想。

那几个人大约没想到在这里会偶遇季临，一下子都嗫嚅起来。

"你们三个就是女的，对同是女性的白端端攻击这么难听，什么一手二手，接盘不接盘。"大约是被污蔑和自己有一腿，季临的语气听起来已经隐隐压制不住怒气，"这样的话都说得出来，不觉得羞耻吗？"

行了，下一步大概是要澄清他绝对没和妖里妖气的自己有一腿了……

果不其然，季临压抑着怒意，开了口："还有，我需要澄清几点。"他顿了顿，"很不好意思，男人，根本不会觉得白端端不适合结婚，男人就喜欢她这种妖里妖气的。花钱多又怎么样？有的是人愿意给她花钱，有的是人愿意捧着家给她败，关你们什么事？她花你们钱了？"

出乎白端端的意料，他并没有第一时间澄清他和自己毫无瓜葛，而是帮着自己喷了回去。

即便语气嘲讽，季临也并没有用特别苛刻的用词，然而他那句暗含的话，却已经随着他的语气而出了——

你们这几个野鸡，上哪儿来给自己加戏？

那三个人果然一句话也反驳不出来，货架的另一侧一片安静。

响起的只有季临冷冷的声音："我也并没有被白端端欺骗过，别上赶着觉得自己有'清君侧'的使命，不劳你们费心。她在我面前是什么样就是什么样，除了站起来替同性说话，我从没见她攻击过任何一个。倒是你们几个，平时在外面大概一脸温顺善良，结果背地里就这么攻击别人，长得没有白端端好，心里还这么丑恶。

"至于你，什么娴是吗？我明确告诉你，白端端现在在盛临，未来很长一段时间都会继续在盛临，我不会开除她，除非她自己要走，你也不用纠结看到她觉得郁闷了。盛临的第二轮面试你不用来了，我会和人事沟通，找到你的简历退回给你，"季临冷笑了声，"我们盛临不会要这种喜欢内部攻讦的人，做律师专业很重要，但品行太差也不行。"

他说完这番话，大概转身要走，因为这之后，刚才三个女声里那个叫什么娴的，终于情绪崩溃，竟然哭了起来。

"季律师，季律师求求你……"

"离我远点。"

季临冷酷无情地说完这四个字，大概终于甩脱对方彻底离开了。

而那女声便在原地向同伴哭诉起来："怎么办，怎么办？我的 offer没有了，我很想去盛临的啊，今年跳槽好不容易找到这个待遇和工作环境都适合的，怎么办……"

白端端却对这些后续已经毫无兴趣了，她此刻真是根本不想再出现给对方补上一刀，她一点不关心这些背后骂她的人，她只是……

心跳得有点快。

# 第二十二章　配合演戏，一言难尽

　　直到货架另一侧毫无声响了，白端端才意识到自己应该关掉手机录音了。

　　她没想过，季临会这样维护她。

　　季临用冷酷的声音说出那番话的时候，白端端却体味到了不一样的温柔。这个男人，虽然有时候嘴毒到让人想暴打他一顿，但是迷人的时候，真的非常非常迷人。

　　连白端端自己都没意识到，此刻的她正望着货架上的垃圾袋在傻笑。而直到片刻后，她才反应过来尴尬地看了看四周，发现没人后才拢了拢头发，然后推着购物车离开。

　　最终，白端端是在结账的队伍里找到季临的，季临的表情仍旧不太好看。他看到白端端，愣了一下，片刻后，才收敛了情绪，又恢复到了冷淡的状态。要不是白端端站在货架后面听到了刚才一出，只看季临此刻的脸色，大概绝对想不到刚才发生了什么。

　　"谢谢。"

　　季临皱了皱眉："什么？"

"就刚才为我说话,谢谢你。"

白端端以为对于自己的感激,季临会相当受用,然而季临到底不是一般人,他不仅没有受用,脸上竟然露出了点恼羞成怒的神色:"你躲在哪里?听到了多少?"

白端端看他脸一阵红一阵白,为免季临尴尬和以为自己是特意不出来,非常贴心地撒了谎:"没没没,我就刚好走过,听到你说不会开除我,让她不用纠结需要看到我,不会录取她了。"白端端明知故问道,"所以是对方说了我什么坏话吗?是我得罪过的人?"

既然季临想,那就让他本人来叙述到底发生了什么吧,白端端心想,自己反正就负责季临说完后,来吹一波三百六十度无死角的彩虹屁就行了!

然而,她想象里季临的叙述并没有出现,这男人竟然冷冷地否认了一切:"你别觉得我不会开除你,我只是打个类比。她的资质太差了,比你还差,我忍受不了她这样资质的人出现在盛临。"

季临说完,看了眼白端端,快速地移开视线,又画蛇添足补充道:"你别自我感觉良好,以为我帮你说话了。我不会浪费时间说这种废话,你被她们怎么骂也和我没关系。"

他咳了咳,状若自然道:"倒是你,要反省一下,在上一个律所是不是和林晖的关系太不避人耳目了,以后注意点,现在都分开了,还总被拿出来说事。刚那个女的,就因为这个对你不满。"

行了行了,这位原来不仅是做了好事的雷锋,敢情还是一位口是心非的匿名群众。

只是……自己和林晖的关系怎么了?不过就是没辞职时老师和学生的关系罢了。虽然林晖此前对自己家里有恩,对自己也确实带教耐心、多有引导,但师生关系还需要避人耳目?可从自己独立执业以来,林晖并没有对自己有过特殊关照啊。自己的案子、胜诉,可都是自己努力得来的,何况林晖如今早就和自己闹掰了……白端端不明白,为什么这层过去的关系总会被拿出来说?

难道……难道季临也误会了什么?觉得自己和林晖真的曾经有一腿?

他看来逻辑清晰挺明辨是非的,难道还信了这个邪?

"不是，季临，你……"

可惜白端端没有时间解释清楚，因为在此之前，季临有些慌乱地赶紧从自助收银台付了钱，带着自己买的东西大步流星地走了，那模样看起来像是被恶犬追赶，仿佛完全不能再在超市多停留哪怕一秒。即便他努力掩盖不直视自己，白端端还是敏锐地发现了，季临有一点无所适从。虽然他惯常用恶劣的表情和冷淡的语句来包装自己，剥开那层外壳，却是这冷酷男人稀世少见的腼腆，带了点恼羞成怒的像是甜味里撒了点辣，然而这奇异的组合竟然感觉还不赖。白端端不负责任地想，毕竟自己可喜欢吃韩式甜辣芝心年糕了。

白端端也匆匆付了钱，便往外追去，最终在电梯里追上了季临，堪堪和他挤上了一趟电梯。结果自己刚进电梯，季临便抬脚往外走。

白端端呆了呆，完全忘了刚才想解释的话，下意识拦住了季临："不至于吧季临，你难道得了'白端端过敏症'？刚才就和躲避过敏原一样付完钱就跑了，都不顾我在后面喊你；现在连电梯都不能和我同一趟了？"

季临看了白端端一眼，抿了抿唇："什么'白端端过敏症'？我刚才有东西忘记买了，现在回去买。"

哦，这样啊……白端端腹诽道，谁叫你刚才逃得像是被人追杀一样。

她想起季临对自己护短，主动关怀道："你忘了什么？"

"忘了买盒饭。"

白端端愣了愣，她看了眼季临，对方穿着一丝不苟的正装，手上还提着公文包，看起来是刚从所里回来："你还没吃晚饭？"

"嗯。"季临此刻根本不想面对白端端，他觉得自己一旦接触白端端就不正常。今天更别说接触了，就算听到她的名字，都会忍不住多管闲事了。现在 心只想赶紧远离她，他看向地面，努力镇定道，"所以我要回去买盒饭。"

现在都将近九点了，季临竟然还没吃晚饭。

"别买超市的盒饭了，那不好吃，而且我刚付钱之前正好经过那边柜台，都卖光了！"白端端热情道，"我请你吃晚饭吧！"

白端端和季临租住的小区位于高端商区，附近并没有快餐店，只有高档餐厅。可惜对于白端端的大方请客，季临显然并不感兴趣。

"不去。"他听说超市盒饭卖完了，意兴阑珊地收回了脚，重新进了电梯，"太饿了，不想等。"

"那你冰箱里没有菜啊？"

如今只要季临做饭，别说周末，就是平时，白端端也会厚着脸皮蹭个饭。而作为回报，白端端每次都会帮着季临洗菜，因此对冰箱里到底有什么食材非常清楚，季临这两天加班多，冰箱里还没有买新的储备呢。

季临揉了揉眉心："我记得冷冻柜里还有一盒速冻比萨。"

"我吃了。"

"……"

白端端坦白从宽道："昨天我以为你会回家做饭，在你家里等你。后来你说临时加班先不回来了，我就……把你那个比萨给吃了……"

近来季临工作繁忙，有时候来不及喂猫，而一旦他做饭，白端端又像是生根发芽一样长在自己家里了，季临索性给了她一把备用钥匙，没想到……果然是引狼入室。

季临努力镇定道："没事，我还有一袋速冻饺子。"

"那个我也吃了。比萨还不太够……"

"那我还有……"

"都没了，我都吃了。我看你速冻柜里的东西放着也有一阵儿了，我就帮你……那个给顺嘴清空了一下……"

季临简直忍无可忍："白端端，你胃口怎么这么大？！"

"这样吧，为了表示弥补，今晚我亲自下厨请你吃个面？"

季临的表情无语到想要当空翻一个白眼："我最近又怎么得罪你了？"

"你就这么迫不及待毒死我？"

"……"

电梯这时正好到了，白端端走出电梯，不顾季临反对，就把季临往自己家里拽："你相信我一次，我最近刻苦训练，积极向上，厨艺已经得到了质的飞跃，我向你保证，绝对让你满意！我老早就一直想请你吃个自己下的面了，毕竟蹭了你那么多顿饭，怎么也要礼尚往来一下嘛。"

最终，白端端把季临拉进了自己屋里："你在这里坐一下，我马上去给你做，等我 10 分钟就好了！"

白端端确实是想亲自下面给季临吃，她到底还是高估了自己的实力，手忙脚乱煎了个蛋已经是她的极限。她想了想，最终决定放弃，然后掏出了方便面……

10 分钟后，白端端把方便面从桶里倒出来摆进了碗里。她特意找了双干净筷子拌了拌，让这碗面条的弯曲度显得更为自然，而不像方便面的大卷子一样矫揉造作。然后小心翼翼地放上了自己做好的煎蛋，才端着这碗面走出了厨房，献宝似的端给了季临。

季临皱了皱眉，他实在饿得慌，方便面这种垃圾食品的味道又确实很香。最终，他没抵挡住饥饿，开始吃起来。

白端端整个过程就静静地坐在一边，就这么看着季临吃面，心里竟然升起了一股媲美案件胜诉的自豪感和骄傲感。

他把一整碗面都吃完了。

"怎么样，怎么样？我的面是不是特别好吃？"白端端有些得意忘形，"我就说了我的厨艺有了长足进步吧！"

季临看了她一眼，冷静地打断了白端端的自我吹捧："如果你连泡一碗方便面都能泡得难吃，那我真的要开除你了。"

"……我没有，这不是方便面，方便面里有煎蛋吗？！而且你说了你不会开除我，除非我自己想走。"

"但这味道就是十足的方便面。"季临抿了抿唇，移开了视线，故意无视了白端端后面那句话。

白端端也没在意，她只是不甘地小声抗议："你就不应该夸奖我一下吗？我的厨艺至少是进步了，面是方便面没错，可你看，我都会下蛋了啊，这还不是质的飞跃吗？"

"等你下次会打鸣的时候我会夸奖你的。"

"……"

白端端想，季临啊季临，我怎么刚才没狠下心来毒死你呢？

"煎蛋还可以。"

白端端愣了一秒，才意识到季临说了什么，她盯向对方，妄图从对方镇定到面无表情的脸上，找出刚才勉强算是夸奖过自己的证据。

但是什么都没有。

白端端不死心地追问道："才只是还可以吗？我觉得应该是很棒啊！"

季临抿了抿唇："明早七点。"

"啊？"

他皱了皱眉，移开了目光："让你知道什么才是很棒的煎蛋，给你看看差距。"

季临说完，低头看了眼手表，言简意赅道："走了。"

直到他的身影彻底消失在门外，白端端才终于反应过来他那句话的意思——

明早季临管饭，有煎蛋可以吃！

想起季临的手艺，白端端一下子对明天充满了期待。

一大早七点，白端端准时上季临家蹭了早饭。可惜季临要直接去城东开庭，没蹭上去律所的车。不过临走之前，白端端看了眼脚边的橘猫，倒是想起来一件事。

"季临，晚上你有空吗？"

季临皱了皱眉："怎么了？"他看了白端端一眼，慢吞吞道，"今晚我不想再吃方便面了。"

"……"

你都想到哪里去了？我可并没有要再请你吃饭呢！

"我是说你儿子。"白端端咳了咳，看向了地上的橘猫，"最近它过了发情期，是时候可以绝育了。我问过宠物医院的医生了，今晚可以预约手术，不如趁早把它给割了？"

白端端贴心道："今晚你要加班的话也没事，我带它去就行。不过毕竟是你儿子人生里最重要的时刻，你要有空的话，我还是强烈建议你和我一起来，参观它从一个男人变成一个太监的全过程。"

"……"

季临梗了片刻，才重新找回了声音："我晚上本来有个会，但我会调整时间，和你一起去。"

"我就说吧，作为男人，你果然对割那个感兴趣和好奇的对吧？"

"……"

季临已经懒得解释了，给猫绝育而已，白端端如此两眼放光、幸灾乐祸到底是怎么回事？她越是热情积极，季临就越是不放心，总感觉闭上眼睛已经全是白端端磨刀霍霍，提着两把大菜刀，一脸邪笑往自己和自己猫走来的模样……

还真的有点吓人。

白端端不知道季临心中所想，她忙完了一天的工作，处理了好几个季临分派过来的合同，为一个公司制定了劳资架构以及修订了员工手册，然后一看时间，便急匆匆赶回家了。

她和季临约好了直接在宠物医院门口碰面，出乎她的意料，季临对给猫绝育这件事竟然十分上心。白端端到的时候，他已经抱着猫站在门口了。

眼看还有半小时到预约手术的时间，白端端立即从包里掏出了一个小本子，丢给了季临："快，没多少时间了，你赶紧熟悉下。"

季临皱了皱眉："这是什么？"

白端端一脸防贼似的看了眼猫，然后对季临挤眉弄眼轻声道："就那个……剧本啊！"她咳了咳，"不是怕你儿子记恨我们给它切了，彻底断绝了它下半身的幸福吗？这个，我昨天晚上回家想了一夜，日理万机写了这个剧本。你赶紧看看，熟悉下台词，待会儿我们就照着这个来。"白端端不放心道，"你记忆力还行吧？"

"废话。"

法律条文都是随时背诵，这种狗屁的台词还能背不出来了？竟然质疑自己这种问题。季临内心嗤之以鼻，不就是几句台词吗，还能背不出来、念不出来了？

可惜等季临打开白端端的本子，他就高傲不起来了……

"你这写的什么台词？这也太浮夸了吧？这难道不是对我形象的丑化吗？"

白端端一脸淡定："猫和人不一样，只有足够浮夸的动作神情和语气台词，它才能更好地感受到你的情绪，我还嫌弃这台词不够夸张呢！何况这时候不丑化一下因自己的无能才导致猫被抢走，那这戏还怎么搞下去？"

季临的脸色很难看，显然一言难尽，但最终还是没有驳斥白端端，皱着眉拿着本子看了起来。

没一会儿，兽医就来了，例行的几句问话后，他便对白端端使了个眼色。

白端端早和这位兽医打过了招呼，如今见了眼神暗示，便立刻拽了拽季临的衣袖，咳了咳。

季临抿着唇默认开始，白端端便大大方方开始了自己的表演——

"你不能抢走我的孩子！"

她振聋发聩的第一句话，让季临没来由地一抖……

伴随着白端端的话音，兽医非常配合地扮演起了恶人，他试图从季临手中抢走猫。

按照剧本，季临这时候应该佯装奋力挣扎，与兽医进行殊死搏斗，最后体力不支被恶人得逞，然后双目垂泪悲惨地哀号，忍受着这惨痛的"骨肉分离"。

佯装反抗倒是还好，季临意思了一下，猫最终就到了兽医怀里，可那几句台词……

真的有点太羞耻了。

白端端倒是十分入戏，在季临震惊的目光里，她演得毫无负担。季临只走了一下神，再回头，白端端脸上已经布满了簌簌的眼泪。

"咪咪，是妈妈对不起你！是妈妈没用，连你都保护不了，咪咪，你要不在了，妈妈也不想活了！"

"……"

她悲凄的模样，哭到近乎破声的喉咙，要不是知道面前是只猫，还真的以为是失去了孩子的年轻母亲……

季临对白端端的演技肃然起敬。她这个梨花带雨的模样，看得季临竟然心里跟着有点难受。

白端端念完台词，就看向了季临，眼神暗示对方该他上场了。

季临心不甘情不愿地背起了台词："咪咪，都是我的错。是我没用，力气太小，不能在强大的坏人面前保护你。只怪我平时只顾着上班赚钱，没顾上锻炼，虽然人高马大，但是弱不禁风，只能被人家吊打……"

季临记忆力确实很好，白端端写了那么一大段台词，他几乎没有停顿，一字不差地背完了，只可惜……

这演得也太没有诚意了吧？自己这么情真意切的台词，季临竟然可以用无机质一样的声音念完，而全程面无表情。

等猫一被兽医抓进了手术室，白端端就忍不住了："你这表现也太拙劣了吧？就算一下子情绪不够哭不出来，你也滴个眼药水啊？"

"……"

猫一被带走，刚才还痛哭流涕看起来就差当场晕厥的白端端，立刻利索地挺直了腰杆，完全不在意地抹掉了刚才的眼泪，恢复了明艳的笑容。

她看向季临，指责道："而且你刚才反抗的样子也太勉强了，看起来根本不是真心反抗，倒像是顺水推舟。季临，干一行爱一行，你好歹应该演得再走心点啊！你这样，小心猫看穿了你的伪装，反而觉得你是和兽医一伙儿联合起来骗它的，反而把你记恨上！"

"……"

季临心里却完全不在想这些，他只是想，白端端这眼泪说来就来，说走就走，简直是影后级别的专业表现。他内心发毛道，这女人的眼泪果然不能相信。如果以后白端端哭着求自己给她加薪，绝对不能轻易上她的当……

大半个小时后，橘猫的手术完成了，白端端冲进去就抱起了猫，季临虽然表面镇定，但内心也十分关切，跟着走了过去。

只可惜……

白端端一语成谶，因为季临的不走心表演，橘猫真的对他记恨上了……

原本十分黏人的橘猫，从麻醉里醒过来后，却冷漠地看着季临，并且对着季临发出低低的咆哮。而对着白端端时，橘猫便换了另一副面孔，温顺委屈，喵喵叫着撒娇。更过分的是，季临试图抱它的时候，它竟然伸出爪子差点把季临给挠了。

这就让白端端有点同情了，而她刚准备安慰季临，就见季临对宠物医院的医生道："这里有猫罐头吗？最贵的那种。"

宠物医院除了治疗小动物外，也经营出售猫粮狗粮和罐头等。白端端就看着季临在一堆罐头里挑了最贵的一个，然后打开放到了橘猫面前。

愿意买最贵的猫罐头，可见季临对橘猫是真爱了。

橘猫一开始对季临有些防备，然而猫罐头当前，它很快没了节操，忘记了自己变成公公的痛苦和仇恨，一下一下吃起罐头来。

季临看向白端端："现在这样看来，刚才根本没必要演戏，你看，给买几个罐头就……"

他的"行了"两个字还没说完，橘猫就吃完了罐头，并且过河拆桥，继续和季临翻脸……

季临刚想要摸摸它，它就"嗖"的一下夹着毛跑到了白端端怀里，只对季临留下了个毛茸茸的屁股。

季临死活没想到，竟因为自己演技不佳，导致和橘猫感情破裂……

白端端幸灾乐祸地摊了摊手："看见没？钱不能买来爱。"

看得出季临很努力想要修复关系，只可惜他这人天生冷着一张脸，橘猫实在不吃这一套。本来今晚轮到季临照顾它，然而两人带着猫回了小区，真把猫送进了季临屋里，猫就开始挣扎着想要逃脱。

"你，留下。"

季临抿了抿唇："我给你做晚饭，你留下。"

他声音有点不自然地补充道："你在的时候，它对我的接近没那么防备。我让你留下来，就是帮忙修复一下我们的感情，没别的意思。"

当然没别的意思啊，难道季临留自己吃饭还能有别的意思？

白端端一秒不解后，也没再深想，反正有晚饭吃，让自己做什么都行。

她开开心心地坐了下来，一边努力教育橘猫，觉得自己宛若苦口婆心进行感情调停的社区大妈，浑身充满了圣光。

这里不得不夸赞下季临，真是出得厅堂下得厨房。没一会儿，一桌色香味俱佳的菜就被端了上来。和这男人精致华丽的外表不同，在生活上，季临竟然十分贤惠。

白端端心满意足地吃着超好吃的饭菜，一边忍不住问道："少有男的能有这个厨艺啊，季临，你是怎么想到学做菜的呀？"

"因为自己做饭比较省钱。"

"……"

这答案，真的很季临了……

白端端觉得，自己不该问的。

大概是对自己做的饭菜有免疫，面对这么一桌菜，季临并没有吃多少，很快就放下了筷子，倒是白端端一个人在继续大快朵颐。

她吃到一半，手机响了，白端端放下手里的鸡腿，手忙脚乱地想要接听，可惜油腻腻的爪子实在难以下手，白端端又不肯放下鸡腿，只能求助季临："季临季临，你帮我按一下接听键。"她眨了眨眼睛，利诱道，"我帮你和咪咪修复感情！"

"……"

季临抿着唇，最终脸色不善地帮白端端按下了接听键。

结果事还没完，白端端对他挤眉弄眼道："你帮我放在我耳朵边上啊！"

"……"

自己好歹是个合伙人，时薪 8000 元起步，还是白端端的上司，怎么能做这种助理一样的工作，帮她拿着手机放在她耳边让她打电话？

白端端伸了伸自己脏兮兮的手，可怜巴巴道："求求你！"

"……"

半分钟后，等季临意识过来的时候，他已经拿着手机凑在白端端耳边了。不得不承认，白端端不用哭，季临也没什么抵抗力，这一刻他心里的后悔达到了巅峰，然而进退维谷，放下手机也不是，继续拿着也总觉得不太对。

幸而来电的是戴琴，大概听闻对方是要讨论案子相关的问题，白端端赶紧让季临帮自己直接开了免提，终于解决了季临此刻困扰的问题，解放了他的双手。

"白律师？你现在方便接电话吗？不好意思这么晚打扰你……"

白端端"嗯嗯"了两声，表示让戴琴继续说。

"是这样的，我这两天小孩的情况比较稳定了，虽然公司挺烦我的，但我想只要身体允许，就还是去上班吧，结果今天刚上了一天，刚才人事部就通知我调岗。"

"调岗？把你调去轻松点的岗位吗？"

难道自己此前的一番话让李婉君听进去了？

可惜现实永远不是童话。

"不是，她让琴琴调去我们城东子公司，从岗位的工作量来说，并没有比现在轻松。但城东子公司的地址，离琴琴住的地方来回通勤路程差不多要两个半小时，城东那边是工厂区，地铁都不到，只有公交，还得转三次车，琴琴不会开车，想要上班就只能坐这个公交。但是早晚高峰时候，公交上全是去那边上班的工人，车里挤得像沙丁鱼。琴琴现在的情况，根本不适合坐这个车啊。"说话的是薛雯，看来她正在戴琴身边，也开着免提。

电话里戴琴也有点为难："但如果打车来回上班，那么我一个月的工资都挡不住这交通费，还不如不上班来得划算。"

白端端放下了鸡腿："所以调岗理由是什么？说你绩效考核不好，不能胜任现在的工作吗？可你的绩效我看过，完全没问题，如果是这个理由，根本站不住脚，直接拒绝就可以。"

"调岗理由是公司经营变动，说子公司现在业务量大，正在扩展版图，急缺员工，让我服从公司的经营方案调派去那里。我查了之前签的劳动合同，发现里面确实有这样的话，公司可以根据经营策略和安排合理调整员工岗位，只要保证待遇不降低就行。"

白端端本来嘴里正塞了一大口海鲜炒饭，此刻一边努力咽，一边妄图答话："那你签……"结果话没说完，就呛到了，"喀喀喀……"

"你签收任何公司发给你的调岗说明和通知了吗？"

让白端端没想到的，季临虽然皱着眉一脸嫌弃地看着她，但却径自接过了话头。

因为实在被贵丰通信这操作气得要死，白端端情绪激动之下还在咳，呛得厉害，连海鲜饭都快咳出来了。

最初突然在电话里听到季临的声音，薛雯愣了愣，继而才答道："没有，我告诉琴琴这些都不能签收，但是都让她拍照留存了。另外人事部给她打电话通知调岗，也都录音了。"薛雯说完，担忧道，"端端，你还好吗？打扰你和季律师了，这么晚了你们是还在律所一起加班吗？"

其实作为邻居，又是同事，在季临家里也没什么，然而白端端下意识鬼迷心窍，就是撒了谎："啊，是，我们……喀喀喀喀……在单位一起加班，喀喀喀……"

结果她刚说完，响起的就是季临咬牙切齿的声音："白端端，不许咳在我家的地板上！"

"……"

季临，你能不能别拆台！白端端被气得咳得更厉害了。

好在因为正事当前，薛雯虽然有点惊讶，但最终没有再追问。

电话那头的戴琴十分不安："虽然我没签收任何东西，但合同里确实规定公司可以调岗，那我该怎么办？"

季临抿着唇："就算劳动合同里有规定可以调岗，但是也是合理的情况才可以操作。第一，你没有不能胜任现在岗位的情况；第二，贵丰的子公司根本不存在人员紧缺的情况，三天前我还看到了他们子公司大量裁员的新闻，根本不存在扩大业务急需营销人员的可能。

"你录音了这点十分好，他们录音里对你进行调岗的说辞和事实完全相反，可以证明是恶意调岗，妄图逼迫你自行离职。你完全可以不用理睬调岗通知，继续在现岗位工作。他们就算去劳动仲裁，也不可能赢。"季临一边讲，一边倒了一杯水递给白端端，"喝点水。"

白端端不知道怎么的，还在咳。季临索性放下了水，腾出一只手轻轻顺起了白端端的背，然后他冷冷地警告道："你最好不要咳在我家里，明天家政请假，不会来打扫。弄脏了扣你工资。"

季临的表情充满嫌弃，语气也冷若冰霜，然而缓慢拍着白端端背的手却是非常小心。如果白端端这时候抬头，就会看见，这男人冷漠的脸上，其实有点红。

但季临再怎么冷酷、再怎么警告，白端端好像都觉得不太可怕。他这种警告还不如威胁以后不给自己做饭来得实在。

此后，戴琴又问了点别的细节问题，季临也都一一详细回答。

电话那头戴琴和薛雯表达了对季临和白端端的感谢，这才挂了。

白端端也终于缓过气来，她喝了口水，忍不住感慨："案子虽然算是结束了，可斗争和生活都还在继续啊。就算戴琴赢得了谈判，让贵丰通信无法开除自己，孕期必须保证戴琴的工作，可员工和企业之间，总是企业有天然优势。你员工只要在我这儿干一天活儿，吃我一天饭，就得看我一天脸色。我想给你穿小鞋、想整你还不容易吗？唉，企业啊，果然都是资本家的嘴脸，就没一个好的，老板啊，都是剥削阶级。"

这个观点，季临嗤之以鼻："如果做企业是慈善活动，谁还开公司？开公司的目的就是盈利，逐利是商业活动的本源。公司花钱请你干活儿，当然希望把你的所有潜力发挥出来，把我付给你的每一分工资都落到实处。"

季临抿了抿唇："只可惜贵丰通信请的不是我，否则我有一百种办法让戴琴自动离职，让贵丰通信毫无法律风险就可以摆脱她。

"还有你。"季临瞥了白端端一眼，"你路子挺野啊，敢在老板面前骂老板了？"

"……"

也是。平时没大没小惯了，都直呼季临全名，可自己怎么忘了，季临不也是资产阶级吗？他也是个老板。

好在季临没想追究，他直接换了话题："不过这案子就这么结束了？贵丰通信不是请了朝晖，林晖就不出现了？就派一个下九流过来耍几个花拳绣腿，被你一个职业选手重拳揍飞就偃旗息鼓了？"

作为对手，这种案子，林晖不出马是好事。因为林晖的手段绝对不会比季临少，如果季临有一百种让戴琴自动离职的方案，那林晖至少也有八十种。白端端解决起来，绝对不如像解决杜心怡这么简单，甚至未必能赢。

只是季临的语气虽然很平淡，但不知怎么的，白端端却觉得，他对林晖没有出现在这个案子里，反而有些不满。想起季临一反常态死活要加入这个案子，想起以前张俊达说的季临仿佛针对朝晖，白端端脑海里灵光一闪——

"你接这个案子，是因为林晖？"

可惜不知道为什么，光是听到"林晖"两个字，季临就彻底沉下了脸，周遭气压一下子变得很低。季临沉默了片刻，才非常突兀地转移了话题："我妈那边最近怎么样？"

"我这周末两天没什么事，都去孟阿姨那边看着她，督促她锻炼。"

白端端又和季临聊了两句，见时间不早了，这才回了自己家。

白端端以为戴琴的事告一段落，没想到第二天醒来，微博上舆论都炸锅了。

"哇，天啊，这么婊的女人找了个更婊的女律师！"

"这种明显不要脸欺诈企业的员工竟然都开不掉？还有天理、法律？呵呵，真是个笑话，法律就保护这些烂人吧。"

"所以说我最讨厌律师了，律师的工作感觉就是颠倒黑白。"

"敲黑板，找女朋友千万不能找女律师啊。"

"这个叫白端端的律师，也会被钉上耻辱柱。我怎么觉得她比那个什么戴琴还丢人哪？戴琴听说家里条件不行，可能太穷了又怀孕了，才要讹公司给她养孩子呗。这个白端端你看，这几张人肉出的照片里，浑身都是名牌，看着就不差钱。又不是家里揭不开锅没饭吃了，完全可以拒绝接这种案子啊！"

"这律师真的太丢我们女生的脸了。敢情她这身行头，都是靠道德沦丧、人性缺失，只要给钱就接案子得来的！"

……

而如果这些讨论和攻击尚且理性，那下面的有些就不堪入目了——

"给钱就接案子的话，给钱就能上吗？"

"哇，还挺正点的，看着胸挺大、腿挺长啊。反正律师也是接客，不知道我这个客她接不接。"

……

白端端抿着唇，翻了翻，才发现今早七点开始，几个营销号突然开始爆料跟进了戴琴事件的进展，并且公布了自己和戴琴的私人信息和照片，这几个营销号也像是约好一样，爆料后见传播得差不多，就立刻删除了爆料。然而网络上对戴琴这事本身关注度就大，一下子便闹得沸沸扬扬了。

林晖从大约一年前就开始喜欢用舆论这一招来配合自己的法律操作。白端端在朝晖待了这么久，知道得很清楚，这几个公众号，都是和朝晖律师有长期合作的。

不用看。就知道是杜心怡的手笔了。林晖这个层级，不会去亲自操作这种事，经手的肯定是杜心怡无误。只是杜心怡敢这么发，就算没请示林晖得到明确的首肯，也至少是觉得自己发了，林晖也会默许她的这种行为。

无论是哪一种，都让白端端感到十足地失望和难过。

她以为自己和林晖离职时已经闹得够难看了，没想到更难看的还在这儿等着呢。

杜心怡专业上被自己狠狠打脸，按照她那锱铢必较的性格，果然还留了这么一手来恶心自己。

只是虽然恶心，白端端早不是那种被人骂两句就哭的小女孩了。她起身淡定地吃了早餐，换上了套装，挑选了适宜的包，一边往盛临走，一边想着解决的对策。

不论多么正能量的事和人，网上总是有那么些杠精会跳出来口出恶语。因此戴琴不愿意把已故男友的信息拿到网上为自己开脱解释，不希望因为自己的事，导致牺牲的男友名誉遭到侮辱。也因为这样，白端端同样失去了为自己解释的证据和立场——只要戴琴洗不白，自己作为代理律师就也洗不白。毕竟在大众的眼里，根本无法接受律师只是一份职业，不代表自己三观的理念。

当然，网上有很多仗着匿名，随意向他人发泄的人，但同样，也有很多让人动容的善意。即便在对自己的一片讨伐声里，白端端也留意到了一个ID对自己的全方位维护。

"她是你连脚趾都碰不到的女人。"

"你长这么丑，狗见了你都愁。"

"感谢科技吧，要不是能上网了，你能和白端端这样长相的女生有这么一丁点的交集吗？根本没有，她这样的女生根本和你这样的男人不会生活在一个层次，你连见她的机会都没有。"

这ID连个像样的昵称和头像都没有，名字是"用户sdt5698330"。从没发过微博，一看就是临时申请的账号。要不是白端端清楚自己还没采取任何措施，都要以为是自己雇的水军。

虽然这账户是新申请的，但十分敬业，还在孜孜不倦地舌战群雄这ID全程没用一个脏字，所有词汇组合在一起，那刻薄和毒辣程度，竟然比脏话还脏，全程几十个人围攻他，竟没一个人骂得过他。

而看到他的一个形容的时候，白端端忍不住笑了出来——

"你长得像我邻居做的烤鸡，和大便一模一样。"

这是什么样的形容啊！白端端连带着心情都有点好了，像大便的烤鸡，这人的邻居，做的东西得多难吃啊！自己厨艺够差劲了，但做的烤鸡也达不到大便的水平，这人邻居也太强悍了！

白端端就这么一路走到了盛临，时间不偏不倚正好九点。她坐到办公桌前，这才重新拿起了手机，想看看过了两个小时，如今舆论已经发展到什么地步了，是不是自己得杀鸡儆猴，挑几个嘴骂得最脏的发一波律师函。

出乎她的意料，当她点开微博，发现刚才还呈现爆炸式热搜的"戴琴和她的律师向全体职业女性道歉"这个话题，直接从搜索栏上消失了。

白端端皱着眉，再用自己的名字当关键词搜了搜，这才发现，微博一片干净，以自己名字为关键词的搜索直接被屏蔽了。而此前在话题里带节奏辱骂自己的，不是被屏蔽，就是被删除了，最开始带节奏曝光自己和戴琴信息的营销号全部发了致歉声明。

有人给自己撤热搜、删评、控制舆论了。

会是谁？

# 第二十三章　热搜被撤，误会横生

　　白端端并不知道，在自己跟踪热搜进展的时候，季临也一样。

　　季临其实从不上微博，然而今天一早还没出门，容盛就给他打了电话。

　　"白端端上热搜了，应该是朝晖那边的操作。"

　　季临皱着眉，为了看热搜，好不容易申请了个账号，结果点进去，眉头就皱起来了，这些人骂得太难听了。

　　容盛讲了这次舆论引爆的前因后果，见电话那端久久没有声音，喊道："季临，你在听吗？这其实是朝晖的常规操作，那几个公众号都是他们长期合作的。我知道一提到林晖你就冷静不下来，尤其这次牵扯到的案子还是你参与的。但好事是，目前并没牵连到你，还有，你必须冷静下来，我这边会联系控评和撤热搜。"

　　季临一边飞速操作，一边平静而镇定道："嗯，我很冷静。"说完，他又打了一句——

　　"把你头拧掉塞马桶里都对不起马桶。"

　　他发完，优雅、沉稳地回复容盛："热搜什么时候能撤？"季临咳了咳，义正词严地补充道，"还是要快点撤，毕竟这事我怕发酵下去影响盛临的口碑。"

容盛当场就感动了："没想到你竟然都有集体荣誉感了，你放心吧！盛临就像我和你的儿子，我不会让我们儿子被人攻击的，我这个做妈的绝对要为儿子血战到最后一刻！"

"……"

季临心里五味陈杂，至少令人欣慰的是，容盛对他自己的定位是妈，肯定了季临才是爸爸的设定。

容盛这一波激情确实让他行动迅速，10分钟后，他就再次打来了电话："两个消息。第一个，热搜已经撤了。"

此刻季临已经到了办公室，他放下了手机，决定不再和网友唇枪舌剑。他泡了一杯咖啡，恢复了冷静自持、高贵端庄："第二个呢？"

"第二个，热搜不是我撤的，是林晖找人撤的，比我早了一步。"

季临的脸沉了下来。

"你先别生气，听我说，也别找白端端发火，这事和白端端没关系，她肯定没找林晖帮忙。我听说这事情一出，林晖几乎第一时间就打电话去撤热搜了，应该完全是自己的决定。这事大概也是他下面哪个不长眼的做的。"容盛说到这里，吹了个口哨，"很显然，林晖对我们白律师旧情难忘啊。一看到别人伤着白端端了，立刻火急火燎地去处理了。不过，万一他真的大张旗鼓重新追求白律师，两个人要复合了怎么办？"

热搜问题解决了，盛临的名声不会遭受牵连，盛临的律师也不会再遭到名誉损害，容盛彻底放松了下来，然后想到了些别的。

虽然八字还没一撇，容盛已经担心到不行："但万一，你说万一复合了，你是不是肯定受不了？毕竟你恨不得林晖死，结果咱们盛临的提成律师竟然是林晖的女友。这万一以后林晖来律所接白律师下班去约会，被你撞见了，岂不是硌硬死你？"

容盛头头是道地分析："而且按照你的性格，怕是以后对白端端也会越发不爽吧？毕竟是林晖的女人了。所以，那你看，要是白端端和林晖一旦复合，我们就找个理由把白端端给开了？虽然说合理给经济补偿金也没多少钱，但根据你对林晖恨之入骨的心态，你大概是一分钱不想多给他的女朋友，没准还是未来老婆，对吧？我们毕竟是专攻劳资纠纷的，开除人你可是专业的，我们就找几个方案，不花一分钱把白端端开了，你看怎么样？"

"……"

季临沉默了片刻，才抿了抿唇道："我不会因为林晖的事迁怒白端端的，公私分明，不至于要开除她。"

容盛又笑着和季临说了几句，这才挂了电话，虽然季临听起来很镇定，但心里却不是那么回事了。

林晖和白端端复合？

凭什么？！

林晖这种垃圾，根本不配得到爱情。在他对自己父亲做了那些事以后，他凭什么还能得到幸福？凭什么可以就这样自如地转身走掉，继续自己的生活？毁掉了别人的人生后，凭什么他还可以和白端端在一起？他真的不配！

听到林晖或许要和白端端复合的消息，季临完全冷静不下来。他觉得在这件事上，自己不能袖手旁观下去了。

然而白端端压根儿不知道季临心中的惊涛骇浪，她在见到热搜被撤的瞬间，第一反应就是，这大概是季临帮自己撤的。因此，她高兴地敲开了季临办公室的门，想要道谢。

"季临，谢谢你帮我撤热搜！"

然而回应自己的，是季临相当难看的脸。他沉默了片刻，才垂下了目光："不是我。"

白端端刚想发问那是谁，没想到手机便响了，她低头看了一眼，相当意外，来电竟然是林晖。她看了眼季临，抱歉地告辞："我先出去接个电话。"

"林……"一出季临办公室，白端端就按了接听键，在那句"林老师"脱口而出之前改了话头，她冷静道，"林律师，您找我有事吗？"

林晖的声音顿了顿，白端端听到他有些沧桑而伤感地叹了口气："端端，对不起。"

他这一上来就道歉的架势，并没有让白端端心软。她记着杜心怡的新仇旧恨，语带嘲讽道："您是来认领您给我的热搜套餐了啊？和朝晖所有合作过的公众号、营销号都用上了，这套餐花了不少钱吧？我白端端何德何能让您这么破费呢？"

"对不起，端端。"林晖难得地没有被白端端的态度激怒，他的声音低沉，"但这次的热搜，确实不是我授意的。杜心怡私自做了这件事，就算我得知后立刻找人撤了热搜，但我知道你因为这件事受到了影响，这是我的错。"

白端端愣了愣，没想到给自己撤热搜的是林晖。

"你现在和我说这些是什么意思？难道还指望我感谢你吗？还是希望我听了你的道歉能放过追究杜心怡？"

林晖的态度很温和，他轻轻地笑了笑："你这么记仇，自己主意又这么大，怎么可能我叫你不做什么你就不做？这件事杜心怡确实有错，我在所里群发邮件批评了她，也会让她和你当面道歉……"

白端端冷笑："别了别了，我无福消受。你还是别让她来恶心我了，我本来就忙，吃不消当面见她。"

"那你有空和我见一面吗？"

白端端皱了皱眉。

林晖似乎有些尴尬，咳了咳，即便不自然，他还是继续说了下去："因为有些事我想也需要和你当面道歉。"

白端端没料到林晖会说这个，有点发愣。

"之前对你的态度，我确实有问题，端端，对不起。我这段时间翻来覆去睡不着，想你刚从学校跟着我创办朝晖的时候，总觉得我们不应该到这一步。三年之前把你派往 B 市，彼此都忙于工作，一直没能好好沟通。你离职后我想了很多，也反思了自己这段时间的行为，想和你好好谈谈。"

白端端沉吟了片刻，最终还是同意在午休时和林晖见一面。

白端端和林晖约在盛临写字楼下面的餐厅里。

林晖以前毕竟是大学老师，说话娓娓道来。比起季临，他不那么锋利，有一种温文尔雅的姿态在里面："我知道你现在在盛临，但是季临这个人很不好处，你现在可能接触的少没发现，但你和他不是一种人，恐怕很多方面都不合拍，未来很难磨合，总是要闹矛盾的。我听说你去了以后，他也没有给过你案源。"

林晖顿了顿，继续道："我想，你是不是考虑回到朝晖来？我按照盛临这边月薪的两倍给你，其余你想要什么待遇，也尽管说。毕竟你从开始工作到之前，都在朝晖，这边工作氛围你也都熟悉，同事也都认识……"

林晖讲完这些，像是终于有些疲惫了："最近朝晖的情况不太好，又有不少同事离职了，虽然引入了新的合伙人，但我也不放心把管理权限交给他们，端端，回来吧，帮帮我，我只放心把管理权限交给你。回来升个初级合伙人吧，我手里的案子和资源，也早晚都是你的。只要在朝晖继续做下去，中伙、高伙，这些创收门槛你早晚会满足，我也会帮你……"

照理说，林晖这番话，也算是掏心掏肺了，连律所的困境都说了，不说没有一点私心，但也算是有些真情实感的。加之他此前对自己的提携、对自己的恩情，如果是正常的女生，大概都会感动地答应了，只可惜白端端并不是一般的女生。

她打断了林晖："我就问一句，如果我回来，杜心怡走不走？"

只这样一句话，林晖果然陷入了沉默。

白端端在心里冷笑了声："林律师，历来鱼和熊掌不能兼得，你看我和杜心怡都闹成这样了，难道你还指望我们和平相处？"

"端端……"林晖深吸了一口气，"如果不出意外，朝晖今年下半年还要吞并一个小所，到时候这个小所会搬进来一起办公。但我们在这栋写字楼里目前已经租了整层，想要再扩张面积，只剩下楼上的一块办公区了，所以到时候会有一部分员工在楼上办公。那边有独立办公室，还有湖景，环境比较好，我可以给你一个单独的办公室，你在那边办公，不太需要再见到杜心怡。"

林晖叹了口气："我知道这很愚蠢，她是她，朝霞是朝霞，但对着这样一张脸，我……"

白端端没指望林晖能开掉杜心怡，这几乎已经是他最大的让步和妥协。提及叶朝霞，他的声音里带着真切的挣扎和悔恨痛苦。

他自己心里想必也很清楚，叶朝霞死了，杜心怡只是杜心怡，然而那种移情的感受却控制不住……

一想到叶朝霞，白端端也忍不住有些红了眼眶，过去他们三个人互相扶持的点滴犹在眼前。她想想林晖失去朝霞姐姐后的失意和痛苦，讽刺的话到嘴边，到底顾念旧情，觉得并非当事人的自己根本无法苛责林晖。

叶朝霞出事的时候，白端端因为爸爸受伤，常年奔波在医院，也是焦头烂额，并不清楚整件事的前因后果。只知道叶朝霞是在小区里被人攻击了，被一棍子重重敲击了后脑勺，对方作案完毕就跑了，只留下叶朝霞倒在地上。等被路过的行人发现送去医院时，人已经不行了。

林晖报警后，警方通过小区的监控找到了嫌疑人，对方最终也付出了法律的代价，叶朝霞却是永远回不来了。

关于这个案子的详情和犯罪嫌疑人的作案动机，其实白端端一直存疑。因为叶朝霞根本不认识对方，对方又并没有精神方面的问题，甚至听说平时为人还挺憨厚，并不是那种反社会的攻击型人格，出了叶朝霞的事，嫌疑人的父母和亲友甚至还写了联名信要求轻判，街坊邻居还为犯罪嫌疑人背书解释了他并不是坏人，只是激情犯罪……

那段时间是白端端过得最黑暗的时刻，自己的爸爸几次病危，林晖也生不如死。他当时的状态简直像行尸走肉，恨不得直接和叶朝霞一起死了，以至于时过境迁，白端端根本不想再触碰他的伤疤，去询问朝霞姐姐的死因。

林晖那段时间患上了严重的抑郁症，手上全是自残后留下的血痕。他不愿意吃饭也不愿意休息，每天执拗地抱着叶朝霞的遗照，形销骨立。虽然还活着，但白端端总觉得，他的心已经死了。

可即便是这样，当自己爸爸迫切需要医疗费的时候，林晖还是努力站了起来，用自己摇摇欲坠的身体和肩膀担起了白端端的一片天，帮助白端端一家渡过了难关。

　　他毫不犹豫地拿出了自己所有的存款，倾尽所有，连自己的餐费都没留，每天只在大学食堂里吃免费的白饭和汤，甚至去学校预支了自己的年终奖金。

　　而为了填补白端端爸爸手术费用最后的缺口，林晖去找了自己代理的客户讨要积欠的律师费……

　　法学院大学老师是可以把律师证挂在律所里兼职从业的，林晖一直以来除了教学，就是兼职代理一些劳资纠纷类的公益维权。他的客户一向都是请不起律师的贫困劳动者，鲜少代理的几个收费业务，客户也都并不宽裕，属于标的额很少、性价比非常低的案子，以至于在其他律所都没有人愿意接。当时林晖在劳资纠纷领域是非常有名的公益律师，好些客户都慕名而来，林晖也从不拒绝。

　　虽然不少是收费业务，但因为当事人本身手头就紧巴巴的，外加林晖也很君子，从不催款，很多人便顺水推舟把这律师费能拖就拖，拖到最后就不了了之。

　　为了白端端的爸爸，林晖内心这么清高的一个人，就一户一户敲门，去把当初积欠的律师费要回来。

　　一个大学教授，一个知名的维权律师，最后却卑微得像一个普通的讨薪者，甚至……

　　甚至为了要到钱，林晖都给人下跪了。

　　这些事其实林晖从没和自己说过，白端端也不过是听到了别人的转述告知然而旁人寥寥数语里描绘出的惊心动魄，却是白端端至死也忘不了的。

　　即便如今，白端端想起这些过往，也仍旧动容和感激。

　　后来林晖变了，但白端端一直没忘记这些。

　　"端端，对不起，我知道朝霞谁也代替不了，杜心怡是杜心怡。但是我对不起朝霞，我没让她过一天好日子，我想要弥补，即便只是相同的一张脸……"林晖表情隐忍而痛苦，"你没法理解，我必须靠着这样才能活下去，这确实完全出于我的自私。"

　　林晖深吸了一口气："你给我点时间。"

话到这个地步，他已经算是在杜心怡和白端端之间做了个表态，这已经是林晖最大的让步和诚意，只要白端端乘胜追击，杜心怡被扫地出门是早晚的事，只是——

"算了，你就算把她开了，我也不会回来的，你别纠结了。"

虽然过去和林晖曾经这样亲密无间过，但裂缝一旦形成，是永远修复不到最初的状态的。如今有了他的这几句推心置腹的道歉，白端端觉得自己也算是放下了，并不想一定要在林晖心里和杜心怡争个你死我活。

这下就轮到林晖惊讶了："为什么？端端，你提的要求我都可以满足，只是杜心怡这件事，再给我点时间，你待遇上有什么别的想法，都可以和我提。之前确实是我对你的态度有问题，我向你道歉。"

"不是你的问题，而是我在盛临挺好的，我没觉得季临不好，我挺习惯的，我想继续干下去。"

这是林晖始料未及的答案，他安静了片刻，才道："季临对你挺好？"

"嗯，还不错。"

"那就好。"虽然话是这么说，但白端端敏锐地感受到了，他的声音和表情都有些不自然，他还有什么话想说。

果不其然，林晖喝了口咖啡，道："端端，既然你不想回来，那我尊重你的决定，但还有一件事想麻烦你……"林晖顿了顿，"既然你和季临关系还不错，那你能不能帮我约他见个面？"

A市法律圈子就这么大，虽然律所与律所之间多有竞争，但也不排除合作，更何况律师之间多有流动跳槽，昔日是对手，没准明天就是同事了，林晖想认识季临也不奇怪。

白端端点了点头："好，我会和他说一下，然后给你他的联系方式，你们自己联系就行。"

"这恐怕不太行。"没想到林晖脸上露出了尴尬的神色，"我之前联系过他，他没理我，而且不知道是不是对我或者朝晖有点误会，都有点针锋相对的意思。但我其实对他挺欣赏的，年轻人有干劲、有想法，就算没机会合作，也想认识一下。"

白端端想起自己提及林晖时季临的反常，还有听说戴琴这案子对方代理人里有林晖时，季临不惜一切也要参与的劲头，确实觉得大概真是有点误会。

"端端，你看你能不能帮我直接约季临，我们三个人一起吃个饭，也帮我解释解释，让季临知道我到底是个什么样的人？"

林晖曾经在最艰难的时候毫不犹豫帮了自己那么多，只是引荐个人，白端端觉得并不是难事，最终答应了下来。

朝晖和盛临核心业务高度重合，毕竟是竞争所，白端端约林晖在盛临写字楼下见面，初衷就是不希望被别人误认为自己身在曹营心在汉，有吃里爬外之嫌，索性坦坦荡荡约在盛临楼下这间其余同事中午都常来的餐馆，也算是另一种形式上宣告自己和林晖的见面并不需要避人耳目。

然而她这番坦荡，看在另一个人眼里，完全是另一回事。

季临此刻正死死地盯着坐得离自己有一段距离的白端端，不知道林晖正说到什么，她笑得明媚而灿烂，眉眼间全是光。

有点碍眼。

"果然！你看看林晖这套路，完全按照我的设想走啊，没准他都是贼喊捉贼，自己找人先把白端端骂上了热搜，然后摇身一变，像救世主似的出现撤走了热搜，再以'给白端端到底还是造成了点困扰'这个理由来负荆请罪。吃个饭，见个面，道个歉，这不就重新接上头了？一段自然而然的复合之路就开展了！"容盛坐在季临对面，一边看，一边啧啧称奇，"瞧瞧白端端，被这人渣哄得花枝乱颤了都，定力有点差啊！"

季临抿着嘴唇，低头吃饭。

容盛却还在发弹幕似的进行场外点评："哎！我看林晖这手段，平时多约着吃吃饭，周末一起看看电影、逛逛街，到以前约会的地方坐坐，回忆下往昔的爱，不出一个月，他俩就要正式复合了。我只希望她行行好，和林晖重新好上以后就能主动辞职回朝晖，别害得我还得研究怎么低成本把她给开了。她自己也是劳资律师，大家都是专业选手，万一撕起来，真的很难看啊！"

"……"

容盛说完，目送着白端端和林晖一起走出了餐馆，这一回头，才发现季临脸色难看得不行。咦？虽然季临见林晖是绝对没有好脸色的，但以往就算是正面遇上，季临这脸都没臭成这样啊……

季临憋了一肚子的火，平时没见白端端多利索，结果和林晖勾搭在一块倒是分秒必争，自己还没反应过来，这两人竟然就坐在餐厅里眉来眼去了。大庭广众，成何体统，而且这是向自己宣战吗？竟然就选在盛临楼下自己常来的餐厅，那不就是上赶着给自己看到，迫不及待向自己公开吗？

不就是快复合了找到对象了，有必要这么嚣张吗？

每次只要提及林晖，季临心里便是难掩的恨意。只是如今随着容盛的一番话，他自己都没意识到，除了这一贯的恨意，还有一些别的火苗在他的心里越烧越旺。

季临只觉得内心烦躁，结果他刚回到办公室，白端端便敲门凑了上来，她春风满面、笑靥如花。

"季临，晚上有空吗？"

季临皱了皱眉。

白端端讨好道："我想请你一起吃个饭。"

季临的眉头微微舒展开来，嗯，这还差不多，这女人总算还有情商可言，至少能认清现在谁是她的老板。季临觉得自己的心情稍微好了那么一点点。

他矜持地点了点头："嗯，你如果真的想请我吃饭的话，我可以把晚上开会的时间压缩到今天下午，挤点时间出来吃个便餐。"

白端端果然大喜："那太好了！那就今晚，我现在去订餐厅，日料怎么样？我听说'赤'的生蚝特别有名，晚上可以去吃！"

季临冷静自持地点了点头："也行吧。"那家店还挺贵的，她算是有心了……

只可惜季临还没受用多久，就听到白端端径自道——

"对了，晚上我还想介绍个人给你认识……"

季临皱起了眉："什么？还有别人？谁？"

　　"对，其实你也认识，就是朝晖的林晖林PAR，我想介绍你认识下他，他是我前……"

　　白端端的"老板"两个字还没说出口，就被眼前彻底沉下脸的季临给打断了："我晚上没空了。"

　　白端端愣了愣，她想起林晖那番话，也试图帮林晖解释下："我知道你对林晖可能有些误会，我认识他很多年了，他以前人不坏，就是这几年脾气有点大，身边也没个敢和他顶嘴的，路开始走得有点偏，开始喜欢打官腔。但整体来说，他还是个挺靠谱的人……"

　　白端端之前在林晖那儿确实受了气，也和他有了小过节儿，工作理念上也有不和，这么多年，几乎磨灭了自己对林晖最初的那份全然信任。时过境迁，想起过去他如此仗义为自己做的事，以及今天他推心置腹的道歉，过去那个温和热诚的林老师又重新在白端端脑海里鲜活了起来。为他这样解释两句，白端端也觉得是举手之劳，对公对私，白端端觉得，林晖之前的过错，未来也不是不能改正。

　　何况她觉得林晖对季临或许也有误解。摸准了季临的脾气，白端端觉得他其实并不是个多难相处的人，如今甚至觉得他还挺好的。自己最后决定促成这两人的见面，其实更多的反倒是希望林晖能改变对季临的刻板印象。林晖很会做人，在业内左右逢源，名声不错，季临业务能力明显更强，却因为他这个人过于外冷内热，总被不熟悉的人误解。要是能借由林晖把季临带进主流律师社交圈，让更多的人看到季临的好，没准倒是个不错的机会。虽然季临对外界如何评判自己并不在意，但白端端倒是有些在意。

　　季临挺好的，被说成那样，其实她不太开心。

　　可惜白端端不知道这一切在季临眼里全变了样。

　　季临的心里用惊涛骇浪来形容也不为过。

　　这女人就这么不经哄？林晖也没干什么事，结果就都快和好了？已经迫不及待要向现在的社交圈重新介绍他了？

　　他以前人不坏？

　　他就没好过。

而且还吃什么生蚝？大晚上的，吃了生蚝干什么？

白端端却不明所以，还在努力地询问："你刚才还不是说晚上有空吗？怎么突然没空了？"

季临抿着唇，阴沉地看着地面。林晖想接的案子，不论怎样季临都要抢过来；没抢过来的，那就费尽心机做他的对家。总之，林晖想办的事，就要插一脚努力让他办不成，再不济也要让他即便办成，也完全愉快不起来。如今他想要和白端端复合……

"呵。"季临扯了扯领带，冷笑了一声。

绝对没门。

想下班之余约会，逛街、看电影培养感情？

痴心妄想。

他转过头，看着白端端笑了一下："忘了说，不仅我没空，今晚你也没空。"

"啊？"

在持续的低气压后，季临几乎有些称得上愉快了："今晚加班。"

"……"

作为律师，根本就没有朝九晚五这个概念，不定时工作才是常态。因此，白端端也算是早就习惯了加班，但她没想到，不知道怎么的，季临最近的工作热情突然高涨，从那天之后，竟然天天加班，连续加班了半个月。而大概像是为了保证自己能每天加班一样，号称不会给自己案源的季临，一连给了自己好几个案子，这些案子倒也不是不好，标的额也都还错，就是不知道怎么的，事都特别多，需要花费大量的时间沟通。这么连续半个月下来，白端端差点以律所为家了，段芸和薛雯约了她几次都没空，林晖那档子事更是被她不知道忘到哪里去了。

不过不管怎么说，白端端觉得自己总算快看到曙光了，案子解决得七七八八，终于能迎来一个属于自己的周末了。

周末要干什么呢？要在床上好好躺上一天！

只可惜计划永远赶不上变化，好不容易盼到周五，季临让行政部发了通知——

本周六、周日团建。周六登山，周日徒步，全员参加，不许请假。

"'全员参加，不许请假'！季临，你在搞什么？我们盛临从来没有团建的历史啊，何况不是你说的："成天搞团建的律所都是傻叉，有那时间多审两个合同多赚点钱，再不行回家睡睡觉不好吗？'最开始我想搞团建，你不就是这么无情反驳我的吗？你觉得团建浪费时间还花钱，不产生任何经济效益，应该废止！"容盛痛心道，"季临，你变了，你再也不是那个贤良淑德，勤俭持家的你了！"

季临喝了一口茶，淡然道："第一，现代社会，律师要加强体格锻炼，成天在办公室坐着是要废掉的，因此，为了大家未来能有更强健的体魄用于加班，必须全体参加。总体来说，还是为了大家能更好地加班，更好地为我赚钱，所以这个决定没毛病，我和我的钱都很好，我没变。第二，我没用过傻叉这么粗俗的词。"

"……"

容盛哽咽道："那你解释一下，为什么你邮件里还说，所有参与的员工按平均日薪的两倍支付加班工资？"

"这不是法律规定的吗？"

容盛简直差点笑出声："你的专业不就是为了规避法律克扣员工的钱吗？季临，你执业到现在，什么时候这么遵纪守法、安分守己了？"

"只要之后能安排补休调休，就不用支付加班工资啊！你知道我们所大家的平均日薪有多高吗？花这个冤枉钱干什么。随便给大家之后补休两天就行了！"

容盛这辈子没想到，生平第一次，竟然是他在操心着如何给盛临省钱，而季临却满不在乎，他这还符合他一贯的人设吗？季临是不是病了？

季临却一本正经道："我想了想，我们盛临确实在团队凝聚力上还差一点。律师工作也是团队工作，我们所的律师都习惯单打独斗，导致在接的案子规模上就有限制，不利于未来的创收。所以我觉得大家需要互相了解一下，通过了解加深同事情谊，以便更好地合作、更好地创收。为了这个，前期投入一些加班费作为激励基金是合理的。"

季临满不在乎地继续道："至于补休放假，不可能的。"他冷哼道，

"律师就要时刻保持战斗状态，绷紧心里的那根弦。放假了，谁知道会去干什么？你知道教育局最头疼的是什么时候吗？寒暑假。因为平时学生在学校里有一堆作业，没闲心惹事，一放假，脑子就闲出问题来了。"他言简意赅地总结道，"所以，不能放假。"

"……"

虽然季临说得道貌岸然，听起来花钱团建的最终目的是赚更大量的钱，但容盛总觉得哪里怪怪的。他盯着季临看了会儿，发现对方是认真的，这才悻悻地走了。他唯一的垂死挣扎，就是据理力争把高强度的登山，改成了去市郊的森林公园里踏青，外加在农家乐吃饭游玩，周六在附近的民宿住一晚，第二天便在森林公园的山脉上徒步。

很快，行政部便在大办公区公布了最终的团建方案——

"明天周六，我们会包车去市郊的森林公园。考虑到这是盛临建所以来第一次团建，为了紧扣让同事们互相了解、加深团队协作默契、提升凝聚力这个主题，我们的午饭，将在租用的农家乐厨房里，由大家一起协作完成！"

这消息一宣布完，杨帆就发出了一声哀号："天哪，我们季 PAR 怎么了？我当初选择来盛临，就是因为这冷漠的工作氛围、这毫不需要维系的塑料同事情啊！在上个律所每周都搞些运动会、模拟法庭、生日互相开 party 邀请，都快把我烦死了……"

王芳芳冷哼了一声："原来咱们是塑料同事情，那以后你被客户喷的时候别找我替你善后。"

"还不塑料？我英语不好喷不过那个外国客户，你是帮我用英语回喷了，但你竟然全程录音，事后把人家客户喷我的音频做了一个混音 remix，当成自己的手机铃声，每天提醒我被人喷的惨痛事实！王芳芳你摸着良心想想，你是人吗你？"

"哈哈哈哈哈哈……"

总之，在大家的期待和抱怨里，周末的团建活动就正式上线了。

一大早，白端端打着哈欠，眍着迷茫瞌睡的眼睛，坐上了大巴。杨帆这个人，嘴上说着不要，身体却很诚实，一上车，他就十分兴奋，开始调动气氛讲起笑话来。唯一对这项活动表现出全然冷漠的，反而是活动的发起人——季临。

他一上车，就打开了手提电脑，然后抿着唇、皱着眉开始回邮件工作……

这个行为，很快就让容盛看不下去了："硬推这次团建的是你，现在漠不关心的也是你，不是要加深团队凝聚力吗？那你作为合伙人之一，怎么还在工作？不应该抓紧机会和大家互动吗？"

季临没理他，手上继续不停地噼里啪啦敲着键盘。过了半天，他才勉为其难地想起了容盛——

他的口气有些沉重而严肃："我得把这两天所里要补贴的加班费给挣回来。"他揉了揉眉心，"确实是一大笔支出。"

"……"

他这一边心疼钱，一边继续大力花钱的行为，真的让容盛看不懂了。

在到了森林公园后，容盛就释然了。

这儿非常美，空气清新，鸟语花香，让人心情舒畅极了。律所一行人鲜少进行户外活动，此刻正儿八经地沿着森林公园的步道走一走，沿途看看风景，拍拍照、聊聊天，倒也其乐融融。

只是到中午的时候，大家就开始犯难了。

行政部自认为领略了老板们的精神，因此搞了这么个自己动手丰衣足食的活动。如今大家完成了一上午的踏青活动，卡路里消耗得差不多了，肚子饿得慌，却只能看着农家乐厨房里一堆新鲜的鸡鸭鱼肉、蔬菜瓜果犯傻。

本来这农家乐店主准备好好接待律所一行人的，没料到对方竟说不用做菜，放着他们自己来，只需要提供食材和场地给他们就行。于是店主乐得清闲，带着自己的老婆出去旅游了……

"我……我不会做饭啊！"

"我也不会，我平时在朋友圈里晒的美食其实都是偷的朋友的图，为了让我的相亲对象觉得我贤惠能干才发的，我其实都是吃外卖的。"

"……"

"家里平时做饭的都是我老婆，我……我也就只有能做个蛋炒饭的水平吧！"

……

结果事到临头，律所众人纷纷摆手，表示一心工作无心厨艺，这做菜做饭，真的不行。

杨帆在车上太兴奋，讲笑话浪费了大量体力，此刻饿得脸皱成了一个苦瓜："这完蛋了，店主和他的老婆都不在，森林公园又这么偏僻，周边除了农家乐，连个正经餐馆也没有，外卖不在配送范围，别的农家乐呢，也早都被订完了……"他气若游丝地看了一眼眼前的鸡、鸭、鱼，"没想到有这么丰富的食材了，我们却没有巧妇……"

容盛跟着季临从外边进来的时候听到的就是这个，他倒是一点不急："大家振作点，我们这里其实有一位高手！"

白端端一时之间有些不好的预感。

果不其然，容盛微笑着看向了她——

"现在，我来为大家介绍一下我们的料理高手白端端律师！"他激动道，"因为一些机缘巧合，我有幸吃到过白律师的家常菜，真的，我和你们说，吃完只想感慨，此菜只应天上有，人间难得几回闻。吃过以后我就留下了难以磨灭的印象！"

他吹嘘了半天，然后一脸期待地看向了白端端："白律师，既然现场没有别人能做菜，那，你就临危受命，给大家露一手吧！"

"……"

你们吃完我做的菜确实会留下难以磨灭的印象……白端端心道，可惜是心理阴影的那种……不，连心理阴影都不会留下，因为你们都会死的……

# 第二十四章　卑微老板，赔钱赔笑

　　"太好了，太好了！感恩有你啊白律师！"

　　"唉，我饿死了，就等着蹭你做的饭了！"

　　"好期待啊，让我们嘴挑的容PAR都能肯定的厨艺，太想尝尝了！"

　　……

　　面对众人期盼的眼神，白端端实在骑虎难下，当场便想坦白："容PAR，其实上次那个饭菜不是我……"

　　只可惜白端端刚开口，季临便一脸自然地打断了她："白端端，不要自我夸赞了，与其在这里吹嘘上次的饭菜不是你的最高水平，不如现在就拿出你的最高水平吧！"

　　他说完，看了一眼容盛；"你们先到外面去等着，让白端端进厨房做饭。"

　　杨帆倒是挺热情："那我留下看看有什么要打下手的吧？"

　　"哦，杨帆，正好有个劳动合同，你改一下。"季临自然道，"白律师一个人就够了，她喜欢单打独斗。另外我正好有个案子和她在厨房里讨论一下，涉及客户隐私，你们先出去吧。"

最后，白端端就这样站在厨房里发呆，直到季临也进来，她才反应过来，看向了季临——

而季临并没有理睬白端端，他自从进厨房后，就抿着唇没说话，只是转身关上了厨房门，然后上了锁，接着从厨房的案板上拿起了刀……

从一开始，季临一反常态要组织团建就足够令人怀疑了，如今这一连串的操作，白端端觉得整个人不太好了。

她面无表情地盯着季临："所以你把我们叫来这荒郊野岭的地方，让我给大家做饭，是不是想借刀杀人，胁迫我犯罪，让我们律所彻底团灭，你再一刀结果了我，然后笑到最后？季临，你说实话，是不是犯什么事儿了？"

季临连看也没看白端端一眼："你对自己的厨艺定位倒是挺准的，也知道吃了你的东西一个也剩不下。"一边说，他一边看了看刀，"这刀挺锋利的，拿着也顺手，切菜足够了，可惜结果你还不太够。"

季临没说话，只是含蓄地看了白端端一眼。基于对季临的了解，白端端一秒 get 了这男人未尽的话，他是在拐弯抹角地讽刺自己皮厚呢，这刀子一刀都还插不进……

如果说刚才白端端还不想做饭，那么她现在想做了，她觉得自己还是应该努力一把，毒死季临。

农家乐的店家虽然并没有烧菜，但食材都处理好且清洗干净了。白端端刚拿起一把青菜，结果季临就皱着眉头制止了自己："把菜放下。"

不是说让自己做菜吗？

白端端疑惑地看着季临，看到他在自己面前脱下了西装外套，解开袖口，挽起了袖子，再次拿起了刚放下的刀，朝着自己走了过来。

不知道为什么，白端端此刻心里只冒出了一句话——

"有朝一日刀在手，杀尽天下端端狗……"

季临如今这个走来的架势，气势汹汹，嘴唇紧抿，让白端端没来由地心里咯噔了一下……

不过很快，她就安慰自己，季临就算有刀在手，也不是自己的对手。如果他想向自己行凶，自己就先一脚踢开他的刀，再一个撩阴脚，最后一个过肩摔，然后再一拳打他的脸，用点力，还能打出鼻血。打人打脸这种操作，虽然造成的伤害值不是最狠的，但对对方的气势将是毁灭性的打击……

白端端已经在心里把季临模拟着打了一顿又一顿，然后看着这男人沉着脸提着刀从自己身边走了过去。他径自走到砧板前，拿起一个白嫩的大萝卜，接着行云流水、一脸杀气地开始切起了萝卜……

很快，萝卜就切好了，季临又拿起青菜，开始切了起来。

这男人穿着昂贵的正装衬衫，如对待案子一丝不苟地对待着砧板上的菜，有点奇异的违和，竟然还蛮帅的！

白端端偷偷掏出手机，准备给这一刹那的季临留下一张"倩影"。

结果自己刚掏出手机，季临冷冷的声音就响了起来："白端端，别拍照，放下你的手机，好好去守在门口，绝对不能让别人进来。"

"……"

季临回头警告地看向白端端："这件事绝对不能泄露出去，不然扣你工资。"

白端端不服了："为什么啊？我这个人虽然厨艺烂，但也不至于抢别人的功劳。要是今天是你做了一桌饭菜给大家吃，那大家的夸奖，当然给你就好了。何况老板亲自洗手做羹汤，员工吃了多感动？你这不是很契合团建主题吗？"

"绝对不行。"季临给了白端端一个咬牙切齿的死亡凝视，"我绝对不能让容盛知道那天在家是我做的饭。"

白端端这才恍然大悟，她摇了摇头："所以说啊，谁叫你当初一定要说是我做的饭，不过现在坦白也不迟啊……"

"不行。"季临已经把蔬菜都切完了，此刻正在切鸡，他冷冷地说完，一刀下去，利落地砍掉了鸡头，"你要是让容盛知道了……"

白端端心想，此情此景，他下一句恐怕一定是"这鸡就是你未来的下场"了。

然而，季临没有再看白端端，他收回了目光，低下头，声音仍旧冷，但十分不自然，继续接着说："我不太有面子。"

啊？

大概白端端的没有回应让季临有些不安，他语气有些恶劣，又重复了一遍："你记住了吗？不可以让容盛和别人知道，绝对不能让他们知道我给你做饭。我们之间，只能你给我做饭，你记住了没有？

"也不扣你工资了，毕竟公私分明，你最近工作表现没问题，但是希望你守口如瓶，对得起你吃我家那么多的米。"

虽然季临的模样充满威胁，然而白端端一点也不害怕，她差点儿捧腹大笑。

所以是：如果让容盛知道，季临很没面子吗？

难道季临不知道，威胁别人不要说出去，总要用点有威慑力的警告吗？他这种既烦躁，又可怜巴巴的告诫，甚至连工资也不准备扣，真的一点震慑作用也没有啊。

大概是切菜切疯魔了，这完全不是季临的风格，但是有点可爱。

白端端心情很好："好吧，那我就勉为其难把做菜做饭的功劳揽下吧！"

白端端本来想要帮忙，可惜季临嫌她碍手碍脚，让白端端去一边坐着。于是白端端心安理得地坐在一边，像个奴役监工"灰男孩"做饭干活儿的恶毒后妈。

不得不说，季临真的是相当能干，平时这男人在工作中端架子端得够狠，大概没人能想到，在厨房里他完全是另一个样子。虽然仍旧手脚麻利，但到底一个人负责全所几十号人的饭菜，又要讲究迅速，又要讲究好吃，季临看上去恨不得变成个章鱼，拥有多条触手能同步干活儿。他一会儿炒菜，结果炒完菜边上蒸锅里的鱼也该拿出来了，另外灶头上的鸡汤应该改用文火了，还有高压锅里的土豆牛腩好像也焖好了……

从来游刃有余的季临，这一刻也忍不住有些崩溃和错乱。

白端端眼尖，一眼就发现季临在炒菜时被溅起来的热油烫到了手。然后他仿佛早就习惯了一般，一声没吭，连手都没抖一下就接着继续炒菜了。

白端端也尝过被油烫到的滋味，实在是很疼。虽然季临勒令自己不许动不许添乱，但她觉得无法袖手旁观下去了。

"季临！"

白端端跑过去，一把拉住了季临的手，幸好她力大无穷，强行关掉火以后就把不情愿的季临连拖带拽拉到了水龙头边，然后把他的手放在了水流下直接冲洗。她把季临的袖口又往上拉了拉，想让伤口充分地暴露在水流里，然而这样的动作，却让白端端看到了季临平时一直被遮住的手臂内侧，那上面有很多疤痕。

白端端这下都顾不上冲水了，她看向了季临，震惊道："你有自残倾向？"

季临大概是没忍住，还是翻了白端端一个白眼，挣脱了她："什么自残，我吃饱了没事干去划自己两刀？那万一破伤风感染了怎么办？还要去医院浪费钱……"

"……"

也是了，自残了还得看医生，这不是季临的风格。只是白端端还是非常在意季临手臂上的那些陈旧疤痕，"那这些疤都是怎么回事？"

季临冲好了水，有些没好气："烧菜烫的。"

这是烧了多少菜才被烫成了这样啊，白端端突然对季临的好厨艺有点心疼。

她急切地道："要是没有烫伤膏药，这时候就直接不停用冷水冲洗就行了。大部分这些不严重的小烫伤都能缓解，而且不会留疤的。"

季临却没空再理睬白端端了，他回到了灶台前，又重新开始做红烧鲫鱼。他下意识道："那么忙，谁有空去冲水，多烧两个菜还能多拿点儿钱。"

"拿钱？你烧菜不给自己吃？"白端端皱了皱眉，灵光一闪道，"你以前在餐厅打工？"

认识季临的时候，季临已经是个成熟稳定的个体了，然而这一刻，白端端却对年少的季临产生了浓厚的兴趣。他以前是个怎么样的少年，也这样冷酷不近人情并且精打细算吗？他在餐厅打工？哪家餐厅？发生过什么？有有趣的事吗？有女客人对他表白过吗……

白端端丝毫没有意识到，自己对季临所有细枝末节的事，都很感兴趣。

只可惜季临显然不想谈及这个话题，他嗯了一声，然后快速转移了话题。而白端端也很快被厨房里萦绕的各种香味分散了注意力。

她最喜欢的番茄牛腩已经出锅了，白端端眼巴巴地看着，垂涎欲滴。

大概是她的目光太炽热了，还在忙着做最后几个菜的季临都忍不住看了她一眼，递了一双筷子给她。

"嗯？"

季临有些没好气，他转开了头，有些不自然道："你不是想吃吗？"

白端端确实很馋没错，不过背着其余同事吃独食好像不太好……

"这么一小盆，他们又饿了那么久，待会儿一端出去，肯定没一会儿就吃完了，餐桌上转一圈，你估计就能吃到一块。"季临看了她一眼，"他们什么也没做，就能吃到和你一样多的一块，你甘心吗？"

我不甘心！白端端的内心几乎是咆哮了起来。她压根儿没意识到这里面的逻辑问题，其余同事确实什么也没做，自己虽然蹲在厨房里，也同样什么都没做啊？

不过这一刻，白端端完全顾不上想这些了，她不犹豫了："我吃我吃！"

她用干净筷子夹了好几块到另一个碗里，满足地吸了口香气，准备吃起来，只是肉到嘴边，白端端想了想，把牛腩朝季临嘴边举了过去——

"来，季临，张嘴！啊……"

季临本来正在做最后一道炒时蔬，对于眼前突然出现的牛腩愣了愣，接着出现的便是白端端彻底放大的脸。都说距离产生美，但这么近的距离，隔着炒菜的油烟味，白端端还是很美。她有一种看着非常有辨识度的美，这种美的第一眼冲击力非常强，然而季临没想到，还很耐看。

白端端见季临没反应，只是愣神看着自己，瞪大了一点眼睛，有点急了："你吃啊，我这是吃水不忘挖井人。"她把牛腩又往季临嘴边靠了靠，"就一口，你手里继续炒菜不影响的！"

季临一直觉得喂食这种事挺蠢的，即便番茄牛腩的鲜香味在他味蕾爆开的时候，他还是觉得自己不应当改变主意。

他看了一眼给自己进贡般夹了一块牛肉后，就躲在一边吃独食的白端端，她的脸上正洋溢着满足得不行的快乐，像一只秋日午后找到地方能晒太阳的猫。

白端端这个白痴，吃个牛腩而已，至于吗？那都不是自己厨艺的最高水平，要是待会儿吃到了今天这顿其余的菜，还不当场感动得哭出来？

季临不负责任地想，另外，喂食真的很白痴，要不是白端端那块自己做的牛腩都快撑到自己脸上来了，他是绝对不会吃的。

真的幼稚。

蠢。

像个弱智。

但是牛腩很好吃。

所以算了。

季临做了全所那么多个人一大桌的菜，确实有点累，但这一刻心情觉得还不错。他又看了一眼白端端，然后就见她因为太馋，迫不及待就把一块滚烫的牛腩正要夹进嘴里——

季临头痛得要死："白端端，你不能吃慢点吗！"

……

季临开始做菜那架势又专业又麻利，切菜都看得人眼花缭乱。结果临到最后，白端端一边吃独食，他一边做扫尾工作，这动作反而莫名其妙慢了下来，等白端端吃了个七八分饱，季临才把所有菜都搞定。

他看了一眼白端端："行了，你端出去吧，我先走了。"说完，他又像是想起什么一般，转身道："记得把你衣服弄得乱一点，袖口卷起来。"

说完，季临就放下了袖口，重新系紧领带，穿上了西装外套，整理好仪容，恢复了此前的冷酷，面无表情地走出了厨房。要不是刚才亲眼所见，白端端都要以为在灶台前分身乏术的季临是自己的臆想。

不过事到如今……白端端清了清嗓了，把自己衣服按照季临的要求弄得像个刚做完饭的样子。然后她打开厨房门，吆喝着其余人一起过来帮忙端菜。

大家本来就饿得够呛，如今闻着这饭菜的香味，都垂涎三尺。尤其大部分人其实对能吃上多好的饭菜没什么期待和要求，只想填饱肚子。大家显然没想到，白端端在厨房折腾了没多久，就给他们带来了一桌……

"满汉全席"！

杨帆是第一个吹起彩虹屁的，他一边吃一边都快被感动哭了："天哪！白律师，你是什么神仙下凡啊！做的饭菜怎么能这么好吃！你们吃吃看，这个牛腩，入口即化。还有这个香酥排骨，真的酥到了我心里……"

众人一边吃，一边也发自内心地附和起来："真没想到白律师人美手还巧，这以后谁要是娶了她，可不是上辈子拯救了银河系吗！"

王芳芳也不甘示弱，她咽下了一口糖醋小排，当即就夸张地溜须拍马起来："这虽然是一块精致的糖醋小排，但是一入口，我就能感受到制作者凝聚在它身上的爱。那种对食材的尊重，那种发自内心对生活的热爱，这酸甜的味道，给我带来了一场味觉盛宴。只需一口，你就能知道，能做出这样小排的，一定是一位美丽非凡的青春少女……"

"喀喀喀喀……"

她这吹嘘的话还没说完，本来正一言不发优雅用餐的季临突然被呛到了，疯狂咳了起来。

白端端就看着这位"美丽非凡的青春少女"抬头冷冷地看了一眼王芳芳，意有所指道："说话讲事实就行了，好吃就好吃，不要成天神神道道瞎扯什么青春少女。"他不满道，"你这样的话，已经涉嫌性别歧视了，难道男人就做不出这样的菜吗？"

可惜王芳芳压根儿没体会到老板的死亡凝视和话中有话，径自扬扬自得道："季PAR，不是我说啊，你们男人，是真的做不出这种神仙饭菜的。"她一边说，一边又吃了几口豆腐煲，"太好吃了！男人根本没办法做出这么细腻的口感。"

季临沉下了脸："话不要说得太绝对。"

"是是是。"王芳芳连连点头，"我承认错误，定语用错了，应该是，直男是根本没办法做出这么细腻口感的饭菜的，能做得这么好吃的，除了我们端端这样人美手巧的，就只有能和我们女人以'姐妹'相称的男人了。"

"……"

可怜王芳芳，还不知道到底怎么触了老板的逆鳞，只看了一眼季临：

"哎，季 PAR，你这脸色怎么这么难看？端端做的菜多好吃啊，来来，多吃点开心点！"

你都要和人家以姐妹相称了，人家能高兴得起来吗……

而大概还嫌伤害季临伤害得不够，一旁的杨帆也附和起来："怎么不是，我用我的名誉做担保！要是男人能做出这种效果，那肯定是娘炮。"

白端端看着季临阴沉的脸色，心里叹气道：杨帆，我看别说你的名誉，你的命可能都要没有了……

果不其然，季临沉着脸，放下了筷子，然后拿起手机噼里啪啦按起来。虽然知道季临的手速很快，但这一刻，白端端总觉得他戳手机屏幕的动作都带了泄愤的意味，大概再用点力，屏幕都要给他戳碎了。

季临按了一通，这才放下手机，这次，他的神色舒缓多了……

他放下手机的同时，杨帆和王芳芳的手机就响起了一连串的邮件提示音……

杨帆和王芳芳一看手机，傻眼了——

"季 PAR，你怎么给我发了十个邮件？"

"我……我怎么也有十个？今天不是团建吗？这么多邮件怎么来得及处理？"

季临优雅地吃着菜，淡然道："白天团建，确实没办法处理公务。"

杨帆的脸上露出了放松的表情，王芳芳也表示感恩："邮件是多，不过团建是用来放松的，等回去后慢慢处理，总能处理完的嘛。"

然后季临接着道："所以你们晚上加班就好了。"

"……"

季临笑笑："你们不是觉得饭菜好吃吗？我看你们俩吃得都挺多，正好晚上熬熬夜，消消食，才对得起做饭的青春少女是不是？"

他故意加重了"青春少女"的发音，只是表情淡然，看起来很自然。

"……"

王芳芳和杨帆面面相觑，也不知道自己到底做了什么得罪了这位喜怒无常的老板。知道真相的白端端差点儿笑出声，季临这人太幼稚了吧！

可惜王芳芳和杨帆的惨剧，并没有唤起其余同事的醒悟，大家还是一边倒地吹捧着白端端——

"瞧瞧我们白律师，以后谁要是能娶到她，绝对是拯救了银河系啊！她做的饭菜，你们说说，谁吃了都一辈子忘不了！季PAR你说是吧？"

季临看了一眼白端端，扯了扯嘴角，完全没有诚意地"呵"了一声。

白端端尴尬道："这个'一辈子忘不了'也不至于。"毕竟你们吃完都死了……

因为白端端是容盛举荐的，容盛此刻非常骄傲，一个劲儿地拍身边的季临："季临你这个人怎么回事啊，也不夸夸白律师？笑得这么阴阳怪气干什么？人家辛辛苦苦做了这么一大桌子饭菜，你倒好，人家做饭你还不放过，还要跟进去训话讨论工作！"

"就是就是！"

"季PAR，你得给我们白律师点补偿！"

"怎么不是！要不发个红包吧！毕竟白律师这时薪也不低啊，提供了这么大的劳务服务，季PAR不得表示表示吗？"

……

因为容盛的带头，众人跟着一起大胆起哄。最后，愣是逼着季临真的掏出了手机，面无表情地给白端端转了一个两百块的红包……

虽然季临板着脸，但白端端几乎可以想象这一刻他无以复加的心痛，她连标题都想好了——

卑微老板，辛苦做饭，倒贴赔钱，还得赔笑。

真的是太惨了。

做了菜，结果没得到一句夸赞也就算了，最后竟然被一边倒地骂着、逼迫着倒贴钱。真的是太惨了。

白端端本来不想收这个红包，结果同事们愣是督促着她必须收款……她战战兢兢收了钱，立刻再偷偷给季临转了回去。毕竟这笔钱，自己受之有愧。

白端端本来想着季临收到自己退回的钱能高兴一点，结果他不仅没高兴，连款也没有收，因为饭一吃完，容盛就把他发配去洗碗了……更贴近实际一点的说法应该是，除了白端端之外，容盛安排所有人都一起洗碗。这又是行政部做的好方案——为了让大家能体验团队的协同合作，特意安排了洗碗的环节，需要将农家乐厨房收拾得一干二净。

"白律师做饭辛苦了，洗碗就不用了，其余人一起去洗碗！"容盛说完，赶紧拉住了正意图转身走的季临，"哎哎哎，季临你别跑啊，一起洗碗去！"

季临抿了抿唇："我累了。"

在那么短时间内做出那么一大桌菜，季临看起来真的有点累了。

可惜容盛压根儿不知道，他一把拽过了季临："你累什么累啊！不许累，起来high！你什么事也没干，刚还训了半天白律师，现在吃了一顿这么好的，还不想洗碗！走，既然是团建，大家要有凝聚力一点，你这个什么也没干的老板要带头为爱洗碗！"

季临辩解无门，最终看了白端端一眼，一脸生无可恋地就被容盛不容分说拉走洗碗去了。

他那一眼，意蕴悠长，竟然有几分可怜巴巴的哀怨，让白端端都心疼了他一秒。

直到他彻底走远，白端端才想起来，他至今都没收自己退回去的红包。

当晚，一行人住在附近的民宿里，白端端一个人在房里等了半天，才见大部队终于洗完碗收拾完农家乐的厨房，浩浩荡荡地回来了。白端端在门口翘首以盼，很快就眼尖地在队伍的最末尾看到了一脸怀疑人生、面容惨淡的季临——这位倒霉的老板为员工烧了饭、洗了碗，最后还掏了钱……

等大家各自回了的房间，白端端才趁着没人注意，到了季临的门口："季临！季临！"

季临开了门，他的西装外套已经不在了，衬衫将脱未脱，领带被主人扯松了斜斜地挂着。他的脸蛋依然英俊，这副模样略有些随意和颓废，倒是看起来有一种令人很难形容的悸动感。

白端端不去看季临的眼睛，咳了咳："就是，我也不是故意抢走你功劳然后不去洗碗的。今天你辛苦了，但这事你往好处想，你……"

可惜白端端没说完，季临就打断了她："白端端，你知道我现在在想什么吗？"

"嗯？"

季临非常认真道："每天既烧饭、洗碗还要拖地，故事里灰姑娘怎么没把她的继母和继姐妹们都杀了？"

"……"

他一脸生无可恋："还有，我在想，'田螺姑娘'这个故事，到底怎么回事？只是个田螺而已，怎么还这么奋发图强，每天上赶着做饭、烧菜、洗碗？"

"……"

"我累了。"季临对白端端挥了挥手，"你走吧。"

"……"

不行，这时候走，季临是不是要对自己有心结、有意见了？自己这未来还能吃上他做的饭吗？

白端端在门外思考了一秒，见季临关门时没注意还留着条缝，当即想也没想就推开了房门，闪身到了季临的房内："我不走！一个月还没满呢，你是不是暗示不想给我做早饭了？这不行季临，没有你的饭，我活不下去！我……"

结果白端端刚一抬头，话就彻底卡壳了。

这……这……这也太劲爆了吧……

如今在自己眼前的，是季临肌肉匀称流畅、线条完美的背部、臀部和腿，没有外包装的那种……

哎？没想到，这男人身材挺好的，屁股挺翘有肌肉，腿长，腿型也满分，腰背线条有力量，而且身上还挺白的……

季临大概也彻底被这种事惊呆了，他愣了几秒钟，才转头看向白端端，一双眼睛里都快冒火了，只拼尽全力压制情绪，咬牙切齿一字一顿道："白端端，你，给我出去！"

白端端哪里敢多留，赶紧在季临把自己一刀插死之前溜出了房间。

她在季临门外吹了 10 分钟冷风，听着房内淋浴的水声停止，吹风机的声音响起又消失。又过了 5 分钟，她把《劳动合同法》从头到尾背了一遍，结果脑子里还全是刚才的画面：季临的屁股不错，肩不错，腿不错，这腰也不错啊……

白端端绝望地想，老祖宗诚不欺我，都说非礼勿视，是真的应该勿视，因为视完了，这些非礼的场景全在自己脑门儿晃着，忘都忘不掉，搞得像自己给自己传播淫秽色情毒害自己似的……

就在白端端胡思乱想之际，季临的房门又开了。这一次，白端端还没有开口的机会，就被他有些粗鲁地拽进了房里。

白端端不是第一次和季临同处一室，然而这一次却不同，房门关上后，她总觉得看哪儿哪儿不对。

季临此刻已经把衣服穿上了，但白端端还是不敢看他，都怪自己记忆力太好，如今看季临哪儿，就会立刻想起刚才那儿没衣服的样子……

季临倒是看起来非常冷静，他给自己泡了杯红茶，冷冷地看向白端端："你故意的吧？"

白端端本来一直没敢直视季临，像个认罪的犯罪分子一样低着头，听到这句却炸了："你怎么把我说的跟个变态色情狂似的？我是那种人吗？我至于故意来偷看你吗？我刚就想和你解释解释今天烧饭洗碗的意外。明明是你自己没关好门的！"

这种时候，为了自证清白，必须倒打一耙了。白端端当即道："而且，谁有你这个脱衣服速度的，才过了几分钟，衣服就去无踪。季临啊季临，我合理怀疑这是你给我设下的圈套，故意给我留了门，然后用娴熟的技巧把衣服脱了，半露不露地准备勾引我。然后准备讹我，你看看你，我一意识到有诈，这人都出去了，结果你刚才还开门把我拽了进来，这不就是你计谋被我识破后，还恼羞成怒不死心吗？"

"我把你拽进来是因为你在我们门口背《劳动合同法》！背得我脑壳疼，而且第五十七条你还背错了！"

这个魔鬼，这种时候了，竟然还不忘挑自己背法条时出现的错误。

"至于你说的什么勾引你，我勾引你干什么？讹你？我讹你干什么？我把你勾引上了、讹上了，是嫌自己钱多花不掉，一定要邀请你帮我一起花吗？"

季临一改平时冷静平淡的语气，此刻声音竟然有一丝气急败坏。

而白端端抬头，才发现这男人此刻整张脸都被气红了，正阴沉着脸瞪着自己，表情生动而警惕，倒是有一点可爱。

只是白端端也不服了："我不可能背错，我第五十七条哪里背错了？"

"你背成第五十八条了。"

"……"

白端端不信邪，掏出手机查了查法条，然后闭嘴了，只恶狠狠地瞪向季临。什么人啊，自己在门外乱背，这男人一边穿衣服还一边给自己找碴儿。

这很可以。

"行了，是我背错了，我回去抄五十遍行了吧，我走了！"

结果白端端刚转身，季临就拽住了她，白端端一回头，他又像是被烙铁烫到一般立刻放开了白端端的手。

"你，刚才看到了多少？"

白端端愣了愣，然而她刚想回答，季临就打断了她。他显得有些烦躁，语气强硬，但是相当不自然："算了，你别说了，这件事没有发生，你什么也没看到，今晚我根本没见过你。"

季临如今已经恢复了镇定，一张脸还是红。而直到这一刻，白端端才确定了，他那红，不是因为气的，而是在害羞。

季临竟然还会害羞？季临还能害羞？哎，还别说，他害羞起来，还挺可爱的。

白端端直到回到自己房间，还在回味季临的害羞，好在他最终没有追究，白端端便也默契地闭嘴。这么尴尬的事，确实还是让它随风而逝吧。

直到这时候，白端端才发现，自己给季临退回去的红包，他一直没有收款。

白端端想了想，给季临发了个消息——

"那个，你发我的红包我退你了，你快收一下。"

很快，季临的账号就显示了正在输入中，可惜当白端端以为对方会快速收款之际，季临的消息就来了——

"我不会收的。"

"不是钱的问题。"

"我烧饭做菜洗碗受到的心理创伤不是用钱可以衡量的。"

"别觉得用钱就可以搞定一切。"

"这事没完。"

……

所以，这次烧饭做菜洗碗到底对季临产生了多大的心理伤害？

白端端皱着眉想了想，片刻后，觉得自己想通了——这一定是暗示，仅仅退回红包是不够的，还应该有一些精神抚恤费！

这么一想，白端端就觉得合理了。她立刻再发了一个红包，想了想，季临今天确实不容易，又追加了一个。

只可惜季临还是没有收，他大概在气头上，铁了心了。

一招不行，再来一招。微信红包对方不领，自己也没办法，但是支付宝转账不需要对方同意啊！白端端打开支付宝，搜了季临手机号，果然这账号和季临的微信头像一致。确认好后，白端端二话没说，就给季临转了个六百六十六元。看着钱转过去，白端端终于神清气爽了。

只是她这神清气爽没持续多久，不一会儿，支付宝提示音就来了。白端端拿起手机一看，呵，季临这次倒是坚贞不屈，把六百六十六元给白端端转了回来。

本来这就是个小插曲，结果因为季临的不配合，倒是勾起了白端端的好胜心。不就是转账吗？绝不能输！

她这么想着，就皱起眉，拿起了打官司的架势，再给季临转了回去。

没一会儿，季临又转回来了，还附赠了一条微信信息——

"别以为用钱就可以侮辱我。"

季临你怎么回事？连秒都收费的人，现在竟然说不要用钱侮辱自己？一秒收费都那么贵的人，为了个红包和自己转来转去浪费了整整半个小时。围观了全程的白端端，表示季临真是十分无聊且幼稚白痴。

不管怎么说，白端端终于体验了一把靠着季临躺赢的爽感。毕竟在其余同事眼里，她是做饭功臣，除了接受大家的感谢，就是夸赞。

在民宿休息了一晚，第二天便是在森林公园的徒步活动。因为乐得清闲，又没有早起工作的压力，白端端难得好好地化了个妆，换上了前几天新买的裙子，用随身携带的卷发棒做了个漂亮蓬松的大波浪卷。而为了配合这发型，她想了想，最终一改平时的淡妆，化了个相对艳丽的妆容，选择了色泽更饱满鲜艳的口红色号。

果不其然，白端端这一身全新风格的打扮，刚一出场，就受到了同事们一致的热烈吹捧——

"呀，端端你今天这个新风格让人眼前一亮，妩媚漂亮！"

"走 T 台呢白律师！要不是维密秀已经取消了，我看下一场就是你开场了！"

"哇，端端，这个口红好漂亮啊，是什么牌子、什么色号的？我也想买。"

"我要有你这张脸就好了。要是有你这张脸，我宁可智商降低一半，做个快乐花瓶，这样就能穿裙子、穿衣服都和你一样好看了！"

……

白端端一一回以微笑，并没有太在意，她并不是那种需要依靠别人的夸奖才能心情愉快的人。这森林公园风景相当好，白端端的心情也相当好。

她想起了已经快有半年没更新的朋友圈，便准备找个景色好的背景搞两张自拍。昨天她观察过，前面拐弯顺着小路走，有个亭台水榭的景观，还有一池锦鲤。

只是白端端没想到，这锦鲤池这么早就有人捷足先登了。

季临正倚靠在栏杆边，随手往池里丢着不知道从哪儿买来的鱼食。他听到身后的动静，微微转了转头，看了白端端一眼，然后又转回去看向了一池锦鲤。

虽然白端端并不需要别人的夸奖才会自信，但自己今天这么大的穿衣风格和打扮的改变，季临就一句话也没有？就刚才那么轻飘飘的一眼？

她不服！

白端端佯装自然地踱步到了季临身边："今天天气不错啊，你起得这么早。"

季临皱着眉，莫名地看了白端端一眼："已经十点了。"

"……"

算了，还是开门见山吧。

白端端咳了咳，看向季临："你没有发现今天我有什么不同吗？"

她疯狂暗示道："比如有没有觉得我今天什么地方特别值得表扬？我这个人吧，虽然不喜欢别人恭维自己，但发自内心的赞美，我还是吃的。"

# 第二十五章　略施小计，约会泡汤

季临其实在白端端鬼鬼祟祟走到自己身后时，就已经有所感了，但他坚持没有回头。毕竟这女人昨天偷看了自己，也不知道怎么还好意思这么大摇大摆招摇过市，明明是应该为了避免彼此之间的尴尬不要见面为妙。

季临一想到昨晚的事，又觉得不太好了，气得要死。明明今天很凉爽，但他光是想起这件事，脸就又被气红了。

可惜白端端相当淡然，季临最终没忍住，回头看了她一眼。她还是像昨天一样漂亮，但是似乎有点不同。

季临还没来得及琢磨到底有什么不同，白端端那句问话就来了——

"你没有发现今天我有什么不同吗？"

季临愣了愣，这句话，他总觉得似曾相识，仿佛没多久前，就有人问过他一模一样的问题。

他皱着眉看向了白端端，努力回想上一次听到这句话是在什么场景。

算了，想不起来，季临又看了一眼白端端问："不同？你能有什么不同？"

"……"

白端端差点儿被季临的话给气死，自己这叫没什么不同吗！

结果季临还嫌不够似的："表扬？表扬你什么？"他面无表情道，"表扬你偷看我洗澡吗？"

"我、没、有、偷、看、你、洗、澡！"白端端简直被气死了，"你知道我今天几点起床的吗？我早上六点就起床了，比平时起得还早！"

季临听完愣了愣，然后就皱起了眉："你这么早起来忏悔吗？"

"……"

白端端缓了缓情绪，"我有什么好忏悔？我又不是故意的！而且不是你说往事不要再提吗？你这怎么就拼命翻旧账呢！这事是不是过去三百年你才能忘了？"

白端端撩了撩头发："我的头发！我卷发了！"她兴奋道，"我早上六点就起来做发型了，你看到没？我平时都是黑长直，但是今天是大波浪的，我这么大的改变，你就没发现？还有你看，我今天都刷了睫毛膏，所以睫毛是不是很长？这个口红颜色也和我裙子颜色很配吧？是今年 Tom Ford 的新款，你妈看了肯定会羡慕……"

大概女人天生对化妆品、衣服和发型这些话题充满激情，白端端一讲起来，也不顾上季临有没有兴趣了，她十分满意自己今天的造型，忍不住就想要倾诉。

而也是这个刹那，季临终于想起了上次同样的场景。

是李敏。

李敏问过自己一模一样的问题，但当时自己回答的是什么季临忘了，只知道自己同样没觉得李敏有什么不同，同他回复白端端的一样。

只是这两个人的反应却完全不同。

季临记得李敏当时没说什么，只抿了抿唇转身走了。而白端端呢，听了却相当不满意，也一点没掩盖自己的情绪，她就这样拽着自己，一边讲解一边强行挤占了自己的目光，逼迫自己正视那些"不同"，巴拉巴拉，漂亮的嘴唇就没停下来过。

也正是因为这样，季临被迫不得不去注意了白端端今天的"变化"。

她确实换成了卷发，季临其实不太喜欢卷发的女生，觉得看起来会不太温顺。但此刻白端端的卷发却很漂亮，她看起来也不温顺，或者说，她和温顺这两个字从连一笔一画的关系也没有，但她一脸兴奋地解释着自己如何做出这新发型的样子真是很好看。

她的口红唇色有点太红了，要是别人用，肯定太夸张了，但配上她瓷白的皮肤，却是恰到好处的肤白貌美。Tom Ford？原来她喜欢这个牌子。

裙子是鹅黄色的，这颜色太挑皮肤了，但白端端穿着倒挺好看。这么一抹黄地到处蹦跳，让她看起来显得更小了。

只是看到鞋子的时候，季临皱起了眉："今天是徒步，你穿个细高跟走路？"

"这是 Jimmy Choo 的鞋子！虽然是去年的老款了，但是穿着超舒服的，而且颜色超配这条裙是不是？这鞋子配这裙拍照才好看。哎，来来来，正好你在这里，帮我拍个照吧，我要发朋友圈！"

季临还没反应过来，手里就被塞进了白端端的手机，她不容分说地跑远了，找了一个能拍到远处山脉和湖景的角度，接着就朝自己招起手来。

"拍呀，季临！"

白端端一边喊一边含着笑，她比了个剪刀手，又似乎嫌弃这个姿势太过老土。于是想了想，比了个心，季临知道她这分明是在凹造型，但从行为上来看，就仿佛是她对着自己比了个心。猝不及防的季临突然觉得有点紧张。

白端端摆了半天造型，终于屁颠屁颠地重新跑回季临身边。她道谢后拿过手机，本来准备挑选一张合适的图片发个朋友圈，彰显自己还好好地活着。结果一翻开相册，她就皱起了眉头。

季临给她拍了十来张，结果张张都是糊的！

这么好的背景，这么好的表情，白端端简直想要哀号："季临，你一张照片手抖也就算了，怎么张张都手抖啊！你这是有毒吧，故意不给我好好拍！"

这地方凉快且有湖风，然而大概连续手抖了十几张，实在也有点丢人，季临此刻的脸有点红。他垂下了目光，第一次显得有些局促和不自在，然后他找了个相当拙劣的借口——

"昨天做饭做菜又洗碗，太累了，手没恢复过来。"

"……"

行吧，这做饭做菜又洗碗的梗，看来是过不去了。

最终，白端端还是自力更生，坚强自拍。完成了半年更新一次朋友圈的壮举，她本来想拽着季临来个合照，结果季临不知道怎么的，死活不配合。

这男人也不知道怎么回事，刚才还好好的，突然就给自己下禁令了："你今天，别去徒步了。"

"啊？"白端端不能接受了，"为什么啊？"

自己早晨起来打扮了这么久，还不就是为了徒步的时候再让同事们拍点美美的照片吗？结果不能去，凭什么！这绝对不能接受！

然后白端端就听到季临平静道："我手边有个标的额六千万的高管集体离职纠纷，你想要做吗？就是有点急，希望今天就能出个谈判方案。"

六千万标的额！

"我做我做！"

徒步有什么意思？赚钱才有意思！

白端端一边点头，一边觉得自己背的包有点太重了，想着反正不去徒步了，她索性丢下了包："不过我为了徒步，带了很多好吃的，本来想一路走一路吃，现在不去了，那这些吃的就给你吧！"

一边说着，她就一边往外掏，结果因为包太大，找起东西来碍事，就把自己的运动鞋也给掏出来了。

李临愣了愣："你带了运动鞋？不准备穿高跟徒步？你不是为了搭配裙子好看特意挑了 Jimmy Choo 的高跟鞋？"

"当然！但徒步也不能不舒服啊，我随身带着，只要想拍照的地方换成高跟鞋不就好了吗？"

"……"

"这些吃的，都给你了，那徒步我就不去了……"

　　结果白端端刚把零食往季临手里一放，这男人就突然改口了："哦，这案子也没那么急，徒步，你还是去吧。"

　　"……"

　　白端端倒是起了认真工作的心："算了算了，我不去了。我爱工作，工作使我快乐。"

　　自己这么识相，这么热爱工作，自己这位难以取悦的老板反而又不高兴了："你得去徒步。"季临抿着唇，言简意赅道，"徒步了思维会更开阔一点，呼吸点新鲜空气，再做这个六千万标的额的案子。"

　　"我思维现在就挺开阔的……"

　　季临懒得再好声好气了，直接使用了老板的威严——

　　他看向白端端："去徒步。"

　　白端端警惕道："那你这个六千万的案子，还给我吗？"

　　"给你，徒步完了就给你。"

　　行吧……谁让你是老板呢！

　　白端端一想到既能吃零食徒步，还能继续得到六千万的案子，心里乐开了花。

　　虽然盛临以往从没有过团建的传统，但没想到这具有纪念意义的第一次，竟然十分成功。这么多同事难得放松下来，一起在天然氧吧的森林公园里走走停停，三五成群，聊聊八卦，吹吹牛，倒十分惬意。

　　徒步开始后，白端端身边其实一直有同事妄图结伴，只可惜季临像个黑脸的门神关公似的杵在一边。不论是王芳芳还是杨帆，都结伴不到半小时就不敌季临的死亡气氛，赶紧找了借口溜了。

　　其实季临倒什么也没做，就是全程一言不发，不紧不慢地走在白端端身边，散发着一种由内而外的生人勿进气息，最终散发到白端端"十里之内寸草不生"的地步。

　　唯一能抵挡住他毒性的就是容盛了，在其余同事都陆续"阵亡"后，容盛勇敢地打破了季临的死亡结界。

　　"白律师，你这做菜的手艺，到底是怎么锻炼出来的？我吃了你的菜可真是念念不忘。你平时周末要是有空，我可以来蹭个饭吗？给钱的那种！"

徒步了一会儿，正好来到一片宽阔的草地，大家便各自拿着带来的零食开始就此休息聊天，容盛更是追着白端端，妄图再次尝到她惊为天人的厨艺。

白端端自知自己厨艺确实惊人，因此坚决拒绝。季临替自己做了一次饭菜都手抖成这样了，再来几次岂不是要帕金森提前发作？

容盛见蹭饭无门，倒是也消停了，只是白端端起身去厕所暂时离开，他就忍不住朝季临抱怨上了："你看看，这么好的手艺，愣是近在眼前，却无法享受！我原来还在想，白端端要是和林晖重新好上了，就开除她。但现在吃人嘴短，昨天又吃了她的饭，我真的再也忘不了了。那句话怎么说的来着？和狼在一起过的女人，就没法和狗在一起了。吃过白端端饭的我，就没法再吃那些快餐外卖了。虽然这个类比不合适，但总之就这么个意思。"

季临沉默了片刻，似乎不能理解容盛的情绪，慢吞吞道："不就是一桌菜，至于吗？"

容盛摇头哀叹道："你不懂我心里的痛，白端端要是在我们盛临，没准三不五时的还能蹭个吃的。要是走了，不仅我们再也吃不到了，想想这么多好吃的，都给林晖那垃圾吃了，我就问问你，季临，你甘心吗？"

果不其然，一听这句话，季临马上沉下了脸。

容盛以为季临也为林晖竟然能吃到这么好的菜而燃起了怒火，于是继续推心置腹道："你也知道我这个人的，就好口吃的，白端端这种厨艺人才，怎么可以流落在外啊？何况她离开我们盛临，去的肯定是朝晖。到时候和林晖红袖添香，你干活儿来我做饭，白端端每晚给他洗手做羹汤，把林晖养得人强马壮，第二天就上法庭和你对垒……"

季临的脸色越来越难看了。

容盛也满脸苦闷，他想了半天，突然灵光一现，兴奋道："有了！"

季临皱了皱眉，看向容盛。他努力掩饰了自己声音里的急迫，尽量平静道："什么？"

容盛振聋发聩道："那当然是牺牲小我，完成大我啊。"他一脸光荣就义道，"我想来想去，只有出卖我的色相，靠我的男性魅力征服白端端！林晖不是想和她复合吗？那我就横插一脚，从中作梗，对白端端发起猛烈进攻，让她最终回头是岸，抛弃林晖，投进我的怀抱，这不就完事了吗？肥水不流外人田，以后我们在一起了，她做的好吃的，还不都是我吃！"

容盛越说越兴奋，拍了拍季临的肩膀："以后我和白端端成了，要有好吃的，我也不会忘记你的。"

很显然，这个提案不仅没有得到季临的认同，他的脸比刚才听到白端端要给林晖做饭还要更黑几分。

"不行。"季临表情难看，语气肃杀。

容盛有些不解道："为什么？肥水不流外人田啊！"

季临咳了咳，别开了头，镇定道："你知道肥水是什么东西吗？是粪肥，你这块田，难道就只配流粪肥吗？容盛，我不允许你这么妄自菲薄。"

容盛颇为感动："兄弟，我就是打个比方，我对自己的魅力还是挺自信的。白端端长得不错、身材不错、厨艺不错，也不算委屈我自己。"

"可她会打人。"季临冷静道，"以后肯定会家暴你，我不希望以后我还要为你代理人身伤害诉讼。你还是冷静一下，不要为了口吃的就放弃原则，你不是一直喜欢温柔的女生吗？"

提起白端端的武力值，容盛果然陷入了沉思："你说得有道理……"只是他不甘，"吃不上倒算了，可我一想到她以后给林晖做吃的，我就不爽。"容盛摸了摸下巴，他看到不远处白端端往回走的身影，压低声音对季临道，"算了，你先等我探一探虚实。"

白端端从厕所回来，就觉得容盛和季临之间的气氛怪怪的，容盛看起来情绪亢奋，季临则有点脸色难看，也不知道是不是自己走开后这两个人吵架了。

而此后容盛莫名其妙的问题，更加深了白端端的猜测——

他们应该真的吵架了！

毕竟容盛的问题既突兀，又完全没有上下文语境，看起来完全像是为了强行转移话题——

"白律师，我就好奇问问啊，你和林晖，那个……最近是不是……和好了？"

容盛的样子小心翼翼，措辞似乎也很谨慎，然而白端端还是敏锐地感觉到了他的尴尬和对季临的关注。行了，百分之百确定了，这确实就是容盛为了转移话题的。

虽然没想到自己和林晖闹掰，外加关系最近又略微缓和这件事容盛是怎么知道的，但白端端想了想，还是贴心地配合了容盛："嗯，是没以前那么剑拔弩张了，关系还是缓和了点。"

可惜自己这番话，对转移容盛和季临之间的尴尬气氛似乎帮助不大。因为自己话音刚落，白端端就发现，季临的脸色越发难看了几分，容盛脸上也显出了大敌当前的紧张。

"你们之前不是感觉都要老死不相往来了吗？怎么又关系缓和了？"

白端端看了一眼容盛，感觉他是迫切希望自己多说点话来缓冲和季临之间的气氛，于是敬业道："之前确实和他的关系因为杜心怡几乎降到了冰点，彼此之间信任也没有了。但现在隔了一段时间，我也冷静了下来，他也冷静了下来，再审视过去，我没了当时那么激烈的气愤，他应该也有意识到自己的问题和错误，也向我道歉了。我本身性格就不是那种揪住过去不放的人，另外又想起过去一起度过的时光，外加他以前对我的好，就努力不去想之前他对我的差劲。如今时过境迁，就觉得心如止水，也没有必要这么对立，毕竟大家都在一个圈子里……"

容盛似乎被白端端的话吸引，甚至都忘了去关注季临，他八卦道："林晖过去对你很好？"

有一说一，林晖还没变的时候，确实是对自己非常好，以至于好到如今发生了这么多事，他钮然认错，白端端也还是无法冷脸拒绝。说她天真也好，幼稚也罢，白端端内心深处仍有那么一小块期待，希望林晖变得没有那么多，或者至少还会变回来。

思及此，白端端也点了点头："以前对我是挺好的。"

容盛追问道："对你怎么好？"

白端端回答之前，注意到了一个小细节，就是季临虽然装作在看别处的样子，但容盛问了以后，他偷偷飞快地看了自己一眼，显然也对这个问题的答案感兴趣。

行了，自己这操作，看来是成功转移了容盛和季临之间尴尬的气氛了。

白端端内心想着让这两个男人重修旧好，又想起林晖说的，希望季临对自己破除偏见，回答这个问题，便也更大方坦荡了："我算是他亲自手把手带过来的，你们也知道的，他原来是我大学老师，在大学里就对我挺照顾。从大学到职场，他像是见证了我的青涩和成长，感觉是我人生重要阶段的参与人吧。我一直挺莽撞的，脾气也急，有时候毛手毛脚，别人都说我做不成一个好律师，但林晖相信我，对我很耐心，也一直鼓励我。就这么一步步带着我走到了今天，虽然离成为一个优秀律师还有距离，但总算也能独当一面。这一点上，我真的一直很感激他。"

只是后来也不知道怎么就变成了那样……

白端端说完，看了一眼季临，他仍旧没看自己，而是看向了森林公园的远方，但眉却紧紧皱着，脸色又不太好看了。

这又是怎么了？

白端端不思其解，想了想，决定换一种更生动形象的讲述方式，多举实例，不要平铺直叙那么枯燥了："刚上班那会儿，我加班多，饮食不规律，林晖都给我做饭叫我去他家吃的。"

确实如此，当初叶朝霞姐姐也还没出事，林晖喜欢下厨，每次做好了菜，就叫自己一起吃。

容盛显然有点不敢置信："不是？你自己做饭那么个手艺，你还能吃得惯别人做的？不，我主要想问的是，林晖还会做饭做菜？"

白端端想了想自己目前在容盛心里的厨艺能手人设，尴尬道："这个，我对饭菜口味比较随缘。林晖做得也还不错，只不过后来律所的事情越来越多，他也不可能浪费时间去做饭了。"

容盛眼睛转了转，他看了一眼季临，然后摸了摸下巴："原来如此。他除了给你做饭，还有别的地方对你也很好？"

"嗯。"白端端想了想，这下也认真回忆起过往来，"他对我挺大方的，一开始工资开得就很高，其实按照我的学历水平和经验，在别的律所是肯定拿不到这个薪水的。平时出差他也都会给我带个礼物，挑贵的买，也不手软……"

想想当年，叶朝霞还没死，林晖也还是阳光、儒雅、温和的模样，他每次出差，都带上两份礼物，叶朝霞一份，自己一份，叶朝霞把自己当亲妹妹对待，林晖就也把自己当成亲妹妹对待，真是毫不含糊。这两个人爱情美满、互相扶持，一起照顾着像个小孩子的白端端。那时候，林晖代理很多弱势的劳动者，做很多公益维权诉讼，不要一分钱，只想帮助那些被企业压榨的员工。

白端端回想起当时叶朝霞的笑脸、林晖含笑的眼睛，再想想不论如何都已经物是人非的现在，心里蓦然一痛。

白端端想到这里，叹了口气："我知道你们可能对林晖有点什么误解，但他人本身真的不坏。虽然现在确实有点迷失自我，但我觉得他内心是个很善良的人。"

虽然自己和林晖处得不太愉快，也因为理念等各种摩擦而无法再共事下去，但白端端还是愿意相信，此前那个为了自己不惜抛弃骄傲下跪的林晖，并没有彻底消失。

只是白端端没有发现，自己讲这番话时，季临骤然抬起了头，他像是要开口，但最终什么也没说，只是死死捏紧了拳头。

容盛却是在白端端讲出林晖善良后，就皱起了眉，他飞快地看了一眼季临，然后立刻突兀地转移了话题："对了，你那道红烧肉，到底有什么秘诀？为什么比我吃过的所有红烧肉都好吃？"

白端端不懂做菜，虽然对这话题的转变有点突然，但也赶紧岔开话题。见季临和容盛间的气氛似乎已经恢复了正常，赶紧找了个要去拍照的理由溜了，生怕再和容盛聊下去，自己这死亡厨艺就要露馅儿。

白端端一走，容盛也终于松了口气。

他原本只想探听下白端端和林晖之间的复合之路到底走到什么地步了，并没有料到白端端最后会以"善良"来评论林晖。

善良，林晖对白端端可能善良过，但他对季临善良过吗？

刚才那一刹那，容盛其实很担心季临会当场翻脸。毕竟平静地谈论林晖已经是他的极限，季临是绝对无法容忍有人在自己面前评价林晖内心尚存的良知的。

然而他没有想到，季临什么也没有做，他安安静静地忍了下来。这倒让容盛有点讶异了。

"季临，你现在修身养性了？刚才这样你都不直接反驳？倒是紧张死我了，怕你刚才听到以后当场和白端端翻脸打起来。"容盛嘟囔道，"你又不是她的对手，我到时候帮你吧，好像有点太不绅士了，两个男人打一个女的。更何况没准我们两个联手也不是她的对手，输了就更丢脸了……帮她吧，男女合伙打你一个，你岂不是被打得更惨？我对你也下不了那个狠手……"

"……"

季临抬头冷冷地瞥了容盛一眼，"那我还要谢谢你了？"

"也不用吧。"容盛摆了摆手，"好兄弟，说什么谢不谢的。"

季临却是继续冷哼了一声："我怎么可能为了林晖打人。"

"得了吧，你大学时候还不是为了这个和你室友打了一架？就因为你那室友坚持说林晖多么好、多么帅，还讽刺你连林晖一个脚趾都比不上，当初把人家揍成什么样了？最后赔了多少医药费？你翻译了多少法律文书，做了多少兼职才解决？你以为我不知道？"

季临瞪了容盛一眼，不说话了。

他看了一眼季临，叹了口气，有些语重心长："不过令人欣慰，季临，你现在真是长大了。"说到这里，容盛话锋一转，"虽然刚才你冷静下来不至于当场翻脸，但至少可以戳穿林晖的真面目啊，你干吗不告诉白端端林晖这人有多下作、多恶心？"

容盛一说起这，就十分惋惜："你要这么一说，至少能挑拨下白端端和林晖之间的关系吧？没准人家就为这事复合失败了呢？我就有机会继续蹭白端端的神仙厨艺了，你怎么不说啊！"

"我不想说。"

容盛十分不解："为什么啊？"

季临看了容盛一眼，理直气壮道："我就是不想说。"

"……"

容盛没当回事，以为是季临的臭脾气又上来了，但只有季临自己知道，自己刚才是花费了多大的努力，才忍下了心里翻腾的情绪。他不是不想径自撕破林晖的假面具，但看白端端那样带着哀伤和淡淡的笑意回忆过往的模样，季临觉得到嘴边的对林晖的那些攻击，就说不出口了。

林晖在她的回忆里，至少是好的，她和林晖拥有的过去，是让她怀念的。就算是假象，可能对白端端而言，也是甜的。

季临突然就不想打破她这种回忆。

白端端或许是真的很喜欢林晖，自己如果在她面前说林晖的坏话，白端端不仅会难堪尴尬，大概还会很难过吧。

至于复合……就算自己不说林晖的坏话……

季临冷冷地想，也是想也别想。

"季临，我还是不甘心。我们不能就这么眼睁睁看着白端端回到林晖身边啊！你不说林晖坏话，行，那也得做点什么吧？"

容盛的声音唤回了季临的思绪，他的眼神从不远处在拍照的白端端身上转了回来，看了容盛一眼，镇定道："嗯，要做点什么。都安排好了。"

季临微微一笑，自信道："我已经给她安排了未来半年的加班计划。"

"……"

季临看了一眼容盛，补充道："这样她就没有时间去找林晖约会了。"

容盛无语了："季临，你能不能做个人？都这时候了，你给白端端不停安排加班，是嫌弃人家想走的决心还不够？而且人家要复合，根本不需要约会也能复合，你这边给白端端安排半年的加班，行，白端端苦不堪言身心俱疲，这时候林晖跳出来各种电话啊、微信、送花、送礼物、送温暖，给人家感情慰藉，这一来二去，复合得比什么都快，连面都不用见！人家低头看手机的时候，八成就是在和林晖联系呢！

"而且，人吧，就挺贱的，平时一天到晚都能看到，还不觉得稀奇。真要一日不见，就如隔三秋，想得不行不行的了。你这么给人家安排加班，可不是把人家往林晖那里推吗！"

果不其然，季临皱起了眉头，虽然表情还是冷硬，但语气里已经带了一丝拼命掩盖的无措，他看向容盛："那怎么办？"

容盛其实具体也没想出对策来，他顿了顿，振聋发聩道："你看看林晖怎么做的？林晖给白端端做饭！一个合伙人，不怕辛苦，不怕浪费时间，亲自下厨给人家做饭！

"而且听到没？林晖对白端端特别大方，工资开得高！每次出差还带礼物，尽挑贵的买！"

讲着讲着，容盛倒是终于觉得有点思路了，他总结陈词道："你得更加给白端端温暖，让她觉得咱们盛临就是她的家！"

容盛说完，看了一眼神色仍旧淡漠的季临，有些恨铁不成钢地哀叹起来："算了，我看林晖套路这么多，白端端早晚不敌他的攻势。我容盛注定吃不上一口好的了。"他看了一眼不远处的白端端，"那我还是珍惜现在，好好和白端端打好关系能蹭一点是一点！"

说完他就丢下季临，朝着白端端一行人走去了。

如果这时候容盛回头，他就能看到季临脸上的表情。

那模样一点也不淡漠，他的脸色相当难看，也相当不甘，如果凑近点，就能听到他在低声说着什么了——

"我又不是没给她做饭。"

季临太生气了，以至于连自己也没意识到，自己此刻的语气像个怨妇："我做的肯定比林晖做的好吃，我时薪还比他贵……"

结束了两天的团建，白端端再次回到了日常工作中。不知道是不是自己的错觉，她总觉得季临这几天怪怪的，自己每次低头看手机给客户回信息，一抬头，总会看到季临正在一脸阴沉地盯着自己。他虽然不说话，但表情显然不太好看。

一连这么几次，白端端也有点在意起来，忍不住找了个机会问："季临，你最近是不是对我有意见啊？"

季临矢口否认："没有。"

白端端也没多想，觉得大概自己想多了。结果她刚准备转身走，就听到季临的声音再次响了起来，那男人状若自然地看了自己一眼："哦，以后工作的时候少玩手机，少发信息。"

白端端还没来得及说什么，季临就转身走了，只留白端端在原地目瞪口呆。

不是？自己确实看手机了，可都是在和客户联系啊！劳资纠纷律师干点啥？还不就是和劳动者或者企业联系沟通吗？这现代社会，不用手机难道还用鸿雁传书啊？

季临这是"大姨父"来了？

不过最近白端端事业顺遂，自己原来在 B 市的几个老客户介绍了几个 A 市的案源给自己不说，季临也不知道怎么回事，大发慈悲地给了自己好几个标的额相当大的案子，算一算结案后能拿到的最终分成，白端端激动地发现按照这个势头，今年创收有望翻倍！甚至也不知道季临是撞坏脑子了，还是良心发现了，从团建回来后，就给自己提了工资，可把白端端高兴坏了，只期待他脑子不要恢复了。

唯一美中不足的，就是因为案子太多，平时的休息时间全部奉献给了加班，段芸和薛雯约了自己几次，结果白端端愣是抽不出空一起吃个饭。

另外有一件让白端端大为可惜的事，那就是自己和季临的一个月之约悄无声息地就已经结束了四天了，因此白端端已经四天没能吃上季临的饭了。都蹭了一个月了，不仅蹭了早饭，连中饭和晚饭能蹭的也蹭了，白端端饶是脸皮再厚，也不好意思继续再蹭下去了。

而这天加班到晚上七点，白端端饿得不行，一边收拾东西，一边就准备拿起手机叫外卖。这时候大办公区里已经没人了，除了她，就只剩下还在独立办公室里的季临了。

结果自己这手机刚拿起来，就撞上了正好从办公室出来的季临，他瞥了白端端一眼："专心加班，少玩手机。"

"……"

要不是看在季临刚给自己涨工资的分儿上，白端端都想出手打他了，自己这手机怎么了？招他惹他了？

不过刚搞定了一个案子，白端端心情好，决定大人不记小人过："我已经加完班了，拿手机是准备叫外卖。现在叫，等我到家，正好外卖就送到了。"

季临抿了抿唇，看了一眼腕表："别叫外卖，你留下，再等 10 分钟。"

白端端饿极了，当即不甘道："可我加完班了，我一分钟也不能再等了！"

季临理所当然道："我还没有加完。"

你没加完班和我有什么关系啊！

大概是感受到了白端端心里的质问，季临又抬起头，屈尊解释道："还有 10 分钟我就加完班了，可以带你一起回去。"

"蹭车？那可以！我又好了，可以等了！"

"……"

季临这人从来说到做到，10 分钟后，他结束了工作，关了灯，然后带着白端端一起走了。白端端一上车，又打开手机，准备叫外卖，结果又一次被季临制止了。

"别叫外卖了。"

白端端不明白了："为什么啊？"

"我做饭。"

她一时有点没反应过来："啊？"

季临坐在驾驶位上，没去看白端端，显然对她这副反应略微嫌弃。大概有点上火，他的耳朵有点微微泛红，只是脸上仍是一片冷静："你可以过来一起吃。"

他说完，瞥了一眼白端端，装作不经意道："你这四天怎么都没过来吃饭？不是每天都加班吗？难道还夹缝里求生存，挤出时间和人约了出去吃了？"

这黑心的资本家，自己都忙成这样了，哪里还有空挤出时间和人吃饭啊？

白端端当即就大声辩解起来："我这四天，吃的不是外卖就是方便面！"她委屈坏了，"我都忙成这样了，我哪里有空出去吃饭啊！"

结果自己这一番控诉，季临听完倒是心情好些了的模样。他看了一眼白端端，咳了咳，看向了行驶的路前方："我这四天都做饭了。"

"哦。"

季临顿了顿，又看了一眼白端端，状若自然道："所以你怎么没来蹭饭？平时不是我一做饭你就来了吗？"

白端端挺老实的："我这不是一个月蹭饭期满了吗？"她好奇道，"还能过来继续蹭饭吗？"

季临面不改色道："哦，我忘了，已经到一个月了。"

白端端听了这回答，当即恨不得穿越到几分钟前打死那个提醒了季临的自己，她期期艾艾道："我现在告诉你其实一个月时间还没到，还能来蹭饭吗？我可以少吃点，平时我能吃两碗饭，我现在可以只吃一碗，或者再少点也行，半碗也可以，反正晚上了，少吃点还苗条。"

"不用。"

是因为根本就吃不到是吗……

然而就在白端端内心哀号之际，季临又一次开了口——

"家里正好一袋米快要吃完了，我想明天吃新米，今晚把旧的那袋都吃完。"他像是嗓子不舒服一般，咳了咳，声音略微有些不自然，"正好够两个人，你吃两碗也可以。"

这个意思……这个意思是？

"今晚我可以上你家吃饭吗？！"

"嗯。"

"季临，风里雨里，感恩有你！"白端端兴奋之下，忍不住吹起了彩虹屁，"我真的没见过你这么好的老板！你就是我人生的指明灯，你就是我生命里最意外的奇迹！你平易近人、慈悲为怀，你关爱下属、团结同事，你胸襟宽广、慈眉善目……"

虽然白端端这吹捧又夸张又组合混乱，但季临不仅没制止她，反而看起来心情很好。白端端看过去，看到他嘴角漾过一个稍纵即逝的笑，太快了，以至于白端端再看过去，季临的脸上已经什么都没有了。

# 第二十六章　低声下气，跟猫道歉

　　很快，车就到了小区，白端端跟着季临上了楼，熟门熟路跟着他进了他的屋子。季临走进了厨房，白端端就熟练地从客厅里拿出了水果开始削。

　　虽然不会做饭，但削水果白端端还是会的。季临做饭给她吃，她就也想做点力所能及的事，给折腾点饭后水果出来。

　　她做这一套动作行云流水，仿佛和季临生来就该如此配合，自己也完全没思考过最近这种本能是怎么练出来的。

　　而她也不知道，站在厨房里处理食材的季临正看着她，内心里涌动着陌生的情绪。

　　季临从不是个容易和人熟悉的人，他也擅长用最刻薄的话让别人远离自己。然而不知道从什么时候起，客厅里坐着的这个女孩，就非常自然而然地走进了自己的生活，仿佛她生来就该坐在那里。

　　季临以前一直以为，自己可能这辈子只会有容盛这样一个能彻底走进彼此生活的朋友，毕竟愿意用十几年的时间来认识真正的自己，接纳自己，不在乎自己的冷淡态度，为自己两肋插刀的人，除了容盛外，可能真的没有了。又或者说，即使有，那个人也不会再有十几年的耐心，而自己也不会给对方十几年的时间了。

季临觉得，有容盛这样一个朋友，就已经很好了，他不愿意再结交，也不愿意再尝试认识第二个这样的人了。

只是他没想到，现在有了白端端。

她不属于自己的朋友，但稳稳当当地坐在了自己的屋子里，自然而然地等着自己做饭，而自己竟然鬼使神差般真的每一次都给她做饭了。

厨房里的季临思绪纷飞，客厅里的白端端却一无所知。她只知道没多久，季临这个中华小当家就把一桌色香味俱全的饭菜都端出来了，而且一如他所保证的，饭真的应有尽有，别说吃两碗，就是吃三碗四碗都没问题。

白端端连续加班了快大半个月，吃上这口饭的时候，终于满足了。

"太好吃了！"

她在心里呐喊，真想一辈子吃这么好吃的东西！

白端端是个实在人，每次一提出问题，就会自动去想解决办法。她在内心分析道：想一辈子吃这么好的东西可行吗？答案是可行。方式呢？方式就是……

白端端看了慢条斯理吃饭的季临一眼。

方式就是——

嫁给季临，成为季临的老婆！就能一辈子吃这么好吃的东西！

这个答案在白端端脑海里闪现的时候，把自己也给吓了一跳，其震惊程度直接让她一口饭差点噎住。

白端端喝了好几口水，才努力缓和了情绪，她偷偷看了季临一眼。

嗯，这男人长得真是非常好看，光是这么吃饭都像是一幅画。做的饭又这么好，每年还有半个亿的收入，就算比较抠门儿，但只要结婚了，坚持不签婚前协议，那么离婚还能分走每年四分之一个亿……其实这不亏。

只是……白端端又看了季临一眼，觉得这事儿没有操作的可行性。因为她觉得季临大概不会很容易就爱上什么人，他看起来冷冰冰的，自己好像也完全不是他会喜欢的类型。

一辈子吃上这么好吃的东西，看起来是没希望了。

其实这本来就是天方夜谭，但是不知道为什么，白端端一想到这里，竟然有点失落和惆怅。

那季临会喜欢什么样的女生呢？他总归会结婚的，到时候嫁给他的女的，就能吃这么好吃的了。莫名其妙地，白端端想想竟然有点不甘心。

然而与自己一样，季临看起来也似乎若有所思，他慢悠悠地安静吃了会儿饭，不经意地咳了咳。

领导这是要发表重要讲话了。

白端端觉得，他大概会给自己洗脑，让自己好好继续加班，为盛临创收做贡献……

季临这家伙从来不按常理出牌。

他问了白端端一个莫名其妙的问题——

"你刚才在车上说，没见过我这么好的老板。"季临顿了顿，状若自然道，"你对每个老板都这么说吧？不是说林晖也是好老板吗？当初都闹成那样了，现在一回头还能记着他的好。"

他的潜台词虽然没说，但白端端已经听出来了——

"我和林晖，到底哪个老板好？"

白端端看着季临脸上明明在意得要死，却还要装作不甚在意的表情，心里简直想发笑，这是什么幼稚的小学生啊，季临这家伙好胜心这么强吗？就算做老板，也要做最好的老板，和林晖一决高下？

只是白端端的沉默显然让季临有点不自在起来，他挪了挪坐姿，用筷子挑着盘里的一块鱼："他也给你做饭，那他做饭有我做的好吃吗？"

白端端刚想回答，就听季临仿佛害怕听到肯定答案般，为自己继续加码道："我想应该是我的饭菜比较好吃吧，你看你明显比在朝晖的时候胖了一点。"

这话白端端听了不乐意了，说自己饭菜好吃就好吃呗，怎么还牵扯到自己的体重了！她当即下意识反驳道："季临，我胖难道吃你家米了吗？！"

季临含蓄地看了她一眼，冷静道："吃了。"他看了看白端端手里捧着的饭碗，"而且正在吃着。"

"……"

这就很尴尬了……

其实反驳完，白端端就意识到不对了，只是她已经来不及收回刚才那句话了，如今只能假装什么都没发生一样晃了晃筷子，努力挽尊。

这可真是吃人嘴短，吃了季临家的大米，这以后季临攻击自己胖，还没法还嘴了……

结果就在她这样乱想之际，季临的声音又一次响了起来——

"我没觉得你胖不好，就是胖了一点点，挺好看的。"他这张嘴常年是用来杀人诛心的，如今对夸奖人这项新开拓的业务显然一点不熟练。这么一句话，说得极其不自然，极其干巴巴，然而即便这样，他还努力继续道，"你还可以再胖点，也还是好看的。"

这明明是一番夸人的台词，然而季临却说得如临大敌，大概真的从来没有这么直白地夸奖过别人，他对此完全没有表情管理的概念，一张脸上仍旧绷着，语气也仍是冷冷的。要不是白端端听清楚了他到底说了些什么，光看这个表情，还以为他是又要逮着别人给一顿语言的毒打呢。

他完全用一种"你就要死了"的表情和语气说着"你挺好看"，以至于白端端总觉得他说完"你挺好看的"下一句就是，"所以你就要死了"……

可惜季临并没有说下一句，他见白端端久久没有回应，整个人都显得有些烦躁起来，带了点尴尬和淡淡的不安，仿佛努力想要缓和一下这个气氛——

"我的意思是，你胖不胖都挺好看。"

虽然表情还是有点过于一本正经和镇定，但这话听着还挺顺耳……

其实不仅仅是顺耳，白端端虽然面上不露声色，但是心里都快开心死了。

有什么比让季临夸奖人更爽的事情？那就是季临夸奖自己！不仅夸奖了，还来来回回强调着夸奖了三遍！可见自己是真的挺好看了。

只可惜季临这人显然对气氛的把控完全没有概念，白端端这边内心在眉飞色舞，季临那边就飞速转移了话题——

"你还没没回答我上一个问题。"

"上一个问题？啊？什么？"

季临对白端端的不在状态显然不太满意，他抿着唇重复道："我做的饭好吃？还是林晖做的饭好吃？"

竟然这么在意这个问题啊！

白端端差点儿笑出声："你做的饭好吃，你比林晖做得好吃！"

然而这肯定的回答，季临还不开心了："你是不是因为正好在吃我做的饭，所以张口就来讨好我，随便哄骗我说我做得好吃，其实根本不是真心这么想的。"

"……"

以前怎么没发现季临这男人其实挺作的呢？只是吃着季临的饭，白端端觉得自己还是有义务安抚他的："确实是你做的更好吃，林晖做的东西也就是正常能吃的水平，算不上这种大厨级别的。"

这句话终于成功取悦了季临，他矜持地笑了笑："嗯，确实。"

不过他的高兴并没有持续多久。很快，他又皱着眉看向了白端端："你觉得做饭做菜是浪费时间？"

"啊？没有啊！做饭是陶冶情操，是忙碌工作生活的解压器，是思维转换休息的最佳途径，是一种新时代青年应该有的生活态度，是积极向上的人生姿态！"

白端端连忙否认。笑话，这能说季临做饭做菜是浪费时间吗？这以后他还怎么可能让自己蹭饭？！

可惜这番吹捧，并没有让季临开心起来，他低下头："哦，可你之前，说起林晖，可不是这样说的。"他阴阳怪气道，"'只不过后来律所的事情越来越多，他也不可能浪费时间去做饭了'，你看，你对林晖做饭这件事，就觉得是浪费了他的时间，怎么到了我，就变成了陶冶情操？"

季临虽然表情平静自然，但这语气里，倒是满满的怨气：怎么？他的时间就是时间？我的时间就不是？他的时间珍贵不能浪费了去做饭，我呢，就应该浪费了去做饭？

这一连串的话砸得白端端有些抬不起头来，季临这人是什么记忆力，那天自己只不过随口一句，他还能一字不差地记下来。如今逻辑严密地要自己给个解释，这男人，不仅作，还喜欢翻旧账，并且记仇。按照这个记忆力，白端端毫不怀疑，得罪了季临，这个仇他也就能记个一两百年吧。

季临还在表达自己的不满："可是实际上，我的时薪比林晖的高，林晖的时间还不如我的值钱，如果他做饭是浪费时间，那我就是浪费生命了……"

"可你做的饭很好吃啊，比林晖做得好吃多了！你不做饭是料理界的损失！"

这话其实是白端端内心的真实想法，她没忍住脱口而出，但说完后，其实对安抚季临此刻莫名其妙升腾起的男人好胜心并没有什么信心。然而奇异的事情发生了，刚才还作得要死的季临突然就安静了。

像是炸毛的猫，白端端不抱希望地摸了一把，竟然真的安抚住了。

季临不说话了，他看起来心情好了不少，然后提起筷子继续吃饭。

虽然作为相同法律业务范围的合伙人，有比较之心很正常，但季临这幼稚的好胜心啊……

白端端只想感慨：呵，男人。

总之，一顿饭最终在白端端难以形容的气氛里吃完了，也不知道怎么的，今晚季临的心情忽好忽坏，相当捉摸不定，也不知道是在什么事上受了刺激。白端端不敢触雷，一吃完，就飞速地端着碗去洗碗池那边冲洗，准备冲洗干净后再丢进洗碗机里。

结果她刚端着碗走进厨房，就眼尖地看到了季临放在地上的那袋子大米。

哎？不是说还只剩下一点了吗？

这里怎么还有半袋？

"你这米……不是说了这袋快吃完了想赶紧换下一袋新米吗？"白端端当即提出了疑问，"可你这明明还有这么多呢，根本不可能今晚一顿吃完了换新米啊。"

季临正也端着碗走进来，他愣了愣，很快镇定自若道："哦，我弄错了。最近案子太多了，有点忙，记忆力下降，记错了。"

白端端狐疑地看了他两眼，她觉得季临记忆力挺好的，这不刚才自己随口讲的林晖做菜的事，这家伙不是一字不漏记得还挺清楚的吗？

当然，很快，白端端就没心思想这些了，她刚把手里的碗筷冲洗干净，自己的手机就响了。

白端端手忙脚乱拿起来一看，屏幕上两个大字——林晖。

前老板给自己打电话了。

白端端不知道什么事，刚准备去接，结果刚才好好站在一边把冲洗干净的碗筷正放进洗碗机里的季临，突然像是没拿稳什么一般，猛地就撞了过来，这撞击的力道也不大，或者说压根儿就没撞到白端端身上，都是朝着白端端的手去的，这么一碰，白端端没事，她手里的手机倒是出事了。

她眼睁睁地看着手机掉进了刚才冲洗碗筷后还没来得及处理掉的污水里……

看见手机掉进去溅起的水花，白端端才后知后觉想起来哀号："我的手机！"

等她捞起来一看，果不其然，手机出问题了……

幸好这手机号称能防水，所以最终没有报废，还勉强能用，只是屏幕花了，触屏也不太好使了……

白端端一脸悲惨地抬头看向季临。季临倒是从善如流，他几乎立刻就道了歉。然而白端端却有种错觉，总觉得季临并不觉得抱歉，甚至心情还挺好的……

他平静地解释道："刚才地上好像有水，突然脚下一滑。"

白端端看了一眼干燥光洁的地面，也不知道说什么好。行吧，谁没个不小心平地踩空扭伤的尴尬时刻呢，总要找个借口不是，这就和突然放屁了总要甩锅给别人是一样的。

只是季临这无心之过，自己却是损失惨重："这手机不知道修起来要多少钱？"白端端抬头，"季临，你撞了我手机才掉了，修理费能报销吗？"

"不能。"

"……"

这对答如流得也太快了吧！虽然早就已经习惯了季临的人设和风格，而且自己都蹭饭了这么久，季临也没要自己出过饭费，光这些钱早都比手机修理费贵了，可白端端心里无端地挺委屈的，这男人真是……油盐不进，对人毫无例外……

然而她刚这么想完，季临就又开了口。

"你这是两年前的旧款了，修理费我不会给你出的。"他镇定道，"我给你买个新款。"

"啊？"

你这个台词好像不太对啊！

季临却以为白端端不满意似的，补充道："最贵的那个最新款。"他气呼呼地看了白端端一眼，"够赔罪了吧？"

够！岂止是够！是太够了！都够过头了！

季临这个人也是说干就干，雷厉风行，当即拉着白端端就要出门买手机。

"不用不用，真的不用，我这手机还挺好用的，就换个屏幕修一下应该就行了，新款的苹果手机要一万多啊。"

可惜季临压根儿不听："才一万多。"他想了想，"还好，不是很贵。"

"……"

你怎么了季临？你这样很让人害怕你知道吗？！

"季临，你最近……中彩票了？"

季临看了白端端一眼，语气有些别扭："哦，我其实对认识比较久的人，比较不一样。认识时间越久，就越是不同。你要是继续做我的员工，做满五年十年，还会有很多老员工福利，比如以后出差我会给你带礼物，你想要什么都可以，带薪假期也会变长。何况手机这个东西，本身也算是办公用品的一部分，毕竟我们律师，接案子、代理案子，都要通过手机沟通，我给你买个好点的手机，就是指望你能充分发挥这手机的作用，好好为盛临创收。"

季临说到这里，抿了抿唇，补充道："我给容盛也买过很多东西，这很正常，杨帆和王芳芳也收到过。何况你的手机确实是我弄坏的……"

嗯……

白端端这下恍然大悟，原来如此。看来季临是慢热型的，虽然对不熟的人精打细算到按秒收费，但是对熟人还挺大方的，而且作为老板，对下属的办公用品还挺予取予求的。

有些人确实是这样的，对外人抠门儿，但对自己人大方得很。比如季临对他妈，几乎是他妈要啥给买啥，一百万的手表也像大葱一样随便买。要得到这些人的大方，就需要长久的相处见人品之后，被对方划入自己人范畴就行了。

只是白端端以前总觉得季临这人防备心重，浑身是刺，一张嘴就把别人毒跑，明显是不希望别人接近自己，喜欢和别人保持距离。要让他划成自己人，恐怕除了他妈，最起码也得是女友或者未来老婆了。如今没想到季临这人对自己人的划分还挺宽泛，不仅多年好友容盛，就连杨帆和王芳芳这些老员工也能算，而自己恐怕也是凭借着良好的道德修养和业务水平荣升进了这个阶层，可谓是可喜可贺，令人感动。

既然这样，那就恭敬不如从命了。不过在去买手机之前，白端端觉得还是先把林晖的电话回一下，毕竟虽然屏幕花了，触屏也不太灵敏，但打电话应该还是行的。然而自己刚拿起手机，季临就制止了白端端。

"你这个手机都坏了，万一待会儿打电话打到一半没信号了，事情讲了一半，吊着人家，挺不好的。何况你看他第一遍电话没通，也没给你继续打过来，说明就不是什么大事。"季临说完，淡淡道，"何况他能有什么急事？"

白端端想了想，觉得季临说得也有道理，林晖再怎样，也是上一任老板了，做社畜，最重要的当然是抱紧现任老板的大腿。何况等买了手机再给林晖打也没事，这么久没再打来，确实应该不是什么重要的事。

这么一想，白端端便也没有负担了，她跟着季临就出了门。去了苹果门店，看着季临以买青菜的速度飞速入了苹果的最新款，还要了内存最大的，他刷卡的时候连眉头都没皱一下，仿佛花一万多块钱简直和花一块钱没有任何区别。

白端端由衷地想：当季临的自己人，真好！

继而便是有点内心复杂不是滋味，自己只是个获得他认可的员工而已，就已经有这样的待遇，那以后他的女友，岂不是想买整个春夏季的新款，想买限量版包包，季临都是直接搬空柜台的节奏吗？

想想有点不开心。

白端端觉得，一定是因为这样，与自己未来抢夺限量版包的竞争对手又要多一个。

两个人此时买完了手机，走在回去的路上，季临敏锐地觉察到了白端端的不高兴。

他皱眉看向了她："你怎么了？手机不喜欢吗？"

白端端收敛了下表情："喜欢啊。"

这家苹果的门店在一个综合大型商业体的一楼，白端端跟着季临直接从扶梯下到负一楼，这样穿过负一楼的美食街就能走到停车场了。

季临听了白端端的回复，抿了抿唇，没说话。

而白端端也开始抬头四顾，这地下美食街上全是各种各样的香味，她实在忍不住，开始左顾右盼起来。那边的糖炒栗子看起来相当不错，抹茶大福也很吸引人，哈根达斯的冰激凌突然也想吃，美珍香的肉脯也让人食欲大动……

白端端觉得自己最近连续加班，难得出门一趟，不能空手而归，只可惜自从手机支付兴起后，她就没了带现金和钱包的习惯。今天季临又是大手一挥说给自己报销手机，更是一分钱也没带……

她实在想买点吃的回家当零食，但旧手机触屏已经不太灵敏，索性拆了新手机包装，当场就摆弄起来准备插入 SIM 卡。

季临侧过头，表情有些嫌弃，但语气却听起来挺愉悦："不就是个新手机吗？至于这么迫不及待拆吗？"

"那当然！"白端端头也没抬，"我这不是急着用吗？"

结果这句话不知道又怎么触了季临的逆鳞，他沉下了脸，又有些阴阳怪气了："哦，是急着拿现任老板买的手机给你那个前任老板打电话啊？"

这都什么跟什么啊。

"我这是准备装好启动了以后，拿手机去买吃的！"白端端指了指这美食街，"看见没，美食一条街，你走在这里，不买点东西，你对得起自己吗？"她一边继续倒腾手机，一边道，"不过谢谢你提醒啊，不然我都忘了林晖这事。等我弄好手机就给他回个电话问问……"

"……"

结果白端端刚把 SIM 卡插进去准备下载 APP，就被季临拽走了。

"这个糖炒栗子想买吗？"

白端端下意识回答道："想啊！"

回答完，白端端就又想低头赶紧把支付宝和微信下载回来，结果她还在艰难地等待网络下载，就听见季临开了口。

"给我一袋糖炒栗子。"

他掏出手机，很快支付完毕，然后把一袋热气腾腾、香气四溢的糖炒栗子丢给了白端端。

"这里是负一楼，信号本来就不好，靠你的网络下载完这几个 APP，登陆完，我不知道要浪费多少时间在这里，还不如我直接给你买。"季临看了一眼糖炒栗子，然后移开了目光，冷静道，"这东西的价钱和我的时薪一比，简直像是白捡的。"

"……"

"你还想买什么？"

"……"

季临有点不耐烦了："赶紧说，买完了赶紧回去，我还有邮件要回。"

白端端没敢说话，她不自觉看了一眼肉脯柜台……

"猪肉脯是吗？"季临皱着眉，掏出手机，雷厉风行，买。

"抹茶大福？"继续掏手机，雷厉风行，买。

"麻花？麻花你也要吃？多油多糖高热量这么不健康。"季临嘴上一边说，一边还是掏了手机，买。

"炸鸡算了，炸鸡真的不好。"

……

这次终于不买了。只是白端端看了一眼季临两手已经提满东西，觉得确实不能再买了……

白端端觉得，季临这个人，对熟人还真是挺好的。虽然初衷是心疼自己的时薪，但不断这么买买买、眼睛也不眨一下地付钱，还真是挺帅的。

都说男人有三个最帅的瞬间：一个是做饭的时候；一个是工作的时候；还有一个就是付钱的时候。

公允来说，白端端不得不承认，季临这三个时候，都真是帅得有点没朋友。

不管如何，最后白端端跟着季临出来了一趟，收获了一个新的手机，还有一大堆的零食。

她本来准备道过谢后，把吃的分一半给季临后再回家的，结果季临转了转眼珠："哦，你就到我家里吃。"

他看了一眼白端端，镇定道："正好把猫带过来，我需要和它修复感情。"

自从上次绝育后，季咪咪和季临就没真正握手言和过。虽然季临毫不手软掏钱买最贵的猫粮和猫罐头，可惜季咪咪吃归吃，吃完了该用屁股对着季临就继续用屁股对着季临。平时轮到季临行使"抚养权"的时候，它就和季临冷漠相对，毫无互动，像一对塑料父子，想要摸毛撸猫，简直是不可能的，唯独白端端也在场，季咪咪才会给季临几分好脸色。

白端端吃人嘴短，拿了这么多零食，自然不好拒绝这个要求，便带着季咪咪和吃的一起回了季临家。

好在她不需要做什么，只要坐在一边吃就行了。季临则不紧不慢跟着橘猫，手里拿着四五个不同口味的罐头，虽然仍旧端着架子板着张脸，但那副明显想讨好猫的样子已经呼之欲出了。只是季临这人也是倔强，都这个时候了，也不肯好好放下架子哄哄猫。

"你就不能别那么端着。"白端端忍不住了，"你不能给咪咪说点好话？比如'爸爸爱你，上次是爸爸错了，以后爸爸再也不会了'，诸如此类的？总之表情语气态度要对路子。你这么冷着张脸，就算给咪咪吃的，咪咪也不会亲近你啊，你这模样一看就没认识到错误啊！现在是你求和，你当然要放低姿态，难道还指望这么端着，拿点吃的，咪咪就缴械投降啊！它平时在我那也是好吃好喝伺候着的，什么东西没吃过，还能为你两口吃的就轻易消气啊！你要哄哄啊！"

可惜不论白端端怎么劝说，季临显然是过不了自己心里那关，平时高傲惯了的人，怎么都还是端着架子。他冷冷瞥了白端端一眼，像是宣告般道："给它绝育是为了它好，这件事上我又没有做错，为什么要认错？它误解我，我给它买了罐头，已经是最大的让步了。还哄它？不可能。"

这理直气壮的直男思路真是没谁了。白端端合理怀疑季临找不到女朋友，就算找到了，也会分手。因为就他这种"她错了我绝对不会哄，错了就是错了，我绝对不放低姿态求和"的态度，一旦和女朋友吵个架，大概率会演变成谁对谁错的分析辩论会。一般女的基本上不是季临的对手，被他打成错误的一方不说，还连个哄也得不到，这样的男朋友怕是活不过一周。

没一会儿，季咪咪跑到了书房，季临便也跟着进了书房。白端端一个人在客厅坐着吃了会儿，想上厕所，便一路朝卫生间走去。

这房子的格局里，去卫生间就要经过书房，白端端没多想，一路往前走，书房的门此刻虚掩着，她走到门口，然后被门内传出来的声音给吸引住了。

"行了，咪咪，是我的错，是我不好，你就原谅爸爸吧？可以吗？爸爸下次不会让你被坏医生抢走了，也不会让你做手术挨一刀了。你做手术爸爸也很担心，但那也是为了你好。"

"这几个罐头都是你爱吃的口味，我特意买了很多，你想吃吗？吃了以后原谅爸爸可以吗？"

"咪咪？来，对，慢慢走过来，让我摸一下，真乖，咪咪真乖。"

"好的好的，我真的知道错了，下次不会了，你乖点。"

……

门内，伴随着咪咪偶尔喵喵喵的叫声，是一个男人冷硬又温和，极度不自然又极度自然的声音。

他刚开口的时候，语气尤为尴尬和不自在，随着时间的推进和猫咪柔柔的叫声，季临的声音也越发自然温和起来。

白端端的心怦怦直跳，她悄声走到门口，透过那门缝往书房里望去。书房里的顶灯把季临的影子拉得老长，他依旧英俊，带了冷感，但却不是那样遥不可及，眉眼间染上了温柔。此刻，他正伸着手，有一下没一下地摸着橘猫，那动作小心翼翼而轻巧，竟然奇异地柔和动人。

嘴上说着不哄，哄猫是绝对不行的，结果却偷偷躲在书房里拼命哄猫。季临这个人，也真的是彻头彻尾的口是心非了。

白端端想笑，以往觉得季临可爱的那种感觉又来了。

真的幼稚，但真的可爱。

虽然他哄猫的姿势僵硬，技巧生疏，但季咪咪似乎很是受用，一下子又重新对着季临的脚蹭来蹭去，看起来和季临彻底和好指日可待了。

真是个毫无节操的猫。

但这幅画面不知道为什么，就让人觉得挺和谐、挺温暖，白端端不想打扰，只轻轻走开。

等她去完洗手间回到客厅，季临已经回到客厅了，季咪咪吃饱喝足，躺在软垫上瘫着，季临就坐在一边，偶尔揉两把猫头。

白端端明知故问道："和咪咪恢复感情啦？"

季临一边揉猫，一边言简意赅道："嗯，还没彻底恢复，但应该差不多了。"

"我和你说哄哄就好了吧？"

"没哄。"季临瞥了白端端一眼，"我又没错，我干吗哄它。是它自己意识到错误和我恢复邦交的。"

"……"

季临啊季临，要不是我刚才看见你低声下气哄猫的样子，我还真是信了你的邪！

# 第二十七章　女友身份，非分之想

　　一个晚上，又是买手机又是买零食，接着吃吃这个尝尝那个，被季临这么一通搅和，白端端完全把林晖的事抛到了九霄云外，愣是完全没想起给他回个电话。

　　睡了一觉起来，换上了新手机，就彻彻底底把这事给忘了。等白端端再想起来，已经是第二天下午了，她赶忙掏出手机打了过去，电话没响几下就接通了。

　　"端端，最近有空吗？没什么事，就是出来吃个饭。大闸蟹上市了，我这边客户送了我好几箱，你正好过来带走。"

　　白端端喜欢吃大闸蟹，叶朝霞和林晖倒是对大闸蟹不太感冒，于是以往只要有人送了大闸蟹，那都归白端端所有。当初 B 市没有大闸蟹，但每到蟹季，林晖不管工作再怎么忙，还是会给自己快递几箱过来。虽然在朝晖的那几年里，白端端后来和林晖的关系已经相当紧张了，但这个传统倒是一直没变。如今自己离开了朝晖，林晖显然还是准备延续这个送蟹的习惯。

　　林晖这个人就这样，当初的恩情也好，后来过分商业化也罢，因为和自己理念不合，又因杜心怡的催化完全吵崩闹得不可开交也好，自己砸碎了他的雕像，该扣钱还是照样扣钱也罢，但该给自己送蟹又还是送蟹。

他有一套自己完全自洽的逻辑理念和为人标准，他认定的事，就算别人觉得再错，他也会做，固执到几乎偏执，以至于白端端对他的感情相当复杂。即便到如今，林晖这个人也不是一味的坏或者好，他是个挺难让人评价的人，像个确实曾经颇有建树的帝王，造福过黎民百姓，但晚年昏聩，沉迷炼丹，因常年嗑药，情绪暴躁，但偶尔清醒的时候，人又还不错……

蟹这个玩意儿不经放，因此林晖和白端端最终约了今晚就见一面，把蟹给白端端。

白端端挂了电话，便被季临一个内线电话叫到办公室，去讨论新接的一个高管离职纠纷案了。沟通完案子，白端端看了看时间，也快下班了，她随口道："今天的工作我都完成了，不加班吧？"

季临头也没抬："我要加班，你今晚不加班。"

白端端挺高兴，好不容易加班了这么久，终于迎来正常下班了："那太好了！我今晚还约了林晖，他给我拿了好几箱大闸蟹，你喜欢吃吗？喜欢我可以分你一半，大闸蟹我还是会做的，只需要蒸熟就行了……"

"我话还没说完。"季临幽幽地打断了白端端。

"我要加班，你今晚不加班，是不可能的。"

"……"

白端端都快哽咽了："那我的螃蟹怎么办？！"

"他给你带了几箱螃蟹？"

"四箱！"

"好，那我给你头八箱，你安心加班。"

"你不觉得这样太浪费钱了？不如放我走让我去领那四箱螃蟹？我还能分你两箱。"

季临冷冷看了一眼白端端："八箱螃蟹才多少钱？你办完这个案子能产生的创收你自己算算？至于分我两箱，呵，我不屑于吃别人送来的螃蟹。做人要有骨气，要吃就吃自己买的。"

这人情往来送个螃蟹的，怎么还和骨气扯上关系了啊……

最后，不论白端端怎么抗争，季临还是以工作为重为由拒绝了她的请求。不过这男人像是良心发现似的，又给了白端端一个千人裁员案：整个中国区工厂关闭，涉及的标的额将近六千万，律师费杠杠的。

虽然大家眼里劳资纠纷律师都是做点企业和个人劳动者之间的扯皮案件，总觉得低端又没几个钱。但实际上一旦做出名，做到像季临这样，随便接几个大型裁员案和高管离职纠纷，收入也非常能打了。

没办法，看在钱的分儿上，白端端给林晖打了个电话，婉拒了今晚的见面，让他把螃蟹送给别人，这类生鲜可不能多留。结果林晖二话没说，要了白端端的地址，还是给白端端送到了小区门卫那里。

而加班回来顺路正好蹭季临车的白端端接到林晖短信后，就不好意思地去门卫领了蟹。全程季临就跟在自己身后，脸色不善，望着蟹和望着仇人似的，也不知道是怎么回事。是也很想吃？

"螃蟹不能留太久，我准备今晚就蒸几个吃，你要一起吗？"

"我才不吃。"

季临扔下这句话就转身走了，虽然他面无表情语气仍旧冷冷淡淡，但白端端莫名觉得，这家伙好像有点生气，也不知道在气什么。

总之，季临那晚的心情应该不太好，因为很快接下来的好几天，他又把白端端的工作排得满满的，除了加班就是加班，根本来不及找林晖吃个饭谢过他那些螃蟹。倒是林晖又不知道收到了哪位客户送的蟹，再次联系了白端端。

"端端，上次的螃蟹吃完了吗？我这里又有新的了。"

"不了不了，真不用了，我最近都在加班呢。"

都说距离产生美，此前离职时和林晖都撕破脸了，结果如今不在一个律所，又过了这么一段时间，关系反而缓和了不少。

林晖的声音很温和，仿佛又回到了过去那个林老师，他有些愕然道："最近加班这么多？没关系，你没空的话，我还是放你小区门卫那就行了。"

"不是不是，是真不用了，我这边也有挺多大闸蟹的。你再送来就太多了，我吃不完，蟹死了怪可惜的，太浪费了。"

　　白端端说的也不是假话，最近也不知道怎么了，季临也开始频繁地有客户给他送螃蟹。他不爱吃蟹，于是都丢给了自己，几乎是每天两箱两箱地往自己家拎，害得白端端就算喜欢大闸蟹，这么频繁地狂吃了一段时间，也有点过犹不及，见到蟹都有些腿软了。每天提心吊胆只希望季临的客户不要再给他送螃蟹了，根本没法再承受林晖的螃蟹了。

　　好在最终白端端这么一通解释，林晖才罢了手，这事就这么过去了，两人约了有空了再见。

　　可惜这有空了再见，最后就真的变成了一句空话。因为白端端真是太忙了，好不容易有了个周末，又得去孟欣女士那儿报到。

　　白端端最近为加班消得人憔悴，孟女士倒是人逢喜事精神爽。在白端端的多方位监控下，她的血糖一直控制在非常好的范围。身体好了，人舒坦了，面容更是保养得当，自己儿子的钱花起来更开心了，包买得更多了，日子过得更潇洒了，唯一美中不足的，便是她儿子季临的终身大事。

　　孟欣女士发现自己斗不过白端端，基本上也不做挣扎开始消停了，而自从白端端去了盛临，孟女士对她的态度就越发好了。季临平时话少，就是和自己妈也说得不多，白端端便成了她了解自己儿子的窗口。这天，她一边跟着白端端例行在公园散步锻炼，一边就忍不住打听起来："小白啊，我问问你，临临最近是不是，有点儿情况啊？"

　　白端端抬了抬眼皮："什么情况？"

　　"就那个情况啊。"孟欣女士一脸着急，"你看这孩子都这个年纪了，事业也算有成吧，怎么的成家立业，业是立起来了，家也该成了吧？"她看向白端端，"小白啊，你不是既是他同事又是邻居吗？你应该最清楚他平时的动向了。你就告诉阿姨，临临最近这么忙，都没怎么来看过我，而且我给他安排的相亲吧，他根本一点兴趣也没有。以前就算不肯见面，好歹会给我个面子和对方女生加个微信，现在是连微信也不肯加了，人家女方主动加他，他都视而不见不通过。我觉得他是不是有了喜欢的人，已经在谈恋爱了啊？"

　　白端端不说话，伸出了手：一百。

孟欣见怪不怪了，她忍辱负重地掏出了一百大钞，递给了白端端："行了行了，老规矩我懂，一分价钱一分情报，给你，快说！"

白端端叹了口气："没有。"

"啊？"

"你儿子季临，没有在谈恋爱。谈恋爱对他来说，不可能的。"

孟欣急了："可他最近业余时间比原来少了很多，我几次问他回不回家吃饭，他都推说在加班，怎么可能呢？他工作能力和工作效率我知道的，不可能需要加那么多班，工作和生活临临可以平衡得很好。"

不提加班还好，孟欣一提起加班，白端端也十分来气："你儿子千真万确就在加班，不仅自己加班，还拉着我一起加班。他是觉悟高只想赚钱，可我不是啊，我还想享受生活呢！"

孟欣女士显然还不相信，追根刨底道："还有呢？那临临最近有什么特殊情况吗？比如有认识什么新的女生吗？你们客户里呢？有那种长得不错，温柔、大方、贤惠、勤俭持家，上得厅堂下得厨房……"

"没有。"白端端翻了个白眼，"阿姨，你想找的那种二十四孝好女友，首先在现代社会，就基本上不存在，就算存在，那也是伪装的，八成是看上了季临的钱，准备结婚以后迅速离婚套现走人的。"

这话孟欣不乐意了："你这说的什么话啊，我儿子那长相堂堂一表人才，这些女孩怎么可能就只看上他的钱呢？"

"难道看上你儿子不停让人加班的工作狂属性吗？还是看上他一张嘴说起话来就让人死无全尸的毒性？"

季临知道自己妈是什么德行，孟欣自然也知道自己儿子是什么德行。她深知自己儿子确实不是个省油的灯，虽然心里憋着有点不服，但最终还是只能憋着。

白端端这个安插在自己儿子身边的小眼线还是要笼络好的，孟欣女士努力挤出了个慈祥的笑："那小白啊，那种完美的二十四孝女友你说得对，太少了，阿姨也不指望了。你就告诉阿姨，现在在临临身边的，都有些什么样的女孩，阿姨给参谋参谋。"

白端端又伸出了手。

孟欣女士又掏出了一百块。

"季临身边最近压根儿就没有单身女客户出现。哦，不对，有一个，前几天对接了一个高管裁员案，人事部总监是个女的。"

"女人事总监也算是女高管了吧？"孟欣女士双眼放光道，"年轻有为女精英吗？这倒是也可以！自己赚得多，可以养自己，我们临临的压力就比较小了！"

"是女高管了吧，收入挺高的，挺有为的，至于年轻嘛。"白端端顿了顿，"四十多保养得当，看着像三十多，挺年轻的。"

"……"

孟欣再接再厉道："女客户没有合适的话，那别的呢？比如你们做律师，会和仲裁委啊、法院啊、对方律所啊都有接触吧？这里面有那种贤惠懂事的女孩子吗？"

白端端翻了翻眼皮："阿姨，这个情报要说的范围就广了，这不太够啊。"

孟欣只能忍气吞声继续掏了一百块出来："这够了吧！"

白端端收了钱，咳了咳："最近你儿子接触的合作方挺不幸，全是男的。寥寥的几个女的，人家都已经结婚有娃了，剩下你儿子能接触到的单身女青年，说实话就只剩下我们律所里那几个了。"

季临律所其余几个女同事孟欣不是不认识，她当即就有些哀叹起来："盛临不就那几个人吗？临临招人也不知道怎么回事，律所里这么多女同事，一个漂亮的也没有！"

这话白端端就不乐意听了："阿姨，我觉得女生只要自信，打扮得体，谈吐气质好，就都很漂亮。"

"得了吧。"孟欣毫不优雅地翻了个白眼，"我这人就肤浅，就只看长相。买苹果大家都还喜欢挑个儿大圆润泛红的买呢，我这是给自己挑儿媳妇，难道还不能选个长得好看的？我儿子长得么帅，当然要找个基因也好的，搭配在一起生的孩子才是强强联合，从小这长相就讨人喜欢，一出生就是个人生赢家。我知道能进临临律所的女生在专业能力上都很优秀，但实事求是，这脸蛋就是长得还不够啊。"

"就光脸蛋的话，难道我也不好看吗？"白端端和孟女士杠上了，"孟阿姨，你说话可要凭良心啊，你看看我这张脸，三百六十度无死角，曾经都被你指责是只能整容才整出来的完美脸，你这人怎么能地图炮把我们律所的女性全部给打死呢？何况王芳芳长得也很清秀，我看大家都挺好看的，长相上也都很不错，不过是各花入各眼罢了。"

孟欣这才猛然想起白端端也是自己儿子律所的人。白端端的长相她是认可的，这女的有毒归有毒，脸蛋倒是老天爷赏饭吃，长了个高级脸，搭配上她浑身上下那些品牌行头，走出来简直是明星般的气场。

只可惜……

"你不行。"孟欣女士想也没想，理所当然道，"你一开始就被我排除在考察人选范围里了。"她上下扫了扫白端端，"我儿子不会喜欢你这种款的，漂亮是漂亮，你太凶了，一点儿不温柔贤惠，花钱还那么猛，怎么可以？而且你连饭也不会做，以后临临怎么办？难道还要他屈尊给你做饭吗？他一分钟时薪那么贵，根本不可能的……"

虽然孟欣女士说得也有点道理，白端端也直觉季临大概确实不会喜欢自己，但她这么直白地说出来，白端端还是觉得不高兴，下意识就想反驳，自己有这么没法儿入眼吗？！

"我不温柔贤惠怎么了？你儿子没准内心深处就喜欢母老虎呢？有些男的就这样，找个温柔贤惠的根本管不住，就要找个凶的一天打三顿才舒坦。"

孟欣女士瞪大了眼睛："不可能！"

"这有什么不可能的，我是不会做饭，现在就是你儿子给我做饭呢！你看，分工明确这不也挺好的？"

孟女士语气完全不可置信了："你胡扯也有个限度！我儿子，平时我让他给我下厨他还兴趣缺缺呢！还能给你做饭，我看不是做饭，是你做梦！"

"孟阿姨啊，你信不信我无所谓，但有句话我可要劝劝你，季临看不上我没事，可以后总会看上别的女人对吧！你没听过吗？有了老婆忘了娘，你现在成天急吼吼给你儿子找对象，小心人家找了对象，一顿饭也不给你做了，天天给自己对象一天六顿地做呢！"

孟女士气炸了："一天早中晚也才三顿，为什么要一天六顿地做饭？"

"少食多餐身体健康还苗条，一天三顿正餐，三顿水果零食的加餐呗。"

白端端气死人不偿命道："至于你说的我花钱猛，那阿姨，你自己也不赖啊，女人何苦为难女人。何况你没听过吗？找的老婆能花钱是男人的福分，因为女人能花，才会督促男人去赚钱。何况你儿子这个忙碌的程度，钱是赚回来了，平时谁给他消费了提高生活水平呢？那还不是得找个能花钱的？

"你看看我，浑身这么一堆优点，还长得漂亮，自己也有个正当工作，收入也还不错，你要想做我婆婆，我还要三思呢。什么叫'直接排除列入考察人选'，您以为自己是太皇太后选秀女呢！追我的男人绝对比追你儿子的女人多！都能从门口排到江边那条桥上去！我就是一天换一个男友，最起码半年都不缺男友！"

孟欣女士觉得整个人都不好了："白端端，你……你……"

"怎么啦？想打我吗？可孟阿姨，你又打不过我。"白端端看了一眼孟欣，补充了一句，"你儿子也打不过我。"

"你又要打谁？"

就在孟欣女士快要自闭之际，季临冷冷淡淡的声音从她的身后传了过来。

白端端回头，才发现季临不知道什么时候已经走到了她和孟欣的身后。他显然并不知道前面白端端和孟欣的对话，只来得及听到最后那一句。

季临皱着眉，看向白端端："说了不要打人，文明一点。"

只是话虽然这么说，语气倒是有点漫不经心，并没有什么责备。

白端端没来由地蔫了，她收敛了刚才在孟欣面前的张牙舞爪，安静下来了："哦，好吧。"

自己这可都是看在他是衣食父母是老板的分儿上！

"所以你们刚才在说什么？"

"白端端说追她的男人都能从门口排到江边那条桥上去！她能一天

换一个不重样半年！还挺看不上我们家呢！"

季临看了白端端一眼。

白端端连忙摆手否认："我就是打个比方，我根本没有看不上你们家的意思。"

孟欣女士见能给自己撑腰的儿子来了，气焰立刻嚣张了："那你这意思是挺看得上我们家的？是不是对我儿子有非分之想啊？"

孟阿姨，我可真是想捂住您的嘴啊。

白端端气得要死："才没有！"

白端端以为被孟欣这么一说，季临大概率要讽刺自己，结果也并没有。季临挺安静地走在一边，没说什么话，只淡淡地看了自己一眼，然后移开目光，和自己母亲岔开话题聊起别的来了。就是看起来心情不太好的样子。

白端端周末陪完孟欣女士，又重新投入到繁忙的工作中。本来周一是白端端最讨厌的一天，因为积压了一个周末的工作，并且周一预示着一成不变的枯燥一周又来了。

没想到，这天的周一却是不太一样。

白端端一进办公室，就见大办公区里好几个女同事聚在一起讨论着什么。

王芳芳表情相当激动："这篇公众号文章写得太好了，真的，我虽然没结婚没有孩子，但是完全能体会到已婚已育女性在职场上被边缘化时的无奈和痛苦，尤其这作者之前的经历，要是换作我是她，真是……太心酸了。"

蔡晓也一脸认同："那我比你体会深刻，生育对职业女性的磨损真的很大。我两年前生了我家点宝，家里也有我妈帮着带，老公也挺体贴的，还请了住家阿姨，可很多事情是没法假以他人的，比如喂奶，这事就只能我这个当妈的来，我喂了一年半。这一年半里，我就几乎没办法接需要出差的案子，哺乳期结束，孩子又特别黏我，还是个高需求宝宝，晚上必须我陪睡，所以你看，我这两年来几乎都没法儿加班。所以这两年的创收业绩完全是直线下滑，幸好季PAR没说过我什么，我有个朋友和我情况一样，结果就被自己老板逼到只能自动离职了……哎……"

"这文章真是大快人心！"

……

女同事们一脸同仇敌忾，讨论得热火朝天，白端端好奇地凑过头："发生了什么事？"

"正好端端来了！你知道吗？你之前和季 PAR 代理的那个贵丰通信辞退怀孕员工的案子，竟然还有第二季！"

白端端皱了皱，一脸茫然："什么？"

王芳芳热情科普道："你快看，知名母婴大 V'琪天大胜'今早发了篇文，就是讲这件事的，完全站你的当事人戴琴！现在微博舆论完全反转了！当初好多骂你客户的网友都出来道歉了，还有不少人帮戴琴说话呢！"

白端端拿出手机一看，才明白了事情的来龙去脉。

这位发声的博主'琪天大胜'是微博拥有三百万粉丝、微信公众号每篇推送破十万万阅读量的知名母婴流量大 V，她本人就是一位普通的上班族。做了母亲以后，对孩子的事都亲力亲为，又热爱分享，把自己的辅食菜谱、发明的早教游戏，还有一些婴幼儿产品真实的使用心得体会，都一一分享在了网上，而因为她写的东西不掺杂水分，客观公正真实，又都很具有实用性，很快就在宝妈圈里拥有了一定知名度。而有了一定影响力后，她也没就此罢休，而是再接再厉，除了每天推送育婴知识的干货外，还开始系统性地对市面上一些婴幼儿产品做起了测评。

白端端点开这位博主的热门微博分享，才发现还真的十分眼熟，尤其几篇关于市面上进口国产所有辅食泥的对比测评、爬行垫的挑选指南，还有尿不湿、几大知名婴儿玩具品牌的性价比介绍和热门推荐，微信朋友圈里有不少有孩子的朋友确实都分享过。

此外，这位博主每天勤勤恳恳，做着各种各样的小盘点，比如是否有必要戒除安抚奶嘴、如何海淘进口奶粉、儿童鞋子衣物的品牌推荐……总之零零碎碎，但是都十分实用，并且包罗万象，信息量很大，博文写得简洁又一目了然。白端端扫了眼对方的微博，就知道这位博主为什么能这么红了。

只是如今这位平日只分享母婴产品以及育婴经验的博主，竟然突然对戴琴这件事做了评价和站队？她平时的微博里明明是从不对时政和社会热点发表看法的。

怀着好奇的心情，白端端点开了那篇被王芳芳她们称为大快人心的文章，这文章的标题就起得很吸引人眼球——《我主动亲手杀死了我的孩子》，长副标题则是《那个隐瞒怀孕转正后立刻休病假的女人被全网骂了，那入职后兢兢业业工作多年后才怀孕的女人呢？》。

标题让白端端有些不明所以，但副标题却很好理解，白端端以为这位博主是想从不论是刚入职的新人还是多年的老人，只要是女性，只要怀孕，职场就都不容易这一点来切入的。然而当她真正点开这篇文章，才发现不是。

这篇文章竟然是这位'琪天大胜'的亲身经历。

文章的开篇，就如一枚惊雷般扔下了一个炸弹——

"在网上，我是坐拥三百多万粉丝的母婴大 V，但在现实里，我却只是一个朝九晚五苦苦挣扎在职场和家庭间的普通女人——贵丰通信的员工，在公司已经工作累计六年，那个被讨伐的女人戴琴的同事。

"我本科毕业就进入了贵丰通信，工作三年后，成了家。办完喜酒的第二个月，我发现自己怀孕了！小家伙是意外来的，已经两个月了，中间我出差、加班、作息不规律，然而 TA 竟然都坚强地成长着。这本是个好消息，然而我却一点也高兴不起来，因为贵丰通信女员工比例高，而公司为了防止女员工扎堆怀孕后人手短缺，所以制定了怀孕排班制度。按照女员工在公司的服务年限、年龄、结婚时间长短等，安排各自怀孕的先后顺序。

"而根据这张表格，我必须等到明年的第三季度才可以怀孕。

"公司并没有明文规定必须强制遵守这个怀孕先后顺序表，但一旦不遵守，谁都知道，其余也在等着轮到自己怀孕的女同事会排挤孤立你，人事部会给你白眼找你谈话，而你在公司的前景也算是完了——因为不服从这种集体意志，领导未来绝对不会考虑给你升职。

"所以我害怕了。我选择了，主动地，杀死了自己的孩子。

"因此时至今日，我根本都不知道这个孩子的性别，应该用'她'还是'他'。因为 TA 懦弱无能的母亲，TA 的勇敢不值一提，TA 的成长被抹杀，TA 根本没法来得及看一眼世界，就变成了死去的血块。"

……

"后来，终于按照排班表，轮到我怀孕了，我也成功怀孕并且生下了女儿，每天分享一些母婴信息给大家，最终成了现在所谓的大 V。我的生活幸福，工作也游刃有余，看起来没有什么不好的，只是我的内心从没有和自己和解过。我努力不去想过去被我杀死的那个孩子，直到戴琴出现。"

看得出，长期的公众号运营，让这位'琪天大胜'的叙述非常能抓住读者的心，直截了当，并且用词犀利狠辣，让人只想继续读下去。

作为贵丰通信的员工，且和戴琴一个部门，她在文章里非常详细地叙述了戴琴整个事件的始末。包括女性一旦怀孕就面临无法就职的困境，包括人事部经理对戴琴的刁难、同事间的排挤，也包括戴琴死活要拼命保住这个孩子的原因，以及戴琴本人的初衷、最初努力加班想要弥补的做法和后来身体实在难以承受的情况，贵丰通信代理律师的操作、最终的法律谈判结果，以及即便按照法律无法辞退戴琴后，贵丰通信代理律师出的调岗等各种恶心人的操作……事无巨细。

'琪天大胜'的文笔并不华丽，但简洁朴实，寥寥几笔间，就把那种怀孕女性在职场上令人窒息的压力和工作气氛完全展现了出来。读得白端端一个未婚未育的，都只觉得心酸气愤又无奈。

她是亲历者，并且是客观的第三人，因此反而更让读者信服。白端端相信，即便戴琴自己亲自站出来如此澄清，大众反而并不见得买账，然而由这位平时都是在分享干货、岁月静好的母婴大 V 来"揭露"，一切就都显得更为真实了。更何况，她分享的，本来也是事实。

"我们在还是小女孩的时候，都有过很多很多梦想，成为科学家，成为航天员，成为老师……可以成为所有想成为的人。然而我们长大，从女孩变成女人，我们拥有比小时候更多的阅历，受了更多的教育，可我们的路却越走越窄。我们成了为了怀孕提心吊胆的上班族,成了为合群、为升职、为生存而亲手杀死自己孩子的人。

"我懦弱无能地杀死了自己的孩子,为此却得到了同事和公司一致的赞誉;戴琴孤勇地保护了自己的孩子,为此却遭到了同事和公司以及社会舆论的围剿。

"如果说,批评者们觉得,她是因为刚入职就怀孕休病假而遭受这种待遇,那我呢?我在贵丰通信勤恳工作了多年,可没轮到怀孕时,不还是被无形的手逼着杀死了自己的孩子?社会对戴琴不宽容,那对我难道宽容了吗?怀孕女性,不论什么时候,都很艰难。她隐瞒怀孕有错,但贵丰通信难道就都对了吗?

"戴琴让我更加觉得当初的自己无比差劲,更加对不起我的孩子。戴琴如今到了孕中期,即便遭受排挤和白眼,也坚持回来上班。我知道明哲保身,闭嘴是最好的选择,但我已经无法沉默,我是个女人,也是个小女孩的妈妈,我要站出来,我要站在她的身边。"

一篇文章,起承转合,只让白端端看得心潮澎湃,确实大快人心!

看得出,'琪天大胜'措辞很克制,包括戴琴死去男友的事,也仅仅是淡淡提及,并没有公开隐私信息,对戴琴是多有保护。但相对来说,对贵丰通信和贵丰通信的代理律师就心狠手辣多了,不仅公开了人事总监李婉君的名字和她对戴琴一系列压迫的操作,还公开了朝晖律所杜心怡的名字,包括她出的损招以及前期上网操作营销,故意模糊贵丰通信的错,把脏水全部泼给戴琴,导致戴琴遭到人肉攻击和全网辱骂的事实。

而最有意思的一点,是'琪天大胜'特意提及了此前被波及的白端端,并且引用了她的那段话——

"戴琴没有话语权,甚至没法为自己辩白。而也正是因为这样,我们这些在职场努力工作着的女性,拥有一定社会发言权和影响力的女性,才需要加倍的努力,来替千万个戴琴开口,替她们发声。

"我想感谢说出这番话的这位律师,也感谢她点醒了我。更无比感谢自己坚持创办了'琪天大胜'这个母婴公众号,感谢它带给我的流量,感谢它带给我的你们,感谢它让我时至今日,有发言权,也能为戴琴一战。

"我只希望，从今往后，没有任何一个女性会被逼杀死自己的孩子，我只希望，我的女儿能生活在一个对职场女性更为宽容的社会。今天，请让我为戴琴而战。"

王芳芳对此评价很中肯："不管怎样，这文章一出来，按照她这个影响力，外加戴琴当初那事的热度，妥妥的热搜预定，这绝对是把贵丰通信给得罪彻底了，贵丰难道还不能通过这些蛛丝马迹对应上这'琪天大胜'是哪位员工吗？能这么发，肯定是已经做好辞职准备了，所以索性'临死'前把李婉君、杜心怡一起拉下水得了，倒是个狠人。我欣赏！"

"怎么不是，连带着我们端端的名字也重新上了次热搜，话题是什么来着？'请向戴琴和白端端道歉'，现在的年轻人也真是……"

白端端并不知道'琪天大胜'背后到底是谁，然而她内心真是少有的热血澎湃。她心情激动，几乎想也没想就冲进了季临的办公室，把这篇文章和网上的言论都拿给了他——

"你看看，我就说了，我不是一个人在战斗！我就说了，说的话永远不会被浪费，因为你不知道谁可能会听到你说的话，也不知道无意间这番话可能改变了谁。"白端端的眼睛发亮，"季临，你看。"

因为这篇文章，众多职场女性也都站了出来现身说法，分享了自己怀孕期间遭受到的职场倾轧和不公待遇。一下子，讨论度爆表，竟然从戴琴这个个案升华，引发了一场新的网络运动——Speak For Her。

众多女性加入进来，除了为身边怀孕职场女性遭受的不公发声外，更是蔓延到为弱势女性在其余不同的领域发声。

"我觉得自己就像一颗小小的火种，虽然外面狂风大雨，但是我还是点燃了点别的。"

白端端的声音里充满了感动和骄傲，这一刻，她突然觉得自己此前加的班都有意义了："女性还是要认真工作啊。要占据社会各行各业里的各种岗位，这样才有发言权啊，要是这些岗位全是男性把持着，男性再体贴，也到底不是女的，没法儿真正从女性的立场去考虑问题。"她看了一眼季临，"季临，我好了，我可以继续加班了！让加班的暴风雨来得更猛烈些吧！今晚，请继续安排我加班！"

"……"

白端端说完这一通，又如来的时候一样，风风火火、开开心心地走了，只留下季临一个人望向她离去的身影。

这女的，有时候还真的……一言难尽地……可爱。

白端端这个人，有时候挺冷静成熟的，有时候又像现在这样，有点中二，像个年轻的小傻子，热血活泼，风风火火，说风是风、说雨是雨，没什么经济效益的事，也做得热火朝天乐此不疲，还满口真善美。

要是以前，季临大概率觉得这是伪善，然而接触多了，他也知道，白端端还真的内心就是这么想的，用现在流行的话讲，她有时候善良得都有点"圣母"。比如季临后来知道，白端端当初不得不"下海"给自己母亲做家政，是因为她把一大笔钱借给了徐志新，还退回了律师费，至今对方也没还；比如现在舆论对戴琴的评价扭转，其实和她也没关系，但她又激动成这样，仿佛看到未来女性希望了……

真的是有点傻，有点"圣母"。

以往的季临大概对此嗤之以鼻，现在的他却觉得，世界上还是需要这种傻乎乎的小"圣母"的。

因为她会在意，会看到那些生活不如意，过得艰难，甚至常年被忽视的人。

她是温暖的、火热的、明亮的。

季临甚至忍不住想，如果当初，如果13岁的自己就能遇到白端端，自己是不是不会变成这样？白端端是不是会心疼自己？

# 第二十八章　为她降薪，心甘情愿

　　虽然自己没有出手，但因为'琪天大胜'这位意料之外的场外援助，白端端生平第一次享受了一次躺赢。

　　不仅戴琴和自己被正名了，还引发了一场对职场怀孕女性保护制度的探讨，贵丰通信那恶心人的怀孕排班制度也遭到了舆论的诟病和攻击，而作为贵丰通信代理律师的杜心怡，也因为连带着的骚操作和刻意找营销号带节奏引导舆论的行为，遭受了一大波辱骂。

　　王芳芳看完了觉得特别解气："这个杜心怡就是以前在朝晖给你穿小鞋挤对你的那个吧？我就发现吧，越是没能力的人，反而越是想把有能力的人给排挤出局。因为她就担心有能力的人站她身边一对比，谁是凤凰谁是山鸡就一目了然了，就和后宫里似的，长得不行，却想着争权夺势，自然要把天生丽质的先给搞死了再说。"

　　杨帆也附和道："这下我们端端也算是守得云开见月明了。不过我就挺不明白，当初你要是死磕到底，虽然过程糟心点，花费时间多点，但也不是不能把杜心怡这种人给反杀的啊？怎么你就一直没动手呢？难道是出于'女人何苦为难女人'的心理？"

"你看我像喜欢宫斗的人吗？"白端端笑笑。

女人确实何苦为难女人，但杜心怡这个女人，白端端从来没觉得她配和自己谈什么为难不为难，因为根本不是一个档次的人。

杜心怡恶心自己，自己未必没有办法恶心回去。林晖吃软不吃硬，当初仗着自己和林晖之间那么多年的情谊，上林晖那里哭哭啼啼装小可怜；或是采用精准打法，团结讨厌杜心怡的同事一起排挤她；抑或是在案子里给杜心怡使绊子下杀手……想要收拾杜心怡的办法其实有很多，然而白端端都不屑于去用。

因为杜心怡根本不配自己花这么多时间。

也因为白端端不想变成和她一样的人。

与恶龙缠斗过久，自身亦成为恶龙；凝视深渊过久，深渊将回以凝视。白端端一直信奉这句话。

杜心怡这个人缺乏对法律的尊重，内心也缺乏道德的约束，正义在她眼里不值一提。她只在乎赢得案子、获取声誉、得到钱财，不愿意提升自己的能力，却净喜欢拉帮结派打击异己，通过依附林晖来达成目的，虚伪造作，心里的格局就只有那么点，生怕自己地位不稳，因此拼了命地排挤在林晖心里也有地位的自己，可恨又可悲。

杜心怡用下作的方式对待自己，自己如果也以同样的方式回敬，那和她又有什么不同？

白端端如今才想明白，自己对待季临，对待季临的母亲，对待身边的同事，都能嬉笑怒骂、据理力争，此前对杜心怡却常常无功而返，只能默默忍受。这完全不是欺软怕硬或者杀熟，只是因为季临也好，季临的母亲也罢，还有自己身边的这些同事们，归根结底，都是本性善良的人，杜心怡却不是。

白端端的处事方式对君子有效，对小人却是无用的。

像杜心怡这样的人，毫无底线做事也无所顾忌，如果自己就为了意气之争，想要彻底压她一头，或许会一步步被逼着使用比她还毒辣的手段。

那根本不值得。

白端端坚信，自己不教杜心怡做人，早晚生活也会教训她，而如今的这一切，也正验证了这一点。横行霸道久了，总是要踢到铁板的。

季临大概也很快知道了这个消息，茶歇的时候，白端端吃着曲奇饼干，碰到了过来取红茶的季临。

季临看了一眼白端端，明明他是老板，可也不知道为什么，白端端就觉得和自己相遇，反而是季临有点不太自在，甚至看起来有点紧张，他的肢体动作都有点僵硬。

然而不自在归不自在，主动和自己打招呼的又是他。

季临拿了红茶，并没有如以往那般马上回办公室，反而是站在了白端端身边不远处，他抿了几口红茶，微微抬了抬眼皮："今天应该心情不错吧。"

"嗯？"

这男人此刻就站在玻璃窗前，眼神专注地看着外面林立的高楼，要不是这里除了他就只有白端端一个人，白端端还以为季临是在和别人说话……

季临这下终于转过头看了白端端一眼："杜心怡的事，我看到了。"

白端端这下反应过来，对杜心怡讨厌归讨厌，很多事还是有一说一的，她看向季临："其实说实话，杜心怡现在这个处境，我也没多么高兴，并没觉得神清气爽。"

白端端抿了抿唇："虽然引导舆论，妄图以舆论施压逼迫戴琴自己离职，技不如人后就买热搜恶心我，公开我的信息，这两点她是该骂，但主张无效合同，还有后面调岗的操作，其实都属于律师的工作范畴，不过是出于职业的角度帮客户想对策，也是一个律师正常会想到的方案。但你看，现在很多网友骂她，主要还是站在道德的角度，骂她竟然替贵丰通信这么恶心的企业代理，竟然出了这么下作的对策，可她做的本来就是律师该做的啊。"

此刻窗外正好飞来了一只鸟，就停在窗户的边沿上，白端端下意识向那只鸟望过去，因此，并没有意识到自己说话的时候，季临其实非常专注地看着自己。

白端端叹了口气："这届网友也真是太忙、太难了，先前认为戴琴靠怀孕讹诈贵丰通信的时候，就一个劲儿地骂作为戴琴代理律师出谋划策的我；现在事件反转，又开始骂代理贵丰通信的杜心怡，可见大众对律师这个职业还真是存在很大的误解啊。一想到这里，我可真是一点都开心不起来了。"

白端端就是这样，爱憎分明，但有界限。季临总觉得，好像只要和她相处下去，就总能在最平淡的日常里挖掘到她新的优点。

而白端端说到这里，抬头看了一眼季临，这才发现季临一直目光温和、深沉地看着自己。

两人的目光一相遇，季临就轻声咳了咳，状若自然地移开了视线："可听说，就是这个杜心怡，让你和林晖之间多年的感情出现裂痕的吧？"

自己和林晖确实认识好多年了，一路风风雨雨，用多年感情也确实恰当，但季临这个"多年感情"，也不知道为什么，咬字咬得这么重，像是既有点在意，又不太甘心似的。仿佛他自己没有这么个"多年感情"的下属，就有点落人一截的。真是幼稚的攀比心。

白端端倒是没在意，她抬头看了一眼季临，笑起来："公私分明呗，当初你和我对垒时候，虽然你招数太毒辣了，我背地里也骂过你。但从工作的角度来说，我非常佩服你，你真的是一个业务能力足够强大的律师。一个道理。"

白端端本以为自己这番解释足够回答季临的问题了，没想到季临皱了皱眉，一脸不爽："你以前背地里骂我？"

"……"

喂，季临，我发现你这个人关注点有点歪啊！

"很正常啊，你不会抱怨你的对手吗？"白端端顾左右而言他，转移话题道，"我不信你之前没骂过我……"

"没有。"

白端端噎了噎，循循善诱道："你想想，当初我花了你那么多钱收拾你妈的时候，你心里没骂我吗？用你妈做筹码进入盛临的时候，你心里没骂我吗？再早一点，我和你抢猫的时候，你心里没骂我吗？"

"没有。"季临面无表情道，"愿赌服输，我心里从来没骂过你，以前没有，现在没有。"他顿了顿，低下头，声音也低沉了下来，"以后也不会有。"

季临有非常好听成熟却偏冷质感的声音，他这样一句话，明明没什么缱绻的意义，不知道为什么，白端端心里竟然觉得有点小鹿乱撞，脸都不自觉开始泛红。

幸好因为本来就有腮红，自己的脸红并不明显，情绪也掩饰得很好，在季临看来，大概只是自己突然沉默不说话了。果不其然，如此场景下，季临径自不自然地转移了话题，他讲起了新的案子——

"既然戴琴这个案子彻底结束了，那就谈谈下面你手上的几个案子好了。"

……

然而令人难以预料的是，戴琴这个案子，竟然并未真的彻底结束。

几天后，白端端接到了戴琴的电话，直言有事想来拜访。一来是想谢谢白端端和季临此前对自己的帮助和关照，二来则是想带个朋友一起来。这位朋友最近需要劳资方面的法律服务，听了戴琴的介绍，对盛临律所很感兴趣。

白端端和季临都正好有空，因此安排了个会议室准备接待。

戴琴很准时，在预约的前5分钟到达。她如今月份已经大了，肚子挺得老高，但是面色红润，也很有精神，整个人状态非常好，比之前白端端见她时不知道光彩照人了多少倍。

见她这样，白端端就忍不住笑起来："前几天的那篇文章你也看到了吧？这篇文章后，贵丰通信没敢再出什么恶心人的操作了吧？现在舆论大众的目光都盯着他们呢。"

戴琴身上的变化让白端端十分感慨和欣慰："不管怎么样，你能在这种情况下继续在贵丰通信坚持下去，本身就已经比不少人强了。"

然而提及贵丰通信，戴琴脸上倒是有些尴尬："其实白律师，我刚从贵丰通信辞职了。"

这个答案别说白端端，就连季临也有些惊讶，毕竟戴琴最初找律师的初衷，就是想要这份工作而不被贵丰通信辞退，怎么如今绕了一圈，反而自己辞职了？

白端端皱了皱眉，想到了另一种可能："是那篇文章触怒了贵丰通信，所以他们索性也不要遮羞布了，可劲儿地排挤你，对你施压、给你穿小鞋，是这样吗？"

戴琴却是笑着摇了摇头："没有，白律师，这篇文章发出后，贵丰通信被劳动监察部门约谈了，这种怀孕排班制度实在太过匪夷所思，已经被劝诫废止了。当初研究设定这个制度的人事总监李婉君，也被公司用来挡枪息事宁人，拉出来内部通报批评了。而因为舆论的介入，导致贵丰通信声誉下降，股价也出现了跌停，现在全公司上下最忙的估计就是公关部了，恨不得一夜之间制定出个把女员工供起来的保护条例挽回形象呢，根本不敢再得罪女员工、故意给怀孕员工穿小鞋。"

"是的，还连夜发了女员工福利，每个人发了点手套、帽子、围巾，还有奖金，说是让大家温暖过秋冬。急来抱佛脚，也太虚情假意了。"这句话不是戴琴说的，而是戴琴身边的那位女性朋友说的。这是一位年龄比戴琴看起来略大些的女性，黑色长发，戴个中性的黑框眼镜，看起来相当温和，存在感也不强，刚才进会议室时白端端虽然注意到了，但戴琴没介绍，她便也只是朝对方笑笑。

这时，戴琴才有些不好意思地介绍起来："看我这记性，都忘记介绍了。白律师，这是我的朋友王玉琪，以前也是贵丰通信的同事。"

白端端看着两个人的模样，只觉得由衷高兴，此前戴琴在贵丰通信几乎被所有同事排挤，没想到如今竟然还在同事里交到了朋友……

戴琴接下来的话却让她来不及高兴，直接变成惊讶了——

"另外，其实你刚才说的那篇文章，就是玉琪写的。"

这位貌不惊人的温婉女性，竟然是那篇言辞犀利激烈的爆款文章的作者！竟然就是带着白端端躺赢的'琪天大胜'！

面对白端端和季临的目光，王玉琪也显得有些不好意思："两位律师见笑了，那篇文章写得其实有点过分情绪化，还不够理智。主要我那个公众号就我自己一个人运营，背后没有团队，每天还要准备测评文章，另外我还做一些小的团购，需要每天不间断做好这些货物的上架，所以时间有限，就写成了那样……"

"没有没有！"白端端直笑，"可能正因为你的文章里有很强烈的自我情绪和愤怒，才那么让人感同身受，有代入感，也才会有这个传播度，过分理智了反而不会。不过你写了那篇文章后，贵丰通信绝对不难知道你是谁，就算现在处在风口浪尖，他们不敢轻举妄动，但恐怕过阵子这事热度下降，对你还是会……"

"玉琪她也辞职了！"戴琴一提起这，语气就兴奋起来，"她的公众号其实运营得非常成功，她的阅读量足够大，其实有很多商业合作找来的，其中很多母婴用品都是国际品牌了，玉琪用下来确实也觉得不错，根据自己的真实使用心得写一篇这些产品的测评，就能有一笔推介费。另外，她做的团购也有盈利。其实拉拉杂杂下来，这些收入早就超过朝九晚五的工资了。"

这可真是了不起！

面对白端端赞叹的目光，王玉琪有些羞赧："其实一开始没有这么多收入。一开始真的是抱着单纯分享的心情去写的，后面这些商业对接就多了，但我还是坚持给粉丝读者最真实的反馈，我用下来不够好或者有隐患的产品，给我再多钱，我也不会推的。没想到走商业化路线后，阅读量和影响力反而更上了一层楼。今年开始，本职工作对我这个副业就已经有点鸡肋和制约了，如果能全身心投入母婴公众号的运营，建立一个团队，性价比会比一边工作一边运营更加高。"

"所以这是你辞职的原因？"

"嗯。"王玉琪点了点头，然后看向了戴琴，"其实戴琴的辞职，也是我鼓励的，因为我希望她能加入我的团队。"

季临也忍不住抬头看向王玉琪。

王玉琪腼腆笑笑："这也是我为什么想来见见你们两位的原因。其实说来，因为公众号的事务越来越多，我一直以来想要成立团队，招聘一些专职人员来帮我，但一来没有可以信任的人，二来也没那个钱给团队工作人员开工资，这事就只停留在想想的阶段……"

"只是没想到，为戴琴发声的这篇博文，却为我带来了转机。"说到这里，王玉琪忍不住笑了笑，"大概真是无心插柳柳成荫，写这篇文章，单纯是我看不下去了，本来也做了决定，准备辞职后转至运营公众号，所以也不忌惮贵丰通信了，就想着要发个声。其实发之前都没想过会得到这么大的声援，也没想到这篇文章竟然引发了这么大的社会舆论，我这个母婴大 V 也被带到台前，被各种各样的资本看到了，有一家风投公司意外通过这个事情发现了我，研究了我的转化率和带货能力，觉得商业化前景非常好，于是联系了我，愿意给我一大笔投资，让我能建立自己的团队，进一步把这个公众号做大做强，做成品牌。"

"对方很专业，为我做了商业评估，甚至还设计了一些公司架构方面的事，目前按照我的流水，以及这笔投资，完全有能力雇用一支五个人以内的团队。"

王玉琪的语气里带着感激，戴琴也一样："所以玉琪辞职后，悄悄联系了我，问我愿不愿意和她一起出来干，她愿意给我最好的待遇，五险一金全部合规帮我缴纳，也不在乎我现在还着孕很可能工作到一半就又要休假，更不在意我之后要休将近半年的产假以及一年的哺乳假。"

说到这里，戴琴眼眶忍不住有些微红："她不介意团队里有我这么个大肚子拖累，真诚地邀请我，开了比贵丰通信更高的工资，我们非亲非故，她却还为我发了这么一篇文章。"

王玉琪却是拍了拍戴琴的肩膀："你说什么这么见外呢？我也被贵丰通信迫害过，我失去过第一个宝宝，现在我也是个妈妈，我知道怀孕的职场女性有多难、多容易被边缘化。我们这些女人，本来就应该团结在一起。更何况你也别老觉得得感激我，或者欠了我什么，我这份工作本来就更偏向新媒体文案策划类，不需要坐班，算是半个自由职业，你就算怀孕也不影响，只要把活儿干完就行了。而且你的工作经验和专业完全对口我的岗位，你的营销策划方案做得很好，文字宣传功底也很强，我能挖到你，还真是捡到了宝。你不嫌弃我这就是个初创型的岗位，未来还风雨飘摇的，我才是感激不尽了。"

虽然戴琴和王玉琪都没说出口，但白端端能看出来，这两个女人，因为或多或少相似的经历，彼此之间是满满的信任。戴琴也好，王玉琪也罢，虽然两个人看起来都是长相温柔没有攻击性的女性，然而白端端却知道，眼前这两个女人，经历过风雨，内心无比坚毅，是不会轻易被打倒的。

在职场里，女性和女性之间并不只是互相的攻讦和排挤，也有这样患难与共，劲往一处使的彼此扶持，遭受过挫折伤害和风雨，但仍有这样向阳而生的生命力。

真好。

女性有时候看起来很弱小，但有时候又可以这样强大。

像蒲草一样，柔软，却有韧劲，温柔，却有力量。

这样一个并不美好的事件开端，却把这两个女人的人生牢牢系在了一起，也改变了她们的未来，仿佛一颗畸形的种子，最终顽强地在阳光雨露里开出了最美的花。

从王玉琪的那个大 V 号有体系又足够贴合市场的前期运营来看，她说这份自媒体运营的事业未来风雨飘摇那绝对是谦辞。以她的毅力和对母婴用品市场的敏锐度，外加她秉持的不弄虚作假、不瞎吹捧产品的原则，白端端毫不怀疑在拿到风投后，她绝对有能力把这个公众号的运营做得更上一层楼。而戴琴的营销策划和文字功底，确实也是可圈可点，她又是个认真拼命的人，有她在，王玉琪也算是如虎添翼，未来可期。

"我今天跟着戴琴来，也是因为想要为我未来的公司请个劳资方面的法律顾问。"前因后果都介绍清楚了，王玉琪便也开门见山了，"因为除了戴琴外，我马上还会再招聘四个员工，我虽然有工作经验，但作为企业主去运营公司却是第一次。和员工该签订什么样的劳动合同，该做一本什么样的员工手册，或者处理人事问题上得注意什么，我真是一无所知，还需要一家律师事务所提供点专业的法律支持。"

她看了一眼季临和白端端："如果方便的话，还想请你们两位来做我们的长期法律顾问，不知道是不是方便？"王玉琪说到这里有些不好意思，"不过因为我们是初创型公司，虽然拿到了投资，但现在花钱的地方多，预算也有限，但我算了下账，争取给你们我所能承担的最高额度的法律服务费，一年八万你们看够不够了？"

白端端知道季临的费率，也知道他作为负责律师签订法律顾问协议的价格，别说八万，就是十八万也是不够的……

初创型公司一切都是白纸，劳资架构、员工手册、人事法律风险防范、劳动合同等各种合同模板，一切从零开始，算个很系统的工程。并且初创型公司人员不健全，除了业务部门外，是绝对不可能有独立的法务部的，那么外聘律师的工作内容就会明显增多。这其实是性价比特别低的一个活儿，何况只有八万块，别说季临，其实按照白端端一贯的费率，这个价格也几乎是不可能的……

白端端并不在乎钱多钱少，她想要帮戴琴和王玉琪，也愿意对这份工作全力以赴。然而她没法确定，季临会不会在意。

平时接案子也就算了，这A市都有明确的律师收费标准，但接按年收费的法律顾问工作，以往在朝晖，所里有内部规定，低于一定的价格，是不允许所内律师接的，因为这会拉低市场水平，更会影响朝晖其余律师的要价。这个事情能不能做，说到底自己还是要和季临商量下，至少争取说服他……

以往的白端端或许可能会不管不顾径自先斩后奏，然而现在的她却不想，可能连她自己都没意识到，自己变得比以往更在意季临的感受。

"这个我能之后和季律师商量下再告知你们结果吗？"

"可以。"

结果白端端的声音和季临的声音同时响起。

相比自己的急切，季临的声音慢条斯理里带了点冷质。他没有理睬白端端惊愕的目光，径自看向了王玉琪："这个价格我们可以做，其实八万的话……"他看了一眼白端端，"甚至还有点多了，五万就可以。"

王玉琪本以为自己这八万的报价实在不值一提，会被当场婉拒，没想到峰回路转，不仅对面的季临表示八万块完全没问题，甚至还主动降价三万。她非常激动，当场和季临确定了聘用顾问协议的细节，直接就走起了合同流程。

五万块，一年，负责一个初创型小公司的所有劳资方面的法律服务，这在季临身上压根儿是不可能的，如今却真实地发生了。

王玉琪非常高兴："谢谢！谢谢你们季律师、白律师！你们放心吧，我自己曾经是被公司压榨过的女员工，现在身份转换做了女老板，也不至于忘记自己的初衷，在劳动人事方面，我会遵照法律规定来的，也不会有很多劳资纠纷，不会给你们添麻烦的。"

白端端没想到，这事儿竟然就这么一锤定音了，高效快速到自己还有些云里雾里。

临告别前，王玉琪仍还是充满了感激和感慨。虽然季临什么也没说，但谁也不傻，王玉琪很明显知道这五万块是季临给的人情价。

"真的特别感谢你们两位，我能做的就是不辜负你们每一个人的期待和好意，好好把我的工作室运营起来，能为更多的弱势职场女性提供工作机会，让她们也能在残酷的职场上多一个选择，多一份自由。"

直到白端端把人送到律所门口，王玉琪和戴琴仍旧神情动容，一个劲儿地道谢。

直到她们彻底走远离开，白端端才转身看向了一脸冷淡自然的季临。

"你的法律顾问费什么时候变得这么便宜了？才五万？你为什么会想接这个活儿？"

季临看了白端端一眼，声音有些不自然："不是你希望接吗？"

"啊？什么？"

白端端还想问，季临转过身径自走了。

白端端反应过来，一边跟在季临身后一边道："季临，你等等，难道我希望你接你就接啊，你是阿拉丁神灯吗？那我还希望你能给我涨工资呢！"

"不是给你涨过了？"

哦，说的也是……

"那我希望能给我放假，我要出去约会！"

已经很久没和段芸、薛雯见面了，平时一个月至少一次的姐妹约会都没了！

结果一提放假，季临就沉下了脸："那不行，最近加班。"

白端端忍不住哀号，季临却不理睬她，连语气都冷了下来："你对比下我平时的法律顾问费率，再看看为你接的这个，有多少差价？你是不是应该好好加班给我补回来？少约点会，多干点活儿。"

"……"

行吧行吧，不过什么叫为自己接的这个？说得自己像是导致"君王从此不早朝"的祸国妖姬似的。

"不过，真的是为了我才接的？为什么呀？"

季临皱了皱眉，一脸不耐烦，语气有点不自然："你很闲吗？再问我反悔不接了。"

"……"

好好好，你这个善变的男人，我不问了，不问了！

然而自己不问了，季临倒是想说了。他抿了抿唇，移开了目光："不是你说女性职场艰难，作为男性永远没法感同身受吗？我这辈子当然不可能变成女人了，但是既然你这么指责我们男性对女性的处境关怀得不够，那我就勉为其难地为你们做点事。"

他说到这里，抬头看了白端端一眼："免得你又背地里骂我。"

"……"


为了回报季临这次难得高抬贵手的帮忙，接下来的日子里，白端端主动加了班，不过让她意外的是，自己每次加班的时候，季临也都在加班。因为略微兼职着他的助理工作，因此季临的每日工作安排，白端端都是了然的。明明其中有几天季临早就完成了当日任务，完全可以按时下班，但最后他都留下和自己一起加班。

这种忘我的拼搏精神不禁让白端端十分感动，她不禁感慨，难怪季临能成为合伙人……

日子就这样按部就班地过着。和王玉琪签订合同后，季临就给出了详细的劳动合同模板，甚至对公司架构方面的一些法律问题也给予了指导和解答。很快，王玉琪和戴琴的工作就步上正轨了，一切都朝着顺利的方向前行。

处理完王玉琪和戴琴的法律事务，季临没休息多久，又忙了起来。

他似乎是接了什么棘手的案子，这几天连续都在打电话。但从他的表情来看，似乎不太乐观，听杨帆讲今天还不得不约了客户来所里当面沟通案子的情况。

虽然对每个案子都全力以赴，但白端端明显觉得，季临对这个案子的重视程度有些罕见。平时的案子他大多会带个助理律师，一些复印文件、与客户沟通的打杂类事项，几乎都会交给助理律师。但这个案子不一样，接手至今，事无巨细，没有带任何一个下属，全部亲力亲为，特殊程度可见一斑。

王芳芳对此的评价简单粗暴："我怀疑是季 PAR 的哪个学妹，我们季 PAR 可能这回真的铁树开花了！"她八卦道，"我上次正好不小心听到了季 PAR 和这个案子的客户打电话，他那个语气，明显就是熟人了。还提到了以前在学校的时候，而且他讲着讲着竟然笑了，笑了你们知道吗？！他竟然会在讲案子的时候笑起来！而且笑得还特别帅，我感觉对方是个学妹八九不离十了。"

杨帆一脸憧憬："季 PAR 竟然还有甜甜的校园初恋吗？我已经脑补了十万字校园恋情误会分手，最终职场破镜重圆的剧情，真没想到季 PAR 有朝一日竟然可能会比我先脱单……"

白端端没忍住："他也未必能脱单。就算是曾经的校园恋情又怎么样，当初分手了，就说明有什么不可调和的矛盾，就说明不适合，也未必就能再次走到一起。"

"要是我们季 PAR 想，那没有什么是不可能的！就算以前分过手，但没出社会的时候，人都特别单纯，感情也特别纯粹，这两个人之间有这么深的回忆和羁绊，想复合不是分分钟的事吗？"

王芳芳俨然一副季临死忠粉的模样，她看了一眼白端端："我说端端你怎么回事啊？你是觉得自己最近加班加得还不够多吗？你不想想我们季 PAR 要是恋爱了，对我们这些下属是多大的利好消息？恋爱使人快乐，恋爱使人心情舒畅，季 PAR 一恋爱，那整个所里气氛可能都是粉红的、阳光的，私生活和谐了，看什么什么顺眼，尤其他成天要忙着约会，谁来管我们加不加班？"

"……"

你这个员工倒是挺体贴的，连老板的私生活也关心上了。

因为王芳芳的一番八卦，办公室里所有人几乎都翘首以盼，等着季临的这位学妹登场。白端端虽然不承认，但其实比谁都好奇，只可惜她临时意外接到了薛雯的电话，她说正经过盛临，想顺路来看看白端端。

等白端端下楼把薛雯迎上来，其余办公室里等着看热闹的众人都开会的开会，出去开庭的开庭，一个也不剩下了。而季临的学妹显然也已经来了，和季临在会议室里闭门聊上了。

白端端竟然如此完美地错过了这位学妹。

虽然内心有点不明不白的不爽，但能看到薛雯，白端端还是非常高兴："最近加班多，太忙了，都好久没和你们聚了。不过你来看我，来就来了，还提什么东西送我啊？拿回去拿回去！"

薛雯也是笑，然后她不容分说把手里的水果和礼物塞给了白端端："不是我给你买的，是我受人之托一定要把这些送给你，戴琴给你的。"

薛雯抿了抿唇："她今早三点生了，孩子很健康，是个男孩。这些水果和礼物是她早就买好想谢你的，本来想自己找个时间给你提过来，没想到自己突然就卸货了，所以赶紧让我给你送来，顺带给你报个喜。"

这绝对是很大的惊喜，白端端挺高兴的，也没再推脱，收下了礼物。在会客室和薛雯简单聊了几句，薛雯也赶着回去上班，没一会儿，白端端便起身送她离开。

恰是此时，季临那紧闭着的会议室门也开了。季临走了出来，然后跟在他身后走出来的……

是一个男人？！

这男人身高腿长、眉眼细长、清俊文秀，站在帅气的季临身边，仍旧温文尔雅，有一番独特风味。

说好的学妹呢？

白端端偷偷看着，发现自这两个人出来后，会议室里确定没别人了。

虽然性别猜错了，但有一点王芳芳的八卦没有错，季临对这个男人确实特别有耐心，也表现着少见的温和。对方似乎有些困扰，微微皱着眉，有些烦闷，但季临却是笑了笑，安抚地拍了拍对方肩膀说着什么。

白端端皱着眉看了那男人两眼，也不知道为什么，竟然觉得有点眼熟。

她没在意，一路送薛雯下了楼，直到电梯到达一层，她才意识到薛雯突然的沉默。

也是这时，电光石火间，白端端终于想起来了！

她瞪大了眼睛，看向了薛雯："刚才那个男的是……是不是谢淼？！"

薛雯脸色有些苍白，但过了半晌，还是咬着嘴唇点了点头："嗯，是他。"

谢淼是薛雯的初恋，是她曾经的邻居家哥哥，也是薛雯深埋在心里的伤疤。

两个人算是青梅竹马、两小无猜，薛雯非常温柔懂事，谢淼也很体贴绅士，两个人日久生情、细水长流。本身是一段非常美好的青涩恋情，然而很快就遭到了薛雯家人的反对。

和薛雯家一样，谢淼家里也没有钱，住在破旧的老城区，只是谢淼是家里独子，薛雯却不是，她有一个小她10岁的弟弟。一家人把这个当初超生罚款得来的儿子当宝，恨不得什么事都依着他。

薛雯的父母自己没什么本事薛雯却是个好苗子。上学成绩优秀，懂事乖巧，奖学金甚至能补贴家用，毕业后也找到了收入和社会地位都不错的工作。一家人索性把养家糊口以及养弟弟的义务都交给了薛雯，以至于薛雯工作几年，自己并没有多少存款，钱都给弟弟当生活费了。他弟弟上了个艺术类院校，花费不少。饶是这样，家里还催着薛雯给弟弟买房出份力。

白端端是有钱就花的月光族，段芸也挺注重个人物质生活，三个朋友里，唯独薛雯对自己勤俭节省到让人心疼。也因为长期在家里得不到关爱，薛雯久而久之就有点讨好型人格，生怕麻烦别人，生怕惹别人不开心，生怕别人不喜欢自己。以前和段芸、白端端在一起，她总会下意识察言观色，生怕她俩脸上露出不开心来，总觉得活跃气氛让每个人都开心是自己的任务，后来也是段芸和白端端纠正了好久才给她纠正过来的。

而她的这段初恋就更是悲惨了。当初明明和谢淼情投意合、知根知底，结果硬生生被自己父母施压给拆散了。

拆散的理由则是无比现实——谢淼家里太穷了，和薛雯家不相上下。

薛雯不仅学习成绩不错，长得也很温婉，她的父母就存了心思，想着让女儿待价而沽，嫁个有钱的男人，回头还能帮衬家里，最重要的是能帮帮她弟弟。现在社会上干什么不要钱和关系？找工作要、看病要，未来她弟弟娶媳妇的时候更要，谢淼家里太穷了，不仅没法儿帮，没准未来还要成为拖累。

结果就因为这层原因，薛雯的父母死闹活闹，晓之以理，威逼利诱，各种施压，就差一哭二闹三上吊了。薛雯本身是讨好型人格，又孝顺，无法面对这种冲突，最后硬生生被逼得主动和谢淼提了分手。

没过多久，谢淼家搬离了这个社区，两人再也没见过。

虽然薛雯对此一直缄默不提，一次酒后却对白端端吐露过，她对这件事一直遗憾而痛苦。如今靠着自己一个人的努力，薛雯家里条件也好起来了，接济着弟弟也尚且游刃有余，然而逝去的感情和青春却永远不会回来了。她还喜欢谢淼，从没有忘记过他，因此和他分手后，不论家里如何给她介绍相亲对象，即便不乏条件很好的男生，薛雯也没有再动心过。

白端端看了一眼沉默着的薛雯："你上次和我说过的，如果这辈子还能再遇见谢淼，一定要和他解释清楚，一定要努力一次，不管多难，还是想和他有未来。"

薛雯的嘴唇嗫嚅了下："我……"

"你看，缘分就是这么奇妙，你今天就还真的遇到他了。虽然他没看见你，可你清清楚楚看见他了，不能抵赖吧？"

"可是端端……"薛雯事到临头，果然怂了，"谢淼现在看起来过得很好，我看他身上的西装全都是很贵的牌子，鞋子也看着不便宜……"

"人家过得好还不行啊？过得好才能给你更好的生活啊。"

"不不，我不是这个意思。"薛雯咬了咬嘴唇，"我就觉得，他现在过得很好，我再去打扰，未必合适。一来他可能早就走出来了，甚至都对我这个人没什么印象了；二来不管如何，当初是因为他家里条件差和他分手，现在他条件好了，又重新接近他，这简直……不知道他会怎么想。而且他这样的男人，未必是单身。"

白端端有些无奈："他看起来是季临的客户，你等我给你打头阵，打听一下情况。但我们可说好了，要是他还记得你，又是单身，我又能制造机会让你们重新接上头，之后你可得答应我，你要为自己的幸福去努力一次。"

薛雯虽然还是迟疑，但最终，还是做出了什么决定一般点了点头。

# 第二十九章　天降重任，兼职红娘

送走薛雯，白端端不辱使命，直接上楼敲门进了季临的办公室。

"刚才那个帅哥，是你的客户吗？"

季临皱了皱眉："有事吗？"

"你们是一个学校的？是你的同学？"

"不同系的学长。"季临看起来不太开心，"这和你有什么关系吗？"

"你和他熟悉吗？"

季临停下了手中的工作，望向了白端端："你到底想问什么？"

既然季临这么问了，白端端也开门见山了："我就想问问，第一，他单身吗，有女朋友？第二，他在哪儿高就啊？看着也是个社会精英吧？第三，你方便给我引荐引荐他，给我个他的联系方式吗？"白端端保证道，"你放心，我不是为了抢你的案源，我就是私下有事想找他认识认识。"

"……"

季临气笑了，还放心？自己怎么放心？这么赤裸裸的问题，是想让自己给他们两个接上头，一旦自己学长没有女朋友，白端端就准备自荐上岗了？最重要的是，一边和前男友都快复合了，一边又因为新鲜感看上了新男人？

季临没来由地想到了白端端此前大言不惭的宣言，这女的当初怎么说的，说自己不喜欢没有新鲜感和没有挑战的事，男朋友没新鲜感了也可以立刻换一个，毕竟中国还有三千万剩男……这女的……

季临瞪向白端端，竟然生平第一次为林晖有点鸣不平："林晖那边呢？林晖你打算怎么处理？"

林晖？这和林晖有什么关系？

白端端不明白了，她狐疑地盯着季临看了半晌，才终于有点反应过来，自己私下里不抢季临的客户，他这不是怕自己万一不小心把客户情况透露给林晖，被林晖给抢了嘛！毕竟自己和林晖确实关系匪浅。季临肯接的案子，绝对是个标的额巨大的案子了！这类案源型客户确实是要好好保护私人信息的，这样重要客户的信息要是给了自己，那自己无意间透露出去，也够季临糟心的了。

白端端当即拍了拍胸口保证道："你放心，我不告诉林晖。"

只可惜这句话说出，不知道为什么，季临的脸色更难看了。他仿佛气得够呛，连话也不想和白端端说，就挥挥手把她赶出去了。

白端端莫名其妙，这是个什么样阴晴不定的男人啊！

虽然季临根本懒得理自己，但为了薛雯，白端端是绝不愿轻易放弃的。这天晚上，她陪着季临加完班，又是给对方端茶倒水，又是关心慰问，甚至还主动表示不要加班费，又试图问了几次谢淼的情况，可惜季临是打定了主意不说。而且不仅不说，自己这么一番鞍前马后的，他情绪竟然越来越恶劣了，导致白端端也没敢再提这话题。

直到在回家的电梯里，季临才终于瞥了她一眼："你对他就这么感兴趣？"

"谁？"白端端愣了愣，这才反应过来，"你说谢淼？"

这下轮到季临皱眉了："你认识他？"

"不认识。"

"那你怎么知道他名字？还这么积极要他联系方式？"

白端端解释道："就是他是我一个小姐妹的前男友！"

季临的脸色好看了点："那和你有什么关系？都是前男友了，还是你朋友的前男友，和你有八竿子联系吗？你对前男友有执念？"

什么叫自己对前男友有执念啊，不过就是帮朋友问个前男友的事！

好不容易季临有愿意开口的趋势，白端端立刻趁热打铁道："虽然是前男友了，但是是初恋！白月光，你懂吗？就是心里永远忘不了的那个人。我朋友心里还有他呢，我就想，能不能自然点要个联系方式，然后帮我朋友重新牵个线、搭个桥。"她看了一眼季临，补充道，"如果谢淼是单身的话。他是吗？"

"嗯。"

白端端来了兴致："那他现在从事什么工作啊？为人靠谱吗？人品怎么样？"

两人此时已经到了相应的楼层，白端端出电梯以后，索性熟门熟路地跟着季临进了他家。进门口后，就抱起了季咪咪，坐在季临家沙发上，顺带把脚放松地翘到了茶几上，还径自拿起水果啃起来。

两个人对这种模式似乎都已经习以为常，彼此都没有发现这有什么不对的。

季临放下公文包，脱下西装外套挂好，看了一眼白端端的脚："都说了多少次了，你一个女的不能文雅点？"

话虽然这么说，但语气并没有训斥，倒是多了点无可奈何。

"不要，我一整天穿高跟鞋脚好疼啊，给我的脚放放风。"

季临揉了揉眉心，有些没好气："那你不能多穿穿平跟鞋？"

"这个月工资又花完了，没钱买平跟了……"

季临抿了抿唇，忍无可忍道："那我给你买，下次别把脚架在我茶几上。"

白端端平白无故讹到了一双平跟鞋，也见好就收，立刻乖巧地把脚给放了下来。她整了整坐姿："那我刚才关于谢淼的问题的答案呢？"

季临有些没好气，但还是回答了："他现在是一家游戏公司的老总，与闻游戏。他大学学的是计算机软件，开始在一家大型游戏公司里工作，后来辞职自己创业了。现在与闻游戏势头挺好的，连续几年拿了几轮投融资，虽然是个小型企业，但创收很好。"

竟然是与闻游戏！这下白端端也有些惊讶了。

虽然白端端并不热衷手机游戏，但是段芸却是个游戏迷，并且还是个氪金玩家。此前一直沉迷一款名叫《绝境抗争》的手游，甚至还妄图拉着白端端和薛雯一起组队，成天鼓动白端端和薛雯一起加入。后来因为白端端操作实在太差、太辣眼睛，她才闭口不提。

只是她并不是唯一沉迷这款游戏的，《绝境抗争》自从两年前推出以后，就一路火爆，市场占有率一再飙升，连带着白端端都对这款游戏背后的公司有所耳闻。而这家公司，没记错的话，就叫与闻游戏。

"至于人品，他挺好的。"

季临鲜少夸人，他都能夸谢淼人品不错，可见是真的不错。

这下白端端安心了，谢淼单身，人不错，还是知名游戏公司的老板，事业有成，自己这背景调查算是结束了。

"他来找你，是遇到了劳资纠纷？要做你的客户？"白端端思维飞快转着，"那这个案子，我能不能一起参与？"

她表态道："我不要分成，我就帮你打杂做配合工作，只需要让我有个契机合情合理地认识他，然后再自然而然地把他和我朋友牵上线。至少让两个人见一次，至于后续怎么发展，当然看缘分了。"

季临表情好看了点，但还是冷哼了一声："你还兼职当红娘？"

"你不知道，我这个闺密，看了蛮叫人心疼的。"白端端生怕季临不同意自己加入这个案子，多少把薛雯唏嘘的家庭情况给他说了一下，"她十六七岁就开始偷偷打工养家了，真的很辛苦，她弟弟几乎是她赚钱养大的，她之前过得真的很苦……"

季临没说话，只是看起来并没有被真正触动。

白端端讲了这么一通，见没有感动季临，实在有些愕然："你不觉得很触动吗，不觉得很想帮忙吗？"

季临表情淡淡的，他的声音轻而低沉："很多人都这样苦，很多人都比她更苦。"

就在白端端还想继续说之际，季临给拒绝了："你不能加入这个案子。"

"为什么啊？我真的不要一分钱！给你白打工还不行吗？"

季临抿了抿唇："不是我不让你参加，是他的情况比较复杂，并不一定能够仲裁或者起诉。"说到这里，季临移开了视线，"而且要是你参与，分成还是正常给的，我不至于需要你白打工。"

"不能起诉？是没有证据？"

"嗯。"

一提案子，白端端倒是来了兴趣："什么情况？是要辞退员工但没有对方严重违纪的证据？"

自从开始慢慢学会换位思考后，白端端也意识到，虽说劳动关系里企业主大部分时候处于优势地位，但因为《劳动合同法》等立法初衷多是出于对弱势劳动者的保护，因此有时候一些劳动者要是心术不正走偏门，反而会将企业主置于更为被动的地步。明明劳动者违纪了，但碍于对方钻了法律空子，企业根本没法开除对方，反而被动挨打。因此，对谢淼的情况便也十分好奇。

"不是严重违纪，是涉及商业机密和竞业限制。"

竞业限制这个条款一般用于给企业高管或者重要技术岗的，一般这两个岗位，不是容易知晓企业的运营决策、商业秘密以及市场战略，就是掌握了对公司有重大影响的专业技术。一旦离职后跳槽进入同行业的竞争公司，那对原公司将是重大打击。

因此对于这两类人，多数公司会在入职时就要求对方一并签署竞业限制协议，用于约束对方在离开公司后，一定期限内不能从事与公司存在竞争关系的同类业务或者进入同行公司。这个一定期限不能超过两年，而在这期间，因为这份协议导致对方无法从事同类行业，原公司必须支付竞业限制补偿金。

一般对于这些高管和重要技术岗员工，这个每月支付的竞业限制补偿金会非常高额，足够满足对方生活。与闻游戏作为开发游戏的公司，对于游戏开发团队的核心成员肯定会要求签订竞业限制协议，按目前的情况来推测……

"有开发团队里的核心成员离职后违约了？"

季临点了点头："对，与闻游戏本来正准备今年十二月推出一款射击类新游戏，这个员工田穆本来是这款游戏开发团队的核心成员，结果因为被谢淼发现喜欢虚假报销讹点公司的钱，外加平时常常迟到早退，没有团队精神，忍无可忍之下劳动合同到期就没有再和他续签了。当初田穆也签了竞业限制协议，离职后按照协议是不能去竞争公司的，谢淼当初签订的竞业限制协议我看过，条款全部合法有效，还列出了竞争公司的清单。田穆离职后，公司也有按合同定期支付高昂的竞业限制补偿金。一开始也没觉得有什么，田穆离职后确实就窝在家里，也没听说去别的游戏公司上班。但最近谢淼突然发现，最大的竞争对手水星网络马上要上架的一款射击类游戏，其中的元素、游戏世界观、游戏剧情，甚至人物形象，全部都和与闻游戏十二月准备上架的那款如出一辙。"

"所以谢淼怀疑田穆其实在偷偷为水星网络工作？"

季临神色凝重，点了点头："对，但是没有确凿的证据。从表面上来看，根本看不出田穆和水星网络有接触，也就因为这样，根本没法起诉田穆违反竞业限制协议，更没法让他做出赔偿。"

这确实难办……一旦对方打定主意了要规避竞业限制协议的风险，取证会变得相当难。

"中间谢淼也登门拜访了田穆几次，甚至和水星网络的负责人陆水生也交涉试探过几次，但都没有看出这两人有什么问题。现在搞得谢淼也有点弄不清，怀疑是自己多心了，可能确实是在这款射击游戏上，主控团队里思路和设计不经意间有了交叉，毕竟同一个创意，世界上也不可能只有一个人能想得出来。"

季临抿了抿唇："但不管怎么说，目前完全没有证据证明田穆违反了竞业限制，所以这根本不能算个案子。因为根本没法仲裁或者起诉，谢淼的竞业限制补偿金也必须继续向田穆支付。"

"可这要是田穆和陆水生真的暗度陈仓，这谢淼岂不是憋屈死？不仅花了高额的竞业限制补偿金养着田穆，自家的商业机密和新游戏的设定、信息还被全部泄露？”

“法律就这么残酷，谁主张谁举证，没有证据你再惨、再难也是零。”

这话说得冷酷，但确实是这么回事。

“那现在谢淼准备怎么样？就没一点对策了？”

“今天他临时有事，所以我们明天约了再对接一下，系统地理一理目前的情况，看看田穆那边还能不能有突破口。”

这案子听起来有点意思，挺有挑战的，外加又是谢淼的事，白端端彻底来了兴趣。她盯向季临：“我能加入吗？分成可以不要，你要是愿意给我，我少拿点比例也行！”

“你要加就加。”

这么毫不抵抗的态度，白端端倒是不适应了：“你不阻拦一下？”

季临瞟了白端端一眼：“你想做什么事，我哪次最终阻拦成功？懒得管你。”

他说完，也不再管白端端，径自走向卧室，大约是准备换衣服。临走前回头看了白端端一眼：“待会儿走的时候果皮记得扔掉。”

因为共同抚养一只猫，白端端近来又长期在季临这里蹭饭，蹭完饭偶尔还来一场即兴加班，或者是案情讨论，久而久之，白端端已经在季临家来去自如，两个人的相处模式里都带了习惯成自然的默契。

很多时候，生活方式的改变仿佛温水煮青蛙，白端端压根儿没觉得这有什么问题，她甚至根本没意识到，潜移默化下，季临已经走进了她的生活，占据了她的生活，她对于季临亦然。

白端端熟门熟路地收拾完果皮，朝着卧室喊了句“那我走啦”，才转身回了自己屋里。

因为季临的首肯，白端端也就光明正大地加入谢淼和季临第二天约定的会谈。

对于自己出现在会议室里，季临默许，倒是谢淼脸上露出了惊讶的神色。他看了一眼白端端，几乎下意识道：“你真的要带个人一起和我对接？我还以为你昨晚电话电话里和我说还要带个人一起是开玩笑的。”

季临抿了抿唇，言简意赅：“没开玩笑。这是白端端，我的同事。”

谢淼大概意识到自己刚才的略微失态，敛了下表情，一边自我介绍，一边和白端端交换名片。

时间宝贵，三个人都非常专业，一旦落座，一分钟也没浪费。季临做了个简单的开场白，就开始了就目前情况的梳理。

谢淼大致把事情的前因后果解释了下，他叹了口气："我知道田穆这个人贪小便宜，有时候手脚不太干净，但是因为他是游戏研发的核心员工，确实有创意又懂技术，自己还是个资深游戏玩家，很懂用户想要什么，这样的人才很难得，所以一直以来我也睁一只眼闭一只眼。没想到他的胃口越来越大，揩油的不仅仅是那点餐费报销了。"

谢淼的声音带了点隐隐的愤怒："他甚至有趋势在和乙方的合作里也开始不合规了。他开始暗示对方给他返点和回扣，为了拿这些钱，不惜把一些合作发包给资质根本不过关的乙方，这件事我没法忍。而当时正好届临他劳动合同到期，所以在他侵害公司重大利益之前，我就没有再和他续签，给他办理了离职。"

白端端抿了抿唇："你的不续签流程走得合法吗？有没有瑕疵？"

季临看了一眼白端端，声音淡淡的："是我经手的。"

那就是绝对没有瑕疵了。

谢淼看了一眼季临："对，是季临帮我处理的，没有问题。该给的钱也都给了，其实他心里也知道，按照我手里的证据，当初明明可以用严重违纪直接开除的，连经济补偿金都不用给，还会影响他业内口碑。但我最后想着，他是掌握关键技术和公司商业秘密的人，还是想好聚好散，说好话地哄着，所以最后算是钱也给足了，面子也给足了。"

"他当时对不续签反应激烈吗？"

"没有，田穆很平静。竞业限制协议也再三和他确认过，当初他也表示那正好，乐得清闲，就准备回家休养休养，陪陪老婆。"

白端端点了点头，她以前也处理过竞业限制纠纷的取证问题，无外乎几个思路："现在我们要做得很清晰。第一，我们需要证明水星网络和与闻游戏存在业务竞争关系；第二，证明田穆入职了水星网络。"

季临点了点头："第一点很好证明。首先，在田穆当初签署的竞业限制协议里，我就在附件列明了哪些公司属于和与闻游戏有竞争关系的，水星网络就在其中，白纸黑字，明明白白。"

白端端皱了皱眉："他会不会以竞业限制约定的范围过大，侵害了他作为劳动者的自由择业权？你们当初在这份附件清单里约定的竞争性公司多吗？因为现在竞业限制约定范围是否过大，这涉及法官的自由裁量，所以这第一点上，也未必不会有证明上的风险。"

虽说白端端想参与这个案子的初衷带了点私心，但是真正进入到案子的讨论阶段，她很沉得下心，也能把自己带进案子里考量。

季临平时并不喜欢和别的律师一起办案，顶多带教几个新人和助理律师。因为新人或者助理律师犯错或者迟钝他尚能忍受，但他绝对无法忍受有一定资历经验的律师和自己共事时，总是不在状态或者跟不上自己的思路，他并没有太多的耐心。

只是白端端的表现确实令他惊讶，她思维严密，头脑敏捷，思路清晰。因为她此前代理的多为员工方，如今探讨起来，反倒是能从员工方的抗辩角度来思考问题，找出企业方诉讼策略里的弱势，这竟然还意外地和自己十分互补。

她提的问题确实存在，但好在并不会造成困扰。

"这点确实很仰仗法官的自由裁量，但是此前也确实有判例，即便规定的竞业限制范围过广，也不能理所当然影响竞业限制义务的履行，最重要的是必须证明水星网络和与闻游戏确实存在竞争。"

季临顿了顿："至于这一点，倒是有办法，查询水星网络的营业执照上的经营范围，外加去水星网络的官方网站看下他们的业务介绍，以及他们目前要上架的这款同类游戏竞品，这些足够形成完整证据链。"

白端端了然地点了点头："那么现在的问题就是第二点，如何证明了。"

谢淼提及这个，脸上露出了难色："问题也就在这里。季临也和我说了，想证明这一点，无外乎几种办法，如果田穆真的入职了水星网络，那么就从水星网络给他缴纳的五险一金还有个人所得税缴纳凭证上入手，一旦有缴纳记录，那么铁板钉钉他就是去水星网络工作了。"

白端端笑了笑："对，这一点我们律师无法直接取证获得对方公司的缴纳信息，但是可以申请仲裁委或者法院进行调查取证。过程比较麻烦，但是可以达到效果。"

"可问题就在这里。"谢淼叹了口气，这一点，我也不是没和田穆暗示过，他如果死不承认，那最后花费大量的精力取证，他还是跑不了退回竞业限制补偿金并做出赔偿的结局。但田穆在整个沟通过程里显得非常淡定，他的态度很笃定，告诉我自己绝对没有入职水星网络，因此也绝不存在这些缴费记录，看起来是真的不怕我去查。"

"电话录音呢？试过这个吗？"

季临抿了抿唇："当然试过，分别间隔一段时间伪装成快递员、合作方等各种合理的身份打过水星网络的办公电话，说想要找一下田穆，准备等那边没防备地说帮忙转接的时候，用电话录音进行公证，就能证明田穆确实入职水星网络了。可接电话的员工都直接说打错了，根本没有田穆这个同事，说肯定是搞错了。"

"对。"谢淼点了点头，"而且好几次接电话的都不是同一个水星网络的员工，确实都说没有，也没听过田穆这个名字，他们回答时一点迟疑也没有，确实不像在撒谎。我甚至有次找到了负责他们公司那边业务的几个快递员，直接让他们送快递时帮我留意下，这几个快递员和水星网络那边是长期合作的老面孔了，但最后给我的答案也是一样的，没有田穆这个人。"

说到这里，谢淼也有些无奈了："总之，能试的办法也都试过了，我甚至还找了人在水星网络公司的大门口蹲守过一个月，想看看能不能拍到田穆进入公司的照片，结果压根儿没有，田穆确实没去过。他大部分时间就待在家里，宅着，和他告诉我的一样，在家里打游戏、看电视剧，偶尔出门，也只是去健身房，确实没有什么可疑的。"

白端端又问了几个问题，季临又补充了几个，三个人一起梳理了目前所有的思路，包括其余漏掉的举证可能性，最终都没法找出田穆有入职水星网络的迹象。

对此，谢淼也有些不好意思和局促："虽然水星网络和我们公司那款游戏相似度很大，但确实也不排除他们独立开发和我们撞了创意，或许是我反应过激了。"

上架新游戏前，遭遇同行竞争对手抢先上架同款高度相似的游戏，换作是谁也会多想。只是如今都难以找到离职员工入职水星网络的证据，那一切怀疑便只是怀疑。

虽然很少见，但确实如谢淼所言，也并不是不存在田穆确实无辜，水星网络就恰好和与闻游戏在游戏设计上想到了一块儿去这种情况。

没有证据，只靠自己的臆想，也确实不能就这样冤枉了田穆。就算他在与闻游戏时手脚不太干净、有过不端行为，也不能就此就认定他人品差，就一定违反了竞业限制协议。

谢淼自然也知道这一点，如今这样的情况，其实有点尴尬。

季临则直截了当地为他分析了形势："你现在几乎没有把握可以证明田穆违反了竞业限制协议。当然，你可以选择走劳动仲裁，并且申请仲裁庭帮助一起调取证据，比如去水星网络公司走访进一步调查等，但是你要想清楚，一旦你走上了仲裁和后续起诉的路，你和田穆之间就等于撕破脸了。万一仲裁庭也没法调取到相关证据，那你就彻底得罪了田穆，这反而会激怒他，他手握与闻游戏的重要商业机密和游戏项目信息，可别本来人家确实没做什么对不起公司的事，被你这么一刺激，反而做点什么出来。诉诸法律毕竟是事后救济，如果能不发生侵害，那当然是更好的事。"

谢淼不会不知道其中的利害，他点了点头："我知道，以目前的情况看，其实就算我走仲裁，最后可能也调取不到什么证据……"他抿了抿嘴唇，"所以我打算明天约田穆出来。"

"我会直接带上这次水星网络新上线的那款类似游戏的信息，出其不意拿出来，看看他什么反应。再根据他的反应和他好好聊聊，然后就靠自己的心做个判断吧，要是确实觉得还是太可疑，那再走仲裁也不迟。"

既然作为当事人的谢淼做出了决定，季临和白端端自然也表示支持。

"不过到时候还麻烦你们两位陪同下。"谢淼说到这里，有点赧然，"我这个人搞技术还行，但对于这种谈判不是很擅长。万一田穆露出马脚真的是违反竞业限制了，那还要麻烦你们帮我一起固定证据。"他笑笑，

"而且我带着两个律师，对田穆可能比较有威慑力，架子总算要摆得足，有气势，让他撒谎时候也有点心理压力。"

"没问题！"

白端端当即答应了下来，季临也点了点头。

一场会谈至此结束。白端端正好临时接到个客户的电话，便由季临一个人送谢淼走。

谢淼谈完了公事，此刻会议室里又只剩下他和季临两个人，终于有点放松下来。他看了一眼季临，没忍住："我的事你从来不让别人碰的，怎么叫了那个白律师？"

虽然自大学毕业来，谢淼和季临平时都忙，并不会频繁联系或者出来聚聚，甚至很多时候大半年不会说上一句话。然而谢淼知道，季临这个人表面虽然看着挺冷淡，一旦自己有困难，他是非常可靠的求助对象。

如今自己遭遇了劳资纠纷领域的问题，按照季临的个性，不论自己案子的标的额多么小，甚至可能是义务让他帮忙，他都不会假手他人，绝对会亲力亲为，从头到尾帮忙解决。因为他就是这样的人，看着难相处，甚至常常口吐恶言，内心却非常真诚，对于自己认定的朋友，绝对会赴汤蹈火。

对待别的客户还好，对待自己在乎的人，季临这家伙几乎有点事必躬亲的强迫症，谁也信不过，生怕别人把自己朋友的事办砸了，因此总是亲自上阵。有一次谢淼来咨询几个非常小的劳动合同问题，季临当时在忙一个跨国劳资纠纷，一星期只睡了十几个小时。谢淼让他随便给自己找个所里别的靠谱律师对接下，但季临死撑着还是自己详细解答了。他就是这么轴的一个人。

因此，对于季临昨天给自己打电话告知有另一名律师一同参与，谢淼就十分惊讶，甚至一度以为季临是开玩笑的。没想到他竟然真的让另一位律师参与了，如果是位男律师，谢淼大概会认为是季临能够百分之百信任的同僚，然而这是一位女律师，并且还十分漂亮，谢淼就忍不住有点别的联想了。

"你喜欢她？"

季临面色镇定，轻描淡写地看了谢淼一眼："她很专业。"

他说完，也不愿再解释，径自把谢淼送走了。

谢淼却忍不住笑。

她很专业——

那就是喜欢了。

因为以季临的性格，如果不喜欢，会径自回答自己"没有"，而不是答非所问，妄图解释引入她很值得、很可靠。

# 第三十章　所谓初恋，单纯迷恋

　　谢淼做事雷厉风行，不喜欢拖沓，当天就发来了第二天和田穆约定见面的餐厅地址和包厢号。

　　在征得季临同意后，白端端预估了大致时间，找了个借口，在当天把薛雯和段芸都约到了同一家餐厅的大厅里。

　　虽说嘴上说着如果谢淼还是单身，就一定会主动大胆出击，但以白端端对薛雯的了解，她这个人，因为家庭原因，事到临头的时候，总是会怯懦，因此，还是需要别人推她一把。

　　白端端把事情的来龙去脉都告知了段芸，和段芸一合计，就商量出了这么个办法：以三人聚会为幌子，把薛雯先约出来，由段芸先稳住她，自己则号称路上堵车迟到，实际和季临、谢淼一起与田穆谈判。等谢淼这边包厢里事情处理好准备往外走的时候，白端端便可以找个借口把薛雯也引到包厢处，给两个人制造一个"偶遇"，简直不能更完美。

　　做好这一切，白端端才美美地睡了一觉。

　　第二天，白端端蹭着季临的车，两人一起到了约好的餐厅。谢淼到得比他们两人更早，已经隐隐焦虑地在一边等待，见了季临。便朝他们挥了挥手。

此时田穆还没有到，离约定的时间又还有一刻钟，白端端正好有个客户来电，便跑到餐厅门口去接。

结果电话才打到一半，白端端便被频繁密集的狗叫声给扰得差点儿听不清客户在讲什么。等她道歉后匆匆挂了电话，才发现是一只棕色的小泰迪，狗模狗样还穿着小衣服，脖颈间系了个铃铛。从毛色来看也是被精心打理过，一看就是富养着的狗，只是根本没有人牵着狗绳，就这么来回蹦跳着站在餐厅门口，对着来往的人狂吠。

这泰迪虽然很小，但脾气显然相当凶悍。

餐厅门口的路上走过一个小孩，狗立刻发了疯似的对着小孩狂叫，还妄图追赶对方，吓得这小孩脸色苍白。白端端看不下去，便走过去想把狗给引开，结果孩子是没事了，白端端自己被这恶犬给缠上了。

这狗虽然没敢攻击白端端，但也对着白端端叫个不停，这动静引来了餐厅两个工作人员，准备驱赶，直到这时，狗主人才姗姗来迟。

"哎哎哎！你们别！几位手下留情啊！别弄伤了我们家贝贝！"

来人是个看着四五十岁的男人，穿得倒是挺讲究，梳了个大背头，一路气喘吁吁地小跑过来。然后一把抱起了那只凶恶的泰迪，这泰迪一被主人抱着，居然立刻温顺了下来。

白端端没忍住："你这时候应该担心的不是我们弄伤了你的狗，反而应该是被你的狗吓到的人吧。你不能文明点牵个狗绳吗？"

那男人倒是没生气，一张脸挺和气，还笑眯眯的，嘴里也一个劲儿直道歉："对不住对不住，昨天狗绳被贝贝咬坏了，我今天就是准备吃完饭就带它去买新狗绳的。"说到这里，他摸了摸狗的头，"贝贝体形小，我本来就准备全程一直抱着它，没想到刚才路过街口，被一只大狗吓到了，一下子就从我怀里挣脱跑了。但是它其实不凶，不咬人，就是遇到陌生人有点紧张，会有点应激反应。"

结果男人话刚说完，他怀里的狗就伸出头，朝着白端端凶恶地又叫起来。要不是那男人花了大力气压制住了狗的动作，白端端毫不怀疑，这泰迪大概是想跳下来扑向自己决一死战。两个刚才试图驱赶这条狗的餐厅工作人员自然也遭到了同样凶狠又恶劣的对待……

就这还叫不凶，还叫应激反应？

白端端没忍住在心里翻了个白眼。然而对方认错态度良好，全程一直笑眯眯的，为表歉意，还从口袋里掏出几颗糖塞给了被吓到的小孩，很快就把对方安抚好了。

伸手不打笑脸人，又确实没引发什么严重后果，白端端看了对方一眼，只叮嘱了对方看好自己的狗，便也转身回了餐厅。而她前脚刚走，余光里便见到那抱着狗的男人也慢条斯理跟着自己走了进来。

白端端只觉得下次一定要和季临说，别订在这种狗能进的餐厅了！她和对狗友好的餐厅似乎就气场不和，上次是徐志新案子里被季临用狗大挫，这次又是差点儿被这能带进餐厅的狗给咬了……

好在等白端端回到包厢没多久，田穆也终于姗姗来迟。

出乎白端端的意料，他是个看起来就非常技术宅的男人，有点微胖，皮肤挺白，戴一副厚重黑框眼镜。因为鼻梁有点塌，时不时就要推一下滑落下来的镜框。

要不是谢淼提前告知过田穆曾经在与闻游戏时的小动作，光是凭这第一印象，白端端甚至都会觉得这就是个普通的老实人。

明明每个月的竞业限制补偿金就很高，足够田穆本人过上十分奢侈的生活，但他挺朴素的。只穿件看起来百十来块的外套，一条运动裤，一双质量看起来不太好的球鞋，颜色搭配完全可以说是暗黑，有点谋杀人的审美，但倒是也挺随性。

田穆一来，第一反应就是道歉，态度诚恳、恭谦："谢总，不好意思，我路上坐公交有点堵车，晚了几分钟。"

谢淼抿了抿唇表示没事，他看了季临一眼，索性决定打田穆一个措手不及，直接向他甩出了水星网络新上架的那款相似度超高的竞品游戏。

"这款产品，田穆，你给我解释一下。"

谢淼的声音冷了下来，盯向了田穆："我已经掌握证据了，这就是你帮水星网络做的。"

虽说自己并不擅长谈判，但谢淼毕竟创业打拼至今，该有的场面也都见过了。此刻面色沉静，要是田穆不了解情况，大概看了得腿软。

因为实在难以找到田穆违反竞业限制协议的证据，在最终商量后，谢淼也只能用这个方法诈一诈对方了。毕竟只要演技够逼真，田穆心里但凡有鬼，很可能就会露出马脚，而白端端和季临早就准备好了录音笔守株待兔。也是没有办法的办法。

谢淼说完后，季临也适时地进行配合，他拿出了一堆文件，态度冷峻地扔到桌面上："我们已经完成了取证。"

这份材料并不是真的什么证据，只是随便打的一份材料，配上季临的话，倒是挺有威慑力。

虽说给季咪咪绝育的时候，季临这家伙演技令人着急，没想到一到工作中，该演的时候他还演得煞有介事，要不是白端端和他是一伙的，面对这个阵仗，恐怕也会心里发瘆。

三个人面色森然地看向了田穆。

只可惜田穆并没有出现意料中的慌乱，他几乎是当即态度激烈斩钉截铁地反驳了起来："不可能！谢总！你不能拿这些子虚乌有的事来污蔑我啊！我根本不认识任何一个水星网络的人，我从没有和他们接触过，连邮件往来也没有，更没有金钱往来。他们不过是做了一个竞品项目，可这和我真的一点关系都没有！"

田穆的模样看起来完全像一个被冤枉的人的正常反应，他满脸涨得通红，眼睛里充满了气愤："不是你说的吗？因为和你签了那个什么竞业限制的合同，我不能去别的同行业竞争类公司，我也安分守己地在家里修身养性，偶尔去健身房锻炼下，我根本就没接触过水星网络！你们不能这样血口喷人！"

他说到这里，看向了季临的那堆"证据资料"："我没有做过这种事，身正不怕影子歪！所以根本不可能有什么证据！这肯定是伪造的，你们这些律师，为了赚钱，不惜欺骗客户，想让谢总来告我，好把代理费赚个钵满盘满，我要去律协投诉你们！"

"谢总，我在与闻游戏的时候，虽然确实犯过一些错，我这人就是有点爱贪小便宜，以前家里太穷了，穷怕了，穷疯心了，看到钱总是想能捞一点就捞一点，你们这些从小家境优渥的人可能不会知道我这种感受。因为穷过，所以身边没钱就没安全感，看到有什么小钱，就想贪一下。我知道这不对，但我忍不住，可能这真的是以前身为穷人的劣根性吧……

"我也知道人应该拾金不昧，可我以前穷的有时候两三天吃不上像样的饭，读大学时也只能打碗白饭，去打份食堂的免费汤就着喝，平时也就带上家里的咸菜，就着馒头吃。有次地上捡到五块钱，我偷偷藏了起来，高兴了两天。五块钱，够我吃几天馒头了。"田穆说到这里，眼里也带了点泪花，"你看，我就是这么一个没出息、爱贪小便宜、眼光短浅的人，骨子里的穷人……

"但谢淼，你信我，大是大非上的事，我知道的，之前你不和我续约，我也知道是我走偏得有点远了。"

这番话，田穆说得挺诚恳，也挺掏心掏肺，他大概以为谢淼不会理解他。然而他不会想到，正是这样的说辞，打动了谢淼。

谢淼也穷过，他以前就住在破旧贫困的社区，度过了非常清贫苍白的童年和青春期，连喜欢一个女生，也因为穷，无法给对方未来和幸福而变得没有底气。那种穷的滋味，那种来自骨子里的自卑和怯懦，他也是在上大学后给别人写代码、打零工、做软件慢慢赚了钱后，才开始好转。能走到今天这一步，被田穆喊一声"谢总"，被身边的人都认定从小出身良好家境，谢淼知道自己付出了多少，如今的光鲜背后，有自己多少的汗水和艰辛。

这一点上，他奇妙地和田穆产生了共鸣，几乎是这瞬间，他在心里已经选择了相信田穆。

而因为自己的失态，田穆抹了抹眼角的泪痕，说了句"失陪"就离席去了卫生间。

包厢内就剩下了谢淼、季临和白端端三个人。

谢淼叹了口气："季临，我信他了，他应该没有干这事。"

季临皱着眉，表情不太认同："你的判断未免太过主观了，这样的劳动者我见多了，只要没有死到临头，只要没有铁证，还能情真意切地和企业主打感情牌，哄得企业主团团转……"

　　季临还想说服谢淼理智，但谢淼显然不这么想，他拍了拍季临的肩膀："他说的东西，我挺感同身受的，我想你也一样，所以我还是倾向相信他，就像我当初相信你一样。"

　　谢淼望向季临的眼神很温和："季临，我一直非常感谢自己当初这么一根筋就相信你，我当初甚至都不算怎么认识你，但同样的经历让我内心选择了信任。你看，要不是这样，我能多了你这么一个朋友吗？要不是有你，我这么一路创业过来，早被这些劳资纠纷和人事合同架构折腾死了，根本到不了今天。

　　"所以有时候，我觉得选择善良，选择相信人性本善，是一种际遇和福报。"谢淼笑笑，"我的直觉还挺准的，我这次选择相信田穆，水星网络大概就真的是很凑巧和我们的研发撞了创意，才搞出了这么一款竞品。"

　　季临抿着唇，看了谢淼一眼："别拿他和我相比。"

　　谢淼忍不住笑："行了行了，知道了，你是特别的，别人没法比。"他又拍了拍季临的肩膀，"算了，季临，田穆应该没做这件事，到此为止吧。我可能之前把人想得太坏了，在这件事上纠结浪费太多时间了。与其盯着这种事，不如多花点时间赶紧去研究下一款产品，争取早点儿上架个和水星网络完全不同，比他们更能打的游戏来。"

　　谢淼都这么说了，季临也没再说什么，他有点不太开心："我觉得他和我不是一类人，不过我尊重你的选择。"

　　这两人这么一来一往跟打哑谜似的，搞得白端端好奇心爆棚。

　　谢淼和季临之间过去到底发生了什么？同样的经历，什么经历？季临以前很穷吗？

　　白端端一边观察着季临和谢淼，一边想着，结果还没想出个所以然，自己这思绪就被包厢外传来的争吵声给打断了。

　　"你这人怎么回事？！"

　　是田穆的声音。

　　谢淼皱了皱眉，打开门走了出去，白端端和季临便也跟着走了出去。

　　包厢外，田穆正和一个男人在争执，地上正是一杯泼洒得到处都是的饮料，田穆的上衣也被彻底泼脏了，污渍正顺着衣服往裤子流去，现场简直一片狼藉。

田穆大概气坏了，嗓门儿老大："你这个人走路不长眼睛吗？这么宽的路都能撞到我身上，你怎么回事？！"

餐厅大堂里不少人因为争吵声被吸引了目光，服务生也跑了出来，大有劝架的意图。

不过相比田穆的咄咄逼人，那撞了田穆的男人认错态度良好，不断道歉。

"对不住对不住，我真的不是故意的，刚才就在低头看手机，真的没注意啊。"

这熟悉的语气，白端端透过身前几个妄图平息争吵的服务生看了一眼对方。果不其然，正是此前那个抱狗的男人，他此刻仍旧笑眯眯的，一个劲儿地道歉。

这一次狗倒是不在他手里，大概是碰撞时候又一次挣脱出了他的手臂。此刻正站在一边，绕着自己主人的腿走了两圈，便跑到了田穆的脚边嗅了嗅，像是想往田穆身上扑去。

好在那中年男人很快抱起了狗，拍了拍它的头，那泰迪才安分地窝在了他的胸口。

对方一个劲地继续朝田穆道歉："真的不好意思，我真的不是有意的，刚才真是一个没留神撞到你了，要不你给我留个联系方式，我给你赔偿干洗费吧？"

田穆被泼了个透心凉，自然心情不会好，他像个被点燃的炮仗，大概还想吵，但不经意的一个转头，在几个服务生的背后看到了谢森，可能觉得不管怎样，当众和人争执被熟人看到有些尴尬，便一下子偃旗息鼓了。

他自认倒霉地摆了摆手："算了算了，算我运气差，一会儿被人误会，一会儿被人泼饮料的，真该去寺庙里拜拜了。算我自己晦气，你走吧，我这衣服也没几个钱，不用干洗费了。"

因为田穆的坚决，对方再次道歉后就抱着狗离开了。

　　田穆脸上表情还是不太好看，大概是觉得晦气，这会儿转头，看向了谢淼，一时之间脸上立刻露出了尴尬的神色。

　　"谢总，不好意思，让你见笑了，刚才那个人莫名其妙抱着条狗就撞到我身上了，我就……今天你突然一口咬定说我给水星网络做同款游戏，我心里本来就憋着点气，刚才这么一撞，火气就有点大，和那个人吵上了。"

　　田穆这时候平息了情绪，有些瓮声瓮气的，他看了一眼谢淼，像是有些自暴自弃了："反正谢总，我真没做对不起你的事。你要真不相信，想告我也行，但我行得正走得直，真的什么也没干，今天我就先回去了。"他面露难色地看了看自己身上被泼脏的衣服，"你看，我得赶着回家换套衣服。"

　　谢淼点了点头，这次，他拍了拍田穆的肩膀："你回去吧，我相信你了。之前对你有所猜忌，是我的错，对不起。"

　　田穆有些愕然。

　　谢淼却是朝他点了点头。

　　田穆虽然有些不知所措，但在谢淼的目光里，最终还是推门离开了。

　　田穆一走，谢淼就看向了季临："我就知道自己的直觉是准的。"

　　季临皱了皱眉："嗯？"

　　"刚才那个男人，是水星网络的老大陆水生。"谢淼笑笑，"他刚才没注意到我，但我一眼就认出来了，我们业内戏称他'笑面虎'。每天都乐呵呵、笑眯眯的，看着脾气不错，遇到什么事总是态度不错，但实际上就是个'职业杀手'，阴起人来也是眼睛都不眨的。平时看着挺随和，但一到工作上，就咄咄逼人寸步不让，除了对自己的狗特别好，对下属反而偶尔挺刻薄的。就他刚才抱起来的那只泰迪，他几乎形影不离，上哪儿都抱着。"

　　季临顿了顿，看向了谢淼。

　　谢淼在他询问的眼神里点了点头："对，刚才你也看到了，陆水生撞了田穆，阴差阳错这两个人正好相遇了，但是你看到田穆的反应没？他根本不认识陆水生，陆水生显然也不认识他，这两个人明显此前没有碰到过，那说明什么？

"说明我的直觉是对的。"谢淼松了口气般，"我没看错田穆，他确实没有违反竞业限制协议。他甚至都不认识陆水生，要是和水星网络真有合作了，是绝对不可能不认识他的。陆水生这个人，带团队都是事必躬亲，上到总监级别，下到新进员工，他都能事无巨细叫出对方的名字，有人为此偷偷在背后还给他起了个外号，叫作'行走的人脸识别仪'……"

大概信奉人性本善，谢淼对自己选择信任田穆的决定十分庆幸："这事到此至少告一段落。那季临、白律师，麻烦你们了，辛苦你们白跑了一趟，你们两位可以回去了。"

季临点了点头，白端端则偷偷拿出手机给段芸发了条信息。

既然谢淼的公事解决了，那是时候把薛雯的私事提上日程了。此次见面前，她和段芸已经商量好了，一旦白端端这边给出信号，段芸就把薛雯引到谢淼所在的包厢门口……

白端端余光里看到薛雯朝这边走来的身影，她又随便找了个理由拉住谢淼说了两句，直到薛雯懵懵懂懂走到自己身前，然后愣神地看向了谢淼。

几乎同一时刻，谢淼也看到了薛雯，他本来正含笑和白端端说着什么，然而看到薛雯的一刹那，他露出了愣怔的表情，几乎是愕然里带着……一丝难以掩盖的惊喜。

"雯雯？"几乎一瞬间，谢淼就叫出了薛雯的名字，他激动到甚至声音带了点微微的颤音。一改刚才内敛的精英形象，只像个第一次见到心仪女孩的少年般局促。

这句"雯雯"一出，薛雯的眼眶就微微红了，她抿着唇看向了谢淼。

真好，即便跨越了时间和距离，真正相爱的人，彼此心里的情谊并不会随之退却。

白端端笑笑，拽着不解风情还站在一边当电灯泡的季临功成身退。

"初恋真好啊！"

回去的路上，白端端没忍住感慨。

只可惜季临一点也没有感同身受的模样，不仅如此，他看起来脸色不善，不知道是想起来什么，甚至有点嗤之以鼻："不过就是初恋，至于记这么久吗？初恋都是不切实际的不成熟的迷恋。"

"……"

这男人怎么就没点文艺细胞，初恋像诗，这话没听过？

可惜季临并没有意识到这点，他看了白端端一眼，面无表情继续道："等你清醒了，就会发现初恋就是个错误。好好冷静一下，保持点距离，再审视审视对方，你就会发现，很多前男友，其实都不怎么样。虽然可能，因为这个前男友和你遇到的时间早，比如你没出社会，还在学校里，因为见的世面太少了，一看对方，觉得对方成熟有风度，一下子迷恋上了，成了初恋。但这种迷恋，还是会随着时间消退的。

"前男友之所以成为前男友，那多半确实是不合适，能分手，就说明并不是正确的那个人。"

白端端简直觉得莫名其妙，季临这个语气和说辞，真的越来越像自己爸爸了……这男人，看外表挺年轻的，怎么内心这么沧桑啊？要不是白端端天天在他家蹭早饭，知道季临顶多吃完早餐后看个财经报纸，还要以为这男人应该一边吃早餐，一边听充满怀旧气息的收音机呢……

"你对你初恋有仇？"

除了这个原因，白端端大概是真的想不出季临对初恋和前任这么敌意的原因了。

"没有。"

"那你……"白端端突然想到了一种可能，"那个，季临，你有初恋吗？就是……有前女友吗？"

这模样，怕不是从没谈过恋爱，以至于才对别人的初恋羡慕嫉妒恨，忍不住想要诋毁吧？

季临的脸果然黑了，他瞪着白端端看了片刻，才移开了目光，声音不自然道："当然有。"

那就是没有了……

"我也……"

白端端差点儿没忍住要笑出来，她本来想安慰下季临自己也没有，此刻两个人正往停车场走去，突然路边冲过来一只大狗，大概是挣脱了狗绳，情绪不稳，正朝着周围陌生的行人狂吠不已，一下子打断了白端端的思路。

很快，主人跑过来重新牵住了狗，安抚完了才离开。

季临皱眉看向白端端："你刚才要说什么？"

白端端却是死死盯着那只狗离开的方向，然后她猛的抬头看向了季临："季临，田穆在撒谎！"

季临有些不解："什么？"

"他骗了谢淼，他绝对违反了竞业限制协议！"

季临抿了抿唇："我也并不信任田穆，但我们确实没有证据。"

"有，我找到证据了！"白端端醍醐灌顶一般，"他绝对认识陆水生，并且关系还很熟悉，应该常常见面！"

刚才那条路过对自己狂吠的大型犬提醒了白端端。

"陆水生那只泰迪，非常凶，遇到陌生人几乎无一例外会狂吠。我之前到餐厅门口接客户电话时就遇到他了，那狗也是挣脱了他，跳到了餐厅门口对路过的小孩和我都狂叫了一通，看起来挺有攻击性的，唯独遇到了陆水生才消停，看起来只对熟人比较友好。

"而刚才在餐厅里，明明田穆和陆水生发生了冲突，还吵架了，正常狗都是护主的，何况田穆对这泰迪来说不也和我一样，应该是个完完全全的陌生人吗？可刚才那狗，一点没对田穆叫过，甚至还凑到他脚边，嗅了嗅，甚至试图往他身上扑。一开始我也完全被田穆和陆水生的冲突吸引了目光，没太在意那只狗，但现在细细一回想，那狗扑田穆的姿势，并不是很凶，反而是带了点撒娇和突然见到熟人才有的激动，扑田穆也并不是试图去攻击，而是表示亲热。"

此前白端端虽然也有注意到那只泰迪，但并没有往深处去想，如今一回想，觉得自己全都明白了。

季临听完，脸色果然也凝重了起来："你的意思是，田穆今天的一切都是在演戏？"

"对。"白端端点了点头，"现在再回头看，你不觉得他今天所有的反应都太恰到好处了吗？先是过激的愤怒，然后是委屈，最后把自己悲惨的身世拿出来讲，听起来掏心掏肺的，完全是打感情牌……"

季临首肯道："我开始就觉得他的反应有点太完美了，谢淼相信他，我不相信。那这样一想，他和陆水生的见面也是提前安排好的。"

"没错。"白端端越是梳理思路，越是觉得田穆这人可疑，"你说怎么有那么巧的事，正好谢淼和田穆约了见面，结果陆水生也出现在了同一家餐厅，还和田穆在谢淼面前发生了冲突？"

对谢淼来说，田穆前期的感情牌已经十分有效，而让他最终对田穆放下戒备心的，则是后来田穆和陆水生的冲突——这两个人看起来完全不认识。

然而这种不认识，明明是可以精心设计的。

季临自然也想到了这一层："也就是说，偶遇陆水生，然后像两个正常的陌生人那样发生争执，其实全是田穆和陆水生故意演给谢淼看的。"

"对，他就是为了引出谢淼，所以刻意把和陆水生的争执声放得很大，嗓门儿很响。但刚才在包厢里，即便质问谢淼为什么冤枉自己时，他的声音也没有那么大，可论起情绪波动和生气的级别来，明显是被自己认识的人污蔑更令人不能接受吧？但实际他却是和陆水生吵架时情绪更激烈、嗓门更大。而他喊得那么大声，不过就是为了确保把谢淼从包厢里引出来。"

这样一想，白端端觉得所有一切都解释得通了："何况田穆一开始那个架势，恨不得和陆水生干架，可看到谢淼出现后，他就突然哑火了。我一开始以为是他见被熟人围观，觉得吵架太丢脸所以算了，但如果从另一个角度来分析理解，他看到谢淼后，意识到自己的目的达成了，谢淼看到这场冲突了，这场戏完美完成了任务，所以没必要继续拉着陆水生吵架了。"

白端端一开始觉得自己天生和餐厅里的狗八字不合，现在没想到靠着这么一只泰迪，倒是找到了田穆勾结陆水生的蛛丝马迹。

其实田穆但凡没有刻意在最后伙同陆水生给谢淼演这么一出戏，都不会露出马脚。

可生活有时候就是这么巧合。

所有事，都是过犹不及。

因为白端端这个微小又重大的发现，季临不得不在当天下午重新把谢淼约回了律所。

"所以，就是以上这个情况，我认为田穆一定在撒谎。"白端端喝了口茶，"虽然我也想相信他是无辜的，但是谢总，很可惜，你这次的直觉和预感没有对。"

白端端观察入微，分析也逻辑严谨。

但谢淼本能地还是有点不敢置信："可他表现得天衣无缝，我们用假的材料诈他的时候，他根本就没有任何慌乱。要知道，如果他真的违反了竞业限制协议，帮陆水生做了那款竞品游戏，那他的行为总是能留下痕迹的。一款游戏的开发毕竟涉及团队工作，就算很多事可以靠邮件电话来沟通，田穆不知道我们的取证情况，他很可能心虚地怀疑自己确实有什么证据落入我们手里了。但你看，他自始至终一丝慌乱也没有，非常斩钉截铁，就咬定绝对没做过这事……"

"第一种，是他心理素质特别好。"

谢淼很快打断了季临的话："但据我所知，他并不是个心理素质特别好的人。以前他在报销上搞小动作，其实我们也没有证据，但通过话术和谈判，他很主动地交代了自己的情况……"

白端端抿了抿唇："那就是第二种情况了，他背后有很厉害的律师在出谋划策，告诉他如何消除自己违反竞业限制协议的证据。"

季临点了点头："有很多好的劳资纠纷律师能给出如何在这种情况下规避法律风险的建议和方案，如果在确定自己要违约前，就咨询好，所有步骤都按照律师的要求操作，至少在取证方面，我们会非常困难。"

谢淼虽然心里不愿相信，但也知道，白端端和季临的判断是对的，只是他还是皱起了眉头："可就算你们说的狗的反应至少能证明田穆和陆水生绝对认识，在冲突里装成陌生人有猫腻，也不能以此就说明田穆违反了竞业限制协议啊。"

"狗自然不能做证据，但是狗的线索说明田穆和陆水生之间不简单，两人刻意把这出戏演给你看，所以我们要提起劳动仲裁，提请仲裁委帮忙一起走访取证，固定证据。"白端端笑笑，"很多事情不立案可不能申请调查令啊。"

虽然很想相信田穆，但这事确实事关重大，尤其一旦田穆确实违反了竞业限制，不仅帮助了竞争对手水星网络，还把与闻游戏曾经的设计和游戏世界观策划等商业机密都泄露给水星网络，导致最终水星网络的游戏竟然提前上架，这造成的损失可就非常大了……

"与闻游戏研发这个射击类的游戏已经将近一年时间了，我们花费了大量的人力、物力，不说前期投入已经将近三千万，因为水星网络竞品的提前上架，我们可预见损失的利润就能达到上亿元。"谢淼一说到这里，也严肃了起来，"而且如今的游戏市场，已经不仅是利润之争，更多的是市场分割和用户抢夺的白热战。水星网络抢占了先机，几乎已经抢走了我们 80% 的未来客户，从这点上说，对我们与闻游戏未来的发展简直是致命的打击。

"如果能证明田穆确实违反了竞业限制协议，那他同时也侵害了与闻游戏的商业秘密，除了需要返还我们支付的竞业限制补偿金，他还需要对泄露商业秘密造成的损失进行赔偿。"

涉及商业竞争，谢淼也不再心慈手软，他看向了季临和白端端："我要走法律流程，希望委托你们二位来处理这件事。"

一个竞业限制纠纷案件，就此敲定，三个人又就目前的一些情况进行了交流，列出了搜罗证据的时间线，谢淼才看了看手表，决定告辞。

只是临走之前，他朝白端端笑了笑，语气郑重："白律师，季临说得没错，你很专业，也很细心。"

他像是突然想通了什么似的，真诚地朝白端端道了谢："你还很热心，真的非常感谢你。"

白端端有些不好意思，连连摆了摆手："田穆的事是我应该做的……"

"不。"谢淼却是笑着打断了她，他轻声道，"我说的是薛雯的事。"

白端端愣了愣。

"我其实一直在找她，也从没有忘记她。虽然现在田穆的事和水星网络的竞品游戏让我焦头烂额，与闻游戏也面临着生死存亡的挑战，但我真的非常非常感激这个时候，能重新再遇到雯雯。我想今天这场会面，应该不是我运气好，而是因为你，才有了我的幸运。

"另外，与闻游戏这个名字，我就是为她起的。"

谢淼说完这些，又对季临笑笑，转身离开。

# 第三十一章　私享会上，假扮名媛

　　此前白端端从薛雯口中听过谢淼的名字，并不陌生，然而那些叙述都是完全来自薛雯的视角。薛雯虽然很优秀，但因为家庭环境的因素，内心一直非常自卑，在她眼里，谢淼高大、温柔、绅士，像是高高悬挂在空中的太阳，而自己则是仰仗着太阳照耀的万千植物里最不起眼的小草。她总觉得，当初和谢淼的初恋，也是因为自己的侥幸和作为邻居"近水楼台先得月"，要是时光重来一次，谢淼断然不会看上她的。

　　然而刚才谢淼的一番话……

　　白端端心里难以抑制地替好友高兴起来："所以谢淼一直没有忘记过薛雯？"

　　与闻游戏，谐音雨文，这不正是一个"雯"字吗？

　　"谢淼这个人还蛮长情的。"白端端望着谢淼走远的身影，相当感慨，"现代社会，像他这样的成功男士，还能这么长情，拥有这么质朴的感情观，不会被外界的花草和浮华所迷惑，还能坚守爱情最初的模样，真的是……"

　　大概是爱屋及乌，因为薛雯的缘故，白端端如今越看谢淼越是顺眼："包括他虽然是个生意人，但身上完全没有生意人的油腻，甚至内心还保有书卷气的那种善良和天真，其实真的挺难得的……"

可惜这种爱屋及乌的欣赏并没有得到季临的认同，明明谢淼也是他的朋友，这个男人此刻竟然露出了点儿不悦。

"这世界上长情的男人又不只有他一个。"季临语气不善道，"还书卷气的天真和善良？我怎么以前没发现你是个这么容易从别人身上发现优点的人？形容词的词汇量挺不错。"

"……"

"别成天对着客户想东想西，当务之急是把田穆违反竞业限制协议，私下对水星网络泄露商业机密的证据固定下来，收集整理好材料走法律流程。"季临的话说得挺官方，相当有老板的样子，"有空了多钻研业务，少乱想。我先走了，明天下班前告诉我这个案子你的策略。"

季临一板一眼地说完，就真的转身走了，有模有样地"训斥"完自己，竟然脸色还不咋好。

白端端看着季临的背影，只想感慨，这男人的嫉妒心啊，有时候可真是……

很多人常说女性闺密的友情之外，常常还有微妙的攀比和嫉妒。对于这点，白端端倒是没体会过，不过她发现，这句话也同样适用于男性朋友之间。瞧瞧季临这都快溢出来的对谢淼的嫉妒，可见虽然两人关系很好，但因为都很优秀，不知不觉间，季临还是把谢淼当成了假想敌和对手在做对比。这不，一听别人夸谢淼，当下就不高兴了。

白端端忍不住笑了笑，快步追上季临："哎，你别走啊季临，你之前和谢淼说我很专业？你夸奖我啦？"

白端端在身后追季临追得有点气喘吁吁，只是好在很快，季临就略微放慢了脚步，白端端得以和他并肩而行："我就说吧，你招我进来不亏，虽然比起你来还是有差距，但我也不赖啊。"

季临没想过谢淼随口说的这么一句，还能被白端端记了起来，当下脸色就有些不自然，要不是本身喜欢板着脸，大概此刻神情都有些慌乱露怯了。

他没敢去看白端端，只干巴巴应道："你还行吧。"

白端端倒是不依不饶，就用自己又黑又圆的眼睛盯着季临，亮晶晶的，眼神里有很多让人移不开视线的意蕴，然而她自己毫无知觉。

季临有些懊恼，他不知道白端端什么时候才能够学会和了解她不该这样全神贯注地看一个异性。

"你看，我不仅在业务上相当专业，在办案的细节和严谨程度上也很棒吧？你和谢淼都没发现狗的疑点，就我观察入微发现了，等我们后续取证成功，不仅能给谢淼讨回公道、挽回损失、要到赔偿，我也等于给你带来了一个标的额相当大的案源呢！"

她像个小麻雀一样在自己耳边叽叽喳喳，大言不惭地自我表彰："就这点上，我觉得你也应该再多夸夸我。谢淼那边你是怎么说的？你就说了我很专业吗？还夸了我别的吗？你快说出来当面让我听一下，满足一下我被夸奖的欲望，然后再给我物质上表示一下。"

"……"

季临简直有些头疼，白端端是他从没有接触过的类型，或者说，每次他以为自己已经足够了解白端端了，结果她就会抛出点新的东西，让自己重新再认识一下她。

历来很少有人这么大大咧咧地问自己要夸奖，但白端端做起来倒是既自然又心无旁骛，直白又坦荡。季临明明这么讨厌别人来找自己邀功，轮到白端端，他觉得她做什么事自己好像都可以接受。

想夸奖她吗？

想的。

但是怎么夸奖？

好像话到嘴边，反而会有点紧张，不知道该说什么好。

季临觉得莫名其妙，明明自己才是老板，现在反而像身份换位，自己是个忐忑等待上司反应的小职员……

白端端不过开玩笑想讨要一句夸奖，并没有真的希望季临能在物质上有所表示。结果发现季临虎着张脸，不自然地憋了半天，言语上的夸奖倒是没说出来一句，物质上却是轻易满足了。

"下个月给你涨工资。"

他板着脸看了一眼白端端，扔下这句话，转身匆匆走了。只把呆愣的白端端留在原地。

所以自己这是莫名其妙又轻易涨工资了？杨帆和王芳芳总说想让季临涨工资简直是难于上青天，可自己觉得并不很难啊？季临在这方面还挺好沟通的嘛，一定是他们根本就没尝试过去提要求！

只是季临既然都答应涨工资了，那工作肯定是要更上心的。白端端回到办公桌，就开始系统地梳理起谢淼这个案子里所有的线索，整理起举证思路来。虽然最初想参与这个案子是出于私心，但既然接手了，那就要对得起季临、对得起谢淼。白端端几乎是包揽了所有法律文书的准备工作，第二天就去仲裁委立了案。

田穆显然早有准备，甚至背后有律师指点操作，那就更要借助仲裁委的调查令和力量了。

不用季临催，立案后，白端端先对田穆做了一个彻底的背景调查。她在征得谢淼的同意后，走访了与闻游戏里原本与田穆同一团队的几位同事，不论是否对案件有直接关系，都把和田穆相关的信息事无巨细记录了下来，以便筛选提纯出有用的细节。

此后，她便提请了仲裁委进行调查，先去获取了田穆的五险一金缴纳信息，再去税务局获取了个税缴纳记录，最后连田穆的银行流水明细也做了调查申请。一旦水星网络对田穆有过五险一金的缴纳，个税上有过代扣代缴，自然能证明田穆在水星网络工作的事实。当然，虽然白端端不会放过这项例行的调查取证工作，但她也并不抱希望于这两点能成为突破口。田穆如今的行为都像是咨询过了专业人士，得到了相应的指点，是不可能大大咧咧还要水星网络给自己缴纳"罪证"的。

"既然违反竞业限制协议，冒着巨大的法律风险去帮助水星网络，那么自然这巨大的风险给了他巨大的利益，他想要的无外乎是钱，而且还是额度非常大的钱。"

五险一金的缴纳和个税缴纳记录果然不出白端端所料，并没有任何异常，田穆这期间倒是按照A市最低标准进行了缴纳，但都是自行缴纳申报的，并非任何公司和企业。劳动者个人不愿使医保断档，在失业期间自行缴纳，这是很常见的操作，没有任何问题。

"虽然说，不少鸡贼的劳动者会偷偷给前雇主的竞争企业工作，为了防止留下痕迹，不要求对方缴纳公积金、社保，而是直接现金走账，既拿前老板的补偿金，又拿新雇主的钱，但谢淼的竞业限制协议里显示，每个月支付给田穆的竞业限制补偿金按照他离职前十二个月平均工资的30%算，光这就有八万。八万都堵不住田穆的贪心，还要铤而走险，可见最起码是每个月十万甚至更多的收入。这么一大笔钱，如果每次都走现金支取的话，还要面交，可一旦面交，就会有被发现的风险，何况谢淼也调查过了，田穆几乎不怎么出门，他心里肯定知道竞品游戏一上架，谢淼就会找人盯他，更不可能铤而走险出去现金面交了。那么还有种可能，直接走银行卡转账。"

白端端一边说，一边拿出了一沓文件："所以我申请调取了田穆的银行流水情况，每一笔都核对了，但他的几个账号里，都没有陆水生的转账记录。"

季临倒是不意外："他既然为了逃避追查，当然不会和陆水生直接发生交易。完全可以让陆水生的这笔钱，在第三方那里转一转，最后再打给他，表面上就完全没有瑕疵了。"

白端端点了点头，表情凝重了起来："可问题就出在这里，我连夜核对了他自从离职与闻游戏后的所有流水，发现除了谢淼的竞业限制补偿金外，他就压根儿没有别的收入……偶尔几笔小的进账，不是此前购买的理财利息，就是非常小额的一些私人转账，看起来没什么可疑的，就几十块、一两百块而已。"

这就有些棘手了，可见田穆这个人，反侦察能力一流，不仅咨询了律师，连消灭证据也都做得滴水不漏。

"他知道一旦谢淼起疑，那么他的银行账号首当其冲会被调查，但是钱是绝对不可能不拿的，所以这笔大额的款项，大概率是由陆水生支付给了他信得过的亲属。"季临抿了抿唇，"所以田穆身边的亲属关系，你都调查清楚了吗？他身边总有信得过的人，被他用来收陆水生的款了。"

季临想到的，白端端自然也想到了："田穆是独生子，没有兄弟姐妹，父母已经去世了，平时因为很宅，也没有走得特别近、关系特别好的朋友。他的亲戚也很少，家庭关系简单，很多都是远亲，早就不往来了。但他去年刚结婚，有一个新婚的老婆，听说他很宠他老婆。"白端端笑笑，"我已经去谢森的公司做过功课，提前调查过了。"

"所以，我觉得我们的突破口，就是他的新婚老婆了。"

白端端说完，看向了季临。她的目光热烈而直接，季临不得不又一次不自然地移开了视线。

又来了，这女人又用这种想要得到表扬的直白的目光看向自己。她又不是自己养的狗，用这种小狗叼回飞盘时渴望夸奖的目光看着自己，到底怎么回事？！

季临越是想忽略，白端端那种目光越让他觉得灼热和不安。她像是一条疯狂摇晃着尾巴的小狗，很乖巧，让人觉得不揉揉她的头好像都过不去自己心里那关……

只是她到底不是小狗，虽然头发蓬松柔软，看起来和毛茸茸的小狗也没有太大差别，摸起来可能手感也不错……但是……

季临觉得自己必须得打住自己的思绪了。

他收敛了情绪，冷静镇定道："能申请仲裁委的调查令去调取田穆的银行账户流水情况，在现在的取证里已经是极限。如果没有合理的理由和怀疑去说服仲裁委，我们是没法再申请对田穆的妻子进行银行账户流水情况调查的。毕竟我们总不能让仲裁委帮我们把田穆所有亲属朋友的银行账户都排查一遍，这太过线了，也太耗费司法资源了，更是越过了个人隐私的边界，不可能得到支持。更何况，万一田穆的妻子没有以走银行转账方式帮忙收款呢？万一是他的妻子直接和陆水生那边进行现金交易呢？"

这样一来，取证又陷入了死胡同，就算能证明田穆和陆水生之间认识，如果没有金钱的往来，根本不足以说明田穆存在违反竞业限制协议的情形。

"对！"白端端点了点头，脸上却没有露出为难的神色，相反，她的神情充满了跃跃欲试，"但是我问了与闻游戏里他的前同事，几乎所有人，不论和他以前算勉强熟悉还是压根儿不熟的，都知道他娶了个很漂亮的老婆，很宠她，有求必应，对方还是个在微博有一定知名度的网红，叫'一只梨子精'。"

白端端一边说，一边拿出手机到了季临面前："你看，一百万粉金V，长得确实很漂亮，身材高挑，脸也挺美艳的。她不工作，每天就分享自己的日常穿搭，发微博频率挺高的，而且被誉为是网红里的清流。因为别的网红一旦有这么大的粉丝群体，就开始往开网店带货的路子上走了，但是她不一样，她每天就购购物、晒晒吃喝玩乐，从没利用自己的微博人气赚过钱，很多人说她是家里有矿的超级白富美……"

"我对田穆的老婆没什么兴趣，她的微博除了这些浮夸的自拍，会有讲到自己老公和陆水生的事吗？如果没有，那对我们就没用。"

季临说完，又看了一眼白端端手机里女人的自拍。白端端说这女人美艳，哪里美艳了？除了做作之外，季临真没看出什么美艳，就这种水准，如今在网上竟然一呼百应，还能有百来万的粉丝？

他没忍住，看了一眼白端端，她要是不做律师，上网随便拍几张照片，大概也能风生水起了，比那个女网红不知道好看了多少倍。

白端端却是锲而不舍地又把手机塞到了季临面前："这怎么和我们没关系了？"她盯着季临，"这和我们关系大了！"

季临没办法，不得不又看了两眼手机屏幕里女网红各式各样的摆拍。这女人长得俗艳，也不知道大众怎么就认定这是白富美了，除了身上昂贵的服饰，还有恨不得把Logo放大到瞎子都能看见的名牌包，季临在这女人身上压根儿没看出什么底蕴和文化气息，对方不像个白富美，倒像个暴发户。

然而白端端却像是挖到金矿一样激动："你看看，她每张照片里，都是名牌鞋、名牌包、名牌风衣、名牌首饰，这张里你看，连拖鞋都是LV的，哦，还有这张里的手镯，这款连我都没买到呢……"

季临咳了咳："哦，你想买吗？"他对女网红有些心不在焉，但对白端端想要买却没买到的手镯，倒是忍不住抬了抬眼皮仔细看了一眼，是VCA perlee系列的万花筒手镯。

　　"你如果想买的话，我可以帮你……"

　　结果季临的话还没说完，就被白端端急切地打断了："季临，现在我的脑子里只有案子，没有手镯！我看她的微博不是为了攀比买手镯，就是让你看看她的日常，她在过着非常奢侈的生活，买很多很多的高奢，并且她确实不用自己的微博带货赚钱。"

　　"但这个'一只梨子精'其实并不是个白富美，我向田穆的前同事打听过了，这个女孩就是个长得漂亮的工薪阶层。母亲是帮人家做家政的，父亲是环卫工人，家境其实并不优渥，根本不是网友眼里的富豪出身，她现在这些开销和花费，完全是田穆在支撑。"白端端顿了顿，"她这个微博是五年前开的，但最初的两年，她分享的穿搭都是所谓的日系原单风，并不贵，很日常的穿搭而已，三年前开始，穿衣风格才走向了名牌高奢。"

　　"而三年前，她认识田穆，和他开始谈恋爱了。"

　　话说到这里，季临也反应了过来："所以你的意思是，她这些花销都来自田穆。既然两个人结婚了，那田穆大概率上，是让陆水生把这笔钱打给了自己的老婆？现金交易的话，也是由他老婆拿到后直接存入了自己的账户？"

　　说到这里，季临抿了抿唇："可这点我们本来就猜测过，田穆没有多少亲属，也就对老婆宠爱有加，本来就可以定位出来这个钱款的走向是去了她老婆的账户。

　　"如果是银行直接转账，就很明晰，而如果是现金面交，那她每次拿到现金后也要存进账户，总不可能一口气拿到钱后就用完。那她没有工作，但每个月却有固定的大笔收入，这也足够可疑，完全可以要求她给出解释，承担举证不利的责任。但我们拿不到合理证据要求调取她的银行流水，这是困境所在。"

　　目前的取证还是在死胡同里。

　　白端端显然不这样想："可我反而觉得找到突破口了，我们可以向她取证。"

　　有目的性地隐瞒身份靠近取证对象，通过录音、摄像等方式合法取证，这非常常见，尤其在竞业限制中，更是普遍。但凡当初田穆和陆水生的反侦察能力不够强，谢淼在雇人装作快递员给水星网络打电话的时候就暴露了。

"田穆显然和陆水生一样步步为营，早就咨询过律师，根本不会轻易露出马脚。但是田穆这个老婆，看起来却比他好突破多了。"

季临看着手机里女网红那张除了艳俗没有其他的脸，不得不承认，这个看起来满脑子只有名牌的女人，确实会比田穆好突破得多。

"如果能让'一只梨子精'说出陆水生公司人员给她打款的事实，把这个录音或者视频资料固定下来，那么我们完全有理由申请调取她的银行流水。即便是面交，那也可以侧面打听出交易地点进行取证。外加像你说的，每个月这个'梨子精'都有一笔大额现金存入，总要说明来源吧？所有信息细节一旦吻合，就算田穆狡辩，仲裁委基于合理的推断，也会要求田穆承担不利后果。"

"你这个办法想得倒是挺美，但怎么操作？"季临有些失笑，"就靠关注田穆老婆微博，然后装成粉丝每天打卡留言引起她的注意吗？就算田穆这个老婆再不聪明，田穆对违反竞业限制而得到的这笔收入，也会对她耳提面命，她对那些莫名其妙接近自己的人会非常警惕，怎么可能承认从陆水生那里定期拿钱？"

白端端没忍住打了个响指，她目光灼灼道："所以要麻痹她，让她没有警惕！潜移默化地、完全正常地出现在她生活里！你看看她对名牌的追逐程度，绝对是我们A市各大名牌专柜的VIP客户，每个月都要去采购几次的那种。她又这么爱炫耀，还是个小名人，奢侈品牌定期开展的一些新品分享会和小酒会，她绝对也会去。那我，也有所有这些高奢品牌的VIP会员资格，我相信只要自己多去几次这些活动，总可以碰到她的。"

"……"

季临没想到，白端端原来打的这个主意，难怪看到对方微博晒各种奢侈品后特别激动，只是……

"你这个想法还是天真了。"季临冷静公允道，"就算你能和她碰到，短期内你能和她熟悉到套话的程度吗？"他对白端端的方案显然完全不看好，"别说找她套话了，现在我们已经在仲裁委就田穆的事立案了，虽然，此前借助仲裁委的力量去调查取证都没能成功，但已经打草惊蛇。田穆也好，他老婆也好，都会更加警惕身边突然出现主动搭讪的人。我看你就是主动友好地想要认识她，对方也不会理睬你……"

自己这么一大盆冷水浇下去，结果白端端完全没觉得透心凉，反而更加自信从容了。她瞥了季临一眼，忍不住笑了笑："怎么说呢，季临，天真还是你天真，你根本不了解女人。我和你打赌，只要能在品牌聚会上遇到这个'一只梨子精'，不仅不用我主动去搭讪她，你信不信，她自己会主动跑来搭讪我？"

季临自然是不信的，他虽然没说话，但脸上的表情已经说明了一切。

白端端也不恼，只笑："那就来打赌，要是我赢了，你就管我半年的饭吧！要是我输了呢，那我给你免费加半年班！"

季临根本没思考就同意了这个赌约，因为他发现赢不赢对他而言其实没影响，就算自己赢了，白端端最近也基本和长在自己家里一样，只要自己做菜了，她顺着飘过去的饭香味，没多久就抱着猫像来投靠自己的穷亲戚一样……

至于白端端说的免费加班……

"免费加班那算了，我自己都是从业劳资纠纷领域的，不会知法犯法剥夺你的加班费，免得你去劳动仲裁，毕竟大家都是专业选手。"

"……"

虽然季临对白端端接近田穆老婆、套路他老婆这个方案一点不看好，但白端端倒是很积极。也是老天开眼，第二天，白端端收到了Tiffany&Co的VIP私享会的邮件邀请函。

"这个私享会在下周二，在这类私享会里，一般VIP客户可以任意佩戴试用蒂芙尼的新款珠宝和首饰，有些系列会非常非常贵，一般也很难在专柜直接买到或试戴，都需要预约才行。我看'一只梨子精'，也就是田穆的老婆唐黎，她的微博里以蒂芙尼为关键词搜索，能查到一百多条微博，可见对蒂芙尼是挺追捧的，此前也有晒过参加私享会的照片，这种活动她应该是不会错过的。"

季临对此不置可否，他并不认为唐黎会是什么突破口，仍试图找寻田穆和陆水生身上的破绽。

"所以下周二，你要不要和我一起去？"白端端笑起来，"毕竟我要让你眼见为实，输得心服口服。"

"你说蒂芙尼的 VIP 私享会？"季临想了想，"去也不是不行，毕竟我也有……"

"你也有时间是吧？那太好了！"白端端打断了季临，不过很快，她又有点愁苦，"但你没有 VIP，你想去的话，只能这样了，你看是以我助理的身份呢？还是以我司机的身份？"

"……"

季临黑了脸，当即表示了拒绝："我像是助理或者司机吗？你带我这样的助理或者司机，你不觉得太假、太引人注目、太可疑了吗？我绝对不以这种身份去，也没有必要以这种身份去，因为我……"

"好了好了，我知道了，因为你很尊贵是吗？"白端端眨了眨眼睛看向了季临，"不是助理或者司机的话，那只能这样了，那你……"

"我也有蒂芙尼的 VIP。"

"那你只能假扮是我男朋友陪我去了。"

季临和白端端的声音几乎是同时响起的，白端端愣了愣，才反应过来："你有蒂芙尼的 VIP？"

"……"

可不知道为什么，季临的表情看起来很臭，有点不自然，仿佛带了点微妙的对自己的懊恼，他好像都不想开口了，只不情不愿地点了点头："嗯，以前给我妈买，买成 VIP 了。"

"那太好了，也不用假扮了！"白端端挺激动，"那下周二见吧！你等着瞧！"

不过白端端挺高兴，季临却显得不怎么愉快，仿佛从提及自己也拥有蒂芙尼会员后，季临就有点沉着脸。白端端想来想去，觉得大约是提及蒂芙尼 VIP，让他想到曾经给孟欣女士花费了多少钱，因此十分心疼吧。

这期间，通过仲裁委的调查令取证方案受挫，白端端和季临也尝试了其余方式妄图侧面找到田穆违反竞业限制协议的证据，可惜都是徒劳。好在时间一晃，很快到了蒂芙尼 VIP 私享会的那天。

这天，白端端和季临约了直接在私享会地点碰头。既然是去这类高奢私享会，那自然是要盛装出席的，白端端认认真真化了妆，冷艳高贵风的，几乎拿出了自己最奢侈的行头：最贵的包、最具有攻击性也吸睛的细高跟、最性感的裙，还有浑身从头到脚的昂贵珠宝。她几乎是以争奇斗艳的风格给自己量身定制了今天的着装，还做了指甲，做了头发保养。从头到脚，确保每个细节都没有任何瑕疵，所有衣着首饰的搭配也力求尽善尽美。

女人和女人之间的战争，一定要第一次就以绝对优势胜出。

对于白端端葫芦里卖的什么药，季临并不知情。他和白端端虽然约好了在私享会见，但为了避免引起过多的怀疑，两人商定好了装作互不认识。

季临比白端端先到会场，虽说私享会几乎多是女性，但稀稀拉拉也有几个宝贵的男性，当然，多数是陪着女性来的。季临这样独身前往又相貌英俊、身材挺拔的男性，几乎一出现，就吸引了单身女 VIP 们的目光。

季临冷冷淡淡地站在一堆精致的女性中间，表情仍然寡淡。对于几个主动上前和他搭讪的年轻女孩，他都用一贯的冷漠无情让对方自讨无趣只能尴尬离开。

能来参加这类高奢私享会的，不少是出身优渥、打扮入时的年轻女孩。每个人都可以说是妆容精致，浑身从手指甲到头发丝都"全副武装"，仿佛每个毛孔都写满了贵气和骄奢，环肥燕瘦，清秀美艳，几乎是各式各样的美人林立，完全是场让人目不暇接的视觉盛宴。

非常幸运的是，如白端端所料，唐黎真的来了。季临看着她端着那矫揉造作的架子，一进来便和几个相熟的女客人打上了招呼，然后就是你恭维我的包，我恭维你的鞋，塑料姐妹情深，商业互吹十几分钟，再开始脸贴脸嘟起嘴巴、瞪大眼睛自拍十几分钟……

这真是令人想不明白，季临客观而冷静地在内心评判道，这样的水准，真的比白端端差远了。

一想到白端端，季临就有点烦躁，她怎么还没到？

不过现场多是家庭富裕、热衷保养，又足够有时间有钱打扮自己，靠昂贵的金钱包装外表的女性，因此容貌的美丽程度也还是远超路人水平。饶是负责抓拍照片用于此后品牌活动宣传的蒂芙尼工作人员，一时之间也觉得眼花缭乱，不知道该挑哪一位美丽的女客人拍。

随后，他看到了门口走来的女生。

一瞬间，这位负责活动拍照的工作人员完全没有了选择困难症，他把镜头对准了从私享会入口处窈窕走来的女生。

对方身材高挑，漂亮的黑色长卷发，踩着十几厘米的 Manolo Blahnik 高跟鞋，长裙看起来似乎是黑色丝绸质地的，有些垂坠的质感，很高级。这样的材质对身材要求几乎严苛到变态，如今穿在她身上却只觉得是量身定做，腰身纤细，看起来盈盈一握，黑色衬得她更是肤白胜雪，而冷白皮配上正红的唇色，简直冷艳高贵。

别说是这位工作人员，就是别的与会 VIP 会员，也都不约而同把视线移到了对方身上，包括刚才一直心不在焉的季临。他目不转睛地盯着对方签到的背影，看着她露背装里隐约可见的漂亮蝴蝶骨。

白端端穿成这样来私享会，也太夺目了，想要卧底到唐黎的身边，不应该低调点吗？本来就长相够出挑了，还穿成这样，全场的焦点就是她了。

何况漂亮是漂亮，但这都漂亮得像是在恃靓行凶了。

而且虽然说好了两个人装成不认识，但她从进会场到现在，真的自始至终，看也没看自己一眼，这是不是有点过分了？

季临只觉得自己心浮气躁、心烦意乱，还偏偏碍于唐黎在场不能发作，只能冷冷地盯着白端端的一举一动。

她平日里在自己面前倒是毫无形象、肆无忌惮，结果如今妆容一变，整个人气质也大为不同。进入私享会后，白端端全程没有任何特别的表情，即便对工作人员，也没有露出一点笑容，充满了过分美貌的距离感。而她的浑身上下全是金钱铺设出的好品位，举手投足间都是冷傲的贵气，真正完美诠释了"冷艳高贵"四个字。不似凡人，过分出尘。

美是美的，但季临心情有点绝望，自己可真是信了白端端的邪，觉得她真能在这个私享会上成功接近唐黎。

如今她这么个冷艳高贵的定位，完全不接地气，为了维持人设，更不可能轻易开口和微笑，那她还能接近谁啊！

果不其然，几乎是全程，虽然其余女VIP会员多少偷偷在打量白端端，但都各自为政，尤其是唐黎，显然有一帮相熟的网红姐妹团，叽叽喳喳地一边试戴着蒂芙尼的新款手镯，一边自拍。

白端端则镇定自若，仍旧一脸冷淡地一个人试戴着当季的珠宝新品。

就这样，私享会快要届临结束，白端端也不急不恼，她径自站起身，仍旧一脸眼高于顶的表情，看起来生人勿进、高傲冷漠，她甚至连看都没看唐黎那边一眼，径自提起包，踩着细高跟便准备离开。

行了，这次算是无功而返了，季临有些无奈，也径自起身准备离开。结果就在这时——

"你好，请等一下……"

就在白端端快要走到私享会出口之际，唐黎咬了咬嘴唇，追了出来："我能不能问一下，你这只爱马仕限量版的包，在哪里订的？"

唐黎有点不好意思，但仍旧微微端着架子，她撩了撩头发："我也是爱马仕VIP会员，但是你这只拼色包，我一直没能买到，托了好多代购和朋友，也都没买到。就想问问，你是哪儿买到的？如果方便，能帮我打听下能不能再买一个吗？"

等的就是这一刻。

白端端胜券在握，面上却波澜不惊，她的语气仍旧淡淡的，像是考虑了一会儿，才最终点了点头："那我们加个微信吧，我现在有点事，要赶着回去。你有什么事给我留言，回聊。"

虽然白端端态度并不热情，但唐黎却是有点激动，她赶忙掏出了手机，和白端端加了微信，这才和她告别回了座位。回到了自己几个姐妹团里，脸上写满了真的拿到联系方式的惊喜。

季临站在一边，看着发生的一切，目瞪口呆。白端端走的时候，这才回头看了他一眼，给了他一个意味深长的胜利眼神。

　　白端端和季临兵分两路，最终在停车场重新接头。

　　几乎一上车，白端端就脱了高跟鞋，摘掉了垂坠的耳环，一改刚才的冷艳高贵，姿态放松地伸了个懒腰。

　　"装名媛可真是个体力活儿，刚才为了展现自己冷艳高贵，我脖子都挺得僵硬了！"

　　此刻，她脸上才露出了俏皮狡黠的笑："看到了没？我都说了，我白端端根本不用出手，愿者自然会上钩。"她晃了晃手机，"唐黎的微信拿到了，潜伏到她身边的任务完成了第一步，并且神不知鬼不觉。她绝对不会对我有警惕心，毕竟我可根本没主动搭讪她，是她主动想要认识我。"

　　"……"

　　直到此刻，季临还有点无法置信，他抿了抿唇："你怎么就确定她一定会主动来找你？"

　　"我不确定啊。"白端端却是一脸理所当然，"但人都这样，你送上门的东西她不爱，你对她不理不睬，她反而愿意用热脸来贴冷屁股，越是对她不屑一顾，她就越是在意你。怎么说呢，要是说得难听直白点，人类的本质，就是一个字——贱。"

　　"……"

　　白端端见季临没说话，还以为他无法理解，又贴心地为他解释道："就这么说吧，比如一个单身的女生，可能平常一直在一个男生身边，但正因为一直在，所以这个男生不会觉得有什么特殊的，没什么紧迫感，觉得理所当然。直到这个女生和前男友复合了，不理睬这个男生了，这个男生反而开始抓心挠肺了。"她盯向季临，"你懂吗？大致就这个意思。这就叫贱。"

　　季临抿了抿唇，没有说话。然而不知道为什么，他的脸色不太好看，他没再看白端端，而是移开了视线。

　　"你虽然买奢侈品，但都是给你妈买的，你不理解这类女性消费者的心理。尤其是唐黎这样的网红，从她的微博来看，她相当喜欢炫耀，别人有的她都要有，别人没有的她也要有，独特的必须是自己，吸引别人目光的必须是自己。

　　"想要接近这类人，获得她们的认可，主动讨好是没用的，她们根本看不起主动贴上来讨好的人。反而是让她们仰望你，主动来讨好你来得比较实在。简单来说，她们在权势、金钱、地位这几个方面有极度的慕强心理，所以我不用做别的事，只需要像这样出现在私享会上，比唐黎漂亮，比唐黎有钱，拥有唐黎一直想要却没有的包，这就行了。"

　　白端端笑着补充道："这款包，我可是特意对症下药的，她在微博喊了好久买不到了，可见真的很心仪，不过确实也挺难买的……"

　　季临之前没注意，白端端一出现，他的目光就不自觉被白端端完全吸引了过去，压根儿没来得及注意她手里的包，此刻一看，才觉得有点眼熟……

　　他皱了皱眉："这款包……"

　　"是你买的。"白端端笑眯眯的，"我从你妈那里借来的。"

　　"……"

　　季临面无表情地看向了白端端，"我妈不可能借包给别人，你是又以武力让她屈服了吗？"

　　"你没听过一句话吗？ Never say never. 这个世界上没什么事是不可能的，你妈和我早在一个月前就达成友好共识，建立了一个分享池制度，挑选了一部分限量并且价值差不多的包进入了这个分享池，在分享池内的包，我们可以彼此换着背。你知道的，现在很多限量包确实不好买，比如今天这款，我自己确实也没有。"

　　"……"

　　白端端穿着非常凸显身材曲线的黑色丝质长裙，配合着她的妆容，让她整个人显得带了点妖冶的妩媚。然而她的表情却相当一本正经，一本正经到都有些可爱，带了点反差萌。

　　她圆圆的黑眼睛盯着季临："说实在的，你没发现你妈最近让你买包的频率越来越低了吗？你妈最近几次出门都是借了我的包背。其实从某种意义上来说，我这是在帮你变相省钱，我觉得在我这份副业上，你应该对我给点奖金表示一下了。"

"……"

"对了啊，愿赌服输，记得管我半年的饭啊。"

"……"

"明天我想吃培根芦笋卷，你冰箱里有培根，但是没有芦笋。另外你家的米这次是真的不太够了，今年的新米已经上了，今晚一起去超市买啊。"

"……"

# 第三十二章　深入虎穴，穷尽演技

　　虽然剑走偏锋，最终白端端还真的如她自己所说，毫无痕迹地加到了唐黎的微信。而对于自己主动才要来的联系方式，唐黎一点也没有怀疑白端端。白端端晾了她半天，加上微信后也没主动出击，静静地坐等对方自动上钩。

　　半天后，唐黎果然再也忍不住，主动联系了白端端。开始询问包的购买渠道，白端端仍旧拿捏好度，并不过分热情，也不过分冷淡地和对方沟通，并且"不经意间"给唐黎展示了一下自己所拥有的包。为了让对方震撼到，白端端甚至把孟欣女士的收藏系列也都征用了过来，分组可见低调奢华地炫耀了一下自己的穿衣柜和藏品柜。

　　白端端这么一系列猛如虎操作下来，总算把自己"白富美"的人设给坐实了。唐黎对她的身份更是深信不疑，不仅不介意白端端不冷不热的态度，反而对白端端更热情了，几次妄图邀请白端端参加她的线下姐妹团小聚会。

　　"小瑞，明晚有个聚会，你来不来啦？都是我的几个好姐妹，大家一起认识认识呗？"

为了防止被田穆发现，白端端自然不能用真名，她索性改头换面，号称自己叫小瑞，至于姓，白端端故意没有告知，制造出神神秘秘家境姓氏不可说的模样。没想到唐黎反而很吃这一套，更加觉得白端端身后背景深不可测，态度更恭谦讨好了。

而此前已经连续拒绝了唐黎两次聚会邀约后，这次白端端觉得自己终于可以收网了，她言简意赅地问道："明晚我正好有空，在哪儿？"

唐黎自然很兴奋，像她这样的网红，身份地位都是靠圈子来说话的，想要更多资源，更好的炫富，自然要结识更上层的社交圈。何况越是自己没有的东西，就越是想要，她出身普通家庭，又在网友的吹捧下顶着"顶级白富美"的人设，时间久了，连自己也分辨不出自己到底是谁了。

如今能邀请到神秘上流社会的"小瑞"，她自然连带着脸上也沾光。

刚挂了和白端端的电话，唐黎就忍不住在姐妹团里炫耀开了——

"上次蒂芙尼私享会上那个艳压所有人的顶级白富美，我勾搭上了！人家明晚来参加我们的聚会！

"我和你们说，她绝对是个超级有钱人，可能家里很有背景，所以不管我怎么探听她到底叫什么，她也不说，只让我称她小瑞我觉得她应该就是那种，光是告知了别人自己的姓氏，都能被别人猜到身份的人，绝对是在Ａ市有头有脸的家族。这种有钱有权的人戒备心重，也可以理解，以后我带她一起玩，大家叫她小瑞就行了。"

人很容易有一种错觉，认识了一两个特别牛或者背景特别深厚的人，就觉得自己仿佛也一步登天是相同人脉圈的了，唐黎对于和"小瑞"渐渐熟悉上，非常得意："给你们看看人家的衣柜，还有人家收藏的包，几乎市面上所有的限量款，她都有！反正以后她就是我朋友了，你们要有什么包想买没渠道的，到时候我可以帮你们问问小瑞……"

因为那天在私享会上的出场太过高调，导致唐黎这些小姐妹们，也都对白端端相当难忘。一时之间，这几个虚情假意，因为买买买和自拍互带流量而结合在一起的网红姐妹团里，每个人心底都有了点这样那样的小九九。

然而表面上，自然还是一片和谐的——

"梨子你也太厉害了！"

"就是，都说了我们梨社交手腕高超，又超可爱的，什么样的人不都能勾搭到吗？"

"那以后买限量版包包我们就抱紧梨子的大腿了，梨子可要帮我们问问小瑞哦。"

......

白端端并不知道自己随口的一句答应，已经在唐黎的网红姐妹团里掀起了小波澜。她每天都过得很忙，渐渐熟悉盛临的节奏后，她的案源也开始稳步提升，根本不用季临要求，就开始自主加班了。

劳动仲裁案件立案后虽然可以申请调查取证，但也并不能无限期拖延，必须在立案受理后四十五天内结案。

如今虽然已经取得了唐黎的信任，但白端端知道，是该加快步伐了。

到了约定的那天，她向季临报备过行程后，便准备一个人单刀赴会。

"总之，约了六点在百得汇吃晚饭，我会全程带着录音笔尽量收集信息。但是因为这是我第一次参加她们的集体活动，不太可能问得太过深入，否则反而会引起怀疑，你不要对第一次取证就能成功抱有太大的希望。"

然而季临却是拦住了她，他微微皱了皱眉："百得汇？听名字有点熟。"

白端端点了点头："对，就是那个只要进去了，人均消费不会下五千的酒吧，很有名，锦溪路上的。"

这个百得汇在 A 市相当有名，听说还是 VIP 会员制，类似高级会所，新引入的会员必须要两名两年以上的资深会员举荐才行，搞得神神道道的，被誉为什么上流社会的通行牌。据说 A 市好多名流甚至明星都是会员，因此很多网红都很喜欢来这个酒吧，毕竟运气好的话还能遇到明星，对方心情好甚至能合个影，放在网上又能带一波热度。

不过既然说到这个话题，白端端就忍不住提了一嘴："我问问啊，我今晚的消费能报销吗？"

"可以。"

白端端只是试探一问，没想到季临连想也没想就同意了。她本来心里还准备了一堆妄图说服季临的说辞，结果这下都没用了，仿佛两个对戏的演员，白端端念完台词，季临却没按照剧本来。于是她只能干巴巴地瞪着季临，也不知道下一句该说什么好。

倒是季临抿了抿唇开了口，他补充了一句，语气有些不自然："不用省钱，一切为了调查取证。但是不要喝酒，酒的话，不报销。"

白端端赶忙点了点头："虽然这些属于调查取证的费用，可以要求作为客户的谢淼支出，但我也没去过这个酒吧，只听说消费特别高，我也不确定最后的消费金额谢淼会不会接受不了……"

"超出他心理预期的部分，我付。"季临移开了视线，"总之，你可以放开手去做。"

季临这样的表现，白端端倒是有些感动："你这么相信我啊？不怕我假公济私，号称是去取证，然后仗着有你兜底付钱，拼命花钱啊？"

"我相信你。"季临看了白端端一眼，然后他又一次飞快地移开了视线，"你应该不会让我失望。

"哦，我去倒杯水。"季临刚说完，就立刻起身端着水杯走了，害得白端端都来不及提醒他，他的水杯其实还是满的……

虽然季临走了，但白端端觉得自己还是有点紧张忐忑和不自在，最近和季临独处，总是偶尔会有这种内心悸动到不安的感觉，让一贯大大咧咧的白端端都有些无所适从。

好在她很快就重新投入到了工作中，临近下班，她和季临打过招呼后，就先回了家。既然去高档酒吧，那总是要重新整装打扮一下的。


白端端提早下了班，没有一如既往地留在所里加班，季临看着她空了的工位，竟然有点不习惯。

不过注意到白端端离开的显然不止他一个人，没一会儿，才因为一个跨国劳动争议案出差回国的容盛就在大办公区里大呼小叫了——

"白律师呢？我们小白呢？怎么不在？"

季临走出办公室，就见到满脸风尘仆仆，瘦了一圈的容盛。他见了季临，两眼放光道："你见到白律师没？我问了一圈，都说不知道上哪儿去了。"

季临嫌弃地避开了容盛的拥抱："你找她干什么？"

"我申请今晚去她那儿吃个饭。我在英国待了几天，就吃了几天快餐，每天除了炸鱼和薯条汉堡，就没别的能吃了。我待的那个又是个小镇，连个中餐馆也没有，可憋死我的中国胃了。这么几天里，我就是靠着回味白律师在团建那天做的那一桌子饭菜才熬过来的，我现在什么也不想，就想吃一顿她做的家常菜，抚慰我的胃。"

他一边说，一边就从行李箱里掏东西："我给她带了好多礼物呢，来来来，其余大家也是见者有份……"

办公区里的几个同事见有伴手礼，欢呼着一窝蜂就上前开始瓜分。

容盛却还紧盯着季临，试图打听白端端去哪儿了。

面对容盛的急切，季临倒是不紧不慢："哦，她晚上有个取证，不能给你做饭。"

"取证什么啊？要晚上去？在哪儿取证？"

季临本来懒得和容盛说，但挡不住容盛的追问："百得汇。"

容盛却是惊了："百得汇？锦溪路上那个？"他一脸谴责道，"你怎么让她一个人去那个酒吧取证啊？"

季临皱了皱眉："怎么了？这酒吧不就是贵点吗？我又不差钱给她报销。"

"不是钱的问题！"容盛一脸受不了，"这酒吧我有会员，但去过一两次就不想去了。怎么说呢，就是有钱男人狩猎的地方，里面一堆网红啊、小模特啊，还有十八线明星啊，外加那些所谓的社交'名媛'，消费很贵。很多男人就会用'我来买单请你们'这种借口搭讪，加上酒精的作用，一来二去你懂的……"

不过很快，容盛又松了口气，觉得自己多虑了："不过像白律师这样的武力值，应该是没有问题，倒是应该害怕她会不会酒后施暴别人……"

容盛见今晚找白端端蹭饭无门，很快也转移了话题："那季临，今晚我们一起出去吃一顿？找一家私家菜馆？"

季临言简意赅道："不去。"

"为什么啊？你今晚有事？"

"嗯。"季临抿了抿唇，"把你百得汇的会员卡拿来。"

白端端第一次进百得汇这个"销金窟"，就算内心早就告诫自己要显得淡定从容，但还是有些惊讶到了。在这个高档会所里，钱仿佛只是一串符号，唐黎很快把自己引荐给了她的那些网红姐妹，几个人聊了没几句，唐黎就开了酒，从侍者呈上来的菜单可见，这地方就没有便宜的东西，可能在这儿呼吸的空气都比外边更贵一点。

"哇，小sa，你身上这条裙子，是不是今年春夏VALENTINO刚走秀的新款啊？"

"是的哦。"

"好漂亮！"

"你的裙子也很美啊若若，应该是高定吧？"

"嗯，你眼光真好，是我男朋友特意帮我联系巴黎那边的高奢店连夜赶工的高定。那边设计师还邀请我下次去呢，我到时候也会直播全过程，可能还会和那边设计师沟通一下，出一款我的联名款哦。"

……

这群网红聚集在一起，讨论无外乎包、衣服、鞋子，你夸我、我夸你，各种商业互吹满天飞，炫耀和嫉妒也混合其中。说起来是好姐妹，其实不过是争奇斗艳互相烘托的塑料情谊罢了。

"对啦，梨子，我之前看中的那款GUCCI限量版的球鞋，你帮我打听到没？你那个代购那里有货吗？"

白端端保持着冷艳高贵，坐着听她们聊了会儿，终于等到了自己可以适时插入的话题，她放下了红酒杯："是哪款？我倒是认识一个GUCCI佛罗伦萨店的SA，人很可靠，意大利当地人，之前只要我看中的款，拍照给她，她都能给我搞定，直接从意大利空运回来。"

"真的可以吗？那……那我把照片传给你可以吗？你能帮我问问吗小瑞？"

白端端矜持地点了点头。

有了这个开端，唐黎的其余几个网红姐妹们也忍不住了，纷纷和白端端加了微信，几个人很快针对奢侈品开始讨论起来。

白端端平时热衷买买买，靠钱也堆出了不俗的时尚品位。平时这项爱好总是被亲朋好友诟病，虽然白端端嘴上一直说着要"有花折枝直须折，有钱花时就该花"，但连她自己也知道这种购物欲其实非常病态，完全源于自己遭受过的压抑，是不健康的，只是自己一直改不掉。没想到，如今这病态的购物欲，竟然还让她顺利地打入了唐黎的姐妹圈。光是靠着给她们提了几点穿搭建议，白端端就迅速俘获了她们的心。

等白端端给她们看了自己的"藏品"，这些女孩们果然都被震撼到了。

"小瑞，你怎么什么限量款都有啊！"

"小瑞的衣帽间简直是神仙衣帽间，完全是我想拥有的模样！"

"小瑞你家里一定有矿吧……"

在佩服艳羡又带了些微嫉妒的恭维里，白端端巧妙地把话题引向了唐黎："其实没什么啊，倒是认识唐黎以后，我关注了她的微博号，觉得她才是人生赢家哎。我呢，买这些包和衣服，还要靠自己投资赚钱，家里觉得我花钱太狠了，今年开始把我好几张副卡都停掉了，弄得我压力就很大。你们知道的，看投资项目也很累的，有时候要是眼光不好，还会投资失利血本无归。"

白端端看向了唐黎，脸上露出了羡慕的表情："还是唐黎过的是神仙日子，只需要负责貌美如花和买买买就好了。"

"怎么不是呀！梨子老公对她可好了，什么都有求必应，想买什么就买什么。"

唐黎虽然在微博卖的是"白富美"的人设，但是有一点倒是挺诚实，她并没有隐藏自己有老公这一事实，甚至言辞里多有提及老公，只是画风多数是——

"随口说了句想买LV最新款的包，没想到老公第二天就给我买了。"

"UGG今年的新款一时之间有点选择障碍，不知道哪个样式最好，结果老公把所有新款全部买来送我了。"

"谢谢老公送的生日礼物！说给我送个小玩意儿，结果没想到买了一辆玛莎拉蒂！"

……

在唐黎的微博上，田穆的画风几乎是二十四孝好老公。唐黎能有今天的流量和热度，除了她的奢侈品分享和穿搭引导外，很大一部分还源于她的秀恩爱。

她和她老公几乎成了微博上恩爱的范本。当然，白端端就是翻完了唐黎所有的相册，也没见她晒过老公的照片，如此神秘低调，网友反而脑补出了一个宠溺而英俊无敌的霸总形象。觉得唐黎简直过着小公主一样的生活，完美的白富美和同样完美的高富帅缔结了纯洁又充满爱意的婚姻，这简直像个童话，也让微博那些年轻的小粉丝们更加追捧。

显而易见，唐黎这些网红姐妹们，也从没见过她出手阔绰、有求必应的老公。

只是显然她们的语气羡慕里带了点微妙的酸："梨子姐的老公就是有点神秘，我们也从来没见过，什么时候让我们见见姐夫呢！"

白端端装成也同样羡慕的好奇模样："唐黎你老公是从事什么工作的呀？能这么买买买，这才是家里有矿吧？不过……"

白端端顿了顿，继续道："不过如果对方家里有矿，就是那种大家族，会不会其余亲戚都很难处啊？"她叹了口气，装模作样道，"我妈就特别奇葩，我之前找了个男朋友，各方面都挺好的，她就死活不同意，愣是说人家爸妈不是大学毕业的，不同意这门亲事……"

白端端虽然认识唐黎时间短，但她的姐妹团里，有人认识她好多年了，当即就酸溜溜地指出："那我们梨子姐不用担心这点，梨子的老公父母已经不在了，也没有兄弟姐妹，他自己虽然不是家里有矿，但是是个吸金能力超级强的业界精英，钱全是自己赚的，想怎么给梨子花就怎么给梨子花。"

唐黎当下接过话头，为自己解释道："也不是不带他来见你们，他再精英，毕竟也是要自己干活儿的，要给我赚这么多钱花，还能不忙吗？不是今天出差，就是明天通宵的，真的是没时间陪我。但反正男人嘛，拼拼事业也挺好的，我知道他爱我，钱全是给我花的不就行了吗？"

　　这个话题，这么兜兜转转，尽管白端端费尽心思引出来想让唐黎多谈谈田穆，好让自己看看能否找到突破口，可最终又被唐黎给转移了。

　　显而易见，她并不想多谈及田穆，甚至不想让田穆出镜。

　　一场酒席，白端端没能得到自己想要的信息，算是碰了壁。后半场，这些女生的话题又恢复到了谈论奢侈品包上。没多久，隔壁一桌的富家子弟便过来敬酒搭讪，几个网红欲拒还迎、面带笑容，白端端却是有些不耐烦了。

　　也是这时，白端端收到了季临的信息。

　　"出来。"

　　言简意赅的两个字，甚至听上去带了点命令式，然而白端端却是心口一松。这个气氛里，她早就待不下去了，确实只想出去。

　　季临的第二条信息很快就来了："算了，我进来。"

　　季临进来？可这个百得汇要会员才可以进，他都没有会员，白端端也是因为唐黎这拨人才成功被带了进来，这高级会所门口盘查确实非常严格……

　　白端端本想给季临打个电话，结果眼前的一个富家小开却妄图纠缠："小瑞？你叫小瑞？小瑞能给我留个联系方式吗？"

　　"不能。"

　　结果还没等白端端回答，冷冷的男声就从背后传了过来。

　　白端端回头，愕然地看向了季临。

　　他怎么进来的？

　　只是季临这人长得太过出挑，身高腿长，现在往这里一站，完全是鹤立鸡群的效果。能是百得汇会员的人，多数非富即贵，身份并不简单。妄图纠缠白端端的小开审时度势看了一眼季临，最终还是撇了撇嘴，自讨没趣转身走了。

　　季临这才看向了白端端："走了。"他抿了抿唇，言简意赅道，"我来接你回家。"

　　"单买了吗？"他镇定自若道，"我去帮你把账结了。"

　　季临话很少，然而白端端看着他转身去买单的身影，心跳却有点快。

唐黎的其余几个网红姐妹团果然也憋不住了，有人也一起参加了蒂芙尼的私享会，当即就认出了季临："小瑞，这不是那次私享会上……"

原本是说好和季临装成互不认识的，然而如今这个样子被人撞破，白端端只能硬着头皮笑道："就是那次私享会上认识的，现在我们在一起了，是我男朋友。"

"你男朋友也太好了吧，不仅亲自来接送，还直接帮我们把账单都结了。"说这话的是一个唐黎的小姐妹，她意有所指地看了一眼唐黎，"我看小瑞这个男朋友应该也挺忙的样子，明显也是个业界精英啊。但就是这么忙了，还不是来接小瑞吗？所以啊，我以后找男朋友，肯定不仅要找愿意给我花钱的，还要找愿意陪我的。"

这些网红们之间的友情其实很复杂，互相带流量的时候姐姐妹妹叫得比谁都亲，你给我点赞，我给你转发，一起做直播，一起发自拍，情深意切。然而私底下，却为谁的浏览量高、谁的互动率高、她是不是真的比我美、她是不是真的比我富而较着劲。唐黎一直以来顺风顺水，在圈内也顶着白富美的人设不说，还有个宠爱她的老公。她好几个网红姐妹其实私下早就不忿，如今逮着机会，自然是要明面上感叹，实际刺激唐黎几句。

唐黎对老公这件事上多有回避，她咬了咬嘴唇，号称要上厕所，找了个理由便转身暂时离开。

可她一走，刚才还端着的那几个女生，索性不遮掩了，叫 Monica 的那个网红立刻凑上来神神秘秘对白端端道："我告诉你个秘密啊小瑞，其实我听说，梨子的老公根本不是什么业界精英，他就是一个家里蹲，完全靠着梨子养的。梨子买包的那些钱也都是她自己卡里刷的，我看她根本没用过她老公的副卡，都是用自己名下的卡。她老公现在连个正经工作也没有，她还每次说她老公多忙多忙呢，其实就是不想带出来而已。"她压低声音道，"她老公，长得不行，就一胖子。"

虽然田穆是有些微胖，但距离胖子这个称呼还是有一段距离的，公平来说，他就是个长相正常的普通人，绝对够不上丑的标准，也绝对达不到帅的界限。Monica这充满鄙夷的"胖子"二字里，实际上蕴含的都是对唐黎嫉妒而想要中伤的恶意，因此才连带着把田穆攻击成了胖子。

可明明内心对唐黎是这样强烈的恶意，但在刚才吹捧唐黎的人里面，白端端记得很清楚，Monica是贡献相当多的积极分子。

说一套，做一套，唐黎这个圈子也真是相当有意思了。

只是白端端并没有闲心去在意她们之间相爱相杀的虚假姐妹情，顺水推舟自然而然露出了惊讶的表情："不可能吧？"

"千真万确！我有次想给她个生日惊喜嘛，正好有她家地址，想给她送东西，就去了她家里，她人不在，结果就是个胖子给开的门。后来她就和我各种解释，这个胖子是她的远房表哥，暂住的，下个月就搬走了，叫我千万保密别说出去，怕引起别人不必要的误会。但是吧，我这个人好奇心比较重嘛，后来又偷偷去了几次，发现那个胖子一直住在她家里，平时几乎足不出户。我有个朋友正好住在梨子住的小区的，说有几次大晚上了撞见梨子和那个胖子一起出门，虽然梨子戴了口罩，但还是很好认，两个人还手挽着手。你说这谁和表哥手挽手啊，而且，直到现在还住在一起呢。"

这么劲爆的消息，果然，另外几个网红小姐妹不淡定了："天哪，你这怎么都没和我们说！"

Monica翻了个白眼："我这不是觉得你们不相信吗？"

很多时候，表面的友谊最终下场都是墙倒众人推。很快，便有别人也加入了八卦和爆料的讨论里。

"其实我也有怀疑过，因为我有个粉丝也是撞见过梨子和这个男的一起出门，偷偷拍了照片发给我……"另一个网红掏出了手机，"你们看。"

白端端一看，虽然镜头有点糊，但照片里确实是唐黎和田穆没错。

她心下然生一计，于是顺水推舟道："不过Monica，就算这是梨子老公，就算他在家里不上班，也未必就没有钱啊，也可能是从事一些自由职业的呢。"

Monica撇了撇嘴："她有次喝多了和我忍不住抱怨过，说老公成天就是在家打游戏，都不陪她。你们想想吧？她自己也说了自己老公不是家里有矿，是个靠自己赚钱的人，结果呢，实际就是个打游戏的网瘾胖子……"

虽然田穆成天打游戏应该是真，但 Monica 倒是还真的误会了他。他的工作性质就是研发游戏，自然要对市面上的热门游戏进行体验，从客户的角度研究市场研究玩家的需求，以便于自己在开发中集思广益。不过，这些在外人眼里，确实是不务正业了。

感恩 Monica 对唐黎的微妙的嫉妒，让白端端现下有了下一步的策略。

而也是这时，季临买好单终于走了回来。

他看了白端端一眼："走了。"

季临这模样还是一如既往地冷冷淡淡，白端端生怕他不知道自己的剧本人设，把整出戏给彻底搞崩了。赶紧冲上前，撒娇般地挽住了他的手，然后蹭进了他怀里："老公，谢谢你这么忙还来接我，你真好。"

"……"

白端端顶着季临的死亡视线，还把头靠到了季临的肩上，回头和其余几个网红姐妹们打了个招呼，才一脸甜蜜地拉着季临走出了会所。

一出会所，白端端才松了口气，她放开了季临，立刻解释起来："唐黎那些小姐妹里有人认出你了，我只能顺水推舟说那次私享会后我们勾搭成奸了……不过你怎么来了？"

这么平常的问句，季临的回复倒是有些阴阳怪气："不能来吗？"

"可以可以，欢迎老板随时莅……"

结果最后那个"临"字还没说完，她就一时不查，不小心被十几厘米的细高跟崴了脚。

此刻两人已经在地下车库，白端端已经眼尖地看到了季临的黑色宾利，距离并不远，她就算崴了脚，还是能一蹦一跳支撑着走过去的。

"走平地你都能扭到，真的是有点笨。"

季临这家伙……

白端端气得要死，刚想反驳，还没来得及反应，季临就伸手拦腰把自己抱了起来。

白端端的心狂跳起来，她愣愣地看向了抱着自己的季临。

这始作俑者却仍旧冷着张脸，声音也有些不自然："毕竟是为了取证才崴脚的，也算是工伤。"他顿了顿，干巴巴地补充道，"我作为老板应该负责。"

就这样，季临抿着唇，一脸镇定自若地就这么一路抱着白端端走到了车前，等开了车门锁，才放下她。

白端端仍旧被这一切打得措手不及，还是有些呆呆愣愣地站在车前，甚至有种不知道自己身在何处的恍惚感，直到季临冷飕飕的声音把她从这种恍惚里叫醒了过来——

"都到车门口了，难道还要我抱进去吗？"

白端端这下终于反应过来了，她像个受惊的兔子钻进兔子洞一样，砰地一下就钻进了车里。结果刚钻进去，本以为是绝对安全了，才发现自己大错特错，季临也随之打开驾驶位的车门坐了进来。

这是他的车！

这车里也完全萦绕着季临的气息，他身上的男士淡香水虽然淡，但此刻不知道为何，白端端却觉得存在感十足，侵略性十足。

自己根本不是逃回了兔子洞，而是自投罗网把自己送到了狐狸家的砧板上……

好在也巧，季临上车没多久，就接到了个客户电话。因此这一路，白端端就听着他用蓝牙耳机和客户谈着专业的东西，自己也终于把那颗快要狂跳出来的心，好好地收回了自己胸腔里。

这一次取证，自然没有太大进展。

只是为了对得起季临最后买单的那些钱，白端端更加上心了。回去以后没多久，她就研究制订了新的方案，决定再接再厉。

"让我陪你和唐黎一起逛街购物？"季临皱着眉看完了白端端的新方案，看向了她，"你们女人购物，为什么要把我也叫进去？这方案完全是浪费时间。我觉得从唐黎身上入手可能是弯路，还是要找找别的突破口。"

"我觉得可行，但确实需要你的配合。"白端端却是不信邪，"唐黎的性格非常好把握，她的行为模式其实也都能预测。她毕竟是个有点虚荣心爱炫耀的年轻女孩，比起田穆来说，并没有心机，也没什么城府，绝对更好接近。"

"至于为什么一定要你陪我和她单独逛街，谁让你前几天晚上突然出现，并且成了我的'男朋友'呢？"

一提这茬，季临倒是有些不自在了，他抿了抿唇，移开了视线，但仍然非常精准地纠正道，"你那天喊的是'老公'。"

"我介绍说的是男朋友，但是你知道的，很多情侣，都是互相喊老公老婆的。毕竟我们在唐黎面前还是要用假名，我那天一时没想起来该给你取个什么假名，所以就喊'老公'了，但其实就是男朋友嘛。"

不过季临这么一纠正，倒是提醒了白端端："不过再见到唐黎，你总得给自己起个假名了，否则我喊你什么呢？要是没假名，我就还是只能喊'老公'了。"

季临抿了抿唇，表情镇定道："哦，一时半会儿想不出什么假名，而且我们既然是'卧底'，留给对方的信息越少越好，所以你想继续那么喊就喊吧，我不是很介意，毕竟工作需要。"

季临这么通情达理，白端端便也点了点头，对于取证时必要的演戏，她在这么几年的工作里早就驾轻就熟，对此也完全没有异议。就算自己给自己取了小瑞的假名，偶尔唐黎叫自己，她都还会反应不过来，要是季临再来个假名，没准自己情急之下还喊错露了馅儿，还不如索性简单粗暴地来一声"老公"。

"那就这么说定了，唐黎今天下午两点约我去新天地逛街，那你就一起来吧。"

季临皱了皱眉："那我需要做什么？"

"不需要。"白端端眨了眨眼睛，"你只需要全程耐心地陪同我，然后表现出对我的百依百顺就行了。因为让你陪着逛街的目的就是让唐黎羡慕，田穆虽然没上班，但成天在家里为水星网络工作，没时间陪她，她内心其实挺不满的，我这个方案，要先让她内心对田穆更加不满起来才行。你呢，只需要出现做那个对照组就行了。然后我写了个小剧本，你熟悉熟悉，到时候随便临场发挥一下就行。"

白端端说完，想了想，然后贴心地补充道："我会尽量压缩逛街时间的。"

别说季临，其实就是白端端自己，偶尔被段芸拉去逛街也没多大耐心，己所不欲勿施于人，她也不想为此浪费季临太多时间，毕竟人家按秒收费。

# 第三十三章　霸总人设，入戏太深

只是白端端压根儿没想到，真逛起来，季临却比自己还耐心得多。

唐黎早早等在了约定的地点，她这次找的是个高档商区，附近除了一线奢侈品牌外，还有不少个人设计师品牌。到了网红这一步，千篇一律只穿高奢大牌很难打开区分度，也不够平易近人。

"所以其实我定期得来逛这些个人设计师品牌，还有一些小众的小店，这片商区附近这类独特的品牌店很集聚，不过就是要好好淘。"

一谈及购物，唐黎就两眼放光，非常兴奋，一扫此前刚见面时，发现小瑞"老公"一起陪她逛街而自己孤身一人时的失落。

只是刚走到一楼化妆品的柜台，她就已经走不动道了。

"SUQQU 的这个粉霜可好用了，今天竟然有折扣哎！"唐黎看向白端端，"小瑞，你买吗？这个粉霜特别适合亚洲人，不容易脱妆，而且质地很轻盈！"

自己来购物是假，卧底是真，白端端下意识便回绝道："不了，我家里还有。"

然而季临的声音却几乎和她的拒绝同时响起——

"嗯，买，你用什么色号？"

唐黎一脸艳羡："小瑞，你男朋友对你真好。"她积极地替白端端回复道，"小瑞皮肤本来就白，用最白的 101 就可以啦，上脸一定非常自然的。"

这边白端端还趁着唐黎不注意疯狂暗示季临住手，可惜季临只瞥了白端端一眼，就忽略了她丰富的面部表情，径自道："好，麻烦拿一个101 色号的粉霜。"

虽然此行让季临陪着的目的，确实是为了刺激唐黎，疯狂在唐黎面前秀恩爱刷存在感，挑拨出她内心对田穆的不满。为此白端端甚至还给季临写了个剧本，但……

但剧本里根本没有这一段啊！

自己的剧本里明明写的是让季临适时地表示，自己想买什么他都来买单就行了，而白端端每次都会以家里还有一堆来婉拒。最终既表明了季临"宠爱"的态度，但也不会浪费钱，又能刺激到唐黎……

不过现在季临这都是什么操作？没看清自己剧本上的备注吗？

这笔钱花了，到头来还不是找自己报销？自己皮肤这么白，平时基本只化淡妆，根本不需要用粉霜好吗？用个 CPB 的隔离霜已经足够了！

可惜白端端这么多的内心戏，季临根本不知道。他镇定自若地付了钱，继续跟在白端端和唐黎的身后。

没一会儿，唐黎又逛到了口红区，她看看香奈儿的口红，又看了看YSL 的："小瑞，你觉得哪个更好？这几个色号呢？你看看。"

白端端的内心尚在为 SUQQU 的粉霜滴血，只强颜欢笑道："我看着都很好，你用都会挺好看的。"

唐黎挑来选去，最后还是选择了 YSL 的唇釉，拿了涂了有樱桃唇效果的色号，白端端跟着她正准备离开口红区域，结果没想到季临又一次开口了——

"有 Tom Ford 的口红吗？"

白端端内心几乎警铃大作，他怎么又给自己加戏了！

可惜季临对白端端的眼神警告并没有任何反应，他冷静自若地看向了白端端："你不是喜欢 Tom Ford 的口红吗？平时也习惯涂这个，既然来了，当然要给你买一点。"

对对对，自己是喜欢 Tom Ford 的口红，但是上次自己已经买过一支了！白端端在心里哀号道：季临，你冷静点！我并不需要在这时候花钱！这都月底了，我手头资金真的很紧缺了！

白端端努力妄图唤醒季临的理智，她暗示道："我这个人有点选择障碍，你这样让我选，我一时之间根本不知道要挑什么色号好。而且我这个人吧，其实购物的时候有点强迫症，就是选这些口红色号，也要把所有的都试一遍，横向纵向都对比过了才行。可这样太浪费时间了，我们还是去其他柜台看看别的吧，我也不是特别缺口红……"

这话下去，季临大约终于是 get 到了，他若有所思地点了点头："浪费时间这倒是个问题，所以试色还是算了。"

谢天谢地，这男人终于恢复正常了！

白端端这口气还没彻底松懈下来，就听到季临镇定自若地继续道——

"所有色号，麻烦你都给我来一支。"他想了想，补充道，"是不是 Tom Ford 出了一款五十支礼盒装，有那个吗？"

导购小姐一脸热情："是是，这位先生，是有这款礼盒。"

白端端惊呆了："你怎么知道有这个礼盒？"连她自己都不知道，季临这个男人竟然知道！

季临却是很镇定："哦，我听我妈提过一句。"

行吧，孟欣女士可真是走在时尚前沿和败家的第一线。

季临说完，看向了导购小姐："我想拿两盒。"

他这意思，看起来还要给自己和孟女士一人一盒？

导购小姐却是有些抱歉："不好意思先生，现在只有一盒了。"

"那就一盒吧。"季临看了一眼白端端，"给你了。"

不要啊季临！白端端忍不住在心里呐喊，还是给你妈吧！我付不出这钱啊！

然而季临转身去付钱的当口，唐黎就一脸羡慕地捅了捅白端端："小瑞，你男朋友真好！这么多口红，一万五呢，倒不是钱的事，主要是，一看对你就宠得不行。明明口红也有保质期，这么五十支口红买了也肯定不可能全部都在保质期限前用完，但他根本眼睛也不眨一下就给你买，明摆着就是什么东西只要你看一眼，不管实用不实用，不管花多少钱，他都要捧到你面前，这真是神仙男朋友了。"

什么神仙男朋友啊！白端端内心只想泣血，她努力回想着自己最近到底哪儿又得罪季临了，之前在百得汇的消费，白端端是得到了季临报销允诺的，可如今这次购物，季临可并没有允诺说报销啊！何况他也不可能报销，毕竟这钱花出去了，东西确实也买回来了，断然没有白端端拿了实物还不用给钱的道理……

很快，季临付完钱，就提上了五十支口红，在白端端的注视下镇定地跟着自己和唐黎继续并肩逛街……

当然，这大手大脚花钱的效果卓绝，唐黎脸上已经是羡慕到快有些失落了。就刚才，白端端还瞥到她面色不豫地用手机发着什么，大约是在向田穆抱怨。

好在购物确实治愈人心，没一会儿，唐黎又在几个奢侈品店里买了包、鞋，还买了围巾，心情稍稍好了那么一点可白端端这一路心情越发不安和愁苦……

每一次进个什么店，就算自己明确表示了不喜欢这个风格，可季临都还是给自己挑了东西，买的几乎都还是店里最贵的东西……

老实说，季临的眼光确实不错，挑中的东西都和自己非常搭，并且也是自己喜欢的，但白端端最近买包、买鞋、买衣服的预算并没有这么高啊！

唯一让人安慰的是，因为他这过分入戏的霸总人设，唐黎在羡慕之余，对田穆的抱怨和失落也是越发明显，没一会儿，季临又一次去买单的时候，唐黎低头发了会儿微信，脸就彻底垮下来了。

再过片刻，她的电话响了，而白端端也终于能确定，自己这招不太高明的激将法，对头脑简单的唐黎还真的是有奇效——她和田穆吵架了。

大约是微信聊天闹了不愉快，田穆这下是打电话过来哄了。

可被白端端和季临这么一路刺激，唐黎一点也高兴不起来，当即就使起小性子来："老公，你怎么每次都说忙，根本没法陪我出来逛逛街呢。"

唐黎看了一眼白端端，走到了偏僻处，确保白端端听不到后，她才压低声音抱怨道："而且，什么时候我们才能随心所欲地用钱啊？你那个公司说给你的那笔佣金什么时候能付过来啊？我今天看到了爱马仕的两个包，都很好看，可卡里额度不够，只能挑其中一个，害得我难过死了，你不是说做游戏研发钱可多了吗？我怎么老觉得钱根本不够用呢，你平时在家里真的是在忙工作吗？还是骗我不想陪我逛街，其实是在摸鱼啊……"

一旦抱怨上，唐黎的委屈情绪就都来了，当初她从一个家境不怎样、学历不怎样、出身不怎样的普通女孩，经由朋友介绍，相亲认识田穆，按照当时的境况，家庭关系简单，自己赚钱能力强，钱又能完全由自己支配的田穆无疑是良配。当初的她，确实是高攀了田穆。

最初两人约会，唐黎总觉得自己很自卑，除了年轻长得还行，自己真是一穷二白。田穆虽然长得不够英俊，但对自己却是温柔得很，还有求必应，自己哪样东西多看一眼，田穆也会给自己买来。

以至于很快，唐黎就和田穆在一起并且结婚了。田穆对她确实非常宠爱，婚后婚前一个样，甚至反而对她更好了，也仍旧有求必应。时间久了，唐黎便从最开始收到什么礼物都很开心的状态，转变成了收到足够贵的礼物才能开心了。

由俭入奢易，唐黎的虚荣心和购物欲也几乎被田穆的宠爱越养越大。而一旦鸟枪换炮后，她懂得了化妆，懂得了衣着搭配，有钱后跟着田穆又出入了不少高档的餐厅和场所，唐黎的见识和品位也都跟着大涨，连带着微博也爆红，成了被人吹捧的"白富美"流量网红。

虽然知道这一切都是田穆给自己的，但不能免俗，这个时候，唐黎内心开始有点失衡了。

跟着那帮子网红小姐妹，她能接触到的富二代圈子更大了，见到的老板和有钱男人更多了。即便已婚，身边也不乏这些追求者，这个时候，虽然努力控制，但多多少少，内心对田穆的感情就有些变味了。

过去的自己确实是高攀了田穆，可如今难道不是田穆高攀了她吗？

现在的她要是未婚，绝对能找比田穆好几倍的男人。

田穆虽然对自己好，但也不是没追求者对自己也这样有求必应过，田穆甚至并没有那么有钱，自己每次买东西也没到完全不用看标价随心情的地步……

反观自己刚认识的朋友小瑞，看看她的男友……

凭什么呢？

就凭人家还单身，而自己却已经早早结婚了。

唐黎只觉得自己浑身都能冒出酸水来，不甘、委屈又失落，她忍不住对电话那端的田穆也有了不满："就算你工作再忙，真的爱我，那也应该还是能抽出空来陪我的啊？我看我最近认识的一个小姐妹，她的男朋友比你能赚多了。按照你的理论，越是挣钱多的男人，越是忙，可人家呢，人家成天陪着我这个姐妹，而且刷卡都不带眨眼的，我那小姐妹说了不要，人家还是直接全部打包带走。从刚才我和她一起逛街开始，这男人我粗略估算了一下，已经给她刷了五十几万了，我们才逛了两个小时！"

她越说越委屈："你说我什么时候能两个小时花五十万也不眨眼呢！你那个老板不是说了，等游戏正式上线了，还要给你一大笔钱的吗？这钱什么时候给啊？"

电话里，田穆还是一如既往地安慰唐黎，说辞还是唐黎早就听烦了的那些，什么快了，就快了，还有最近要当心点，自己被前老板给盯上了，已经被捅到劳动仲裁委了，一定要低调，千万不能被对方取证了。唐黎简直听到耳朵都生老茧了，就田穆这样成天窝在家里，能取到什么证啊！这有什么好担心的！还不是那个该死的合作方老板不愿意给田穆付钱编造的借口吗？说什么被田穆前公司盯上了生怕这时候转账横生枝节，最后的一大笔佣金要等避一避风头后再打，说得道貌岸然，可不就是拖欠款项吗？！

唐黎挂了电话，心情还是没好转过来。她一转身回去，就见小瑞的男朋友又给她买了耳环，两个人头凑在一块，正你侬我侬小声地说着什么，一边还眉来眼去，一对璧人，甜蜜得让人羡慕……

心里酸溜溜的唐黎大概不会想到白端端正和季临说的是什么的。

眉来眼去确实有，不过都是白端端单方面的，这你侬我侬就是真的没有了。

一等唐黎跑去和田穆打电话吵架，白端端也抓紧了机会，她努力对季临挤眉弄眼暗示了一番，结果季临不为所动，白端端没法，只能直接把付完钱的季临拽到了一边。

粗略一算，季临今天大手一挥，已经帮自己消耗掉了五十几万，白端端几乎有些气急败坏了："你故意的吧？"

结果面对自己的质问，季临竟然还面不改色："嗯？"

白端端压低了声音，咬牙切齿道："出来之前我不是和你确认过吗？你不是说会配合按着剧本来吗？可剧本上我写得清清楚楚，根本没有这些情节！我特地备注了，让你千万不要花钱！我们一唱一和搭配好摆出态度就行了，不用真的买买买啊！"

季临至此还是理直气壮，他言简意赅道："最近睡得不好，记忆力差，忘了。你的备注写得太小了，没看到。"

见过厚脸皮的，还真没见过这么厚脸皮的，要不是还要和季临协商这笔钱的事，白端端可真想质问他一句，您这是患阿尔兹海默病上了？何况自己的备注写得还小？自己用的是标准的宋体，四号！季临是不是真的得看看眼科了？！

不过现在最大的问题是先解决钱的事，白端端讨好道："你看，衣服鞋子这些呢，都是按照我尺码买的，你妈用不了，我只能认了。但是这个彩妆尤其这个 Tom Ford 一万五的口红，要不你还是给你妈吧？你妈肯定念叨了很久想要这个礼盒吧？现在只有一盒，那就给你妈吧！"

自己这话有理有据，听起来还很谦和。然而季临听完脸色却不太好看，他抿了抿唇，不容分说："说了这盒是给你的。"

白端端都要哭了："季临，你就直说吧，我最近又哪儿得罪你了吗？"

季临皱了皱眉，不太高兴："我给你花钱买了这么多东西，你还觉得自己哪儿得罪我了，我对你不好？我看不是你得罪我了，是我得罪了你，花钱也不讨好。"

最后那一句，季临压低了声音，语气虽然仍旧镇定自若，但不知道为什么，白端端还是从他尾音的余韵里听出了一丝……哀怨和委屈？

不过等等……我给你花钱买了这么多东西？

这个意思……

白端端抬起头，不可置信道："今天你买的这些，都不用我付钱？"

季临白了她一眼，有些不自在道："我什么时候说了让你付钱？"

"不是，这，季临，需要我提醒你吗？你刚才花了五十几万，不是五万，也不是五千，更不是五块！"

"我知道我花了多少钱，我又不是看不见手机上的消费短信。"

"那……"

季临瞥了白端端一眼："这算是公务，我给你报销也算合理。"

"那这钱最后从谢淼那边走？我们问谢淼要？这不太合适吧。"

"我出。"季临不太高兴道，"这又不是谢淼买给你的，为什么要他出？这是我买的。"

白端端只觉得季临说得十分有道理，自己一时之间被他的逻辑给带偏了。

不过季临并没有给白端端反应的时间，他又看了白端端一眼："所以你 Tom Ford 的口红礼盒不要了，要给我妈是吧？"

"不给！"白端端当机立断道，"我仔细考虑了下，还是不能给的，你看，其实常常涂口红不太好。这个口红吧，再大牌的，也毕竟是化学物质，孟阿姨还是以健康为重，多养生为妙，这种不得不涂口红毒害自己的事，还是交给我这样的年轻人吧！"

既然都是季临买单，那怎么能让给孟女士呢？这必须不行！

这番狡辩，季临倒是没反驳，只是轻笑出了声："歪理。"

白端端一脸为季临着想的表情继续道："何况你妈也该收收手了，我看她上次还买了 YSL 的一套口红，她这么花钱，早晚把你榨干了，也是时候克制克制她的购物欲了！"

眼前的白端端眼神狡黠，表情生动，季临明明一口气花了五十万，但此刻心里却一点心痛的感觉也没有，只觉得一片和风细雨、岁月静好。

不过他确实相当认同白端端的观点，自己母亲的购物欲是该克制了，毕竟他偶尔也得给白端端花点小钱。

容盛不都说了吗？要对下属大方点，要更无微不至地关怀白端端，不然她铁定又要因为一点小恩小惠就和林晖跑了。

这边白端端得了季临的报销允诺，一下子就眉飞色舞了，而那边的唐黎和田穆电话里拌完嘴，心情却是相当不好。

一看唐黎回来脸上的表情，白端端就知道，时机成熟了。她敛去了脸上刚才的情绪，看向了唐黎，关切道："梨子你怎么了？和老公吵架了啊？"

唐黎什么情绪都写在脸上，此刻也不懂得隐瞒："是，你看看他，从来不知道陪我……"

倾诉的话匣子一旦打开，就有些收不住，唐黎没忍住，就抱怨起田穆来。她虽然嘴上埋怨的是田穆不陪自己逛街，但其实心里并不是，毕竟田穆长得并不像小瑞男友那么英俊，自己和田穆出门还常常喜欢遮掩不被人看到。唐黎心里清楚，她不甘心的其实是田穆给自己的钱还不够多，田穆还没法让自己过上完全随心所欲的生活，可凭自己的长相和如今的人脉圈，明明身边都是比田穆更好的男人，她后悔的是自己以前没见过世面，早早就和田穆结了婚。如今是已婚身份，她也知道，那些围在身边的男人，自己真的离婚了，想嫁给他们，那也是天方夜谭，对方的家庭不会接纳一个二婚女人的……

然而面对第三人，她没法说出内心这么阴暗的想法，只能以田穆不陪伴自己为由倾诉负能量。

白端端见唐黎情绪发泄得差不多，越发有失控的倾向，知道该自己推波助澜了。

她轻轻拍了拍唐黎的背："梨子，其实我有句话吧，也不知道该不该说。我上次听 Monica 说的，也不知道真的假的，她说，其实你老公不上班，成天就在家里打游戏，你花的钱也都是你自己赚的，你老公……不过就是仗着你爱他，就心安理得地在家里不工作，还靠你养着……"

一旦开启了话头，白端端就觉得更好开口了："我听 Monica 说了后，其实挺替你不值的，你条件这么优秀，根本犯不上找吃软饭的啊。"她叹了口气，先给唐黎戴了一顶高帽子，"你这人吧，太重感情了。你老公大概和你认识好多年感情挺深吧，但他这样子，也不是个事啊，男人还是要有担当，有自己的工作和事业……"

白端端这么一说，唐黎委屈之余，又有些气急攻心的恼怒了："我之前就听说有人在我背后传什么风言风语，现在总算知道是谁了！Monica 这个两面三刀的，成天吃不到葡萄就说葡萄酸，什么我老公是无业游民，果然是她在传谣。我老公是有工作的！"

果然上钩了……

白端端料定了唐黎是死要面子的类型，绝对会给予反驳，这下，她果然非常愤怒："Monica 真是神经病！管那么多，就是嫉妒我，小瑞你知道吗？她才是识人不清，她之前找了个前男友，还是个假富豪！其实背地里欠了一屁股债，就是个诈骗犯，除了 Monica，他还有五个女友，说自己是金融行业，其实就一初中毕业的骗子！在农村老家都已经结婚有两个孩子了！结果 Monica 眼瞎，只想着嫁入豪门，反而被那骗子骗财骗色了呢！"

白端端对 Monica 的黑历史并没有兴趣，她小心翼翼地引导道："所以你老公根本不是 Monica 污蔑的那样是个吃软饭的？你的钱都是你老公给你的？可 Monica 说，平时你刷卡都用自己名下的卡，都没见你用过老公名下的副卡……"

唐黎快气炸了："她可管好她自己吧！我老公有工作，就是做游戏研发的，根本不用去公司，在家里也能工作，平时邮件、电话、视频会议都方便得很，玩游戏也是为了工作，根本和那种玩物丧志，成天以打游戏玩乐的人不一样！我没用他的卡，那是因为他的工资根本就是直接打进我卡里的！"

白端端看向了季临，两个人这下都有了柳暗花明的感觉。

唐黎终于说出来了！自己随身携带的录音笔也终于派上了用场！

"唐黎，所以你老公不是没有工作，其实是在家办公对吧？"

唐黎不疑有他，点了点头："是的，他只是从上个公司离职后，如今的工作性质比较特殊罢了，很多自由职业的人不也这样吗？工作环境自由，但赚得可不少。Monica 就是两面三刀不要脸，平时在我面前可劲地恭维我，每次她自己网店里上新，都各种跪舔我转发微博给她带流量呢！"

录音证据想要有效，除了取得手段合法外，还必须有谈话人身份明确，内容清晰，具有客观真实和连贯性的特点。另外，自然要没有剪接或者伪造，为了使录音证据尽可能没有疑点取信他人，最好的办法是配合录像。

自从唐黎一脸不快回来后没多久，白端端就给季临使了个眼色，季临就非常有默契地打开了随身携带的微型摄像设备。

音频和视频双管齐下，这样的证据才更有说服力。

此刻唐黎一颗心全在愤怒上，压根儿没注意到 "小瑞男友" 的举动。

白端端顺水推舟地也跟着骂了几句 Monica，又开始循循善诱地引导："所以你用自己的卡，都是因为你老公从公司拿钱后，再把钱上交给你吗？"白端端故意偷偷看了季临一眼，然后压低了声音，好心道，"但是我提醒你呀，男人的钱呢，除非你能看到他的工资条，否则谁知道他是不是有小金库，是不是真的每个月给你转的都是他的全部工资。我吧，都是要求男人给我看工资单的，你可不要被你老公骗了，男人这个物种，手里有了闲钱，又有时间的话，保不准就在外面怎么的了……"

唐黎一点防备心也没有，径自道："这个我不怕。"这话题终于转到了让她抬得起头足够自信的地方，"我偷偷和你说吧，我老公的工资，是他公司直接打给我的，他根本没机会从中截流搞什么小金库，他对我可是死心塌地、一心一意的。"

这之后，唐黎又忍不住吹嘘起自己御夫有术，她这人虽然长得挺好看，其实挺肤浅，很好懂、虚荣、爱炫耀，贪心又自以为是……

田穆要是没有找这么一个老婆，但凡找个谨慎点的，都不至于如今轻而易举就被抓到了小辫子……

不管如何，白端端和季临今天的取证算是完成了。手握这份音频和录像，已经有足够的理由向仲裁委申请调查令，调取唐黎的银行流水，白端端已经有十足把握，唐黎的流水里能看出和水星网络的猫腻。

两人目的达成，便谎称有事，和唐黎告辞了。

卧底了这么久，终于迎来了柳暗花明，在季临的车上，白端端没忍住伸了个懒腰。如今看来，季临的五十万确实花得值，这么一顿猛如虎的操作，一下子就把唐黎的攀比心和失落都调动起来了。

白端端看着车里堆满的鞋子、包、围巾、衣服和口红，心里简直想要高歌一曲《感恩有你》。

"季临，你放心吧！你这份大恩大德我记住了，我以后一定会好好加班报答你的！接着半年的案子，我都愿意降低分成！"

白端端这番自愿请命，季临竟然没有顺水推舟，他咳了咳："哦，这些就不用了。"

这么好？白端端盯着季临，总觉得事情没有这么简单……

果不其然，季临又开口了，就在白端端等着他放大招之时，只听他道——

"你只要搞清楚，到底哪个老板对你好就行了。"

白端端愣了愣，终于接收到了季临的暗示，她当即表态道："你就是我遇到的最好的老板！"

"哦，比林晖好吗？"

你这怎么就和林晖死磕上了？

行吧，满足你！

白端端真心实意道："比林晖好！"

季临这才看了白端端一眼，阴阳怪气道："你知道就好。"

虽然确实花了季临巨大的金钱成本，但因为这份录音录像证据，白端端和季临通过劳动仲裁委果然成功调取到了唐黎的银行流水。而非常令人振奋的是，唐黎每个月的银行流水里，果然有一笔十五万的收入，而打款人正是陆水生。

"也是他们大意了，大概怎么也想不到我们能调取到田穆老婆的银行流水，所以不仅大胆地没采用现金交易，甚至还是陆水生直接打款过去的。"

季临向谢淼阐述了目前的取证情况："下周一开庭，以目前的证据链，应该很完备了。"

谢淼脸上终于露出松了口气的表情："辛苦你们取证了，那之后的仲裁，也就交给你们了。"

谢淼这个案子取证取得突破性进展，白端端总算觉得自己也是不辱使命，松了一口气，和谢淼对接完毕，把人送走后。才彻底放松了下来。

也是这时候，她的手机跳出了一条提醒——"朝霞姐姐"。

这条提醒就只有这样简单的四个字，但白端端却是深深呼了一口气。她翻开日历，这才发现，明天竟然已经是十一月二十八日了。

又一年了。

离朝霞姐姐去世，竟然已经四年了……

白端端看着日历发呆的刹那，手机响了。

是林晖的电话。

一年一度，他从来没有忘记过这一天，这一点，倒是从没变过。

自从叶朝霞走后，每年的忌日，白端端和林晖都会心照不宣地一起去给叶朝霞扫墓，这几乎是两个人之间不用言明的默契。不论多么忙，不论两个人是否前一天还为了工作或者别的有过冲突争执，但只要一到十一月二十八日，一切出差、工作、纷争和彼此之间的不满都得靠边站，只有叶朝霞是重要的。

四年前的十一月二十八日，林晖永远地失去了自己的未婚妻，而白端端也永远地失去了最温柔的朝霞姐姐，两个人都无可避免地失去了非常重要的同一个人。

即便因为理念不合和林晖吵到不可开交的去年的十一月二十八日，白端端仍旧放下了和林晖的恩怨，两个人一起前往墓园祭拜了叶朝霞。

到了今年，这个时间点，林晖的电话依旧如约而至。

两个人这几年早就有了默契，彼此也都不愿意提及叶朝霞去世的事实。电话那头，林晖言简意赅道："明天早上九点，我过来你家楼下接你？"

白端端想了想明天的工作安排，心里合理调整了方案，点了点头："可以，早上七点半吧，提前一点，最近上菱山的枫叶红了，往那个方向去的路会比较堵，我们还是避开人流吧。另外记得买玫瑰和草莓，还有做好蛋包饭和猪肉卷，梅子酒和巧克力我来带……"

一想起叶朝霞，白端端就有些难过。叶朝霞在世时，最爱的花是玫瑰，最喜欢的水果是草莓，还特别爱吃林晖做的蛋包饭和猪肉卷，酒量明明差着要死，却总是嚷着要喝后劲很大的梅子酒，又嗜甜如命，恨不得成天嘴里含着块巧克力。但让人嫉妒的是，叶朝霞这么吃甜食，却一点也不长胖……

过去种种，历历在目。然而回忆尚在，故人却早已永别。

每年的忌日，白端端总会和林晖商量好分工，各自带上叶朝霞生前喜欢的东西。虽然知道人死后一切的缅怀都是徒劳，但光是准备叶朝霞爱的这些东西，对林晖也好，白端端也罢，都是一种精神寄托。

白端端努力忍住哽咽："总之就这么说好了，明天见。"

她说完，就挂了电话。

没想到，等放下手机抬起头，白端端才发现季临正盯着自己。

见到自己探究的目光，他这才转开了头。

白端端倒是想起来："对了，季临，我明天要请个假。"

"你明天要出去？"

"对的。"

"你请多久？半天？"

"我要去上菱山，半天不够，我请一整天。之后可以调休用一天周末把明天的假给补上。另外明天的工作安排我已经调整好了，我手机二十四小时会保持通畅，客户临时的急事也会继续处理，你有事也可以随时联系我。"

自己这番说辞合情合理，谁偶尔没个私事要请个假呢，何况明天并没有什么大事。白端端本以为这假应当是很好请的，只是没料到季临听到后，一张脸拉得老长，完全不需要掩饰，写满了不高兴。

他看了白端端一眼，顿了顿，才低声道："你一定要去吗？"

白端端点了点头："明天有什么事吗？"

季临抿了抿唇："没有。"

白端端松了口气："那就好。"

这之后，季临就不说话了。白端端收拾好东西，准备从会议室里出去，快转身的时候，才听到季临又幽幽地开口了——

　　"你是和林晖出去是不是？

　　"你和他和好了？"

　　白端端愣了愣："嗯，也不算彻底和好吧，就至少和平相处。"

　　季临不说话了，脸色持续很难看。

　　白端端也摸不着头脑，只能说大概觉得季临是遇到什么不开心的事了。这男人平时喜怒不形于色，也不知道这又是怎么了，大概还是不满意自己突然请假。

Best Time

白 马 时 光

剧闹

下

叶斐然 著

百花洲文艺出版社
BAIHUAZHOU LITERATURE AND ART PRESS

# 目录
CONTENTS
**下册**

目 录
CONTENTS
下册

# 第三十四章　星空之下，甜蜜初吻

　　第二天一大早，林晖如约而至，两人默契地彼此点了点头算是打招呼，带上了各自该带的东西，一路沉默着往上菱山驶去。

　　上菱山是 A 市非常著名的山脉，每年初春可以赏梅，之后三四月开始又是满山桃花，等到了如今这十一月末，整座山上的枫叶也红了，配上其余的常青树木，还有别的凋零的黄叶，层层叠叠，颜色渐进而美妙。当初叶朝霞在世时，就爱每年过来爬山，上菱山的空气很好，一路也是鸟语花香，山顶上还有一大片供给游客野餐、烧烤和露营的场地。

　　叶朝霞出事前，还在计划着下个月去上菱山赏枫，然而因为林晖工作繁忙，计划便一拖再拖，直到再也没能成行。

　　她去世后，林晖便把她的骨灰葬在了上菱山的那片公墓里，也算把她留在了她喜欢的地方。

　　只是每年扫墓的时候，不可避免地要撞上去上菱山赏枫的人群。

　　白端端想起叶朝霞，一路上都寡言低落，其实从早上见到林晖开始，两个人便都没有笑过。

　　然而这一幕放在旁人眼里，却被解读出了另一番景象。

　　季临几乎是一早就醒了，他小心地注意着隔壁的动静，听到白端端开了门，然后又关了门，她今天没有穿高跟鞋，因此没有细高跟踩在地上那有节奏的声响，大约是因为和林晖去赏枫爬山，所以穿了运动鞋。

　　虽然今天没有重要的工作，她想要避开周末的赏枫高峰期而选择上班时间去，这无可厚非，但用在盛临的上班时间和林晖一起赏枫，季临就觉得无法接受了。

　　凭什么？

　　白端端凭什么和林晖就和好了？

　　听着两人在电话里那种不需要言明的默契，季临就觉得浑身不舒服。

　　他们这项每年的赏枫活动，想来是进行很久了，大约都是他们作为情侣时的定期必做项目。

　　季临今早其实没有重要工作，昨晚加班到了凌晨三点，明明早上可以睡个懒觉，但他自己也不知道怎么了，连闹钟也没定，到了早上七点，竟然就醒了，醒来后也没干别的，就继续躺着，静静地听着隔壁的动静……

　　这房子的隔音说起来不算太好，白端端的闹钟响了，白端端起床了，白端端洗漱了，白端端用微波炉加热什么速食早餐了……只要认真听，总还是能分辨出一二来。

　　然后白端端出门了。

　　季临深吸了一口气，也起了床，然后他忍着早上的严寒，走到了阳台上。透过阳台的窗户，正好能看到楼下小区的正门口，那里果然已经停了一辆黑色的路虎。

　　没过多久，季临就看到了熟悉的身影——白端端穿得很暖和，也很居家，她把头发扎成了马尾，确实穿着运动鞋，见了林晖的车，便稍微加快了脚步小跑起来，动作间马尾左右晃动，看起来像个年少的大学生，带了点俏皮。

　　林晖移下了车窗，和白端端说了句什么，然后白端端拉开副驾的门，坐了进去。

　　黑色的路虎带走了白端端，驶离了小区，隐入了车流。

　　季临觉得自己心里好像有什么东西也被带走了，明明今天阳光很好，但他觉得闷闷的，既烦躁又难受，甚至希望天气预报不准，今天最好来个突降冰雹，或者雨夹雪，好让某些人的爬山赏枫活动彻底泡汤才妙。

只是很可惜，仿佛为了和自己作对一般，本来还有转成阴天倾向的天气，不仅没变成多云转阴，反而变成了阳光灿烂的大晴天。

于是顶着这样的好天气，季临阴沉着脸去上班了。

所里今天没什么新鲜事，唯一意外的就是遇见了李敏。

季临进盛临的时候，她已经站在大办公区，和其余同事有说有笑，季临愣了愣，才认出了她。

与此前在自己身边当助理时不同，李敏如今没有穿职业套装，发型似乎也换了，总之给人的感觉不太一样，原先在盛临的时候，觉得她整个人的情绪非常紧绷，站在大办公区和别人这么有说有笑地聊天是绝对不会有的。

只是她都已经离职了，现在回来干什么？要重新回来当自己的助理吗？自己都有白端端了，即便白端端这个新助理常常把活儿丢给他自己，但总而言之，季临觉得，自己并不需要别的助理了。

李敏见了季临，转身就笑了起来："季 PAR。"

季临刚想斟酌如何开口，李敏就径自说下去了，她从背包里抽出了一张红色的卡片，递给了季临："季 PAR，我要结婚了，这周六，请你和所里的同事一起来。"

季临低头一看，才发现这是一张婚礼请柬，大红色的背景上，是李敏和一个长相清爽的男人，两个人对着镜头，一脸笑容甜蜜。红色请柬上清晰地写着"新娘李敏；新郎张俊达"，两人的照片后面，是颗大大的爱心，下面则是一行"我们结婚啦"，确实相当喜庆。

"我也是突然就决定结婚的，时间仓促，也没怎么准备，你们来都别带红包，不收份子钱，我们也不是传统地在酒店办婚礼，我们就在郊区那儿租了个别墅，准备办个 Wedding Party，虽然是庆祝我和我老公结婚，但其实也就是找双方的朋友一起聚聚，你们赏脸来玩就行！我离职后也好些时间没见大家了，就随便聊聊，当是朋友聚餐就行。"

李敏给每个此前共事过的老同事都递送了请柬，又聊了会儿，才笑着离开了。

平时这种活动，季临是不愿意去的，但如今的他异常烦躁，觉得自己应该做点不那么一成不变的事来转换下心情，转移下注意力。

自从白端端离开后，便再没联系过自己，他手机都拿起来看了十来遍，对方简直犹如水滴入了海，音信全无。

和林晖在一起就这么开心，这么忘我？忘我到把对她这么好的现老板都忘了？

前几天还信誓旦旦地说自己是比林晖更好的老板，果然是谎话。

最终，这种不满还是没法宣泄，中午和容盛一起吃饭的时候，季临还是忍不住说出说了口。

可惜自己都这样烦躁了，得到的竟然不是容盛的安慰，甚至不仅没有安慰，容盛还给自己补了犀利的几刀。

"季临啊，这就是你的心态失衡了，就算在老板层面，你确实是比林晖更好，确实比林晖给的工资更高，福利待遇更好，对白端端的指导更上心，案源也给得更优质，但你得搞清楚，你就算再好，也是个'现老板'，人家不仅是'前老板'，人家还是'前男友'啊！你是人家前男友吗？除非你是现男友，你才有立场在这里抱怨，你不过就和人家是个劳动关系，你还演上了啊？"

容盛不以为意道："我理解你讨厌林晖的心情，看到他们复合了又有恋爱谈了心里不平衡，但咱们做人也要讲道理啊。你对林晖的愤怒不满，也确实不应该迁移到白端端身上，在恋爱关系对象和劳动关系对象面前，人家选择更亲近的恋爱关系对象，也没毛病啊。"

说完，容盛拍了拍季临的肩："想开点兄弟，放轻松，往好处想，你确实是个好老板，你看，就算白端端和林晖复合了，她也并没有任何想要离职的念头对吧？所以在和林晖的这场战斗里，你也没输……"

容盛的话听起来是安慰，然而说完以后，季临只觉得自己的心情更加恶劣了。

季临的恶劣心情一直延续到了李敏的婚礼派对上。

李敏在盛临的时候人缘就不错，因此几乎所有以前和她共事过的同事都来了。新郎似乎也是律师圈的，季临感觉有点面熟，总觉得大约以前在哪场仲裁或是诉讼里还见过，但他不太记得了，也不太想浪费时间去想这些无聊的问题。

因为新郎、新娘都是律政圈里的，大多受邀的也是熟悉的面孔，其余同事也都和对方宾客们相谈甚欢，容盛更是因为能说会道又年轻有为，被好几个女宾围住正聊得欢，王芳芳和杨帆也都有说有笑地在吃着冷餐。

虽然确实并不是传统的酒店婚宴，也没有多奢华，但是李敏的婚礼非常有新意，郊区的这片别墅有很多被做成了高级会所，还有一些用来租给人们办派对，因此设施相当完善，配套用的餐饮服务也非常好，场地布置得既温馨又浪漫。

这栋豪华别墅的花园里种满了盛放的雏菊、四季海棠，还有很多季临也叫不出名字的花草，总之布置得相当森系，树枝上挂满了暖黄色的小灯泡，还坠着很多装饰物，像个童话王国。花园的尽头甚至有一个喷泉，听李敏说这喷泉其实能开，是个挺漂亮的喷泉，还附带灯光，可惜不知道是不是线路问题，今晚就没能开起来，李敏的老公已经紧急联系了别墅的业主，业主也说会去沟通物业尽早修好。

然而即使没有喷泉，其实这别墅布置得也够不错了，只是别人都非常享受其间的放松气氛，季临却是一直板着张脸坐在一边，对侍者端过来的酒来者不拒，就这么黑着脸，一杯接一杯地喝。

他不开心。白端端自从和林晖一起去上菱山赏枫以后，就没有再主动联系过他，季临也绷着一口气，没去联系白端端。

因为心里不高兴，季临这酒喝得就有点猛，不知不觉已经喝过了自己平日里的安全线，带了点醉意，脑子也开始有点不清醒了，然而这种酒醉的感觉加上心里沉闷的不痛快，反而让他更想放纵，于是恶性循环下，季临喝得更多了。

好在别人都在忙着聊天、吃东西，并没有人注意到自己，季临坐在花园的椅子上，一个人喝了一杯又一杯，终于，身边的座位上有别人坐了下来。

他侧头一看，才发现是今晚的主人公之一的李敏。

作为新娘，她的妆容美丽，穿了漂亮的裙子，给季临递了一杯酒。

季临接过酒，朝李敏举了举："新婚快乐。"

李敏笑着接受了祝福，她喝了酒，然后看向了季临："季 PAR，你现在还是单身吗？"

季临愣了愣，然后皱着眉："嗯。"

李敏笑了笑："我想也是。"她大胆地直视了季临，非常自然而坦诚道，"季 PAR，作为已婚人士的忠告，你偶尔也要改改才行呀。"

季临继续皱着眉看向李敏，不知道她想说什么。

大概是酒精增加了李敏的勇气，也或者如今的她终于彻底放下，她看着季临轻笑了两声："季 PAR，你有时候真是不知道让我说什么好。你知道我当初为什么辞职吗？

"因为你从来看不见我，我是你的助理，我每天帮你处理各种各样的工作，但我像是一个工具人，除了工作的用途外，你从来看不见我，作为个人的我对你而言仿佛是隐形的。"

李敏笑笑，坦言道："我那时候喜欢过你，喜欢过你好几年。"

季临的脸上果然露出了完全状态外的表情和不加掩饰的惊愕："你在开玩笑吗？"

"我不是在开玩笑，当然，你不用紧张，我并不是婚前意难平来和你表白，妄图在步入婚姻前找点什么刺激的。"李敏淡淡地笑笑，"我已经走出来了，我很感激遇到现在的老公，他非常温柔，对我也非常好，不论我做什么，他都能第一时间感知到，就算我换了一副美瞳，他都能细心地发现。和他在一起，让我觉得自己无时无刻不被爱着，我非常爱他。我很庆幸自己不是因为赌气或者失恋转移注意力，抑或是到了步入婚姻年龄的，我想和我老公结婚，单纯地因为我爱他，我想和他共度余生。

"我对你确实有过单恋，但是这都过去了，我现在已经不喜欢你了，所以我也不害怕说出过去的感受，因为我发现现在面对你，不论说什么，自己心里都已经非常平静了。"

季临显然被李敏的话搞得有点晕头转向，酒精的作用开始发挥，他觉得自己的头更加痛了。

李敏却显然不想轻易放过季临："但是季PAR，作为你曾经的暗恋者，我真的非常好奇，你有喜欢过哪个女生吗？"她顿了顿，换了种措辞，"或者说，有任何人曾经进入过你的眼睛里吗？比如，你记得过哪个女生喜欢什么风格的衣服、穿什么牌子的鞋子，或者喜欢吃什么吗？除了工作外，你关注过任何一个女生的私人信息吗？

"你一定从没有记得过，因为谁也不能让你多看两眼，你眼里好像永远只有自己……"

李敏还在说着，然而季临却没有听完，他打断了李敏——

"不是的。"

不是的，他有记得的，他记得白端端喜欢 Tom Ford 的唇膏，喜欢 Jimmy Choo 的鞋子，她喜欢吃蛋包饭，还喜欢吃甜食，只要是甜的，这方面连品质也不挑，就算是劣质糖精的口感也来者不拒；没有特别挑食，但是不喜欢吃菌菇；几乎喜欢所有水果，但是讨厌香蕉，梨也不太喜欢；喜欢没有籽的东西，因为很懒，不想吐籽；喜欢有毛的动物，开心的时候不自觉地就会哼歌，虽然自己从没说过，但是其实她唱歌走调，还挺严重……

季临这样一想，突然发现自己记得太多关于白端端的细节了。

他也想起来，白端端其实曾经问过和李敏几乎一模一样的问题——

"季律师没有发现今天我有什么不同吗？"

"你没有发现今天我有什么不同吗？"

他一直以为，白端端和李敏是一样的，都只是自己的同事，只不过一个更好看一点，即便就在被白端端问出同样问题的刹那，季临仍旧不觉得她们之间有什么质的差别。

然而这一刻，也不知道怎么回事，他突然意识到了她们的不同。

也是直到今天，季临才终于反应过来，当初李敏问自己的那句话，是什么意思。她大概那天穿了新的衣服，换了发型，抑或是改了惯常的装束，想要吸引自己的目光，至少获得自己的夸赞和注视，然而却什么也没有得到。

他并不是那种有关注别人习惯的人，对白端端一开始也是如此，并没有去关注过，他甚至对于白端端和李敏那个几乎一样的问题，也给出了几乎一样的答案。

然而白端端和李敏的反应却是截然不同的。

李敏什么也没说，她退了出去，退出了自己的生活。

但白端端不是，她很不开心地努力引起了自己的注意，主动地告知了自己她那天装束的不同，自己不在意，她就让自己在意，然后这个人强行地打开了他的人生，并且用一种不容拒绝的姿势强势入驻了。

季临曾经以为白端端入驻后就不会走了，然而她强行地介入了自己的生活，现在拍拍屁股就离开了，去找她的林晖了。

李敏作为这场婚礼派对的主角，很快就被别人叫走了，季临便一个人坐在花园的椅子上。其实这个点，露天的花园已经有些冷了，然而季临却一点也不觉得，酒精让他发热，而脑海里那个突然的认知更让他不知所措之余，更觉得燥热难安——

他喜欢白端端。

他在意她。

他不能没有她。

而也是这时，季临抬头，竟然在花园和别墅连接的台阶那里看到了白端端。

她正笑着和一个陌生男人说着什么话，没有扎马尾，头发披散下来，柔顺黑亮，她穿了卡其色的大衣，还有及膝的靴子，黑夜里，白皙的脸上是生动的笑容，嘴唇是艳丽的红色，是让人想要亲吻的模样。

季临觉得自己真的喝多了。

白端端并不应该出现在这里，她并不认识李敏，李敏只邀请了以往认识的老同事，并没有请她。

自己确实醉了。

然而明知道眼前的白端端是幻想，季临还是忍不住站了起来，然后朝着幻觉里的白端端走去。

从上菱山给叶朝霞扫墓回来后，白端端的情绪就一直比较低落，整个过程中她和林晖其实并没有太多交流。两个人都心情沉重，除了必要的一些沟通外，唯一算得上比较多的对话大约还是围绕季临。

这个话题是回来的车里林晖突然开的口，他看向白端端："你上次回去提出让季临和我一起见面吃个饭彼此认识一下，季临没同意是吧。"

林晖的语气是陈述的，非常肯定的。

白端端几乎下意识地就替季临解释起来："他最近太忙了，一直在加班，别说他，其实我也是一样的状态，但他也没说不可以，等空点吧，空点我再约他一起。"

没想到这个回答反而让林晖愕然了："他没为此和你相处不愉快或者发生争执？"

白端端皱了皱眉："为什么要和我相处不愉快？我和他挺好的啊，也没有争执。"她敏锐地感觉到了林晖这个问题没那么简单，于是看向了对方，"这个问题是什么意思？我应该和他发生点什么不愉快吗？林老师，你和季临之间是不是有什么过节儿是我不知道的？"

林晖敛去了目光，他看起来有点不自然："不是什么大事。"

他完全不想再继续这个话题，赶紧开了车载音乐。

只是安静地听了几首交响乐，重新回到白端端的小区楼门口，在白端端准备下车告别时，林晖终于没忍住，再次开了口——

"端端，你小心点季临。"

林晖的用词克制斟酌："不要让他过分接近你，也不要和他过分亲近，平时他所有和你的交流沟通都要留个心眼，特别是案子上的事，证据的交接，没有书面的签收证明也要录音。你是我最欣赏的学生，也是我手把手带出来的律师，他对我不满，对你或许也会心存不轨。"

白端端下意识地就想反驳，季临虽然对林晖可能确实有点误解，两个人都在律政圈子，难免在争抢案源上也有点摩擦，但季临根本不是这种人，也根本不会因为对林晖不满就波及作为林晖学生的自己，甚至和林晖的估计完全相反，季临对自己不仅没有针对或是给自己挖过坑，反而甚至算得上纵容自己，对自己根本不设防。白端端有他家的钥匙，甚至知道他的开机密码，有次自己带着猫在他家，季临去开保险箱取个东西，输密码时都没避开自己。

对自己心存不轨是绝对没可能的，况且白端端相信他，季临根本不是这种人。

只是林晖并没有给白端端时间解释，他很快接了个电话，看起来像是客户有什么急事，因此对白端端点了点头，便开车离开了。

留下白端端一个人心情郁郁。

每次给叶朝霞扫完墓，白端端都会连带着情绪低落个几天，如今她的心情却是比以往每一年的今天都更差，她没想到自己会因为林晖对季临的误解而那么难受。她不希望任何人那么看待季临，即便是作为自己曾经的恩师林晖也不可以。

季临很好，他不应当遭受这样的诋毁和莫名的推测。

要不是林晖今天走得急，白端端一定要和他好好理论一番的，何况他和季临到底有什么过节儿，林晖不想多提，季临在自己面前似乎也讳莫如深。

白端端下了决心，等下次有空了，肯定要找林晖好好聊聊，至少要把季临的名声给正回来，他完全不是林晖想的那种人。

好在在这么多丧气的事情之外，最近倒是还有一件喜庆事。

张俊达要结婚了。

张俊达是朝晖总所里和自己比较熟稔的不多的那几个同事之一，此前自己离开朝晖后没多久，张俊达便也无法容忍杜心怡选择了跳槽，去了一家规模虽小但气氛更融洽的所。因为小所创收要求低，他很快升了合伙人，事业倒是也蒸蒸日上。而过了没多久，白端端便听说他和他们所里新来的助理谈起了恋爱，而只是时隔了大约一个月，白端端就收到了张俊达的婚礼请帖。

"不是正经婚宴，就是个结婚派对，我租了郊区的大别墅，就请了我和我太太现在所里的同事，还有以前关系好的同事。"张俊达来送请柬时，仿佛还生怕白端端不来，特意补充道，"你放心吧，我以前朝晖的同事没有请很多，没请林 PAR 的，杜心怡还有她的那几个小团体也没有，你放心来吧，没有让你硌硬的人，还有啊，红包不收的，别和我瞎客气了啊。"

　　张俊达这人相当靠谱，既然他也说了不会请自己见了尴尬硌硬的人，那白端端自然也放下心来，她急需什么事散散心，便一口答应了下来。

　　虽然路途有点远，但这郊区的别墅布置得非常棒，张俊达甚至还请了钢琴和小提琴演奏，场内气氛既热闹又挺高雅，倒是个挺别开生面的婚宴现场。

　　而让她更意外的是，进了别墅，除了以前少数几个被张俊达邀请的朝晖前同事，白端端还看到了不少熟悉的面庞——王芳芳、容盛、杨帆、蔡晓……

　　她一打听，才知道原来张俊达的太太李敏，曾经在盛临工作过，正是季临上一任离职的助理，想来张俊达给自己发请帖时行色匆匆，都忘了和自己说这茬儿。

　　这可真是缘分天注定。

　　不过这样一来，那么季临是不是也会来？

　　因为去上菱山给叶朝霞扫墓，说起来白端端已经和季临快有两天没联系了，这放在以往几乎是不可能的，以至于白端端甚至觉得有点不习惯。

　　只是因为新郎、新娘的人脉圈交叉，现在来的宾客也几乎都是熟悉的面孔，白端端刚一进别墅后院，就被以前朝晖几个老同事给叫住了，他们几乎都在自己跳槽后不久也选择了跳槽。这几个同事都是男的，照理说以往杜心怡在朝晖排挤也是排挤同性居多，结果白端端和他们一聊，才发现杜心怡这个惹人讨厌的性格，完全是无差别地打压异己式攻击，只要有能力又不能对她睁一只眼闭一只眼的同事，无论男女，都受到了她的中伤或者攻击。

　　陈勋因为性子直，实在看不惯杜心怡的下作作风，不惜和她发生了言语冲突，因此在还留在朝晖时，遭到了杜心怡最大面积的打击。他给白端端从头到尾讲了杜心怡恶心人的操作后，才扬眉吐气地告知了白端端杜心怡近期的动向——

　　"就她代理的贵丰通信的案子，对方律师是你吧？她既输了案子又输了口碑，之后那个公众号大 V 的文章一出来，舆论风向彻底转向了，你知道有些网友得有多闲，结果就有人人肉到了她的信息和手机，不知道用了什么骚扰软件，杜心怡成天就是接到短信和电话辱骂，连家里的座机也没被放过，半夜三更都有电话。后来她换了手机号也没消停，有人还直接往朝晖给她寄辱骂信，网上好像还公布了她的照片，反正这么一趟折腾下来，听说她都神经衰弱了，最近还经常失眠什么的。"

陈勋越讲越解气："虽然说，人肉这种事真的不好，但是她一开始还买通营销号引导舆论人肉攻击你，这个结局也算是以其人之道还治其人之身。而且之前她气焰能那么嚣张，还不是因为林律师给她站台纵容她吗？但大概贵丰通信那个案子她办得太差了，那个案子以后，明显感觉林律师对她有点疏离，也更有距离感了。因为办理案子不经过主办律师同意就擅自做主，她还被林律师写群邮件通报批评了，简直像公开处刑一样丢脸，现在她再也嚣张不起来了，灰头土脸着呢……"

几个老同事聚在一起，除了对杜心怡的同仇敌忾之外，就忍不住要讲讲最近遇到的奇葩客户和搞笑经历。

陈勋作为一个耿直的话痨，义不容辞地为白端端等众人贡献了一个又一个教科书般奇葩的客户。

"有个客户吧，我催她把材料给我，因为她找到我来代理的时候就不早了，劳动仲裁就快要生效了，当天就是最后一天起诉期了，结果她死活不给我，原因是什么？因为她看皇历问风水，说今天晦气……"

"还有个躁郁症客户……"

……

陈勋这个人性子耿直，但是说话却很幽默风趣，很多案子经过他的语言加工，白端端总觉得更带了"笑"果，她连续听了几个，一下子一扫郁闷的心情，笑得差点儿东倒西歪起来……

她忍不住连连叫停："救命……"

陈勋这家伙，大概是个兼职当律师的单口相声艺术家，再被他说下去，白端端怀疑自己真的会因为笑得太多而下巴脱臼。

只是自己这话还没说完，陈勋反而突然停了话头，他讶异地看向白端端的背后，然后喊了一句："啊，季律师……"

白端端愣了一下，突然心跳有些加快，其实A市有无数位季律师，而陈勋喊的甚至可能是纪律师，但白端端没来由地就是觉得，背后朝着自己走来的，是季临。

她带了点忐忑回过头去，然后那个高大挺拔的身影也验证了她的猜测。

是季临。

他穿了一套新的西装，是烟灰色的，比黑色的休闲，但仍旧有板有眼挺拔英俊，他的神色仍旧冷淡，板着一张脸，看起来面无表情，虽然眉头并没有皱着，但是白端端却下意识地觉得季临的心情并不好。

而非常罕见地，他此刻就算走到了自己身边，但完全没有看自己一眼，而是看向了陈勋。他的眼珠黑而幽深，以这个架势和模样，想必是要和陈勋沟通什么专业或者案子上的事，以前陈勋在朝晖的时候，也没少被季临针对，和他也交过好几次。

不仅白端端是这样以为的，陈勋大约也是，他先是愣了愣，然后伸出了手："季临，幸会，我上个案子……"

只是季临没有给陈勋说完话的机会，他也伸出了手，但是根本没看陈勋伸出来的手，而是……

而是径自推了陈勋一把。

白端端就站在季临身边，目瞪口呆地看着这一切发生，季临这一推其实并没有用上十足的力，然而陈勋措手不及，还是被推得下意识地后退了两步，此刻他正一脸震惊地望着季临。

然而即便做出这种没头没脑、莫名其妙的事，季临一张脸上还是泰山崩于前而面不改色的镇定，他这次终于皱眉了，看了一眼陈勋退到的位置，似乎还是不满意，然后竟然就当着这么多人的面，上前又推了陈勋一把。

他抿了抿唇，声音低沉而充满了警告的意味："你离她远点。"

陈勋不得不又后退了几步，他愕然地看着季临，显然满脸满头都写了问号。

别说陈勋，在场的所有人都对事态的发展有些愣神。季临看起来步履稳健，神色清明，没有任何人把他和醉酒联系在一起，以正常人的眼光来看，陈勋不知道什么时候触怒了这个律政界的煞神，季临这是找麻烦来了，而这一次他似乎不想通过口头争执，而是想直接升级为肢体冲突了。

白端端几乎下意识地就去拉住了季临，她轻轻晃了晃他的手："季临，你怎么了？"

季临这才转过脸看向了白端端，他的脸上露出了一个受到极大抚慰般的表情，淡淡的笑意几乎转瞬即逝，再看向陈勋的时候，脸色又重新冷了下来。

好在冲突并没有升级。

季临顿了顿，反手拽住了白端端的手："好了，我带你走。"

接着这男人不容分说就把白端端拽离了现场。

白端端几乎是一脸茫然地就被季临拉着走了，这男人步履沉稳，面色如常，以至于白端端压根儿没意识到他有什么异常。

季临平时走路步调都很稳健，几乎不会匆忙，然而这一次却不知道为什么，他拉着白端端，走得非常快，甚至没有在意仪态。白端端就这么被他一路牵着走到了花园深处的喷泉边，而直到这一刻，季临的脸色仍旧很难看，在冷漠的表象下，他看起来有些焦虑和紧张，然后他指挥着白端端坐下。

白端端便被季临拉着一起坐在了喷泉的边沿上，这欧式的喷泉非常大，边沿的设计大概本身也是供人休息观赏的，因此非常宽敞。

白端端坐下后，就疑惑地看向了季临，而季临也看向了她。

他皱了皱眉，终于再次开了口，虽然白端端隐约能闻到他身上被风吹来的淡淡酒精味，但季临的声音和表情都镇定冷静得不得了，他对白端端说："你平躺下来。"

"啊？"

白端端不明所以，完全莫名其妙，躺下来？躺在哪里？躺在这个喷泉的边沿上吗？虽然边沿是很宽敞，也确实可以容自己躺下来，但是这么冷的天，躺下来干什么？这个边沿可是大理石的，多冷啊！

可惜季临显然没有解释的耐心，他看起来有些焦虑也有些烦躁，他固执地看向白端端："快躺下来，不然要来不及了。"

"来不及？"

白端端本来还有一肚子问题要问，季临今天很反常，不知道这是怎么了，先是推搡了陈勋，充满了敌意，现在又是要让自己躺下来。

然而他如今望着自己，眉眼间都是急切："你快躺下来。"

季临又看了白端端一眼："听话一点。"然后他脱掉了外套，铺到了白端端身后的大理石边沿上，"不冷了，你快躺下去。"

夜里露天花园里的风其实很冷，脱掉大衣的季临仍旧肩膀宽阔，但其实穿得相当单薄。

他这话说得也还是硬邦邦的，并不温柔，然而白端端却莫名地觉得很受用，而季临仿佛也不再满足于催促，他伸出手，然后动作轻柔但不容分说地把白端端按了下去。因为那句"听话一点"，白端端没有用力抵抗，等她反应过来，自己已经躺在了大理石上，而因为季临尚带着体温的大衣，白端端的背部并没有感觉到预期的冷，相反，还有些暖意。

白端端平躺在了喷泉边上，她刚想看看季临到底想干什么，结果一抬头，就看到了漫天的星空。

人在城市生活、工作久了，并不会常常抬头看天空，白端端也是如此。而直到这一刻，她才意识到，原来每天夜晚的头顶，自己曾经错过许多静谧和闪耀的星空。

她看着那些漂亮的星星，想起来，以前自己还曾想过当天文学家的。她努力分辨着猎户座，下意识地便开口道："季临，你看天……"

然而她的话说到一半，就见眼前的星空被遮住了。

很快，白端端意识到，遮住自己的是季临，他俯下身，然后很快地，在白端端惊愕的眼神里，这个男人再一次打断了白端端又想接下去说的话。

白端端那未尽的话题消失在了对方的唇舌里。

他吻了白端端。

也是在这个完全措手不及的吻里，在唇舌交缠和湿意的交换里，白端端终于尝到了季临嘴里的酒精味，这个浓度，白端端不知道季临今晚到底喝了多少。

这是一个非常短暂的吻，在白端端脸红心跳完全手足无措快要憋死之前，季临放开了她，他做了这样的事，如今竟然还能冷静镇定地看着自己。

白端端心下是快要炸裂开来的羞赧和热意，脸上烫得只觉得露天花园里的寒风还不够猛烈，还得再冷一点，才好给自己降温。

然而一直以来的习惯让她即便到了此刻，都很镇定。她看向了季临，声音冷静道："季临，你刚才在干什么？"

季临比白端端更加镇定，如果白端端不是刚才被吻的当事人，她甚至以为季临这样是在和自己商讨疑难案情。

他看着白端端，似乎一点都没有觉得自己应该为刚才那个不经过对方同意的吻而产生歉意。

季临就这样理直气壮地看向了白端端，然后他冷静道："对你实行人工呼吸。"

白端端只觉得自己满胸腔乱撞的小鹿这一刻都直接撞死了，她忍不住抬高了声音："什么？人工呼吸？我好好的为什么要人工呼吸？"

这是光明正大地揩油！亲了自己竟然还不承认！这是自己的初吻！

白端端觉得自己不害羞了，她捏紧了拳头想要坐起来，心下此刻在考虑打季临哪里比较合适……

就算季临喝醉了，也不能就此结束！

然而自己刚试图坐起来，季临却又坚持把白端端按了下去，他俯下身，认真地看向白端端，一字一顿道："你喊了'救命'，所以我马上带你过来做人工呼吸，抢救，急救，黄金 4 分钟，没做错。"

白端端愣了愣，才从对方的话里理出了逻辑。自己刚才听陈勋讲了那么多奇葩客户后，确实忍不住笑得不行下意识地喊了"救命"……

所以？

所以季临这是听到自己喊了救命，然后就过来了？

这个男人到底喝得有多醉？

# 第三十五章　深夜留言，奇葩表白

白端端虎起了脸："季临，你醉了是不是？"

"不是。"季临几乎是相当果决又冷静地否认，"我没有。"

这还没醉？说自己没醉那绝对是醉了，何况就因为这男人亲了自己一下，连自己都有点感觉酒精上头，现在昏昏沉沉脸红脑热了！可见这酒精的浓度！

白端端简直气得要死，她以为人喝醉以后都会有明显的醉态，不是话特别多就是眼神混沌逻辑不清，再不行就是步履不稳，只是她没想到，季临喝醉了是这样的。

他眼神冷静，神态镇定，步履稳健，如果不和他对话，根本不知道这个人已经喝醉到完全失去正常逻辑的地步，以至于白端端也好，陈勋也好，刚才在场的所有人也好，没有一个人发现季临已经醉了。

他竟然还是个镇定型醉酒选手。

白端端不是没听自己爸爸提起过这种人，他们能喝，喝了也不上脸，即便喝到酩酊大醉，也不会有任何失态，酒量好得如同喝水，但一旦喝醉，你压根儿没法预测对方的行为。这类人醉了，比那些耍酒疯的更可怕，因为别人根本看不出他醉了，以至于陪着这个醉酒的人不知道他会做出什么事，也根本不会想到去阻止，这才是真正的要命。

行了，白端端想，季临这醉酒的后果，是报应在自己身上了。

莫名其妙地被他亲了，还没法讨说法，难道让醉酒的季临解释，还是让他负责？他喝到这个程度，大概压根儿不知道自己在干什么。

结果白端端这边生着闷气，季临却还是镇定自若，他伸手摸了一下白端端的额头："你脸好红，温度好高。"

接着，这位根本没有医生执照的男士不负责任地判断道："我觉得你还没好，还要再抢救一下。"

等白端端反应过来，她已经再次被季临轻轻按倒在喷泉的大理石边沿上，然后这个实际已经醉到一塌糊涂的男人镇定地俯下身，再次准确地吻住了白端端的嘴唇。

他们接了一个更悠长的吻。

长到白端端脸红心跳到快要无法呼吸，如果现在验血，她的肾上腺素可能已经狂飙到要爆表的程度。这下她觉得自己真的可能需要抢救了。

然而身上的男人并没有放过自己，他的嘴唇和白端端的微微分开，低低地喘气，然后又再次欺上，又开始吻白端端。

季临这是什么款的衣冠禽兽？就算醉了觉得自己需要抢救需要人工呼吸，人工呼吸是这么做的吗？

白端端被吻到无力反抗，然而下意识地脑海里的思绪却奔腾得停不下来，她合理怀疑季临不是要对自己实行抢救，而是想趁机送自己归西……

然而此刻白端端根本不知道该如何自救，季临就俯在自己的上方，他身上男士香水那干净冷冽的雪松味像是一张网，把自己团团缠绕裹紧无法逃脱。

这个男人就这样小心翼翼又极度认真地吻着自己。

他的胸膛遮住了白端端所有的星空，而白端端已经没有心思去看任何星星，因为她发现，季临的眼睛比一切星辰都闪耀。

而也是这个刹那，在两人身侧的喷泉，突然亮起了灯，漂亮的水柱冲了出来，喷洒的水滴打到了白端端和季临的身上，这以前无法运转的喷泉在这一刻竟然修好了，时间把握得堪称奇妙。

于是白端端就这样躺在星空下，喷泉边，季临的衣服上，然后被季临温柔地啄吻着。

而因为喷泉的突然开放，花园里其余人的目光也被吸引了过来，白端端被季临按在喷泉边沿肆无忌惮地吻，一边就听着不远处越发渐近的人声和脚步声。

白端端又羞又急，生怕人群聚集过来目击自己和季临在这边接吻。她本想用蛮力推开季临，然而没想到这一刻醉酒的季临却并不好推开，白端端这才意识到，季临其实力气挺大的。

好在就在自己快要紧张死的前一刻，季临终于停下，然后他看向了被他吻到满脸发烫发红的白端端，脸上露出了满意的表情，接着他认真而冷静地点评道："好了，现在抢救好了。"

白端端简直气笑了，还抢救好了？她此刻浑身发烫，即便喷泉的水珠打在身上也不觉得冷，整张脸都快烧起来了，和季临刚才接吻的嘴唇更是凝聚了浑身所有最为敏感的触觉，那种唇舌厮磨的感官被无限放大，也让她完全丧失了对自己身体的控制力。

这完全是陌生的感觉，心跳得很快，犹如心脏病发，不仅没有被抢救好，好像反而跳得像是没法抢救了……

季临在人群来临之前终于松开了白端端，此刻两个人就这么静静地坐着对视，季临理直气壮、冷静自若，白端端反而像是做了坏事一样心烦意乱、气息不稳。

好在很快蜂拥来看喷泉的人们冲淡了这种尴尬，杨帆第一时间发现了季临和白端端，笑着走过来打招呼。

"季PAR，原来你在这里。哎？都这时候了，还在和白律师一起讨论案子啊？今天李敏大喜的日子，你们就也放松放松吧。"

王芳芳也上前道："季PAR，可终于找着你了。李敏刚才找你呢，她和她老公想和你拍张合照，说纪念自己上一段工作经历，得和前老板合照一个留念。平时你太忙了，她说工作那么多年都没一张和你的合照……"

王芳芳一边说，一边就好心地朝不远处的李敏挥了挥手："李敏，在这儿，季PAR在这儿呢，你等着……"

王芳芳说完，其余几个同事也到了，几个男人一起簇拥着就把季临一路引领着送到了李敏一行人的面前。

季临虽然面上仍旧一点看不出，但醉酒到底影响了他的行动力和判断力，白端端看着他毫无反抗略微带了点迟钝地被杨帆一行人带去了不远处。

白端端本可以制止的，然而她此刻心里慌乱得像是刚作奸犯科完。等杨帆一行刚拉着季临走，她就立刻趁别人不注意想赶紧溜走，结果走之前看到了铺在喷泉边沿的季临的大衣，白端端虽然脸上燥热得要命，但还是努力伪装着平静把大衣快步递回给了季临。

"你的衣服。"

不能让他感冒，毕竟自己还要和他秋后算账的！

白端端说完，也没再敢抬头看季临的反应，赶紧像只受惊的兔子似的跑了。

只是很快，白端端又再次偶遇了陈勋。他显然对白端端刚才被季临那么神色严肃地带走很担忧，问了几句确保没事后，才又讲起了刚才没讲完的那个奇葩客户。

陈勋的讲述仍旧非常幽默，然而白端端却只觉得心不在焉，根本听不下去了。季临已经被人拽走了，刚才醉酒的吻也结束了，然而白端端还是觉得嘴唇上的触觉经久不息……

季临醉了，可自己没有。

所以明天要怎么面对季临……

季临会记得这件事吗？他到底是出于什么原因亲自己的？真的是因为听到了"救命"吗？那么他就算记得，也会因为过分尴尬而选择号称不记得吗？

白端端的脑子乱成一团，她心里又恼怒又羞愤，季临这个狗男人，把所有清醒的难题全部抛给了自己。

结果就在自己这么想的时候，不远处传来了杨帆的惊呼声："季PAR？季PAR？季PAR，你怎么了？"

几乎一瞬间，白端端的身体先于她的理智做出了反应，她没听完陈勋的话，在对方惊愕的眼神里，快步跑向了季临。

白端端忘记了刚才的恼怒和烦躁，一瞬间心里只剩下紧张和不安。

等她赶到，才发现季临就靠在一张花园的躺椅上，眼睛闭上了，嘴唇微微抿着。

白端端的声音几乎脱口而出，完全来不及掩饰自己的担忧："季临怎么了？"

杨帆解释道："就刚才和李敏他们拍完合照，季PAR突然说让我扶他到躺椅这边，我就扶过来了，然后他坐下后，就突然闭上眼睛这样了，看起来是不是累了？"

白端端下意识地伸出手，想要探测季临的体温，然而手刚伸到季临的脸边，这男人就微微睁开了眼睛，他握住了白端端的手，看向了她："乖点，别闹。"

这男人轻声道："我有点困，想要睡一会儿。"

只是季临闭上了眼睛，杨帆和王芳芳并没有，他这个亲昵的语气，这两人当场就把探照灯一样的目光射向了白端端。白端端红着脸几乎是立刻解释道："我不知道他想和谁说这个话，但他肯定迷糊了，不是在和我说……"

"白端端，我在和你说话，你乖一点。"

结果仿佛是为了拆自己台一样，白端端话音刚落，季临又微微地睁开了眼睛，他看了一眼白端端，说完这一句，才又闭上了眼睛。

"……"

这就很尴尬了……

好在这尴尬的气氛最终还是被容盛给救场了。

恰是此时，刚才不远处喝酒的容盛也听到动静赶了过来，他倒是很镇定，一看季临这个样子，当即无奈地摇了摇头。

"你们散了吧。"

杨帆有些不安："季PAR这样，怎么了？是不是之前加班太多，疲劳过度啊？怎么在这儿就睡着了，那个，虽然季PAR是还年轻，但现在很多病也越发年轻化了，心源性猝死啊什么的，要不要给季PAR送去医院检查下啊？"

容盛却很笃定："不用。"他看了季临一眼，"他只是喝多了。"

他笑笑："你们季PAR喝多了就这样，不发酒疯，看起来可冷静了，你要是现在和他讨论案子，他还能和你唇枪舌剑一个小时，逻辑清晰严谨，一个非常可怕的男人。不过呢，一旦过了两个小时，他就支撑不住了，会开始犯困，然后就要倒下睡觉，睡醒了就好了。"

容盛一边安慰着众人不用担心，一边就架起了季临："行了，也不知道他怎么就喝成这样了，要不是心里有事，你们季PAR基本不会喝到这个程度，现在我带他先回家，总不能把他一个人丢在这里……"

有容盛安置季临，大家显然也都安心了，容盛架起季临往车库的方向走，众人也散了开来，重新回到了聊天交谈的状态。

之后的一切都有惊无险、按部就班，白端端的心却还是一路狂跳，觉得烦躁到无法形容。

好在晚上十点，派对终于结束，白端端搭了杨帆的车回到了家。

本来去参加这个派对就是想要转换心情放松，结果不仅没能放松，白端端觉得自己更紧绷了，她洗漱完躺在床上，安安静静地想了半天，还是没能想出个所以然来，于是索性决定鸵鸟一下，先装死睡觉，季临这个始作俑者都没急，自己作为一个醉酒行为的"受害人"，在这里可劲儿急什么呢？

兵来将挡水来土掩，调整了心态，白端端也不管了，一到点，她就决定准时上床睡觉。

只是白端端进入了睡眠，在一墙之隔的季临，却在醉酒的后劲退去后慢慢醒了过来，他看了看四周的环境，才意识到自己已经回到了家，只是如何回家的，他已经没有印象了，他失去意识前最后的记忆，是吻。

他吻了白端端。

虽然记不得吻她的缘由和契机，但是他们接吻了，是他主动的。

白端端没有拒绝。

这一点让季临有点开心，但也有点不开心。

她当然不应该拒绝自己，但她不拒绝自己又是什么意思？她都和林晖复合了，还利用上班时间请假一起去爬山赏枫，然而自己亲她她又不拒绝，是想脚踏两条船吗？

而最不能让季临接受的是，白端端就算想要脚踏两条船，那么另一条船也不能是林晖！他是什么东西？他凭什么？他也配和自己相提并论？

虽然因为酒精的作用小睡了一会儿，然而今晚季临实在喝得太多了，以至于即便是深夜醒来的此刻，他的头脑也并没有恢复冷静，酒精还是绑架了他的理智，并且放大了他所有的负面情绪。

生平第一次，他想起林晖这个人，竟然一点恨意都没有，而是全然被另一种感觉占满了。

嫉妒。

季临嫉妒得要疯了。

酒精和嫉妒让他的思维逻辑变得简单粗暴，像个蛮不讲理的小学生——

他亲过白端端了，白端端就是他的了，自己不允许她和林晖继续在一起，她要和自己好，就不可以和林晖好，最好和林晖彻底断交、拉黑、老死不相往来，否则就不是真的和自己好。

然而一想到这个问题，季临又烦躁郁闷起来，因为亲是亲了，但白端端从来没有表示也没有允诺过和自己好。这些和自己好了和林晖绝交的事，完全是自己单纯一厢情愿的臆想……

这个深夜，醉酒的季临越想越气，之前因为白端端被人肉的事注册了微博后，季临偶尔也会上网看看流行词，生怕真的像王芳芳和杨帆背地里吐槽的那样，因为不懂流行词而和白端端他们这些比自己年轻的同事脱节，以至于现在季临也掌握了不少网络流行用语。

他愤怒地想，如果硬是要用一句话形容的话，如今的自己就是嫉妒使他面目全非。

女人嫉妒不好看，男人嫉妒大概更丑，然而季临就是忍不住。

他心里委屈得要死，脑子还因为酒精的作用而昏昏沉沉，在他自己反应过来之前，他已经愤怒地拿起手机，然后冲动地做出了一件无法挽回的事……

他点进了白端端的微信头像，然后开始打字。

他写了半小时，等终于发完，好像才把心里的怨气和不甘都发泄完了，这才终于有些疲倦，丢开手机，头痛如斗，躺在沙发上就睡了。

大概是这一晚注定不平静，白端端按照平时的生物钟上床休息后，虽然辗转反侧着终于睡着了，但睡得并不踏实。半夜的时候，小区楼下传来流浪猫凄厉的叫春声，把本来就迷迷糊糊浅眠的白端端又弄醒了。

这么一醒，白端端就觉得有点饿了，因为季临的搅和，她后来在婚礼派对都无心用餐，并没有吃什么，现在醒过来，饿得难受，于是决定起来泡碗方便面。

只是面是泡上了，白端端的心里还是不太爽快。

她思来想去，觉得自己亏太大了。

季临这操作太狗了，无缘无故地就亲自己，可他根本都不喜欢自己！这简直就是不负责任地耍流氓！

而且那是自己的初吻！

白端端越想越气，凭什么？难道这种时候就因为季临喝醉了，自己就应该打掉牙齿和血吞吗？自己是个律师，律师的使命和职责是什么，还不是与不公的社会现象做斗争，用法律武器维护自己的权益吗？凭什么好事和便宜都让季临占尽了？

这事不能就这么完了。

还能不喜欢别人就亲别人的吗？这叫不要脸！何况季临这么熟稔地亲来亲去，是不是喝多了把自己当成了谁？其实想亲的是别的女人？

一想到这种可能，白端端觉得自己就要坐不住了，要不是尚有理智，她大概就要提着菜刀直接冲到隔壁质问季临了。

一时之间，她又羞又怒，当即拿起手机，决定把这个尴尬的烫手山芋抛回给季临。

她刚在脑海里酝酿好了台词，准备开门见山地来一句"你喝多以后亲了我"直接把重磅炸弹抛出来，结果一拿起手机，倒是傻了眼。

自己手机上竟然有 58 条提醒，有微信消息，也有短信消息。

因为律师的本能，白端端看到这么多提醒，就有点头皮发麻，一般能这么高密度高频率联系自己的，多半是客户，能发出 58 条消息，可见是紧急情况，所以是自己哪个案子出了差池？

白端端心情忐忑，几乎下意识地觉得准没好事，一下子心情沉重起来，皱着眉想看看到底发生了什么，给季临发信息的冲动也偃旗息鼓了。

然而她点开微信一看，却是彻底惊呆了。

微信里一共有 49 条未读消息，而这 49 条信息都来自季临。

白端端不知道为什么，心里有点紧张，她深吸了一口气，然后点开了季临的头像，49 条留言就扑面而来。

所以是季临也记得醉酒后的这件事，和自己道歉然后撇清关系申明立场，希望自己不要介意仍旧做好同事、好下属吗？

一时间，白端端突然觉得自己有点不太期待看到季临的这些信息了。

她咬紧了嘴唇，闭上眼睛，深吸了一口气，翻到了第一条，然后白端端瞪大了眼睛。

季临并没有就亲吻自己做出说明，他完全在说另一件事——

第一条甚至是对白端端毫不委婉的指责——

"白端端，你英年早瞎了吗？林晖哪里好了？"

林晖？这和林晖有什么关系？

白端端一瞬间的情绪被"英年早瞎"四个字给刺激到了，她简直气疯了，季临是什么品种的狗男人？没经过自己同意亲了自己不说，到头来不道歉也算了，竟然还有脸劈头盖脸地把自己骂一顿？

白端端气得要死，然后她看到了季临发来的第二条信息。

这条信息让白端端奇异地止住了内心的气愤。

"你看上林晖哪里了？他哪里比得上我？"

然后是第三条、第四条、第五条、第六条……

"他那么老，比我老好多，你们以后在一起都有代沟，你三十，他都快五十了。"

"……"

"他头发也没有我多，我看没几年他就该秃了。"

"他皮肤也没我好，你看他还抽烟，皮肤暗沉，你和他在一起，还得吸二手烟，但我不，我不抽烟，他得肺癌的时候，我还健康地活着。"

"你竟然用上班时间请假和他去爬山赏枫，而且过程里都没和我联系过哪怕一次！你竟然连续四十一个小时没有主动找过我！四十一个小时！"

"是，林晖是你初恋，初恋怎么了？初恋就一定是对的？全世界的女人都嫁给初恋了？"

"我看林晖就不像个好东西。"

"我不允许你和林晖在一起。"

白端端咬着嘴唇，手微微颤抖着往下翻。

大概是醉酒之下发的，季临的言语没有逻辑，很混乱，完全是想到哪出发哪出，文字没有任何修饰，简单粗暴直白，他在微信里抱怨，那巨大的怨气和不甘心仿佛能顺着文字溢出来……

"初恋有什么好的？林晖是你初恋那是你选择失误，他一点也不好，白端端，你真是被猪油蒙了心。"

"和林晖复合，你会后悔的。"

"有初恋了不起吗？很值得炫耀吗？"

鼓吹了一顿初恋垃圾论以后，季临又开始攻击起林晖来了——

"对了，林晖大小眼。"

"林晖真的老了，他抬头纹那么明显！你都看不见吗？！"

"林晖皮肤没我白，还很粗糙！"

"林晖根本不健身！他成天只知道做案子，他一个月里最起码感冒一次，身体这么差，根本不算男人。"

……

白端端不知道季临是怎么会对自己和林晖的关系产生这种误解的，但她更不知道，原来林晖在季临眼里竟然有这么多缺点，或者更确切地说，白端端从没想过一个人能从这么多角度来验证另一个人的缺点……季临的这一波操作简直是 360 度无死角地黑……

他把林晖从长相、年龄、专业能力、身材、身体健康状况，甚至连吃饭挑食、手长得不好看、声音不够好听等能想到的所有方面都 diss 了一遍，大概是终于想不出说什么了，从微信的时间上来看，他安静了一会儿，因为下一条信息距离上一条间隔了将近半个小时。

只是在作为信息接收方的白端端而言，此刻这些信息是没有时间距离的，因为白端端轻轻地移动手指，就看到了季临紧跟着的发言——

"他能给你涨工资，我也能。"

"他能给你送螃蟹，我也能，他有客户送，我就算没有，我自己给你买，你想吃多少就吃多少，今年我承包了一个鱼塘，明年你想吃什么水产品就吃什么。"

"他每次出差给你带礼物，我也会带。"

"他能陪你逛街，我也能。"

"你想要什么我都给你买，爱马仕的限量包、买不到的珠宝，我都给你买。"

"你别羡慕那个网红，你想要的 VCA perlee 系列的万花筒手镯，我都买好了，在我办公桌抽屉里。"

"上面说的别被我妈知道，没给她买。"

……

季临像是推销商品一样说了一堆自己的好，白端端从来不知道他竟然如此有当销售的潜质，这个口才和论证能力，当个华东区销售总监是绝对没问题的……

而季临却仿佛还嫌不够般，努力在最后收尾时总结陈词道——

"他能给你花钱，我也能，我比他还有钱。"

然后接着的信息，是一条转账信息，金额显示 520。

接着又是一条转账信息，还是 520。

再之后还是……

白端端往下翻，粗粗地就看到了十几个 520 元金额的转账。

而季临却仿佛还嫌不够，大概觉得 520 并不能很好地全面展现自己的富有，之后的转账信息里，金额变成了 1314……

然后就是一连十几条的 1314……

如果说此前季临开始全方位攻击林晖时，白端端还能麻痹自己，那么看到这些金额，她再也无法作壁上观地保持镇定了，她心跳如鼓，脸红到犹如燃烧，所以季临……所以季临亲自己……其实是……

喜欢自己？

而简单粗暴的转账后，季临大概又觉得金钱仍旧没有说服力，他重新换成了文字。

有语气霸总的——

"林晖有什么好的，我比他好。"

"他能给的我也能给，他不能给的我还能给。"

有看起来怨恨的——

"你不是说一天换一个男朋友也可以换上半年不重样吗？那什么时候轮到我？"

有带了控诉的——

"你闺密 16 岁出去打工很可怜吗？我 13 岁就去了，你怎么不来关心我？"

还有话锋奇怪的——

"虽然你眼光不好，品位也差，但其余都还不错。"

不是，季临，自己品位哪里差了？你这是表白，你知道吗？你还胆敢骂我品位差？

可惜醉酒的季临显然并不知道这个道理，他的下一条微信很好地证明了他真的毫无求生欲——

"虽然你的厨艺致命，做的烤鸡媲美大便，但我也喜欢你。"

自己做的烤鸡像大便？季临真的是表白吗？白端端觉得他可能是不太想活了……

不过像大便的烤鸡……这个形容……

电光石火之间，白端端突然想起了什么。

在自己被杜心怡引导着被舆论攻击、被人肉辱骂的时候，曾有个ID奋力地为自己"舌战群雄"，拼死地维护自己，而对方似乎就……就有一个邻居厨艺致命，做的烤鸡像大便……

一时之间，白端端沉默了。

她觉得她知道这个ID是谁了，世界上果然没有无缘无故的维护。

只是季临虽然偷偷建了小号维护自己很是令人感动，但竟然说自己厨艺致命，还是得死。

不过很快，季临的下一条微信让白端端已经无暇顾及这些小事了。

因为季临说——

"白端端，我喜欢你。"

"和林晖分手，和我在一起。"

"所有的所有，我都给你最好的。"


白端端呆呆地看着眼前的手机屏幕，深夜的安静放大了此刻她内心的悸动，以至于白端端有种错觉，要不是自己此刻用力捂住了嘴，可能心脏都要从嘴里跳出来了。

季临这个男人……

真的是不走寻常路。

白端端从没想过，这个平时一直冷淡、鲜少外露情绪的男人，原来内心世界这样丰富。

一个人，是怎么可以既嫉妒又怨恨还控诉，最后嚣张告白的？

白端端从不知道原来平日里安安静静地站在自己身边的季临，脑海里还有这么一台大戏。

自己和林晖是男女朋友？

也不知道他都是怎么脑补出来的。平时看着挺冷静有逻辑的一个人，不晓得是怎么靠一己之力虚构出这种扯淡的爱恨情仇的，甚至竟然还因为他单方面的误解攻击自己瞎？

不过，平时白端端要是被人这么说，大概是摩拳擦掌撸袖子准备干架了，但是如今被季临这样批评，她心里竟然还觉得挺和风细雨，甚至有点想笑?

所以季临是以为自己和林晖旧情复燃,自己把自己憋到绝境然后告白的吗?

白端端轻轻触碰着自己的嘴唇,突然觉得又好笑又心下酸胀,在灼热的情绪外,此刻终于有酸酸甜甜的感觉开始从她的心间溢出来。

季临竟然是喜欢自己的。

所以之前醉酒后那样亲自己,也是情难自禁酒后失控的真情流露,并非随随便便醉酒后的无差别对待?

虽然白端端不想承认,但光是想到这一点,她心里的雀跃也难以言表,虽然季临此刻的行为仍然算作先上车后补票,但刚才那种被醉酒的季临亲吻后的委屈好像变得也没有那么浓厚了。

因为白端端意识到,自己对季临来说是不同的。

而不管多想否认,季临对自己也是不同的。

因为他的那个吻,白端端上半夜几乎难以入眠,也因为他现在的表白,白端端知道自己下半夜也睡不着了……

白端端来来回回地又把季临的微信表白看了一遍,明明是相同的内容,但每次看白端端都觉得有新的感受,比如那些字里行间蕴含的小情绪,她甚至能想到季临是如何面无表情心里却带着巨大愤恨发送的,大概把手机屏幕都敲得震天响,天知道他是怎么对林晖有这么大敌意的……

这男人的嫉妒心啊,真是……

大概情人眼里出西施,双标的白端端觉得嫉妒的季临也还是蛮可爱的。

绅士的男人明明应该即便自己得不到,也要含笑祝福对方过得好,可轮到季临身上,仿佛根本没有绅士和风度这件事,醉酒把这男人嫉妒的嘴脸完全展现在了自己面前,只是明明他的语气这么气急败坏,白端端却觉得这样会控诉、会怨恨、会卖惨的季临,既生动又真实,反而吸引她不自觉地靠近。

爱本身就是很自私的东西,爱本来只能独享,爱的本质本来就是种排他性的占有,对季临是这样,对白端端亦然,她虽然伪装得很好,但其实心里或许比季临还容易嫉妒,误以为谢淼是他学妹的时候,自己心里也酸得都够得上剧毒腐蚀性了……

　　好在此刻，白端端只觉得自己简直遇到了世界上最美妙的事，喜欢的人竟然这样喜欢自己。

　　她的心里杂糅着甜蜜、娇羞，还有一些灼热的混乱感，心一直跳得很快，脸上也一直在发热，然而手心却微微沁出汗。

　　明明她是个遇事很稳得住的人，但这一刻，白端端却想要倾诉和分享，她甚至想告诉每个自己认识的朋友——你知道吗？季临喜欢我！

　　好在理智提醒她要遏制自己内心的冲动。

　　虽然最终实在没憋住，但白端端也只是敲了敲感情经历相对丰富的段芸，她隐去了事情的头尾和细节，只言简意赅道——

　　"我喜欢的人和我表白了！"

　　这时候已经凌晨四点多了，白端端以为段芸断然是在睡觉的，然而对面段芸竟然秒回了——

　　"这个点表白？这男的怎么回事？"

　　问完这一句，段芸的八卦电话就来了，这个点了，她精神百倍："快快，我前几天刚从国外出差回来，正好倒时差睡不着，你赶紧给我讲讲，不过你怎么这个点也没睡？这男人也没睡？他人在国外？"

　　白端端隐瞒了主人公的姓名和身份，掐头去尾大致讲了今晚发生的事，本来以为会听到段芸的恭喜和祝福，然而出乎她的意料，段芸的语气却很凝重——

　　"你真的确定这男人喜欢你？完全喝醉了酒亲你，然后喝醉了酒才表白，这种男人最差劲了，根本就没诚意好吗？"

　　情感导师段芸讲起来头头是道："而且我看吧，这男人就是喝醉了色欲熏心亲了你，然后冲动之下就和你表白了，但是第二天醒来吧，没准都号称自己不记得了，责任甩得一干二净。我甚至觉得这男人根本没醉，就是用醉酒当掩饰来试探你的态度，要是你答应了他的追求，他就开开心心、顺水推舟地和你在一起了，要是你没答应吧，这男的可能就号称自己也是喝醉了搞错了。"

　　白端端不明就里："可他表白了啊……"

"是，但端端，很多时候男人表白不代表他就非你不可了，因为男人表白不需要什么成本，不过就是嘴皮子一张一合的事。他今天可以和你表白，明天也可以和别人表白。很多男人找女朋友的时候并不是真的非你不可，而是寂寞了，你恰好出现，又长得漂亮年轻，那他也就碰碰运气表白一下，反正年轻男人的时间不值钱，就算你们谈恋爱一阵子最后分手，对他而言代价也不大，但我们女生的时间可就宝贵了！"

讲起这个，段芸大概想起了自己哪一任渣男前任，非常愤慨："你这时候可要冷静点，虽然对你表白，确实是可以明确他对你是有喜欢的，但这个喜欢到底多强烈，就不好说了。我觉得这男人最起码应该拿出更大的诚意表白才是，如果还顾忌着可能会被你拒绝丢面子，而用醉酒当幌子来表白，准备万一表白不成功，还能自己强行挽尊说是喝醉了，那说明他觉得自己的面子比喜欢你更重要。可表白的奥义是什么？表白的奥义就是破釜沉舟、背水一战！因为特别喜欢你，喜欢到即便可能被你拒绝，还是想要告诉你自己到底有多喜欢你，这才是有诚意的表白。

"当然，还有道行更高的。就是他计划了这一切，明明自己也知道自己干了什么，但第二天就是装作一切没发生过，欲擒故纵，吊着你，勾引你自己主动找个答案去扑他，反客为主，这就完全是高手了。"

白端端下意识地想帮季临辩白："他也不是没有成本，他给我发红包了，发了好几个的，可能加起来发了也有个几万块吧。"

"几万块算什么？你要知道你是什么级别的美女！如果花几万块本钱就能追上你，那他都应该去烧高香！我身边有个女同事，长得比你差好多呢，愣是让自己现在这个男友花了几十万才追上，男人吧，在你身上花钱越多，对你就越在乎，也越重视你，越不容易出轨。"

段芸越说越精神："何况你这个消费理念和赚钱能力，怎么的也要找个收入上比你强的吧？你自己随便买个包都好几万，追你花几万？这都太便宜了！"

白端端小心翼翼地试探道："但是这个追我的男人，平时都还挺……挺那个节俭的，愿意花几万块，是不是就是真的真爱了？"

"哦，那倒是分情况，有多节俭？"

"就……你想象一下，比如是季临花了几万块钱追……"

可惜白端端的"追我"都没说完，就被段芸大笑着打断了："哈哈哈哈，端端，你是不是一晚上没睡脑子糊了，季临会花几万块追你？你怕不是在做梦？他能花一百块请你吃饭，你都应该感恩戴德，如果他愿意给你发一个520的红包，那你已经是他此生唯一挚爱了，还花几万块追你呢，你一天到晚都在想什么呢？难道你去季临手下工作久了，思维方式都被他给带坏干扰了？"

"……"

季临啊季临，你看看你自己平时在别人眼里都营造的什么形象！竟然没有一个人信你会花几万块！

白端端想了想，决定还是努力帮季临挽回下形象："其实季临也没有你们说的那么抠门儿，他对下属啊、对我啊都还挺大方的，我觉得人还不错呢……"

因为去了盛临后很长一段时间一直就很忙，白端端几乎没时间和段芸还有薛雯聚聚，段芸对季临的形象显然还停留在最初："得了吧你，咱俩谁跟谁啊，你没必要因为他是老板，连在我面前也不敢骂他。我们公司虽然和他有业务上的合作，但我总不至于把你给卖了。你放心吧，咱们还是可以一起骂季临的交情！"

大概怕白端端不相信，段芸豪迈地笑过之后，又再接再厉补充道："何况你当初怎么说的？季临这种男人，长得再帅、业务能力再好、钱再多，但是抠，也只能死！我记得可清楚了，你当时说，也不知道什么女人会瞎眼看上季临这种男人，他大概率找不到对象要灭绝的，哪个女的上辈子作奸犯科才会和他这辈子携手共进……"

"……"

"不过你既然这么讨厌消费观和你如此迥异的季临，怎么还会对一个生活方式很节省的男人产生感情？对方为你掏个几万你就激动得不行，还小鹿乱撞？我记得当初你刚毕业有个煤老板的儿子追你，那小子长得也还不错，学历也行，和他爸不一样，还挺有品位的，几十万几十万的珠宝给你送，什么气球表白啊，找了喷气式飞机在天空上写表白信啊，这么浪漫又大手笔的事都干出来过，就连这你都没动心过，统统退回去拒绝了，现在为了几万块红包就把持不住了？"

"……"

白端端还想努力据理力争一下："段芸，我觉得你不能带有这么强烈的偏见吧，就那个，我觉得季临遇到喜欢的人也是会大方的……"

"不可能。季临这个人，我接触的时间长，我清楚他什么风格，就算侥幸有瞎眼的看上他了，我看他也不知道怎么宠女朋友的。再退一万步，就算他确实深爱上了一个人会变得大方，但我觉得世界上没哪个女人能撑过开头那段他的蜕变期，这得多博爱多圣母才能坚持着和他在一起啊？"

"……"

白端端只觉得自己脸上一阵阵地疼，事实证明，很多事情，不应该在开头说得太绝，很多人，确实也不能因为一开始的偏见而直接否定。因为只要是人，就都有缺点，只是就算这个缺点很大，如果能按捺住内心对别人刻板印象的预判，真正去接近了解这个人，或许很多时候会发现对方其实除了这个缺点外，非常可靠，也完全值得往来。而很多缺点，本来就并非原则性的错误，根本是可以改正的，甚至换一个视角来看，也并非全然就是缺点。

生平第一次，白端端反思着为自己当初对季临的偏见而感到歉意和羞愧，如果当时自己没有推波助澜，能劝说段芸冷静，或许如今段芸也不会对季临有如此激进的态度……

季临根本不是这样的人。

他很好，所以自己才会不自觉间被吸引。

只是挂了电话，白端端还是有些患得患失地犹豫起来，她知道季临是什么样的人没错，也知道季临对自己潜移默化里并不计较钱，然而被段芸这么一通歪理邪说分析，自己竟然也迟疑起来。

季临到底有多喜欢自己？

他真的觉得面子比喜欢自己更重要，所以用醉酒来当作表白的契机吗？

人就是贪心的动物，不知道季临喜欢自己的时候吧，白端端想也不敢想他会对自己有什么别的情愫，但一旦知道季临喜欢自己，那光是喜欢又是不够了，想要更多，想要他很喜欢很喜欢自己。

段芸的意思她也知道，她絮絮叨叨地对自己说了一通，总之中心主题思想就是，这男人表白诚意不够，因为醉酒这个点，让他能够随时后撤。

不切实际也好，女性的幻想也好，谁不希望喜欢自己的那个人，喜欢自己到可以丢掉不必要的面子呢？

爱是很纯粹的东西，即便白端端也知道成熟男人的爱总是克制的，爱别人总是排在爱自己之后，但内心深处她也不是不动摇的。

她希望季临喜欢自己，喜欢到毫无保留，而不是还瞻前顾后地想着面子或者别的什么，她想要这种奋不顾身的爱。

明明段芸劝慰、告诫了自己那么久，但挂了电话，白端端反而更加魂不守舍了。那种被季临喜欢着的满足感和期待感，夹杂着内心深处的不安和患得患失，搞得白端端更加睡不着了。

她又来来回回地把季临的那些微信看了一遍，仿佛想从中推断出明天酒醒后对方可能的回应措施，以及别的蛛丝马迹。

然而白端端脑海里已经完全被季临的那个吻和随之而来的表白彻底打乱了，像是一张原本马上要完成的高难度拼图，被某个不按常理出牌的人措手不及地全然打乱，让白端端只觉得棘手和混乱，甜蜜而酸涩。

想谈个恋爱可真的好难。

她睡不着，睡下去又坐起来，对着季临的对话框打下字又删掉，重复了好几次，终于想起来还有别的事可以转移注意力。

此前手机提醒上一共有58条信息提示，其中49条是季临的微信，还有9条好像是短信通知。

一般为了和客户保持距离，白端端并不太喜欢加对方的微信，因此还用短信和自己沟通的多半是哪个客户。虽然大半夜的没有必要处理工作信息，但白端端想，或许看看工作的事能冷静一下，没准反而更容易入睡。

只是等白端端点进短信栏的时候，她觉得自己真的睡不着了……

　　除了 49 条微信信息外，确实还有 9 条短信信息，然而点开一看，她彻底傻眼了。

　　短信是来自银行的系统短信，连续九条，都是入账通知。

　　九条短信，九笔入账，每一笔的金额是……

　　五万二。

　　手机屏幕上的阿拉伯数字显示着"52000"。

　　每一笔都是。

　　对方转账人：季临。

　　白端端目瞪口呆地看着自己的余额……

　　季临除了在微信给自己狂发 520 和 1314 的红包外，大概是嫌不过瘾抑或是为了彰显自己的财力卓绝，竟然给白端端一共直接转账了九笔 52000，合计将近五十万……

　　这下白端端觉得心情不太好了，她开始怀疑季临的表白都是毫无理智的，因为一晚上而已，他竟然给自己转了快五十万！

　　这狗男人恐怕压根儿不知道自己干了些什么！

## 第三十六章 一场谈判，互诉衷肠

白端端最后是一夜没睡，就这么生着闷气睁着眼睛到了天亮。她密切关注着一墙之隔的季临的动静，一听到对方起床淋浴的声音，便紧张地静静等着，简直像个动物世界里等待狩猎的老虎，就等对方蹿出来给他脖子上狠准稳地来一口了……

她把耳朵贴在墙上，根据隔壁那点微弱的声音，猜测模拟着季临起床的全过程——他洗好澡了，然后吹风机的声音响了，吹风机停了，头发吹干了，窸窸窣窣的，应该是在开衣柜门找衣服，接着是拖鞋走路的声音，这男人应该整理好仪容了……

只是他的步子为什么还这么稳？走路还这么镇定，他昨天不经同意吻了自己，还没头没尾地丢下了一个并没有那么多诚意的醉酒表白，还这么镇定！得死！

白端端觉得憋不住了，今天季咪咪正好轮到她带，她二话不说，风风火火，便抱着两只猫冲向了季临的门口。

季临很快过来开了门，见是白端端，愣了愣，然后神色自然镇定地把她让进屋里，自己则转身走向了厨房。

他的语气一如平常："今早是红枣桂圆粥，还在煮，你再等十分钟。"

只是他越是波澜不惊，白端端的心里就越是惊涛骇浪，但凡一个人，昨晚上既趁乱亲吻了别人，还做出了醉酒表白甚至打巨款的行为，都不可能在第二天一早见到另一方当事人还如此冷静，看到季临这个样子，白端端倒是开始慌了。

他昨天的行为果然并非出于理智，以至于今早甚至压根儿不记得一切了？

否则白端端无法想象有什么人能在面对这种修罗场的情况下，还能如此镇定自持……

然而因为季临的镇定，白端端倒是茫然了，这下她不知道该怎么开口了……

平时白端端是个从没怯过场的人，然而对于季临这件事，她仿佛不论做什么，好像都不是自己了，紧张、忐忑、惶恐又羞赧，像一个第一次要在国旗下讲话即将登台的小学生。即便对于人生而言，这将是一次非常微小的插曲，然而对于此刻的白端端而言，这仿佛就是一生里唯一一件大事。

只是季临的行为完全打乱了她的步调，白端端不自觉就被季临牵着鼻子走，她呆呆愣愣地抱着猫，然后坐到了餐桌前，季临的时间预估总是非常精准，十多分钟后，他从厨房里端出了热气腾腾、散发着枣香味的粥来。

他平静而自然地看了一眼白端端："要加个煎蛋吗？"

白端端看着眼前的粥，摇了摇头。

"小心烫。"季临也端出了自己的那份，然后又把牛奶递给了白端端，"这个牌子，上次你说过，奶味很足，我这次买了。"

"哦，好的。"

白端端几乎是下意识地接过了牛奶，然后她晕乎乎地就开始拿起勺子准备吃粥，不管怎么说，从昨晚到今早一夜没睡，她确实早就饿了。

白端端喝粥，季临便也安静地喝粥，季咪咪和白咪咪已经从白端端身上跳下了地，各自找了个能晒得到太阳的位置趴下来。

不得不说，季临的手艺真是十分好，一份红枣桂圆粥，甜而不腻，还撒了点桂花，香气四溢又让白端端胃口大开，只是粥很好喝，白端端心里却是七上八下地想着怎么把话题引导到昨晚……

而她的粥刚喝了一半，季临倒是先一步开口了："我这次用的冰糖，放得比较少，你要觉得味道太淡的话可以再加一点白砂糖，在厨房那个柜子里。"

白端端心不在焉地点了点头。

然后她就听到季临继续用那种平淡无波澜的声音继续道——

"还有，我的信息看到了吧？"

虽然是个问句，但他并没有给白端端时间回答，而是径自说了下去——

"不是你说的，很多事也好，男人也好，你追求的是刺激和新鲜感吗？没有挑战性就没有意思，那你和林晖有什么必要复合？不是在重复过去的自己吗？何况好马不吃回头草，不如和我在一起。"

白端端一口粥含在嘴里，还没来得及咽下去，更没来得及消化季临此刻的这番话。

他的表情还是非常冷静镇定，语气平淡，仿佛说的仍和上一个糖够不够是同一个没什么新意和冲击的日常话题。

他一边继续喝粥，一边看了白端端一眼，非常自然道："林晖没什么好的，他能给你的我都有，他不能给你的我也有。"

白端端突然不知道自己该说什么好。

季临没有忘，他也并非准备以醉酒的借口来推脱，她心里有点酸胀和甜蜜，像是一块悬空的石头终于落了地，然而更多的是茫然和意外。

这男人的一切都太冷静了，冷静到白端端甚至在怀疑自己是不是听错了。怎么会有人能用这么平常的态度去说这么爆炸性的内容？

只是说完这一句，季临却又切换了话题："今天的粥好喝吗？"

白端端这下是真的被这男人跳跃的话题和冷静的态度给彻底整蒙了，她只下意识地点了点头："挺好吃的。"

"那你想一直有这样好吃的早饭吗？"季临的声音仍旧冷静，然而这一次他飞快地看了白端端一眼后，就不自然地移开了目光，然后停顿了非常短暂的时间后，他轻声继续道，"不仅是早饭，我做的中饭和晚饭，以后都想一直吃吗？"

白端端几乎是被蛊惑，等她意识过来，行动已经先于她的思维点了点头。

而这一点头却仿佛非常大地取悦了季临，他那原先抿紧的嘴唇终于淡淡地笑了一下，然后他看向了白端端，盯着她的眼睛："你想一直吃也可以。"

他淡淡道："嫁给我就行了。"

白端端下意识地又喝了两口红枣桂圆粥，才意识过来季临刚才说了什么。粥很好喝，她也仍旧很饿，可这下却是怎么也不能再喝下去了，因为她的脸已飞速变得滚烫和红透，颜色大约可以媲美碗里那两个大红枣。

季临都在说什么话啊！

怎么会有人用这么一本正经、冷冷淡淡的模样，说这种类似于求婚的话题啊！

这男人的每一句话都像是狩猎的弓弩手，狠准稳，手起箭落，一根一根插到了白端端的心上，把她震得完全无力回击，也完全无法反应，手忙脚乱到把本来要送到嘴边的粥都不小心糊到脸上去了。

季临很快抽了纸巾，然后他微微起身，动作自然地给白端端擦掉了嘴角碰上的粥，嘴里却还在冷静地进行刚才的话题："你觉得没有办法一下子就决定当我老婆的话，可以先当我的女朋友。"

他理直气壮又镇定理智地分析道："当女朋友的话，也可以每天每一顿都吃我做的东西。你知道的，林晖做菜比我差劲很多，我昨天发给你的信息里说过了。他还比我老，年纪大的话，学习能力会越来越差的，所以你不用指望他能改掉以前的那些毛病。男人越老越固执，你以前为什么和他分手，未来也会因为什么继续分手，他太老了，坏习惯改不掉的。"

"……"

白端端觉得季临这个司马昭之心有点明显了，光这么一段话里，就说了三个老……

她被季临这一番话震惊得彻底傻眼了，甚至都忘了自己应该立刻解释一下林晖的问题。

而季临说到这里，看了白端端一眼，强调道："但我还很年轻。"

"……"

季临一派自然恬淡，倒是白端端觉得自己眼神都不知道该往哪里放了。她心跳如鼓，连手也微微颤抖起来，只能赶紧放下勺子，藏怯一样把手藏到了桌子底下，努力维持着表面的镇定自若。

季临能如此冷静地说出这种话，自己绝不能输，毕竟按照道理来说，被对方表白的自己才该是主动的一方。

白端端稳了稳情绪，然后也看向了季临，她佯装同样镇定道："所以你知道你自己昨天干了什么是吧。"

季临抿了抿唇，样子严肃冷静到像是在进行一场谈判："我知道自己昨晚干了什么，所以我会负责到底，你提什么要求都可以。"

白端端紧张得要死，这如果是谈判，她反而更自在一点，但这虽然谈判的架势十足，但又并不是真的谈判，她只能别开了视线："但既然现在听起来你对我还挺有那么点意思，那为什么之前一起工作那么久，都没有表白，却选择了自己喝醉后表白呢？你不觉得醉酒后表白有点没诚意吗？"

"我本来也不准备喝醉后说那些。"

白端端微微抬了抬眼睛，看向季临，紧张又有些执着："那你为什么最后还是喝醉后做了这些？"

季临还是非常镇定，他看起来沉稳而笃定，然而话音里却带了点转瞬即逝的无措，然后白端端看着他转开了视线："因为没忍住。"

季临的声音干巴巴的，像是汇报工作："本来想找一个合适的机会说这些，但是昨晚喝多了以后，情绪有点控制不住，实在忍不了，等清醒过来的时候发现已经说了。"

白端端眨了眨眼睛："所以你后悔喝醉酒以后说了吗？"

换作是白端端，是绝对会羞愧难当的，毕竟暗恋一个人向他表白是一回事，但攻击另外的"情敌"，就显得有点嫉妒心过甚了。

"没有。"然而季临完全理直气壮，"为什么要后悔？

"比如，是不是觉得喝醉以后说了林晖那么多坏话，有点不好意思？"

季临一脸的难以理解："这有什么好后悔的？难道林晖不比我老吗？难道他赚的不比我少吗？难道他做饭做菜不比我难吃吗？我只是说出了事实。"

"……"

这简单粗暴的坦荡倒是让白端端有点哑口无言了："你不觉得就算我和林晖在一起了，也就算你说的是事实，你这么说有点不太大度？"

季临仿佛听到了什么匪夷所思的事："谈恋爱还要讲大度吗？我喜欢你，我讨厌他，我不希望你和他有任何牵扯，这不是很正常吗？难道感情还要讲礼让、谦和、优雅、绅士吗？"

他抿了抿唇："不好意思，我不是这个风格的，喜欢就争取，能攻击对方就攻击对方，方式只要合法，阴损点也没关系，目的达成就行了。难道我违法吗？"

不得不说，季临的办案风格和他的恋爱理念真是出奇地一致……只要合法合理，就能把专业发挥到极致……

而季临却还嫌不够似的，说到这里，他又看了白端端一眼："何况，林晖根本不是什么好东西。"他神情仍旧镇定，然而声音的末尾里还是不自觉地带上了一点酸溜溜的意味，"他不过就是因为比我老，所以遇到你比较早，要是我早点儿遇到你，根本就没有他什么事。"

"……"

白端端觉得自己十分有必要解释清楚这个乌龙："其实你没必要对林晖这么大的敌意……"

"哦，难道我还要感谢他吗？"果然，一提及林晖，季临又阴阳怪气上了。

白端端只是笑："你真的要感谢他。"

"感谢他和你分手？"

"不是，感谢他逼我离职，所以我才会到盛临来，到你身边来。"

季临的脸上露出了不太开心又有点别扭的神情，仿佛终于打破了他今天一直以来的冷静。

白端端看着季临的眼睛："但你不用感谢林晖和我分手。"

季临抬了头。

"我和林晖也没有复合。"

季临皱着的眉舒缓了一点，仿佛心里那些意难平被略微抚慰。然后很快，他似乎又想起了什么一样，飞速继续不高兴起来："哦，没复合啊，没复合，那你还工作日请假和他一起去赏枫？难道还相信什么分手了还能做朋友吗？你缺那两个朋友吗？一定要在前男友里找？"

白端端觉得有点好笑："你是不是傻啊，我从没和林晖在一起过，怎么复合啊？"

果不其然，自己这话下去，一贯冷静镇定的季临，眼睛也快速地眨动了一下，连带着他长而翘的睫毛，也如蝴蝶翅膀般连续扑动了好几下。

他有些猝然地看向了白端端，脸上的情绪已经无法掩盖："他不是前男友？"

白端端终于冷静下来，她觉得自己渐渐握回了主动权："嗯，不是前男友，从来就不是。"

季临瞪着白端端，像是等一个进一步的解释。

白端端清了清嗓子："林晖对我而言确实有很多种身份，大学老师、朋友、恩人、前老板，但是唯独没有前男友这一种。我和他确实都是彼此人生里很重要的参与者，也一起携手走过最艰难的日子，但是我们之间从没有过超乎友情以上的感情，甚至都不能说是友情，他对我是一种对后辈的关怀，而我对他，更多的是感激。

"工作日一起去上菱山不是去赏枫，而是去祭奠他死去的未婚妻叶朝霞。朝霞姐姐对我非常好，每年她的忌日，我都会和林晖一起去祭拜，带的东西也都是祭品，并不是去赏枫野餐。"

随着白端端的解释，季临在得知真相的愕然过后，脸上露出了努力想要压制的惊喜，然而很快，他又抿了抿唇，有些不相信的样子："可我听说，之前你在朝晖离职前，林晖对你已经过分了，但你一直坚持着没走，你对他真的……"

"没有。"

白端端简直有点无奈了，这明明该是表白现场，然而自己此刻怎么就被盘查了呢？

季临盯着自己，眼神森然，仿佛不问出个所以然来誓不罢休。

"我对林晖没有别的感情，一直忍让他后来的风格，是因为报恩。"

白端端深吸了一口气："他救过我爸的命。"

这件往事，白端端本来是并不想回忆的，然而不知道自己和林晖的互动竟然给季临造成了这么大的误解，她还是决定说出来。

"我爸曾经是个工程师，负责检测高端技术装备，在一家民企工作。这民企也算是我爸技术入股一起创办的，另一个老板原本是我爸的高中同学，家里有点钱和路子，就撺掇着我爸从之前的国企辞职了，和他一起合伙创业运营了这个民企。他负责搞定资金和跑业务，我爸则负责技术检测，说白了，就是他组盘子，我爸负责具体干活儿。但其实从创业一开始，这个同学就不太厚道，隐瞒了很多收入，给我爸的分成也是有水分的，自己却一直忽悠我爸，给我爸画饼，说创业前几年都很苦，等未来上了轨道，就好了……我爸这人老实，还乐呵呵的，也没当回事，在出事之前根本就没发现。

"其实他从国企辞职后去了这个民企，工资和福利待遇各方面都是下滑了一大截，真的是因为热爱这个工作，心里也有创业梦，才一直支撑着他。那段时间我们家正好换了房子，贷款压力大，过得也都紧巴巴的，幸好我妈开武馆也有收入，才勉强撑着。"

回想起当初，白端端还有些自嘲："大概真的算是勒紧裤腰带过日子吧，我爸妈每天就只吃酱瓜，拼命省出钱给我买吃的。但初创公司，你知道的，别说工作时间不合规，就是该给员工提供的劳动保护，也没有提供，结果对方允诺我爸的飞黄腾达是没等来，却等来了我爸受伤的消息。"

白端端深吸了一口气："因为设备老旧故障，我爸在周末加班中被机器绞了手，只是明明是工伤，那同学为了逃避责任，抓住了证据瑕疵，愣是把这周末的加班歪曲成了我爸自己莫名其妙地去工厂，私自违规操作造成的……而且当时他那企业已经步入了正轨，已经不需要我爸了，本来就想找借口把我爸踢出局，这下更是以我爸没了一只手为缘由，逼我爸自己辞职……"

季临越听越是眉头紧蹙，他一直以为白端端是从小没有经历过任何阴霾的，却不知道原来她也遭遇过这样压抑的人生。虽然如今的她叙述起来轻描淡写，但季临也是苦过的人，他知道那种艰难的滋味。

"那时候我还没大学毕业，虽然学了法律，但是其实除了书上写的，实践操作一概不懂。我爸出了这个事，我除了哭，真的完全不知道怎么做。本来我爸被绞掉了一只手，不得不截肢，我们以为已经是最大的不幸了，没想到因为我爸受伤后对方延误送医，导致细菌感染，被确诊为败血症，当晚就送进了重症监护室。重症监护室里一晚上多少钱啊，对于现在的我来说可能足以承受，可对当时的我家而言，天都塌了。"

讲到这里，白端端收敛了眼神，努力平静下来："这时候我才知道钱是多么重要，有了钱才能救我爸，钱真的很有用，但偏偏我们家捉襟见肘，真的没有了……我和我妈哭着去找了我爸那个同学，结果人家闭门不见，又去求了医院的医生，可医生也没办法，总不能因为我们可怜，就给我们免单吧？这世界上不幸又可怜的人多了去了。"

白端端讲到这里，季临心下也终于有了计较："所以这个时候，是林晖帮了你？"

白端端轻轻地点了点头："他当时是我的大学老师，看我几节课都眼睛红肿、精神恍惚，找我谈了话，知道了我家的情况，然后他把他当时准备和未婚妻结婚买房办婚礼和蜜月的钱，全部给了我。他当时一点迟疑都没有，二话没说，就让我去救我爸。"

白端端抬起了头，看了一眼季临："他甚至没让我写借条，也没说什么漂亮话，就把钱给我一塞，甚至都是现金，我要耍赖，他连个银行流水转账证据都没有。

"后来没多久，他又给我塞了一笔钱，说是自己之前兼职做律师时的代理费，让我也赶紧救急用上。"

"所以你爸爸就是因为他这几笔钱，才脱离了危险？"季临放缓了声音，"所以，即便后来他那么对你，你也一直忍着？"

白端端轻轻点了点头："虽然我不知道什么原因，但你或许觉得林晖就是个很差劲的人。现在的他也确实有很多事做得不对，甚至从业的理念都有了歪曲，但我始终相信，他内心并不是这么糟糕的人，至少以前的他，确实对我很好。

"他一直没和我说过那是他准备结婚用的钱，最后也是他的未婚妻说漏嘴，我才知道。因为我这事，他俩婚期推迟了，婚礼也只能从简，可这婚最后还没结，朝霞姐姐就出了事……"说到这里，白端端的情绪非常低落，"我总觉得我对不起朝霞姐姐，要不是我这个事，她至少可以在死前有一场梦幻的婚礼，而也因为这个意外，我这辈子永远也弥补不了她了。"

一直以来，白端端从没告诉过任何人，她几乎是投射般地把对叶朝霞的亏欠妄图回报在林晖身上，因为朝霞姐姐已经不在了，她能做的只是向林晖报恩和赎罪。

"这不是你的错。"季临的声音打断了白端端内心的难过，他看着她，非常认真而一字一顿地说道，"白端端，这不是你的错，你很好，你做得也很好，只是不幸会发生，但这和你无关。"

如果说季临原本不能理解白端端对林晖那种奇怪的信任和感恩，那么他现在懂了。他曾经计划过，在自己表白后，就要说出林晖曾经对自己父亲做过的事，在白端端面前撕毁林晖的假面，让她好好看清楚这个人有多卑劣。这件事他憋了太久，他觉得就算白端端不和自己在一起，自己也应当有义务提醒她，以防止她受骗，然而此刻听了白端端的这一席话，季临却觉得什么也不想说了。

他会把这件事一直一直憋下去，直到永远。

自己的愤怒、仇恨以及戳穿林晖的假面并不重要，重要的是白端端。

林晖对她确实是好的，在她没有遇见自己却深陷困顿的时候，林晖帮助过她，至少这一点上，季临甚至应当感激林晖。如果没有他，如果白端端也早早地没有了爸爸，她会过得和自己一样苦，而自己那些苦，季临根本舍不得让白端端尝一遍。

白端端却不知道季临的这些想法，她仍旧沉浸在过去的回忆里："第一笔钱，是林晖娶老婆的钱；第二笔钱，则是他为了救我爸为了帮我甚至舍弃自尊的钱。

"他在大学里也兼职做律师，但接的都是那些公益维权案件，农民工讨薪之类，基本不收费，极少的几个收费案子，对方也并不是多有钱的客户，所以要的不多，基本是帮忙性质地意思一下而已。常常是他帮客户赢了官司，对方索性也装傻充愣，再卖卖惨，这代理费就这么拖着拖着拖到不给了。

"林晖为了给我筹钱，一家一家上门去要……"

做律师接触的人多，常常也是看遍人生百态，这样的故事开端，连季临也猜得出后续发展："他们赢了官司，就翻脸不愿意给钱了是吗？"

人心就是这样禁不住考验和揣测的，季临几乎可以想象，这些客户在林晖接案子前是多么感恩戴德、好声好气地拜托他的，也可以料想，一旦案子赢了以后，对方是如何有恃无恐地赖账甚至恩将仇报的。

人性有时候很丑恶，穷则会加剧人间所有的恶意，把很多并不真善美的东西赤裸裸地暴露出来，正如他父亲原先遭遇的一切一样。

白端端沉闷地点了点头："不仅不愿意给，还羞辱了林晖。最后有个泼妇，一口咬定林晖作为知名的维权律师，不可能缺自己这么一个代理费，一口咬定要么林晖给自己下跪，才愿意相信他是真的没钱走投无路了，才给钱……"

"林晖跪了？"

"嗯。"白端端抿了抿唇，"因为我爸还差最后一笔钱，只有那么一个缺口了。"

一时之间，季临也有些沉默，他没想过林晖还会为别人做到这一步。

"这件事林晖没有和任何人说，要到了钱以后就直接给了我，但是后来风言风语传到了学校和律所里来。

"说他之前的公益维权都是沽名钓誉，其实不过就是一种自我营销和成本投入，等靠着公益维权有名气，成了知名律师以后就开始敛财。说他就是那种斤斤计较其实一分钱也不能少的性子，为了几个钱连下跪都愿意，不顾自己的客户多么穷困，还是硬逼着人家要立刻付钱。"

舆论是很可怕的东西，尤其当舆论遇到弱者，没有人能预知将会发酵出什么样歪曲的版本来，而群众总是更倾向同情弱者。

白端端叹了口气："屋漏偏逢连夜雨，林晖那时候正好有一个免费的维权案子打输了。你是律师，你也知道，就算表面看起来很简单的案子，了解了内情和证据后也未必如此，律师不是神，不可能保证赢，这是很正常的事，但配着之前那些风言风语，林晖的形象就被扭曲得更糟糕了。他此前接了一百多个公益维权案，几乎每个都得到了当事人想要的结果，只是输掉了这么一个案子，结果铺天盖地的谩骂和攻击就来了……说他是有了点名气开始狐狸尾巴露出来了，人也飘了，只想着敛财，对那种免费的案子也不上心了，所以才输了。

"林晖对此没解释过，但他其实是个骄傲又很在乎名誉的人，也有点清高，所以我想，他下跪的时候一定很挣扎，他被外面人戳着脊梁骨说三道四诽谤的时候，一定也很痛苦，但他从没有和我说过这些事，从不想我有太沉重的感激，他……不管他现在变成什么样，至少过去他是个好人，他对我而言，已经足够仗义了。我爸就因为他的这几笔钱，才最终脱离了危险。"

白端端深吸了一口气："要是没有他，我就没有爸爸了。"

一席话，季临耐心而安静地听完，也终于理解了白端端对林晖那特别的包容和忍让。林晖确实有恩于她，在白端端的回忆里，林晖也确实是个好人，他也确实保护过白端端。即便季临不想承认，但如今白端端眼睛里还是这样纯粹和阳光，或许林晖也是有一份功劳的。

他突然就不那么恨林晖了。

只是……

一旦知道了林晖不是白端端的前男友，季临又有了新的问题，他有些不太自然地清了清嗓子："我刚才说了这么多话，你不要绕开话题。白端端，请你正面回答我，这问题很简单，我就问你，你以后想一直吃到我做的东西吗？"

白端端没发现，其实季临此前那种冷静不过是伪装。他昨晚再次清醒后，就再也没有睡觉了，之前的那番说辞在他脑海里演练了无数遍，以至于在今天才能如此镇定地说出口，然而在等待白端端一个回复的过程里，他的内心是从没有过的紧张。

虽然外人大概会觉得季临此刻仍旧十分沉稳，但只有季临知道，自己这一刻有多忐忑，他没有经历过表白，甚至对一个人的爱意、占有欲和嫉妒，都是人生里第一次体会。他甚至第一次意识到自己原来还挺容易害羞的，以至于此刻没有直白地问白端端是否答应和自己交往，而是用要不要继续吃自己做的饭来得到回应。

明明一分钟都不到，但季临总觉得如同过了一个世纪那么漫长，然后他在不安的等待里终于听到了白端端的回答。

她声音脆脆的，尾音又带了点利落——

"好啊。"她说。

季临自然是期待听到白端端肯首的回复的，然而这样简短的两个字，季临却又不满足了——

"你怎么答应得这么随便？

"一点激动都没有吗？

"你是想玩玩我吗？只想和我不走心消磨时间谈恋爱的那种？"

虽然努力抑制，说出这些问句时表情也仍旧冷静，但季临的语词里却是满满的控诉和委屈，他盯着白端端："白端端，你不能……"

接下来的话他没能说完，因为白端端凑上去，把他拽向自己，然后在季临惊愕的目光中吻了他。

# 第三十七章　恋爱公告，偷偷发布

　　几乎是飞快地，白端端在偷袭后就放开了季临。

　　结果她这个始作俑者比季临还紧张，放开后，她就低下了头，而季临则瞪大了眼睛，仿佛还没反应过来般盯着白端端。

　　这下质问的人轮到季临了："白端端，你这是什么意思？"

　　事到临头，白端端觉得也没法当鸵鸟了，她看了一眼季临："你亲我什么意思，我亲你就也是什么意思啊。"

　　"我亲你是因为我喜欢你。"季临轻咳了一声，移开了视线，"所以才会失去理智那么亲你，但你……"

　　"我也喜欢你啊。"

　　白端端眼睛亮晶晶地盯着季临："想一辈子吃你做的饭。"

　　这句话其实挺温柔，然而季临表情愣了愣："你不会是……"

　　"不是，虽然你做饭真的好好吃，想吃一辈子，但是你不给我做饭的话，我也还是喜欢你。"

　　喜欢你的口是心非，喜欢你的面冷心热，喜欢你的故作镇定，喜欢你的虚张声势，也喜欢你深藏不露的温柔和耐心。

"没有答应得随便，因为本来也喜欢你。

"亲你是因为觉得故作镇定的你还挺可爱的。"

季临的面色也随着白端端的话柔和起来，眉眼里都带了淡淡的光，他的情绪终于不再那么紧绷，开始放松下来，他看了白端端一眼："所以觉得可爱就可以亲？"

被季临那样专注又认真的眼神盯着，白端端只能佯装镇定地点了点头："没错。"

白端端本来还想说点别的，结果还没来得及，季临就倾身向前，用嘴唇堵住了她未尽的话语。

他轻轻地托着白端端的后脑勺儿，然后细腻而温柔地吻她，像是要探索和描摹她舌尖的每一份感受。

光是一个吻，白端端就被亲得头昏脑涨、脸红心跳。

等季临再次放开她，她的整张脸已经红到滚烫。

季临却还不安好心地要故意戳破："你脸好红，是害羞吗？"

白端端几乎有些气急败坏，但她不愿意承认害羞，总觉得承认了，自己就弱了一截一样，于是硬着头皮反驳："我才没害羞，还不是因为你突然又亲我，我说了你可以亲我吗？"

季临却是笑："不是你说的吗？觉得可爱就可以亲？"

竟然以其人之道还治其人之身！自己刚才说的歪理邪说，还被季临直接用到自己身上了！

但是，听起来竟然还有点让人心动是怎么回事？原来自己在季临眼里随时随地都很可爱吗？

季临生怕自己是做梦，又或者是怕白端端跑了一般，自从白端端亲他以后，他就把白端端的手牢牢握住了："那现在亲也亲了，我们也应该彼此负责了吧。"

这男人，明明很有成熟的魅力，但是幼稚和纯情起来，又让人完全无法抵抗。成年人的世界，别说亲一下要不要负责，就是睡一下，没准都不算什么。然而在季临的世界观里，仿佛亲过就是某种契约的订立了，他会认真地遵守，并且忐忑地期待对方也能有和他同样的郑重。

这男人，果然此前根本没有谈过恋爱，也毫无感情经历吧？

白端端没来由地就有点想逗他，她故意道："我可以对你负责，但是你先要告诉我，你的初恋是谁？上次你不是号称自己也有初恋吗？既然我们都在一起了，交代彼此过往感情史，也是很重要的一部分。"

季临脸上果然闪过了不自然的别扭和回避："都过去的事情了，我都忘记了，能不能不提了。"

"不能。"白端端却是铁了心地要使坏，"坦白是恋人间的必修课，我们才刚确定关系呢，你就要骗我了吗？这样我以后还怎么对你有信任感呀？"

"……"

一席话，堵得平时伶牙俐齿的季临也完全说不出话来，他沉默了很久，才终于露出了英勇就义的决断。

"我骗了你。"

白端端心里都快要笑死了，但脸上还称职地露出了惊讶的表情："什么？你骗了我什么？"

季临大概是做好决断了，他用一种死就死吧的眼神看了一眼白端端，冷静道："没前任。"

然后他盯着白端端，面上虽然淡然镇定，但耳朵还是微微有些泛红："就一个初恋。"

白端端明知故问道："你就一个初恋还没前任，那什么意思？还藕断丝连没分手啊？"

"我刚初恋上。"季临被逼到绝境，"和你。"他说完，恶狠狠地看了白端端一眼，终于也看出对方是故意的，"满意了吧？"

白端端简直想要笑到打滚，但脸上还端着，也学着季临此前的样子冷静地点了点头："满意了，所以我是你的初恋？"

"嗯。"

"那，那天亲我是你的初吻？"

"嗯。"

季临回答完，虽然羞赧，但也觉得有种索性自暴自弃的放松："没谈过恋爱，如果以后我哪里不好，你直说，我会改。"他想了想，还是没忍住再夹枪带棒地攻击一下林晖，"毕竟林晖老了，学习能力差也很难改，但我还年轻。"

白端端哭笑不得："我都说了林晖不是我前男友了，我们就没有别的关系，你不用再提他了。"

季临抿了抿唇："他当了你那么久的绯闻前男友，所以我还是决定讨厌他。"

白端端真是没想到，季临的醋意怎么可以这么重。

"不过都是谁传说我是林晖前女友的？这哪里空穴来风的谣言？你平时分析案子案情不是头头是道吗，怎么轮到这事上，就不能冷静想想？我和林晖的相处模式能是恋爱吗？之前在朝晖的时候，我和他共事没多久，就被驻派到 B 市拓展市场了，谁热恋会把女友派到外地去异地恋啊？何况我们平时几乎不太联系，也不太见面，有人谈恋爱这样吗？"

"容盛说的。"季临毫不犹豫地就把容盛给卖了，"最开始我见到你，他就告诉我你和林晖谈过恋爱，当时和你不熟，先入为主当然相信容盛，毕竟他和我认识快二十年了。

"异地恋也不是没有，毕竟很多人事业和爱情都想要，为了爱情也不至于牺牲拓展事业，何况不是有首诗吗？'两情若是久长时，又岂在朝朝暮暮。'B 市和 A 市又不远，谁知道你们是不是每个周末见面小别胜新欢呢？至于你们不太联系的相处模式，谁知道是不是因为情到深处的默契和感情稳定不在乎这些形式呢？"

季临顿了顿，然后不太自在道："如果是案子，我自然会冷静，但涉及你，好像不太容易还保持冷静。"

这男人，不冷静起来竟然比冷静起来更让人觉得吸引人。

"可我谈恋爱肯定不是这种相处模式呀。"白端端歪了歪头，"喜欢一个人不应该每天都想和他在一起吗？比如我就想每天看到你，要是你把我驻派到外地，那我就要和你闹分手了，在恋爱里，我应该没你想得那么懂事，我可能是黏人型的，你要是受不了……"

"受得了。"季临飞快打断了白端端，他不自然地移开了目光，"我就喜欢黏人的。"

两个人明明并没有说什么过分直白肉麻的情话，然而这么一来一回，白端端却觉得比情话还腻味，细细回味起来都有些怪不好意思的……

然而刚戳穿了季临的初恋梗，季临倒是也挂念上了白端端的，他看了对方一眼："哦，不过既然林晖不是你的前男友，那你的前男友是谁？"

明明心里在意得要命，这男人此刻竟然还佯装一脸的云淡风轻："你说了要交代彼此之前的感情史的，我没什么可交代的，那轮到你交代一下了。"

"我前男友啊……"白端端拖长了调子，"如果你做得不够好，就可以喜提我前男友称号了哦。"

季临愣了一秒钟，之后才反应过来，他声音有些微微颤抖地确认道："初恋？我？"

白端端点了点头："是的哦，我劝你还是给林晖送面锦旗或者写封感谢信，要不是他把我驻派去人生地不熟的 B 市开拓分所，让我忙到恨不得有八只手，我也不会一直没时间谈恋爱，最后沦落到被新律所老板潜规则……"

季临脸有些微红，下意识地反驳道："什么潜规则……"

"我现在回想一下，你之前很可疑啊季临。突然对我那么大方，给我涨工资、买手机，五十万两小时花完，真的不是想要用金钱麻痹我，然后包养我、潜规则我、对我意图不轨吗？不过你不觉得这个招数有点婉转，而且有点太老了吗？"

"……"

季临简直无言以对："我以前没试过，我不知道，那我以后不这样了。"

"不！"白端端赶忙说道，"我还没说完。"她清了清嗓子，"虽然方式有点老，但我是个怀旧的人，我就喜欢这种简单粗暴的爱情。"她看了一眼季临，"还挺动心的。"

"……"

季临安静了片刻，才重新看向了白端端，他轻声再次确认道："所以我也是你的初恋？"

　　说着这话的时候，这男人全程还攥着白端端的手，之前只是握着，而现在已经变成十指相扣的得寸进尺了。

　　"是呀。"

　　结果白端端话音刚落，脸颊上便被啄吻了一下，她瞪向身边的始作俑者，结果季临却相当理所当然地镇定。

　　他理直气壮道："哦，奖励一下。"他看了白端端一眼，"把初恋留给了我。"

　　这男人……

　　季临却显然并没有讲完，他顿了顿，才有些不好意思地继续开了口："你可以放心地把初恋交给我，虽然我没有经验，但是我会学，我学得很快，也会学得很好，我会给你一段最好的恋爱。"

　　这男人幼稚的心理显然又一次占据了高地，他大言不惭地郑重道："比别人都好。"

　　那"谁也比不上我"的模样，让白端端既觉得幼稚，又觉得有点可爱。

　　原来这就是谈恋爱呀，谈恋爱真好，恋爱让人变得柔软、天真甚至幼稚，然而这种感觉却是如此美好，仿佛突然脱离了成人社会，脱离了那些尔虞我诈，脱离了一切算计，脱离了一切压力，只单纯地感受着自己内心对另一个人的喜爱，眼里只看着那一个人。

　　纯粹而美好。

　　她喜欢季临，季临也喜欢她，这就够了，生活已然足够美妙。

　　只是她刚这么想着，努力把自己和季临之间的关系，从暧昧的上下级调试成如今肉麻的新晋情侣，季临的吻就又来了。

　　这男人又毫无征兆地亲了下白端端的额头。

　　"？"

　　面对白端端疑惑的目光，季临却是很坦荡："你刚才又很可爱。"

　　白端端的脸刹那又红了，她以前怎么没发现，季临这张嘴，除了能说出犀利甚至刻薄的话语外，还能撒这么多甜糖？

　　"倒是没发现，你嘴巴还挺会说话的。"

　　"只是会说话吗？"季临一本正经地看向白端端，然后有些不自然地移开了视线，"不应该还会做别的吗？"

"？"

面对白端端的疑问，季临用实际行动证明了自己嘴巴的多功能用途，比如亲吻。

从表白到现在，白端端自己已经数不清到底被季临亲了多少次了，看着眼前还是面冷、神色寡淡的季临，她甚至觉得自己有点分裂，这看人还真的不能光看外表，季临看起来如此高贵冷艳、不可亵玩，没想到恋爱起来倒是挺热烈的，这可真是知人知面不知心……

"你以后都没机会有前男友了。"

季临亲完白端端后，做了个言简意赅的总结陈词："既然我们双方达成了共识，那就这样定了。"

我们达成什么共识了？

季临看了一眼白端端："不过，因为你和林晖实在被传了太多莫名其妙的绯闻，我觉得还是有必要澄清一下。"

"澄清什么？澄清我和他没一腿吗？你不觉得这样反而有点此地无银三百两？"对于此前偶有的风言风语，白端端从没理会过，因为觉得没什么必要理会，"本来就是捕风捉影的事，突然澄清反而挺尴尬的哎？"

"不用澄清。"季临抿了抿唇，"澄清还要和林晖扯上关系，没必要。"

这季临和林晖大概真的是有什么私仇吧……

季临看了一眼白端端："我们公开就行了。"

"……"

虽然和季临谈恋爱早晚要公开，但季临这样是不是太高调了？

好在季临大概也尚存良知，补充道："也不需要像明星谈恋爱那样官宣，这太高调了，而且很无聊，还占用公共资源，浪费所里其他同事的精力，给他们提供大量八卦来源，反而让他们分散注意力，没法好好工作给我创造价值。只是我觉得在所里，我们没有必要避讳，没有必要刻意隐瞒在一起这件事，要是有敏锐的知道也就知道了，潜移默化地，他们看到我们在一起，随着时间的推移，自然也知道你和我谈恋爱。你眼光当然是很高的，自然是看不上林晖那种人的，也不可能是他的前女友。"

"……"

行吧……白端端其实有点想解释，林晖虽然老是比你老一点，但是其实也没有你说的那么差……平时追林晖的小姑娘也还是挺多的，这不现在就有人好大叔这口儿呢……

何况怎么自己和季临谈起恋爱，就变成高眼光了呢？这男人自我感觉倒是挺不错，自己给自己划分进高档次男人行列了……天知道当初自己只看皮囊，对这个男人一见钟情以后，遭到了怎样的打击，甚至一度怀疑自己是不是瞎了……

好在因为季临实在不解风情，自己过去的行为在他眼里并没有被解读成追求，否则白端端也不知道自己如今这个脸往哪儿搁，毕竟至少现在的情况，她还能理直气壮地说是季临先对自己起意表白的呢，是自己赢了。

不过这么想着，白端端又想起了一点："等等，你告诉我下你的银行卡号。"

季临皱了皱眉，有些不解："怎么了？"

"我把钱打回给你呀。"白端端想也没想，"你知道昨晚喝醉你给我转了多少钱吗？你给我银行卡上转了九次52000，微信上还有红包和转账，季临，你看看自己的银行账单，你昨天一晚上花了快五十万……"

白端端觉得季临时至此刻都如此淡定，大略源于他完全不知道昨晚自己醉酒后对自己的钱干了点什么，但凡知道了，面对五十万的巨款，以他的性格，都淡定不了……

结果没想到自己都好心这么提醒了，季临却还是一脸的不为所动。

他"哦"了一声，然后对待这五十万像是对待五块钱一样随意道："那就是我表白的诚意，给你的，不要转回来给我。到月底了，你不是说钱花得差不多了吗？那你拿着想买点儿什么就买点儿什么吧。"

白端端震惊得要死，季临这男人却还在大言不惭："本来想一次性转520000的，但是网银有最大限额设置，所以没办法，我只能转了好几次，每次都退而求其次转了52000。"

"……"

白端端震惊之余，只能委婉地提醒道："但你一下子就给我这么多钱，不怕把我胃口养刁了吗？就和唐黎似的，由奢入俭难，以后我狮子大开口怎么办？"

"没关系，我工作这么多年，还是略微有点存款的。"季临抿了抿唇，"你只要不要太夸张的数额，我还是可以满足你的。"

季临这个原本抠门儿的风格，一下子给自己这么多零花钱，并且还云淡风轻地表示没事，白端端才觉得有点事……

"所以你到底有多少存款？"

"满足你日常生活是没问题的。"季临看了一眼白端端，"因为大部分钱配置了房产和一些投资，现金其实不是太多。"

"嗯……"

"也就三个亿左右。"

季临竟然偷偷摸摸存了三个亿？还也就三个亿？难道真的靠抠就能赚钱吗？

白端端惊呆了："季临，你靠什么赚了这么多？做劳资纠纷律师，再赚钱，收费再高，你从业比我时间还短，按照之前你说的一年半个亿，怎么也不可能这么短时间已经三个亿了啊！你是不是作奸犯科去了！"

季临含蓄而同情地看了白端端一眼："我原来在美国是做企业上市并购重组业务的，按照美国费率收费，当时就攒了不少钱了。说句实话，高端非诉业务还是比诉讼业务更赚钱一点。"

"那你为什么抛弃这么高薪的非诉业务不做，而要回国来做劳资纠纷呢？"

这一直是白端端无法理解的一点，虽然各个法律领域都有天花板，但确实不论是从社会地位还是收入来看，实际上还是做非诉业务显得更高端，收入也更多一些，劳资纠纷就算能赚钱，也更容易触碰收入的顶峰，更何况成天接触的不是当事人是劳动者，就是对方当事人是劳动者，其中很多人缺乏基本的法律概念，沟通起来其实比和非诉业务里的精英客户沟通起来麻烦一百倍。

季临顿了顿，然后揉了揉白端端的头发："大概是为了遇见你吧。"

季临说的是真话，也不是真话，他回国的初衷是因为仇恨，但最终没想到收获的是爱情。能遇见白端端，确实让他放弃高薪的非诉业务回国，显得一切都值得了。

他也终于意识到，原来自己并不是一个小气的人，对于自己在意爱着的人，季临根本不想考虑价格，只要白端端喜欢，就算天上的星星，他大概都想摘下来捧到她的面前。

五十万也好，一百万也好，只要白端端能笑，那就是值得的。

白端端再三确认了几次，季临都不愿意收回那五十万，直言让白端端买点吃的、喝的、用的。

"你不是有个GUCCI的包想买吗？还有VCA的手表，想买什么就买什么。"

白端端见他态度坚决，也不推辞了，索性大方地收了起来，她自己平时的钱花起来大手大脚，但对于季临的这份心意，却反而舍不得用，只准备把钱做银行理财，权当帮季临先保管起来。

万一哪天季临破产了，自己还能反过来包养他呢。

恋爱归恋爱，该上班还是要上班的。于是这天早上，季临载着白端端去了盛临。

其实严格来说，两个人的生活方式并没有很大改变，白端端甚至觉得以季临那冷漠疏离的外表，所里根本不会有同事发现他俩在谈恋爱……

毕竟和季临一同坐电梯来上班，几乎前后脚进办公室，所里同事早都见怪不怪了。

然而白端端却没想到，自己最终还是低估了季临。

他确实按部就班地和自己一起上了电梯，作为一个公私分明的人，他脸上也并没有因为恋爱就降低智商般，流露出二十四小时不化的爱意和沉溺，只是白端端快要走到盛临门口的时候，这男人冷静又镇定地过来牵起了白端端的手，和她十指交握着，然后面无表情地走进了所里……

杨帆正站在前台收快递，迎面见到季临走进来，下意识地便抬头打招呼："季PAR，端端，早啊，你们今天又是差不多时间到所里啊……"

白端端本来还想淡化处理这拉着的手，结果季临偏偏拉了她一下，她不得不跟着并排走到了季临的肩边，而杨帆也终于后知后觉地看到了两个人握在一起的手。

杨帆愣住了，杨帆呆了，杨帆震惊了……

他瞪着季临和白端端："我……我……我……"我了半天，也没我出个后续来。

季临瞥了一眼杨帆，然后继续拉着白端端往大办公区走去。

白端端压低声音道："你自己的独立办公室走几步就到了，你先去你的办公室吧。"

季临却挺淡然："哦，我送你去一下你办公桌，正好有份材料要讲。"

"……"

不是说好低调的吗？请问这手拉手一起在律所里大摇大摆走一圈叫哪门子的低调？

结果季临就这样大摇大摆地牵着白端端的手，在大办公区里转了一圈，明明白端端的座位可以从一条过道直达，他却偏偏绕了个圈，把大办公区各个角落里的八卦目光都贴心地照顾了一下。

然后这男人心满意足般地走到了白端端的座位边，随便没事找事般地拿起一份立案通知书："哦，这个通知书你记得寄给客户，告诉她开庭时间。"

"……"

白端端顶着办公区里众人诧异惊呆的目光，绝望道，"季临，你看仔细点，这个开庭时间是上周的，这个庭都已经开完了……"

你好歹敬业一点好吗！演戏也讲究职业精神的行不行！

结果季临一点也没觉得不好意思，他只是顿了顿，然后就假装没听到白端端说了什么一样看了她一眼，一本正经地关照道："哦，总之你其余工作都记得分配好，合理安排好时间，但也不用压力太大了。"

他说完这句话，这才放开了白端端的手："那我回办公室了，有事可以给我打电话，发微信也行。"

之后季临脸上毫无波澜地转身走回了自己的办公室。

然而他作为老板积威颇盛，外加又有独立办公室，大办公区里的同事没一个会有胆量去追着他问这问那，可白端端就不一样了。

几乎是季临刚关上自己办公室的门，王芳芳、蔡晓和杨帆就凑了过来。

"端端啊，你看你是老实交代呢，还是我们严刑逼供？"

坦白从宽，牢底坐穿；抗拒从严，回家过年！白端端心想，我信了你们的邪！

只是她不说，王芳芳憋不住了，她直接上去搂住了白端端的脖子："快说说！"

"是啊，你和季 PAR 到底怎么回事？刚才我没看错吧，你们牵着手？"杨帆也一脸困惑地走了过来，"我有一个大胆合理的猜测，你们是不是一起做手工，两只手被 502 胶水粘住了，刚才走到你座位边才解开啊？"

王芳芳对天翻了个白眼，没忍住用手边的报纸捶了杨帆的头："你写小说呢！明明就是这两个人搞办公室恋情好吗？你瞎吗？"

杨帆自然是不瞎的，但显然他对白端端和季临竟然好上了这个事接受不了："可……季 PAR，季 PAR 竟然脱单了？"他不可置信道，"而且还是和端端？我总觉得是他利用自己上司的身份威逼利诱了端端，但理智告诉我按照敌我力量分析，事实的真相更倾向于端端靠铁拳让季 PAR 屈服……不过，谁能告诉我，端端和季 PAR 是怎么看对眼的？"

说到这里，杨帆又疑惑地看了一眼白端端："你和季 PAR，感觉根本不是生活在一个国度里的，比如首先，你们有着天差地别的消费观……"说着说着，他不禁忧国忧民起来，"你说你俩在一起，以后为了这个花钱的事吵架，万一在所里闹起来了，我是帮谁呢？虽然我个人肯定想站你，但是季 PAR 毕竟是拿捏着我经济命脉的男人……"

"……"

杨帆，你是不是想太多了……我和季临才刚在一起呢，就指望着我们吵架……

王芳芳又用报纸捶了一下杨帆的头："我说你这个人怎么回事？端端和季 PAR 怎么可能吵架？"

　　还是王芳芳有眼光！

　　结果就在白端端以为王芳芳会和自己有同一番说辞和理解之际，只听王芳芳振聋发聩道——

　　"端端和季 PAR 之间不会吵架的！因为端端会武力镇压！季 PAR 打不过她！不会想不开和她起争执的，何况端端也是律师，就算不动手，光是动嘴，两个人也最起码两败俱伤，相当不经济，按照季 PAR 的性格，有这个时间，不如去多做几个案子多把端端花的钱赚回来！"

　　她激动地双手捧心道："说实话，最近娱乐圈的好几对模范情侣和模范夫妻不是离婚，就是被爆出轨劈腿，前阶段我丧得都有些不相信爱情了，没想到今天就见证了这样的利好消息！"她目光灼灼地看向白端端，"端端，你和季 PAR 一定会携手共进从恋爱到婚纱的，你们一定会白头偕老，完美践行婚礼上的那句誓词——Till death do us part……"

　　虽然直接从恋爱就跳到婚姻了，但是面对这样高度的赞美和评价，白端端还是决定真心实意地感谢一下，毕竟说这话，不就是默认自己和季临其实很相配并且还很适合吗？

　　可惜她的感谢还没说出口，就听到王芳芳径自继续道——

　　"因为季 PAR 如果要出轨劈腿的话，肯定会被你打死的！那话怎么说的，你们之间，未来只有死别，没有生离！"

　　"……"

　　我谢谢你了王芳芳。

　　王芳芳说完，又凑过来，压低声音道："其实说实话，你和季 PAR 在一起，我不是很惊讶。"

　　"？"

　　王芳芳咳了咳·"我不像杨帆那呆瓜那么迟钝，其实我观察你们好久了，早就觉得很多蛛丝马迹表明，你俩并不简单！属于早就有猫腻，早就暗度陈仓了！但我一直以来不太敢确认……"

　　"……"

　　这个用词怎么听着我和季临像是作奸犯科了一样……

　　"比如，每次我们开例会的时候，只要你发言，季 PAR 从来不会低头看手机也不会走神，就算你说的是很公式化的东西，他也总是看着你，眼睛几乎都不眨一下，就全程关注，眼睛里只有你那种，但是轮到我和杨帆他们讲，他就常常会看一下手机，回一下客户信息。

"还有，其实季PAR自己办公室里有饮水机，他以前也从不喜欢到我们办公区域的茶水间去，但是每次你去茶水间的时候，他也都会过来，你自己可能没发现，其实你去茶水间很有规律，一般是早上的十点，下午三点，这是铁定会去的，这规律很好摸，而自从你这么去了，季PAR也开始这两个点都会出现在茶水间边晃荡了。

"季PAR其实每天都会随便找点借口到你办公桌前晃一下，每次你要是正好出去开庭或者见客户不在，他其实见到你的空座位，脸上会有点不开心，不过一般不会说什么，假装找杨帆或者我随便说点不太重要的事，然后再装模作样一本正经地回自己办公室。

"另外，你办公桌上不是案卷材料丢得很乱吗？有次我来得特别早，然后就撞见季PAR在给你整理桌面……他看到我一开始也有点尴尬，但是后来大概仗着自己是老板，又很理直气壮了，就对我说，是想在你桌上找份文件，但我明明看清楚了，他根本不是在找东西，就是在帮你整理而已……

"还有那天李敏婚礼，季PAR醉酒后看你的那个眼神，我以为自己走错到霸道总裁宠宠我的片场了，还'乖一点'，没想到季PAR谈起恋爱来这么骚的……"

本来白端端还能维持镇定，但听着王芳芳吐槽到这里，没来由地，她想起那个晚上，脸就红了。

她没法否认，季临这个男人，骚起来还是真的挺骚的……

王芳芳咳了咳："当然，最过分的一点就是，他给你涨了好几次工资！你都没申请过涨工资，我可是写了申请书走了审批流程才给涨了！男人果然没一个好东西，全是见色起意的狗东西！我不就长得没你美艳吗？但我也是个清秀佳人啊，你说不给杨帆主动涨也就算了，凭什么不给我主动涨呢！"

莫名被cue的杨帆受不了了："我怎么了？我长得就辣眼睛吗？凭

什么不给我涨？就因为我是男人吗？"

杨帆还在兀自为自己的待遇鸣不平，也还尚处于对季临和白端端走到一起的震惊里，但白端端却已经完全不在乎这些了。

她的思绪像是飘到了很远的地方，这么多点点滴滴，她平时从没注意过，然而在别人眼里，都已经能看出季临对自己的特别和纵容，原来在很早很早之前，她对季临而言就已经是特别的了。

这个认知有点甜蜜，但也有点酸涩，因为白端端觉得有点后悔，要是自己不那么迟钝，要是自己早一点发现，也早一点知晓季临的误解，那是不是两个人早早就谈上恋爱了？

总觉得有点亏。

而这个时候，杨帆还在一边长吁短叹："我以为我会比季 PAR 早脱单的，结果没想到连这点都败了……我太惨了……季 PAR 真是鸡贼，不声不响，我们所最漂亮的女同事就被他给染指了，当初单独把端端叫进办公室里，果然就是套路，现在我们这个所里，已经没有别的单身漂亮女孩了……"他絮絮叨叨道，"可惜容 PAR 不在，又出差去了，不然我一定要和他分享这个令人震惊又心碎的消息。这世界上，单身的男人又少了一个，以后所里，就只剩下我踽踽独行了……"

这下王芳芳没忍住，又用报纸开始捶打杨帆："杨帆，我真该送你去看看眼科，难道我不是单身的漂亮女孩？你是不是活腻了想死？"

几个同事吵吵闹闹，自己和季临的恋爱关系公开，意外地并没有改变太多，杨帆和王芳芳还是大大咧咧，该怎么对自己就怎么对自己，然而白端端却觉得这样就很好，她发自内心地喜欢季临，也发自内心地喜欢这个律所，发自内心地喜欢这群同事，也发自内心地热爱自己这份工作和当下的生活。

# 第三十八章 法庭败诉，意料之外

和季临确定恋爱关系后，季临除了包了自己的一日三餐，还负责接送。

明明在家里，季临几乎是随时随地都能逮着白端端亲一下，但在律所里，这男人倒是一本正经得很，明明所里同事也都知道他俩的关系了，但季临还是坚强地立着严肃老板的人设，在所里恨不得和白端端以"同志"相称，只是只有白端端知道，这男人每次冷冷淡淡地和自己说完话后，背地里在微信上是怎么叫自己的，有些词白端端都不好意思说，因为实在太让人脸红心跳了。

不过恋爱归恋爱，工作也是不能忘的。

她和季临已经得到了唐黎案子的银行流水证据，也是在这天，终于迎来了仲裁的开庭，而因为证据比较完备，季临又正好有另一个案子需要处理，白端端便主动请缨由自己一人来处理。

"行，我看了下，我这个事处理完赶回来，大概你的仲裁正好结束，我过来接你。"

对于白端端的能力，季临自然是信任的，他说完，揉了揉白端端的头，还是一如既往地一本正经："好了，那我走了，会想你的。"

别闹 - 066 -

这男人……饶是白端端这么处变不惊的人，也被他这话搞得面红耳赤，忍不住轻轻搡了他一下："行了行了，你快走吧！"

季临笑了笑，这才离开。

白端端准时到了仲裁庭。

事情进展到这一步，田穆自然是不可能孤身应战的。此前在他背后出谋划策的律师自然也会浮出水面，只是白端端并没有料到，田穆背后的律师竟然是林晖。

在仲裁庭见到林晖的一刹那，白端端也愣了愣，随即便有些释然，林晖在一年多前开始涉足游戏圈客户，或许从陆水生认识了田穆也不奇怪，但同时升起的，还有她内心气血上涌般的小小激动感。

白端端是林晖一手带出道的，此前在朝晖，除了自己独立办案，便是和林晖配合办案，从来没有打过对垒，好不容易戴琴案对方律师之一是林晖，结果林晖自己并没有真正出马，只是派了个不禁打的杜心怡。

她对林晖有一种非常矛盾的心态，既不想对手是他，又想对手是他。因为从学校到职场，都是林晖手把手带教的，白端端即便不想承认，内心对林晖还有一种对方是自己师长的感觉，下意识地总担心自己是不是会技不如人输掉；而另一方面，白端端又摩拳擦掌，十分想和林晖对垒一把，想和他同台竞争看看自己实力到底如何。

林晖见了白端端倒是不意外，只点了点头对她笑了笑："待会儿结束了一起吃个饭？"

只是语气虽然是熟稔的，但真的到了工作上，林晖也并不会手下留情，他说完，很快仲裁员就进来了，白端端没来得及回复，这场仲裁的所有参与人便都就座了，白端端挺直了腰，林晖也收敛了神色。

因为唐黎也牵涉其中，白端端此前追加了唐黎和陆水生作为田穆的共同被告，因此这场仲裁，唐黎也出场了。

事到如今，她显然知道了白端端的身份，因此几乎一进仲裁庭，就对白端端怒目而视，要不是仲裁员在场，她大概是想过来甩白端端一巴掌的。

好在很快，仲裁开始了。

仲裁员告知了双方的权利义务，宣布了仲裁庭组成方式和组成人员，确认了没有回避事项，再宣布了开庭纪律后，便正式进入了开庭。

庭前调查的部分白端端游刃有余，她提交了相应的证据："首先，从我提交的证据来看，能明确看出水星网络和与闻游戏存在竞业的情况，而水星网络刚上架的游戏，也与与闻游戏早已开发的重点项目存在多方面的重合。

"同时，竞业限制协议能明确看出田穆对与闻游戏具有遵守竞业限制的义务，而我们的证据里，也包括与闻游戏每个月按照合同向田穆支付竞业限制补偿金的流水，在竞业限制协议完全合法有效的前提下，田穆收了相应的补偿金，就应当履行相应的义务。"

一席话，白端端也终于能慢慢进入最核心的证据部分："我们虽然没能找到水星网络帮助田穆缴纳社保、公积金、税费等入职证据，也未见田穆银行卡里有可疑流水，但我们却发现水星网络的法人陆水生先生每个月固定频繁地向田穆的配偶唐黎打款的证据。每个月二十万的流水，我们合理地认为陆水生先生通过这种手段规避了常规取证，通过唐黎作为中介向田穆先生支付了让他帮忙设计竞品游戏的费用，而两款游戏的相似性，也完全能佐证田穆将与闻游戏中自己获悉的同款游戏商业机密，透露给了竞争公司水星网络，造成了与闻游戏巨大的亏损……"

摆证据讲道理，白端端有条有理地把证据链展现出来，根据举证责任，只要谢淼这边的证据链能够证明唐黎和田穆存在从陆水生或水星网络处取得的莫名收益，而田穆和唐黎又无法对这笔大额流水做出合理解释的话，则将由田穆和唐黎来承担举证不利的法律后果——败诉。

只是事到临头，田穆的脸上仍旧非常镇定，倒是唐黎双目通红，全程瞪着白端端，恨不得把她碎尸万段的模样。

而对方几个人里，除了唐黎外，林晖和陆水生脸上也都并没有露出即将败诉的表情，唐黎甚至没有请律师，而陆水生则是象征性地委派了一个公司法律总监来参与。

作为原告方，今天谢淼其实也因为有事并没有出席，全权委托了白端端，因为三个人都觉得仲裁几乎是稳赢的，在银行流水的铁证面前，田穆和唐黎又是夫妻，料想两人也百口莫辩只能认栽了。因此最终，谢淼只委派了一个竞品游戏的资深设计工作人员作为公司代表代出席，以便于在对两款游戏作出对比时，以专业的行业工作人员眼光来对仲裁员进行解说。

然而面前三个男人的表现，却让白端端心里有点慌了。她太了解林晖了，以他目前成竹在胸的模样，他大概是早就想到了应对的措施……

之后的一切，也验证了白端端的猜测，她和季临、谢淼都太过乐观了，因为他们三个人都没想到还能用林晖这样的狡辩来抗辩……

"我们认可唐黎银行流水这份证据的真实性，但对于原告律师所述每个月的二十万属于水星网络支付给田穆参与设计精品游戏的说辞，我们予以否认，相反，对于这笔钱，其实我的当事人田穆先生也是受害人。"

田穆能是什么受害人？

林晖顿了顿，然后看向了白端端："田穆先生也是在白律师调取了流水后，才发现这件事，经过他的质问和调查，才发现自己的妻子唐黎女士，原来一直与陆水生先生在发生婚外恋，而陆水生先生每个月向唐黎女士支付二十万的费用，用于她的吃穿开销度用，甚至根据他的跟踪取证，还拍到了唐黎女士和陆水生单独约会的照片，对于这些证据，田穆先生已经全部做好了公证，并且已经在三天前向法庭提交了离婚诉讼。

"至于白律师在视频和录音取证里唐黎女士说的话，也完全是无稽之谈，我的当事人田穆先生遵守了竞业限制合同，在家赋闲，根本没找新的工作单位，何来从新公司直接打款给妻子的说法？经过我们的沟通和对质，唐黎女士才承认，那是因为自己虚荣心作祟，为了彰显丈夫厉害又足够宠爱自己，才随口撒的谎，但实际上，她每个月的这笔巨额款项其实来自她的婚外恋对象。"林晖笑笑，"唐黎女士是个网络名人，就像明星一样，需要营造一种人设，很多明星即便早就协议离婚了，但为了形象和商业价值，还会在社交网络继续晒恩爱，其实是同样的道理，虽然是粉饰太平或者出于别的心态，但撒谎这种事，本身就是人类天性。"

唐黎没说话，默认了林晖的说辞。

白端端彻底愣住了，她想过林晖可能会辩驳，但从没想过会以这种理由，听起来既荒唐，但偏偏又不能算不合理，如果把这个二十万解释成是陆水生因婚外情对唐黎的每个月"包养费"，再用因为虚荣心而撒谎来解释此前唐黎的录音视频证据，那一切确实又能说得通了……

林晖准备充分，很快他就拿出了补充证据："这是唐黎女士和陆水生先生约会的照片，这是田穆先生和唐黎女士离婚案立案通知书……"

一件又一件，林晖慢条斯理，事无巨细，一样也没少。他摆出了所有证据，才看向了自己的当事人田穆："所以实际上，田穆先生也是受害者，他合法地履行了与闻游戏的竞业限制义务，并且因为这个竞业限制合同也没有再出去找工作，待在家里原意是想陪陪妻子，却没想到唐黎女士却意外结交了陆水生先生，并且发展出了婚外情。"

而说到这里，唐黎那通红的眼睛里恨意就更深了，她恶狠狠地看了白端端一眼，然后低下了头，仿佛没法面对田穆的目光般，一句话没说，只沉默以对。

白端端自然知道她的恨意实则是由于自己隐瞒身份取证而来的，然而在不明就里的第三方眼里，完全也可以解读成因为白端端对二十万流水的取证，导致唐黎婚外情暴露，因此才对白端端怨恨有加。

田穆也在这时候开始了自己的表演，他显得终于没法冷静，脸上交织着痛苦和绝望："阿黎，我没想到你会干这种事，我到底哪里不好？你为什么要这么对我？"

刚才一脸置身事外的陆水生此时也终于开了口，他像是嫌事儿闹得还不够大一般，居高临下鄙夷地看了田穆一眼："你有哪儿好？你知道阿黎需要什么吗？她需要每天找人陪着，而且你这个收入，供养得起她吗？她这样漂亮的女人，本来就应该不为生计和钱愁苦，那太庸俗了，她就应该想买什么就买什么，可你呢？你不过就是技术工种，你赚再多，家底也就那样，能满足阿黎的需要吗？阿黎跟着你就是受苦，她这样的女人就应该跟着我，我能给她钱花，想花多少花多少……"

因为陆水生这番挑衅，田穆当即变了脸色，他当即举起拳头，扭头就要殴打陆水生："我看在唐黎的面子上一直忍着你，不想把事情弄得太难看，逼迫自己冷静，结果你一再挑衅，那我也没什么可忍的了！"

唐黎当即哭了出来，一边开始妄图拉扯两个男人："你们别打了别打了……"

……

好好的一场竞业限制违约纠纷，最后在陆水生、唐黎和田穆三个人的合力之下，变成了一出婚内出轨的三角恋狗血八点档，这仲裁是无论如何开不下去了，仲裁员不得不宣布了休庭。

虽然大千世界无奇不有，但对于这个突如其来的三角恋"包养"故事，白端端是并不买账的，因为不管如何，田穆无法给出解释为什么他和陆水生的狗会那么熟稔。如今他演得仿佛真的像一个惨遭背叛的老实丈夫，然而白端端知道他老实的外表下有一颗多么精明的心。

只是不能因为自己的自由心证和狗的这点证据，就让仲裁员也推断他们不过是在演戏。从客观事实上来说，白端端完全没有证据排除这种不可能的可能——陆水生每个月打给唐黎的钱是出于婚外恋，和田穆完全没关系。

因为截止到目前，除了唐黎和陆水生之间的银行流水外，竟然真的没有找到其余田穆与陆水生直接有联系的证据。

林晖确实是另辟蹊径的，他这一招，就算再不可思议，至少站在田穆的立场上，完美解释了唐黎和陆水生之间的走账，并且还搭配着拿出了证据——唐黎和陆水生单独约会的照片，以及离婚起诉立案证明。

而按照白端端对林晖的了解，下一步，为了进一步固定"包养"婚内出轨"证据"的真实性，他会要求田穆和唐黎继续进行这个离婚诉讼，并且真的按照离婚起诉来准备所有材料。这样一来，他手上碎片式的材料便组成了一条完备的证据链，至少在法律层面上，田穆完全能自圆其说了，除非白端端能补充引入新的关键性证据，否则他将毫发无伤，损害的不过是名声和面子。但无论如何，被误会成戴了绿帽子的可怜男人，也总比被判定违反竞业限制协议，并泄露商业机密面临巨额索赔来得好。

更何况离婚起诉也并不会对田穆的生活产生实际影响，因为在我国的婚姻法实践操作里，第一次起诉离婚直接判决离婚的太少了，尤其只要一方坚持感情没有破裂，即便有所谓出轨的铁证，法院仍旧大概率不会判离，而是会进行调解，那田穆只要到时候顺水推舟表示愿意和唐黎接受调解，这次离婚起诉基本对两人的婚姻状态不会产生影响。而即便白端端和谢淼一方提出质疑，田穆也可以用第一次提出离婚起诉后必须间隔半年再进行第二次起诉为由来解释。至于半年后如何，那就难以追究了，毕竟田穆完全可以说，这半年里，他和唐黎最终痛定思痛恢复了感情所以不再离婚了呢。

细细分析来，这里面的逻辑竟然十分缜密。

一旦自己这边没法提出新的证据，那么仲裁庭也只能以谢淼证据不足以证明田穆违反竞业限制协议为由，判决谢淼败诉，而即便不服劳动裁决去法院，只要没有新证据，那结果也不会有任何改变。

自己也好，季临也罢，包括谢淼，都没有想到过对方还会有这样的损招，因为这招数实在说出来过于下作，也完全是伤敌一千自损八百的方式，因为但凡田穆遇到的对手律师也热爱造作舆论，外加唐黎是个相当知名的网红，只要稍加加工，把庭审里的内容透露那么一点给营销号，这节奏带起来也够把唐黎的生活给毁掉了，最终虽然免于了竞业限制违约的赔偿，但几乎可以预见，田穆和唐黎往后是别想过上清净的生活了。虽然钱很重要，但人活一辈子，名声和快乐难道就更廉价吗？谁也不想当个被人戳着脊梁骨的人啊。

仲裁庭宣布休庭，延期再开，田穆和陆水生也终于假惺惺地在唐黎的哭闹里停止了妄图起的肢体冲突，各自怒目而视地站在一边，最终田穆摔门而出，唐黎追了出去，陆水生则整了整衣领，给自己的司机打了个电话，也离开了仲裁庭。

等仲裁员也离席后，屋内便只剩下了林晖和白端端。

"去吃饭吗，端端？"

吃饭？自己还能吃得下饭吗？

"你用这么一招，不怕我上网把唐黎扒个底朝天，让她感受下什么是网络暴力？现在网上喷子的道德观可比法律还严苛，像唐黎这种'出轨'，绝对被骂到怀疑人生，她本来又是个小名人，被人再人肉一下，后半辈子的人生可能就这么彻底毁了，一般人经受不住这种网络暴力，没准连身心健康都会受到影响，失眠、抑郁。"

　　白端端看向了林晖："田穆不是号称宠老婆吗？宠老婆就用这么一招？自己造孽做的违法勾当，关键时刻搞不定了，就让老婆出来挡枪？为他背上出轨劈腿的恶名？他真的爱唐黎吗？我没想到你们会这么应对，是因为我以为田穆至少是爱他老婆的，断然没想到关键时刻他竟然可以这样，把自己老婆的未来就交给了对方律师，现在自媒体时代，会玩转网络利用舆论推波助澜的律师太多了……"

　　"你不会的。"林晖对白端端的指控不置可否，都是资深律师了，大家对所谓的"包养"下有什么操作都心知肚明，心照不宣，而碍于生怕被录音，对于白端端的话，林晖自然不会否认也不会承认，只是不表态，径自转移了话题，"端端，你不会的，你不是这种律师。

　　"你从来不屑于利用舆论来帮忙赢得官司，你这个人太硬气了，从来只靠自己的专业来赢案子，你看不上靠舆论的人，也根本不可能为了赢，就把对方当事人的隐私或者案子里的操作公布到网上去。"林晖笑笑，"你是个职业道德感极高的人，我以前就说过，这有时候确实很好，值得称赞，很有原则，但你确实更多时候也要学会变通，因为不变通的话，对你的当事人未必是好事。当然，现在我们立场不同、各为其主，对我而言，现在你这样严守原则，自然是给我行方便了。"

　　"你不怕我变了吗？"

　　林晖很淡定："我是看着你长大的，我知道你是什么人，你不会。"

　　"那你不怕我告诉季临，季临去这么操作？"

　　林晖笑了笑："你不会的。"

　　林晖这番话很平和，他甚至仍是用过去自己做错案子时那种柔和的状态在劝慰自己，在帮自己分析自己哪儿错了，哪儿存在弱点，他仍旧试图在指点自己，脸上的表情也能看出来，他甚至仍旧觉得自己这番行为，都是发自内心出于对白端端的关心才给了提点。

　　然而正是因为这样，白端端才更生气了。

　　因为她根本不需要这样的好心，也根本不需要这样的提点，这反而让她觉得更加难过，此刻白端端的内心既不甘又懊丧，季临或许说得对，她确实错估了林晖，他早就不是当初那个儒雅的老师，真的已经变了。

"林老师"这个称呼，可能未来都再也无法叫出口了。

而更让自己难过的是，林晖竟然利用了对自己的了解，利用了自己的性格和办案原则，才棋行险招获取胜利。

"林律师，请你记住，我已经不是你的下属了，所以也请你不要再给我什么忠告和建议，如果我办案哪里不好，我的老板自然会告诉我，但不是你。"

白端端冷冷地说完，便转身推开门往外走去，她面上虽然镇定，但内心却对林晖失望到不行，连纠正林晖、指责他的心也没有了，她甚至不想和林晖再说话了。

好在这个时候，自己的身边有季临。

几乎是刚走到仲裁委的大厅里，白端端就接到了季临的电话。这男人说到做到，果然已经赶回来，在大门口等自己了，白端端几乎刚走出大门，就看到了季临倚靠在车门边的身影。

他正在接电话，神情专注又冷静地在为客户分析着什么，大约证据对对方并不利，他讲着讲着，眉头便不自觉地有些紧皱，然而在不经意抬眼看到白端端后，这男人的表情便恢复了柔和，好看的眉舒展开来。

白端端听到他讲："你的情况我了解了，但是我需要看一下你们当时签的合同原件，详细比对下条款，你之后发我邮箱，我回所里看。"

对方大约是他某个熟稔的客户，在电话里说了什么。

季临轻轻抿唇笑了："哦，不在出差，在接我女朋友。"

季临自然而然地说完，才挂了电话，然后他看向白端端："怎么样？赢了吗？是不是该让谢淼请你吃个饭？"

白端端刚才面对林晖，心里倒是除了失望和懊丧没有别的感情，只是此刻见了季临，那种内心深处的委屈感才犯了上来，又觉得有些羞愧和难堪。

她低了头："我没赢。"

季临愣了愣。

以前不是没输过，但生平第一次，白端端觉得自己都快哭了："输掉了，对方律师是林晖。"她急切地解释道，"我没有因为他是林晖就放水，真的，只是我没想到他会用这种方法……"

白端端简短而仔细地和季临说明了仲裁庭审时发生的事，她其实有些担心季临的责备，因为他相信自己，所以才让自己一个人独立出庭，谢淼也是出于信任，才全权交给了自己，然而自己却……

然而季临只是抿了抿唇，他看向了白端端的眼睛："没关系，我相信你。不是你的责任，我和谢淼也都没有料到对方会有这样的操作，但事情进展到这一步，并不是我们就稳输了，只要在下次开庭审理前，找到其余关键性的补充证据就好了，只是过程更曲折点，最后结果不会有改变。"

虽然白端端出师不利，但季临倒是显得不太在意，然后白端端就听到他话锋一转："我就说了，林晖就不是什么好东西。以前你说他对你有恩，说他人不坏，我也不方便反驳，现在你看到了吧？他就这种人，在自己利益和别人利益冲突的时候，根本不需要思考，就会选择牺牲别人成全自己，甚至不惜利用对你的了解，完全不顾及你坚守原则却害当事人输掉仲裁后会多自责多难过。"

季临显然对林晖真的是永远不可能看顺眼了，他此刻像个好不容易找到讨厌的人的缺点和证据，然后去找老师打小报告的小男孩，好不容易逮着机会，自然又是全方位把林晖给攻击了一通。

大概骂畅快了，他才终于清了清嗓子，进行了总结："总之，这件事让你能认清他就行了，至于田穆，我们再继续做调查取证，他的思路既然是证明唐黎和陆水生有婚外情，这笔钱是出于婚外情才给的，并且田穆此前不知情，知道后非常愤怒，想要离婚，甚至差点儿当场和陆水生打起来，那么我们的证明思路其实反而变得更为简单了，并不需要再去找田穆和陆水生存在合作的证据，我们只需要证明对方的解释根本站不住脚就行了。一旦不存在婚外情，那么这笔每月二十万的流水，田穆就无法解释了，那就要承担举证不利的后果了。"

对于此刻的困境，季临倒是充满自信，甚至隐隐有些期待，仿佛对垒林晖，这一刻他已经等待很久了。

他笑了笑："证明田穆和陆水生之间的合作关系，我们遭到了瓶颈，但证明唐黎和陆水生之间的婚外情是假的，我们却还没尝试过，这反而是个新的思路，我觉得大有可为。"

被季临这么一说，白端端也豁然开朗起来，他说得没错，林晖提出了新的辩护思路，却也给了他们新的取证渠道，两人从没试过从这个角度去调查，田穆和陆水生之间有合作，但蓄意清除所有痕迹倒是很难查证，而唐黎和陆水生之间明明什么也没有，却无中生有地凭空捏造出了婚外情，为此还提交了一堆证明婚外情的证据，田穆又表现出了对此知情后的震怒，可这一切证据想必都是在短时间内粗制滥造的，那就势必存在漏洞……

此前苦于没有证据、没有抓手，那么现在……

"如果从这些证明婚外情的证据入手，能证明它们是假的，或者是故意拍摄的，其实就是取胜的关键点。"

季临笑了笑："聪明。"

白端端被这么一夸，倒是有些不好意思了："要是真聪明就不会没想到林晖还有这么一出了。"

季临对此不以为意："正常人都不会想到这种办法。也就林晖这种人能想到。"他说完，就为白端端打开了副驾的车门，"走吧，先去吃饭，其余的路上说。"

白端端点了点头坐进车里，季临为她关上车门然后也上了车，再帮白端端系上了安全带，系好后，他看了白端端一眼，然后镇定冷静地亲了她一下。

白端端瞪向了季临。

季临一脸镇定自若道："哦，看你输了好像有点沮丧，所以安慰你一下，觉得你需要。"

只是话虽然这么说，理由虽然一本正经，但季临的耳朵还是不小心有点微红。

这种借口，果然他也会害羞。

仲裁委门口人来人往，季临的车贵得足够引人注目，在劳资纠纷领域，他又是 A 市圈里的名人，很快就有路过的仲裁员向车里看来，正好把季临亲白端端这一幕尽收眼底。这仲裁员是平时和白端端挺熟悉的一个，白端端被对方这么一盯着，顿时有些不好意思，而她微微抬头，才在余光里看到了林晖，他正站在那仲裁员的斜后方，大约也是看到了季临和白端端的互动，他原本云淡风轻的脸上此刻写满了不加掩饰的惊愕……

因为季临的这个吻，冲淡了白端端刚才不敌林晖的懊丧，她觉得自己重整旗鼓，又有了动力和积极性，没再管别的，认认真真地跟着季临跑去吃了顿午饭。

两个人将上午仲裁的情况事无巨细地告知了谢淼，约了个时间再见面商讨。之后下午季临还有客户处的外部会议要参加，送白端端回所里后，就又行色匆匆地离开了，白端端便先一个人按照午饭时和季临商量的思路，开始梳理线索，妄图找到新的取证突破点。

如今自己和季临此前卧底在唐黎身边的身份肯定是曝光了，唐黎为了给田穆掩盖都不惜一起配合演出这种剧本，再找别人卧底恐怕也无济于事了。她和田穆都会打起百分之百的精神和防备，恐怕甚至会闭门不出。

果不其然，因为抗辩的理由其实并不光彩且是虚假的，唐黎并没有和她那些网红塑料姐妹解释白端端是假身份，但确实是闭门不出了。

"她啊，她最近说闭关，说要在家好好陪她老公，我们约她也不出来。"

白端端问了几个小网红，得出的答案都很一致，唐黎果然偃旗息鼓低调做人了，不仅社交网络都不更新了，连门也不出了。大概是为了完全规避又被取证的风险，好让白端端和季临这边无计可施。

只是白端端是那种明知山有虎偏向虎山行的性格，林晖这样拿捏着自己的原则和底线来对付自己，她就越是要做出个所以然来。

而意外的是，白端端认认真真地梳理了一会儿证据，竟然接到了林晖的来电。

第一通，她按断了。

第二通，白端端还是不想接。

但林晖这次锲而不舍，一连打了十来个电话，白端端不接，他就开始给她发短信——

"端端，我在你们盛临楼下的咖啡馆里，我有很重要的事必须和你说一下，请你一定要和我见一面。"

白端端并不太想见林晖，但林晖今天见面的态度却很坚决："我真的有非常重要的事和你说，关于你，也关于季临，你要忙也没事，我会一直在楼下等你。"

……

此后他又发了几条信息来，言辞倒是有些急切的意味。

而最后一条短信终于让白端端动摇了——

"我会把我和季临之间的事告诉你。"

季临？林晖和季临之间果然有事是自己不知道的。

从一开始季临对林晖的态度来说，白端端就觉得大概是不太简单，有些什么陈年旧事，只是季临三缄其口并不想说。可白端端不傻，毕竟季临在美国做非诉业务做得好好的，为什么回国死磕《劳动法》领域？而一旦死磕《劳动法》，又盯准了朝晖，死咬着朝晖的案子不是抢就是做对手。自己最初来盛临后接的戴琴案，季临明明不感兴趣，但一听到对方律师里有林晖后，甚至愿意为自己做一个月早饭不拿任何分成也要参与……

如此细细一想，很多当初没注意的蛛丝马迹，现在也变得可疑了起来，季临对林晖不寻常的敌意……

林晖还在发着短信——

"我给你带了两盒螃蟹，螃蟹快下季了，这两盒蟹膏都很肥，你就下楼来领一下，我不会耽误你很多时间。"

伸手不打笑脸人，虽然今天上午林晖把自己给硌硬了，但过去对自己确实有恩，完全拉黑、老死不相往来，白端端也做不到，白端端又实在挺好奇季临和林晖之间的旧事，她想了想，最终还是决定去见他一面。

# 第三十九章　过往恩怨，浮出水面

　　林晖确实在楼下的咖啡厅，也确实带了螃蟹，他的神色有点苍白，与此前上午气定神闲的模样大为不同。

　　他专门订了个小包间。等白端端就座点了咖啡以后，他盯着白端端看了两眼，才有些干涩地开了口："端端，你是不是和季临在一起了？"

　　他干巴巴地确认道："你是不是和他在谈恋爱？"

　　白端端愣了愣，然后大方地点了点头。

　　"我希望你能理智点，听完我说的话以后和他分手。"

　　白端端皱起了眉看向了林晖："林律师，我以前是叫你一声林老师，但并不代表这就认可你是可以对我私生活指手画脚的长辈。你今天叫我来如果是说这件事，那没必要，我很忙，我要上楼了。"

　　林晖却拉住白端端，他神色难看道："端端，我真的是为了你好，你先把我要说的话听完，听完后你再做出决定。"

　　他咳了咳，然后朝着白端端抛出了一枚重磅炸弹——

　　"季临并不是真的喜欢你，他和你在一起，只是想要利用你来报复我。"

白端端彻底皱起了眉头。

一时之间她突然有点恍惚，总觉得自己好像走错了地方，误入了什么狗血剧组的拍摄现场，林晖到底在说什么？季临是为了报复而和自己在一起？这是什么想象力丰富的剧情？

林晖抿了抿唇，似乎是料想到白端端的这一反应，他顿了顿，深吸了一口气："端端，我有一件事一直瞒着你。"他看向了白端端的眼睛，"我曾经代理过的一个案子，对方当事人是季临的父亲。"

白端端这下抬起了头，盯向了林晖。

"那还是近二十年前，当时你都还没上大学，可能都还没满10岁吧，我也才只有二十多岁，刚成功留校成了法学院的一名助理讲师。因为当时读研期间就能挂律师证，挂证没现在这么严苛，所以我早就已经成功拿到律师执业证书了。一边备课，一边挂在律所兼职，当时准备学校的工作游刃有余的情况下，便想小试牛刀，尝试下律师工作的挑战，也是那一年，我开始办案子了。"

"所以季临父亲的案子是你办的第一个案子？这个案子发生了什么，才导致季临一直和你有过节？"

"倒不是第一个案子，是第十一个案子，我记得很清楚。"

"这个案子你赢了吗？"

"赢了。"林晖顿了顿，他垂下视线，"这是个劳资纠纷案，季临父亲的工厂面临资不抵债的情况，已经没有按时给劳动者发工资了，我代理一千多个员工和几个高管，为他们维权讨要工资，我胜诉，胜诉后，为了支付这笔工资和补偿金，季临的父亲不得不宣布企业破产，最终成立清算组变卖了资产偿还，但他家的企业……也就这么倒了。官司胜诉，劳动者拿到钱后没几个月，季临的父亲就自杀了。"

白端端彻底安静了下来，这一刻，她甚至不知道该做出什么反应才是合理的，因为她四肢发冷、头脑空白，季临从没和她说过这件事，她根本不知道他的父亲原来那么早过世，并非由于疾病。

"他家的公司叫季欣药业。"

季欣药业？

白端端心中惊愕，她知道这家企业！

因为季欣药业的破产曾经是 A 市循环了一个多月的大新闻。这几乎是一家 A 市曾经家喻户晓的企业，由 A 市当地的企业家自主培育创办，并在两年内连续得到了多轮融资和市场看好，在第三年，其设计的两款抗癌靶向药物预计能在第四年在大陆上市，免疫细胞基因治疗候选药物的临床试验也在有条不紊地推进中，几乎是属于一片红火，甚至新闻媒体多次报道，按照预期，季欣药业计划后年登陆港交所，募资上市。

而作为一家 A 市自主培育的企业，季欣药业也曾是当地新闻电台竞相宣传采访的对象，连白端端这种并不喜欢看新闻的小学生，也频频通过各种渠道听到相关新闻，或者看到相关的宣传。如今回想，白端端也还依稀记得，据报道，这家企业的季姓老总，是海外留学归国创业的。

直至今日，白端端也仍旧不太懂医药行业，只知道足够烧钱，也足够赚钱，因为当时几乎隔一阵新闻里，就能听到季欣药业获得 × 亿元融资这类相关报道。虽然不知道这家公司具体做了什么，但是白端端幼小的心灵里，只留下了两个大字的印象——有钱。

这家公司有钱，这家公司的老板有钱。白端端甚至记得很清楚，季欣药业当时研发新药，投资全是按亿来计算的。

当然，如果只是这样，她未必能这么清晰地记得季欣，她至今能这么牢牢地记住这家公司，归根结底还是它传奇般的命运——本来如火如荼势头一片大好，后年都说要登陆港交所了，各家新闻媒体都是对这家企业和创始人的溢美之词，可突然之间，也不知道从什么时候起，新闻里再报道的，就是季欣资金链断裂，季欣药业不行了，投资方撤资，拖欠员工工资……总之突然从歌舞升平的正面形象，完全变成了铺天盖地的负面新闻。

再之后，听到的便是季欣药业彻底破产资不抵债的消息了。

白端端此前也不过因为父母闲聊才知道这事，完全没往心里去，却没想到这个案子在近二十年后竟然与自己如此息息相关，这案子当事人的儿子是自己的现男友兼上司，而这案子劳动者的代理律师则是自己的老师兼前上司……

季欣药业破产，当时只是无足轻重的六个字，然而如今看来，那却是改变季临人生最惊心动魄的转折点。

季临说过自己13岁就出去打黑工了，也有长期在厨房后厨帮工的经历，白端端曾经十分好奇并且也多次追问过，但他都不置可否地转移了话题，白端端过去只单纯地当季临从小家境比较穷困，穷人的孩子早当家，然而却没想到，他最开始，也是个天之骄子……然而多变的商业环境使他父亲面临了困境，然后情势急转直下，他的人生也经历了大起大落。

白端端的爸爸一开始在国企时，家里算个小康，后来被骗辞职创业才开始过得紧巴巴的，最后爸爸的那场截肢手术使得家里几乎风雨飘摇。从小康到捉襟见肘已经是巨大到让白端端无法忘怀和排遣的落差，设身处地来想，那季临从天之骄子到成为过街老鼠般的欠债者之子，经历当时 A 市整个舆论的口诛笔伐和注视，这种压力、难堪和痛苦，恐怕根本不是她这个没经历过的人可以想象的，何况季欣药业出事时，季临才十几岁……

如果季欣药业只是从蒸蒸日上变成濒临破产，其实还不会被人记那么多年，最让季欣药业成为很多人茶余饭后谈资的，是破产没多久后，创始人季承治自杀身亡的消息。

他死得其实很平静，是晚上趁家人熟睡后服用了过量的安眠药，以至于家人第二天早晨发现拨打120急救时，已经回天乏力了。

白端端从没想过，原本觉得只是新闻里遥远的某个人，竟然就是季临早早去世的父亲。

一瞬间，她只觉得百感交集的复杂和压抑，即便不用想，也知道季临当初经历过什么。

林晖见白端端脸上露出了沉重的凝思，以为终于说服了她："这个案子是我打的，因为我的介入，他们家的企业输掉了官司，最终进行了破产清算，而季临的父亲也大概是受不了这么大的落差和压力，才选择自杀身亡了。

"季临一直认定，是我害死了他的爸爸，如果不是我，他爸爸根本不会死。"讲到这里，林晖的声音也带了点艰涩，"他父亲出殡的时候，我其实去了，知道他家不容易，也想略尽绵薄之力，但是季临当初发了疯一样地扑上来，像是要和我同归于尽一样，咬住了我的手腕，直接把我手上一块肉咬掉了，当时就血肉模糊，他才十几岁，但看我的眼神里充满了不属于那个年龄的恨意……"

林晖说到这里，拉开了袖子，他右手手腕上确实有块伤疤，原来白端端并没深究过它的来历，而直到这一刻，她才恍惚地终于知道了答案。

林晖沉重地叹了口气："其实一开始我每年都给季临汇钱，但是都被他退回来了，他有超乎寻常的自尊心，因为就算我没有用自己的名义汇钱，他也原封不动地退回，后来听说他上了大学，然后又通过奖学金去了美国，时间过得久了，我也就忘记了这件事，直到几年前他重新回到了 A 市。"

他看了白端端一眼："后面的事你都知道了，他在美国做的是高端非诉业务，然而回国以后就转行到了完全没有基础的劳资纠纷方向，并且处处针对朝晖。

"这么多年过去了，他一直没有释然，也一直没有忘记，心里对我还是充满了当初的恨意，我想他回国就是为了报复，为了针对我，而你……"林晖有些怜悯又迟疑地看向了白端端，像是最终下定决心般一鼓作气道，"端端，他业务上确实抢了朝晖不少创收，也确实给我造成了很多困扰，但我毕竟在 A 市这么多年，朝晖的规模和口碑摆在那儿，总不可能被他这样赶尽杀绝，所以我猜想，他觉得对我专业领域的报复实在不痛不痒，已经无法满足自己的复仇心了。"

"所以他来接近了我？"

林晖点了点头："我知道这样直白地告诉你很残忍，或许你根本无法接受，毕竟你……你和他刚谈恋爱……"

林晖深吸了一口气："你是我最得意的学生，虽然之前我们工作上有了摩擦和分歧，但我一直把你当成我最亲密的后辈来看待，我有朝一日退休了，那我手里的案源，自然都是要分给你的，季临见没法打击我，大概就想出了招数报复到你身上，你知道朝霞当时把你是当成亲妹妹的，一直让我要多提携、你多关心你，你对我来说，确实是不同的。你要是因为情伤遭遇了重大挫折被折磨得非常痛苦，我也不会开心。"

林晖眨了眨眼，有些尴尬地补充道："何况你知道圈子里关于我和你，一直有很多版本的传闻，虽然我们只是单纯的上下级和师生关系，但总有些好事之徒会编造谣言，没准传到季临耳朵里的就是失真的版本，他或许觉得把你从我身边抢走，就是对我最有利的报复了。"

林晖的话点到为止，但白端端很快明白过来，林晖要说的无外乎这个意思——季临误以为自己曾是林晖的前女友，甚至两人藕断丝连内心还情深意切，而季临作为对林晖的报复，则是横刀夺爱，夺走他心爱的女人……

林晖的话确实对白端端而言是个信息炸弹，她没想过原来季临认识林晖竟然比自己还早，和林晖之间还有这样一段纠纷，然而即便此刻，白端端仍旧非常冷静地梳理了林晖话里的所有信息。

然后她看向了林晖："既然你早就知道季临是季承治的儿子，也知道他恨你，那你为什么之前装成完全不清楚他和你之间这些旧事的模样，还让我代为邀请他一起和你共进晚餐，只轻描淡写地说你们之间有点误解？"白端端微微抬高了声音，"可这是一点小的误解吗？你心里既然这么清楚前因后果，为什么还找我约季临？你知道他根本不可能见你。"

林晖愣了愣，然后才露出了苦笑："端端，你对我太提防了，我和你说这些事，真的并不想害你，也不是为了挑拨你和季临之间的关系，我只是真的很担心你。

"确实，我之前就和季临有过节，但这毕竟是我和他之间的事，你从朝晖跳槽去别的律所，这本来就是我的错导致的，就算我没错，也不能禁止你在圈内自由择业。我一开始并不想把你牵扯到这件事里来，因为这和你根本没关系，但当时我开始发现你和季临走得有点太近了，你对他已经到了一种下意识的维护，所以我有点担心，害怕季临录用你是为了利用你，才想出了那个办法。"

"所以你是想要试探季临？"

林晖点了点头，有些欣慰白端端的聪慧和一点就通："是这样，季临对我是几乎达到了水火不容的地步，所以我想，如果你向他提及一起和我吃饭，他大概光是听到我的名字就会当场发怒……"

白端端冷静地看着林晖："但是季临没有。"

"是的，他没有，所以我才更担心了。"林晖喝了口咖啡，"如果他当场发怒，那我反而觉得没问题，因为他压根儿不屑于掩盖对我的真实态度，说明心里反而没鬼，但他竟然什么也没说，只是没接你的话茬，把一起吃饭这事给淡化处理了，可他对我这么恨，怎么会忍呢？据我了解，他大学里甚至因为我，和同学引发了争执，最终还打了架，不仅为此赔付了医药费，还差点儿吃了处分……

"那时候我就隐隐不安了，所以才一直关照你，要当心季临，但我也没有十足把握就指控他，毕竟这么多年了，他也成熟了、长大了，未必是当初那个一点就炸的小男孩了，你在他手下干活儿，如果他没有因为这件事和你生了嫌隙，那我自然也不会再提，免得你以后工作上面对他都尴尬，只是我没想到，他竟然打的是这个算盘，为了报复我欺骗了你的感情。"

说到这里，连一贯冷静的林晖也隐隐有些激动起来："端端，他绝对是故意的，在仲裁委门口表现对你的亲密，绝对就是做给我看的。"

讲道理，季临一开始甚至不知道这仲裁庭林晖会来，故意做给林晖看这种事根本就是无稽之谈。

更何况，13岁没学过法律的季临或许不能理解，但30岁已经从业多年的季临却不会不懂，律师代理当事人的时候，自己并没有立场，他只是在从事工作，为当事人在法律最大限度内争取利益，这就是律师应该尽的职责，当初为季临爸爸企业的员工讨要工资，这只是林晖的工作，他并没有逼死季临爸爸的意图，毕竟无冤无仇，谁吃饱了撑的呢？

如果仅仅是林晖所讲，他只是正常履行了职责，那这么多年来，季临也早该想通了、释然了，根本不至于记恨成这样，不惜不择手段到利用白端端。

白端端几乎立刻意识到，关于这个案子，林晖有事瞒着自己。

"为什么季临一直觉得他爸爸的死和你有关？"她决定直截了当地

问出来，"这案子到底怎么回事？"

这个问题，果然让林晖有些愕然，他大约是没想到自己推心置腹说了这么多，白端端到头来关心的不是季临骗没骗她，反而是自己到底骗没骗她。

林晖低下了头，收敛了目光："这案子太久远了，很多细节说实话我也不能记得那么清楚，但案例库里都能找到，裁判文书网里也有录入的可以查阅电子档的裁决书、判决书，你要是有兴趣，可以去看看。"

他重新抬起头："端端，你相信我，我和你说这些，真的都是为了你好，因为我和你并不是谣言里的那种关系，所以你要是真的被季临伤害欺骗，我虽然知道了会不舒服，也会替你难过甚至愤怒，但坦率地说，也不至于撕心裂肺地痛苦。季临自以为阴损的这一招其实对我并没有多大实际的伤害，我本可以对你什么都不说的，但我不忍心你遭受这些，所以我想告诉你、提醒你，我不希望你受到伤害。"

白端端看着林晖，没有说话。

面对她这样的反应，林晖几乎有些不舍和无奈了："傻孩子，直到这一刻，你还相信季临吗？"

"我相信他。"白端端语气镇定，毫不迟疑，"因为我相信自己的眼光，我喜欢的男人不会做出这么卑劣的事，也根本不屑于利用一个女性的感情，就算林律师说的每个字都是真的，季临也根本不会以你说的方式妄图报复你，他是个堂堂正正的男人，他要赢，他自己会去争取，他要打败你，也会做得光明磊落。"

林晖找白端端之前，是预估过她的反应的，或许她会在得知真相后发现自己上当受骗而痛哭流涕，也或者陷入迟疑犹豫，再或者不愿相信甚至和自己大吵一架，但唯独没料到这一种——

白端端全然的冷静和镇定，林晖推心置腹的话语根本不能撼动一丝一毫季临在她心里的地位。

他从没想过白端端会信任季临胜过自己，虽然自己之前确实与白端端产生了矛盾，但林晖从没觉得这矛盾是不可调和、不可修复的，内心深处，他相信白端端是会信任自己的，毕竟自己和她风风雨雨相识这么多年，见证了彼此太多的往事。而季临，季临才认识白端端多久？

然而事实胜于雄辩。

林晖的脸上露出了失落和难过："你相信他，所以你是不相信我吗，端端？"

白端端看向了林晖的眼睛，一字一顿，铿锵有力："我以前相信过你，但现在的你，我越来越看不懂了，你变了，我已经不知道自己能不能再相信你了。

"总之，谢谢你的咖啡，你要告诉我的事，我也知道了，我还要为田穆这个案子的补充证据而忙，这个案子，我和季临不会输，我们会光明正大地赢。"

白端端说完这些，买了单，才转身毫不犹豫地离开了包厢，只留林晖一个人看着冷却的咖啡发呆。

虽然离开林晖时白端端万分冷静和镇定，然而实际上她的内心却是慌乱和震惊的，她从没想过季临和林晖之前有这样的过往。

她相信季临，然而她还是想理清季临和林晖之间发生的事。

几乎一回到办公室，她就打开了案例库和裁判文书网，以林晖和季承治的姓名为关键词开始搜索，很快，就有了对应的结果。

只是所有公开的记录里，能看到的仅仅是案由、法院或者仲裁庭查明的事实，以及判决结果，虽然判决结果里会写明法官依据什么来判定，但总体而言仅仅靠着这样的书面材料，是根本难以还原当时庭审现场的，因为原被告双方的辩论不会详细收录，很多细节也不会一一陈述。

这毕竟是近二十年前的案子，要是放在现在，那就不一样了，大部分一线城市的法院都会对庭审过程全程录像，很多不涉及隐私和敏感信息的案件甚至定期在法院官方网站上更新庭审录像，不公开的，也可以通过申请调档予以查看。

查阅法院仲裁委的公开文书这条路受挫，白端端也不气馁，她直接开了搜索软件，以季临父亲的案子为关键词开始检索。很多时候，除了律师专业的网站，求助大众搜索引擎也未必不能得出一些有用的线索和细节。

可二十年前互联网也刚刚兴起，远没有如今这么发达，很多信息仍旧依靠纸媒和电视台传播，白端端查了老半天，也并没能提取到什么有效的信息。

只是即便如此，关于这件事，她没有办法也不想直接去找季临求证，因为这样的痛苦往事，对于作为亲历当事人的季临来说，恐怕再次从记忆深处挖掘细节回忆，仍是一种二次伤害般的折磨，毕竟不论怎样，季临在这个案子后失去了自己的爸爸。更何况关于案子的细节，季临显然并不想提，自己之前并不是没有多次试探和询问过的。

可季临不想说，林晖看起来又有所隐瞒，那还能找谁了解往事？找孟欣？可孟欣也是当事人之一，年纪轻轻就失去了丈夫、背上了债务，恐怕孟女士那几年也没快乐过，这对她而言也并不是什么想再提的往事……那还有谁呢？还有谁能了解这些旧事？

"我出差又回来啦！这次去的天津，给大家带了天津麻花，可香可脆了，快来吃，见者有份，先到先得，过期不候啊！"

正当白端端苦思冥想之际，门口就传来了容盛大大咧咧的声音，前阶段他正出差，此刻一回来果然就呼朋引伴起来。

没一会儿，身边的同事便都被天津麻花给吸引了去，而白端端坐在座位前，突然福至心灵地想了起来。

季临说过，他和容盛认识快二十年了！那容盛是不是知道这件旧事？

白端端一旦有了这个想法，就决定立刻付诸行动，等其余同事分食麻花散场后，她悄悄挪到了容盛的身边，跟着他进了他的独立办公室。

"容律师，你现在有时间吗？"

容盛抬头，一脸狐疑地看向了白端端："怎么了？"

"关于季临的一些事，我想问问你。"

容盛出差出去得早，季临和白端端公开的那天，他就在天津了，直到此刻回到所里，也还没人来得及给他科普季临脱单的事，以至于他此刻根本不清楚白端端和季临的关系，有些茫然地回答道："你不能直接问季临吗？"

白端端笑了笑："不太方便问。"

容盛简直莫名其妙，都是一个所里的同事，能有什么事是不方便问的。

白端端也不解释，搞得容盛一头雾水："你要问他的什么事啊？"

"就他爸爸的那个案子。"白端端也不绕弯子，"他和林晖，是不是因为这个案子有很深的过节？我想问问这里面的细节，如果你方便说的话。"

原来是这个！容盛这下终于恍然大悟了："这个事当然不方便问他，因为问了，季临也不会告诉你。这事他提也不愿意提的。"

"那你方便说吗？"

容盛眨了眨眼："你真想知道啊？"

白端端神色严肃地点了点头。

容盛望着白端端，脑海里算盘打得飞快，难得现在她有求于自己，自己主动，她被动，按照惯例，自己也该趁着此刻利好的敌我形势问白端端要点好处，至于什么好处……

容盛几乎是根本不用动脑就脱口而出，一套又一套："你如果真的那么想知道，我其实是可以说的，但你也知道，你自己也坦言不方便问季临，那这事既然季临都不太想说也不太想告诉你，我要是告诉你，没准是要面对季临的压力的，甚至我们之间的信任和友情也会面临岌岌可危的下场，我要面临的可是巨大的风险，季临是我特别珍惜、无可替代的朋友……"

虽然嘴上这么说，但容盛心里清楚得很，戳穿林晖的假面目，即便要事无巨细地说出季临当初遭遇了什么，季临知道后也不会和自己生气。要是换作别人，或许会觉得过去弱小和困顿的自己会让现在的自己难堪，然而季临不，他是个内心相当强大也足够坚强冷静的人，他能很坦然地面对自己的过去。他自己不想提只是不愿意回忆那段黑色令人恶心的往事罢了。

当然，容盛到今天也没想通，当初季临为什么不直接当着白端端的面戳穿林晖的虚伪，当时明明不用说得多么事无巨细，点到为止也够林晖喝一壶了啊！

如今白端端坐在自己面前，自己主动来求证，容盛觉得，那自然是天赐的机会！这是上天送给自己的礼物！不从白端端身上揩点油水简直对不起自己！

容盛一席话，白端端自然也能理解，出乎她的意料，没想到容盛到了关键时刻，竟然是个有情有义绝对不出卖队友的男人。以前总觉得他去自己家附近那个不正经夜店，决计也不是个正经人，如今的白端端，却觉得自己应该向容盛道一声歉的，没想到他私底下对季临这么维护，这样重情义的男人，应当不是什么坏人……

白端端大为感动，当即想要表明自己和季临之间的关系，并告知自己不直接问季临的原因，好消除容盛的担忧："这你不用担心，我和季临其实是……"

只是白端端的话还没说完，容盛就径自打断了自己——

"你知道的，我和季临是快二十年的老铁了，你让我出卖自己的老铁、出卖他的信息，怎么也得给出相应的报酬吧？"

"……"

白端端有些一言难尽道："你刚才不是还说季临是你无可替代的朋友吗？"

容盛一点心理负担也没有，他笑了笑道："这你就不懂了，天若有情天亦老，人若有情死得早，听过没？"

"……"

"既然季临和我是这么好的朋友，那出卖一下他的个别信息，来为我换取一些福利，这有什么不对呢？他作为一个好朋友，这不是他应该做的吗？如今我只是给了他这个荣幸和机会啊！"

"……"

白端端已经不想说出自己和季临在一起的事实了，她面无表情地看了容盛一眼："所以你开个价吧。"

"我要的不多，就这样吧，你给我做三顿免费的晚饭怎么样？也不用多麻烦，就平时你晚饭多做一份，我去你那儿蹭吃蹭喝就行了。"提及白端端的晚餐，容盛满眼放光，"说真的，我这些天，心心念念的就是这一口吃的，你应该知道，我这要求真的不高、不过分，你就当请个同事吃个饭也行啊！"

　　你这要求可真的不高，白端端心想，还三顿呢？我怕你连一顿也撑不住就驾鹤西去了……

　　不过既然容盛都这么低声下气地哀求了，甚至为了这么三顿饭，丝毫没有任何挣扎地就出卖了季临，那自己怎么能不在他吃完饭临死前满足一下他的夙愿呢？

　　于是白端端根本没有迟疑就答应了这笔"交易"："行，没问题，我亲自下厨给你做三顿饭，绝对一顿也不少，保管你吃了觉得可以上天。"

　　容盛根本不知道这个"上天"是什么样的上天，当即脸上都快笑开花了："好好好，一言为定。"

　　他觉得自己简直赚大了，别说靠倒手信息可以吃到白端端做的三顿饭，待会儿通过自己绘声绘色的讲述，夹带私货再黑一下林晖，没准直接把白端端和林晖的复合给搅黄了，毕竟白端端此刻这么在意这件旧事，恐怕也是机缘巧合得知季临爸爸这案子的粗略情况后，对林晖的人品产生了质疑，所以才来找自己求证。这时候自己只要推波助澜……到时候白端端和林晖一拍两散，盛临怎么的也是渔翁得利，白端端会坚定地留在盛临，和季临结成联盟，不仅帮盛临创收赚钱，自己说不定还能继续混几顿饭吃吃……

# 第四十章 童年往事，谜底揭开

"所以当时到底是什么情况？"白端端简单地把林晖此前和自己说的版本再次复述了一遍，"仅仅是这样吗？还是……"

结果白端端的话还没说完，就被容盛愤怒地打断了："林晖就是个骗子！"

他的愤怒是那么真实而不加掩饰，以至于连白端端都能清晰地感受到容盛对林晖的鄙夷和厌恶，容盛平时为人嬉笑怒骂、插科打诨，鲜少有这样浓重的情感倾向。

他看向了白端端："我现在百分之百可以确认，林晖真的是个彻头彻尾的垃圾和骗子。"容盛的声音微微抬高，"他说得倒是道貌岸然，好像他真的完全做了一个律师该做的事，一点没逾越一样？他怎么不说，他暗示自己那几个高管当事人怎么可以拿到更高的赔偿，结果有几个心眼被狗吃了的高管，听了他的话去季临爸爸的公司做了些什么？"

白端端愣了愣。

容盛却以为她是不相信，径自道："季欣药业势头太好，季叔叔从小就顺风顺水，在学校的时候轻轻松松地就能拿头奖，又是国外名校毕业回国的，回国时就拿到了第一笔投资，从创业到季欣药业发展壮大，这一路也都顺利得简直像个奇迹，根本没和一般的创业人一样焦头烂额或者困顿过。"

容盛顿了顿："但这也导致季叔叔当时投资投产策略过分激进乐观，把大量的钱投入了生产和研发基地建设上，摊子铺得太大，除了新药研发和临床试验外，又不知道是被谁忽悠着准备往电子信息行业扩充公司的业务，但他本身是学医药出身的，对电子信息并不懂行，其实被有心人骗了不少钱，一开始对电子信息行业的投资又都没有任何回报率，导致季欣药业的现金流出了问题。"

"所以才没办法，拖欠了员工工资吗？"

容盛愣了愣："林晖是这么说的？可其实严格意义来说，也不能算是已经拖欠了工资，只是本来当月工资是月初发的，但那个月一直没发，眼看就快到月底了。"

但拖欠工资，只要当月工资过了那个月还没支付，那劳动者就有合法权利进行追讨，并要求经济补偿金，甚至可以根据具体情况责令企业加付工资 50%~100% 的赔偿金，如果季临父亲那笔工资到了第二个月月初仍未支付，那么确实……

从裁决书上可以看出来，季欣药业那笔工资确实没能在当月支付出来，以至于拖到了第二个月还是没能支付，于是劳动者才提起了仲裁，而几个高管同时以没有书面劳动合同为由也一同发难，最终判决季欣药业支付所有员工被拖欠的一个月工资，因没有书面劳动合同而支付高管们双倍经济补偿金，同时因拖欠工资再加付所有员工 60% 的赔偿金……

这几乎可以说是劳动者在解约时可以拿到的最大金额的补偿，不仅有拖欠的工资、双倍的经济补偿金，还有加付的赔偿金，一千个员工，其中包含了五名高管，而药业企业，本身员工整体学历水平都较一般制造型企业更高些，因此基础工资也很高，以至于这一千个员工的劳资纠纷相关赔付，就是一笔惊人的巨额钱款。

容盛自然知道白端端心中所想，他解释道："我还没说完，季欣药业当初虽然因为季叔叔的投资和决策失利，确实资金很困难，当月工资也全是拖延了，但本来根本是能够在月底发出来的，为了发工资，季叔叔甚至把自己几套房子都挂牌了，不论怎样，他都不想让员工受苦，大家都是要养家糊口的，不可以没有当月工资。这些事，下面的员工不清楚实情，但那五个始作俑者的高管却是知道的。"

"那为什么……"

为什么不仅最后还是没按时发出工资，甚至还被曝出没有签订劳动合同？季欣这么大一个企业，怎么会完全不合规到不签劳动合同呢？如果是小概率的事那还可以追责人事部，但几个高管都没有书面劳动合同，问题确实就很大了，所以是真的如容盛所说的，林晖暗示高管销毁了书面合同？可这些高管又是为了什么？

"为什么？"容盛冷笑出声，"还不是为了自己的利益和钱？

"这五个高管早早地就在外面有猫腻，用自己亲戚的身份证作为法人注册了其余药业制品上下游的公司，和季欣药业做着实际的关联交易，把钱全部敛进自己口袋了，季欣药业需要进口国外的医疗设备，结果他们就偷天换日把国外报废的二手设备包装成新设备，以新设备的价格买入，季叔叔其实早就已经发现了情况，然而考虑到这几个高管都是和他一起创业的老部下，他于心不忍，就一直没决定好到底哪天再处理这事。"

"结果反而被这五个高管捷足先登了？"

容盛撇了撇嘴："怎么不是？他们发现季叔叔手上有证据后，就乱了，商量怎么办，结果正好撞上季欣药业资金链出了问题，员工工资从月初眼看着就要拖欠到第二个月了。虽然季叔叔和他们交了底，自己卖房后就能补足这笔款项，但他们只想着自己的利益，害怕自己关联交易又内部受贿的事曝光，于是找到了林晖，之后这几个高管就心里有底了，他们把自己当初的劳动合同原件全部给销毁了，然后号称季临家的企业违规，从没有和他们签订劳动合同，因此要求企业支付双倍经济补偿金。

"之后摇身一变，一脸正气地号称自己也是受害者，被季叔叔蒙骗着根本没签劳动合同，也被拖欠了工资，一下子拉近了和那些不明真相的员工的距离，和他们站在一起，打入对方内部，接着怂恿员工发难，到处宣扬季欣药业已经快要破产，工资绝对发不出了，搞得人心惶惶，不少不理智的员工甚至开始搬走公司里的器具设备抵工资，还有些人受了指示在研发区域内打砸制造混乱，然后这几个高管趁着混乱，把此前自己采购的二手设备全部找人一并打砸了，以至于根本不可能再鉴定。

"后面的事想必你从电视上也看到过，员工拉横幅闹事罢工。"

"可这些员工为什么这么不理智？不能听听企业的解释吗？"

"他们不是不理智，带头闹事的那些反而都是特别理智的，这些带头闹事的员工，都是这几名高管的直系，这几个高管又掏了钱，花钱买通了不少员工，这才把事情彻底闹大了。这些员工收了钱后就天天煽动情绪，最后搞得连想继续干活儿的人在这样的环境下都没法儿干了，研发基地甚至被蓄意破坏了，弄得季叔叔焦头烂额，而也是这个时候，本来有几款新药已经到了临床试验的关键时期，因为这个事，导致临床试验进度拖后，以至于本来已经谈妥的投资最终黄了，而几个国外的投资机构觉得季欣药业劳资纠纷风险过高，也更为谨慎地保持了观望态度，准备等这个风波过去后再进行投资。

"可谁能想到季欣药业最终没能挺过这个风波呢？"容盛自嘲地笑笑，"季叔叔确实决策失败，摊子铺太大，导致现金流紧张是事实，但如果这几个高管没有发难找事，事情也不会发展到这一步，而且后来的事你知道吗？他们做得这么狠、这么下作，其实是早就有了二心。季欣药业刚一出事，事情还有挽回的余地之时，这几个高管就站出来指责，号称季欣药业此前获批过审的药物其实在临床试验结果上造假了，这些药物不仅没有作用，长期使用甚至有负面效果，他们作为高管，实在是看不下去季欣药业这种欺骗病人的做法，才最终站出来揭露，并且号称将离开季欣药业，团队出走，在外面自立门户。"

"你的意思是……"白端端这下终于全明白了，"这五个高管其实本来就想自立门户，并且一直在薅季欣药业的羊毛，用二手设备套现，最终还要落井下石，把季欣药业打入谷底的时候，还要站在企业的残骸上滋养自己？"

"季欣药业的事闹得沸沸扬扬，赚足了多大的注意力？这几个高管这时候还想着吃人血馒头，以这种攻击性的方式造谣，反正当时季欣药业那个水深火热的情况，季叔叔根本分不出时间和精力来起诉他们的诽谤，而他们呢，却顺带以这个方式还给自己的新公司做了一下宣传，果不其然，他们在这'义正词严'的指责后获得了一小笔风投，创业倒是渐入佳境，可季叔叔却因为他们的恶意和暗中操作，被一步步推进了深渊。"

容盛看了白端端一眼："他们五个高管，对季欣药业内部的情况非常了解，外人不清楚实情，很容易就相信这些高管所谓的'内幕信息'，他们一站出来指责季欣药业，又是这种内外交困的时候，季叔叔根本百口莫辩。"

……

不论是从逻辑还是细节的完整性来说，都是容盛的版本更可信一点，更何况他并非这件事中任何一方的利益相关方，不存在需要粉饰和造假的目的，理智告诉白端端，他说的都是真的，然而情感上，对于这件事里林晖的角色，她还是很难接受，何况有些细节，她还是难以理解。

"但林晖是一个律师，他毕竟不像这几个高管一样是最终的受益人，他不可能冒风险直接告诉对方去销毁书面合同和二手设备的证据，甚至出谋划策煽动员工闹事，他一直对职业风险把控得很严，不太可能做这种事。"

"是，他确实没做，但他一直很清楚自己的当事人在做什么，虽然没有明确告诉那几个高管该如何处理，但他在了解对方要干什么的时候，还是明确地给出了这样的建议，一步步指点他们怎么做，而据季临后来调查所知，煽动员工闹事、激发员工的不安传播惶恐，最终导致那一千多个员工一起集体维权的，正是林晖。"

容盛笑笑："何况他怎么没有相关利益？一千个员工的集体维权，他做的，你算算这个标的额，而除了钱以外，这个案子，可是林晖一战成名的分水岭啊！以前林晖是谁？在律政圈里，真的名不见经传。可季欣药业这个案子后，林晖才成了后期新秀，才二十多岁，年青有为。"容盛嘲讽道，"这案子多出名啊，高管想着分一杯羹顺势宣传一下自己的新公司，我们林大律师也想着靠这案子的影响力，打响自己职场生涯的第一炮呢。"

　　白端端确实知道林晖在二十多岁就办过一个大案，并且当时就扬名了，然而林晖对这个案子却三缄其口，从没说过。白端端本来对他的过去就没多大兴趣，在他的刻意回避下，久而久之，也一直没去弄清楚过，也是这一刻才后知后觉地意识到，这个让林晖一战成名、在律政圈里拥有姓名、改变了林晖命运的案子，同时也改变了季临的命运，用完全不同的方式。

　　容盛生怕白端端不相信："当初季临都找人调查过，另外，有几个员工在季叔叔自杀后，觉得良心难安，当初因为群情激愤，又被不理智的群体意识带动，没去理智思考就随波逐流一起讨伐公司，事后内心羞愧，才给季临讲了事情原委，还有人则是偷偷写了匿名忏悔信给到季临，这些季临可都保存着呢。

　　"而且你知道季临当初有多惨吗？"容盛并不知道季临和白端端的关系，此刻仍旧觉得白端端和林晖旧情没断，他生怕白端端还是感情上偏袒林晖，于是索性决定再接再厉给季临卖惨，"季叔叔是一个一路顺风顺水的人，因为他太乐观而导致了投资失利，又太过有人情味，导致针对这几个高管失去了先机。过刚易折，他太骄傲了，季欣药业的内忧外患，导致资金链彻底断链，即便卖房也缓解补救不了，外界舆论又对他误解辱骂，他无法接受自己的心血就这样付诸东流，也无法坦然地面对自己的失败。因为太骄傲了，所以无法面对自己，无法面对家人，才选择了死。

　　"你或许知道媒体报道里，他的尸体是第二天才被家人发现的，但你可能根本不知道，这个发现的人是年仅13岁的季临。他像往常一样去喊爸爸起床，结果摸到季叔叔的时候，他整个人已经凉了、僵硬了，彻彻底底死了。"

　　白端端这时候心里才渐渐泛起后知后觉的钝痛，原来13岁的季临经历了这些，但他根本不应该经历的……

　　"季欣药业这个事，几乎像是家喻户晓的连续剧，对这类夺人眼球的新闻，除了财经专版外，还有很多小道报刊为了发行量而拼命报道，甚至不惜挖掘死者家属最悲恸的细节和瞬间。于是有不良媒体伪装成学生家长，冲到学校来，把话筒差点儿掸到季临的脸上，争着抢着问他是怎么发现自己爸爸死的，发现自己爸爸死的那一刻是什么心情……"

到这一刻，白端端终于忍不住了，她甚至能想象出小小的季临是如何忍着悲痛故作坚强和冷静，然后面无表情地妄图拨开人群，然而他太小了，他才13岁，面对光怪陆离的成人社会，他什么都抵抗不了，他既推不开那些围着他的记者，也无法用痛哭来诉说自己的创伤。

"季临以前长得好看，学习又好，家里还有钱，性格其实很好的。虽然他不太热情，但很温和，很讲礼貌，是那种一看就很标准、很有修养的富家子弟，很多小女孩喜欢他。但也因为这样，出了事情后，就有些嫉妒的小男孩排挤他，叫他诈骗犯的儿子，说他爸爸是为了钱研究假药的杀人犯，骂他爸活该，早死了才好……"

很多时候，小孩子并没有成年人那样泾渭分明的三观，也不懂得什么会对他人造成伤害。小孩子很天真，但很多时候也很残忍，他们觉得你曾经让自己不快乐，那逮着机会，就要让你也不快乐，就要发泄自己的负面情绪，而很多时候，校园霸凌和排挤是一种跟风行为……

果不其然，容盛下面的话也完全验证了白端端的看法："一开始就几个小孩那样，季临本来没了爸爸就难过得不行，只不理睬这几个人，但后来他们看季临不反抗，却变本加厉了，越来越多的人开始孤立和欺负季临。季临忍无可忍，终于反抗，和他们打，但是他们人多力量大，常常是季临被打得伤痕累累，可每次，其余小孩都有爸妈上学校来维护，指责季临，可季临却什么也没有，季叔叔走了以后，孟阿姨因为受了很大刺激，有一阵精神和身体都不太好，一直处于卧病在床的状态。"

容盛叹了口气："我一直记得那个场景，当时在教导主任办公室，寻衅滋事和季临打架的小孩，一脸有靠山的模样看着季临，然后得意扬扬地听着自己家人数落季临，讽刺没了爸爸管教的小孩真的没有教养。我们那学校不少学生家长都非富即贵，挺有背景的，教导主任生怕得罪人，只想息事宁人，知道季临家里失势了，也完全势利地不想保护季临，季临就只能低着头握着拳头被对方辱骂。"

也是这一刻，白端端终于知道季临那句话的意思了，他说"你闺密

16 岁出去打工很可怜吗，可我 13 岁就去了，你怎么不来关心我？"

　　当初白端端只以为是季临的一句气话，然而如今得知了一切，她才意识到这句话背后过往的委屈和疼痛。

　　要是自己能早点儿遇到季临就好了，早点儿遇到他，陪着他，站在他的身边，握住他的手，他是不是就不用受到这么大的伤害？

　　只是即便白端端已经心痛难忍，容盛却压根儿不知道，他叹了口气："其实本来季欣药业根本不用破产的，本来只要挺过了资金链的难关，员工能多给公司一些信任，能理智地听听季叔叔的解释，也不至于走到最后那一步。可员工太自私了，他们很多人当初都是季叔叔破格录用的应届生，创业之初，很多东西都是季叔叔手把手带他们干过来的，让他们在季欣药业积累了宝贵的经验，结果事到临头，在风险面前，根本连一点点集体责任感也没有。

　　"季叔叔创业时很讲人情味，对很多基层一线员工都非常关照，很多人当初家里有个什么事，买房啊，看病啊，结婚啊，想要预支工资，他也都同意，他没想到企业遇到困境的时候，他只祈求他们稍微延缓那么几天拿工资，对方就完全不同意……为什么呢？因为他们眼见着季欣药业势头不好，似乎要垮了，又收到了那几个高管新公司抛来的橄榄枝，人往高处走呗。"

　　白端端突然有点恍惚，也是这一刻，她觉得自己终于理解了季临当初那种完全站在企业视角考量问题、发自内心憎恶员工的态度。

　　白端端因为自己父亲的事，总觉得企业主狡诈阴险，员工弱势无助，因此天然地同情劳动者。而如今想来，季临正相反，他认为员工唯利是图，容易忘恩负义，并且利用所谓的弱势形象占尽企业便宜，因此在劳资纠纷中，总是天然地维护着企业的立场，也更倾向于从企业的角度考虑问题，也因为他父亲的事，他或许永远无法心无旁骛地相信员工，而面对员工的瑕疵和过错，他则充满了憎恶。

　　他对企业员工冷酷无情的时候，想的大概是，如果自己父亲当初能不要那么有人情味，能对有异心的高管先下手为强，能拒绝那些员工预支工资的要求，能铁腕冷酷地开除所有有瑕疵的员工，而不是心太软，是不是后面的结果都会不一样？是不是在最后受到的伤害和冲击会比较少呢？

现在想来，最初季临那让自己无福消受的奇葩性格和极端态度，原来都是生活对他的伤害和打磨。

白端端看向容盛，轻声道："所以他的性格……"

容盛点了点头："我在他家出事前就认识他了，他在这之前真的是个很温和的人，也是出了这件事以后，才性格大变的。"

容盛为了黑林晖拼了命地给季临卖惨，却不知道听到白端端耳朵里，她心疼得整颗心脏一抽一抽的："他当时是怎么挺过去的？"

"就是靠着想查明真相的信念吧，还有就是债务。"容盛回忆道，"你知道我为什么选择和季临一起合伙创办律所吗？其实当时想和我合伙的人不是没有，我家在 A 市法律圈有点人脉，找我的人可多了，其实从客观来分析，季临当初并不是最好的合作伙伴选项，因为他才从美国执业回来，过去做的业务是完全和劳资纠纷无关的非诉，刚回来也还没有律师执业证书，对国内的法律环境和办案流程又一概不通，脾气也不圆滑，但你要是见证过他一路是怎么走来的，你就会知道，选择他就是选择了可靠。

"我容盛很少佩服其他人，但我是发自内心地佩服季临。他爸爸破产后就算变卖了资产，但是由于很多合作协议违约要赔款，还有员工的劳资纠纷金要支付，根本是资不抵债，还欠着外债，当初他爸自杀，一方面可能是太骄傲了无法面对自己，另一方面或许也是想以自己的死给自己儿子和老婆换一条生路。他死了，在他身上公司的债务也就终结了，很多债权方不会再不人性到对他的遗孀和孩子赶尽杀绝了，所以，其实季临当初不需要再承担自己父亲的债务了。"

"但他愣是自己去打工，最终把这些钱都还掉了？"

"对。"容盛点了点头，"他是个特别特别强硬也很倔的人，13 岁啊，他就去打黑工，在那种很差劲的饭店后厨帮人家烧菜，手上烫的全是疤，总之，只要有钱，没什么活儿是不肯干的。他一边打工，一边学习也没落下，靠着奖学金上完了学，等到了大学，就开始接法律翻译，去美国做非诉，前几年拼到像是不要命，每天就睡平均三个小时，直接买了睡袋睡在公司，工作两年后，把他家里之前的债务全平了。

"你要是看到他这些年是怎么坚持下来的，你就知道，这个男人是绝对会成功的，他比常人能忍，也比常人能吃苦，更比常人坚韧。"

讲起这些，容盛其实也非常感慨："当然，因为他父亲的事，也因为这些遭遇，他的性格变了很多，原本很阳光，后来变得非常沉默。但说实话，我觉得季临骨子里还是没变，你们作为下属不太了解他，可能觉得他这人嘴挺欠的，又没什么人情味，但其实他挺温和的。

"他的嘴变得这么欠，也不能怪他，好不容易熬到高中吧，季临去了省里的重点高中，挺开心的，以为自己终于不用再被原本 A 市的那些同学冷嘲热讽了，也开始渐渐开朗起来交了朋友。当时他有个同桌，女的，对他挺友善热情的，主动找他各种搭话，还挺好的，所以她生日的时候，季临给买了个礼物，结果吧……"

容盛叹了口气："季临送给人家的时候，人家装得可高兴了，结果季临在外面小卖店偶遇对方，发现对方正和几个女生打趣，神神秘秘地和朋友说那个 A 市闻名的诈骗犯的儿子季临给自己送了个生日礼物，结果根本不值钱，还说，送这么便宜廉价的东西，竟然还想追求自己，也不看看自己家世清不清白……

"这个事对季临打击挺大的，那天我和季临正好在一起，全程都听到了，之后季临不仅没主动搭理过别人，就连别人主动靠近，他都会用非常尖酸刻薄的话把人家刺走。那段时间对我也这样，一开始我也很不高兴，但后来想想，大约是他受到了伤害后的自我保护机制，因为已经没法再轻易地相信别人的靠近不是意有所图或者充满恶意，为了避免受伤，于是索性在别人妄图靠近的时候先主动出击把别人给赶跑，然后自己缩回自己的壳里，虽然冷清，但很安全。"

不用容盛说，其实白端端也早就发现了，正如自己此前说的那样，这男人就像是山竹，外表坚硬，内心却是饱满多汁的，抛开他那种故作刻薄的假象，其实季临非常温和。他的那些刻薄的初衷并不是为了伤害别人，只是为了保护自己，然而随着时间的潜移默化，却太容易让人产生误解和偏见了，以至于最终给了别人并不那么好的刻板印象。

"所以吧，季临其实是个对感情也没什么主动和期待的男人，端端啊，既然你愿意给我免费做三顿饭，我就偷偷再告诉你点秘密吧，其实季临他啊，直到现在连一个女朋友也没谈过。"容盛讲到这里，公允地补充了一句，"哦，男朋友也是没有的。"

"……"

白端端本来因为季临过去的遭遇而内心酸胀难过，此刻倒是被容盛的话带动的情绪好了那么一点。容盛这个人其实也很细心，他显然敏感地发现了白端端的低落，因此才转换了更为轻松的话题，也难怪他能和季临做这么久的朋友，在他大大咧咧的表象下，其实内里非常细心体贴，很在意谈话人的感受和反应。

"总之吧，我们季临真的挺惨的，别说现在没谈上恋爱，大概以后我二胎都生好了，他还在孤身一人。我之前吧，看到一套大平层挺好的，怂恿他买在我隔壁，结果他死活嫌户型不好看不上。"容盛笑笑，"这人吧，有时候根本不能体会到我决定里的深意，我让他买我隔壁，还不是为了以后我结婚了，我老婆烧点什么菜，也能给他捎一份吗？你可能不清楚，但是朋友之间，一旦有人组成家庭结婚了，就会和单身的朋友渐行渐远，因为人生进入了不同阶段，已婚的朋友开始关注育儿啊之类的，单身的朋友呢，就还是如无根的浮萍一样漂泊。我这还不是为了防止我结婚后就和他渐行渐远吗？"

容盛一脸"我容易吗我"的表情，还忧国忧民般长叹了一口气。

白端端最终还是没忍住："那个，容律师，请问你现在有对象吗？"

"没有。"容盛笑笑，"只是我虽然现在没有，但我坚信我一定比季临早有。"

容盛，你的自信还真是挺要命的呢。

不过因为容盛这一番插科打诨，话题倒是又回到了不那么沉重的部分，白端端想了想，没忍住接过刚才的话头，她咳了咳，有些不自在道："所以，季临其实当时喜欢他那个同桌？"

心疼季临归心疼，但是醋还是要吃的，白端端心里不太开心地想，季临还给对方买生日礼物！当时他的债务还没还清呢，恐怕还在见缝插针地打工，要炒多少次菜才能积攒下闲钱啊，竟然还给这个坏心眼的女同桌买礼物，结果好好一片心意，反而被别人糟蹋。

白端端光是想到这点，心里就又是难过又是失落的，她想：季临还好意思说自己是初恋呢，他这不是高中就春心萌动，对女同桌有那么点情窦初开了吗？不过就是最后遇人不淑没恋上啊，但也是在远没有遇到自己的高中期间，就有过心动对象了啊，哪里像自己，心动的第一个人还是他。

其实白端端这个问题有点酸溜溜的，但容盛也沉浸在关于季临的回忆里，并没有发现，他只是哈哈哈大笑了几声："那倒真没有，季临就是喜欢我，也不会喜欢她。"

白端端皱了皱眉："为什么啊？"

"因为那个女的长得像个活标本啊！季临只是变穷了，又没变瞎！"

"？"

"恐龙，你懂吗！"容盛一言难尽道，"我不喜欢以外貌评价别人，但她真的长得……不太行，就是国字脸，人显得特别刚毅，我一开始发现季临老和她说话，还以为季临喜欢上男的了，生怕季临最后会不会两相对比之下，觉得还是我长得更标志，一定要强行和我谈恋爱，那朋友都做不了了，搞得我当时心神不宁，成天害怕季临哪天突然要和我表明心迹……"

"……"

容盛，你的内心戏真是挺多的……你和季临倒是可以组一个戏精兄弟出道……

"而且我一直相信相由心生，这女的心地这么坏，不管长成什么样，我看着也面目可憎了，但公允地说，季临是绝对不会喜欢她的，只是他其实是个比我更不注重样貌和外在的人，他当初觉得那女孩很善良，想要回报以同等的善意，虽然礼物便宜，但却是季临当时能承担的最大限度了，为了买那个礼物，他其实两天没有吃饭，结果还被说成那样，最过分的是她竟然侮辱季临的审美！号称季临是看上她了！"

　　白端端觉得自己胸口那种钝痛感又来了。容盛这真是一刀又一刀，下手毫不手软还狠准稳的，自己的心情才刚好一些呢，他这新的一刀又插过来了。

　　只是即便很心疼、很难过，白端端却还是想听，就算是一点一滴，她也想再了解季临多一些，心里也还是那个长久的惋惜，要是有穿越时空的灵丹妙药就好了，她要穿回季临的少年时代，让他不用过得这么苦。

　　容盛却不知道白端端心里所想，径自继续道："包括你们很多人可能会背地里觉得季临抠，或者别的什么，但你们不是他，没有经历过他那些压抑的生活，根本不知道他过去过的什么日子。他爸没出事前，他家里很殷实，那时候他很大方，因为对金钱根本没什么概念，只觉得钱就是一串符号而已。我们学校当时有同学突发急性白血病住院，老师号召我们捐款，季临一个人就捐了五十万，老师再三找他确认，希望他不是偷偷拿了自己父母的存款擅做主张，结果你知道季临怎么说吗？他特别天真地说，那就是自己去年过年收到的压岁钱而已，都是自己平时买东西用的，决定节省下来捐给有需要的同学。"

　　虽然白端端并没有见过小时候的季临，但光是想象，她仿佛也能看到十来岁的季临一本正经冷静的天真模样，其实这男人直到现在也这样，很多时候理所当然得让人无法适从，外人都觉得他抠，然而真正了解他，才知道季临的金钱观很健康。他对那个收垃圾的孩子资助起来很大方，对自己的母亲也很大方，如今对自己也几乎是有求必应，真正在乎的人和他认定值得的事，他从来不惜吝啬。

　　"他变成现在这样，是因为那段时间过得太苦了，穷怕了，你没他那么穷过是绝对不会有那种感觉的，因为太穷了，没有钱就没有任何安全感，不敢生病，不敢发生意外，不敢在本来紧巴巴的日常生活之外有别的多余开支，小心翼翼地一分钱恨不得都掰开花。可就是这样，面对我当时的'接济'，季临也是拒绝的，他觉得自己有手有脚，比那些残疾的小孩好多了，不可以收我的钱。"

　　也直至此刻，白端端才终于理解，当初谢淼对季临的那些话是什么意思。田穆穷过，所以害怕穷，谢淼能理解，是因为他也是从一个很穷的社区长大的，而从天之骄子坠落泥地的季临，也真真切切地穷过，甚至因为这天壤之别的落差，他对穷的恐惧会更为强烈，所以谢淼觉得，他也懂。

"你也做过孟阿姨的家政，你也知道孟阿姨不好处，而且花钱如流水，但其实当初孟阿姨也是这么一路跟着季临苦过来的。她原来确实跟着季叔叔过的是贵妇生活，十指不沾阳春水，但自从季叔叔自杀，她大病一场后，回来看到季临的样子，大哭了一场，然后她把自己最舍不得的奢侈品和珠宝全部卖了，还了些债务，然后跑去找零工，但孟阿姨以前什么都没干过，确实笨手笨脚又没什么特殊技能，总之为了挣那么一点钱，也是遭受了不知道多少白眼和怒骂……我这不是为她说话，她现在脾气确实臭，但当初确实也吃了苦。以前季叔叔还健在的时候，她除了娇气点，其实脾气也没这么差，我觉得也还是因为家庭巨变后吃了很多苦，如今重新过上了好日子，就有点补偿心态，脾气变得喜欢挑三拣四的……"

白端端笑笑："孟阿姨其实人不坏的，我知道。"

能生养出季临这样儿子的女人，再坏也不能坏到哪里去了。孟欣虽然其实有点小孩子气，外加有些娇气的小脾气，虽然嘴巴也挺坏，但实际摸顺了她的脾气，会发现她并不是个特别难处的人。

而因为容盛这一席话，白端端觉得自己似乎知道孟欣女士为什么如今如此病态地消费了："她这么疯狂买包，也是补偿心理吧？当年为了还债把自己心爱的包和珠宝全部卖了，中间几年又过得很苦，所以等季临的现金流好起来，她就想要补偿自己，好像多买点东西自己过去的苦难就能淡化掉一样？"

毕竟一个真正爱包的女人，把自己的藏品全部折旧卖掉，这简直是在诛心了。白端端这下倒是对孟欣女士有点刮目相看的佩服，她竟然也是个能够吃得卜苦的人。这确实有些意外，但更多的还是发自内心的感激，要是这时候季临连妈妈都没有了，或者孟欣女士没法坚强起来支撑季临，而是还哭哭啼啼的，季临的日子想必会更加难过。

对此，容盛显然也是同样的理解："其实我当时还挺担心孟阿姨的，我以前一直去季临家玩，也知道他妈是个什么性格的女人，总觉得季临爸爸去世后，他妈可能也会想不开自杀什么的……她以前就那种性子，哭哭啼啼没个主见，万事都是靠老公……

"她当时确实吃了挺多苦，所以等日子好过以后，季临对他妈几乎是有求必应，想买什么就给买什么，对他妈从没有心疼过钱这回事……"

"季临挺好的，我没觉得他抠，你没必要和我解释这些的。"白端端心里有些难言的酸涩和不舍，"季临很好，我觉得他很好，哪里都很好。"

容盛愣了愣，但既然讲到这儿，他话锋一转推波助澜道："所以你看我讲了这么多，是不是让你对林晖有了别的认识？我知道你和他之前有过美好的回忆，但他就是个两面派，真的远没有你想得那么好，这人卑劣起来你没法想象……"

白端端看着容盛，纠正了他的误解："我不是林晖的前女友。"

"啊？"容盛大惊道，"你们已经复合了？"

"不，我从来不是他的前女友。"白端端澄清道，"他不是我喜欢的类型。"

这话倒是让容盛呆了呆，他大约误解得太久，以至于没法很快消化这个事实，只下意识地问道："为什么？"

不知不觉，潜移默化里白端端可能真的就被季临洗脑了，这一刻，她没忍住就吐出了季临的知名论调："可能是因为他有点老了吧。"

"……"

除此以外，白端端还有一个问题很关注："现在那五个高管，怎么样了？"

"那五个人啊，季临这个人特别轴，一直没放弃搜集证据，没钱请律师就自己上，他在去美国前，就把这五个人都一个接一个地送进监狱了，虽然因为对方销毁了书面劳动合同，季临是没办法给自己的爸爸洗脱冤屈了，但对方当时收受贿赂的证据还在，并且这些年里这几个人尝到了不合规做事的甜头，在新的创业项目里也有很多违法操作，季临查明了这些，交给了检察院。

"当初害过他爸的，他一个也没放过，现在唯独还在外头活蹦乱跳、风生水起的，也就剩下林晖了。他本人就是法律从业者，比较难对付，季临也只能靠抢他资源或者打对手给他找点不痛快了。"

　　白端端稳了稳心绪，然后站起身："谢谢你今天告诉我这些。"

　　"不谢不谢。"容盛见目的达到，很是高兴，既然林晖不是白端端的前男友，那再好不过了，如今自己这么一番加码的黑料下去，白端端恐怕更不可能跳槽回到朝晖了，那只要还待在盛临，自己未来蹭饭的可能性就是无限的，他抬头期待道，"那你看，第一顿感谢我的晚餐是不是就今晚？"

　　"今晚不行。"

　　容盛有些失落："哦，你要加班吗？"

　　"我要和我男朋友吃饭。"白端端顿了顿，然后低声补充道，"我今天非常非常想见他。"

　　"男朋友？哎？白律师？你不是说林晖和你没关系吗？那你什么时候有的男朋友啊？啊？你之前不还是单身吗？你男朋友谁啊？什么时候交的？"

　　白端端笑笑，微妙道："你认识。"

　　容盛的表情更狐疑了。

　　"没什么好好奇的，以后请你和他一起吃饭，到时候就知道了。"

　　"哦……"

# 第四十一章　说声再见，好自为之

　　白端端今天一下子接收到了太多信息，心间是各种鼓胀的情绪：无法抑制的难受、心疼，还有努力压制的愤怒。明明时过境迁，无论如何，季临如今已经不再困顿苦难，也强大成熟到不会再受到伤害了，然而白端端还是觉得难过，甚至觉得自责，就算没法再早一点遇到季临，要是能早一点和他在一起，或许也算是对过去人生的补偿了，她从没有哪一天这么迫切地想要见到季临过。

　　想要见他，想要拥抱他。

　　可惜很多事总是事与愿违，季临客户处的会议因为高管当场发生争执导致不得不延后，眼看着今晚是不能回来吃饭了，而自己想见的人没法见，不想见的倒是凑上门了。

　　林晖又联系了白端端，他给她发了短信——

　　"端端，螃蟹你之前忘了拿，我正好拜访完客户，路过盛临，你可以下来取一下吗？"

　　白端端这次直接给林晖回了电话："林律师，现在我和你是同一个案子对立当事人的代理人，我觉得为了避嫌，为了防止我的客户有什么不适宜的联想，我建议我们保持距离，至于螃蟹，我不用了，因为我男朋友会给我买。"

林晖自然是醉翁之意不在蟹的，他愣了愣，听了白端端口气里那句自然而然的"男朋友"，叹了口气："端端，你还是和以前一样，太倔了，不肯稍微听一听我的劝说。季临真的不是你的良人……"

白端端本来已经在努力抑制自己的情绪了，听到林晖这句话，终于被气笑了。她想了想，决定还是见林晖一面，因为她突然之间就厌倦了和林晖继续维持表面的客气，以至于林晖还是觉得他作为师长，可以插手自己的人生。

她不想再这样了，也不想再见林晖让季临难过了，如果可以，她甚至希望季临未来的人生里，都不要再出现"林晖"这两个字。

很多事变了，是时候和林晖做个真正的决断了。

人生在世，还是要有舍弃，知道自己真正在乎的是什么。

这么想通以后，白端端也没再拒绝了，今晚季临加班，她正好空闲出来，于是和林晖索性约了楼下的一家餐厅，好好吃一顿绝交饭。

最终，地点就约在白端端和季临那位非主流邻居的店里，他见白端端带了个不是季临的男人进来，还既微妙又复杂地多看了白端端两眼，擦肩而过的时候，白端端才听到他在念叨——

"又一个受害人。"

"……"

不过林晖并没有在意这个插曲，他提着螃蟹，落了座，先是点了菜，再叫了茶。

"我看网上点评上这家甜品挺出名的，你喜欢吃甜的，我给你多点两个。"

林晖此刻语气温和，穿着儒雅，他还是很体贴，也还是记得白端端的喜好，看起来仿佛一切都没变，但白端端很清楚，其实一切都变了。

其实她原本可以等菜都上来后再发难的，这样似乎不会那么难堪，食物总是能冲淡很多矛盾，然而白端端见到林晖，就想起年幼的季临所遭受过的苦难，她根本没法儿冷静下来，也根本没法儿理智下来，一涉及季临，她根本没法儿考虑什么才是最好的时机。

她几乎是突兀地开了口："季临家的事，你为什么骗我？"

而话一开口，仿佛什么都顺了起来，白端端刚才那些纷繁复杂的思路根本不需要经过任何加工就流淌了出来，她愤怒而犀利："当初你为什么明知道你当事人带了恶意的意图，却还是推波助澜了？我理解律师应该为当事人而战，但我们的工作也是有界限的。在高管明明签了书面劳动合同的情况下，给对方出招靠着高管的权限进入法务档案处损毁企业那方留存的合同，最终不仅把季欣药业营造成了根本不守法，连高管的权益也不保护的强势地头蛇企业，还顺带为你的当事人都取得了不应得的高额补偿金，林律师，这就是你大学课堂上曾经教过我的吗？

"第一堂课你是怎么说的我记得很清楚，你说我们每个学习法律的人，除了保护自己，取得一份安身立命的工作，更重要的是能保护自己的家人，能保护身边的弱者，要做个有温度、有良心的法律人，可你自己是怎么做的？"

林晖显然没料到白端端会知晓这些细节，他的脸一下子变得相当苍白，嘴唇微微颤抖，半天，才声音干瘪道："这些是季临说的？"

"季临没说，我问的别人。"白端端昂起头，"你会在背后攻击季临人品堪忧，和我在一起是为了报复，但季临从没有在背后说过自己遭受了什么，妄图要求我和你绝交。"

白端端盯着林晖，几乎是咬牙切齿地一字一顿说道："从、来、没、有、过。"

季临为了不让自己难办困扰，一个字也没有说过，可自己都是怎么做的？自己在不知道林晖和季临过往的时候，甚至还当着季临的面不断夸奖林晖，傻乎乎地真的准备帮林晖和季临牵线搭桥互相引荐，她真的以为这两人之间只是非常细微和简单的误会，可这是误会吗？设身处地，要是这事换在自己身上，这几乎是血海深仇了！

而林晖如今这个反应，眼看是板上钉钉了，容盛虽然并没有拿出什么证据，但可见说得一点儿没错，在季临父亲的案子里，林晖确实不无辜，而他到底在其中扮演了什么角色，做到了什么程度，恐怕也只有他自己知道。

白端端以为有了容盛那番话的心理建设，自己此刻和林晖摊牌应当是平静的，然而事到临头，她才发现，自己的失望和难过一点儿也不会少。

真真切切地面对他，知晓他在这个案子里真的不干净，白端端还是会觉得胸闷到难以呼吸。

"林晖，难道过往那些你对我的好，你对朝霞姐姐的好，你对那些没钱请律师的弱势劳动者的好，都是假的吗？都真的是你为了沽名钓誉才演的吗？"

白端端简直觉得自己整个人都被颠覆了，她本来尚且怀着万分之一的期待，期待林晖能给自己解释，这里面其实是季临和容盛误解了，实际上并不是这样的。

然而现实没有童话，没有奇迹，没有误会，也没有例外，林晖的第一反应默认了一切——当白端端指责他的那一刻，他脸上是一种过去的罪恶被戳穿的慌乱和不安，但并不是被冤枉的愤怒和不解。

这本来也确实就是事实。

白端端也是这一刻，才觉得自己好像压根儿没能真正认识林晖这个人："我叫你一声林老师，可我现在都在怀疑我自己，你配得上'老师'这两个字吗？为人师表的人，自己却连最基本的底线也没有，是的，律政圈子里有很多垃圾律师，这样的操作层出不穷，律师更会把握法律的边缘，很好地游走，在不犯法的情况下，用下作的手段取得胜利，可这不应该是你，不应该是你啊林老师。"

白端端确实是个非常善良的人，至情至义，即便是这一刻，她愤怒的同时，也在替林晖惋惜，惋惜他怎么变成了这样的人。

等林晖开口，才发现自己声音已经干涩到有些沙哑了，他喊道："端端……"

白端端情绪却是非常激烈："你别那么喊我。"她几乎是发怒的，"我以前总觉得你内心是好的，只是因为朝霞姐姐这件事后，慢慢才封闭自己，又实在忙于工作，才有些迷失走岔路的，可现在我才知道自己有多可笑，原来你可能从一开始就不是我想的那样。

　　"季临爸爸的案子让你一战成名，那些不要钱的公益维权让你大赚名声，而帮助我爸爸让你获得了一个既听话得力又想着报恩的下属？你是不是做的每一件好事，其实背后都有你的私心？"

　　面对白端端的失望质疑和责问，林晖突然就想起了过去，那时候叶朝霞还没去世，她得知了自己在季临爸爸案子里的操作后，也是这样红着眼睛和自己吵架，也是这样不留情面地指着自己的鼻子质问……

　　然而……然而现在什么也没有了，他失去了这么好的叶朝霞，而马上也即将失去曾经真心实意信任自己的白端端……

　　一直以来，很多事情，林晖压在心底，从来没说过，想要彻底把它埋葬，他不是没有被人误会过，也不是没有被人谩骂过、羞辱过，只是他觉得自己足够强大到刀枪不入，然而这一刻，林晖才发现，他还是没有办法忍受被亲近的人误会。

　　他没有那么好，但也没有那么坏。

　　林晖深吸了一口气："季临爸爸的案子，确实，是我的错，我向你隐瞒了一些信息，我……我知道现在说什么话也无济于事，但我当年才二十几岁，我也年轻过、鲁莽过、愚蠢过，那时候不知道天高地厚，年轻气盛。可你知道，年轻律师在圈子里是很难出头的，当时我一边做助理讲师，一边兼职挂在律所，根本接不到什么好的案子，只能挑别人挑剩下的，资历这么慢慢熬其实也没什么，大部分律师一辈子也就是普通律师，可当时的我不懂，我太急了，我太急着想要证明自己，我没法容忍自己未来只是个普通人的设定。"

　　林晖的声音艰难而苦涩："我那时候只期望有机会办一个大案子，有影响力的那种，因为我相信自己有能力，只是需要一个契机，而季欣药业那个案子撞到了我的身上，像是上天为我量身定做的一样，那几个高管里的一个，是我一个老师的亲戚，我老师介绍了我。我竭尽所能给了他们我能提供的法律方案，但是显然不够，我的办法堂堂正正、合规合法，但没法保证让他们赢，而也是那个时候，我才知道他们其实并不是只接触了我一个律师，他们还在和业内其他知名的大律师谈，而人家都能给出边缘化的方案……

"我不甘心，不甘心这个唾手可得的案子就这样没了，我这样年轻没资历的律师，要是出不了头，一辈子可能也就只能遇到这样一个大案子，我必须把这个案子吃下来。"

白端端深吸了一口气，她垂下了视线："所以你不管不顾对方当事人的情况，摒弃了作为律师该有的公正公平，甚至做出暗示让对方可以去销毁劳动合同，从舆论上再次给季欣药业施压的办法？"

虽然很难堪，但林晖最终还是点了点头："当时我的脑子里只有拿下这个案子、赢了这个案子这么一个想法，因为我知道，这个案子要是办得漂亮，我以后才会有更多的机会和平台，我作为律师才能拥有选择权和话语权，我那时候已经看不清别的了，只想要成功。"

"谁年轻的时候不想着出人头地呢？我们做律师的，谁不想能接个大案，利用自己的专业能力名声大噪呢？可林晖，你做的是用专业能力大挫对方吗？你完全偷换了概念，你赢得不光彩，也做得根本不像一个律师，你完全是利用了季欣资金断链的时机，加上煽动群体情绪、操控舆论，外加暗示指点你的当事人如何销毁关键证据！

"直到现在，我也很感激你帮助过我，让我没有失去爸爸，但季欣药业这件事上，你无论如何也洗白不了，季临才 13 岁，他就因为你，没有爸爸了！"

林晖下意识地仍旧想辩解："这件事是我的错，是我鬼迷心窍，是我年轻、太激进，但我最终真的没料到季临的父亲会自杀。我只单纯地以为这不过是季欣药业多赔点钱的事，毕竟他们家大业大，多出点血赔点钱，以后还是会缓过来的，我没想到我的当事人落井下石造谣，并且带核心团队出走，我也不知道季欣药业的资金断链问题这么严重，我……我没想到这家企业就此真的破产了，也没想到季临的爸爸会接受不住打击……"

"你的初衷只是觉得企业有钱，企业多出点血当次冤大头也没事是吗？可企业为什么要为员工的错误买单？"

时至今日，白端端终于彻头彻尾地理解了季临那种对员工天然的憎恶以及维护企业主的立场，还有他的愤怒，因为他自己就是这样经历过来的。他的父亲遭遇了下作卑劣的员工，以至于不仅创业的心血付诸东流，连自己的命也为此耗尽了，然而旁观者却还能轻飘飘地来一句"企业家大业大，赔点钱给员工怎么了"，仿佛因为企业主有钱，就活该应该遭到打劫。

因为自己父亲的经历，白端端憎恶企业主，只觉得他们都狡诈、阴险、贪婪，天然地对像自己父亲一样弱势的劳动者充满怜悯，然而这一次，她才彻彻底底能够换位思考，在同样极端的情况下，要是遇到极度没有底线的对手，那么劳动者也好，企业主也罢，没有谁是绝对的强势。

林晖的样子确实像是在真切地忏悔，然而忏悔什么用也没有，过去的伤害不会消失，死去的亲人也不会复活。

"知道季临家出事，我就后悔了，我想弥补，可是我已经什么都做不了了，那段时间我自我怀疑过，也消沉过，后来是朝霞把我拉了出来。她说我做了一件坏事，那就做十件、做一百件好事去弥补，去赎罪。"

林晖的表情很苍白，他哑着声音道："我去做公益维权律师，给那些农民工免费讨薪，这确实是发自内心的，并没有想过用来沽名钓誉或者树立人设。我只是知道做错了，想要弥补，包括你父亲的事，可能现在我说什么你也不相信了，但我确实也是真心的，我真心想去帮助你。季临因为我没有爸爸了，但你的爸爸还可以保住……当时的情况，换成是别人，我也会帮忙的，你爸爸最终脱离危险出院，我比谁都高兴，朝霞也很高兴，总觉得我又做了件好事，她也一点不在意我把结婚的钱拿去给你付医药费。"

说起这笔医药费，白端端的心突然一沉："你当初借给我的钱……你攒下的这笔结婚买房资金，是不是就是季临爸爸那个案子里你获取的律师费……"

林晖没有回答，他移开了视线，回避了白端端的目光，他不想告诉白端端，他确实本意并没有想要伤害她。

可白端端还是什么都知道了。那笔钱，真的是……

对当时的林晖而言，他或许确实是真正想帮助白端端的，把这笔得来并不干净的钱，用作善意的用途，是一种自我解脱和赎罪，但不论他的动机如何，白端端确实为此成了受益者，而这笔钱……原来是来自季临的不幸。

林晖看着白端端痛苦的表情，终是不忍，他开口打断了白端端的思绪，继续自己的剖白："总之，因为做了很多免费的公益案件，也不知道从哪天起，媒体开始报道我是高风亮节的良心律师。我虽然受之有愧，但这确实也是意外来的名誉，并非我的刻意追求，而且但凡我要知道这名声会给朝霞带来什么，我是宁可死也不要的，比起朝霞来，这些外在的名利又算什么？"

话到这里，林晖的表情痛苦，连白端端也意识到了他的异常，她试探地开口询问道："这个名声和朝霞姐姐有什么关系？"

林晖沉默了片刻，才终于再次开了口："我一直没告诉过你，朝霞到底是怎么死的。"

白端端没有说话，叶朝霞是林晖和她之间休战的分界线，她想起叶朝霞，心下也是酸痛难耐。

"你知道的一直是，朝霞遭遇意外袭击所以不幸去世。"林晖努力隐忍着内心的悲恸，"每个人都和我说节哀顺变，告诉我朝霞的事是没人料到的不幸，不是我的错，但我心里知道不是的。那个男人，不是无目标随机地选择了朝霞，他是我当时刚办完案子的当事人。"

白端端愣住了："所以他是故意的……"

"是，他本来想要打的人是我，靠着跟踪我知道了我住在哪个小区，也知道朝霞和我住在一起，是我的未婚妻，但我那天正好因为办案出去了。他在我们小区楼下蹲守了半天，没等到我，等到了出门买菜的朝霞，就一时冲动把她给打了。"

一直以来，白端端都觉得叶朝霞的事确实是个意外，因为对方辩称不认识叶朝霞，平时也没有犯罪记录，确实算是激情犯罪，然而此刻没想到，这里竟然有如此内情。

白端端几乎是立刻就追问了起来："他为什么要这么对朝霞姐姐？"

"他是我一个公益维权案子的客户，也是个讨薪的案子，公司没签劳动合同，结果工作了一年，就给他支付了三个月的薪水。"林晖惨淡地笑了笑，"可能是我在季临爸爸案子上作了孽，当时用没签劳动合同坑了他爸爸，现在自己却被这个没签劳动合同的案子害得失去了自己最爱的人。

"在这个案子前，我已经打了累积五十九个免费维权案了，并且很幸运，都胜诉了，所以圈内才会开始宣传我不败公益维权律师的名号，接到的这个案子，是第六十个。当事人找到我的时候，也是慕名前来，虽然我一再告知，我没法允诺他一定能赢，但他大概看了对我的报道和过往成绩，无条件地觉得我只是谦辞，肯定能赢，毕竟在他看来，这案子很简单啊！法律都明确规定了，没有签署书面劳动合同，公司要支付双倍经济补偿金，我只要按部就班打这个官司就行。"

林晖这个讲述，几乎不用继续，白端端都能猜出后续，很多最终翻车的案子，往往并不是疑难杂案，反而是这样的小案子。这些案子虽然看起来很小，案情很简单，但是真的做起来，才会发现并不是这样。案子复杂，反而总能留下蛛丝马迹的证据，但案子太过简单，很多当事人文化水平不高，法律意识又不强，根本不会有意识地保留证据，而没有证据，案子简单到又没有别的途径去证明事实，那就棘手了。

果不其然，林晖遭遇的正是白端端所预估的这种情况："没有签订劳动合同本来确实是个很好证明的情况，但我的当事人并没有注意保留过任何证据，没有工卡，没有平时一些物资的签收证明，也没有签到，甚至连短信电话记录这些，也是什么都没有，除了前三个月确实有迹可循外，之后的九个月，我真的是尽力取证了，但没有就是没有，自从季临父亲的事以后，我没再逾矩做过任何事，所有事都本分合规地来操作。"

"所以这个案子输了？"

"嗯。"林晖点了点头，看得出其实他并不想回忆，然而还是忍着巨大的情绪压力继续说了下去，"我真的尽了全力，也把办案取证的过程和事情的原委都和当事人一再仔细梳理了，可当事人完全不能接受。当时我除了免费的维权案件外，也开始做一些收费案件了，他不知道从哪儿听到了消息，断定我是因为嫌弃他的案子是免费的，没上心，精力都用来做收费的案子了。"

　　白端端沉默了，从业到今天，她也并不是没遇到过不讲理的客户，有些客户总觉得付了律师费，律师就该赢，否则这服务就不值钱，要是输了，就是律师的问题，但他们从不类比地想一想，如果他们去医院看病，也并不能百分之百看好，但即便治不好，也还是要交手术费、医疗费，才能去博一个成功的概率。医生是这样，律师其实也是，同样是专业领域从业人员，但律师的服务很多时候更不容易得到大众的理解。

　　"我免费为他维权，来回奔波了半个月，辗转试图用各种方式取证，想了几个诉讼应对策略，但碍于他自己没有任何法律意识，也没做出任何行动固定证据，这些证据全部灭失了。我完全是出于善意和好心，并没有哪条法律规定要求我必须接这个维权案，我做了，我花了大量的精力，但是就因为没有赢，这个当事人堵在律所门口用最粗鄙和难听的话辱骂、羞辱我，羞辱我的母亲。可我本来就并没有义务帮他啊，打维权官司，本来只是情分，这个当事人没去辱骂不给他工资的老板，却用最狠的方式践踏我这个帮他的人。"

　　林晖的语气渐渐抬高，即便努力抑制，但语气里的愤怒和怨恨还是泄露了出来："他骂我为了名声、为了装好人，才虚伪地接维权案子，我忍了；他骂我见钱眼开，靠着维权上位后，有了收费案源就对免费维权案件胡乱搪塞，我忍了；他各种短信电话骚扰辱骂我，我也忍了。

　　"我以为这就是全部了，只要我忍了，忍过去就好了，等事情过去了，我只要安安分分继续做我该做的事，那么时间会还原出我到底是个什么样的人，大家会对我有个公正的评价的。"

　　说到这里，林晖的脸上是全然的痛苦，他的眼眶微微泛了红，声音带了点沙哑："可我没想到，我能忍，我的当事人却不能忍，他还是一心一意觉得是我的原因和疏忽才输了官司，他甚至翻出我以前的报道，为什么别人和他情况一样，我打赢了，他的就输了，他根本不去想，就算案子表面看起来适用的法律相同，但案情事实也是千差万别的啊！而且他就算再恨我，直接来打我不行吗？直接冲着我来不行吗？他怎么可以因为自己的不如意，就去伤害和这个事毫无关系的朝霞！"

　　林晖的情绪终于崩溃，从来冷静稳重的男人，在白端端的面前流下了眼泪:"端端,你知道吗?朝霞就在出事前一天晚上还在劝我,咱们结婚的钱可以缓缓,大不了裸婚,让我别为了这个钱就接更多的收费案子,还是多接点公益案子,因为这世界上贫困的弱势群众太多了,咱们比他们过得还是好不少,能帮一点是一点。

"是,我在季临爸爸的案子上就是个下作无耻被名利蒙蔽双眼的小人,什么事报复在我身上都不为过,可朝霞做错过什么?她这么善良一个人,为什么下场却是这样的?"

林晖的声音并不高,但字字像是利箭一样插在了白端端的心上,白端端从不知道朝霞姐姐的意外里,原来是这样的真相,她没忍住,眼眶也红了。

是,即便林晖有万千的错,可朝霞姐姐做错过什么呢?

"可后来,你看到那个人的结局了吗?因为他穷,给他分配了律师,他的那个律师是个真正沽名钓誉的'公益律师',愣是靠着诡辩,把那个男人蓄意报复对朝霞的伤害,咬死了虽然认识我,但并不知道朝霞是我的未婚妻,说成了是醉酒驱使下一时的激情犯罪,不具有太大的社会危害性,最终得到了一个相当轻的判决。"

林晖看向了端端,语气几乎是了无生气的麻木:"所以这就是老天对我的报复吗?"

这个瞬间,白端端突然懂了林晖的改变。

为什么林晖在叶朝霞死后,一改之前接公益案件的作风,开始只接影响力大或者标的额大的案子,只要不会有法律责任,为了赢,他能做任何事,几乎是短短几年里,就把朝晖迅速做大做强,并且强势扩张。

一方面,朝霞死去后,他是移情般转移注意力到事业上;而另一方面,大概朝霞死的那天,林晖心里真善美的那部分,也跟着一起死掉了。

他还是林晖,但已经不是以前那个林晖了。

朝霞不在了,他的那些信仰也不在了,他迷航时会温柔地把他拉回正轨接纳他的那个人永远永远没有了。

林晖就这么流着泪,喝了一口酒,然后几乎失态地大笑了起来:"'杀人放火金腰带,修桥补路无尸骸',这句话可真是诚不欺我。

　　"我因为行为不端有私心，没能好好坚守职业道德，推波助澜造成了季临家的惨剧，可我得到了什么？得到了名利双收，一夜之间，大家都知道我这么一个初出茅庐的年轻律师，竟然扳倒了季欣药业这么一个大企业。

　　"而我安安分分遵纪守法一心向善，为了公益可谓鞠躬尽瘁，一分钱没收，只想为弱势群众维权，然后我得到了什么？得到了别人的忘恩负义和误解仇恨，最终害死了我最爱的女人。"

　　明明是在笑，但白端端觉得，林晖比哭还难过，他的泪痕已经干了，仿佛再也流不出眼泪了，然而他那空洞的眼神和麻木的表情，无时无刻不在提醒白端端，这男人虽然活着，但大约已经形同一具行尸走肉了。

　　他终于再次看向了白端端："端端，做好人太累了，做好人没有好报，做坏人反而轻松，能得到想要的一切。

　　"从朝霞死的那天起，我就决定了，我不要做好人了。

　　"做好人有什么好？如果我能一直坚守做一个坏人，我早就和朝霞在我们自己的房子里结婚了，说不定孩子都有了。"

　　他看着白端端，苦笑道："我确实不是纯粹的好人，但是端端，我也没有你想的那么坏。在季临这件事上，我确实只是发自内心地希望你不会受到伤害，季临对我有多恨，我是知道的，我不希望你和朝霞一样，因为我而被牵连，被他利用，被他当成是向我复仇的工具！"

　　林晖说这话的时候脸色还有些苍白，然而一字一句，白端端相信，他是真诚的，因为朝霞姐姐的事，他担心过去重演，担心自己也重蹈覆辙，他的心意是真的。

　　但是没必要的。

　　"林律师，你潜意识里就觉得季临会和你一样，经历了那么多不公平的事，所以会和你一样被仇恨蒙蔽眼睛，彻底颠覆三观，变成一个不择手段的人是吗？"

　　林晖望着白端端，没有说话。

　　没有人可以保证一辈子不犯错，林晖在季临爸爸的这个案子上做错了，但他可以改，可以用很多方式赎罪，他也确实这样做了，然而当他的行为遭到打击和挫折，林晖毫不迟疑地选择了向生活投降。

"你觉得你错了，但你赎罪了，然而你的赎罪却不仅没换来回报，反而得到了灾难，所以你委屈，你怨恨，你觉得你也是受害者，导致你完全推翻了自己的价值观，觉得不如随波逐流做坏人，你就轻而易举地迈开腿走了这样一条路，可这明明是为了自己过得更舒服，为了给自己找借口堕落，为了选择更容易走的路啊！

"你觉得对不起季临，你选择给季临寄钱，你觉得这就是赎罪，但季临要的是你的钱吗？换作是你，看到这个钱，是会怨恨消散，还是会觉得屈辱？自始至终，你从没有敢正面地面对季临，好好地和他道个歉吧？"

白端端看向了林晖："对，你是很可怜，但季临难道不可怜吗？你失去朝霞姐姐的时候已经二十多岁了，至少是个成年人，有稳定的工作，可季临失去自己爸爸的时候才只有 13 岁，甚至还背上了巨额债务。

"何况你口口声声说爱着朝霞姐姐，因为朝霞姐姐的死才变成现在这样，那杜心怡又是怎么回事？就因为她顶着和朝霞姐姐相似的脸？"

林晖嗫嚅了下，似乎想要开口辩解，然而白端端没给他这个机会，她只是径自道："你不要和我说什么赎罪，因为没给朝霞姐姐最好的，看着这张脸就想要弥补。我就问你，她能和朝霞姐姐比吗，她配吗？她内心阴暗龌龊，没有能力却喜欢内斗，既没有法律人的基本职业修养，又没有该有的职业道德，她在所里做什么事，你不是不知道，但一直选择睁一只眼闭一只眼纵容，所以这就是你对朝霞姐姐的爱？这就是你的痛苦？你每天看着杜心怡用朝霞姐姐相似的脸做这些事的时候，你难道不会觉得恶心吗？

"季临遭遇的苦难没一件比你少，但季临有随波逐流地变成你这样吗？他有改变自己的价值观毫无心理负担地去做一个坏人吗？他变了吗？他没有。

"不是人人经历你这样的事，就一定会在自怨自艾里变成你这样的人，再苦再痛，季临从没变过。"

……

"林律师，你扪心自问，就算时光倒流，你当初按照你现在理解的，就一直做个坏人，从没有帮助弱势群体做过公益案件，你觉得朝霞姐姐真的有可能和你生活幸福生儿育女吗？

"朝霞姐姐喜欢你，是因为你是个善良的人，她要是知道你变成了现在这样，根本不会和你在一起的，她会果断地走掉，去嫁给真正善良的人，而不是这样的你。"

白端端顿了顿："因为你根本不配！"

# 第四十二章　我的真心，请你收好

　　季临在开完冗长的会议后回到了盛临，还没到下班的点，这个时间，白端端应该还在所里，季临本以为赶不上今晚的晚饭了，没想到最终峰回路转，会议竟然还是高效地提早结束了。

　　只是白端端并不在所里，倒是容盛从天津出差回来了，虽然他人也不知道又上哪儿去了，但季临在自己的办公桌上看到了他带回来的大袋麻花。

　　白端端好像就喜欢吃这种又甜又高热量的油炸东西，季临下意识地把麻花收了起来，准备晚上把自己这一袋也带给她。

　　他拿起手机给白端端打电话，但并没有人接。

　　最后倒是来自己办公室里送文件材料的王芳芳给自己指点了明路："季 PAR 是在找端端吗？"

　　季临看了她一眼："嗯。"

　　"端端她说有点事，要见一个人，去楼下那个 Webox 餐厅了。"王芳芳看了看手机，"不过，去了挺久了，我刚打她手机也没接，可能是在和客户谈事情，没顾上。"

　　理智让季临应该在办公室里耐心等待，然而情感让他还是不由自主地迈出了盛临。等他自己意识到的时候，已经站在了 Webox 的门口。

　　季临自我安慰道，白端端在见客户的话，自己也不去打扰，就想看看她，大半天没见到她，就有点不安，何况是什么客户，竟然要占用白端端这么久的时间，如果专业咨询上她遇到困难，自己倒是正好可以路过帮着解决一下……总之，自己就是看看……

　　这家餐厅就是季临和白端端楼上那邻居的，果不其然，门口自己那位非主流邻居一见自己，就打起招呼来了。

　　"哎！哥！你也来啦！最近你这腿完全恢复得没问题了！我看你简直步步生风啊！"这邻居自来熟地探出头来，"不过你要不还是别来我们店里吃饭了。"

　　季临有些不解。

　　非主流邻居很好心地低声解释道："你那个母老虎老婆刚带了个男人来我这儿包厢呢。"对方暗示道，"我就给你提个醒，你要不还是上别的餐厅吧，我怕你那老婆见了你又要……"

　　"我就是来找她的。"

　　结果这话一出，这非主流邻居脸上的表情更精彩了，季临刚要往里走，他又一把拦住了他："哥，你说我多管闲事也好，别的也好，我就是看不下去了，你说你堂堂一表人才，何苦呢！这女的是不是跟着别人跑了？是不是今天和她一起来的男人是她的新欢啊？我看那男人年纪大好多，对你老婆也百依百顺的样子，你老婆竟然没打他！"

　　非主流邻居显然受二三流狗血电视剧荼毒颇深，这么一点小细节，已经在他脑海里拼凑出了一台八点档大戏。他规劝道："哥，真的，我知道，你可能是那个斯德哥尔摩症候群，被虐久了吧，就爱上了，但听我一句劝，离开她，你会活得更好！家暴只有零次和无数次！这女的找别人了就找别人了……"

　　季临也懒得解释，只笑了笑："没关系，我就喜欢她那样的。"

　　"……"

　　非主流邻居的脸上果然露出了一言难尽的表情，不过他还是善良地领了路："就在路尽头那个三号包厢，不过哥，我真的是出于同情才告诉你的，正常我不应该泄露客户隐私的，你可千万别一时冲动冲进去和人家打起来啊……"他看了一眼季临，又不放心地补充道，"而且你也打不过那女的……"

季临没在意这些有的没的，只朝对方点了点头，然后径自往路尽头走去。

这家餐厅环境确实挺好的，包厢很多，但大部分包厢并非完全封闭的，而是用书架隔开了，书架上则放满了图书以及绿植，另一侧开口处有一张珠帘，还有一面则是磨砂玻璃。

季临本来只准备透过这珠帘的缝隙看一眼白端端，然后就在外边点杯咖啡等她，然而他走到包厢门口，却听到了里面传来的熟悉的声音。

那是林晖的声音。

季临心下有些压抑和难言的烦躁，白端端竟然是和林晖约了见面。虽然已经知晓她和林晖根本不曾是情侣，但对林晖天然的厌恶也让季临情绪复杂。

这男人的声音几乎让季临一瞬间握紧了拳头。

然而很快，他慢慢放松了拳头。因为他意识到，不论如何，林晖在白端端眼里，都是她的恩师，只要自己和白端端在一起，就无法避免可能需要接触到林晖，自己当然可以说出和林晖的过往，然后让白端端和林晖绝交，然而那除了让白端端徒增痛苦之外，好像也没有别的意义。

更何况，自己真的说出真相后，白端端会是什么反应，季临也有些忐忑和紧张。她真的就一定会和林晖绝交吗？会毫不迟疑地相信自己吗？毕竟林晖和她认识更久，见证了她的青涩到成长。

一直不愿意向白端端坦白自己的过去，除了不愿意让她痛苦，打破她心里对他人的信任外，季临不得不承认，自己也在害怕，他害怕看到白端端的迟疑、看到她的犹豫、看到她任何一秒的举棋不定。

自己真的太喜欢她了，喜欢到她任何轻微的不够坚定，都会刺伤到自己。

季临以前受过很多伤，他总以为自己强大到已经不怕任何伤害了，然而现在才知道，不是这样的，他还是像以前一样，害怕而怯懦，但即便这样，他还是喜欢白端端，喜欢到愿意把能够伤害自己的刀，亲手而毫不迟疑地递到她的手里去。

这太危险了，也太纯粹了，然而季临却觉得，同样也太让人沉溺了，他甚至没法用理智去阻止自己。

他本来只准备在包厢外短暂停留就此离去，因为他实在不想见到林晖，也不想听见他的声音，然而就在他准备转身离开之际，包厢里的林晖却突然抬高了声音——

"我确实不是纯粹的好人，但是端端，我也没有你想的那么坏，在季临这件事上，我确实只是发自内心地希望你不会受到伤害，季临对我有多恨，我是知道的，我不希望你和朝霞一样，因为我而受牵连，被他利用，被他当成是向我复仇的工具！"

季临怎么也没有想到，自己按捺不表，在白端端面前什么也没说，林晖却反而把这些丑陋的往事都摊牌给了白端端，而且他竟然恶人先告状，并且完全歪曲事实。

自己为了报复林晖才和白端端在一起？

季临简直怒极反笑，林晖可真是能给自己的脸上贴金，就凭他？自己还能为了报复他就出卖自己的感情？多大的排面？

听到这里，季临也觉得忍不下去了，按照他的性格，他是想要冲进去直接当面驳斥林晖的。

然而……

然而因为里面坐着的是白端端，他不想让她难堪，不想让她被动地陷入两难的境地……

只是季临也没有勇气去听白端端的回答。

她会相信林晖吗？她真的会怀疑自己吗……

季临抿紧了嘴唇，沉默了几秒钟，还是决定离开。

自己或许并没有必要知道这个答案，或许当成根本就没来过这个餐厅比较好。

而因为这片刻的迟疑，他就听到了白端端的回答——

"林律师，你潜意识里就觉得季临会和你一样，经历了那么多不公平的事，所以会和你一样被仇恨蒙蔽眼睛，彻底颠覆三观，变成一个不择手段的人是吗？"

白端端的声音和往常一样镇定冷静，带了一种好听的脆生生的灵动。

"我理解你可能确实出于好心不希望我受骗，但请你知道，并不是所有人遭遇和你同样的事后都会变得这么丑恶，季临没有，我喜欢他，也从来不会变。"

也是这一刻，季临想，自己可能终于想明白这么喜欢白端端的原因了。

他偷偷站在门外，一帘之隔，他喜欢的女孩在为了维护他而据理力争，而这几乎是季临第一次体验到被人保护的感受，他的心飞快地跳着，像是要耗尽他所有的氧气，心动、沉溺、疯狂的喜悦和巨大的感动，犹如海浪般袭击了他。

从前季临只觉得，要是自己能早点儿遇见白端端就好了，他觉得惋惜，觉得过去那么多痛苦，要是能多几束阳光，那该多好。

然而此刻，他心里鼓胀着的却是满足。

他不再遗憾了，能被白端端爱着，不论什么时候都不晚，都已经足够了，人生都已经相当完满。

她是个小太阳，而现在和往后，都只是自己一个人的小太阳了。

季临很想告诉白端端，喜欢她，也从来不会变。


本来和林晖的诀别，并不需要弄得这么僵，甚至自己没必要和他说这么多道理，只需要表明态度，回头所有联系方式拉黑，林晖自然也就知道了，然而白端端还是说了。

她这么说完，也并不后悔，总觉得年幼的季临当初没能甩出来打林晖脸的这些话，隔着近二十年的时光，终于由自己替他说出来了。

白端端畅快地说完，看向了坐在座位上表情晦暗落败的林晖，他重新抬头看向她，语气哀伤而充满了卑微的渴求："端端，你这是要和我绝交吗？我……你说的……我会好好考虑，我确实做错了很多事，但我在最困难的时候帮过你，现在是我最困难的时候，你不能……"

"不，她能。"

包厢的珠帘被一只骨节分明的手撩开，然后季临冷淡而镇定的声音传了过来。

林晖几乎是魂不守舍地看向了门口，然后看到了站着的季临，挺拔而英俊，即便逆光而站神色冷淡，还是有着强烈的存在感，这个曾经死咬住自己手的小男孩，不知不觉间，已经长成了比自己更为高大的男人。

所有往事都暴露的林晖，此刻只觉得自己像个光身子的人一样，在季临和白端端面前无所遁形，他干涩地看向季临："季临……你……"

林晖以为季临会发怒，会和自己争执，再不济也要摔碎一个杯子，然而这一切竟然都没有发生。与他的预期正相反，季临只是冷漠地瞥了他一眼，像是在看一只肮脏的蝼蚁，他的眼神里，没有从前每一次遇见时的恨意，而是相当平和。

"林律师，你也是 40 岁的人了，做事也应该知道规矩，如果是关于案子公事的沟通，以后请你记得不要越过同样作为主办律师的我，只通知我的同事；如果是关于私事的沟通，也请你自重，不要总是私自联系困扰我的女朋友，占用她的时间，影响我们年轻人谈恋爱。"

然后季临看向了白端端，一扫刚才的冷漠和面无表情，眼神温柔，语气和缓，像是突然从寒冬一跃进入了春日，他轻轻说："端端，我带你回家。"然后他朝白端端伸出了手。

白端端望着季临，忍不住笑了，然后毫不迟疑地站起身，走到季临身边，用自己的手握住了对方的。

此刻不需要言语，两个人在彼此的眼神里已经知晓了一切，他们没有再理睬包厢里的林晖，而是紧紧牵着手，并肩走了出去，仿佛一起走进了人生新的篇章，告别了过去。

而直到牵手走出了餐厅，白端端才终于忍不住打破了沉默——

"季临……你没什么要说的吗？"

刚才反击林晖维护季临时候挺利索，然而现在面对季临，白端端倒是不自觉地害羞起来，她不知道季临是什么时候来的，听到了多少。

季临停下来，看了白端端一眼，手还是没放开，只继续握紧了些，然后这可恶的男人淡然地望向了前方："哦，没什么，就有点后悔吧。"

白端端有些疑惑："后悔什么啊？"

季临笑笑，重新拉着她往前走，过了片刻，他才重新开了口："要是知道卖惨这么有用的话，我就早点儿把所有事都告诉你了。"

他拿起白端端被自己握着的那只手，放在唇边轻轻吻了一下："我不知道我的女朋友原来是这么容易被悲惨往事打动的，要是早点儿知道的话，我就早点儿把所有惨的事都拿出来讲，那是不是你就能更早一点和我在一起了？"

白端端有点不开心了："别人再惨，我也只会捐款。因为是你，才会情绪这么激烈，说得好像我同情别人就会和别人在一起一样。"她咬了咬嘴唇，压低声音道，"还不是因为喜欢你才这样。你就老仗着我喜欢你调侃我……"

季临果然刚才全都听到了……白端端觉得心里又是羞赧，又是忐忑，还有些微微的难堪，喜欢一个人是一件事，但像自己这样把多喜欢对方的底牌都摊开给对方看到了，就反而又有点微妙的不安了，仿佛生怕别人拿捏着自己的这份喜欢会做什么一样，人的自保机制就要忍不住运转。

"我话还没说完。没仗着你喜欢我就得意，你有多喜欢我，我就有多更喜欢你。我只是后悔，你这么喜欢我，我要是卖卖惨，我们是不是现在进展会更快一点？"说到这里，季临突然俯下身，凑到白端端耳边，用她才能听到的声音低沉道，"比如连孩子你都给我生了几个了？"

这下白端端这些不安的情绪全部没了，只剩下剧烈到快要失控的心跳声，还有可能需要放进冰箱里冷静一下的滚烫脸颊。

季临这男人……什么人啊！得寸进尺！自己都那么维护他了，还尽占自己口头便宜！生孩子就生孩子了，还生几个？

白端端觉得自己都没法正视走在自己身边，如今一脸道貌岸然的英俊男人了。也不知道季临怎么能用一张这么禁欲的脸，说这种完全相反气质的话。

"你就没别的要说的了吗？"

好在季临在白端端害羞得快要像只兔子似的跑掉之际，终于恢复正常,他就势亲了一口白端端的耳垂,然后好心地给了这只兔子一点缓冲期:"确实后悔没早点儿和你说,以至于你最终只能通过和林晖对质才知道真相,还不得不见他,不得不和他这样卑劣的人接触。"季临抿了抿唇,"下次有这样的事,不要瞒着我,告诉我,因为你的男朋友比你想得更强大一点,应该是他保护你,而永远不需要你站出来保护他。"

白端端的心跳终于平缓了一点,她抬头看向季临:"你当初一直没和我说,是怕说了以后我为难,或者难过,不能接受林晖原来是这样的人吧?"

季临没说话,等于是默认了。

白端端又好气又好笑:"那我也要说了,我的男朋友不需要我保护,但我也不需要他保护呀。"她轻轻拉了拉季临的手,"我也比他想得更强大一点,我可以和他并肩战斗的,不需要他为了我的感受独自一个人消化一些情绪,承担一些压力。"

季临看向白端端,过了片刻,才终于应声道:"好。"

两人彼此都隐瞒着对方作为或者不作为了一些事,然而不论是季临还是白端端,此刻内心都不仅没有因为这隐瞒而造成隔阂,反而更懂得珍惜彼此了。他们的隐瞒并非出于欺骗,阴差阳错之下,两个人在遇到问题时,第一反应都是竭尽所能地保护对方。

季临又握紧了白端端的手,片刻的沉默后,他又忍不住补充了一句:"以后你遇到什么事,都可以和我说,不要自己去扛。"

"那你以后也是。"

既然彼此也没有秘密了,白端端索性和季临做了个坦白的汇总报告:"反正事情就是这样,我先问了容盛,然后找了林晖,之后的你就也知道了……"

季临点了点头:"那你还有什么要问我的吗?"

白端端下意识地摇了下头:"没有。"

只是很快,她又立刻意识到自己需要改口。

有的,她还有一件事要问季临,其实根本不是什么大事,说出来甚至有点小家子气,但白端端却还是很在意的。

白端端憋了憋，还是没忍住道："就是啊，听说你那时候拼命打工，好不容易从生活费里克扣了点钱，还给你那个高中女同桌买了个礼物？"

就算容盛说了，季临绝对没可能喜欢那女生，但白端端不知怎么回事，还是很介意。

虽然白端端努力抑制，但是她语气里那股酸溜溜的味道，连她自己说出口后都有些不好意思，于是她立刻下意识地转移话题道："我就随便问问，毕竟那么久之前的事了，你可能也早忘了。"

不论是不是真忘了，但只要季临说忘了，那自己也就……别追究好了，毕竟女生谈恋爱翻旧账的话，确实不太可爱……

然而季临却仿佛是打定主意和白端端对着干一样，他几乎是非常果断地回答了这个问题："还记得，记得挺清楚的。"

"……"

白端端总觉得季临的求生欲有时候真的不太强，自己都给他台阶下了，这种事还记得这么清楚是干什么？就算真的记得，也要说不记得啊。男人怎么就不明白，有些时候记忆力好并不是一件好事，反而是一种危险啊！

季临却丝毫没觉察白端端的心思，径自继续道："我三天没吃饭，把钱省下来，买的是一个粉红色的八音盒，外观是个爱心形状的吧，打开来有个跳芭蕾舞的小女孩，音乐是《致爱丽丝》……"

季临记得这么清楚，白端端越发不开心了："你还给人家买个粉红色的爱心形状啊。"她酸溜溜地看了季临一眼，"季临，你老实说，你是不是还真的喜欢过人家？"

季临愣了愣："你这是什么跟什么？我没有喜欢过她，只是当时觉得她对我比较友善，想送一个生日礼物给她而已。"

"生日送个粉红色爱心的东西，歌曲还是《致爱丽丝》，你知道这首曲子是贝多芬什么情况下写的吗？是年近四十的贝多芬写给自己有好感的女学生的，你这么送，别说你那个女同桌，就是我，也要想歪啊……"

"我当时去的那家店，八音盒全是那样的，没什么可挑的，而且我买完还要赶着去打工，没空挑。"

"……"

季临理直气壮地补充道："至于音乐是什么，我挑的时候根本没空听，也是后来才知道的。"

后来才知道！后来才知道那不就还是听了吗！白端端顿时心里那点对季临的心疼都变淡了，只觉得发酸，手也有点痒，想打个人祭天。

恋爱里果然不能太聪明，白端端气呼呼地想，都怪自己逻辑思维太好了，蛛丝马迹都没有放过，结果一下子就得出了季临话里前后的矛盾，真是好气！

季临沉默了片刻，也没再说什么，很快，两个人就到了季临的车前，白端端一声不吭地坐进了副驾，然后看着季临启动车子往家开去。

而开到第一个红绿灯路口，季临才终于像是突然想起了什么一般，看向了白端端："你刚才是不是吃醋了？"

白端端抿紧了嘴唇："没有。"她佯装云淡风轻道，"我是这么小气的人吗？我会为这种陈年烂谷子的事生气吃醋？季临，我是个成熟的律师了，我很理智，就算你当初真的喜欢她，那是多少年前的事了？何况你当时年纪小，没见过世面，又缺爱，眼光也不怎么样，品位也堪忧，就算喜欢对方，也不是不能理解，毕竟谁年轻时候没瞎过一两回呢？"

"……"

饶是季临再迟钝，这时也品出点味道来了，他解释道："我没喜欢她。"

"不，你不用和我解释，我不在乎。"

是个女生这时候都希望听到男朋友继续哄哄自己，口是心非这种事，是个人总是逃不过的，谈恋爱，也总是忍不住要小作怡情一下的。白端端的心里其实挺简单，她并没有真的特别在意这个事，但也没有真的不在意，在意的程度大概就是——需要季临哄哄就好。

"那就好。"

可白端端怎么也想不到，自己说完不在乎以后，季临还真的以为自己不在乎了，真的不解释了，更别说哄一下自己了。

这可真的是……这种致命男人，自己看上的，跪着也要爱完……

白端端闷闷不乐地坐在车上，只觉得心里憋屈，可刚才说不在乎的是自己，再跳出来打自己的脸闹腾，又确实太丢人了。

于是她就这么一路沉默着看季临开回了小区的地下车库，然后上了楼，白端端本来要回自己屋里，倒是在开门前被季临拽回了他家。

"今晚我做饭。"

行吧，美食当前，白端端还是屈服了。

片刻后，她坐在季临的客厅里，努力调整心态，过去是过去，现在是现在，自己拥有这个男人的现在和未来就好了，在意那么多过去干什么。

好在白端端并不是个钻牛角尖的人，外加很快季临的美食就出炉了，她立刻被吃的吸引了注意力，开始大快朵颐，气氛也温柔和煦了起来，两个人没再聊林晖，而是开始聊了聊谢淼这个案子的后续策略。

一顿饭，吃得其乐融融，很快，白端端也忘了刚才那酸溜溜的插曲。饭后，季临都不让她收拾碗筷，径自一个人去了厨房。

白端端在沙发上玩了会儿手机，往厨房一看，才发现季临竟然不在厨房。

她好奇地等了片刻，才见季临提着一个袋子从书房出来了。

"碗已经洗好了？真的不要我帮忙吗？"

"不用。"季临在白端端边上坐下，温和地撩开了白端端脸上滑落的发丝，"不太舍得你去洗碗。"

只是这样简单一句话，白端端却觉得自己心里好像突然就好了。

"这个给你。"

白端端看着季临塞进自己手里的袋子，有点疑惑："这什么？"

她问完，打开了袋子，然后发现了——

一袋麻花。

"容盛给的，我的那份，我知道你喜欢吃。"

虽然只是袋麻花，但白端端还是很开心，不是多贵的东西，但是这种平淡的幸福也很美好。

"下面还有。"

随着季临的话，白端端又往袋子里掏了掏，然后发现了一个首饰盒子。

"VCA perlee 系列的万花筒手镯，上次就给你买好了，你一直还没来拿。"

白端端突然有点失笑："就是你没给你妈买的那个？"

季临有点不好意思，他移开了目光："嗯。"

白端端打开盒子，看到这手镯的第一眼，就有些爱不释手，然后她看向季临，朝他伸出了手："那你帮我戴。"

季临愣了愣，然后拿起了手镯，有些笨拙地试图给白端端戴，但这位年入半亿的律所合伙人显然从没开展过这项业务，手忙脚乱地戴了三次，才最终戴成功。

"好了，很漂亮。"

只是季临刚要把手收走，白端端就反手钩住了他的手指。

她认真地看向他："我反悔了。"

季临顿了顿，随即脸上露出了一点难以掩饰的不安："你后悔和我在一起吗？"然后他飞快地补充道，"我没谈过恋爱，可能一开始业务不太娴熟，但我会对你更好的……"

"没有，季临，你是不是傻？我从来没后悔过和你在一起。我反悔的是，刚才我说了谎。"

季临抬起头来看向白端端。

白端端脸有点红，但决定还是自我交代和坦白："就刚才……刚才其实我是吃醋了。"一旦说出口，好像也没什么可遮掩的了，白端端索性自暴自弃了，"我不开心，你还给她买粉红色爱心的八音盒！你都没给我买过！我也想要！那个女同桌有什么好的！对你友善点你就给她买生日礼物，我气死了，我不开心，你不可以，以后别人对你友善对你好，你也不可以给她们买生日礼物，说生日快乐也要先得到我的批准，我才不是什么深明大义的人，我也不理智，不是什么成熟的律师，我就是小心眼儿，就是小家子气，你对别人好，我就会不开心，忍不住……你以后要对别人好，只能对别的男人好，容盛吧，容盛勉强可以，虽然他也不是个正经人，但好歹是个男的……"

"端端。"季临打断了白端端，"你往下看，袋子里还有东西要给你。"

白端端被打断，有些气呼呼地往袋子里掏，然后她掏出了一个……

一个粉红色的爱心形状的东西。

一个八音盒。

与现在的工艺水平相比，这八音盒简直粗糙到拙劣，那粉红色也有点俗气，伴随着时间的摧残，那些劣质的外层涂料也已经有了斑驳的趋势，像上了年纪的老古董。

白端端打开这个八音盒，然后放上了跳芭蕾的小女孩，她转动八音盒的开关，随着针尖拨动梳齿，《致爱丽丝》从这其貌不扬的八音盒里流淌了出来，而穿着芭蕾裙的小女孩在八音盒的镜面上旋转起舞……

白端端抬起头看向季临："这是……这就是你之前送给那个女同桌的八音盒？你拿回来了？"

"嗯。"季临也看向了她，然后他有些不太自然地垂下了视线，"既然她嫌弃廉价又不喜欢，那我就问她要了回来，我自己的心意，没有必要给不珍惜的人糟蹋，何况这个在当时的我看来，很贵。"

白端端的心里既柔软又酸涩，她轻轻用手捧起了季临的脸："所以你知道这个配乐，是拿回来后才听到的？"

"嗯。"

季临用自己的手覆住了白端端的手，然后捉起来亲吻了一下，他的样子羞赧得有些不自然，也有些笨拙，然而眼神却很真诚："所以你不要吃醋了，也不要生气了，我没有骗你，我从来没喜欢过她，给她挑选礼物的时候确实没上心，但如果是给你送礼物，我绝对不会这样，我会货比三家好好看测评，把最好的、最贵的东西挑出来给你。"

白端端怎么还可能生气，她甚至觉得自己刚才那样有点无理取闹了，倒是不好意思起来。

"我……我平时不这样。"她磕磕巴巴解释道，"我平时不是那么小心眼儿还作的人……"

"没关系，你怎么样我都喜欢。"季临却没在意，"吃醋可能是因为你在意我。"说到这里，他咳了咳，有些不自然地补充道，"比如我也会，是人都会，这很正常，越喜欢就越会，这没什么。"

不得不说，季临这话与其说是在安慰白端端，不如说是在安慰和说服自己……

　　但白端端不得不承认，这男人有时候嘴硬起来也还挺可爱。

　　季临看了一眼白端端手里那个八音盒："这个有点旧了，确实很便宜，但我还是想把它送给会珍惜它的人。"

　　随着季临的视线，白端端也看向了手里的八音盒，是破了、旧了也不贵，但她却很喜欢，因为这个外形看起来就像是一颗心，像是一颗季临捧给自己的，他的心。

　　白端端是这么想的，也这么说了，季临愣了愣，随即俯身亲吻了白端端，先是额头，继而是眼睛、鼻尖、脸颊，然后是嘴唇，轻轻撬开，滑进了白端端的唇舌。

　　这是个非常非常温柔的吻，季临什么话也没说，但白端端在这个缠绵的吻里，已经觉得自己是被珍视的、被宠爱的、被纵容的。

　　在彼此呼吸不稳之前，季临意犹未尽地退出了白端端的口腔。他的额头轻轻抵住白端端的，然后看了一眼那心形的八音盒，用性感低沉又勾人的声音一语双关轻声道："所以我的心，你收好了，从今往后就是你的了。"

# 第四十三章　一边恋爱，一边搜证

大概真的温饱思淫欲，季临就这样抱着白端端坐在沙发上，吻得难舍难分，白端端完全招架不住这样高频的亲吻，脸红心跳气喘不止，好在快要擦枪走火之际，季临终于先一步放开了白端端。

他把白端端散乱的衣服整理好，然后又温柔地亲了亲她的脸颊："好了，所以我们来讨论一下谢淼、田穆这个案子新的取证思路吧。"

白端端看了一眼这男人努力掩饰的坐姿，所以箭在弦上，季临就讲这个？他是认真的吗？

白端端虽然并不是猴急着想干什么，但男人这种时候突然刹车，还完全败坏气氛地转移到这么冷淡的工作话题，确定是正常男人？那个……没有问题？

白端端不自觉地就要陷入沉思，只是季临没给她机会。

他从茶几下的抽屉里抽出了田穆案里林晖上次提供的"新证据"，有条不紊地开始冷静分析："所有的材料我都看过了，唯一有突破口的可能是这个。"他说完，从材料里抽出了一张照片，"就这个。"

虽然话题跳跃得实在有点快，但一涉及案子，白端端也完全忘记了刚才的气氛，一下子严肃认真起来。林晖补充提供的所谓"新证据"她不是没看过，甚至也看了好几遍，但她确实没能看出什么问题来，林晖做得滴水不漏，调查取证又一次陷入了僵局。

如今她看着季临抽出来的这张照片，还是愁眉紧锁："所以这张照片有什么问题？"

这张照片白端端也翻来覆去看过好几次，这张照片就是田穆号称跟踪拍摄到的唐黎和陆水生幽会一起吃饭的铁证，照片上确实是唐黎和陆水生，两个人坐得很近，姿态亲昵，仿佛生怕别人不知道两个人有一腿似的，不过吃个火锅，这两个人竟然还十指相交地握着手，而陆水生的另一只手，则用筷子夹着一个丸子，正要喂给唐黎吃。

这其实显然是故意为之的摆拍了，毕竟白端端扪心自问，就算是自己和季临这样还处在热恋期的情侣，也不至于吃个火锅还要手拉手然后再喂来喂去，实在是有点做作过度了。

但是单从这张照片来看，就算是摆拍，照片也是真实的，并非伪造的假照，只要没有别的证据，还是不足以说明什么。

季临提示道："你看看他们这顿火锅都吃了什么？"

白端端不明所以："就好多丸子，好多肥牛、肥羊卷、虾滑、鱼豆腐、腐竹和各种蔬菜啊……"

"你自己看看这桌子和旁边推车里摆放的食材数量。"

季临不说，白端端还没发现，他这么一提点，白端端也不傻，很快就反应了过来——

如果仅仅是唐黎和陆水生吃饭，那两个人点的菜品，显然也太多了。

白端端几乎是恍然大悟："所以肯定最起码还有第三个人！"

季临也太仔细了吧！竟然从点菜的多少，还能联想到这么细微的线索！

季临点了点头："这张照片肯定是田穆在得知我们拉取了唐黎的银行流水后才急匆匆造的假，当时时间紧凑，唐黎又和陆水生不认识，田穆总不能真的让自己老婆一个人去见陆水生，何况两个人还要摆拍这种姿势，总要有个和两个人都相熟的在一边指导，并且就算这张照片也还要一个人拍摄才能做出这种偷拍的效果，但这种事，知道的人多了，自然会走漏风声，为保险起见就是找个事件相关人来拍。

"而且如果我是田穆，我是不会放心我的漂亮老婆和别的男人私下吃饭，自己还不能在一边监督的，尤其这个男人还比自己有钱。"说到这里，季临看了白端端一眼，想了想，加了一句，"反正要是你的话，那肯定不行，之前林晖的事你还不知道全部真相的时候，我其实就想过了，要是在你不知情的情况下往后还要和作为恩师的林晖吃饭，那我就算憋屈死，也还是要和你一起去的，我还是不能忍受你和他单独吃饭。"

"……"

行吧，说案子就说案子，说自己是干什么呢，何况自己哪里有和别的陌生男人一起吃饭了？自己看起来是一个多安分守己、贤良淑德的人啊？

结果季临瞟了白端端一眼，仿佛是知道她心中所想般捏了捏她的脸："知道你很好，但你长得确实有点太勾人，不是不相信你，是我有危机感。"

季临这是什么人哪！不是他自己引导着从绮丽气氛里一下子走进案件讨论的吗？结果现在又来撩拨自己……

气人。

不能让他得逞！

白端端稳了稳心绪，重新投入案子的取证分析里："所以你的意思是，其实这顿火锅是田穆和唐黎还有陆水生三个人一起吃的？"

"对。"季临点了点头，"我们只要能调取到监控视频，能证明田穆和唐黎、陆水生三个人一起非常其乐融融、心态平和地吃饭，就能够证明：第一，这照片是断章取义的误导；第二，田穆早就认识陆水生，仲裁庭上那一切都是演的，毕竟按照时间线倒推，如果唐黎、陆水生真的婚外情，那吃这顿火锅时，田穆绝对就已经发现了，怎么还可能这么心平气和地一起吃饭？"

"可就算这么推断，还有个很大的问题。"白端端瞪着季临，"我们要上哪儿去调取监控视频啊？"

她刚想问都不知道这火锅店是哪一家，季临就指了指照片里被白菜叶挡住的一只盘子："我把照片扫描成照片的格式，然后放大进行了处理，这个盘子上，有火锅店的标记，'捞一捞'。"

白端端的眼睛亮了起来，她没想到只是这样一张简单的照片，季临也能找出这么多的线索。捞一捞是最近在 A 市势头很好的一家网红火锅店，并且对他们非常有利的是这家店目前在 A 市也仅有一家，并非连锁，因此白端端和季临根本不需要确认到底是哪一家，他们几乎完全可以精确定位到店铺，这无疑能节省非常多的时间。

姜还是老的辣，白端端心里一边佩服着季临，一边默默地把这些都记在了脑子里，无论什么时候，都不要主观地预判某些证据对自己没有用，能在细微处挖掘，往往才是好律师和普通律师的区别。

"那么我们只需要去捞一捞调取监控就行了？"

"嗯，一般来说，市售监控的视频保存有效期都在一个月左右，这张照片拍摄时间在我们对唐黎的银行账户取证后，离现在也不过十来天的时间，监控里是一定能有蛛丝马迹的，就算没能拍摄到他们一起用餐，但是至少在门口或者收银台前，能拍到三人一起进出的画面。"季临自若地笑了笑，"有这就足够了。"

白端端这才知道为什么季临前阶段也能如此镇定自若，原来是早就想到了对策，却还按下不表，给自己时间独立思考，只是可惜……白端端还是粗心了一点。

季临看白端端突然有些低落下来，很快意识到了她心里所想，他凑过来，亲了亲她的脸颊："你还年轻，等你到我这个年纪，会比我更优秀的。"

脸颊显然不能让季临满足，他亲了下，然后又对着白端端樱桃色的唇瓣吻了上去。

一个吻，白端端又开始有那种微微心悸的感觉，然而正当她也状态渐佳，开始回应，有些难舍难分之际，季临又紧急叫断了这个馥郁浓稠的吻。

白端端有些不开心了，但又不好意思直说，只能气呼呼道："季临，你是不是不喜欢我啊。"

亲一半就不亲了，亲一半就去讲案子，什么人哪！

"你想我继续亲你吗？"

白端端气死了："不想！"

垃圾直男，毁我青春。

然而季临这位垃圾直男却显然并没有在意她的回答，而是径自转换了话题，他镇定地问道："你想怀孕吗？"

这都什么跟什么啊？

白端端更气了："不想！"

开玩笑，自己才这么年轻，事业也才刚刚起步，这几年可是最好的冲刺机会，谁想立刻生孩子啊！

季临似乎不意外白端端的回答，他看了白端端一眼："所以我只能亲一半。"

这什么魔鬼逻辑？

白端端皱着眉一脸茫然地看向季临。

季临冷静地也看了回去，他的语气则比他的表情更冷静："因为会控制不住。"

白端端仍旧有些不解。

季临抿了抿唇："没有那个。"他移开了目光，补充道，"我没有买，但下次不会亲一半停了，我会准备好的，你也不用担心怀孕。"

白端端先疑惑了一秒，然后等她意识到的刹那，脸"唰"的就红了。

季临却还嫌不够似的解释了一句："亲一半就停不是不喜欢你，是太喜欢了，所以没办法，必须停。"

他的样子看起来有点闷闷的，像是也很委屈，但为了白端端，又很无奈。

而白端端终于知道季临亲一半就不继续的答案，然而她现在害臊得恨不得什么都不知道，都怪自己这张破嘴，问什么问！也怪季临，怎么能一本正经、冷冷静静地说这种话题……

白端端觉得自己恨不得原地消失，或者找个树洞钻进去……

这下是她忍不住转移话题了："那……那明天我们就去捞一捞取证，赶紧调取视频证据，把谢淼造假的事给一举戳穿……"

可惜自己这番努力完全没有得到季临的尊重，他毫不留情地指出："白端端，不是谢淼造假，是田穆造假。"

"……"

垃圾直男，少说两句会怎么样啊！

不过谈情说爱归谈情说爱，取证的事确实也不能耽搁。

第二天一早，白端端就跟着季临直冲到火锅店门口，两个人出示相关证件和调查取证的函件。

"麻烦您帮忙调取下相关的视频监控。"

可惜白端端和季临怎么都没料到，这么红红火火一个网红火锅店，竟然连监控也没有，工作人员耸了耸肩："不好意思，我们没有监控啊。"

"收银台、大门口、备料间，这些地方都没有监控？"

"是的，我们是一家信任客户的门店，所以没有监控的。我们全程没有任何监控。"

工作人员一脸的道貌岸然，然而很多时候，餐饮店没有监控，不仅是对自己店面的不负责任，更是对客户的不负责，就算门口没有监控，把控菜品质量和食品卫生安全的后厨和备料间也该有才对，毕竟不少店面曝出卫生问题，就是在食品安全监管部门抽查调取监控时才发现的。更何况作为店主，也应该对自己后厨里发生了什么有把关才是，监控很大意义上除了监控客户，也是在监控员工是否按照规矩办事啊。

现在才只有早上九点，火锅店还没正式开始对外营业，白端端看了一眼四周的环境，再看了看通往后厨的地面上的油渍和懒散的工作人员，只觉得心里憋了一口恶气，网红店网红店，到底是营销的成分居多还是真的真材实料居多？她环顾四周，甚至没能看到该有的灭火器装置，心里都开始怀疑这网红店的消防是不是真的过关了……

只是气愤不能解决任何事，回去的路上，白端端的情绪就有点低落了，因为季临好不容易挖掘来的线索等了又断了。

而反观季临，倒是情绪非常淡定，甚至还有余力安慰白端端："调查取证如果真的那么简单，当事人就不用请律师了，何况田穆既然找了林晖，那以林晖的能力和经验，确实不太可能这么容易就被人抓住把柄。现在看来，他挑选这家店，也是因为早就确认过对方没有监控设备，才如此有恃无恐了。"

季临揉了揉白端端的头："没关系，还有时间，再想别的思路。"

只是说得容易，做起来多难啊，如今又走进了一模一样的死胡同，田穆新提供的这些"证据"里，竟然也没有突破口。

"再好好整理一下所有的细节，或许在老证据里，也有什么我们遗漏的点。"

取证虽然再次遇到瓶颈，但生活还是要继续过，尤其是之前的允诺，总是要按时兑现，比如——

"对了，今晚要请容盛吃晚饭。"

季临皱了皱眉："请他一个大电灯泡干什么？"

"就上次打听你的事，在他的再三恳求下，我勉为其难地答应了给他亲手做三顿饭以表感谢。"

"……"

季临顿了顿，"需要我帮你做吗？"

"不要了吧，是为了你去拜托他的，我不想在你的事情上不守信，何况容盛这么期待吃我做的饭，这么念念不忘的，当然要让他必有回响啊，还是让我亲自来吧。"

季临沉默了片刻，终于良心发现："你家有止疼药、胃药和速效救心丸吗？"

"……"

白端端想起了大便形状的烤鸡，忍不住朝季临翻了个白眼。

虽然只有几天，但容盛却觉得自己等这一天仿佛等了一个世纪。白端端允诺给自己做三顿饭，结果自己晚饭没吃上，白端端也不知所终。更过分的是季临，他收下了自己的麻花，连声谢谢也没有，回来这么久，竟然都没来找自己打个招呼，神龙见首不见尾，也不知道一个人都在忙点儿什么。

结果正这么抱怨着，白端端的邀请电话就来了。

"容律师，今晚来我家吃饭啊，你有特别想吃的菜吗？"

"没什么特别的。"容盛激动地说，"你就做你的拿手菜就行了。"

挂电话之前，白端端像是想起什么似的："哦，对了，今晚我男朋友也一起来，你不介意吧？"

"不介意不介意。"笑话，容盛想，哪里有八卦，哪里就是我的战场。他倒是要看一看，是谁这么幸运，竟然能和厨艺如此好的白端端交往。

很快，白端端的地址发了过来，容盛看了一眼，意外地发现竟然是和季临同一个小区，同一栋楼，而且……而且还是同一层？

白端端和季临竟然是邻居？！容盛有点生气了，季临怎么没早说，白端端烧饭这么好吃，他这种近水楼台，肯定背着自己上人家那儿蹭过不少好吃的了，还硬是要把人家请来当家政，这绝对是用老板的威压对下属进行的威逼利诱！

容盛没忍住，当下就一个短信发给了季临，指责他的隐瞒。

结果这男人竟然还相当地理直气壮，几分钟过后，就回了信息——

"你又没问。"

容盛气得要死，但反过来想一想，自己今晚就能吃上白端端的手艺了，当即又发了一条短信过去，他故意隐瞒了白端端还请上了自己男友的信息，营造出对方只请了自己一个人的模样，想让季临好好酸一酸——

"你想不到吧？今晚白律师单独请我吃晚饭哦，亲自下厨哦！没有请你吧？"

可惜季临还是没恼，回信息的语气仍旧非常平静："哦，记得少吃点。"

看看，虽然语气平静，可字里行间这还不是羡慕嫉妒恨吗？容盛得意地想，还让自己少吃点呢，可不是吃不上葡萄说葡萄酸吗？

容盛得意扬扬："我偏要多吃点。"

果然，自己这话下去，季临没有再回复了，容盛觉得，季临大概是被气死了。

看看，什么是人格魅力，这就是人格魅力。自己个是白端端的直属上司，但白端端请吃饭，叫的还是自己，有邀请季临吗？根本没有的！

容盛开开心心地哼着歌，上酒窖里挑了一瓶上好的红酒，决定晚上登门拜访时带上，离晚饭还有几个小时呢，他就开始期待起这顿饭了。

结果容盛斗志昂扬地上门，带着打探八卦的心理想要看一看白端端的男友到底什么样子，可惜对方竟然还没来，倒是季临大刺刺地坐在白端端家的沙发上，正在翻报纸。

容盛懊恼不已，早知道就不和季临这家伙炫耀今晚白端端请吃饭了，季临和白端端是邻居，听到有饭蹭，还不赶紧从隔壁就直接过来吗？

可惜心里气归气，表面上容盛还是十分友善的，他和季临打了个招呼，随便聊了下最近几个棘手的案子和盛临的创收运营情况，白端端则在厨房忙碌着，看起来她今晚是要大显身手一番。因为即便坐在客厅，容盛也能听到厨房里传来各种锅碗瓢盆碰撞的声音，热闹非凡，这一听就知道白端端是厨艺大拿，肯定是一手掌控着几个菜同时进行。

容盛的口水都要流出来了，他觉得自己今晚一定不虚此行，看这个架势，白端端绝对要准备比上次团建更丰盛的菜肴！

可惜白端端的男朋友一直没到，容盛左等右等，见季临根本没有八卦好奇的模样，也不好意思和他开口，只自己望着门口翘首以盼，好在他的张望终于有了回报，没多久后，门铃响了。

白端端的男朋友来了！

容盛几乎是一个箭步就冲到了门口，动作行云流水地拉开了门，然后他就见到了门外的人——

一个外卖送餐员。

这送餐员见了他，笑了笑，然后不容分说地把一大袋子外卖食物放到了容盛手里："您慢用！"

"……"

容盛简直目瞪口呆，直到提着这么重重的一袋东西回到客厅，他还有些云里雾里："是不是送错了啊？"

今天白端端主厨，她可是能烧满汉全席的人，怎么可能还需要外卖呢？

倒是季临很镇定，他站起身，接过了容盛手里的外卖："哦，我点的。"

"你来人家家里吃饭，还点外卖？"容盛简直惊呆了，"季临，你这也太没情商了吧？你到底是来蹭饭的还是来踢馆的啊？白律师下厨，你点这么多外卖？你没问题吧？"

季临却很淡定，他只是看了容盛一眼，那眼神甚至有些怜悯："我不和你抢，白端端做的东西，都归你。"

　　容盛丈二和尚摸不着头脑，完全不知道季临这操作是葫芦里卖的什么药，但他还没来得及提问，厨房里的抽油烟机声音就停了，没一会儿，白端端端着一只烤盘出来了。

　　不知道为什么，随着她的出现，空气里出现了一股烧焦的气味……

　　容盛就这样看着白端端笑着然后掀开了烤盘上的锡纸："容律师，来，这是我的成名菜。"

　　"……"

　　容盛看着那一坨黑乎乎完全分辨不出是什么玩意儿的东西，心里有些发怵："这……这是什么？"

　　"烤鸡啊！"

　　白端端笑眯眯地说："你等一下，别的菜我也都做好了！"

　　她说完，又转身回了厨房，不一会儿，白端端又陆陆续续端了其他几个菜出来。

　　容盛看了一眼，就差点儿当场晕厥过去。

　　这是菜吗？这根本看不出是什么玩意儿！不是焦黑焦黑的，就是黄绿交错让人看到就不想吃的，还有一个看起来像是糖醋鱼的玩意儿，黑乎乎的一片，当端到容盛面前，就闻到了一股冲天的醋味，怕是做这道菜用完了一整瓶香醋……

　　"你……"容盛望向白端端，不可置信道，"白律师，做人不能不讲信用啊，你这说好了给我做菜，也不能糊弄我，水平发挥失常到做出这种毒药质量的东西吧？"

　　白端端却是抿唇一笑："实不相瞒，其实这就是我的稳定发挥。"

　　容盛一时之间震惊得不知道说什么好，他呆呆地看了一眼眼前白端端口中的成名菜烤鸡，只觉得心里悲愤异常。

　　白端端不是明明之前团建做了一大桌满汉全席水准的菜吗？怎么会……

　　等等……像大便的烤鸡？季临的邻居？

　　电光石火之间，容盛突然就灵光一现，团建那天在厨房，除了白端端，季临可是一直在场的⋯⋯

他看向了一旁表情冷静的季临。

容盛心里划过一个大胆的猜想，这猜想其实非常不现实，然而除去所有的干扰因素，就只剩下了这不可能的可能——

团建那顿饭菜根本不是白端端做的，是季临做的⋯⋯

甚至再往前追溯，根本不是季临请了白端端来做家政做饭，反而是季临自己在给白端端做饭⋯⋯那天季临家那桌好吃到哭的剩饭剩菜也不是白端端做的，而是季临亲手做的⋯⋯

容盛几乎快要潸然泪下："你们为什么骗我？我只是一个单纯的小男孩⋯⋯"

可惜白端端没法儿理解容盛的心理落差和惨遭朋友欺骗的悲愤，她笑眯眯地把烤鸡又往容盛面前推了推："容律师，尝尝吧，不瞒你说，我平时根本找不到人愿意吃我做的菜，难得你这么欣赏我，央求我一定要给你做菜，我真的挺感动的，这一桌菜，你可一定要尝尝啊！"

白端端说完，还不忘补了一刀："你放心吧，止痛药、胃药还有速效救心丸，季临早就给你准备好了。"

"⋯⋯"

容盛一时之间只想老泪纵横，自己到底做错了什么！这个时刻，他完全被白端端货不对版的厨艺给震惊到了，压根儿忘记了去深究白端端和季临之间这突然熟稔起来的关系是怎么回事。

"我不吃！我不要！我不行！"

容盛当场来了一个拒绝三连，他几乎是抱着救命稻草一样冲到了季临点的外卖面前："我吃外卖！"

可惜季临挺冷酷："这是我点的，没点你的份，你不是号称要把白端端的东西都吃了吗？"

"季临，你还是兄弟吗？是兄弟就救我一条命，你吃，我捡点你吃剩下的边角料就能活命了⋯⋯"容盛一言难尽地看了看桌上的"生化武器"，他现在终于明白白端端说"吃完可以上天"是怎么一回事了，吃这玩意儿，分分钟真的就"蒙主宠召"了⋯⋯

好在就在他快要一把鼻涕一把眼泪地动之以情晓之以理后，季临总算是同意分享自己的外卖。他倒是料事如神地点了三个人的份，于是容盛就坐在桌边，最终沦落到吃外卖。

不过把白端端那些可怕的"剧毒物品"收拾走后，容盛终于松了一口气，人也重新活泼起来，白端端已经在自己对面落座了，容盛拍了拍自己身边的座位："来，来，季临，你坐我边上，我今晚带了很不错的红酒，你可……"

只可惜他的话还没说完，季临就十分不给面子地拉开白端端身边的座位非常自然地坐了下去。

"……"

行吧，容盛想，季临可能是想坐在自己对面，吃饭的时候能时时刻刻看到自己的脸。

只是开始吃饭后，容盛很快就知道不是了。

吃着吃着，容盛就觉得季临和白端端之间，不太对劲。

两个人虽然是在吃饭，但好像时不时地就会看对方一眼。季临挺不喜欢和别人有肢体触碰的，但是白端端和他坐得很近，整个人也快靠到他身上去了，要是往常，按照季临的性格，他绝对会往旁边挪一挪，和白端端保持距离，但是今天却根本没有，季临几乎是习以为常地让白端端靠着。

外卖里有道辣子鸡丁特别辣，白端端吃了一口，大概是没料到这么辣，推了季临一下，然后大大咧咧地指挥道："给我拿杯水。"

这个完全不在意的语气，容盛都放下了自己刚才被白端端厨艺欺骗的悲愤，反而替白端端担心起来，季临这个人，特别不喜欢被别人差遣，还是这种语气……虽然白端端平时大大咧咧惯了，也不喊老板，直接季临季临地喊，但关键时刻，她还是要学会区分老板和下属的差别啊……这个差遣的模样，季临铁定是要不爽的，没准要找点碴扣个工资……

果不其然，季临皱了皱眉。

容盛不负责任地猜测，看来要骂人了……

季临也果然开口对白端端的行为进行了责备，只是内容和容盛所想的完全背道而驰——

"你又不能吃辣，就不能少吃点？"季临一边说，一边给白端端倒了杯水，然后递了过去，"以后别吃辣了，对胃不好。"

容盛觉得自己有点蒙了，他愣愣地看向了白端端和季临，总觉得有些什么事，在自己不知道的时候完全发生了质变。

白端端不是有男朋友了吗？可如今和季临的模样，又怎么看怎么暧昧，这是怎么回事？她是不是那种热爱玩弄男人的女人啊？长得这么漂亮，也不是没有可能，毕竟厨艺这么垃圾，竟然都找得到对象？

而按照这个思路一想，一切问题也确实迎刃而解，季临为什么会给白端端做饭做菜，还在团建时给她打掩护，这还不是因为被白端端漂亮妖艳的外表给哄骗了吗？

容盛怎么都没想到，季临也还是免俗不了，竟然喜欢白端端这种妖艳款！何况季临最讨厌花钱厉害的女人，当初明明信誓旦旦地说这辈子就是死，也不找白端端这种女朋友，结果如今……

没想到季临竟然是一条肤浅的颜狗！

女人长得漂亮真的这么管用吗？完全长在季临最不喜欢的点上，竟然还引得季临折腰了？

容盛的心里百转千回，对面的白端端却显然一无所知，她还在大快朵颐地吃着外卖，都没什么矜持优雅的模样，然而季临却一点也不在意。

片刻后，白端端在吃酱汁肉的时候不小心嘴角上溅到了一点酱汁，容盛刚想出声提醒，结果就见季临非常自然地拿过一边的餐巾纸，然后小心翼翼又温和地帮白端端给擦了。

"……"

季临这个备胎，有点太入戏了啊，容盛心里纠结地想，他是不是还不知道白端端有男友的事，自己该不该提醒他……白端端的男友至今没来，是不是也是因为白端端见季临来了，才找了个借口让自己正牌男友别出现的，否则这不就是个修罗场吗？现在要不要把一切公开，全在自己一念之间了……

容盛的手心有些冒汗，思前想后，他觉得不能看着兄弟沦为凄惨备胎，这可比自己这种单身狗还惨！

然而就在他快要开口之际，只见被季临擦掉脸上和嘴角酱汁的白端端突然对季临笑了一下，然后她就着这个姿势亲了亲季临的脸颊。

容盛突然觉得有点不太对劲……而接着，白端端扯了扯季临的衣角："你不应该礼尚往来也亲我一下吗？"

季临倒是还很沉稳镇定，他轻轻道："吃完再亲。"

"……"

好一对旁若无人的狗男女！

"你们？"

此刻容盛终于产生了一个不妙的联想，他瞪着眼前的白端端和季临又看了几分钟，才后知后觉地有了点恍然大悟的悲愤，他声音颤抖地指控道："你们是不是背着我搞一起了？！"

容盛回想起白端端此前说过的话，说要请自己和她男友一起吃饭，还说她男友自己也认识……这么一想……

容盛："！！！"

白端端的男友难道自始至终就是季临？！

他对季临怒目而视，本以为自己和季临之间，季临绝对是脱单比自己晚的，结果没想到咬人的狗不叫，季临这条狗，竟然不声不响先于自己谈起恋爱来了！而且还吃了窝边草，就在自己眼皮子底下，和白端端就暗通款曲了！

容盛几乎快要气到变形了："季临，你太不够意思了吧？你怎么都不和我说，你和白端端在一起了？！"

可惜季临这人大概天生没什么愧疚心，他只平静地抬头看了容盛一眼，然后理所当然道："你又没问。"

容盛气坏了！自己没问，难道他就可以不告诉自己吗！

"好，那我问，你自己老实交代，多久了？"

季临抬了抬眸："在一起没多久。就你出差期间。"

呵！男人的嘴，骗人的鬼，容盛心想，我信了你的邪，现在回想，当初团建时候，季临看白端端的目光就不太对劲，怕是早就勾搭成奸……

他正要继续追问，却只听季临继续道——

"但喜欢的话，可能挺久了。"

季临话音刚落，白端端又大大方方地亲了一下他的脸颊。

容盛觉得自己已经没脸看了，他突然想起一首老歌——

"我应该在车底，不该在车里……"

总觉得此时此刻，自己应该就地消失才好。

白端端却是嫌弃他被刺激得还不够，亲完自己的男朋友，就看向了容盛："容律师啊，季临和我最近看到个别墅不错，隔壁那套也还空着呢，你要不和我们买在一起？毕竟已婚人士和未婚人士保持友情挺难的，以后我们结婚了，可能和你相处时间都少了，你要不就住在隔壁吧。虽然我不会做菜做饭，但季临做得可好吃了，哪次做的时候多弄点，还能送去接济一下你。"她笑眯眯地补刀道，"毕竟一个单身大龄的男人，常年吃地沟油的外卖，也不健康，以后等你年纪再往上长，衰老的速度会加倍……"

"……"

容盛觉得白端端家，他是待不住了，自己真是打扰了，该告辞了。

只是白端端自然不会那么容易放他走，她热情挽留道："容律师，你走之前，能尝尝我的烤鸡吗？我是特意为你才做的，你没必要吃光，但是至少应该吃一口吧！"

容盛望着那盘黑乎乎勉强能分辨出烤鸡形状的不明物品，陷入了沉默。

白端端坚持道："容律师，试试吧，季临从不肯吃我做的东西，好不容易你来了，不吃一口绝对不可以走！"

容盛望着死不瞑目的鸡，内心真的对这只鸡产生了巨大的愧疚感。

要不是自己号称要吃白端端做的菜，这鸡也不至于如此没有尊严地惨死，它至少能死得其所，变成个模样漂亮诱人的金黄酥皮烤鸡，或者一锅热气腾腾的鸡汤，总之不至于像现在这样，死是死了，死得面目全非，死得连含笑九泉都做不到……

容盛内心挣扎了一秒，想了想，他内心也有那么一点微微不怕死的跃跃欲试，他本人是个黑暗料理达人，如今在这个层面上竟然还微妙地对白端端产生了一决高下的好胜心……

要不……那就尝尝?

容盛想，只一口，又不会怎样……

一分钟后，容盛就开始后悔自己的决定，他刚吃进嘴里，就觉得自己的味蕾大概是要坏死了……这烤鸡不仅外表完全看不出是只烤鸡，连味道也完全尝不出……只有一种焦炭和咸味，还带了点不知名的苦……

只是吃了这么一小口，吐出来又实在不礼貌，容盛最终只能含泪下咽……

容盛嘴里苦，心里也苦。

好不容易终于拼死咽下了这一口，他是无论如何再也不愿意动筷子了。

结果白端端却还是相当热情，她仿佛被容盛吃了一口这个行为本身鼓励了，非常激动："容律师，怎么样? 也没有季临说得那么可怕吧，你看吃了，你也没死啊!"

"……"

白端端很开心地推了一把季临："你看看人家容律师!" 然后她朝容盛转回头，"虽然我也知道我自己做菜不太行，但是是个人，总是从不行慢慢努力才行的呀，容律师，你反正还要吃我两顿晚饭，我接着那两顿会再接再厉，争取给你惊喜的!"

惊喜不用了，容盛想，惊吓倒是连绵不绝。

他当即摆手义正词严地拒绝："不用了，白律师，你是个精英律师，占用你为客户提供法律服务的时间来给我做菜，这实在是浪费资源，简直天理不容! 你还是把你的时间投入工作中去吧! 你这双手，是做饭的手吗? 那是赚钱的手!"

季临全程好整以暇地看着容盛，一脸的幸灾乐祸，一点帮忙解围的意思都没有。

而白端端则更妙，她连连摆手，表示自己的时间不值钱："不不不，容律师，我其实挺喜欢做菜做饭的，算是个业余爱好吧，而且当初可是为了找你打听季临的事，才说好给你做三次晚饭的，我承了你的情，那三次就是三次，一次也不能少，毕竟你和我说了那么多季临的事。"

恰是此时，季临正好有电话响起而走开。

容盛想了想，看了一眼季临的背影，压低声音道："这样吧，我再卖给你季临两个私密信息，你看，之后那两顿就免了吧？"

白端端也看了季临的背影一眼，然后笑了笑："成交。"

容盛这下才松了口气来，一顿鸿门宴，依靠自己的机智，总算是把自己一条狗命给捡回来了。

哎，朋友啊，多交两个还是有必要的，关键时刻还能拿来出卖！

# 第四十四章　关键证据，牵动人心

继容盛遭到晚餐暴击后，他再也不用讨好和期待的眼神看白端端了，几乎是从第二天开始，他就躲瘟神般地避开白端端，要是哪儿有她，他甚至愿意绕路避开，可见那顿晚餐对他造成的心理阴影到底有多深……

不过白端端没有工夫去顾及容盛对自己的印象，她完全沉浸在田穆案子的头疼里，如今火锅店的取证受阻，还能在哪儿找到遗漏的线索呢？

虽然季临对自己说了不用担心，他会全力跟进，而以季临的能力，白端端相信，确实即便自己此刻做了甩手掌柜，他也能在时间临近截止前找到扭转案子的关键证据，只是……

只是不甘心。

不甘心就这么躺赢，不甘心就这么完全不放手一搏，不甘心就这么依赖季临。

除了正常休息的时间，白端端几乎把自己整个人都沉进了案子里。

过去自己遗漏了什么？她努力地一条条从头到尾梳理，生怕自己此前的思维定式造成了对关键信息筛查的遗漏。

田穆既然在给陆水生开发竞品游戏，而游戏开发并不是一个人能做出来的，必须是团队工作，可田穆碍于竞业限制协议，无法到水星网络一同讨论开会，而鉴于水星网络的其余工作人员甚至没见过田穆这个人，那么可以推测得知，田穆甚至没和这个游戏团队的其他工作人员进行过视频会议。自然，这也很好理解，因为一旦田穆的长相曝光，游戏开发圈里大家都是熟人，水星网络其余员工也不是傻的，一联想自然就什么都知道了，纸包不住火，一旦别人知道，这事就早晚要露馅儿，因此田穆都没敢冒这个险，然而他作为游戏设计的重要成员，总是要和公司沟通的，所以这个沟通的对接人，大概率就是陆水生本人。

只是此前除了调取过田穆的银行流水情况，白端端也不是没去查过他和陆水生的通话记录，但都没能发现可疑的地方，那么田穆是怎么和陆水生沟通的？两个人依靠一些网络软件视频电话？

但游戏研发，除了口头的理念沟通交流外，很多时候还要跑程序，游戏软件也有雏形和试用版，田穆工作的一部分就是负责测试游戏真实运营后的流畅度和用户体验度，因此他还需要运行游戏软件。

以田穆如此谨慎小心的性格来讲，他并不像是能相信靠邮件来发送游戏软件版本的人，因为邮件一旦有针对性地植入木马和病毒软件，那么所有的来往沟通记录都有可能完全被曝光。

而但凡是游戏软件和一些机密资料，别说田穆不愿意用邮件来接收，就是陆水生也不会冒险用邮箱来发送，因为这里一旦遭到泄密，被别人抢先一步，对游戏上架的打击是致命的，就如水星网络对与闻游戏做的那样。

可田穆又不去水星网络，又不用邮件的话，那么游戏软件的试用版，就必须用 U 盘或者其余别的载体来传递。而这个 U 盘或者载体，涉及的可是金额巨大的商业价值，陆水生决计不会以快递的方式来递送，那么只剩下了一种方式——找个人亲自递送。

可正如白端端之前分析的那样，田穆和陆水生这两个都是非常谨慎的人，大概率会采取面交方式，两个人亲自对接，毕竟游戏软件版本的修改更新没有那么频繁，并不像钱一样需要每个月打一次，可能半年也就那么一次需要陆水生把 U 盘给到田穆，两个人即便见面，风险并不那么大，交由别人出面反而更麻烦。

　　白端端努力分析，觉得不管怎样，田穆在前期竞品游戏还没定下、最终版上架之前，绝对是和陆水生有过至少一次见面的，甚至理论上来说，都不止一次，对游戏里的 bug 或者不好的用户体验，田穆至少应当和陆水生当面有过充分的沟通，而白端端觉得自己现在要做的，就是找出这两个人到底是怎么交流信息的，他们的沟通机制是什么，是否有可能取证到两个人传递 U 盘和游戏软件的关键证据。

　　只是思路是好的，要实践起来却非常难，因为一切的分析不过是基于白端端自己的推测，但田穆和陆水生到底是怎么想的、怎么操作的，她一概不知。

　　何况田穆在前期几乎没怎么出过门，谢淼也不是没派人盯他，可他确实几乎每天都宅在家里……如果他万一真的是通过非见面的方式和陆水生交流，那取证还真的陷入死路了……

　　不管怎样，一旦有这样的推测，白端端也不想放弃任何一丝机会，决定按着这个方向去尝试下取证。她又拿出一张白纸，开始细细整理田穆和陆水生之前的关系图谱和所有可能性发展……

　　一不留神，一天就过去了，白端端的对面，王芳芳已经在收拾东西准备走人。

　　"今晚不加班？"

　　王芳芳最近为了年终奖，可是在拼最后的创收，因此连续几天都是工作到七八点才走的，今晚一反常态，白端端也忍不住好奇起来。

　　王芳芳偷偷摸摸压低声音道："我最近因为加班啊，晚上饿得慌，天天加餐吃夜宵，结果昨天上秤一看，我的妈啊，我胖了十二斤！端端，你能想象吗？十二斤！不是两斤！年底我妈还给我安排了相亲呢，说对方是个帅哥，这眼看着没几个月了，我虽然平时宅得要死，现在这不还是赶紧抢救一下，临时抱佛脚去健身房甩肉吗？"

　　她说完，提上自己的运动鞋，和白端端打了个招呼，就风风火火地跑了。

　　然而王芳芳的无心之言，却让白端端电光石火之间突然茅塞顿开。

健身房!

虽然田穆平时几乎完全宅着不出门,只偶尔出去倒个垃圾,但他却是有去过健身房的。此前这一点白端端不是不知道,但田穆去健身房的频率不高,基本上属于大半年就去了几次那类,因此并没有引起白端端的注意,毕竟他这种去法非常正常,像段芸,也办了个为期两年的健身卡,结果除了第一个月还比较热情地去了几次后,很快就没健身热情了,之后看在办健身卡钱的分儿上,才断断续续又去了几次,还不是去锻炼的,而是去洗澡的,美其名曰用掉点水费也是挽救成本……

田穆这一点完全和段芸相似,也和每一个办了健身卡却不去的普通人一样,因此白端端此前压根儿没往这块上想,毕竟田穆本身确实有些微胖,想要减肥也完全可以理解。

只是如今站在另一个角度考虑问题,白端端却觉得田穆每一次外出都需要细细排查。

健身房是个非常合理的去处,不论是对于田穆还是对于陆水生,出现在这里完全不突兀,而只要时间选的得当,很多时候工作日的白天,健身房里根本没有多少人,这两个人完全可以在健身房里见面交换U盘,对游戏进行沟通。

白端端几乎是立刻就把自己的这个发现告诉了季临。

季临听完,皱了皱眉,没有立刻表态,他沉吟了片刻,才继续道:"确实存在这种可能,因为田穆此前几乎不出家门,极少的几次就是去健身房,当时谢淼找人盯梢留意过他的行踪,也跟到过健身房门口,但之后就没再跟进去过。"

"是因为觉得田穆穿着运动服和运动鞋,外加去健身也挺正常的,所以没跟进去过吗?"

季临摇了摇头:"不是,谢淼找的算是私家侦探,对方很敬业,在合法的情况下,不会因为觉得观察对象行为正常就不继续跟进的,当时没跟进去的主要原因是田穆去的是艾格斯健身会所。"

季临一提艾格斯,白端端就懂了,这是一家以客户安全保护和私人化定制健身项目为宣传噱头的高档健身会所,年费昂贵,私教课程的价格更是称得上奢侈，但确实，对会员的运动安全保护措施做得挺好，每个分区的健身房内都配备有专业的工作人员还有急救人员，一旦会员在运动中出现健康状况，将立刻得到专业救助，杜绝健身时的任何风险。

另一方面，这家健身会所的门禁也做得很强，因为不像其他一般的健身房，艾格斯必须确保是会员本人才可以入内，并且绝对不可携带其余非会员一同入内，健身房内部的各个不同分区里也需要再次刷卡才能进入，所以不像大部分健身房一样最后人蛇混杂、秩序混乱，毕竟昂贵的年费已经筛选掉了大部分普通人。

艾格斯的宣传点还在于这些私教里，有不少是当红明星的同款私教，甚至即使是如今，还有不少三四线小明星会出入健身房，而为此，艾格斯能提供一对一的训练室，算是非常保证客户的隐私，同时，为了给会员最贴心的服务，艾格斯的口号是：所有工作人员都能认出每一位会员，所有工作人员都能第一时间亲切地叫出每位会员的名字，力求让每位会员在健身时都有一种宾至如归的感觉。

谢淼的人没能跟进艾格斯，想必并非出于疏忽大意，而是因为艾格斯的严格门禁制度。

"现在听完你的分析，我觉得也确实存在两个人跑去健身房见面的可能，可问题在于，从谢淼此前提供的拍照、视频证据来看，目前我们唯一可以证明的就是田穆是艾格斯的会员，但我们没法确证陆水生也是。艾格斯对会员的信息保护很严密，而且老板有些人脉和背景，是不可能给我们调取相关会员名录的，而即便想依靠仲裁委的调查令去调取会员名录，恐怕也行不通，因为你现在分析的一切，都是基于你的猜测，不论是仲裁委还是法院，都不会给我们出具任何调查令。除非能先一步证明陆水生确实也是健身房会员，这才有可能取得调查令。"

"谁说要依靠调查令啦？"白端端却是笑，"走吧，现在我们就先去确认我的思路对不对，陆水生到底是不是这家健身会所的会员，先证明了这个，再商量后面的方案。"

季临还有些没反应过来，就被白端端一把拉着下了楼。

艾格斯健身会所离盛临并不算远，没一会儿，白端端和季临就到了会所门口，此刻是下班时间，健身房已经陆续有人在运动，季临全程不明所以，皱着眉看向白端端。

白端端倒是胸有成竹："我保证，不用调查令，但是就是要花点钱。"她看了季临一眼，"不过不用你报销，这个我自己来，本来我也想健身。"

如今一天三顿都在季临家蹭，导致白端端的体重直线上升，甚至去年的大衣都快有变小的趋势了，以至于白端端也决定是时候健身控制体重了……

只是虽然她没说，但季临很快就反应过来了她的想法，他抿了抿唇，看了白端端一眼，不太认同道："我觉得你不胖，正正好好。"

行吧，这大概就是情人眼里出西施……

白端端没在意，只笑了笑："也不算减肥，你就当我增肌吧，锻炼身体总没错的嘛。"

说完，她调试了下自己胸口别着的微型摄像机，又关照季临道："录音笔开好了吧？"

得到季临肯定的答复后，她就拉着季临走进了艾格斯的接待处。

高档健身会所果然是很气派，要不是知道这其实是个健身房，只单看接待处的装修格调，白端端甚至要以为这是个高级商务会所，前台的工作人员均穿着款式洋气的套装，向白端端和季临微笑问好。

"请问有什么能帮助到两位的吗？"

白端端也不虚与委蛇了，她开门见山道："我想办健身卡。"

一听有生意，工作人员更热情了，相当认真又专业地给白端端介绍了几种健身卡的权限功能和金额："现在我们正在做周年店庆大酬宾，现在办会员会非常划算，几乎是半价的折扣活动，性价比非常高，用一年的会费，可以得到两年的时长，中间如果您有什么事一段时间没法来健身的话，告知我们，我们也可以给您停卡，停卡期最长半年，相当于拿一年的时间可以办两年半的卡呢……"

白端端佯装认真地听完，又装模作样地问了几个问题，再把季临拉到一边装作讨论考虑了下，这才重新回到了工作人员面前："那好，我就先办个两年的会员吧。"

虽然艾格斯是个高档健身房，但如今健身行业内其实客户竞争非常激烈，其余平价的健身房里也不乏环境不错性价比很高的，而艾格斯这样价位的，能消费得起的毕竟是少数，虽然在开业第一年，艾格斯靠着差别化服务大赚了一笔会员费，但此后的业务推广拓展，就越来越难了，何况有钱人也不傻，甚至越是有钱越是精明，平日这工作人员往往介绍到口干舌燥了，才能勉强谈成一笔生意，如今见白端端这么爽快就签了合同，她身边的男人又非常快速地掏出卡直接结了款，这工作人员心里就别提多高兴了。

要是每个客户都和这位漂亮客户一样省心，自己这工作该轻松多少啊。

这工作人员还是个年轻的小姑娘，一看白端端，再看看她身边的男人，做成一笔生意有提成的轻松高兴情绪下，不禁也有些羡慕，这客户长得漂亮，男朋友还这么帅，这么大方，艾格斯健身的会费这么贵，眼睛都没眨一下就抢着付了……

真是人比人，气死人……

季临付了钱，白端端又和这工作人员随便聊了两句，见对方表情放松愉悦，也觉得时机到了。她状若不在意地开口道："对了，我以前在别的健身房办卡，如果是老会员推荐新会员的，好像是有折扣呀，就算新客户没有折扣，推荐成功的老客户也可以免费延长服务期比如一个月这样，你们有这个活动吗？"

这类活动其实是健身行业里的潜规则，每个业务推销员都有一定权限可以对健身房服务费以各种名目做出一定量的减免，其中新客户优惠和老客户福利就是之一，但如果客户不问，一般是不会主动提的。

如今白端端提了，工作人员便也笑着回答了："虽然我知道市面上别的健身房都有这样的活动，但我们艾格斯为了保证服务质量，也为了防止每个业务推销员有过多的权限干预会费价格，确保价格统一透明，是没有这项活动的，但我们会给推荐您成功入会的老客户送个小礼物以表心意的，请问您是哪位客户推荐来的？"

要的就是这一步！

白端端镇定自然道："哦，我是陆总推荐来的。"

工作人员不疑有诈，追问道："是哪位陆总？我们这儿姓陆的会员还有好几个的。"

"哦，陆水生陆总，水火不容的水，生活的生，就水星网络的老总。"

因为艾格斯员工对客户信息的熟稔，一听到陆水生的名字，这工作人员几乎想也没想就恍然大悟地回答道："原来您是陆总的朋友啊！我知道了，您放心吧，下次陆总来，我一定好好感谢他！会有我们公司的小礼物给他的。"她不好意思地笑笑，"不过就是陆总来得不太多，上半年也就来了那么几次……"

后面的话，白端端已经不在意了，她心里激动而亢奋，找到了！没想到真的找到这个关键证据了！自己的猜测没有错，陆水生果然是这家健身房的会员。而工作人员说他半年才来了几次，也和田穆的情况能对应上！两人看来都是醉翁之意不在健身！

如果自己这个思路没错，那么一旦调取了健身房的监控视频，是非常有可能证明这两个人每次一同来都有当面交流的，即便监控没有声音，但至少可以说明田穆与陆水生早就认识并且熟稔，法庭上装作第一次认识并被戴了绿帽子而震怒就是虚假的，一旦是假的，那么后续他们提供的证据证明力也将受到质疑，如此一来，案子就有了突破口。

白端端见好就收，她继续平静而自然地和工作人员又聊了两句，这才拉着季临离开。

只是一离开后，她就忍不住了。

"看到了吗季临！我证明陆水生和田穆在同一家健身房了！"白端端得意扬扬，她终于有了一种站在季临身边也不至于那么露怯的愉悦，平日里都是季临掌控全局，都是季临在发掘常人没有发现的细节，但今天终于让白端端扬眉吐气了一番，她终于更加自信了，觉得自己和季临之间的差距也没有那么大，假以时日，还是能追赶上对方的。

谈恋爱能让人精神愉悦，认真工作同样也能。

很多时候，白端端觉得工作让她变得更加有存在感，更加自信，也更加对自己的人生有把控权，或者说，让她更加拥有自我，即便在和季临的恋爱里，也并不会因为对方的光芒和资历就丧失对自我的肯定。

　　对于她的狂喜和激动，季临却是很平静，他微微笑着看着白端端："你很棒。"

　　然后又补充道："是站在老板的角度上讲。"

　　"当初你叫我去盛临我就说了，我绝对物有所值的！"

　　"不，你物超所值。"季临凑近白端端，亲了亲她的脸颊，"我应该谢谢你答应来盛临，让我不仅有了非常得力的下属，还有了非常漂亮的女朋友。"他压低声音，"后面半句是站在男朋友的角度上讲的。"

　　白端端心情愉悦，她是性格非常外放的人，也没顾忌此刻路上有很多行人，只笑着轻轻跳起来给了季临一个大方的亲吻。

　　"现在我们能证明陆水生和田穆在一个健身会所了，那下面就是去取得调查令后过来调取监控。"白端端比季临还急，"明天一早我就去，我怕这工作人员万一和陆水生先聊起来，就要打草惊蛇露馅儿了！"

　　季临自然也知道其中利害，两个人一点也没耽误，第二天一早就取得了调查令，然后以律师的身份重回了艾格斯，要求调取监控。

　　只是虽然陆水生还没时间反应，但艾格斯的老板却也不是好对付的。他非常抵触白端端和季临的证据调取，因为艾格斯一向强调永远只对会员开放，也会尽一切努力保全会员的隐私，如今要是被调取了视频监控，这岂不是硬生生在打自己的脸？

　　每个人自然都站在自己的立场，为了维护自己的利益拼尽全力。

　　好在这次谈判由季临出面，他强势而冷硬，艾格斯老板圆滑的商人做派对他丝毫没用，以至于半个小时后，对方终于做出让步。

　　"你们只能查看公共区域的视频，比如走廊过道里的、门口的、接待处的，其余具体健身区域、休息区域的都不可以。"艾格斯的老板耸了耸肩，一脸无奈般道，"主要我们具体健身区域和休息区域的监控视频比较大，但我们的服务器没有那么大的容量，所以只要没有意外发生，一切运营正常的话，定期会删除，你们想要调取的那几个日期，我们正好都已经覆盖掉了，我本人也是守法好公民，但确实这些监控没有了，爱莫能助啊。"

这人说的自然是假话，白端端和季临要调取的时间，最近的甚至只距离现在十天，几乎没有商家会迫不及待地把十天前的监控删除或者覆盖掉的，但对方摆明了不愿意让季临和白端端查看健身区域和休息区域的监控视频，两个人确实也无可奈何，因为一旦闹僵，对方甚至可以连公共区域的监控都号称损毁灭失而不提供。

拥有调查令是一方面，可对方配合不配合从来是另一方面，如今艾格斯老板愿意退让一步，同意给查看公共区域的视频，白端端也知道已经是季临很不容易达成的结果。

两人也不再有异议，季临点头首肯后，对方倒也守信，很快向两人提供了视频监控。

好在因为谢淼此前找人调查过田穆的行踪，调查报告上对他哪天出门去健身房尚有记录，因此白端端一回到办公室，就调取了田穆去健身房那几天的监控视频，然后泡了杯茶，坐在座位上开始一帧一帧画面地过。

公共区域人来人往，并且镜头拍摄的角度问题，画面也不全，其实排查起来相当困难，换了别的律师，大概觉得这完全是徒劳，甚至不会花费时间做这种吃力不讨好的事，毕竟能不能赢官司，又不影响律师收费。

只是白端端做不到那样，既然允诺了客户，就算某个方案只有千万分之一的概率，她也是会去尝试的，正如季临一样，他的时间这么值钱，但每个案子仍旧全力以赴。此刻，白端端在办公桌前查看监控，季临则在办公室里查看另一份监控，两个人决定先分头排查，最后再彼此交叉手头的视频复核一下，以确保没有任何遗漏。

田穆去健身房一共有八天。白端端负责查看前四天的视频，季临负责查看后四天的。

只可惜……证据确实太难找了。

白端端查看监控里田穆外出的第一天，没有任何他和陆水生的镜头。

第二天，仍旧没有。

第三天，终于拍到了田穆进入艾格斯的画面，也果不其然拍到了陆水生的，但甚至没有两人同框的，更别说有拍到两人交谈的画面了。

白端端看得头昏眼花，和季临一沟通，他那边已经看完了他负责的监控部分，他那几天的监控里也同样没有决定性的证据出现。

这一次，季临的脸上难得地也有些凝重："我这边的视频里，确实有看到田穆和陆水生同一天前后不到几分钟出现在过道里，然后前后脚进了男更衣室，我极度怀疑他们是在更衣室里完成了 U 盘或者什么材料的交接，毕竟他们选择的时间，健身房里其实没有太多人，何况男更衣室里即便有人，也不会注意到这两个人聊天说话或者交接东西。"

季临顿了顿，看了白端端一眼："我觉得你的思路是对的。但问题在于，即便我看到的这一段监控，也不能成为什么关键证据，因为艾格斯的男更衣室应该很大，田穆和陆水生完全可以辩称彼此都没在更衣室碰到过对方，这也很合理，毕竟我们没有证据，而男更衣室里因为隐私问题是绝对没有监控探头的，就算我们强制去调取，也是徒劳。"

里边的利弊，白端端自然也懂，田穆背后果然有林晖的指点，这操作真可谓是天衣无缝了，毕竟不论是什么商家的更衣室，都不可能有监控，这是个取证盲点……

所以胜负就在自己手里最后剩下的这一天的监控视频里了。

白端端和季临交流完，回到自己的座位上，滴了个眼药水，给自己打了打气，然后开始继续工作。

只可惜这视频前面那么长的时间里，根本没出现田穆，也没有陆水生……

就在白端端都快绝望之际，大概真是皇天不负有心人，她看到视频的五分之四，接近尾声的部分，虽然田穆仍旧没有出现，但出现了唐黎。

如果唐黎在，那是不是证明田穆肯定在？那如果还能拍到陆水生和田穆有什么互动……事情就能迎刃而解了！

白端端几乎是一刹那提起了精神，她全神贯注地盯着电脑屏幕，只是等了十来分钟，画面里还是没有出现田穆的身影，唐黎百无聊赖，坐到了接待室的靠椅上，然后拿出小镜子补了个妆，再之后就掏出手机开始自拍。

离这段监控视频结束还只剩下十来分钟，看来是不可能存在田穆和陆水生互动的画面了……

只是在白端端都快要放弃之际，老天给了她一个柳暗花明的惊喜。

田穆是没出现，但陆水生出现了。

他看了唐黎两眼，似乎对她的长相颇为惊艳，然后他等了片刻，没见唐黎抬头，便走到唐黎边上坐了下来。

画面里，没一会儿，他就像是找了个什么话题一般，与邻座的唐黎就搭讪聊起来。公允地说，陆水生算是老板里长得还人模狗样的了，外加一张脸总是笑眯眯的，看起来也颇为和善，说话大约也是挺幽默的，没一会儿，唐黎就笑得合不拢嘴。两个人聊了会儿，就见陆水生掏出自己的名片，递给了唐黎，然后大约又说了什么，两人约好加一下微信，唐黎掏出手机，让陆水生扫一扫自己的二维码，这之后，陆水生才朝唐黎打了个招呼离开，没多久，田穆也从健身房里走到了接待室处，唐黎见了他，站起来，像是什么事也没发生一样挽着他的手臂就走了……

画面到最后都没有拍到田穆和陆水生有任何交集，但白端端心里却是狂喜的激动。

她带着电脑冲进了季临办公室："季临，我找到关键证据了！"

"你看，这个场景，交换名片，互加微信，完全可以证明监控视频当天才是唐黎和陆水生第一次认识！然后对照时间，远在这之前的几个月开始，田穆就已经在为陆水生工作了，因此陆水生也早就在给唐黎打款了。"

白端端把画面暂停，总结道："既然田穆号称唐黎和陆水生有婚外情，那笔每个月的大额进账是陆水生支付的包养费，那么他们怎么解释，为什么唐黎和陆水生还没认识呢，这笔'包养费'就已经提前几个月打进来了？难道陆水生未卜先知，知道自己未来要和唐黎发生婚外情不成？"

白端端笑笑："因为这段监控视频，对方的时间线完全就不堪一击了，并且你看。"她把暂停的画面放大，"这个角度清晰地拍到了唐黎的手机屏幕，她的二维码非常清晰，我刚才试了一下，扫一扫甚至能真的加到对方的微信，确实是她没错，她连抵赖都不行。"

意外得到这个而峰回路转，季临的精神也为之一振。

显然在伪装"婚外情"之前，田穆从没有为陆水生引荐过自己的漂亮老婆，以至于在造假婚外情约会照片之前，唐黎恐怕都没有见过陆水生，根本不知道自己老公在为哪一家神秘公司、哪一位神秘老板服务。

"所以大概率那天是唐黎去健身房等田穆，结果没有料到却被陆水生撞上，两个人当时又彼此不认识，因为唐黎长得漂亮，陆水生作为一个老板没忍住想要搭讪撩骚一下，唐黎呢，心里大概也有点什么荡漾的想法，一来二去于是交换了联系方式，接着就有了监控里的一幕。"

这样一解释，所有的线索就也对得上了。

"我会继续完善证据链！"

白端端斗志昂扬，和季临汇报完毕，季临负责把这个好消息和谢淼沟通，白端端就又拿着电脑回了座位，过几天仲裁庭就要重新开庭了，这次可绝对不能有任何差池了。

# 第四十五章　一场仲裁，年度大戏

在白端端的紧张和期盼里，三天后，仲裁庭终于再次开庭了。

这一次，白端端和季临准备充分，对对方任何可能的辩解也都预估了解决方案。白端端不想重复上一次的疏忽，季临也严阵以待，这毕竟是他和林晖第一次全然正面的对抗，他不想输。谢淼则也非常重视这次开庭，带着相关工作人员，亲自来了现场。

相比季临和白端端这边的精神振奋，林晖则显得有些状态不佳，他虽然还是穿着一丝不苟的西装，但脸色不太好，眼睛下面是两个深重的黑眼圈，眼睛里带了点血丝，看起来竟然有些憔悴，倒是他的当事人田穆精神状态很不错，非常放松。

作为共同被告，唐黎和陆水生自然也出席了仲裁。大约为了衬托出婚内出轨被发现后的惨淡，唐黎并没有盛装出席，穿着素雅，脸上也没有化浓妆，但气色还是相当好，根本不像是婚姻出现问题的人。陆水生也一派轻松，脸上还是带着惯常的沉着，见到白端端的时候，甚至对她微微笑了笑。

他们绝对也知道白端端和季临去调取健身房监控的事了，然而大概自诩自己此前的布局非常绝妙，断然不存在任何疏忽，这几个人脸上都没有一丝慌乱。

这群人啊，还真的是不到黄河心不死，不见棺材不落泪。

白端端稳了稳心绪，开始拿出自己这方的关键性证据。

"经过我们的查证，田穆先生和陆水生先生非常巧合地在同一家高档健身会所艾格斯办理了会员，并且有相关监控视频表明，两人曾于同一天在健身房里进行锻炼……"

白端端说到这里，田穆还是不置可否，他脸上的镇定几乎可以让白端端确定，他心里正嗤笑着自己，毕竟两个人在同一个健身房办理会员和健身，根本说明不了什么，这点证据压根儿动摇不了"婚外情""铁证"的根基。

"当然。"白端端话锋一转，"这些确实说明不了什么，但我们在查看监控录像时，又发现了一些有意思的事，对证明本案有举足轻重的意义。"

在仲裁员的同意下，白端端当庭播放了另一段视频。

田穆开始不以为意，即便唐黎出现在了接待室的画面上，他也并没有太多的情绪，脸色仍旧很轻松，然而他身边的唐黎却开始有些坐立不安起来，随着视频播放，她的脸色越来越难看，而另一边，陆水生也终于笑不出来了。

因为很快，陆水生也出现在屏幕的画面上，然后一切犹如此前白端端看过的画面一样，唐黎和陆水生愉悦又暧昧地把头凑在一起低声讲着悄悄话般聊了会儿天，然后仿佛很投机般互相交换了联系方式，之后，陆水生离开……

不一会儿，画面里田穆出现了，然后唐黎挽了他的手，两人一同离去，本来这没什么，然而对比此前唐黎对待陆水生的亲昵态度，再看她对田穆，就确实不太是滋味了。虽然肢体上她和田穆更为亲近，然而神色间，她在面对田穆时，都没有刚才对陆水生时的眉飞色舞和亢奋，倒是平平静静，看起来相敬如宾……

白端端暂停了视频的播放，她看向田穆，自信而镇定："田穆先生，对您的遭遇，我们表示非常同情，看起来，您和您太太唐黎女士确实没有太多共同话题，大约真是话不投机半句多，唐黎女士在初见陆水生先生时，就能看出和对方更有共同话题，从这些蛛丝马迹，我们也确实理解您想要离婚的心情。"

白端端没顾忌田穆已经阴沉到发黑的脸和死死盯着自己的眼神，径自不怕死地继续道："但是，虽然您太太和陆水生先生确实背着您私下有点联系沟通，可时间上，却和您向我们提供的说辞，以及每个月的打款记录并不相符呢，这时间线，您看您是不是给我们理一理？怎么会打款在前，两个人认识在后呢？"

别说田穆，对方在场的每一个人，显然都没有料到这种发展，林晖根本不知道有这样的细节，饶是再有本事，如今也措手不及，脸上露出了惊愕的神色。

唐黎的脸色完全白了，她决计没想过自己无意间的一个撩骚，竟然被监控摄像头一五一十地展现了出来。那段时间，她对田穆是有些意见，因为她认识的几个网红姐妹，明明没自己好看，也没自己红，却仗着还是单身，钓到了颜值、身家和学识各方面都高田穆好几倍的富家子弟，唯独自己因为已婚身份，生生得被吊死在了田穆这棵歪脖儿树上，结果自己牺牲那么大，田穆却显然没有给出自己相应的"补偿"，自己想买个十几万的包，他也总要叨叨两句，一点儿也不爽快，明明现在晒恩爱最涨粉，可田穆这个长相，微胖的路人，拍出来真是给自己丢人……

在这种心态的趋势下，唐黎那段时间非常失衡，田穆好几个月没工作了，虽然他神秘兮兮地告诉自己，其实他在给一家公司偷偷干活儿，钱也都打进唐黎的账户了，可唐黎还是觉得挺不安生，那天去健身房等田穆，本来就有些心浮气躁，又在朋友圈里被几个年轻网红讽刺已婚中年老女人，一下子就急需外界的肯定和恭维，而这时候，陆水生适时地出现了……

他年富力强，有这个年纪男人该有的成熟和阅历，讲起来话来滴水不漏又幽默风趣，嘴巴甜情商高，只简单聊了几句，一下子就把自己给哄开心了。

面对这样的男人，唐黎一念之差没有拒绝，她隐瞒了自己已婚的身份，并且顺水推舟地和对方互相换了联系方式，没想到却因此铸成大错……

田穆显然在此之前压根儿不知道监控里的这些细节，他当即把目光移向了唐黎，一张脸上写满了阴鸷和努力抑制的愤怒，他甚至忘记了自己这还是在仲裁庭上，还在为自己没有违反竞业限制义务而做抗辩。

他的眼睛死死地盯着唐黎，声线愤怒到颤抖："唐黎，原来你真的背着我做了这种事。"

林晖当即想要阻止自己的当事人进行自杀式的争执，毕竟田穆激愤之下，谁知道会说出点什么对自己不利的东西来。

然而一切都来不及了，伪装自己被戴绿帽子和发现自己真的可能被戴了绿帽子，完全不是同一种情感冲击，田穆虽然表情还是正常的，但整个人看起来已经摇摇欲坠，情绪濒临崩溃和爆炸的边缘了。

他看向了唐黎，又看向了陆水生，咬牙切齿道："你们可真是妙得很啊！"

几乎是说完这句话，田穆就有了情绪失控的前兆，他开始旁若无人地笑起来，脸上充满了痛苦的讽刺表情："唐黎，你是不是真的想和我离婚？"

唐黎这下慌神了，她也顾不上此前律师交代自己的事了，下意识地就开始解释："老公，你听我说，不是这样的，我只是和他交换了联系方式，但是之后我和他真的没有联系过，就只说了两三句话，之后就没聊过了，真的！我的手机聊天记录都可以给你看，千真万确，我就……我就那天无聊随便加的他而已，没别的，你别多想了，就是多认识了个朋友而已……"

"呵，你叫我别多想？那你既然是光明正大多认识了个朋友，那为什么我把陆水生带出来要求你们摆拍个'偷情'的照片时，你一点儿都不提他和你早就认识加过微信？"田穆脸上是深重的阴沉，"你心里没鬼你会不说？我现在总算是知道我给你介绍陆水生时候，你那种尴尬是怎么回事了，我看和他摆拍倒不尴尬，尴尬的是撩骚的原来是你老公认识的人？"

"不是这样的，不是的……"

唐黎哭哭啼啼，陆水生就冷静多了，他几乎是暴怒地制止了田穆的话："田穆，你都是胡说些什么？编派小作文呢？什么叫摆拍那些照片？"

显然，事到如今，陆水生还想着力缆狂澜挽救颓势，妄图用自己的暴喝提醒田穆要识大局。

可惜是个男人都忍不了这种事，何况田穆心里显然早就憋着气，陆水生不说话还好，一说话，田穆看起来更激动和愤怒了，他几乎是朝陆水生吼道："你给我闭嘴！"

陆水生抿紧嘴唇，皱着眉，脸色阴沉，但没再说话了。

好好的仲裁庭，此刻却变得仿佛是田穆和唐黎的婚姻庭。

"唐黎，到现在了，我和你说句实话，其实我在半年前就偷看过你手机的聊天记录。当时你就有几个男网友，和你说话都很暧昧，还会喊你宝贝，但你从没纠正过，人家对你嘘寒问暖，显然有点别的想法，但你还继续和人家聊，其中有一个还送过包给你。"

田穆闭了闭眼睛："当时我还在与闻游戏，忙着做一个游戏项目，确实加班很多，冷落了你，所以当时我选择了睁一只眼闭一只眼，我以为我多陪陪你，我们的关系是不会变的，只是没想到你撩骚是一种惯性……"

唐黎本来处于相当愧疚的情绪里，然而被田穆如此当众一指责，她也有些恼火起来："什么叫撩骚是一种惯性？我不过是加了人家联系方式，我做什么了吗？我和人家见面了？我脚踩两条船了？你自己问问陆总，我和他后来有怎样吗？对，我是不好，我是有时候心里烦躁想让人哄哄，可你没问题吗？你成天窝在家里，除了你的那些工作就是工作，根本没时间陪我，那行，没时间有钱也行，可你成天在那边做，我也没见收入多了多少啊？我才是不知道你成天在忙活些什么！"

这段婚姻行至今日，唐黎心中对田穆也有诸多不满，如今田穆鱼死网破甚至不顾场合地如此指责，唐黎便也破罐子破摔了："我是没做过实质上对不起你的事，倒是你，把我放在这么危险的境地。"

一说起这，唐黎就委屈到不行："因为你自己的问题，违反了什么合同说要面临巨额赔款，所以拉上我来给你当垫背，要我和陆总伪装成婚外情，还要拍什么婚外情铁证的照片，你这么做的时候考虑过我吗？你知道我是个网络红人吗？一旦在座的任何一个有嘴巴不严的，把这些事公布到了网上，我以后怎么做人？没人会在意我是为了帮你打掩护才伪装婚外情的，他们只会认定我是真的婚外情了，你知道网上这些人会骂得多难听吗？田穆，你一直觉得自己对我好，对我包容，对我宠爱，可你自己看看，你怎么能把我推到这么危险的悬崖上？这事要是被人捅出去了，我下半辈子怎么做人呢！"

唐黎越说越委屈，竟是当场哭了出来，她控诉完田穆，又充满怨恨地望向了白端端："还有你，你这种垃圾律师为了赢官司就不择手段，随意践踏别人的感情，竟然隐瞒身份接近我。"她质问白端端道，"你就不觉得羞愧吗？你这种人，会有朋友吗？我把你当朋友，什么事也不瞒着你，结果呢？结果你就利用我给我们家里捅刀子，你是人吗？"

如今这样的场景，事情已然进行到无法收场的地步，陆水生脸色难看，林晖也面露无可奈何，田穆则愤怒而激动，唐黎又哭又闹。

仲裁员再三重申了几次庭审纪律问题，然而这场闹剧实在太过一波三折，每个人都陷入了自己的情绪里，竟是没一个人理睬仲裁员的声明。

好好一场竞业限制纠纷，变成了一台伦理大剧。

不管怎样，就算没有和那些男人有进一步的接触，但多少而言，唐黎曾经在这段婚姻里动摇过，甚至精神上妄图出轨过，面对田穆，她并非毫无瑕疵，即便指责他，也只能避重就轻，然而面对白端端，她就觉得自己理直气壮极了，因此如今对白端端怒目而视，妄图把自己这段日子和今天以来所有遭受到的不甘心和压抑全部发泄到白端端身上。

"你这种机关算尽的人，就只配没有朋友，我诅咒你不得善终，这辈子不管是亲情、友情还是爱情，祝你遇不到任何一个真心对你的人，你这种贱女人不得好死！"

季临当即脸就拉了下来，他看向唐黎，就要张口，只是在他出口维护之前，白端端阻止了他。

她轻轻拍了拍季临的手，语气冷静自若："没关系，我自己来。"

作为一个女律师，被人喷了，当然是自己喷回去。

唐黎此刻满脸愤怒和扭曲，一张脸上也梨花带雨，在她心里，想必造成如今一切困局的始作俑者都是白端端和季临，毕竟要不是白端端死揪着不放取证录音，自己也不至于被推出来以"婚外情"挡枪，事情自然也不会进展到这么难看的地步……她几乎是把满腔的怨恨全部归结到了白端端身上。

只是面对唐黎的滔天怒意，白端端却很冷静："唐黎，你觉得我和你之间是友情？你觉得我们算是朋友？你真的把我当朋友？"

白端端笑笑："可是，唐黎，如果我们是朋友，你对我有多了解呢？你知道我的兴趣爱好吗？你知道我的生日吗？你知道我的忌口吗？你知道我的教育背景、家庭背景和别的信息吗？

"你不知道，你也根本不在意知道，因为你的'朋友'标准，只是能和你一起买买包，一起讨论奢侈品，一起虚荣，一起消费，一起无所事事地炫耀，你根本不在意你的'朋友'是什么样品性的人，你只在意这些肤浅的外表的东西。还有你那些所谓的网红朋友，真的是你的朋友吗？她们除了能和你一起自拍合照和商业互吹之外，还有什么别的吗？背后你们彼此怎么说对方坏话的，你自己心里没数吗？

"唐黎，请你记住一点，我和你，从来不是朋友。"白端端看向唐黎，几乎有些怜悯了，"朋友之间的相处不是这样的，我白端端也从来不会欺骗朋友。"

你根本没到当我朋友的及格线。

这句非常残酷又直白的话，白端端本可以说的，但她看着脸色苍白的唐黎，最终还是没有说出口。

"你如果真的好好交朋友，真诚地认识一个人的品性去筛选朋友，而不是这样随意看钱、看背景地结交别人，我就算换一百种身份，也没有机会短时间成功地从你身边取证。"

其实很多话，点到为止，聪明人就能明白，然而唐黎显然完全不能接受自己也有过错这个事实。

"你是律师，我说不过你，但我到今天这一步，不都是你们害我的吗？"唐黎眼泪汪汪，"我错信了朋友，也错信了老公，最后出了事，就被你们拿出来挡枪，可这案子本来跟我就一点关系也没有啊！又不是我背着自己的老公司违约，去偷偷给别的公司干活儿，最后你们却一个两个的都来指责我，明明我才是最无辜的那个人！"

一场争论到了这个地步，陆水生也知道大势已去，他的脸色难看且颓败，像是没脸再看这场狗血大戏，也不管不顾仲裁员，只一脸阴沉地拂袖而去，留下水星网络的法务和律师继续收场。

林晖从一开始状态就不佳，如今就看着白端端，也没言语，眼神有点空洞，表情有些飘忽，明明在这个仲裁庭上，但思绪仿佛在想着别的什么。

唐黎还在咒骂着、哭着，田穆却在最初的震怒后已经平静下来，他看着唐黎，听着唐黎的指责，脸上露出了努力抑制着的难过和悲哀。

"唐黎，你是不是觉得，这一切都是我的错？"

田穆的声音微微颤抖："你是不是觉得，是我自己违约，搞出这些事才牵连了你？你觉得一切都和你没关系？"

唐黎只哭，没说话。

"你根本不知道，这一切的起源，都是为了你。"田穆表情沉重，他微微闭了下眼睛，才睁开，表情疲惫，"我……我真的很爱你，所以想要满足你一切的要求，你想买什么，我都想让你能买到，我不希望你有委屈，不希望你不高兴。一开始，你只是买买轻奢品牌的包，我原本在与闻游戏的工资完全能承受，可后来你开始买一线大牌了，那时候我的工资维持你的消费就已经有些吃力了，我套现了好几张信用卡，但是还不够，没办法之下，我想着从公司弄点钱，有时候虚报点发票，甚至起了吃回扣的心。"

田穆低下头："本来我还能在与闻游戏继续做下去的，可就因为手脚不干净，谢总对我起了隔阂的心，最后劳动合同到期没和我续约。这我也不怨别人，是我自己的问题，正好我想着你当时一直闹着说我没时间陪你，既然离职了，回家好好陪陪你，也挺好的，钱的话，竞业限制补偿金也完全够过日子了。总之，咱俩好好过就行了。

"可我没想到你花钱越来越狠了，几万块的包已经满足不了你了，你开始动辄就要买十几万的爱马仕，出去消费吃顿饭人均甚至能过万，我的竞业限制补偿金根本不够你花的，而且你每次没买到什么，就会很不高兴，板着脸。"田穆低下头，"我不想看你不高兴，这时候正好水星网络联系我，我才决定去干的。"

唐黎眼泪汪汪地看着田穆，似乎想要开口反驳，然而她也确实说不出什么话来。

"我不是说事情演变成这样是你的责任，但闹到现在的地步，确实也不是和你无关，我只是觉得自己可笑，拼尽全力赌上自己的事业，想要给你你要的一切，到头来却是一场笑话，我违约帮陆水生干活儿，你却背地里三心二意、阴差阳错地和陆水生来往……"

田穆长叹了一口气，事到如今，他反而成了最冷静的人，竹篮打水一场空，他沉重而哀伤地看了唐黎一眼："唐黎，我知道你觉得我长得不怎么样，钱也赚得不够多，这几年心里可能是觉得我配不上你，出门也很少牵我的手，微博更是从不会晒我的照片，但我总觉得没关系，我爱你就好了，我们还有未来很长很长的一生一起走。"

唐黎望着田穆，脸上惨白之余终于露出了不一样的表情，她开始慌张和惶恐起来。

田穆看向了仲裁员："我承认我违反了竞业限制义务，我也接受相应的法律后果，但这件事确实和唐黎无关，所以责任我会自行承担。"

他说完，看向了唐黎："我很爱很爱你，但现在我觉得，我爱不动了。"田穆垂下了眼睛，"唐黎，我们离婚吧。"

唐黎原本还在数落着田穆的错，然而听到这句离婚，她却反应相当激烈地拒绝了："不行！我不同意和你离婚！"

只可惜田穆看起来像是心意已决，爱情这种事，心一旦死了，就再也难恢复了。

他平静道："分居两年后会以感情破裂判决离婚的，房子可以给你，我会搬出去。"

大概真是失去才知道珍惜，唐黎仗着田穆的爱，无法无天惯了，本以为即便自己撩骚别人，只要没实质性的出轨，多道个歉撒个娇，事情总有回旋余地，更何况她私心还是觉得这事是田穆的错，田穆该好好道歉认错，没想到结果变成了这样……

原本一直觉得田穆各方面哪儿都不行，然而他此刻一说要离婚，唐黎却是慌了，田穆是不帅，但对自己百依百顺；是不够富有，但每分钱都愿意给自己花；是不够完美，但脾气好几乎从没对自己发火，能包容自己的一切……

一旦真的要离婚，她才想起了田穆的好来……

自己要是离婚了，还能找到比田穆对自己更好的人吗？

人有时候真的是要失去才知道珍惜，田穆如今满脸心死后的冷漠，终于让唐黎开始害怕了。

"老公，老公对不起！我刚才不是真心怪你的，是我不好！是我不知满足，我以后都改，你觉得我花钱太多了，那我花少点，我自己也可以出去赚钱，我的微博账号可以接广告……"

唐黎几乎是完全慌乱了起来，毫无条理地妄图拉回田穆的心意："我……我没有要和别人在一起的想法，我知道你对我好，我以前做得不够好，你给我个机会，我以后会改的，我以后再也不加陌生男人了，以后我的手机都可以随时给你查，我们别离婚……"

可惜感情这回事，很多时候覆水难收，田穆显然在长久的期待和失望里，终于变成了绝望，这个曾经对唐黎予取予求的男人，如今看着哭成泪人的唐黎，脸上也并没有什么特殊的表情。

婚姻里有美好，也有丑恶，很多时候是一种彼此的妥协，然而一旦把丑恶的东西全然揭露坦诚了，再多的美好也无法粉饰着让这段婚姻走下去了。

今天一开始仲裁开庭时，田穆脸上是轻松笃定的，而如今，他的脸上只剩下麻木和疲惫，像是彻底倦了累了，已经不想对自己的人生做任何挽救和努力了，仿佛生活想对他怎样就怎样。

甚至没等季临和白端端继续举证，他就承认了自己违反了竞业限制协议，让季临、白端端和谢淼都非常意外。

虽然今天的仲裁庭审算是被这场闹剧给打断了，但这次的仲裁庭审都有全程录像，白端端只需要此后依法申请调取监控录像，外加仲裁员的见证和如今田穆的自认，之后重新开庭，谢淼胜诉，已经是不争的结局了。

这本是大获全胜，但直到离开仲裁庭，白端端都还处在唏嘘里。

她没想过原来田穆铤而走险，违反竞业限制协议的背后，原来是为了自己欲壑难填的妻子……

只是最初的爱，没想到最终演变成了这样的结局。

"田穆听起来是对唐黎很爱，但是爱得这么没有原则，变成溺爱和纵容，有时候或许也是件坏事。田穆爱唐黎，但随着唐黎变得越来越好看，微博也越来越红，他大概心里也急了，觉得唯一留得住自己妻子的办法就是花钱，看起来是爱，但其实不过是内心的贪婪和自私；唐黎呢，也未必对田穆没有爱，只是随着他的过分纵容，她的胃口越来越大，心态也开始失衡，把田穆对自己的好也当成了理所当然不加珍惜……"

田穆也好，唐黎也好，都是并非完美的普通人，然而一段婚姻，以相爱开始，以伤痕累累结束，也真是令人遗憾。

"其实但凡唐黎内心坚定，真的非常爱田穆，完全拒绝陆水生，不给他机会递名片，不掏出手机互加二维码，我们都没法证明她这是第一次和陆水生认识，不然只从监控视频来看，也只能看到两个人交谈过，这不仅没法推翻两个人不认识，甚至还能佐证两个人是背着田穆在婚外情。"

说到这里，白端端也有些感慨："但是谁能想到呢，有些事情真是很巧，唐黎就一念之差，思想偏离了那么一个刹那，和当时并不认识的陆水生交换了下联系方式，结果就变成了如今我们可以用来反击的重要证据。

"最后事情败露，还让田穆心灰意冷，真的提出了离婚。"白端端说到这里，看了一眼季临，"所以啊季临，你可千万不要纵容我，我有什么地方做得不好的，一定要直接和我说。"

季临皱了皱眉："我纵容过你吗？"

白端端愣了愣，随即内心有些温柔的动容。

纵容过的，她想，季临其实一直很纵容自己。

今天这一场对抗林晖，白端端知道对季临的意义，他等这一刻等了许久，她本想让季临全程主控，然而没想到季临反而把这个高光时刻让给了自己，即便是这时，白端端还能记得刚才开庭前季临温柔的眼神。

他说，关键证据是你找到的，这一刻本来就该属于你。

然而如果没有他的引导和鼓励，白端端或许也不会走得这么远。

季临却是生怕白端端愧疚，顿了顿，开口道："我现在已经没有那么在意必须在法庭上打败林晖了。"

"嗯？"

季临看向白端端，笑笑："大概因为现在不是太在意他了。"

他想了想，补充道："好像没有那么恨林晖了，觉得他只是个微不足道的中老年人。"

"嗯……"

白端端想，确实不在意了，不在意到提起林晖还是忍不住要攻击一下他老……

但话虽这么说，对季临如今提及林晖时淡然的态度，白端端是很欣喜的，能如此平静地谈论过去的恨和往事，或许本身就是慢慢放下的表现吧。

一场仲裁，谢淼没想到自己成了现场情绪波动最大的人，田穆准备充分，林晖狡诈多变，他原本计划这场仲裁是一场硬战，然而莫名其妙地，对方阵营发生内讧，田穆直接一口承认了自己违反竞业限制义务，一切变成了铁板钉钉的事实，只等自己下一次走完仲裁流程，就可以接着发起对水星网络的侵权起诉。

他本以为离开仲裁庭后，可以找自己的两个律师商讨下后续的法律流程，然而没想到案子一结束，这两人就不知道跑哪儿去了，等他终于找到他俩，才发现两人正安安静静地拥抱着。

刚经历田穆和唐黎唏嘘的婚姻故事，如今看到这对拥抱着的情侣，谢淼突然觉得自己好像不应该去打扰。

季临此刻的脸上是平静和温柔的，与他大学里锋利而带刺的冷酷模样完全不同，脸还是同一张脸，人也是同一个人，但周身的气质，却是完全变了。

谢淼从没想过这么平和温柔的表情会出现在季临的脸上。

他在大学里第一次听说季临的时候，他是个拒人于千里之外，冷淡到漠然的人。两个人不是一个学院的，但谢淼也对季临有所耳闻，只说他是个非常难相处的人，为人有些刻薄，虽然长得英俊，但一张嘴就让人完全受不了，同时，他很穷，几乎每天都在打工，但成绩却非常好。

第二次听说季临，就是听说他在借钱。谢淼也是穷过来的，只是大学里就开始帮着导师编程做小软件发了点小财，经济情况好起来了，但他穷过，也知道寒门出贵子的艰辛，虽然季临在别人嘴里很难处，但谢淼没来由地还是生出了点亲近感，他和季临都是穷出身的。

谢淼当时正好有一笔额外的入账，他没忍住好奇，打听了下，才知道季临是在为自己的美国留学借钱，他还差二十万的缺口。

"没钱去什么美国啊？没钱还留学呢，他以后怎么不众筹结婚，众筹买房，众筹生孩子啊？"

"第一次听说留学还要借钱的，这都借，以后去了那边，其余生活费付得出来？"

"怕不是骗人吧，就是想捞一笔，问大家东拼西凑借了钱，然后号称自己去美国留学，之后嘛，自然就消失了，不还了。"

"还说借了第二年马上还，吹牛不打草稿吧！"

……

对于季临借钱留学这件事，众说纷纭，但多数除了观望外，就是冷嘲热讽，然而谢淼却是留了心眼，他这笔额外的入账，借给季临以后还能剩下一点，而他自己最近并不缺钱，IT 软件类的外快机会也比季临这种法律文科类多得多……

他想了想，辗转要到了季临的联系方式，然后联系了对方。

之后的事情，其实谢淼有时候也怀疑自己当时怎么这么善良，但不管怎样，季临身上那种倔强和冷硬感染了他，虽然并不熟悉，但谢淼还是借出了自己的二十万。季临坚持给他写了借条，谢淼一再表示不需要利息，但季临还是写了一个比银行更高的利息率。

他说，我明年还你。

谢淼其实本来没当回事，借出去钱的那一刻，就要做好这些钱绝对回不来的打算，他没指望季临还钱，只是出于对季临的同情和对贫困的感同身受，因此决定做这件好事。

没想到一年后，季临真的再联系了他，然后还给了他两倍的金额。

此后两个人都没有太多交集，但是当谢淼开始创业急需法律支持的时候，季临一声不响地来了，当时他已经是日进斗金的资深律师，但对谢淼的项目，几乎是零收费在服务。

如今回想往事，谢淼还是十分感慨，因为自己的经历，谢淼知道季临只是表面看起来难处，但其实是个非常好的人，然而旁人却总是误解了他，以至于他更不愿意敞开自己的心扉，把真实的自己暴露给别人。

只是谢淼没想到，当初那么冷硬的季临，只是因为被爱着、幸福着，整个人都变得温柔起来。

一开始谢淼见到白端端，只觉得对方漂亮，但漂亮得太锐利了，以至于谢淼其实内心并不看好她和季临，然而没想到，这两个人竟然非常相配，他看着白端端凑近了亲季临的样子，看向季临的眼睛里仿佛有光，心里忍不住有些泛酸地羡慕起来。

如今田穆案意外又意料之中地顺利解决，或许也该处理下自己的终身大事了，谢淼想了想，拿起了手机，开始给薛雯打电话，最近正有好看的电影上映，他想约她去看。

过往的错过已经错过，然而未来还可期，人生还有很多未知的幸福与快乐在前路等待着。

白端端看了一眼时间，离吃饭还有一段距离，想起所里还有个小邮件没回，考虑再三便决定跟着季临一起回盛临。

白端端本来拉着季临的手正准备往所里走，却没想到在盛临的门口见到了一位不速之客。

对方剃了个精神的寸头，穿着干净整洁的西装，手里提着个公文包，模样周正，眼睛很有神。

白端端到的时候，他似乎正在盛临门口徘徊，考虑要不要进去，结果抬头见了白端端，脸上便露出了惊讶的笑容。

"白律师，可算找着你了！原来你真在这儿！"

白端端望着眼前气色很好又精神的一张脸，愣了几秒钟，才认出来这是徐志新。

上次见他时，他神色灰败憔悴，父亲重病去世，自己也因为泡病假被开除，还连累了女友，欠了外债，即便努力振作说要创业，整个人不免还是像个霜打的茄子。而如今的徐志新，却像是完全变了一个人，自信又精神饱满，稳重又积极向上，连穿衣风格也从原来的松松垮垮变得更有型了，又换了这个发型，以至于白端端差点儿没有认出他来。

他见了白端端，倒是非常激动："白律师，我之前手机坏了，通讯录都遗失了，联系不上你，就跑去朝晖律所想找你，结果朝晖那边说你离职了，我一打听，说你来盛临了，所以我就赶紧跑来了，本来还担心今天见不到你，没想到那么巧，在门口就遇上了。"

徐志新朝白端端走了几步，这才看到白端端身后的季临，显然季临曾经对他的威慑力和心理阴影尚在，即便此刻两个人毫无牵扯，徐志新还是不自觉地愣了愣，脸上露出点迟疑和尴尬的神色。

季临自然没有和他打招呼叙旧的打算，只抿着唇冷淡地看着徐志新。

徐志新不知道白端端怎么和这尊瘟神在一块，但对方显然没有离开的意图，于是只能顶着季临的目光，还是硬着头皮从公文包里掏出一个厚厚的信封，然后不容分说地就塞到了白端端手里："这个，当初你借我的钱，没想到我现在就能还你了。"

好在白端端愣了愣后的笑意让徐志新放松下来，他不好意思地抓了抓头："白律师，这话说出来你可能觉得矫情，但当初真的特别感谢你，愿意相信我，借钱给我，还退了你的那部分律师费给我，对我的帮助真的很大。"

白端端的声音很柔和："没什么，我也并没有借给你很多钱。"

徐志新今天本来就是来感谢的，话说出口后，也觉得自己轻松了很多："我当时心态不好，还多谢你没看不起我，你借给我的钱解决了我的燃眉之急，也算是我创业的第一笔启动资金，真的对我的意义是不一样的。"

　　他笑着和白端端聊了聊，白端端才知道，他把自己大学里那几个电子机械方面的专利研究做好了项目策划案后，到处去推销，竟然被一家产业内的龙头企业看重，不仅高价买下了他的专利，又给了他一笔投资让他继续深入研究。

　　"这笔专利费和投资让我现在能更加专心地创业和研究技术，回归到我自己感兴趣的领域，也踏踏实实做人。"徐志新有些不好意思，"也终于能把自己之前的借款都给还了。"

　　白端端其实并不太会跟进以往客户现今的生活，然而听到徐志新的近况，还是打心眼里替他高兴："那样真是太好了！"

　　一个人，做错了事，也不是死罪，改正了，堂堂正正地生活，未来仍旧美好。

　　徐志新也是感慨万千，这次他终于看向了季临："季律师，对不起，之前我那样给你和金光电子都添麻烦了，当时是自己鬼迷心窍，真的是对不起，也谢谢你当时醍醐灌顶般对我的批评，现在想想，你当初说的都是对的，我当初确实太自私了，是自己太对不住公司……"

　　说到这里，徐志新想起什么似的松了口气："不过我这几个月里又有个小的专利设计，这个设计正好对金光电子挺有用，那边的技术部也有意和我接洽，想要购买专利的独家使用权。"他顿了顿，"虽然他们出的价格不是最高的，但我还是决定卖给他们。"

　　徐志新放低了声音："之前我对公司太过分了，对人事部更是造成了很大的麻烦，只能说，我也想通过这种方式减轻下我的罪恶感，对公司多少做个补偿吧。以后大家都在一个行业里，抬头不见低头见的，这样我也能挺起腰杆做人了。"

　　季临本来一直冷淡地面无表情，然而此刻面对徐志新突如其来的道歉，却是有些意外和无所适从了，他看了一眼白端端，似乎不太清楚该怎么处理这种场合，他从来没和他的对方当事人有过这样并不对抗的温和接触。

　　白端端握紧了他的手，像是要给予他力量，季临这才回过神来，抿着唇对徐志新点了点头。

因为习惯代理企业方，往常季临收到的总是劳动者的辱骂或者诅咒，而收到对方当事劳动者的感谢，却真的是头一遭。

徐志新和季临打完招呼，这才慢慢坦然起来，此前自己伪造证据泡病假，即便没暴露之时，见了公司的主管和公司的律师季临都胆战心惊，惶惶不可终日，如今承认了错误，承担了骗病假的后果，好好踏实做事后，再见季临，心下也是光明敞亮的，感觉终于能抬头挺胸做人，再也不用担忧哪一天被人戳穿和指着脊梁骨指责。

他深吸了一口气，脸上忍不住带了点雀跃，然后想起什么似的拍了下脑袋："光顾着聊天，快把另一件正事给忘了。"他说完，从公文包里又掏出个红色的请束，"白律师，我提前通过佳楠爸妈那边的考察啦！我俩决定下个月办婚礼，你要有空，可千万一定来参加，份子钱不用了，能来就行！"

徐志新说着，又看了两眼季临，然后扫了眼白端端此刻仍旧大方地和季临牵着的手，他才终于在愕然里注意到了，白端端原来和季临一直是拉着手的。

于是他望着这两个人笑笑："带上季律师一起来吧，我给你们留两个座位。"

……

# 第四十六章　既陪你赢，也陪你输

徐志新走了后，白端端才跟季临一起进了他的办公室，她大大咧咧地在季临办公室的沙发上落了座，然后拿出了徐志新刚塞给她的信封。

对于徐志新的出现，白端端其实也很意外："我没料到他会还我钱。"

她拿出信封里的钱数了数，徐志新不仅归还了借款，把当初白端端退回给他的律师费也重新放了进来，还加了一千块钱的利息费，算是很有礼数和诚意的还款了。

季临从刚才见到徐志新开始，就一直抿着唇，像是在想什么。徐志新能还钱，他比白端端更加意外。

白端端知道因为季临父亲的事，季临对劳动者有些天然的抵触，而今天田穆的事或许更加深了他这种看法，即便知道自己的观点有偏颇，但因为案件的经历，季临也很难说服自己去更平和地看待劳动者。

这样的态度其实并不影响季临工作的专业性，但白端端却还是希望他会改观。她不希望季临的人生里永远都是那么阴暗沉重的东西，她希望他也能看到劳动者好的一面，在看到阴影的同时，也能看到阳光。

"你看，田穆这样的劳动者虽然很过分、很自私，徐志新曾经也完全不顾企业的死活，很多劳动者真的或许看起来既蠢又恶，但不是所有人都永远一成不变的。劳动者也是活生生的人，是人就有好的坏的，也会改变，自私归自私，但很多时候，他们也没有那么坏。"白端端望向季临。

季临没有反驳，白端端便乘胜追击："所以有时候，放下自己的预设立场，就算很糟糕的劳动者，如果给他们一点机会，没准在劳资纠纷的时候，并不会跟企业完全彻底对立起来。"

白端端笑笑："我还是相信，大部分劳动者都是善良朴实的，大部分劳动者还是处于弱势地位，需要法律援助和保护的。"

白端端温柔地看向了季临，后面的话，她没有再说，但是她相信，季临知道，她还是愿意相信这个世界更多是美好的。

在漫长的沉默后，白端端终于听到了季临的声音。

他说："嗯。"

他就那样看着白端端："我会尝试着慢慢改变对劳动者的看法，但我不是基于相信他们，只是我相信你，因为你相信，我也想相信。"

季临这么说，白端端心里自然是雀跃的，然而很快，她又想起了点别的。

白端端眨眼看了看季临："季临，是不是你知道我借钱给徐志新的时候，觉得我很蠢啊？"

季临没说话。

白端端叹了口气："你果然那时候觉得我蠢。"

季临没法否认自己曾经的认知，又不愿意撒谎，只能挽救般补充道："你傻的时候也还算可爱。"

白端端忍不住嘟囔起来："你这个人怎么回事啊？你知不知道你可以撒谎的啊？"

季临不好意思般地移开了目光："对你不想撒谎。"

行吧，白端端想，垃圾直男有时候说话直接得倒是也挺可爱……

可惜季临这位垃圾直男并不太理解见好就收这个词，他见白端端脸上露出点笑意，大概觉得自己这番剖白很棒，因此很受鼓舞地继续道："就是觉得你太容易被骗了。"

"……"

好在在白端端准备揪他脸之前，季临补充道——

"以后我还是要跟紧你一点，不然你赚的钱都不够被人骗的。"他讲到这里，仿佛也有一点感慨，然后拉了白端端的手，细细地摩挲着她的手指，眼神温柔地望着她，"不过要是不好骗，可能我也骗不到手了。"

白端端没忍住，她凑上去亲了下季临的眼睛。

季临果然耳朵立刻就红了，他有些不自在道："这是在办公室。"

白端端倒是毫不在意："在办公室怎么了？"她低声嘟嚷道，"就是我们在办公室里正经地谈案子，你知道王芳芳和杨帆这些人背后是怎么编派我们的吗？

"他们每天给我们计时，几点几分几秒一起进的办公室，几点几分几秒我出来的，有次我只进来十分钟不到就出来了，杨帆说，季 PAR 有点太快了吧，说要送你鹿鞭补一补……所以吧，就算我们在办公室里正正经经，外面那些人给我们的小作文都不知道写到第几季了，亲一下怎么……"

剩下的话，白端端没机会说完，季临已经欺身而上，凶狠而霸道地堵住了她的嘴。

一个吻毕，季临才搂着气息不稳的白端端，凑在她颈肩低沉地笑了笑："十分钟？十分钟真的什么都不够。"

他的声音低沉诱惑，一改往日的冷静自持，温热的气息喷在白端端的颈肩，只让她觉得心跳加速。

季临却嫌还不够似的，又亲了亲白端端，眼神带了点侵略性，他凑近白端端的耳朵，一字一顿低沉道："需不需要补一补，你以后就知道了。"

季临忙完谢淼这个案子，终于匀出了时间，抽出空回来看了看孟女士。白端端也要回一趟自己家，因此并没有和季临一同前往。

孟女士好久不见儿子，此刻见了季临自然是相当欣喜，只是看了看他身后没跟着白端端，有些不开心了："小白呢？上哪儿去了？我好久没见到她了，上次还说要给我安利新的包呢，也不知道这些天都干什么去了。"

季临抿了抿唇，点到为止道："最近案子有点忙。"

好在很快，孟女士就不纠结白端端的事了，她咳了咳，拿了个茶杯坐了下来，摆出了说教的姿势："临临啊，你说马上也快过年了，你也老大不小了，妈这儿最近有个要好的同学，知根知底的，她女儿啊，正好比你小6岁，特别仰慕律师，就想找个男律师当男朋友，这姑娘我见过，盘靓条顺，一双眼睛会说话，穿得吧，又得体还朴素，我这同学书香门第的，这姑娘一看就有底蕴，以后你们有了孩子，辅导功课我看也都能交给她……"

孟女士的设想非常美妙，都已经想好未来功课辅导的分工问题了，可惜季临一点不买账："不用了。"

孟女士不高兴了："我那几个麻将搭子，人比我还年轻几岁呢，孙子孙女都快上小学了！你……"

"我有对象了。"

季临的声音平平淡淡，这么重磅炸弹的消息，说得却很随便，孟女士愣了片刻，才终于反应过来。

继而，她狂喜地盯着自己的儿子："是什么样的女孩？年纪大吗？漂亮吗？贤惠吗？能做饭照顾你吗？性子温顺吧？"

"……"季临看了自己母亲一眼，镇定地问道："你今天血压怎么样？控制得还好吗？"

自从上个礼拜起，孟女士就觉得血压有点高，已经吃了几天降压药了，头还是有些不舒服。虽然此刻自己一打听起季临的对象，他就转移了话题，但孟女士很快也就释然了。

这说明什么？说明儿子最关心的还不是自己吗？对象和老娘，心下的第一反应还不是关心自己老娘吗？自己这血压不稳看把儿子急的，连介绍自己的对象都顾不上了。

孟女士想到这儿，脸上便春暖花开地和煦起来："妈没事，今天还有点偏高，但再吃一天药，明后天肯定就好了。"

儿子这么关心自己，自己当然也要更关心下儿子。

孟女士关切道："临临，那你女朋友怎么说？是个什么样的女孩？"

季临抿了抿唇："哦，等过两天你血压稳定了，我再和你说。"他看了孟女士一眼，"你可以直接见她。"季临想了想，补充道，"就正好过个两三天，她可能会有空，我让她过来下。"

孟女士慈爱地看着季临，越看越觉得自己这儿子真是生对了。

母子两人又聊了点别的，孟女士也不知道怎么的，话题又绕回到了白端端身上，说实话，这么久没见到白端端，自己还怪想她的，以后自己儿子找了对象，大概率为了避嫌是要把她辞掉的，这样一来，自己未来倒是会有些寂寞……

这么一想，孟女士就有些感慨，一回想，其实白端端优点还是挺多的："说句实话啊，小白这人，品位真的是不错，眼光又狠又毒，她上次来见我，给我看了她最近看中的几款包啊，珠宝啊，鞋啊，真的都不错，高贵典雅……"

虽然平时季临对自己的奢侈品购物需求几乎有求必应，但完全没有听她讲述各种品牌不同款式之间的差别以及使用心得，然而孟欣发现，今天的季临十分反常，他竟然非常耐心，并且主动打断自己，询问了起来。

"都是什么牌子的什么款式？"

大概第一次问这种问题，自己的儿子显得有些不太自然，但望向自己的眼神却全神贯注认真极了。

孟女士心里喜滋滋的，别人家都是有了老婆忘了娘，自己家儿子多乖啊，就算刚交了人生里的第一个女朋友，可不还是把自己放心上吗？一听自己夸赞白端端看中的款式，就立刻主动问自己要来这些款式的清单，以便之后买来送给自己当礼物。

其实自己还并没有说要买呢，好看归好看，白端端看中的款式，其实很多也并不完全适合自己，毕竟自己这年纪和白端端还是有差距的，不过自己儿子这份心意，孟女士觉得十分暖心。

她更加慈爱地看向了季临，然后一五一十地把白端端说过的那些款式详细告诉了季临，然后点评道："就 Jimmy Choo（周仰杰）的那款鞋吧，临临，我觉得你就不用买了，那款鞋，白端端这种小年轻穿着好看，我就不太适合……"

可惜季临的问题有点牛头不对马嘴："白端端穿好看吗？"

孟女士愣了愣，但还是实话实说道："哦，她穿好看的，她的脚型很好看，手型也好看，都是珠圆玉润的，就我们俗话里说的享福的手。"一说起这，孟女士就有些酸溜溜的了，"就天生富太太的手，不过小白这么能花，也不知道以后哪个男的能经得住她这个败家速度，她可比我还能花！而且吧，她每个月都能在新款里看中一大堆东西，刚才我和你说的那些，我算了算，总价就要百来万了，每个月都这么看中一堆，谁吃得消啊！"

说到这里，孟女士忍不住关照季临道："妈刚给你说的白端端推荐的款式，你可千万别全买啊，就随便挑个一样买就行了，你赚钱也怪辛苦的。"

很多时候，亲情就是这样伟大的，孟女士想，自己的儿子还不是自己疼吗？做律师赚钱也不容易，儿子对自己这么好主动给自己买，自己也要见好就收，不能老给儿子增加负担。

自己儿子的眼光，她还是相信的。

好不容易把谢淼的案子彻底走完后续流程，白端端以为自己和季临都能迎来一个相对空闲的档期，最近上映了不少她想看的电影，之前一直心心念念的一家米其林餐厅也终于在 A 市开张了，还有几场期待已久的展览也已经开始了。

白端端攒了一堆情侣活动，只等着季临和自己一起去打卡，结果没想到季临办完谢淼的案子，竟然马不停蹄地又工作去了，并且忙得比之前还丧心病狂，似乎完全忘记了自己还有个女朋友。

约他吃饭吧，没空，加班；约他逛街吧，没空，加班；约他看电影吧，没空，加班……

大概是嫌白端端老是约自己打扰了自己的工作，季临甚至直接把他的信用卡副卡给了白端端，只抱歉地说最近真的忙，这些活动让白端端先刷他的卡找朋友陪去。

白端端简直要气死了。自己这在意的是去看电影或者逛街本身吗？在意的还不是和季临在一起吗？

这垃圾直男也不知道怎么回事，一谈恋爱突然就爱岗敬业了，竟然比以前更拼了，但不知道是不是因为没法陪自己想做个补偿，最近这阵子，季临突然开始疯狂给自己买了好多包、鞋子、珠宝……

想到这里，白端端下意识地看了一眼自己手指上的 Panthère de Cartier 戒指，钻石切割完美，祖母绿如点睛之笔，小猎豹的造型既显得相当有气势，又带了种顽皮的温顺，白端端真是喜欢得不得了。

不得不承认，季临最近简直像是世界上的另一个自己，好像完全能知道自己的喜好和心意，最近买的东西都是自己前阶段看中了却没有下手的，一件又一件，完全打在自己的喜好上。

而就这么连续几天，季临送给自己的东西拉拉杂杂加起来都快要十来万了，白端端喜欢归喜欢，但也想找个时间和季临聊聊，他再这么送下去，岂不是要送破产？何况礼物自己虽然喜欢，但如果他能多陪陪自己就更好了。

然而这么多天，白端端几乎没什么机会见到季临，不少礼物甚至不是季临亲自送给自己的，而是快递配送的。季临不知道接了什么案子，这两天不仅加班，还来回地出差，自己发给他的几条短信，也都只收到了非常简短的回复。

这么一想，白端端就有些失落了，虽然收到了这么多昂贵的礼物，但好像反而突然感觉不到季临的喜欢了，因为他看起来比起喜欢自己，好像更喜欢自己的工作。

工作上专业认真投入，本来是季临吸引自己的点，然而白端端没想到，谈起恋爱来，工作反而变成了她和季临之间的障碍。

白端端看着手上的戒指，第一次没有购物买到心仪奢侈品的兴奋，只觉得像是一口气郁结在心口。

其实有点不开心。

然而不能说什么，总不能像是个妖言惑众的奸佞一样，拉着季临要求他从此君王不早朝吧？

明明穿着季临刚送给自己的鞋子，挎着他刚买给自己的包，戴着他挑选的珠宝首饰，但白端端却有些失落和空虚。

　　只是季临没有时间来找自己，林晖倒是找上了门。

　　这一次，他并没有给白端端留言或者电话，而是直接候在了白端端小区的门口，穿着笔挺的西装，白端端看见他的时候，他正佝偻着背抽烟，暮色四合，白端端远远地只看到他的轮廓，他看起来只像个普通的失意中年人，此时寒冷的夜风吹着他额前的发，他微微瑟缩了一下。

　　虽然季临总是言语间忍不住暗示林晖的老，但白端端一直以来并没有实际的感觉，在她心里，林晖还是年富力强的代表，他出现在任何法庭上，总是精神饱满、斗志昂扬的，此刻是第一次，白端端突然意识到，当年意气风发的林老师，好像真的老了。

　　林晖的神色仍旧有些憔悴，他转过身，见了白端端，熄了烟，咳嗽了两声，声音有些干哑："端端，我……"

　　像是怕白端端不愿意理睬自己一般，林晖几乎是快速地走到了白端端身前，堵上了她向前的路。

　　他的模样有一些卑微，也有些狼狈，让白端端看得也有些难过，其实林晖没有必要这样，自己不至于直接对他视而不见就走开。

　　白端端停了下来，静静地看向林晖。

　　林晖像是鼓起勇气，他深吸了一口气："我……我最近梦到了朝霞。"

　　"我其实很久很久没能梦见过她了。"林晖像是被寒风呛着了，他咳了几声，声音有些恍惚，模样有些局促，"可能是我内心的怯懦和逃避吧，你说得对，我自私地选择了糟糕的路，还把一切责任推给了外界，推给了社会的不公，但……但其实不过是我根本没做挣扎就向困难投降罢了。我这么多年，或许不是没能梦见朝霞，而是不敢梦见她，因为我不知道自己能用什么面目去见她。

　　"我是个懦夫，我把自己的失意和痛苦放纵了，我用名利麻痹自己，用和朝霞相似的脸掩盖过去，我……"林晖深吸了一口气，"端端，你说的话，都是对的。

　　"我知道你现在根本不想见到我，觉得我是一个卑鄙龌龊的中年人，觉得我每句话都是在撒谎，我也不指望还能重新获得你的信任，但我只想告诉你，谢谢你，谢谢你还愿意骂我。"

　　林晖的声音有些颤抖："我用朝霞的名字和自己的名字命名了律所，把它当作自己和朝霞的孩子，这些年我看着朝晖走得越来越远，但可能我自己也走得太远了点，远到完全偏离了自己的初心，远到完全失去了自己。"

　　白端端抿紧嘴唇看着林晖。

　　"我把杜心怡辞退了。"

　　白端端露出些许意外的表情。

　　"朝霞死了，就算别人有一张和她一模一样的脸，但也不是她，这个世界上，没有人能够代替她，我的自欺欺人应该梦醒了。"林晖低下头，"端端，之前在朝晖的日子，对不起，让你受苦了。"

　　白端端想起因为杜心怡吃瘪的那些过往，当初自己等了多久林晖这句道歉啊，然而事到如今，真的听着林晖当面讲出来，她却反而觉得一切早就释然了。

　　"没关系。"她的声音轻浅，"我没有生气了。"

　　林晖抬起头："我想我是时候给自己放个假，好好想想自己到底该做点什么了，我不想未来和朝霞泉下见面，自己都无颜见她，朝晖顶着她的名字，或许应该做点她期待我做的事。"

　　林晖深吸了一口气："端端，今天我和C市几个偏远村镇的法律援助中心完成了签约，未来五年里，朝晖会无偿与那几个法律援助中心合作，代理需要法律援助的案子，不论大小。为了更好地服务那些偏远村镇需要援助的人群，从明天起，未来五年我都会常驻在C市了。今天，我也算是来和你道别的。"

　　C市是距离A市五小时车程的贫困市，物资匮乏，几乎全是山路，交通不便，基础设施和教育医疗水平都相对落后，有些偏远的村镇里，连个像样水平的招待所都没有，就算体验生活都没有人愿意去，没料到林晖竟然准备过去待五年……

　　白端端内心复杂，眼前的林晖表情憔悴，眼睛布满了血丝，然而提起法律援助，他的脸上第一次展现出了欣慰和带了忧伤的平静。

　　人永远必须进行自我救赎，朝霞姐姐不在了，如今林晖也终于走了出来，这于他而言，大概真是一种充满阵痛的重生，然而并非坏事。

白端端真心实意地给予了祝福："朝霞姐姐泉下有知，会替你高兴的，过去已经过去了，放眼未来吧。"

林晖大概见白端端态度和缓，开口道："季临那边……"他有些尴尬和难堪，"我之前给他发过信息，也打过电话，但他显然不想见到我，但我其实不是想纠缠他什么，我只是觉得你说得对，这么多年来，我欠他一个道歉，他不愿意见我，能不能请你把我的道歉传达给他。虽然当初的伤害无论如何弥补不了，但我还是应该向他道歉。"

可惜这一次，白端端果断地拒绝了他："我没有办法帮你传达道歉，这种事我没有资格，季临也没有义务一定要听取你的道歉，你当然可以选择道歉，但是世界本来就是这样，并不是所有的道歉都会被原谅。"

林晖垂下了头："对不起……"

看得出来，林晖此刻的情绪并不稳定，弦绷得太紧，是很容易断的。寒风里，他模样沧桑凄凉，白端端想起过去他对自己那些真切的好，终是朝他鞠了个躬。

"过去的一切，谢谢你。"白端端抬头看向林晖，终于轻轻道，"C市条件艰苦，以后也请多保重，林老师。"

"林老师"三个字，让林晖诧异地抬起了头，他的表情里终于带了点神采，然后也释然地朝白端端微微点了点头，郑重道："我会的，端端，这一路，也谢谢你了。"

很多时候，人与人之间的际遇便是如此，人生路上同行一程，有过互相扶持、感激、矛盾和争执，终究是会分开的，然而下次再相遇的时候，白端端想，林晖也好，自己也罢，或许都成长蜕变成更好的人了。

季临没有时间留给林晖，但同样地，似乎也没有时间留给白端端，白端端其实很想和季临聊聊最近发生的事，然而季临却越来越忙，忙到白端端甚至连见他一面都变成了一种奢侈，倒是礼物源源不断地还在送过来。

白端端觉得自己是时候发作一次，寻求一下自己作为季临女朋友的存在感了。

　　只是很快，她就放弃了这种打算。

　　中午吃饭的时候，虽然没逮着季临，但白端端意外地撞见了容盛，虽然对方见了自己大概联想到自己的死亡厨艺，脸上就露出了便秘的表情，但白端端最终还是靠着武力威胁把容盛给堵截住了。

　　白端端本来想从容盛那儿旁敲侧击，打听下季临的近况，然而没想到自己还没开口，容盛就主动交代了，他瞪着白端端，絮絮叨叨地埋怨："你和季临能不能不要一个两个都板着面孔啊？都快过年了，开心点不行吗？成天黑着张脸，搞得我也被你们的低气压影响，心里每天都很忐忑，睡眠质量都受到影响了，最近季临还不知道怎么了，成天拉着我一起加班出差，我还没找到对象呢，我一个要相亲的男人，是需要时刻保养的啊！"

　　他非常哀怨："季临吧，接了个和他爸当初那个事相似的案子，目前完全没有头绪，又想起他爸那企业后来的发展，他心理压力真的非常大，每天情绪都很紧绷，这还情有可原，白律师，你这是怎么回事呢？我看你每天名牌包啊、鞋啊的轮番换，这么光彩照人的，板着脸是为什么呢？"

　　白端端愣了愣，随即皱了眉："季临遇到了什么案子？"

　　"就他以前一个老客户，是个纳米技术企业，这客户最初和季临合作时，也就处于初创期，算是季临和对方一起互相见证着彼此成长起来的，现在规模越来越大，眼看着就有希望上市了，结果遇到了资金链困境，眼见着这个月员工工资都要发不出了……"

　　何其相似的故事，白端端心里咯噔一下，追问道："然后？"

　　容盛叹了口气："然后这企业老板手下的几个高管反水了，把企业的商业机密卖给了竞争公司，纳米公司老板想要起诉这几个高管，这几个高管吧，结果不知道从什么渠道听到了风声，于是先下手为强，把证据全部消灭了不说，然后甩了个主动离职的辞职信，还特别下作，走之前把这纳米企业所有的书面合同备份版全部烧了，这被烧掉的，除了公司和别的企业的商业合作协议外，还有所有工人的劳动合同！

　　"之后就发了匿名群邮渲染了企业的困境，告知员工自行讨薪，公司已经发不出当月工资了，并且暗示书面劳动合同全部灭失，完全可以倒打一耙说企业没有依法签订书面劳动合同，要求所有工作年限里赔偿双倍工资！"

这么又蠢又恶的操作，白端端没想到竟然还能看到第二遍，而历史竟然惊人地相似，容盛说得没错，这个案子，几乎活脱脱像是季临爸爸曾经遇到过的……

"这客户是季临的老客户，他非常重视，这纳米企业几乎是他看着成长到今天的，本身就有感情，而这几个高管这么恶心的操作，完全让季临想起自己爸爸的事，现在他是死磕这个案子了。"

"那目前的情况怎么样？"

容盛叹了口气："完全找不到突破口，所以他压力很大。"

说者无心，听者有意，容盛只是随口抱怨，但白端端却忍不住情绪跟着起伏起来。

对季临只管工作不管自己，生气归生气，但一到这种时候，白端端还是发现自己不争气地，一颗心完全跟着季临转。

因为她能想象季临的挣扎和压抑。

相似的场景，相似的案情，相似的发展，如果他没法阻止企业遭受巨大损失，那他的愧疚将是加倍的。

他爸爸当初出事的时候，季临还小，确实束手无策，而或许也是为了父亲，他选择了学法律，赚够钱还清债务后毅然回国投身了劳资纠纷领域，不仅是为了报复林晖，他一路不断代理企业主，或许冥冥之中更是想着弥补自己的遗憾吧。

如果这个案子他仍旧无能为力，那对他而言，不仅仅是输掉一个官司，就仿佛时光倒流，季临重新站在他父亲的案子面前，却仍旧无能为力，无法拯救他的父亲一样……

白端端最后连饭也没有吃，她直奔了机场，容盛告诉了自己，这个纳米公司是 D 市的，而季临此刻正在 D 市出差，半天前，他还简短地回复了自己的信息，告知了今晚要入住的酒店。

虽然季临极度言简意赅的信息里，完全没有告诉自己这个案子，看起来也似乎不需要自己，但白端端坐在机场里，却迫切地想要见到季临。

她想要陪在季临身边。

三个多小时后，飞机在 D 市落地，此刻已是深夜，白端端打了车，直奔季临下榻的酒店。

飞机起飞前，她给季临发了短信，但直到现在他也没有回，白端端在酒店大堂里等了一个小时，然后才见到了风尘仆仆从企业刚开完会回酒店的季临。

他穿着深色的西装，面目冷峻，挺拔而漠然，身边是同样西装革履的男子，大约是企业方的负责人，两个人一边走一边还在交谈，表情严肃，季临皱着形状好看的眉，嘴唇紧抿，虽然仍旧像是出鞘的剑一样锋利，然而眉宇间仍旧沾染了淡淡的疲惫和阴霾。

他身边的男人又和季临说了两句什么，然后准备转身离去，白端端知道自己应该等对方彻底走开再出现，但她完全忍不住，她站起身，朝季临小跑着冲过去，然后在季临抬头惊愕的目光里狠狠地冲进了他的怀里，紧紧地抱住了他。

季临也有刹那的意外，但很快，他紧紧皱着的眉舒展开来，他没说话，只是也抱住了白端端。

白端端把脸埋在季临的胸口："季临，我想你。"

季临愣了愣，然后加深了这个拥抱。

企业方的负责人还没走远，他转身看到了突然出现冲进季临怀里的白端端，脸上露出意外和愕然的神色，然后他看到了季临冷峻脸上突然柔和下来的表情，这让他更加意外和愕然了。

他认识季临那么多年，几乎是第一次在他脸上见到这样的表情，他忍不住看了一眼季临怀里的女生，他想，季临一定很爱她。

季临和白端端在大堂拥抱后短暂地分开，然后一同上了电梯，季临的房间在二十楼，两个人出了电梯，好像花了最大的克制力走到了房间门口，然后在季临掏房卡的时候这种自制力就崩盘了，季临一只手搂着白端端，一只手刷房卡，一边俯身凶狠地吻她，"嘀"的一声，然后季临近乎粗鲁地踹开了房门，他仍旧搂着白端端，加深了这个久别重逢般的吻，两个人就靠在刚关上的房门上，白端端的背抵着微凉的房门，嘴唇上却是反差最强烈的热烈缠绵。

不需要言语，想念和爱意已经从两个人不愿意分离的唇瓣上互相倾诉。

白端端睁着湿漉漉的黑眼睛看着季临，季临像是花费了此生最大的自制力，他移开目光，然后用手覆住了白端端的目光："明早六点还有会议，商讨对策，八点正式第一次与劳动者代表会谈。"

白端端噘起嘴唇，透过季临手指的缝隙看着他。

所以呢？

季临的声音带了点喑哑："你再这样看我，我们今晚都不用睡了。"

季临放下手，亲了亲白端端的眼睛："你乖点。"

他的声音带了淡淡的喘息："这个案子，我不能分心。"

白端端却直勾勾地看着季临："你知道上床可以分散压力的对吧？很多时候上完床状态更好。"

季临瞪着白端端，然后这不解风情的男人直接捂住了白端端的嘴。

然后在白端端的怒目而视里，他轻柔地吻了吻她的脸颊："是能分散压力，但和你，我不想只是为了分散压力，所以现在不行。"

不行就不行吧，白端端推开了季临："那说说案子吧，这个案子，为什么不告诉我？到底我是你的女朋友，还是容盛是你的男朋友？我竟然还要从他嘴里知道你接了这么一个案子。"

事已至此，季临也知道白端端已经知道了纳米公司的这个案子，他自知没有再掩盖的必要，只是垂下眼睛："容盛真是嘴巴大。"

"所以你为什么不告诉我？要是想象力丰富一点的人，都可以脑补出你隐瞒行程和工作内容，实际背着我在外面乱搞了？"

"不会乱搞。"季临看了白端端一眼，"只和你。"

白端端脸红了，她虚张声势地瞪了季临一眼："那你为什么隐瞒？"

"端端，我不是万能的。"季临有些局促地移开了视线，"我也会输的。"

季临顿了顿，有些干涩道："这个案子，目前的证据几乎全部灭失，对方做得有备无患，手法老到，我的当事人发现时已经太晚，介入时已经没有任何证据可进行保全，目前完全没有取证突破口。"

他抬头看向白端端："很大概率，我会输。"然后他瞥开视线，"我不想让你看到我输。"

白端端心下酸涩："所以你就像个傻子一样全部自己扛吗？"她在季临面前蹲下，捧着他的脸，"可你就算赢不了，在我心里也是最棒的啊。"

"这个案子，我想在你身边陪着你。"白端端握住了季临的手，"未来所有的案子，我都陪着你，陪你赢，也陪你输。"

季临突然有点失笑："你怎么不说，陪我一直赢下去，怎么没说相信我不会输？"

"律师不是神，每个案子案情不同，证据保全程度不同，就像医术再高的名医，也救不了所有的病人一样，人生在世，只要从业，有赢就有输，但全力以赴，竭尽所能，输也输得漂亮，问心无愧就好。"白端端看着季临，"没什么输不起的。"

她眨了眨眼睛，轻声道："就算这个案子和你父亲的情况相似，但……你知道的，我们不是全能的，如果输了，也没有必要自责和有压力，这不怪你。"

虽然只是寥寥数语，但季临已经完全明白了白端端心里所想。她在担心自己，担心自己被拖拽回过去压抑痛苦的经历里，担心自己走不出来。

她担心的也确实没错，季临不告诉白端端，一来不想让她看到自己输，二来也不希望自己这些负面情绪影响到她，对于这个与自己父亲案子几乎完全相似的案子，季临其实并没有表面那样镇定，他内心确实充满了焦虑和压力。

因为太相似，以至于真的不想输，当初面对自己父亲困境时的无能为力，季临不想再体会一遍了。

# 第四十七章　人生百味，唯你是甜

大部分女生能在这个时候体谅并且给予感情的支持，已经是非常难得，然而白端端到底并非一般的女生，几乎很快地，她直接进入了工作模式，与其陪着季临消磨时间，不如说是陪着他一起战斗。

"一个人有时候会有思维局限，今晚不如我陪你一起理一理证据和细节，说不定可以发现突破点。"

白端端非常雷厉风行，几乎刚说完，她就真的拿起季临桌上的材料开始细细核对，一边开始整理思路，一分钟也不带浪费的，简直让季临怀疑刚才向自己提出危险诱惑要求的根本不是同一个人。

只是白端端这么专业，季临自然也没再分神，两个人还真的认认真真地开始对当下的材料进行交叉复审，妄图找出对方证据上的瑕疵。

只是很可惜，这几个高管显然是有备而来，而季临的客户平日里对合同流程和管理这块又不在意，以至于劳动合同的签订除了书面备份外，根本难以找到邮件流或者别的沟通记录等佐证。

不论季临和白端端多努力，还是没办法。

根本找不到任何突破口。

"虽然你的客户告知你，他们的劳动合同都是一式两份，公司存档一份，劳动者本人持有一份，但一旦劳动者想讹那个双倍工资，完全可以藏着自己的那份不提供，或者直接销毁自己那份，那公司根本没办法举证曾经签过合同，毕竟这公司合规管理漏洞太多了，合同存档除了书面的外，甚至连个电子扫描件也不做备份，更别说签劳动合同之前和劳动者有留下任何证据了。"

季临对此也相当头大："当初他们的劳动合同模板里，我就建议劳动合同一式四份，公司持三份，劳动者一份。这样不仅便于存档管理，一旦出现丢失损毁，也还有备份，但是公司负责人觉得四份合同大可不必，当时公司初创期，租的办公室很小，觉得每个合同需要存档一式三份太占地方而且浪费资源，所以最终坚持只在合同里规定了一式两份，公司方只有一份原件。

"而因为当初创业初期根本没有法务部，人事部门的员工流动性也非常大，工作交接压根儿没做好，整个行政工作简直一塌糊涂，就算这几个高管没有蓄意损毁劳动合同，我估计也有不少合同在搬家和保管交接时弄丢了。"

只是事实已经如此，过去的一切已经没法补救，千金难买早知道，这类早期时的合规问题也算是创业成长型企业最容易踩进的雷区，如今又被这几个有心的高管蓄意利用放大，饶是季临，也确实没有办法力挽狂澜。

"现在唯一能做的就是明天的谈判。"季临揉了揉眉心，"明天早上六点我会先和公司负责人开会确定下方案，八点开始就会和劳动者代表进行第一轮会谈，但恐怕形势不容乐观，这些劳动者代表难保不会狮子大开口，毕竟如今纳米行业好找工作，目前企业陷入了资金困境发不出工资也是事实，人的趋利性都会抓住这个机会榨压公司一笔的，何况这种群体性事件，一旦有人煽风点火，情绪很容易蔓延……"

正如当初自己父亲案件里的那样……

季临说到这里，渐渐放低了声音："如果不能赢，我能做的，也只是尽全力谈判，降低公司的损失和支出了。"

　　只是虽然嘴上和白端端保证自己的情绪没问题，不会因为这个案子就影响心情，然而季临并非圣人，他多少还是有点挫败，只是在很好地掩饰着。

　　夜已经深了，季临本想帮白端端再开个房间，然而白端端却摆明了准备赖着不走。

　　"我不要，我特意飞D市，结果到头来还要被男朋友赶出去住隔壁，我不要面子的啊？"白端端坐在床上，黑亮的眼睛盯着季临，"我不走，我就要和你一起住。"

　　季临抿了抿唇，拿她没办法，他有点无奈，只压低了声音："和你睡一起，我会睡不着。"

　　"谁说要和你一起睡啊？"白端端却是眨了眨眼，"我睡床上，你睡地上。"

　　"……"

　　白端端看了一眼季临："我刚看过了，这酒店卫生打扫得挺好的，地上很干净，我给你再要两床被子，一床垫在地毯上，一床盖着，多完美啊。"

　　"……"

　　"好了，就这么说好了，快点快点，去洗澡，我困了，我要睡觉。"

　　季临有时候觉得很无奈，自己遇到白端端，好像从来只有束手无策一条路，她就大大咧咧地坐在自己的大床上，摆明了准备鸠占鹊巢，可季临一点办法也没有，她穿着白色的毛衣，不说话，只用漂亮的黑眼睛看向你的时候，乖巧得不像话，就算明知道白端端的乖巧都是一张皮，可季临还是一句重话都舍不得和她讲。

　　他没想到自己成了律所合伙人，有朝一日竟然还要睡地上……

　　季临又好气又好笑地洗了澡，然后看着白端端忙前忙后地给自己铺"床"，心猿意马又有些恍惚的甜蜜。

　　在他自己也没意识到的时候，心里刚才那些挫败感、不安，还有愧疚的坏情绪都被白端端挤压到了不知名的角落，眼下心里充斥的，都是甘之如饴的甜美。

　　什么也不做，光是和白端端在一起，就很好。

　　无关欲望，却很满足。

　　等关了灯，季临就躺在软软的"床铺"上，听着大床上白端端微微翻身的声响，突然就觉得已经足够幸福。

　　输掉就输掉，白端端说得没有错，输并不可耻，自己不是神。

　　季临闭上了眼睛，妄图说服自己入睡，只是床上传来了白端端窸窸窣窣的声音——

　　她压低了声音："季临，你睡了吗？"

　　还没等季临回答，她就径自委屈道："这床的席梦思不舒服，让人腰疼，我睡不着……地上舒服吗？"

　　地毯上铺上被褥，倒是既柔软也舒适，季临当即便道："地上还可以，你要不要换到下面来？"

　　黑夜里，白端端的声音软绵绵的，她带了点撒娇似的鼻音："好呀。"

　　然后还没等季临反应过来，温香软玉般的身体就扑进了自己怀里，季临几乎是下意识地抱住了白端端，夜间的酒店十分安静，这个刹那，季临甚至觉得能听见自己胸腔里心脏剧烈跳动的声音。

　　可惜怀里的始作俑者一点自觉也没有，她拍了拍被褥："真的是地上比较舒服呢。"

　　季临轻轻推开了白端端，干巴巴道："那你睡地上。"他几乎像是被人追赶地想跑，"我去床上。"

　　结果白端端拽住了他的衣角，声音还是软软的，但不太讲理："床上不舒服啊，你也不许去床上睡。"

　　"……"

　　"你也陪我睡地上。"她得寸进尺道，"我平时在家里晚上要抱个熊睡的，今天没有熊，那你来当我的熊。"

　　季临刚想拒绝，就听白端端又委屈道："不然我睡不着。"

　　于是季临最终还是和白端端一起睡在了地上，只是他也并没有睡不着，白端端钻在他的怀里，她的气息萦绕在自己周身，让季临觉得十分安心，他很快进入了梦乡。

而最后醒来的时候，他发现不是白端端抱熊一样抱着他，反而是他抱着熊一样抱着白端端。

需要熊才能入睡的从来不是她，然而在这样特别的夜晚，在这个案子的前夕，自己却需要白端端才可以入睡。

因为早上六点就要赶去公司确认最终的谈判方案，季临本想悄悄地起床，不吵醒白端端，让她继续睡，结果没想到她十分警觉，又因为抱着的姿势，自己微微一动，白端端就睁开了眼睛。

然后她就黏上了季临⋯⋯

白端端洗漱完毕，坐在餐桌前，一边安安静静地喝牛奶，一边盯着季临，语气挺坚定："我和你一起去。"

虽然季临心里已经不再那么介意输，但说起来总是不希望女朋友目睹自己输的过程的，他下意识地找理由拒绝道："公司并没有聘请你作为代理律师，你留在酒店等我。"他亲了亲白端端的侧脸，"我会尽快回来。"

白端端善解人意地点了点头："对哦，我没有和公司签代理协议。"然后她抬头看了季临一眼，"但是，我记得我入职盛临的时候，除了作为独立提成律师外，还兼任你的助理工作呢，不能作为这案子的代理律师一同前去也没事，我作为你的助理一起去就行了。"

"⋯⋯"

论歪理邪说，季临觉得自己好像都快不是白端端的对手了。

只是白端端对付自己，好像总是非常有一套，她说完，轻轻歪了歪脑袋，用温顺乖巧的目光看向自己，然后又软软地开了口——

"我就是想这种时候陪在你身边。季临，好不好啊？"

季临抿着唇："别撒娇，撒娇没用。"

只是话虽然这么说，一刻钟后，季临却已经皱着眉面色冷酷地和白端端坐在同一辆驶向公司的车上了⋯⋯

很遗憾，白端端的撒娇总是有用。

纳米企业的负责人蔡铭接待了白端端和季临，白端端作为助理身份前往，只坐在会议室里安静地听着季临和对方沟通不同方案，阐述告知即将到来的谈判里将会出现的任何可能性，蔡铭对当下的情况愁眉不展，也补充了一些细节，然而对支撑赢得谈判并没有什么帮助。

"总之，做好最坏的打算，先听听员工开什么价。"在客户面前，季临永远是值得信赖的稳重模样，他镇定道，"越是这个时候，你越是要保持冷静，淡漠一点，让来谈判的劳动者代表不知道你的情绪和底牌，稳得住，不要流露什么表情，其余的谈判交给我，先摸清他们的要求。

"一般而言，这种时候，这些员工想要省心省事地快速拿到钱，所以也不愿意真的劳心劳力到必须对簿公堂的地步，何况他们自己心里有数，劳动合同本身是签过的，只不过被高管损毁了，但他们不掌握我们的信息，不清楚我们是否有别的佐证可以证明曾经签过书面合同。所以第一次谈判至关重要，这是彼此的一种试探，公司方一旦有任何露怯，那员工就会狮子大开口了。"

劳资纠纷，第一次谈判时，劳动者和企业方只要还没有彻底撕破脸皮，还是存在各退一步达成协议的可能的，毕竟走仲裁和诉讼，对时间和精力都是一种虚耗。

"所以我们先听一下，这第一次谈判劳动者代表的开价。"季临微微皱了皱眉，"根据我的经验，只要他们的态度并没有那么坚决，这第一次报价都是可以砍的，只是还需要经过多次谈判再进行磨合，彼此试探对方底线，有时候也是一场心理战了，你要做好准备。"

蔡铭一脸凝重，然后对季临点了点头。

几个人，都是严阵以待，而在他们最后确定完方案和谈判策略后没多久，前台就来了电话。

劳动者代表已经到了。

白端端看了季临一眼，他的表情冷静自若，然而眉心还微微皱着。

白端端伸出手，在桌下握住了季临的，季临先是愣了愣，他侧头看了白端端一眼，白端端只对他笑，然后季临也握紧了她的手。

很快，会议室的门被打开，劳动者代表一共三人，陆续走了进来。

白端端快速观察了下，这三个代表里，为首的是个四十来岁戴着眼镜的中年男人，看起来文质彬彬，挺有读书人的气质，大概对法律条款略有所通，不太好对付的样子。

这个中年男人的左侧是个更为年长的女子，年龄看起来似乎都快要退休了，白端端没忍住皱了皱眉，这类正是战斗力最强的老阿姨，也有些棘手啊……

而三个代表里最后一个，倒是个还比较年轻的男人，看起来工作了没几年，和另外两个代表对比起来，就显得不那么稳重和难以接近了，白端端几乎当下立断，觉得这个人将成为谈判的突破口。

她心里甚至盘算好了，如果是以这个年轻的劳动者代表为突破口，倒是不一定季临谈判会有优势，或许自己来会更好，异性之间有时候对抗感会减弱一些，虽说女性在职场上大部分时候存在弱势，但也并非完全没有优势的。

只是她尚在计划中，倒是对方三人中为首的那个中年男人先开了口——

"蔡总，今天我们想来谈谈劳动合同的事。"

蔡铭看了季临一眼，摆出了镇定而没有破绽的神情："可以，一切我都委托了季律师和你们沟通。"

这中年男人愣了愣："不用，其实不用找律师谈的。"

季临皱了皱眉："所以你们的要求是什么？"

他并不喜欢虚与委蛇，更喜欢不浪费时间开门见山，而就在季临、白端端和蔡铭都等待着劳动者开口要钱之时，对方三个人的反馈却完全出乎了他们的意料——

"不，我们其实不是来要求解除合同和赔钱的。"那个中年男人有些失笑，"我们就是想来问问，这个月的工资，月底还能发出来吗？

"月底要是发不出，那下个月月初能补发出来吗？"这中年男人身边的年轻男子也开了口，他有些不好意思地看了蔡铭一眼，"我正好装修婚房，这个月添了好多大件，刷了信用卡，这个月工资不发还能支撑下，但是下个月月初，我就要还款了……"

蔡铭显然愣了愣，而别说他，白端端和季临也有点意外，劳动者代表这个开场白，是葫芦里卖的什么药？探底吗？

季临对蔡铭使了个眼色，蔡铭理智地没有开口，季临便望向了三个劳动者代表："工资的问题，只要你们当月确实付出了劳动，正常在进行工作，那公司将合法支付应当支付的款项。"

这回答其实非常官方，然而细细一品，什么信息也没有，就算对方偷偷准备了录音笔，这番话也是滴水不漏。

那中年男人顿了顿，然后有些失笑："蔡总，真的，没有必要请律师的，其实我们直接谈效果会更好。"他不认同地看了一眼季临，然后看向蔡铭，语气挺温和，"我们没有想要去劳动仲裁，也没有想过离开公司。

"我们知道张臣他们几个高管做的事，知道他们是故意销毁了所有的劳动合同，也知道公司最近资金周转困难，确实这个月按时付工资很难，但我们没想过去告公司，也没想过利用他们毁掉合同的事，讹公司一笔双倍工资。"

对方的语气平和真诚："我们这次来，其实主要就几件事。第一件，也是大家最关心的，想问问公司的困境，会持续多久？这个拖欠的工资，下个月能不能发？如果能发，我们这里整理了一份名单，都是员工里家庭情况比较困难或者是近期急需钱的，能不能让财务先把工资打给这些员工？我们其余剩下的人，公司要是短期内发不出来，也出个证明，给个说法，最晚什么时候能发，让大家安个心。"

对方说到这里，明明讨薪是他们在理的事，却有点不好意思："我们都是工薪阶层，就算有些家里条件相对好些，能撑的时间长一点，但其实可能也没几个月……所以蔡总，我们就想问问，公司现在到底是什么情况？"

蔡铭动了动嘴唇，想开口，却被季临的眼神制止了，季临的意思非常明确——先听劳动者讲完。

"要是公司资金链有点问题，但是只是一时的问题，那能不能明确告诉我们，需要我们撑多久？要是只有一两个月，那我们就一起勒紧裤腰带，陪着公司挺过去，那些家里确实困难的员工，我们也告诉他们真实情况，让他们自己选，他们急需用钱，可能等不起，那就先去找别的工作。

"要是公司真的不行了……那我们也都尽早去投简历。"

这个态度，眼看着是劳动者有极大的软化，完全朝着任何人没想过的好的方向去发展了。

不过季临仍旧十分谨慎，对员工天然的抵触和过去自己父亲的经历，让他仍旧觉得不妥，总觉得这些员工代表是在计划着些什么阴谋，用这种方式麻痹他们的神经，他抿了抿嘴唇："这是你们想谈的第一件事，那第二件呢？"

"第二件，我们过来是想和公司补签劳动合同的。"那中年男人诚恳地看向蔡铭和季临，"我们知道公司的劳动合同都被毁了，我们两百来个员工讨论过了，大家都愿意和公司补签劳动合同，把合同备份的流程补全。公司的合同版本虽然没了，但我们手里都还有原件。"

这时候，他才有些想起来似的再次看了季临一眼："这样说来，还是需要麻烦律师的，我们可以提供原件给公司，蔡总让律师按照一模一样的再准备一份，我们都补签了就行了。"

对方说完，就朝身边年轻的男子看了一眼，那年轻男人立刻打开了随身携带的包，把一堆文件递给了季临："这几天我们也开会表决了，然后把大家自己保存的那份劳动合同都收齐了，先给到公司，律师就可以先去准备了。"

如果说开始探讨方案，尚且存在劳动者以和解为幌子骗取公司信任的可能，那如今这个举动，就完完全全能表明这些劳动者的态度了。

季临拿过文件翻了翻，又和蔡铭确认了下，这确实是此前真实的劳动合同，而对方把这些原件交给公司，就是完全放弃了利用没有劳动合同而可以主张双倍工资的这条路……

"还有现在拖着没发的工资，我们也不让公司再赔钱或者罚款，只要拿到我们该拿到的就行了。"这中年男人说完，又拿出了另一份文件递给了季临。

这是一份完全手写的协议，下面歪歪扭扭地签了大约百十来个名字。

白端端凑过去看了一眼，才看清这份协议是什么内容。

这是一份所有员工的联名申明，出自工会，白纸黑字写明了经过工会讨论，全体员工同意公司拖延支付工资的决定，并且放弃追究公司为此造成的经济补偿金。

　　这是一份文字非常简单，甚至没有什么措辞可言的声明，寥寥几句话，下面则是工会的盖章和所有员工的签名，而因为签名的人数太多，这一页甚至签不完，季临把这页纸翻过来，才发现背后也密密麻麻都是字体不一的签名。

　　季临、白端端和蔡铭严阵以待，甚至一直抱着迟疑的态度等着员工代表们给自己挖坑，然而等来等去，千算万算没想到等来的是这样一个结果。

　　这些员工代表根本没给季临发挥的机会，他们主动而坦白地亮出了自己的所有底牌——他们并不想追究公司的责任。

　　甚至完全相反，他们想站在公司的身边，陪伴公司度过困境。

　　季临看着自己手里这份声明，沉默了片刻，才抬起了头，他的眼睛里是真实的迷茫和不解，白端端听到他问："为什么？"

　　是啊，为什么，就算问心有愧，不给公司泼脏水污蔑公司没有签订书面劳动合同而主张双倍工资，但公司延迟发放本月工资有拖欠行为却是真，这些劳动者完完全全可以要求公司立刻支付，并且给予一定额度的经济补偿金。

　　然而此时此刻，他们竟然一致同意放弃了自己的法定权益，甚至把这份签字盖章的声明，还有劳动合同原件全部一并交到了公司的手里，而这本来该是他们手里握着的王牌。

　　别说季临，就是白端端和蔡铭，脸上也都露出了疑惑的表情。

　　"为什么？因为公司和老板对我们好呗。"这次回答的是那位员工代表的老阿姨，她笑了笑，白端端这才发现，虽然看起来难搞，但这老阿姨其实声音洪亮，说话爽快坦荡，"蔡总，你可能不认识我，我是后勤部的刘美娟，从公司建立第三年开始我就在了，也算是个老员工，不过我们不是业务部门，不怎么到台前，公司后来规模越来越大，你估计也认不全人。"

　　刘美娟顿了顿，继续道："我吧，家里有个女儿，前年结婚了，本来日子挺好的，但我自己身体不争气，我女儿结婚后，我查出来得了肺癌，之后要开刀手术住院化疗，找人事部走流程请了假，但是因为身体不行，一年里的医疗期都用完了，本来按照法律规定，这种情况属于患病后在规定的医疗期后还是不能从事原工作的，公司可以和我解除劳动合同，没必要养着我这么一个病了的废人。"

她叹了口气，眼眶有点红："我和我老伴本来还愁，要怎么和公司商量，能不能不解除合同，帮我先继续交个医保，这钱我自己出就行，工资什么也不用发了，就把身份还挂靠在单位里，主要有个医保，我之后看病大比例还能走这个，我们家家境也一般，平时自己也没买过商业保险，就指着医保了……

"结果没想到我申请打上去，人事部说帮我报送蔡总定夺，最后蔡总不仅没有要我自己支付医保的钱，甚至连劳动合同也不和我解除，同意继续给我支付最低的基本工资，只说让我好好治疗，别想别的，其余什么有公司给撑着，不差我那点钱……"

刘美娟讲到这里，洪亮的声音也有点哽咽："蔡总，这对你来说肯定就是个小事，我估计你根本记不得，但我一直记着呢。我那年病成那样，我自己和老伴都觉得挺不过去了，但公司也没放弃我，一直就这么养着我，最后我又多休息了一年，直到今年，没想到命大，病情稳定了，才回了公司。"

蔡铭脸上的表情没能作假，这几年来他确实可以用"日理万机"来形容，这些事对刘美娟来说是个大事，但对蔡铭来说也不过是日常中的随手帮忙，他确实一点也没有印象了，如今听了，也像是听别人的事情一般有些茫然。

刘美娟吸了吸鼻子，仗义道："以前我遇到了困难，公司没丢下我；这次公司遇到了困难，资金周转出了问题，我也不会丢下公司。我这人虽然不会谈业务，但好歹也是公司老员工了，大家给面子，都叫我一声刘姐，说的话也算得上有点分量。这次总算我也有机会回报公司了，当初一出事，我也靠着以前的人缘把大家情绪先给安抚住了，也算是为公司出份力吧。公司出现这种困难，首先大家就不能乱，否则情绪一慌就动摇军心了。"

这老阿姨说完，又朝蔡铭感激地笑笑："总之，蔡总，当初真是谢谢你了。"

为首的那位中年男子也开了口："蔡总肯定也不记得我了。"他笑笑，"我是公司'终身教育计划'的第一批受益人。"

这次他这么一说，蔡铭脸上终于露出点恍然大悟："你是曾一洋！"

对面的男人点了点头，有些不好意思："是的，蔡总，没想到你还记得我。"

这个叫曾一洋的男人一讲，蔡铭才后知后觉地记了起来，面对季临和白端端疑惑的目光，他解释道："就公司刚上正轨，有一阵子资金比较充足的时候，我想了想，公司也该对员工提供点教育服务，就启动了这个'终身教育计划'，第一批是针对一些年纪大点的老员工，可能这部分老员工当初因为家境，没能进入高等学府深造，但现在公司就替他们买单，出钱让他们去上业余的非全职研究生，算是个内部培训福利。"

曾一洋点了点头："我就是这批受益人，其实最后为了准备学校那边考试和答辩，是请了一段时间假的，但是公司也都准假了，甚至没有强行签订培训后的服务期。"

说起这事来，曾一洋十分感慨："我以前家里很穷，考上了研究生，但没钱去读，没想到公司替我圆了梦，就一直很感激，后来加入了工会，现在公司遇到资金周转困难，我信任公司，相信蔡总的人品，觉得公司不是蓄意拖欠，是真的遇到了问题，我不希望公司就这么倒闭，这样好的公司我们员工也是感恩的，如果我们有限的力量能让公司渡过难关，那我们也愿意等。"他当场表态道，"蔡总，我家里现在不困难，我的工资可以等着，等资金能流转了，你先给别人发就行。"

很快，最后那位年轻的劳动者代表也开了口："我也承过蔡总的恩情，之前我爸突然病了，最后是公司预支了年终奖给我，让我挺过了难关，我也不希望这么好的公司出事，我还想在这儿熬到当上销售总监呢。"

几个人一番话推心置腹，饶是被季临说了要维持稳重的蔡铭，也忍不住有些眼眶发红，历来锦上添花易，雪中送炭难，蔡铭怎么都没想到，自己严阵以待等着劳动者们发难，等来的却是这个。

"我……我没想过……"

他从没想过自己曾经不经意的善举，竟然在别人的心里结出了善果，并且在最关键的时刻，以另一种形式回馈了自己。

善良并没有被浪费。

事到如今，预先准备好的防备和对抗都没了用处。

蔡铭动容到不知道该说点什么，他只真心实意道："谢谢，谢谢你们，谢谢你们每一个员工，公司现在确实遇到了点资金周转困难，但并没有到会倒闭的地步，我可能需要拖欠你们一个月工资，但下个月肯定可以付出来，谢谢你们的信任。"

那三个员工代表听了这话，脸上也都是松了一口气："那就好。"

再有情怀，毕竟大家也要吃饭，工资拖延一个月两个月还好，要是真的时间太长，这三个员工代表也不好回去交差，如今一听蔡铭交了底，便定下心来。

这几个员工代表坦诚，蔡铭便也坦荡起来，他看了季临一眼，见季临沉默着点了点头，他也索性把公司目前的情况都摊了牌，这几个员工代表倒是也不含糊，一场本来以为针锋相对的谈判，最后反倒变成了大家一团和气坐下来，推心置腹地商谈对策。

蔡铭彻底松了口气，而季临的神色则复杂很多。

他大概无论如何也没想到，自己预想里这场注定输掉、要拼命才能从贪婪的劳动者手里尽力一点点维护客户权益的谈判，最终自己反而一点作用也没有发挥上。

而直到和蔡铭告辞，季临重新回到酒店，他拉着白端端的手，表情还有些惺忪和愣神。

这是太过意外的结局。

没有想象里的拉锯撕扯，没有想象里的贪婪和丑恶嘴脸，有的是互相理解和支持。

劳动者和企业天然是对抗的，季临从来接触的也都是两方对抗互相扯皮的案件，以至于他甚至忘记了，企业和劳动者也是可以相互扶持相互支撑的。

"除了那些贪婪恶意的劳动者，更有很多懂得感恩的人，好的企业遇到好的劳动者，彼此是一种互相成就，也是一种良性循环吧。"白端端拉着季临的手，内心感慨，"你知道吗季临，一开始我很怨恨蔡总，让你接了这么一个和你爸爸案子相似的烫手山芋，但现在我挺感谢他的。"

感谢他让季临接了这个案子，感谢这个案子给了相似的故事截然不同的结局。

"员工没有那么差劲，虽然每个人肯定都会多少有点私心，但世界上大部分人还是懂得感恩的，善解人意的企业遇到了善解人意的员工，这也算是一个圆满吧，谁也没辜负谁。"

季临没有说话，然而却握紧了白端端的手，他心里同样充满了感恩，他很难想象，如果没有遇到白端端，如果此刻自己手里没有握住她的手，没有她在昨夜为了自己风尘仆仆地赶来，自己现在会是什么模样？

总之，不会像现在这样幸福和平和。

长久以来，因为父亲的案子和过去压抑的遭遇，他的心间像是被一只充满恶意的黑猫盘踞，带了恨意和刺，张着利爪，随时准备给予回击、报复和伤害，独自前行，独自生活；而如今，季临觉得，那只黑猫突然就跑走了，然而他的心并不觉得空洞，因为有别的更暖的东西填满了它。

旧的一年马上就要过去了，两个人赶到机场的时候，迎来了今冬的第一场雪，回 A 市的航班也不得不为此延误。

过去的季临特别不能容忍航班延误，觉得太过浪费时间，打破了自己既定的计划，然而如今和白端端在一起，却觉得延误也没什么不好的，因为他和白端端不被人打扰的时间好像又更多了点儿。

在机场吃完晚饭后，季临的手机上收到了一条新闻推送，他点开来看完，突然心下感慨，然后搂过了白端端。

"新闻里说，西蒙纸业的停工停产结束了。"季临亲了亲白端端的侧脸，"将在明年元旦第一天恢复生产，之前受到停工停产影响的员工，也已经如数全部重新签订了劳动合同，在新的一年里回到工作岗位，其余此前被迫离职的员工，西蒙纸业也都重新发了 offer，以不低于原来的待遇邀请对方回来继续工作。

"纸业企业今年挺过了行业寒冬，明年预估市场会好些，对于这些和公司一起经历停工停产的员工，西蒙纸业也都在工资上给予了一定额度的上涨。"季临温声道，"要知道，在这个经济下行的大环境里，这样的举动已经很不容易了。"

大概上天从不苛待努力生活的人，辞旧迎新的最后一天里，不仅给季临准备了让他能够释然告别过去的礼物，也为白端端准备了一份。

"我知道你因为你自己父亲的经历，还是对企业很有戒备心，总觉得企业主大部分还是心狠手辣的资本家，但企业也有好的，也有充满社会责任感和人文情怀。蔡总的纳米公司是，西蒙纸业也是，停工停产虽然短期内对员工造成了影响，但最终保证了企业的存活，现在企业缓过劲来，第一时间想到的也是回馈那些和公司一起挺过困境的员工。"

白端端确实对企业仍旧有些偏见，然而在季临的带动下，在越来越多有社会责任感的企业的影响下，潜移默化间，她也在渐渐改变。

她难得地也沉默了片刻，然后才轻轻地开了口："这大概就是，世界没有那么好，也没有那么差。"

季临却是亲了亲她："嗯，世界没有那么好，也没有那么差，但你都是好的。"

人生百味，唯你是甜。

航班最后延误到晚上十二点半，仿佛直接延误了一年，当新旧一年交替的午夜十二点，在登机通知里，季临侧头给了白端端新年里第一个吻，然后他说，新年快乐。

# 第四十八章　我也爱你，永不褪色

　　解决了这个案子，白端端的心里松了一口气，回到 A 市，她心里盘算着把之前的约会计划都好好排一排，然而这个案子之后，季临忙碌的状态依然没有改变，他的生活好像除了加班还是加班，对于白端端每次的邀约，他的回答永远是"今天忙，下次吧"。

　　明日复明日，下次之后，常常又是下一次。白端端并不是没有耐心的人，然而在重复的等待后，此前那种不开心的情绪又再次更凶猛地反扑了过来。

　　她本以为蔡铭的案子会让自己和季临内心的距离更近一些，感情也更甜蜜一些，然而仿佛完全相反般地，此前在 D 市的亲密似乎都是白端端的错觉，季临几乎住在律所了，每天从早忙到晚，不是在回电话、邮件，就是在去客户公司开会的路上……

　　而像是作为弥补一般，季临每次拒绝自己后，就会送她一个包或者别的奢侈品，季临花起钱来相当大方，如果用金钱衡量的话，他大概是爱自己的，然而白端端看着自己房里堆积得越来越多的礼盒外包装，心里却十分空虚。

这两天，季临又出差了，而白端端则一如往常地又接到了快递的信息。

季临给她买的新一季的蒂芙尼项链已经从官网发货寄达了，还有一个别的快递，大概是海外找人代购的，白端端并不知道里面装的是什么。

别的女孩子大概收到礼物都会高兴，拆礼物更是会有一种忐忑的期待，就像拆盲盒一样，虽然不知道男朋友会给自己送什么样的东西，但心情总是美丽的。

可现在白端端就是连这种心情也没有，她甚至对那个不知是何物的快递一点兴趣也没有，反而带了点烦躁。

这种烦躁在她下楼去取快递听到几个快递小哥聊天内容时，达到了顶峰。

因为临近过年，最近又属于快递旺季，几个不同公司的快递员一边从车上往下卸货，一边就忍不住聊天，都是同一个行业的，虽然不是一个公司，但跑的都是同一片业务区，这几个快递小哥之间显然都认识，互相唠嗑了几句最近的业务量之后，便是一些杂七杂八的八卦。

"我算了算，我平均一周要给那个十四楼的'小桃子'送十个快递，大部分是吃的，你说这姑娘是个多标准的吃货啊。"

"你别说，这个'小桃子'我也有印象，从我这儿走的快递，一周也得有个五六个，不过别看人家是吃货，本人其实是个挺瘦的女生……"

几个快递小哥一边干活儿，一边热火朝天地聊着。

白端端没在意，她输入取件码，取件，拿完自己这次的三个快递盒，刚想转身走，便听到了隔着一排快递柜的几个小哥的揶揄谈笑——

"不过这栋写字楼里花钱最不手软的，肯定是我的那个客户，叫白端端，虽然平均下来她的快递量不是最多的，但是每一单都是大单，全是保价的那种，我看都是奢侈品，保价金额贼高！"

"对对对，这个客户我也有印象，基本上每天都能收一个包，今天我又送了好几个给她的快递呢，又是大价钱的东西。"

"这么能买啊？家里有矿？"

"不是吧，我看是那个律师事务所的，应该是个律师。"

"律师这么赚？！"

"得了，律师没这么赚，我表妹也是个律师，一年也就十几万收入，和普通白领也差不多，说这行都是看资历吃饭，越干越老越值钱的。"

"那这个白端端可能是个资深律师吧。"

"没，这个白端端我见过，有次收快递一定要本人当面签收的，她特别年轻，看起来像没毕业多久呢。"说这话的快递小哥压低了声音，"这个年纪能承担这么买买买，要不就是家境特别好，要不吧……我偷偷告诉你们啊，这个白端端，长得特别特别漂亮，像明星的那种漂亮。"

"所以？"

"你傻啊，所以这么买，要不是自己爸爸有钱，就是自己男人有钱。"

"想想这世道，当女人还是压力小啊，长得漂亮还能找个有钱人嫁了，哪像我们男人，成天起早贪黑的，还不是拼命赚个买房钱，要没有房，现在哪个女人肯跟你啊。"

这几个快递小哥聊着聊着，又开始聊到如今男人压力太沉重的话题上，只是也不知道怎么的，最后又莫名其妙地转移回了白端端身上——

"对了，我突然想起来，就这个白端端收礼物这种模式，我在一个别的小区看到过完全类似的事，你们知道我们A市那个乾静园小区吗？"说话的快递小哥声音神秘，"那个小区里的人，就收礼物的方式和这个白端端一模一样的，都是每天各种保价的昂贵的首饰啊，包啊，鞋子啊，衣服啊，珠宝啊这种……"

"知道，就那个著名的二奶小区呗，住里面的全是有钱人在外面养着的漂亮女人，没名分的那种，有钱男人可能家里也有个正室的，平时没空陪着呗，就只好花钱买买买，平衡下这些二奶的心情了。"

"那你别说，这个白端端收的礼物，不论是从频率上、价格上，还是档次上，都比乾静园里那些强多了。"

"哈哈哈，那谁叫人家漂亮啊……"

……

之后的聊天，白端端没有再听下去。

对于自己的这些谣言八卦，她原本是可以直接绕到快递柜的另一端当面斥责，甚至向快递公司投诉的，然而今天的白端端一点斗志也没有，她靠在快递柜边听着别人谈起自己，心里满是颓丧和迷茫。

她知道快递员在年前压力很大，那样聚在一起聊天也多是出于八卦的兴致，对自己也并没有多少具体的恶意，只是作为当事人的自己，却忍不住开始沮丧。

季临这样对自己算什么？是怎么回事？在外人眼里，自己的处境甚至和那些被包养的小三没有什么不同。

不可抑制地，白端端又开始患得患失地怀疑起来，季临真的爱自己吗？他是不是觉得只要花钱买了包就不用陪自己了？可这种恋爱模式根本不健康，自己如今看起来和那些被金主豢养起来的金丝雀又有什么不同？

不知道为什么，但最近季临对自己确实过分冷淡了，同为律师，白端端理解这份职业需要投入的时间和精力，她也不需要季临把她看得比工作还重要，但她希望在季临眼里，自己至少能和工作是平等的地位，只是如今，季临心里，仿佛只要给自己很多很多钱就可以了，然而自己需要的明明是很多很多的爱……

白端端闷闷不乐地取了快递然后回了所里，自己的办公桌边其实已经堆积了十来个快递，不是卡地亚的，就是蒂芙尼的，全是季临送的，没一样便宜，然而白端端甚至连拆也没有拆。以往买买买是最让她高兴的，然而最近的她竟然丧失了购物的乐趣。

只觉得不开心，满满的都是不开心。

白端端心里盘算着今天一定要和季临好好聊聊了，就算十分钟也行，总要把自己心里想的告诉他才是。只是很快，她的不开心就加剧了，因为她发现季临又临时出差去了邻市。

"怎么又出差了呀？"

白端端的语气忍不住就有些埋怨，电话那端的季临大概在机场，周遭很嘈杂，然而他倒是并没有忽略白端端的不开心。

"你不高兴了吗？"

一个男人有事业心、有追求是好事，天天和女朋友腻歪在一起儿女情长的感觉也不太有出息，白端端憋了憋，干巴巴道："也没有很不高兴吧。"

也没有很不高兴，那就是不高兴了。

可惜季临这种钢铁直男是体会不到白端端的弦外之音的，他果然松了口气般："没不高兴就行。我刚给你下单买了香奈儿新款的包，等我回来正好能到货了，挺好看的一款包，等你拿到就开心了。"

"……"

白端端按了按眉心，忍住了和季临在电话里就争执的意图，她刚想解释自己并不需要那么多包，只更需要季临的陪伴，季临就打断了她的思路："不和你说了，我马上要登机了。"

"等等！"白端端突然想到个事，"周四你回 A 市吗？"

季临愣了愣，然后言简意赅道："回了。"

白端端眼睛一亮："我有个闺密聚会，你和我一起来吧？我还……"

段芸和薛雯约了自己几次了，好不容易年前终于忙完了一阵子，白端端和她们约了这周四聚聚，段芸和薛雯都知道自己谈恋爱了，就嚷嚷着让白端端把男朋友带上，互相认识认识，她们也来考察考察。

虽然自己和季临在谈恋爱这件事，对段芸和薛雯来说估计有点难以消化，但她俩是自己最好的朋友，白端端其实早就有想法把季临大大方方地介绍给她们，也想她们能和季临多接触接触，消除对他的偏见，毕竟在白端端心里，季临特别好，她不希望自己的朋友还对他抱着不公平的刻板印象。

择日不如撞日，既然周四季临也在 A 市，那不如……

可惜很快，季临就打破了白端端的完美设想，他手机背景里的登机广播又开始响了，季临似乎有点匆忙："周四虽然回来了，但是我估计还会有别的工作要处理，你们的聚会不参加了。好了，端端，我先登机了，再见。"他顿了顿，像是不太好意思一般，用身边人听不太到的声音轻轻道，"会想你的。"

说完，这男人大概觉得自己已经履行了极致浪漫的义务，带着他内心自以为是的甜蜜挂断了白端端的电话。

"……"

白端端看了一眼通话记录上的时间，五分半钟……还"会想你的"？

你就打五分半钟的电话，你还想谁呢你？

"我的妈啊！这种男朋友你还留着过新年？！"

"端端，听着确实……好像对你不太有耐心呢。"

白端端一个人闷闷不乐地过了几天，终于熬到了周四的姐妹聚会，三个人约在了那家叫"酒点半"的清吧，白端端心情不好，直接点了好几杯酒，咕咚咕咚就往下灌。

都说新年新气象，这家当初自己和季临第一次见面的清吧，最近也刚重新装修过，分隔开了好几个小包厢，如今白端端就和段芸、薛雯坐在其中一个异域风情的包厢里。

酒吧有了新气象，段芸也是，她最近职场得意，顺利晋升，工资连跳了两级，很是春风得意。薛雯呢，虽然支支吾吾，但一说起自己的感情生活，就脸红，可见和谢森也是进展良好。这么几个人里，只剩下白端端，好不容易交了个男朋友，结果像养了个云男友似的，见不到摸不着，只有源源不断的高昂礼物……

段芸一见白端端这么借酒浇愁，当下就不忍心了："我就和你说了，这男人当初醉酒了告白，听着就有点不诚意，结果现在你瞧瞧，你俩刚确立关系没多久，结果这男人就开始后撤了，说的理由还冠冕堂皇，忙工作！你连发火都不行，这要是一发火，这男人又能一盆水泼你身上了，说你不懂事！"段芸总结道，"照我说，这就是一情场高手，若即若离的，把你弄得患得患失，其实说白了，可能就是猎艳。"

白端端不说话，又猛地喝了一口酒。

段芸怒其不争般地看了一眼白端端，然后她突然想起了什么般眨了眨眼："端端，你是不是和他睡过了？"

白端端放下酒杯，瞪着眼睛看向段芸，这都什么跟什么啊。

段芸一见她的表情，就连忙唉声叹气起来，她压低声音道："你自己算算时间，是不是你和他睡了以后，这男人开始对你冷淡后撤的？哎！如果是这样，那你就是妥妥地遇到渣男了。没得到的时候吧，捧在手心里，什么肉麻的话都肯讲；一旦得到了，就不珍惜了，这种男人就不想发展一段长期关系的，就是想发展日抛月抛女朋友的……"

白端端觉得自己有必要打断一下段芸脱缰野马般的思维了："没有。"

"啊？"

她瞪着酒杯："没睡过。"

不仅没睡过，想睡竟然还被拒绝了！

白端端一想这茬，越想越气，季临到底是什么款的垃圾直男啊！

结果这话一下去，段芸却是猛地拍了下大腿："那我知道了！"

段芸啊，你都不知道我对象是季临，分析得牛头不对马嘴的，现在又知道什么了啊！

段芸此刻脸上却是露出了洞察的表情："你懂什么？睡不睡，这是当代情侣最容易出问题的关键点啊！"她振聋发聩道，"有些吧，睡过了，没神秘感了，甚至那个什么生活不太合拍，结果睡起来索然无味，睡完就一拍两散；但你这个吧，我看可能问题就在于没睡，你和你那男朋友也都不小了，还这么纯情哦？谈了也有个把月了吧，结果你还矜持得不让人家碰一下？那人家会觉得你不爱他的啊，心灰意冷下，可能就有点冷淡了吧。"

"……"

"你不是说人家出差了吗？那你等人家出差回来，私下约一下对方到家里，开瓶红酒，直接把人给睡了，就完事了。"

白端端觉得，自己有必要撬开段芸这个朋友的脑袋看一看，除了黄色的东西外，她脑子里还装了别的吗？

好在薛雯终于看不下去段芸的分析了，她拉了拉段芸："我看端端和她男朋友不是这个问题。"

"不是这个，那是什么问题啊？"段芸眨了眨眼，"行吧，你一进来就说你和男朋友感情出现了问题，他对你突然很冷淡，只忙着工作，平时连见面的时间都几乎没了，其余也没详细说到底什么细节，那你给我们说说，我们给你分析分析。"

段芸摆出了审问的架势："本来嘛，面相可以看出不少问题的，但叫你给我们看看你这个男朋友的照片吧，你也不肯，我也不强人所难了，就我问你答吧，首先，你这个男朋友帅不帅？"

"帅的。"

"高不高？"

"一米八七吧。"

"身材怎么样？"

白端端想了想："挺好的，有腹肌。"

"现在腹肌也可能是假的！网上有卖腹肌衣的，硅胶材质的，穿一个外面再套个外套，这大冬天的绝对看不出，现在的男人可虚伪了……"

"是真的。"白端端认真道，"我看过的。"

"？"

"有次他洗澡，我不小心闯进去，有看到。"

段芸两眼放光道："然后呢！你都看人家洗澡了！然后发生了什么？"

"哦，他把我骂出去了。我在房间外背了很久的法条冷静。"

段芸一言难尽地继续问道："既然长得帅身材好，那职业呢？有正当职业吗？赚钱怎么样？"

"是正当职业，赚钱的话，年收入税后半个亿吧。"

段芸追问道："那给你花钱吗？"

"给的，最近一个月给我买礼物花了一百多万了。"

"……"

白端端讲到这里，有点苦闷："但是他不陪我，每天都忙工作，我觉得不开心，好像他不太需要我了……"白端端看向段芸，"你一向谈恋爱是高需求高标准的，段芸，要是换了是你，遇到这种男朋友，是不是已经果断分手啊？历来这种事，你都劝分不劝和的，但我……"

段芸果然义愤填膺了，她的声音忍不住抬高了："这种极品！"

果然，她要开骂了……

结果就在白端端准备听到段芸一腔怒骂的时候，只听她两眼放光话锋突变道："端端啊！这种极品男人，你不要的话，可以把他让给有需要的人啊。"

段芸说完，指了指自己："你看看我，新年了，我事业虽然顺风顺水，但我缺个这样的男朋友，你不要的话，肥水不流外人田，你看我行吗？"

　　她一脸羡慕感慨地用力拍了拍白端端的肩膀："真的，端端，这种男人，不是梦里才会有的吗？长得帅、身材好、正当工作、收入高，还舍得给你花钱，你说说你还有哪里不满足的啊？最重要的是因为对方忙于工作还没空来烦你，你继续想干什么干什么，这种神仙男人，我怎么没有遇到啊？男人，不黏人的最好，长得好看有气质，带出去还有面子，这多好啊！"

　　"……"

　　白端端第一次发现，自己这个朋友，择偶观有点不太对啊……

　　算了，白端端想，本来人的苦闷，再好的朋友也不能感同身受，这个时候有段芸和薛雯陪在自己身边唠嗑就很好了，季临的事……只能等季临什么时候回来再慢慢解决了。

　　白端端喝多了酒，此刻头脑也有些晕乎乎的，忍不住就要想些有的没的。她想，万一自己和季临聊了过后，季临还是没法改变，还是每天忙工作冷落自己，觉得给自己花钱就行，那怎么办呢？自己是不是要表明态度坚决提出分手呢？可要分手……自己又舍不得……好喜欢他的……

　　薛雯见白端端这么闷头喝酒，觉得也不是个办法，然而她和段芸毕竟没法彻底开解她，转头在包厢里一看，正看到最近新装修后装上的大屏幕电视，于是脑筋一转道："要不看看电视吧？"

　　她说完，就开了电视机，可惜这个点，除了新闻，竟然没什么可看了，好在可以联网，薛雯索性把屏幕切换到了一档网络直播节目："这个主播的节目很好玩的，特别搞笑，看这个吧。"

　　白端端喝着酒，有些心不在焉，倒是薛雯和段芸两个人看着哈哈笑起来。

　　这是一款户外直播节目，主播会随机在路上找路人询问特定的主题，因为主题本身的争议性，加上素人被问及问题时的反应，又有实时弹幕互动，总之直播效果一直不错，笑料百出的。

　　白端端听了个大概，这期主题是"如果有个败家的女朋友怎么办"，这节目主播也挺坏的，专门冲着正在奢侈品柜台购物的小情侣问，结果不少挽着女朋友手的男生，一边又要看女朋友脸色，一边还要佯装买东西一点不心痛，表示女友一点也不败家，那小媳妇般的模样十分逗人……

"哈哈哈哈，这小哥哥好实诚啊，竟然就当着女友的面，说女友真的太败家快养不起了，以后不行就一起去天桥下面要饭……"

"这个小哥也不错，给女朋友买了这么多东西，还能强颜欢笑表示自己女朋友挺节俭的，也是没谁了……"

……

不过同样的套路，刚开始看有新鲜感，但看多了，段芸也有些索然无味了，她拿起遥控板，然而在准备换台的刹那，她突然叫起来——

"快看快看！"她高声喊道，"季临！"

季临这个名字，白端端即便有些晕乎乎的，也几乎是下意识地就抬起了头，季临来了吗？季临在哪儿？他来找自己了？

只可惜自然不是，因为白端端很快在屏幕上见到了季临，他并没有来自己身边……

也是此刻，白端端才发现，季临没有在办公室里加班，他号称自己忙于工作，然而实际上却出现在了A市最热闹的高档购物街区。

这是直播，他现在就在那里。

白端端抬起头，季临就站在奢侈品柜台前，隔着屏幕，一脸冷淡又难以接近地望着镜头，仿佛望向自己。

直播节目的主持人这次也不知道怎么换了风格，找了只身一人的季临进行采访："你好，这位先生，不知道能不能占用你一点时间，就……"

可惜主持人的客套词还没说完，季临就面无表情回复道："不可以。"

"……"

段芸看着这段直播，发出了丧心病狂的笑声："这个主播怎么回事哦，怎么能找到季临采访啊，她是想死吗？"

可惜虽然季临的态度冷漠，但弹幕却反而疯了一般跳了出来。

"哈哈哈哈，小哥哥好帅，这种冷酷精英款，我吃！"

"冷漠帅哥，在线撩人。"

"小哥哥有对象了吗？好不容易吃了那么多情侣采访的狗粮，看到一个单身帅哥，主播小姐姐能为我们要个号码吗？"

　　……

　　段芸看着弹幕，没忍住："这些小女孩啊，还是太年轻，我当初不也为了季临这张脸差点儿栽了吗？结果呢？呵，等她们看到季临的真面目，就会自插双目去看眼科了。"

　　只是吐槽归吐槽，段芸又看了两眼屏幕里季临的脸："哎，但别说，季临这个脸蛋，现在看还是这么帅，我以前的初恋都秃了，可季临还是这样英俊依旧，看看人家这个浓密的头发，这有神冷酷的眼睛，还有这个身材，这个腿，这个屁股，这个气质，唉，像我这样的颜狗，注定这辈子要为季临这种男人掉眼泪。"

　　白端端没忍住，一口酒差点呛住："喀喀喀喀。"

　　段芸回头怜爱地拍了拍白端端的肩膀："端端，你男人有季临这么帅吗？"

　　白端端一时之间也不知道说什么，只好干巴巴道："差不多吧。"

　　"和季临都差不多帅了，还那么大方，你听我一句劝，别放手，嫁给他。"

　　"……"

　　段芸，你一边骂季临，一边叫我嫁季临，真的很分裂你知道吗……

　　可惜段芸自然是不知道的，季临一出现，她根本不想换台了，兴致盎然地蹲在电视机前。

　　这直播主见直播间人气一下子飙升，怎么可能轻易放过季临，即便对方说了拒绝，她还是努力跟上前采访道："这位先生，我们在做一个'如果你有一个败家的女朋友怎么办'的采访活动，就只占用一点时间，问几个简单的问题，非常简单……"

　　季临有些不胜其烦，他皱了皱眉，回头道："我没有败家的女朋友，这个问题我没法回答。"

　　伴随着弹幕的哈哈哈，段芸也哈哈哈大笑起来："就是啊，这主播什么运气，季临能有败家的女友吗？这辈子不可能的。"

　　"小哥哥笑死，话题终结者。"

"冷幽默帅哥好可爱哦，小哥哥有兴趣找一个不败家的女朋友吗？你这样颜值的话，吃糠喝粥我也可以的！"

……

白端端瞪着眼睛盯着屏幕，忍不住想要冷哼，大概没人知道，这位小哥哥的败家女友此刻正死死盯着呢。

不过不想接受采访，号称自己没有败家女友，以免对方不依不饶，也算合理，白端端双手抱胸，决定静观其变。

季临虽然如此拒绝，但主播还是没有气馁，她把镜头对准了季临手里拎着的东西："那我们看看，这位号称没有败家女友的先生手里，提着的都是什么？"她一边看，一边便报出了名字，"蒂芙尼的礼盒、VCA的礼盒、香奈儿的袋子，还有卡地亚、海蓝之谜……能不能冒昧地问一句，这是买给谁的礼物呢？"

这问题确实问得冒犯，然而网络直播想要吸引人的注意力，自然不太可能像正常采访那般循规蹈矩，很多主播就是以出线来给自己引流的，这位主播显然就是。她见季临实在太有热度了，根本不愿意放过这个流量素人。

季临被她带着的几个工作人员和摄像团队堵在路口，不得不停了下来："我给我女朋友买礼物，请问和你们有关系吗？你们是哪个电视台的，想收律师函吗？"

"啊啊啊啊啊啊冷酷帅哥竟然是律师！我更爱他了！"

"前面的别先舔啊，你看看清楚人家说了有女友！"

"好羡慕他女友哦……"

"哎？等等？让男朋友买这么多贵重礼品的女友，真的还不是败家女友吗？"

这个问题直播间粉丝注意到了，女主播自然也没放过，她直接无视了季临的律师函警告，得寸进尺道："可这位先生刚才还说自己并没有败家女友啊！怎么突然又有女朋友了呢？真的不是在撒谎吗？如果是单身的话，我们很多粉丝想要你的联系方式呢。"

季临抿了抿唇，他的耐心显然已经快到了极限："我从来没说过我没有女友，我有女友，但不败家。"

"可你买的这些东西都是你女朋友要的吗，这些这么贵……"

"第一，我女朋友从没有主动问我要过东西；第二，这些东西不贵，请不要随口就污蔑她是败家女友，败家的定义对每个人来说是不一样的，她这样的消费水平根本不至于败我的家。我回答完了，现在你们可以让开了吗？"

季临这话下去，弹幕果然疯了——

"？？？这还不败家哦！"

"活体霸总！妈妈这个男人我要了！"

"这是托儿吧？主播找了个人配合演的吧？我不信世界上这么帅这么有钱的男人还这么宠？"

……

段芸也一脸的不可置信，她转头望向白端端："你们盛临今年业务有这么困难吗？季临都开始兼职直播了吗？"

白端端咳了咳，脸还因为季临的话有点红，她觉得自己是时候给季临解释一下了："哦，今年业务挺好的，季临确实交女朋友了啊。"

段芸果然惊呆了："他对女朋友这么好？买这么多东西？这么肯花钱？"

"是啊，他对女朋友挺大方的，也就百万百万地给打钱吧。"

段芸沉吟了片刻，然后她认真地看向了白端端："你说我现在去撬墙脚把季临抢过来还有希望吗？"

白端端冷静道："我看你没戏了。"

段芸本来也是开玩笑，如今听完也没在意，只是有些懊丧："原来季临这样的男人也还能调教的吗？我以前怎么这么轻易就放弃了呢？否则现在收礼物的可不就是我了吗？"

白端端看了她一眼："但和季临谈恋爱，像是养了个电子宠物男友，他没时间陪你的。"

"我不要他陪！"段芸振聋发聩道，"他都长成那样了，还肯给我花钱，他就算在外面搞基我也愿意了！"

白端端没管段芸，她目不转睛地盯着屏幕，心里有些酸胀的甜蜜，季临没在加班，但是又去给自己买礼物了……但其实……其实自己并不需要他的礼物啊……

屏幕里，直播主播见直播间流量又破了新高，乘胜追击道："那么这位先生，你不怕你的女朋友习惯这种消费模式以后，胃口越来越大，给你的压力会越来越大吗？终有一天，你可能也会觉得很累，觉得没法承受她的消费水平，会觉得她败家呀。"

"不会有这一天。"季临的表情还是很臭，但语气却很认真，"我女朋友花钱是多，那我就多努力加班工作赚钱，自己努力一点，没有养不起的女人。成天说自己女朋友败家，那是自己家底太差了，买个口红都说败家，那就不要交女朋友了。"

他想了想，似乎终于想起来这是在采访："请你们记得播出时帮我打马赛克。"

这是直播节目，自然没有事后马赛克补救这一说法，只可惜季临并不知道，而女主播为了效果，只能忍笑一本正经地答应："行的行的，没问题，请现在就给这位先生打上马赛克！"

配合着女主播的话说完，镜头果然给季临打上了一个薄薄的马赛克，可惜此时弹幕已经笑疯了——

"小哥哥，这是直播啊！"

"你现在打马赛克已经没用了哈哈哈哈。"

"超可爱的，主持人不要让他跑了！快继续问！看他打了马赛克以后会不会吐槽女朋友！"

……

女主播见机行事，见季临谈起女友表情稍微缓和，便趁热打铁道："好了，这位先生，马赛克已经给你打上了，请问你还有什么话想要说的吗？我们能问问你的女朋友是一位什么样的女生吗？"

薄薄的马赛克下，白端端还是看到了季临不太耐烦地抿了抿唇，然后他大概是被堵截在这里实在没办法了，有些无奈地开了口："我女朋友很漂亮。"

弹幕开始飞起——

"肯定啊，这种颜值的大帅哥，必然要配上仙女啊！"

"呜呜呜，为什么看直播还能吃狗粮啊好惨哦我！"

……

可惜对这些弹幕，季临一概不知，他显然以为打上马赛克，没有人会知道自己是谁，因此说话也放松了起来——

"她特别特别漂亮，也特别特别厉害。"他顿了顿，补充道，"我说的是打人。"

"哈哈哈哈哈，这是什么神仙爱情，打人也很厉害哈哈哈哈哈。"

"我一个爆笑，金刚芭比吗？哈哈哈哈，小哥哥你谈恋爱是不是被打服的啊？"

……

屏幕里，季临却很认真，他想了想："工作上也很厉害，但是比我还差点儿。"

弹幕已经几乎把他整张脸都盖住了，像个人工马赛克——

在女主播的诱导下，毫不知情自己已经被公开处刑的季临还在继续，他的声音仍旧冷硬，但语气已经开始变得柔和："反正虽然花钱多，但是我可以养她的，多加一点儿班就好了，不能让她和我在一起后，生活消费水平下降，她想要什么我都可以买给她。"

屏幕里的季临并不知道自己陷入了什么陷阱，在女主播的挖坑下还在继续往下跳坑："你说每天拼命加班给她买礼物会不会不值？怎么会？这有什么不值的，她以后要嫁给我的，买点礼物怎么了？又不是很贵。"

……

"不贵不贵，也就百十来万吧，我酸了酸了。"

"这直男式的理直气壮，对方真的要嫁给你吗小哥哥？你是不是太单方面臆想了啊。"

弹幕还在刷，但季临一无所知："虽然她根本不会做饭，做出来的东西吃了会死人，又老是喜欢靠撒娇来达到目的，做家务也是不行，还成天和我妈对着干，工作上也老和我顶嘴，有时候凶巴巴的……"

弹幕已经幸灾乐祸笑倒了一片——

"小哥哥，你的老婆没有了。"

"哈哈哈哈，峰回路转，这位小哥今天可能要上热搜了，他的老婆真的要没了哈哈哈哈，马赛克他也不可以这样为所欲为地吐槽未来老婆啊，这位打人很厉害、做饭吃了会死的小姐姐可能真的会让你死的哈哈哈哈。"

……

季临一无所知，还在尽情吐槽白端端，白端端抿着唇看着，内心盘算着收拾季临的一百种方法，然后她听到屏幕里季临说——

"但是我还是很喜欢她，觉得她哪里都很可爱，她以前小时候受过很多苦，我不想让她再受一丁点苦和委屈了。"

弹幕炸了。

段芸也炸了："我的天，我这辈子没想过，竟然还能粉上季临，他真的好可爱啊，没想到一谈起恋爱来，他竟然这么好！对女朋友也好大方的，被这种男人喜欢，这女的也太幸福了吧，而且听起来条件不咋样啊，又喜欢打人，又败家，做饭吃了还能死人，对未来婆婆还成天顶嘴对着干……端端，你说说这种女的有啥好的啊……哎？端端？端端呢？"

白端端觉得自己已经没法继续在包厢里待下去了。

刚才的采访过程里，她一直带着微醺看着季临说着一切，心情跌宕起伏。

她从没想到，原来季临拼命加班是为了养她，为了让她一辈子可以随心所欲地买下去，一辈子不要受到任何委屈。

但……但不是这样的。

她突然不想要任何奢侈品了，也不想再花钱买那些闪亮的东西了。

因为她已经拥有了最好最贵的东西。

白端端走出"酒点半"，然后打了车，季临现在所在的那个高端购物商区离这里不远，而她现在就迫切地想见到他。

她想告诉他，不是的，自己根本不需要这些，自己只需要他就可以了。

季临被恼人的采访节目绊住脚步，不得不应付了十几分钟，才终于脱身，他松了口气，觉得自己今天话有点多了，转而一想幸而节目组播出时会打马赛克，应该没人能联想到这是自己，于是又安下心来。

被人从身后突然抱住的时候，他正在整理刚买的几个礼盒，核对购物清单上是否还有遗漏。

他吓了一跳，身后抱住自己的人身上传来了微微的酒气，季临皱了皱眉，下意识地想要挣脱这个不知道哪里冒出来的酒鬼，然而他尚未动作，身后便传来了白端端熟悉的软绵绵又带了点撒娇的声音，这一次，她的声线里还带了点鼻音，她喊——

"季临，抓到你了。"

白端端就这么抱住季临，过了很久，她才终于松了手。

季临顺势把她搂进怀里，盯着她微微泛红的脸颊看了一秒："怎么喝酒了？"

白端端乖巧地点了点头："喝了，以为你不要我了啊。"

季临果然不能理解地皱了皱眉。

白端端从他怀里挣脱出来，站了站直，她努力保持清醒地看向了季临的眼睛："季临，我有话要和你说的。"

"什么？"

白端端看了一眼季临手里的大包小包："我以后都不要你的礼物了。"

季临脸色有些不好看，嘴唇也抿了起来："为什么？你不喜欢吗？"

"嗯，我不喜欢。"

这话下去，季临露出了措手不及的愕然，即便面部表情仍旧很冷静，但他看起来有些无措："那你喜欢什么样的？我给你买。"

"不要，我都不喜欢。"

白端端的眼眶有些泛红，酒精加剧了她的情绪，她看向季临·"以后我都不要礼物了，我不要买奢侈品了，不买包了，也不买珠宝了，不买项链首饰和手表，还有鞋子、围巾，一切的一切，我都不要买了。"

季临见白端端哭了，脸上的无措终于不再掩饰："你怎么了？别哭了，你不要那我不买了，发生什么了吗？"

白端端却没有直接回答他，她只是轻声道："你知道我为什么那么喜欢买奢侈品，那么喜欢购物吗？因为以前青春期的时候过得好穷，家里出了爸爸的事，还欠着林晖和别的亲友的外债，每天过得紧巴巴的，我……我没有买过一件新衣服，都是亲戚的姐姐们穿剩下来的衣服……我也没有过自己的包，什么也没有过。"

十六七岁的青春岁月里，白端端没能有过一件属于自己的东西，她的青春期贫乏、苍白，而小女孩之间的攀比和嫉妒也让她过得更加艰难了。

"我的很多女同学，其实私下里嘲笑过我，说我又穷又土。我每次经过那些大牌的橱窗店，我就想，等我有钱了，我就要全部买下来，再也不要等了，我觉得自己买下来就能开心，就可以幸福，就能弥补过去岁月里缺失的东西……

"所以一旦工作后有钱了，我就开始拼命花钱，因为花钱了买了奢侈品，好像就有了安全感，好像以前那个被人嘲笑的小女孩就不在了，好像过去那段岁月就被弥补了，我知道这很病态，但是我改不掉……"

随着白端端的话，季临的眼神温柔下来："没关系的，你不用改。"

"以前我也是这样和自己说的，反正自己能赚钱，不想改就不改了吧，及时行乐也挺好的，而且这种病态的消费观也跟了我那么久，想改也不容易，剥离了那些奢侈品，总觉得什么都没有的自己，好像又会变得和过去一样又土又穷。"白端端抿了抿唇，"所以我没有下决心去改过。"

"没关系，端端，我不会因为这些责备你，你什么也不改就很好。"季临被白端端的眼泪打得措手不及，语气笨拙地安慰道，"你在我心里，很漂亮，很漂亮的那种漂亮。"

白端端却很坚决："不是，季临，但我现在要改了。"

季临愣了愣。

白端端抬起头，抹掉了自己眼眶里的眼泪："我要改掉的，这不好，我不想我的男朋友为了满足我病态的消费欲，成天都在加班给我买包。"

季临先是呆了呆，然后意识到了什么，他皱起了眉，脸色不太好看："刚才那个是直播？"

白痴，你才意识到啊。

白端端既想哭又想笑："我要改掉，因为我发现，现在的我其实也没有那么喜欢买奢侈品，也没有那么喜欢购物，因为比起包和珠宝来说，我更想要你。

　　"如果你为了给我买包、买珠宝就去加班没空陪我，我会更不开心的。

　　"季临，从今天开始，不要加班了，我只要你和我在一起就好了。

　　"我以后什么都不要了，不要爱马仕，不要香奈儿，拎个超市购物袋出门就可以了。也不要名牌鞋子和衣服了，反正我漂亮，穿个破布踩个拖鞋出门都好看的。

　　"我会勤俭持家的，如果以后经济不好，或者人工智能全面取代律师，我们都下岗了，那我也可以少吃两碗饭的，我会变得很好养的，一点不贵，你不要再加班了。"

　　白端端一边说，一边忍不住又哭了，她的声音带着鼻音："我很喜欢很喜欢你，也是个很黏人的撒娇精、麻烦精，我一刻也不能离开你，所以你以后晚上都不可以去加班了，也不能一个月成天在外面出差，我不许的。"

　　季临突然沉静下来，他看着眼前的白端端，觉得怎么会有一个人，完完全全按照他的喜好来长，以至于他好像总是每一次一而再，再而三地不断为这个人心动，她说什么都没法拒绝，她一哭就会毫无原则地心痛心软。

　　白端端哭哭啼啼的，然后被抱进了一个宽阔的怀抱——

　　"以后都不加班了，一辈子不加班了。"

　　白端端觉得酒精上头，自己开始有些晕："一辈子不加班也不行吧，那盛临岂不是要倒闭了？我们都去喝西北风吗？"

　　季临亲了亲她流泪的眼睛，有些无奈："好的，那还是继续选择性地加班，可以吗？"

　　白端端想了想，然后还是任性地推翻了自己刚才的决定："算了，还是别加班吧，倒闭就倒闭吧，我们的存款也够用了，以后我少吃点，还是可以过下去的，杨帆什么的让他们下岗就下岗吧。"

　　"好的，都听你的，让杨帆他们喝西北风。"

　　白端端用力地点了点头，似乎打定了主意要杨帆去天桥下面要饭：

"嗯！"她想了想，补充道，"现在要饭都有二维码收款的，没关系的，杨帆可以过得很好，他要饭的话，业务能力也不会差的。"

"嗯。"季临放开了白端端，"但你真的要改吗？"

白端端郑重地点了点头："要改的，不仅我要改，孟阿姨也得改，不然就算不给我买，因为要给她买，你还是要加班。"她严肃道，"我会帮她也改掉的。"

季临提了提手里的袋子："那这些呢？这些还要吗？"

白端端内心挣扎了片刻："那……那这些既然买了，还是要吧……但以后都不要了，真的不要了。"

季临温柔地撩了撩白端端的长发："你这种形成了好多年的习惯，改起来可能不太容易，你要是改不掉也没事的。"

"我会改掉的。"白端端顿了顿，"不过改变这种消费观，确实可能需要很长很长的时间。"

她抬头看季临："可能要一辈子的，你陪着我吗？"

季临愣了愣，然后他没有说话，只是低头吻住了白端端的唇。

他放下了手里一袋袋的奢侈品，在人潮汹涌的商区街头，和白端端忘情拥吻。

奢侈品不重要，钱也不重要，重要的永远是陪着自己走完人生的这个人，是永不褪色的爱。

我爱你啊，我想一辈子陪着你，不论是富有还是贫穷。

# 番外一　正牌男友，多多关照

　　该抱的抱了，该亲的也亲了，白端端在酒意渐退后，想起自己刚才又哭又闹，也有些不好意思，她蹦出了季临的怀抱，装模作样地拢了拢头发。

　　季临有点想笑，但想了想还是没敢，怕白端端恼羞成怒之下给自己一拳，他捏了捏白端端的脸颊："行了，女朋友，那今晚我不加班了，跟你回家。"

　　结果他的提议立刻遭到了白端端的拒绝："那不行。"

　　季临愣了愣："那我们去哪里？你还想买点什么再回家吗？"

　　白端端虚张声势地瞪了季临一眼，气鼓鼓的："说了我不买了！"她顿了顿，看了一眼季临，"就是那个……我刚才本来在和朋友聚会，是中途看到你直播跑出来的，还没和她们打招呼，既然你今晚也不加班了，那不如和我一起去见见她们吧？还一直没机会介绍你和她们认识呢。"

　　白端端和季临的关系虽然在盛临并没有刻意隐瞒，但盛临的律师大多忙着各自的工作、生活，根本没有向外八卦的欲望，以至于白端端和季临在一起这件事，根本没有大范围传播，段芸和薛雯也都没有从别的渠道知晓过。

只可惜对于白端端的热情，季临却有些不自然，他咳了咳："可以不去吗？"

这是害羞了？

白端端有些意外，随即劝说道："其实就我两个好朋友，段芸和薛雯，你们之前应该也都工作上有过交接认识的，没什么好怕生的呀。"

季临没说话，顿了顿，才道："我想起来工作上还有点事情没收尾，我先回去……"

"不行。"白端端瞪着季临，"今晚不加班了。"

季临抿了抿唇，没再说话，只是虽然默认了一同去见白端端的朋友，但他的情绪显然并不高，脸色也并没有什么振奋，倒是有些严阵以待的姿态。

白端端挽着季临的胳膊走了一段，轻声道："你是不是不想见我的朋友啊？"

明明今晚没有加班，但是就算来偷偷给白端端买礼物，也不陪她一起见朋友，季临果然是本身就不想见吧。

"你是不是觉得，参加这种女孩子的聚会有点无聊啊？"白端端眨了眨眼，"虽然确实有点无聊，但今晚也不会很晚结束的，薛雯和段芸明天都要早起，我就想带你认识一下她们，想把你介绍给我的朋友……"

"不是。"季临顿了顿，才开口道，"没有不想见你的朋友，也没有觉得你们女生的聚会无聊，我很开心你想把我介绍给你的朋友，只是……"季临有些不自在地移开了目光，"我不太讨人喜欢。"

白端端皱了皱眉，看向季临。

"我不是那种会活跃气氛的人，而且你的朋友段芸和薛雯，可能并不喜欢我。"季临的声音干巴巴的，模样有些局促，"我以前工作上，应该还挺让人讨厌的。"

原来季临还有这种自知之明？之前工作上针锋相对的时候，可真的光是一句话不说，穿着西装往哪儿一站，就让人挺想打的……

但……白端端愣了一秒，然后很快反应了过来："所以你之前一直拒绝和我一起参加我的闺密聚会，就因为这个？"

"嗯。"季临点了点头，"我怕你的朋友都不喜欢我。"

白端端一时之间有些失笑："季临，你傻吗？她们喜不喜欢你有什么关系呢？我喜欢你不就够了吗？你根本没必要在乎别人的眼光的，你很好，特别好，我很喜欢很喜欢，这就可以了呀。"

"我没有在乎过别人的眼光。"季临顿了顿，然后看向了白端端，"但是如果是你的朋友，我还是希望她们能喜欢我，因为不想让你难做，不希望你失落和尴尬，不希望你左右为难。

"但如果是段芸和薛雯，都是我以前工作上有过对接的人，我想她们可能很难喜欢我。"季临移开了视线，"所以我一直，既想要见你的朋友，让她们每一个人都知道我是你的男朋友，但又不想见她们，因为怕她们对你的眼光质疑，或者因为讨厌我和你疏远……"

这都是什么傻里傻气的想法啊！

白端端一瞬间心里就有些酸涩："白痴。"

这傻里傻气的男人真的想多了。

虽然白端端再三保证自己的两位朋友绝对会喜欢季临，然而季临在推开"酒点半"包厢门之前，仍旧有些微微的紧张，他的模样严肃冷峻，看起来完全不像是去参加女朋友的闺密聚会，反而是像随时冲锋陷阵去法庭上来一场厮杀……

为了博得白端端这两位好友的好感，季临甚至坚持在来之前，又转头回奢侈品专柜买了两份"见面礼"，价值昂贵，手笔相当大，白端端怎么阻止都拦不住。

到了包厢门口，白端端的手机突然响了，她看了一眼，关照季临道："你在门口等下哦，我客户找我，我回个电话，马上过来和你一起进去。"

于是白端端临时接电话离开，便剩下季临站在了包厢门口。

他紧抿着嘴唇，心里做好了被段芸审视甚至鄙夷的准备，心里微微后悔以往对段芸太过冷酷，薛雯为人温和，但段芸风风火火，并不好对付，果不其然，仅仅是在包厢门口，他已经听到了包厢里段芸的声音，只是……

只是内容有点出乎他的意料——

"薛雯，你说，我做饭挺好吃的，对年长的老阿姨也很有一套，绝对很温顺，不和老阿姨顶嘴，我买东西也不需要买那么多，虽然脾气暴躁了点，但绝对不会动手打人，顶多动嘴骂人，你看，我比季临那个女朋友好多了，加上我和季临其实挺早就认识了，也算有缘分？你看我再努力下，还有没有可能等季临和那个女的分手后，把季临占为己有？"

段芸中气十足的声音后，是薛雯嚅嗫的声线："可万一季临不分手呢？"

"不会吧，那个女的那么凶，那么能花钱，还这么暴力，季临会一直喜欢下去吗？"

"所以人家是真爱呀。"薛雯羡慕道，"就像你当初没有发现季临的好，但那个女生发现了，也改变了季临，把他变成这么好的男朋友，努力是她做的，成果自然也是她享受的，没什么问题呀。有一句话怎么说的，'你接受不了他的坏，你也不配得到他的好'，这女孩，只能说非常有眼光，也非常有耐心和毅力，才能把季临变得这么好呀。"

薛雯温声道："何况我了解你的，你不过嘴上这么说说，真要让你和季临在一起，你们两个性格根本不合，互看不顺眼，你就是叶公好龙。"

段芸自然也不过是随便说两句开玩笑，听了薛雯的话，也笑了："我就是没想到，季临这个人还挺好的，突然就有点理解自己为什么找不到对象了，因为每次要求真的都太高了，恨不得对方出现在自己眼前时，已经是完美无瑕的成品，可所有的男人不都是靠着慢慢打磨才成熟的嘛，而且是人就有缺点，可能我下次相亲，只要对方没有原则性问题，还是应该给个机会处一处……"

包厢内，段芸笑嘻嘻的："经过这件事，我懂了，人要适当放低一点要求，我并不指望我未来的男朋友和季临一样有钱，也不指望和季临一样对女朋友花钱如流水，也不需要他和季临一样业务能力能打，只需要他长得和季临差不多，屁股和季临差不多翘就行了……"

"……"

只是在她夸赞季临屁股翘的时候，刚打完电话并不知情的白端端回到了包厢门口，然后她大大咧咧地带着季临就推开了包厢的门——

"各位，我回来啦！"

段芸抬了抬眼皮，刚想指责白端端莫名其妙消失，结果就看到了白端端身后的季临。

段芸："……"

段芸有点尴尬，她哈哈干笑了两声，一时之间都忘了询问季临为什么会出现，只是试探道："我刚刚说了什么你们听到了吗？没听到吧？"

结果她刚这么想完，就见季临面无表情地看了自己一眼，然后他开口道："听到了，谢谢你的夸奖。我以前倒是没注意过我屁股原来很翘。"

"……"

段芸插科打诨惯了，白端端对她的风格并不意外，只是听了季临的话，白端端也没忍住看了季临的屁股一眼，是挺翘的……她心里胡乱地想，段芸不愧是自己的朋友，看男人看的地方都如此一致，自己曾经不也被季临的屁股吸引过目光吗？可见友情这种东西，冥冥之中自有安排……

可惜白端端刚看了一眼，随即就被抓包似的被季临瞪着警告了一眼。

于是白端端不得不咳了咳，然后露出了道貌岸然的正经表情。

段芸急于转移话题："来来来！"一听说季临还没吃饭，立刻叫来服务生点了一堆东西，"赶紧给我们季律师上了，我刚看直播，听下来你女朋友是个霸权主义强权政治啊，多吃点，以后还能多扛她两拳……"

"……"

不说还好，这一说，就提醒了白端端，她咳咳清了清嗓子，为自己努力贴金道："段芸，这话你说得就不对了，这自己女朋友能打，多有安全感的事情呢？女朋友都不需要自己保护……"

"需要保护的。"可惜白端端没说完，季临就打断了她，他看了白端端一眼，微微笑了笑，"还是需要保护的。"

段芸露出了看不下去的表情，显然对季临身上流露出这种酸臭的恋爱味不能接受："吃吧吃吧，少说两句。"

可惜季临没有立刻吃，几乎是桌上新上一道菜，他就下意识地把菜往白端端面前移去，一般白端端先吃了，他才接着吃，而如果是烤秋刀鱼这样的菜，季临则还会贴心地把鱼肚子那面肉最多的部分移到白端端面前……

段芸一开始以为是自己多心了，然而连续几次下来，她也觉得不对劲了。

她把白端端拽到一边，压低声音道："季临对你怎么回事啊？"

白端端只是笑："就是你看到的这么回事。"

"你……"段芸震惊道，"不会是我想的那样吧？"

白端端挺得意："就是你想的那样。"

结果白端端话音刚落，段芸的脸色就严肃了起来："端端，你不可以这样。"

"？"

"不可以恃强凌弱的。"段芸认真道，"我知道作为社畜，对老板总是仇恨的，尤其是季临这种资产阶级，但你不能因为对老板的仇恨，就把它全部发泄在季临身上，对季临进行职场霸凌，用武力对他施压，害得他连吃饭都要看你脸色啊……"

"……"

段芸，我平时在你心里敢情是这个形象？咱们还是别做朋友了吧。

白端端忍住了自己的情绪，耐心循循善诱道："段芸，我建议你冷静点好好想想，季临找了个什么样的女朋友？"

"败家、能打、做饭难吃、购物欲旺盛、漂亮。"白端端笑笑，"你再看看我，是不是懂了？"

段芸顿了顿，很快恍然大悟地点了点头："懂了，季临已经很难了！姐妹，你好好想想，他已经精神不太好，找了一个很能打、败家、做饭难吃的女朋友了，你难道还要给他人生的 hard 模式添砖加瓦，让他还拥有一个很能打、败家的女下属吗？"

白端端恨不得对天翻个白眼，她只好看向段芸："你觉得季临这个人，作为男朋友怎么样？合格吗？"

"哪里是合格！人家是优秀！"段芸说到这里，终于勉为其难般想起了白端端的男朋友，"对了，你刚不是说要带你男朋友给我把把关吗？人呢？什么时候带过来？"

白端端终于没忍住翻了个白眼："不是在你眼前吗？"

"……"

季临大概嫌给段芸的震惊还不够大，从身后拎出了礼盒："这是给你们的见面礼，谢谢在我加班的时候你们能陪着端端。"

"……"

段芸实在太过惊愕，以至于机械地收下了礼物，眼睛还瞪得大大的，她一会儿看看白端端，一会儿看看季临，然后脸上露出了极度震惊后消化不良的表情——

"你们俩？"

白端端点了点头："嗯，天造地设的一对。"

"……"

段芸实在太过愕然，以至于下意识地脱口而出道："可端端，我记得你当初说，除非自己瞎了眼才会……"

段芸没能有机会说完剩下的话，因为白端端挽了挽袖口："最近我刚练了下散打，芸芸，有没有兴趣给我当个陪练啊？"

段芸顿了顿，打住了话头："对不起，我刚才因为你们的般配而太激动了，情绪有点不稳，差点儿说了胡话，但现在我好了，我觉得自己冷静下来了。你们俩确实天造地设的一对，祝你们幸福，早生贵子早生贵子！"

一场聚会，就这么有惊无险又温馨又热热闹闹地度过了，段芸除去最初的惊讶以后，似乎也很快接受了季临和白端端在一起的事实，让季临非常意外的，白端端的两个朋友，对自己的接受度都挺好。

薛雯沉稳细心，段芸咋咋呼呼但热情直爽，一旦发现季临就是白端端男友后，很快就把季临也划进了朋友圈范畴，气氛比季临想象得还要好很多。

他这才意识到自己真是多虑了，他喜欢的女孩这么好，朋友也不至于会坏。

白端端说得也没错，段芸和薛雯第二天都要早起，这场聚会也并没有持续很久，四个人在街头告别，热热闹闹地互祝新年快乐。

季临摘下自己的围巾给白端端戴上，握住她的手："走吧，送你回家。"

白端端没有去握季临的手，只是蹭进了季临的怀里，然后她踮起脚，凑近季临的耳边，用因撒娇而带了甜腻鼻音的声音轻轻道："不要，今晚不要回家。"

季临愣了愣，此刻深夜的街头已经寥寥："那你想去哪里？"

白端端瞪了季临一眼："你是猪吗，季临？"

她凑近他的耳朵，轻轻含住咬了一下："你今晚如果想带我回家过夜的话，我不会拒绝的。"

季临没有回答，只是把白端端从自己身上拽了下来，然后牵着她快步向前走。

白端端气得要死，不知道季临为什么总是这么不解风情："讨厌死你了。"

季临的步子有点快，白端端跟得有点吃力，忍不住嘟囔抱怨："你走这么快干什么啊，不就是回家嘛。"

结果季临停下来，看向白端端，神色镇定，语气冷静——

"不是要跟我回家过夜吗？"他说，"这附近没有二十四小时便利店，再不走快点，我们家附近的那个小超市快要关门了。"

"啊？"这又是什么跟什么啊？

季临压低声音，有些难耐的羞赧："要去买一下上次没有买的东西。"

然后这男人抬起头，漂亮的眼睛坦荡地看过来："所以我有点急。"

白端端愣了愣，等反应过来，脸"唰"地就红了，只是很快，她咬了咬嘴唇，挽上季临，开始跑起来："那是要快一点。"

她湿润的黑眼睛望向季临，声音被迎面的风吹的有点散——

"我也有点急。"

## 番外二　媳妇别闹，高抬贵手

　　季临的爸爸早就去世了，白端端也早就见过了自己母亲，然而对于白端端的双亲，季临却还一直没机会见到。只是"丑媳妇总要见公婆"，一旦和白端端确立恋爱关系，季临就寻思着得找个机会拜访下白端端的父母，他甚至早就选好了上好的冬虫夏草、人参还有灵芝，又买了最好的茶饼，附带着暗戳戳地从白端端那里探听到了白端端爸爸妈妈的爱好，又对症下药买了精心挑选的昂贵的礼物，只等着下个周末就登门拜访。

　　季临本来铆足了劲儿想给自己未来丈母娘和老丈人留下美好的印象，然而很多时候，人生不顺遂之事十有八九，越是想做成一件事，现实反而就越是会和这件事背道而驰。

　　近期季临有个案子出差在外了一阵，本来今天中午就能回来，然而没想到航班发生延误，等季临提着行李箱回到自己房门口，已经将近晚餐时间。

　　他思念白端端心切，连行李都没放回自己家里，就忍不住先敲了白端端的家门，这一刻，季临心里完全没有别的想法，只想见到白端端，就算提早一分钟一秒钟都可以。

只是门是敲了，竟然没有人来开门，季临有些疑惑，拿出手机给白端端打了电话，对方也没有接。

不由得，季临就有点担心，他本来不是个多有想象力的人，然而一涉及白端端，不知道怎么的，思绪就很容易翻飞，只是不开门、不接电话而已，季临脑海里已经在担忧她是不是身体不舒服卧床在家，或者会不会头晕不适造成昏迷……

季临几乎有些心急地就输入密码开了密码锁，他和白端端其实早就互通了彼此门锁的密码，此前敲门不过是履行了自己绅士的礼貌而已。

只是一打开门，他就意识到了白端端没有及时来开门的缘由——

房内有吸尘机巨大的声响，客厅里的电视机里还大分贝地播放着最近热门的狗血肥皂剧……

接着响起的是毫不逊色于电视机分贝的噪音——

"别说了，你不知道这房间乱成什么样，也不知道收拾收拾，这以后怎么嫁得出去啊！"

"长得人模狗样的，房间里乍一看也还行，结果打开衣柜一看，衣服都没叠好，全部团成团堆在里面呢。"

"而且你不知道这些衣服有多贵，就这么不知道好好收好，长得好看有什么用啊，要做饭不会做饭，要做家务不会做家务，我看哪个男人要她！"

听声音是个中年女性，像是一边在用吸尘机，一边在给谁打电话，听这语气，尽是嫌弃。

季临想起白端端前几天和自己说过，新年新气象，准备请个家政阿姨来打扫一下，如今这场景，想来屋里的就是白端端请来的那位家政了，只是大概如今作为雇主的白端端不在，这家政以为家里没人，于是肆意在背后说起自己雇主的不是起来。

虽然家政忍不住吐槽雇主这种事太正常了，也根本没有必要和家政就这些事争执，事后让白端端把这个家政开除了就行了，然而听着对方不断旁若无人地数落白端端，季临还是觉得忍不住，法律圈的人背地里怎么吐槽自己都可以，但即便听到一个完全没有影响力、不相关的家政随口说白端端两句，季临发现自己都接受不了。

等季临意识到的时候，他已经推开门朝着声音的源头走了过去。站在客厅里一边吸地一边打电话的果然是一位中年女性，被当场抓包的她，见到季临，脸上果然露出了疑惑惊愕的表情，她关掉了吸尘器，连电话也忘了继续说。

季临皱着眉抿着唇在对方探究又提防的眼神里，径自关掉了电视机，然后看向了对方。

对方也终于反应了过来，非常警惕地开始撸袖子："你是谁？我们家没关门吗？我记得门刚才是关好的……"

"我是谁不重要，重要的是你应该知道自己是谁，你拿着雇主的钱在背地里说雇主这个不好那个不好，是不是有点没有职业道德？"季临表情严肃神情冷淡，"我通知你一下，你被开除了，明天不用来了。"

结果自己这话说完，这中年女性不怒反笑，她饶有兴致地看向季临，把季临从头到脚打量了一番："我说小伙子，你知道我是谁吗？"

季临冷笑一声："你放心阿姨，我没认错人，我知道你是白端端的谁，我也没走错房子，我知道这家屋主是白端端。"

对方抬高了嗓门儿："那你还要开除我？"

"难道我还要给你奖金吗？"对方挺淡定，季临反倒是有些被气笑了，"就凭你在背后说白端端的不是？"

这老阿姨果然不是省油的灯，她丢下吸尘器，叉开了腰，盯着季临继续打量："我说白端端不是怎么了？难道我说错了？你看看这客厅？东西都乱堆，杂物一大把，一个女孩子也不知道收拾收拾？还有早餐的碗筷还丢在洗碗池里，不能顺手洗一下吗？我哪里说错了？小伙子，难道你不觉得稍微冷静下看看这屋子，就应该认同我说的话？"

这老阿姨说的是事实，但对象是白端端的话，季临对她的一切问题都会自动视而不见，他看向对方，表情镇定："从没有哪条法律规定因为生来是女性，所以一定就要懂得收拾房间、洗碗整理和做家务打扫。白端端不需要做这些事，也从来不需要会做这些，所以我不会认同你的话，也请你不要强词夺理，也不要再对我女朋友进行污蔑，也没有必要在背后攻击她找不到对象，她什么都不会也没事，因为我会就可以，我就喜欢她这样的。"

"女朋友？"这中年女人眨了下眼睛，"你是白端端的男朋友？"她脸上露出玩味的笑容，然后突然话题就一百八十度大转弯了，"你多大了？"

"……"

"家住哪儿啊？本地人吗？有房没？爸妈都做什么工作的？你自己是做什么工作的？家里还有兄弟姐妹吗？和白端端是怎么认识的？"

季临皱了皱眉："这和你无关，现在请你放下手里的东西，然后左转，出门，把门关好。"他一边说，一边拿出钱包，"今天的日薪我结算给你，但从明天开始，我不想再见到你了。"

这老阿姨看了一眼季临："那你能给我多少？"

季临虎着脸，觉得自己第一次遇到这么厚脸皮的家政，被人戳穿背后说雇主坏话就算了，面对雇主的男友还能如此振振有词，如今要钱也毫不手软，一张脸上完全写满了"钱不到位休想我走"。

"五百，不能再多了。"季临只想快点把人打发走，当即掏出了钱，然后走到门边，甚至称得上贴心地帮人把门给打开了。

那老阿姨拿了钱，笑了笑，又看了吸了一半的地一眼："这还没做完呢。"

"不用做了。"季临抿着唇，"我会做完，你走就可以。"

那老阿姨不坚持了，拿着钱提上包哼着歌走了。

屋里恢复到季临一个人，他才松了口气，然后拿起吸尘器，开始把之前未尽的打扫工作给做完，吸完地以后，季临又整理了下白端端书桌上乱丢的书，然后把她那些衣服都整理好挂好……

等家里收拾得八九不离十的时候，屋外传来了转动门锁的声音，季临心里有些小小的愉悦，他的白端端回来了。

只是……

白端端大概是带了个人回来，刚打开门还没见着人，季临就听到了她和人聊天的声音——

"对啊，这个海虾做起来很棒的，我特意买的，还买了芦笋。"

除去白端端的声音，后头跟着的是一个熟悉的女声："海虾不好做，做不好吃起来可腥了，而且还死贵，没事你买这干什么？"

这中气十足的强调，这埋怨的语气……

不就是……

不就是自己刚才赶走的那位家政阿姨？！

季临皱着眉走到门边，果不其然看到那位家政又一次堂而皇之地登堂入室了，白端端显然不知真相，对她还客客气气的。

白端端看样子是刚出门买菜了，路上大概正好见了刚被自己打发走的家政，不明真相，又把人给带了回来，而此刻白端端手里提着一大袋子食材，都没让那老阿姨动一下手。

白端端说完，听到动静一抬头，才看见季临，脸上便露出个不加掩饰的笑："你来啦。"她说完，转了头看向身边的老阿姨，显然是想为季临和对方做个引荐。

这阿姨见了季临，竟然没跑，倒是挺自在，一点没觉得局促，没等白端端引荐，就很自来熟地也和季临打了个招呼："干得不错呀，小伙子，我就走开这么会儿，屋子都收拾得挺干净了。"

季临一口气憋着，正准备把这老阿姨继续"请"出去，结果就听白端端惊喜道："妈，你见过季临啦？"

"……"妈？？？这是白端端的妈？？？

老阿姨得意地笑笑："哦，见过啦，就是他，给了我五百块，叫我出去转转呢。"

面对白端端疑惑的目光，季临只能硬着头皮解释："我刚……"

"哦，小伙子说，我没资格批评你，背后说你坏话，所以代替你把我开除了。"白端端的妈妈笑了笑，"哦，对了，还说，以后都不想见到我了。给了我五百块，把我打发走了。"

"……"

即便是最初从业没有经验，在法庭上遭遇劲敌和反转，季临都没这样慌乱过，他一脸绝望地看向了白端端，磕磕巴巴地妄图解释和道歉："阿姨，不是，你听我解释……"

"还有什么好解释的呢？"白端端妈妈叹了口气，"你不是都不想见到我吗？"

"我……"季临平时这么伶牙俐齿一个人，如今面对自己无意间得罪得透透的未来丈母娘，一下子都变得有些可怜巴巴起来，他只能求助似的看向了白端端。

好在最终白端端还是看不下去出来解围了："妈，这是季临，就是我上次说想带给你看的人。"

可惜就算白端端一顿好哄，她妈妈也并不买账："小季啊，也不是阿姨这人记仇，实在是你这个人吧，不太讲原则，你说说，这么脏乱差的房间，你怎么就能睁眼说瞎话呢？端端这么多毛病，以前是她爸惯出来的，害得我这么多年怎么给她纠正都没用，就想着未来给她找个能管得住她的老公，结果你呢，你比她爸还纵容她，这未来你们两个要是在一起了，她这还不变本加厉、永不进步了吗？"

白端端的妈妈说来说去，意思表达得非常明确了——我实名不同意这门婚事。

季临自然不傻，虽然白端端母亲嘴上这么说，但说白了，大略还是来自刚才自己不知情的不客气……

季临挺平静，也挺诚恳："阿姨，日子是两个人过的，虽然端端在你眼里有很多缺点，但是她在我眼里很完美的，而且她的有些地方，在您眼里是缺点，但在我眼里却很可爱，她不擅长打扫，我擅长；她不擅长做饭，我擅长。两个人在一起，最重要的就是讲究互补，另外，对于您，我早就想登门拜访，只是没想到在这么意外的情况先见到您了，还麻烦您在这里稍等片刻。"

季临说完，对白端端使了个眼色，然后他打开门，回了自己隔壁的房里。

等再次出现在白端端和她母亲眼前时，季临手里已经提满了高档礼盒："阿姨，这是之前就为您挑选好的见面礼，一点小意思，不成敬意。"

白端端妈妈一看，这哪里是小意思，瞧瞧这礼盒的档次，可实打实的都是人民币的味道啊!

人民币的魅力到底是无穷的,果不其然,白端端妈妈的脸色好转了那么一点,然而自己女儿的男朋友,甚至可能是未来女婿,该考察的还是要继续考察的,于是,这位开武馆出身的丈母娘,向她的未来女婿提出了新的死亡挑战——

"行,小季,看在你还有诚意的分儿上,你和端端的事,也不是不可以,但是吧,我们家有一个传统,你想成为端端的男朋友,甚至合法丈夫,得过一个关。"

季临不明所以,礼貌追问道:"阿姨,您请说,是什么关卡?"

"你也知道,现代社会挺乱的,这女孩子吧,出门在外其实挺危险的,想要找个男朋友,也肯定是让人有安全感,能保护自己的,小季,你说对吧?所以我和端端她爸,以前就一直想着,未来我们端端的对象呢,得至少能过咱俩这一关吧?也不求他多能打,但至少一个我,得能打得过吧?"

"……"

季临看了白端端一眼,有一种不妙的预感。

只见白端端的妈妈继续道——

"小季啊,什么时候来我们家武馆一趟,和我切磋切磋?"

季临愣了愣:"阿姨,这还没提亲呢,怎么就能和未来丈母娘对打?这实在不太合适,影响不好,您一把年纪了,我怕伤了您……"

季临这话是真心实意的,结果他话音刚落,白端端的脸上露出了"你命不久矣"的同情……

白端端的妈妈哈哈哈笑了起来:"你知道吗?我这个人很讲公平,对所有追求端端的男生,都一视同仁有这么个必须打倒我的要求。"她看向季临,"虽然端端五谷不分四体不勤,但是脸蛋生得不错,从高中开始就有不少不明真相的小男生想要追她,但最后呢?"

白端端瞪着眼睛看向了自己妈妈:"我高中时候有人追过?我怎么都不知道?我高中不是无人问津?直到大学才有人追?"

白端端妈妈翻了个白眼:"那是因为这些追你的,最后都'死'在了我的拳下，根本轮不到你知道，大学嘛，你住宿，天高皇帝远，我也管不着你了……"

"？？？"

白妈妈咳了咳，冷静补充道："总之，我的意思是，他们的爱情萌芽都死在我的拳下了。"

"……"

白端端的脸上十分精彩，她突然意识到了为什么自己学校过不了几天就有个男生鼻青脸肿地来上课，当时学校教导主任还挺重视，以为学校里出了霸凌团伙，不断约那几个"受害者"谈话呢，结果这几个"受害者"都是非常一致地保持了沉默……当时的白端端也十分好奇原因，到底是多强大的恶霸，才把这些男生震慑成这样，没想到……

"妈，你这么以大欺小，不太行吧……当初下手挺狠啊……"

只是面对白端端的控诉，白妈妈却相当不屑一顾："我怎么以大欺小了？每次和我对垒前，我都看过身份证确认过年龄的，未满 18 岁的未成年不打，18 岁正成年的男性，不应该体力在一个很峰值的状态吗？结果呢？连我个半老徐娘都打不过？不丢脸吗？"

"……"

季临本来确实存了轻敌的想法，觉得白端端的妈妈到底是年长的女性，自己这个平日注意健身练拳击的人还能打不过？但如今听着白端端和她妈妈的对话，越听越觉得……这情况不太妙……

白端端显然深知自己母亲的实力，朝季临露出爱莫能助的同情，然后转头求情道："妈，那个……季临虽然行走律师圈靠的是能力，但毕竟也是要上庭的，所以，也可以说偶尔还是要靠脸吃饭的，你那个……交流切磋而已，手下留情啊……别打他的脸行吗……"

"……"

"还有，也别把他的手和腿打骨折了……缠着绷带上法庭对对方当事人和律师没什么震慑力，挺难看的就……"

季临一时之间有些一言难尽……可谢谢白端端这么替自己着想了，自己这个未来老婆找得可真好，这么贴心地劝她妈打自己打轻一点，就不能劝劝她妈别打自己吗……

不过，任何绝境下，季临都不会随波逐流认命。

"阿姨，您一看就很有实力，您看，之前我竟然完全没看出您的武力值，可见您这实力已经到了最上层，完全深不可测，我不用和您比试，已经知道肯定不是您的对手，一定是您的手下败将。"

白妈妈皱着眉看向季临："怎么？怕了？想和端端谈恋爱，这点和我对打的勇气都没？"

"这倒不是，不过说对打不合适，我这样的门外汉，肯定只有被您教训指点的份，并且我也根本不会出手，因为我平生有个原则，不对女性动手，更何况您是白端端的妈妈，于情于理我都不能动手。"

"所以你是准备单方面被我打？"

季临点了点头："是。"

白妈妈冷笑了一声："小季啊，你别以为用这种话术，我就会大为感动然后放过你，我这个人，可不按照常理出牌，既然你愿意单方面被我指点，那我就好好指点指点你……"

这下白端端也急了："妈！"

白妈妈白了她一眼："你就这么舍不得，这么护短？再说一句我打他更用力一点？"

白端端敢怒不敢言地闭嘴了。

然而季临倒是从容不迫："当然，阿姨，您打我后，什么后续我也给您分析一下，我的时薪是八千元每小时，按照您的实力，我这被您指点完，肯定要病休个几天，您想下，就按照最低工作时间，一天八小时来算，我休息一天，就是损失六万四，何况这损失的恐怕还不止一天，而且万一受伤严重，耽误了手头已经接的案子，这还会产生别的误工费，其实我本来是准备最近好好工作，把近期的收入都用来孝敬您和伯父的……"

"等等……"白妈妈顿了顿，"你这么贵？八千元一小时？能赚这么多？那你一年收入，能有多少啊？"

季临含蓄地抿了抿唇："也就半个亿吧。"他心机地笑了笑，补充道，

"税后。"

白妈妈陷入了沉思。

季临清了清嗓子，继续乘胜追击道："另外，其实我觉得我打不过端端也没什么，因为这样在家里肯定是她更有地位，绝对不会发生我对她家暴的事，有她这样的身手，我也绝对不可能想不开去出轨，在她的重锤出击前，我的工资收入就愿意都上交，还有什么要求，我都可以接受。"

白妈妈还有些迟疑："可那样，你和别的追她的那些男的有什么区别啊？"

"虽然我和他们都打不过端端，但我保证，我比他们都耐打。"季临咳了咳，"我作为一个律所合伙人，能一步步走到今天，除了强健的体魄，还有高度抗压的心理，他们不能承受的，我都可以承受，我比他们都有忍耐力，就算端端打我，我都可以坚持。"

不是？？？谁说自己要打他？白端端简直目瞪口呆，何况季临自从和自己在一起后，这拳击课练得更勤快了，眼看着实力也不容小觑，自己真和他对打，他还占了个男性体格的优势，鹿死谁手还真不一定呢，怎么就铁板钉钉变成自己单方面殴打他了？

而最诡异的是，自己妈妈竟然还信了季临这一堆鬼话……

白妈妈略微沉吟了片刻："我细细想了下，你说得也有几分道理，谅你对端端一往情深，又挺懂事，还说要给我和她爸准备一份大礼，我就勉为其难给你破个例吧……"

"……"

妈，你那是看在我的分儿上吗？你那是看在钱的分儿上！

白端端这位母亲，论武力，完全没弱点，唯一的死穴就是贪财！

而就是这么一会儿工夫，刚才还摆明了和季临势不两立的白妈妈，此刻已经在和季临讨论让他"上供"点什么礼物合适了……

白端端怎么觉得就算武力值再牛，这斗智斗勇上，还是季临略胜一筹呢？

不过无论如何，看着这两个人和谐相处，白端端还是由衷地高兴和松了口气，季临总算不用被打得鼻青脸肿了……

只是等她回过神来想要插入两人的话题，却发现他们早已不在谈论礼品了，话题也不知道什么时候有了个大转弯——

"小季啊，你这么好的男孩子，配给我们端端其实阿姨也于心不忍，不过我看你俩挺合适的，一个能打一个耐打，也算是天造地设的一对……"

"阿姨，没事，我以后和端端结婚后，会努力抽空向您学几招的，把自己身体锻炼好，更耐打、更结实。"

"好好好，年轻人就是要有上进心。"

……

季临这个人可真是能成大事的，也难怪年纪轻轻就当了合伙人，这能屈能伸睁眼说瞎话的厚脸皮，一般人确实没这个功力……

白端端本以为季临得到自己母亲认可的路途会非常坎坷，然而没想到……

她抚了抚额，看着眼前的妈妈和季临，再联想到不是省油灯的孟女士，已经可以预见，自己未来婚后的生活，可真是要精彩纷呈了……